唐宋词选读

李乃珍　编著

商務印書館国际有限公司
中国·北京

图书在版编目（CIP）数据

唐宋词选读 / 李乃珍编著 . -- 北京：商务印书馆国际有限公司，2021.7
ISBN 978-7-5176-0823-3

Ⅰ . ①唐… Ⅱ . ①李… Ⅲ . ①唐宋词—选集 Ⅳ . ① I222.84

中国版本图书馆 CIP 数据核字（2021）第 112513 号

唐 宋 词 选 读

TANGSONGCI XUANDU

编　　著　李乃珍
出版发行　商务印书馆国际有限公司
地　　址　北京市朝阳区吉庆里 14 号楼
　　　　　佳汇国际中心 A 座 12 层
邮　　编　100020
电　　话　010-65592876（编校部）
　　　　　010-65598498（市场营销部）
网　　址　www.cpi1993.com
印　　刷　三河市紫恒印装有限公司
开　　本　880mm × 1230mm　1/32
字　　数　527 千字
印　　张　19
版　　次　2021 年 7 月第 1 版第 1 次印刷
书　　号　ISBN 978-7-5176-0823-3
定　　价　45.00 元

前　　言

欣赏唐宋词是一件乐事，可以丰富人们的社会认知，提高情商与智商，陶冶性情。即便仅仅是作为一种茶余饭后的自我消遣方式，在古人目光抚慰下，踏寻历史踪迹，与他们进行一番无声神聊，纵横河山、慨叹千古，唱大江东去、吟飞花似梦，人生也将因此而增姿添彩。

唐宋词总量约二万三千篇，宋词占二万篇以上。是篇皆读属学问家专事，择精华而读是欣赏者余事，常见选本大都缘起于此。每个时代的选本都会打上所处时代的烙印，反映出不同编者的词文学视角与认知。鲁迅先生在《集外集》说过，选本能否彰显功效，“近则由选者的名位，远则凭古人之威灵”。本书目的在于寄意读者，共同凭仰古人威灵之气。

俞陛云先生言：“世之习词者，群奉瓣香于两宋，而唐贤实为之基始。”（《唐五代两宋词选释》）俞平伯先生言：“不知一时代有一时代之所胜，一体有一体之所胜。学南宋者，固不可不上窥北宋；学北宋者亦不可不涉猎南宋。环境各异，作风各异，而真价亦各具也。”（《唐宋词选释·前言》）宋词的源头是唐五代词，不宜舍首而只取其身，故选词定位于唐五代及两宋百余家词人。

袁枚诗曰：“消夏闲无事，将人试卷看。选诗如选色，总觉动心难。”强调“动心”是选录作品的感观指标，而“动心”指能拨动读者心弦最为微妙的第一感觉，并且在咀嚼之后留下弥久不散的馨香。遴选作品不仅重思想性、艺术性，也重能动心、易读懂、语言美。基本做法是尊大家名家，但不拘流派；意在一窥词作家群体面貌；扩展题材表现，注重忧国忧民，也不忽视民生、亲情、社会习俗与田园山水；重经典词牌，力避遗漏偏冷经典词牌；力求题材、风格、词牌分布得宜；经过不同词人之间、同一词人所有作品之间，同韵体与词牌的纵横比较、精心衡量；对于过去曾作为词看待的等言仄韵律诗概不收录，例《生查子》《玉楼春》《木兰花》等。

吴梅先生说："千古佳词，要在使人可解。尝有意极精深，词涉隐晦，翻译数过，而不得意之所在者，此等词在作者固有深意，然不能日叩玄亭问此盈篇奇字也。"(《词学通论》)"诗言志，词言情"，词的赋比兴手法运用较诗更为全面，常引经据典，赋予梦幻，写出戏剧性来。词多有人物、事端，事由人为，景为人设，情致生于事、生于景，词人依其创造意境；继之由读者心赏神会，进行意境的再创造。读者需要与词人、词中主人公身份贴合，避免错位，在神韵融合、引发共鸣之后，才可能将自身置于一种意境之中。赏词，更需顾全理性，不主张人云亦云，也不可浪读戏说。

本书的适读对象是诗词爱好者大众群体。考虑赏析效果，采用以下几个做法：一是对正文做句读分析；二是以韵体统领词牌；三是注释尽可能简要明了；四是力求赏析品出滋味。赏析文字，以选取欣赏角度、体会景物、疏通情理为先，帮助读者明白词人写的是什么事、道的是什么情，以期实现意境的再创造，获得欣赏的愉悦，增进与词文学的亲近感。

虽然垒起一堆文字，至于是否可人，确实不敢妄言，本愿只是自觉参与，乐在由心。选词、作注在人，领悟、意会在己，祈读者诸君以自己的眼光与心智去欣赏，去寻求属于自己的那份感受。

本书不足之处，敬请各方专家与读者们不吝赐教。

李乃珍

凡　例

一、本书收词313篇，其中令词150篇、慢词163篇，分唐五代、北宋、南宋三卷，各卷分别为25篇、140篇与148篇。收词牌129个，其中平韵体48个、143篇，仄（上去声）韵体40个、87篇，平仄共用韵体16个、39篇，入声韵体25个、44篇。

二、选收词人127位，以生年先后顺序编排，作者小传列于每位词人首篇作品之前。同一位词人作品，按四个韵体先后排序；同一韵体作品，按字数由少到多排序，先令词后慢词。

三、目录所列标题，副标题以“·”隔开，词作第一句在词牌名之后括注，例如苏轼“念奴娇·赤壁怀古”“水调歌头（明月几时有）”。原用名称均在【注释】栏①中予以注明。

四、原作小序、副标题，用小体字排列；纪事性文字说明，列于正文之前。

五、正文做句读标示，一字逗后用斜线“/”与被领句相隔，领句后用顿号与被领句相隔；生僻字注音在字后括号内标示。

六、【注释】专栏，注释词语、典故，凡化用前人诗句的均标示原诗作者。

七、【赏析】专栏，交代时代背景，理明词意，点出可欣赏之处。

八、《编余的话》，简介词律与文学认识观，就编选情况做出说明。

九、附录一是词中佳句集锦，按句子首字读音的拼音字母排序，后列词人与词牌名称。

十、附录二是《唐宋词坛要略及主要词人活动年表》，供读者了解词人以及词人之间可能发生的社会交往。

目　录

唐五代卷

北　宋　卷

南　宋　卷

唐五代卷

李白

李白（701—762），生于四川江油。字太白，自号青莲居士。唐代诗人。善写《清平调》等能唱之诗,《菩萨蛮》《忆秦娥》被后代学者誉为“百代词曲之祖”。

菩萨蛮

平林漠漠烟如织[①]，寒山一带伤心碧[②]。暝色入高楼[③]，有人楼上愁。　玉阶空伫立[④]，宿鸟归飞急。何处是归程[⑤]？长亭更短亭[⑥]。

【注释】

①平林：平原上的林木。漠漠：迷蒙的样子。烟如织：暮烟缕缕。

②伤心：四川方言，极、无穷。碧：青色，山野一色冷碧。

③暝色：夜色。

④玉阶：玉石台阶。伫（zhù）立：久立。

⑤何处：不知他走到哪儿了。

⑥亭：古时为方便行人歇息、饯别，在路边设置的亭舍，长亭间两亭距十里，短亭间相距五里。

【赏析】

该词的主人公面目比较模糊，论者主要有四种观点，或谓女子眺远怀人，或谓游子思妇，或谓游子与思妇同时相思，或谓词人抒发自己功名未就之愁。“有人”是游子对妻子的爱称；立“玉阶”者即楼上女子，“暝色”入楼后，已无条件远眺，不可能再下楼久立玉阶，“伫立”时刻应发生在上楼之前，愁因“空”而生。由此判断词的主人公是一位游子。

上片写游子望乡所见，平林漠漠、寒山远横，似乎望见了遥远的自家阁楼，此时夜色浸人，想到妻子独在楼上一定比自己还要愁闷。

顺利过渡到下片，专写游子想象中的女子愁因愁状。黄昏中她久立阶前，眼见鸟儿匆匆归巢，而丈夫仍未归来；“长亭更短亭”归程遥遥，不知道丈夫现在走到了什么地方，又白等一天。上片景远情近，用“漠漠”“寒山”表归心已久，用“有人”拉近距离；下片景近情远，用“宿鸟归飞急”唤起思夫情切，用“何处是归程”暗示忧思没有着落，恰到好处地表达出两地相思之情。“平林漠漠烟如织”，景致疏淡、幽思漫远，韩元吉《念奴娇》曾化用为：“尊前谁唱新词，平林真有恨，寒烟如织。”

忆秦娥

箫声咽①，秦娥梦断秦楼月②。秦楼月，年年柳色，灞陵伤别③。　乐游原上清秋节④，咸阳古道音尘绝⑤。音尘绝，西风残照，汉家陵阙⑥。

【注释】

①箫：竹制管乐器。箫声咽：箫声呜咽凄苦。

②秦娥：本指春秋时秦穆公女儿弄玉。这里泛指秦地美女。据《列

仙传》载，相传春秋时期，萧史善箫，箫声美妙，孔雀、白鹤会闻声而至；秦穆公女儿弄玉亦喜箫，两人遂结为夫妻；夫教妻学，弄玉吹箫技艺大有长进，箫声如凤鸣而招来凤凰，秦穆公大悦，专为他俩建造凤凰台，夫妻居台上数年，后随凤凰飞去。秦楼：泛指女子居处。

③灞：灞陵，汉文帝陵寝。附近有灞水、灞桥，汉唐人送客到此有折柳赠别习俗。

④乐游原：始建于汉代，唐代游赏胜地，遗址在今西安南郊。清秋节：指九月九日重阳节。

⑤咸阳：战国时的秦国故都，唐人常以咸阳代指长安。古道：由咸阳通往西北地区的古代官道。音尘：声音和尘埃。比喻音信和消息。

⑥陵：帝王坟墓。阙：祠庙之门。汉家陵阙：汉朝皇陵群。

【赏析】

弄玉箫声引凤凰，秦娥箫声怀归人。

上片写伤春，秦娥秦楼梦醒，起身望月，拈箫自吹箫声凄咽，惨淡月光下远看灞陵，想起当年折柳送别征夫，一别经年，年年柳色，怕见柳色，今又柳绿，触到伤心处，难忘当年灞陵伤别。

下片写悲秋，清秋节时，秦娥独登乐游原，望咸阳古道，杳无音尘，既无去者也无来者，颇为绝望，立身夕阳残照，惟对“汉家陵阙”。“音尘绝”句，透露出秦娥不是第一次来乐游原，含回忆情愫，前次应是与夫同游，当时的咸阳古道车如水马如龙，与眼下的“音尘绝”形成鲜明对比，产生陡然跌下悬崖之感。这首词将一个弱女子的凄婉哀容置于历史沧桑的大背景下，隐含对社会的思虑与愤懑。构思奇绝，时间跨度大，由春到秋；着重对称写法与气氛渲染，春夜“箫声咽”，秋日“音尘绝”；起首月映秦楼，煞尾夕照陵阙；是处哀伤，悲凉穿心。

张志和

张志和（730？—810），婺州金华（今浙江金华）人。原名龟龄，字子同，号玄真子，自称烟波钓徒。道士，诗人，词人。

渔歌子

西塞山前白鹭飞①，桃花流水鳜鱼肥②。青箬笠③，绿蓑衣④，斜风细雨不须归。

【注释】

①西塞山：在今浙江湖州磁湖道士矶。

②鳜（guì）鱼：一种淡水鱼。

③箬笠：用箬竹叶及篾编成的宽边帽。

④蓑衣：用莎草、宽长植物叶子与棕丝编成的雨衣。

【赏析】

白鹭低飞山前，桃花映红春水，鳜鱼嬉游上下，斜风细雨扑面，渔翁戴箬笠披蓑衣，乐而不归。天上飞、水中游、鸟白、花红、笠青、蓑绿，构成了一幅既恬静悠美又生灵活现的大自然画面。这首词表现词人远离官场隐于世外桃源，自得自乐的心灵状态，其中的渔人形象正是词人形象的写照。

白居易

白居易（772—846），太原（今山西太原）人。字乐天，号香山居士。唐代诗人。词作有《长相思》等小令。

忆江南[①]

江南好，风景旧曾谙[②]。日出江花红胜火[③]，春来江水绿如蓝[④]。能不忆江南。

【注释】

①江南：指江浙一带。

②曾谙（ān）：见过、熟悉。白居易 822 年任杭州刺史，826 年去职。词人深爱江南景色，67 岁居洛阳时写《忆江南》三首，此为第一首。第二首是“江南忆，最忆是杭州”，第三首是“其次忆吴宫”。

③江花：江边盛开的鲜花。红胜火：初日照红花、艳于火焰。

④绿如蓝：春水澄绿，蓝天倒影，浑为一色。

【赏析】

开篇用一个俗语“好”字，引出“日出江花红胜火，春来江水绿如蓝”这一对仗佳联；以“日出”“春来”提起情趣，以静态景物为特征，用江花红、江水绿、江天蓝，描绘江南朝日初升、水天一色的春天美景，笔调明快、色彩强烈。词人喜欢红、绿、蓝三个色调，在其诗中也有反映，如《秋思》中的“夕照红于火，晴空碧胜蓝”。

温庭筠（yún）

温庭筠（?—866），太原人。字飞卿，世称温八叉。唐代诗人。善诗词音乐，早期词律发展的开拓者。

忆江南[①]

千万恨，恨极在天涯[②]。山月不知心里事，水风空落眼前花[③]。摇曳碧云斜。

【注释】

①忆江南：原作词牌署《梦江南》。

②恨极：恨至极处。

③山月：山间明月。水风：江风。花：既是指眼前的花，也是少妇自比。

【赏析】

这首词写少妇思念远在天涯的心上人，用“恨”表爱，千万爱说成“千万恨”，爱极说成“恨极”，让读者紧绷心弦。“恨”有那么多、那么深，究竟因为什么？只因心上人一走不回、不在身边！没有倾诉对象，只好空对山月，而山月哪里懂得她的心事，任着江风吹落花瓣，使她容颜憔悴，自己却摇摇曳曳躲到碧云后面去了。一天天就这样过去，“山月”与丈夫形象合二为一，恨他而央及“山月”，蕴味无穷。“山月不知心里事”堪为名句，后人多有引用。

忆江南

梳洗罢，独倚望江楼[①]。过尽千帆皆不是，斜晖脉脉水悠悠[②]。肠断白蘋洲[③]。

【注释】

①望江楼：通指江边高楼，少妇居处。

②斜晖脉脉：一语双关，夕阳余晖倒映江面波光粼粼，又像是脉脉含情的眼波闪动。

③蘋（pín）：多年生水草，夏秋间开白花。洲：江河中泥沙淤积而成的小片陆地。白蘋洲：诗词中代指分手处。赵微明《思归》："惟见分手处，白蘋满芳洲。"

【赏析】

白蘋洲是引发少妇情绪起伏的标志点，是丈夫乘船出发与归来落脚之地，送别时候的难舍目光依然留在那儿，希冀再从那儿获得突然发现归人立于船头的惊喜。少妇一早起来打扮一新，靓妆倚楼翘望归人，数着一个个白帆驶过，但直到黄昏仍不见他的船来，脉脉目光与夕阳余晖同落江面，闪动不止，满腹委屈与断肠之痛定格在当初热望的白蘋洲上。一首 27 字令词，写出一个感人的完整情节，"过尽千帆"极尽惆怅之情，"斜晖脉脉"极尽柔美之态。与前首《忆江南》相比，"过尽千帆皆不是"莫如"山月不知心里事"含蓄，"斜晖脉脉水悠悠"则比"水风空落眼前花"更出神韵。

菩萨蛮

小山重叠金明灭[①]，鬓云欲度香腮雪[②]。懒起画娥眉[③]，弄妆梳洗迟。　照花前后镜[④]，花面交相映[⑤]。新帖绣罗襦[⑥]，双双金鹧鸪[⑦]。

【注释】

①小山：眉山、翠眉。叠：眉蹙之义。金：唐时女子施于额上的黄色妆饰。明灭：若明若暗。

②鬓云：鬓发散乱如云。度：以发微掩。香腮雪：腮如白雪，丰腴细嫩、散发清香。

③懒起：娇懒迟迟。画娥眉：描眉。

④前后镜：梳妆台镜谓前镜，照正面；手持柄镜谓后镜，照后背。

⑤交相映：两镜光影交相互映，照出人面花貌立体形象。

⑥帖：帖同“贴”，一种刺绣工艺。罗襦（rú）：丝绸短上衣，丝绸小袄。

⑦鹧鸪：状如母鸡的一种小鸟，背上羽毛有紫红浪纹。金鹧鸪：金色丝线绣成的鹧鸪。

【赏析】

该词是一幅美女全程梳妆速写。

上片写女子之美，翠眉微蹙，额黄若隐若现，青发如云半掩鬓腮，如雪肌肤散发体香，美艳非常；慵柔迟懒，娥眉欲描不描；缓缓梳洗，弄妆巧为打扮；娇态十足，营造出一个教人等得心急、然后出场的效果。

下片写女子扮姿之美，前后照镜、双双鹧鸪，得意之情溢于言表；有美的追求、美的标准，自爱自赏自恋。如此寥寥数语，词人在表现什么？是说美丽女子怀有对爱情的向往，还是暗寓男子心仪的美女形象？有的认为是写美女寂寞，有的认为是托言怀才不遇，类如达·芬奇名画《蒙娜丽莎》，有人迷惑她的微笑，有人专注她的泪痕。

更漏子

玉炉香，红烛泪①。偏照画堂秋思②。眉翠薄，鬓云残③。夜长衾枕寒④。　　梧桐树，三更雨。不道离情正苦⑤。一叶叶，一声声，空阶滴到明⑥。

【注释】

①玉炉：精美香炉。红烛泪：红蜡烛燃后蜡液流淌状似泪花。杜牧《赠别》：“蜡烛有心还惜别，替人垂泪到天明。”

②画堂：有华美装饰的居室。秋思：点明节气。

③眉翠薄：眉黛褪色。鬓云残：鬓发散乱。

④衾（qīn）：被子。薄被不耐秋寒，寂寞更恨夜长，少妇辗转难眠。

⑤不道：莫说、跟谁说。离情：夫妻离别情怀。

⑥空：空有、空置。

【赏析】

上片写室内、行为，秾丽之中有孤寒。房内烟香缭人、红烛滴泪，画堂虽美难掩秋思；懒怠梳理粉黛，夜长难眠；用“香”“泪”“薄”“残”营造孤寂难耐的气氛，归结为“夜长衾枕寒”。

下片写室外、内心，疏淡之中出真情，以梧桐树、三更雨烘托少妇离情孤苦，心随雨打梧桐声响而震颤不已，泪珠与雨滴同生同落，心动与声响同起同止，闭门屋中，不闻思念之人脚步踏阶之声，徒然等到天明。这首词句子短、换韵快，声调跌宕而有情致。“一叶叶，一声声，空阶滴到明”为千古佳句，李清照《声声慢》、聂胜琼《鹧鸪天》均有化用。

韦庄

韦庄（836？—910），杜陵（今陕西西安）人。字端己，韦应物四世孙。晚唐诗人，前蜀宰相。西蜀花间词派的代表性作家。

女冠子

四月十七①，正是去年今日，别君时②。忍泪佯低面③，含羞半敛眉。　　不知魂已断，空有梦相随。除却天边月，没人知。

【注释】

①四月十七：与情人相别的确切日期。

②君：指女子的情人。

③佯：假装、掩饰。佯低面：故意低下头来避开对方目光。

【赏析】

主人公是一失恋女子，“四月十七”是她终身难忘的初恋日子。上片写“别君时”情景。“忍泪佯低面，含羞半敛眉”，其态亦真、其情亦真，充满甜蜜感。

下片“空有梦相随”一语点破，那原来是“去年”情景，在“今日”梦中重现，尽管如此，也得到了爱情的慰藉，希望与魂梦相随，此情此意“除却天边月，没人知”，将“月”当作证人、当作知音，恰如山盟海誓。开篇用时日记史笔法，似白居易“可怜九月初三夜，露似珍珠月似弓”，极具印象加强效果。

冯延巳（sì）

冯延巳（903？—960），字正中，官至南唐中主朝宰相。善写令词，多离情别恨及士大夫落寞情绪，多篇《蝶恋花》极为婉约。继承和发扬了花间词的传统，并有所创新。

浣溪沙

转烛飘蓬一梦归①，欲寻陈迹怅人非②。天教心愿与身违③。　待月池台空逝水④，荫花楼阁漫斜晖⑤。登临不惜更沾衣⑥。

【注释】

①转烛：风中之烛，比世态变化莫测。飘蓬：飘忽不定的蓬蒿枯草。

②陈迹：过往的历史留痕。

③天教：天意、天定。

④待月：指黄昏后、月出前时候。池台：以往约会之处。逝水：比喻岁月流逝。

⑤荫花：树木枝叶在日光照耀下形成的阴影。

⑥沾衣：泪湿衣衫。

【赏析】

上片直抒情怀。命运如风中之烛，难卜能亮到何时；如空中飞蓬，不知会落到何处；欲踏寻旧迹，已经物是人非，找不到旧时感觉；叹息上天不遂人愿，与之若何。

下片慢写散景。昔日望月池台，空余一塘逝水；树荫花影楼阁，遍披落日斜晖；再勉力登临一次吧，何必怜惜涕泪沾湿衣衫。词人笔调老成、情思摇荡，身感世事变幻，将个人与故国命运连结在一起，抒发了对未来的沉思与忧虑。“斜晖”“沾衣”反用杜牧诗意，杜任池州刺史时，于重阳节携酒登临齐山、以酒掩愁，想起齐景公游牛山时曾感叹人生无常独自垂泪的故事，认为生老病死并非只有今世才有，不能像齐景公那样自寻烦恼，登临何必需要垂泪，留诗“但将酩酊酬佳节，不用登临恨落晖。古往今来只如此，牛山何必独沾衣”。而词人却“不惜”涕泪沾衣也要登临，表现了词人对亡国的悔恨。

采桑子

花前失却游春侣①，独自寻芳。满目悲凉。纵有笙歌亦断肠②。　　林间戏蝶帘间燕，各自双双。忍更思量③。绿树青苔半夕阳。

【注释】

①侣：指情侣，爱人。

②笙（shēng）歌：指奏乐唱歌。

③忍更思量：不忍不想。

【赏析】

上片情寓于事。春花似锦，想起往年与爱人游春情景，而今影单形只，再也找不到像她那样美丽可心的人了，春光入眼反觉是满目悲凉，笙歌盈耳倒使人痛如断肠。

下片人寓于景，暗用李商隐“空馀双蝶舞，竟绝一人来”，与上片“失却”对应。词人见林间戏蝶、帘间双燕，触动心思，不去思量也难忍思量，“独自寻芳”无果，只好把这种情绪隐入落日余晖里。语言凝练、节奏流畅，有民歌风。

南乡子

细雨湿流光[①]，芳草年年与恨长[②]。烟锁凤楼无限事[③]，茫茫。鸾镜鸳衾两断肠[④]。　魂梦任悠扬，睡起杨花满绣床[⑤]。薄倖不来门半掩[⑥]，斜阳。负你残春泪几行[⑦]。

【注释】

①流光：微风摇叶，水珠闪落之光。

②与恨长：以草喻愁比恨，春草生长极快，愁恨与芳草同长。

③凤楼：少女闺楼、妆楼。无限事：无穷心事。

④鸾镜：鸾鸟图案的梳妆镜子。鸳衾：绣有鸳鸯的被子。

⑤杨花：柳絮。绣床：装饰华美之床。

⑥倖（xìng）：通幸。薄倖：薄情，负心。门半掩：有意留门。

⑦负你残春：辜负春光，寓意负我青春。

【赏析】

上片寄情于景。外面世界是细雨流光，芳草与爱恨同长；家里光景是烟锁凤楼，少妇受困独愁，怀念离人之情年甚一年、日甚一日，心事重重茫然无落，对鸾镜、理鸳衾，不禁愁断肝肠。

下片寓情于事。干脆抛却烦恼，到梦里去驰骋飞扬，一觉醒来见杨花满床，门照旧半开半掩，却仍不见“薄倖人”来，随口骂道负我春心泪几行！全词似一出独角独幕小戏，有情节、有台词、有布景，可视可听可感。一般闺怨题材诗词，多摄取不眠长夜做时间背景，该词却独选短暂的白日午休；女子形象多重娇媚丽容、似水柔情，该词却凸显性格爽朗、略带泼辣的一面，足可见词人艺术功力不同寻常。词人另有一首平仄共用韵体《南乡子》，情调与该词颇为相近，同赏可以兼得其妙，全词如录："细雨泣秋风，金凤花残满地红。闲蹙黛眉慵不语。情绪，寂寞相思知几许。　玉枕拥孤衾，挹恨还同岁月深。帘卷曲房谁共醉，憔悴，惆怅秦楼弹粉泪。"

谒金门

风乍起①，吹皱一池春水②。闲引鸳鸯香径里③，手挼红杏蕊④。　斗鸭阑干独倚⑤，碧玉搔头斜坠⑥。终日望君君不至，举头闻鹊喜⑦。

【注释】

①乍：初、刚。

②吹皱：风吹水面迭起波纹。春水：比少妇之心。

③香径：花丛间的人行小道。

④挼（ruó）：揉、捻。

⑤斗鸭：民俗，类似斗鸡。斗鸭阑：圈定的斗鸭场所。

⑥碧玉：碧玉簪。

⑦闻鹊喜：指喜鹊报喜传说。

【赏析】

上片起句妙笔生花，写少妇看似无聊而心有波澜，如"一池春水"被春风吹动，心里"皱起"思念夫君的层层涟漪；闲逗鸳鸯、手拈杏花，似无意赏春，漫步花间小道。

下片揭示内心活动。独倚栏杆，眼光在栏内而心思在栏外，思念君归，竟想得发痴，发簪都快掉下来了也未察觉，直到闻鹊鸣报喜，才把她从“终日望君君不至”的沉闷之中解救出来。词人善于择字炼句，用“乍起”“吹皱”写状态微变，用“闲引”“手挼”“独倚”“斜坠”“举头”连串动作，刻画少妇惟肖惟妙的心理活动。冯是南唐宰相，中主李璟笑他：“‘吹皱一池春水’，何干卿事？”冯答：未若您“细雨梦回鸡塞远，小楼吹彻玉笙寒”，成为史传趣事，对话诙谐，表达两人对艺术水平的相互赞许，冯的回答谨慎得体，又透露出对努力维系君臣关系的思虑。

蝶恋花①

六曲阑干偎碧树②，杨柳风轻，展尽黄金缕③。谁把钿筝移玉柱④，穿帘海燕双飞去。　满眼游丝兼落絮⑤，红杏开时，一霎清明雨⑥。浓睡觉来莺乱语⑦，惊残好梦无寻处。

【注释】

①原作词牌署《鹊踏枝》。

②六曲：指六处曲折回环，或言曲折回环之多，一种古代建筑艺术风格。阑干：栏杆。

③黄金缕：指鹅黄色嫩柳丝条。

④钿：筝的金饰。玉柱：玉质筝柱，筝的档次极高。暗示女主人身份。

⑤游丝：空中飘浮的柳丝。

⑥一霎：一瞬、片刻。

⑦莺乱语：化用金昌绪《春怨》：“打起黄莺儿，莫教枝上啼。啼时惊妾梦，不得到辽西。”该句，有读本作“浓睡觉来慵不语”。

【赏析】

上片写初春美景。六曲阑干依偎碧树，金黄柳丝拂风飘舞，院落气魄华美，闺中少妇用心弹筝寄托思夫之愁，其情亦专其声亦烈，巢中燕子不忍卒听，惊恐飞出屋外。

下片写伤春之情。游丝袅袅、白絮飘扬，美得令人眼花缭乱；红杏花开、细雨无声，正是春困时候，少妇“浓浓”睡个午间好觉，寄情美梦，却被黄莺“乱语”惊破，自叹到哪里再去寻梦中良辰！词人用心良苦，自比贵族少妇，隐喻身居高位忧谗畏讥，言不可明言之思，景语皆成情语。

李璟

李璟（916—961），南唐中主，与冯延巳有词交，始以社会题材入词，对儿子李煜有重要的启发与引导作用。

摊破浣溪沙

手卷真珠上玉钩①。依前春恨锁重楼。风里落花谁是主，思悠悠。　青鸟不传云外信②，丁香空结雨中愁③。回首绿波三楚暮④，接天流。

【注释】

①真珠：珍珠。玉钩：玉质帘钩。

②青鸟：仙鸟，西王母的信使。不传：不会送来、带来。

③丁香：一种花木，花蕾形状似心，诗称丁香结，比愁思郁结。

④三楚：本指先秦时期的楚国疆域，秦汉时分为西楚、东楚、南楚，五代十国时指马殷、高季兴、周行逢三部的割据区。此处泛指湘鄂地区，李璟曾收复湖南，后又丢失。三楚，有读本作“三峡”。

【赏析】

这首词表面写女主人望春思春，而不得揽春于怀的春愁春恨，更深层次的意境是托贵妇之口诉说江山危亡之忧。

上片写景，她慢“卷”珠帘、轻挂帘钩，依然春恨漫锁重楼，风卷落花飘乱纷纷，无法主宰自己的命运，思绪悠悠而空无着落。

下片抒情，青鸟不会传来“天外”喜讯，丁香只会结雨中闲愁，寄望青鸟、寄情丁香都于事无补；回首三楚绿野，惟见天际暮色，与江水同流而去。全词意境渺远、含蓄深沉。词人喜李商隐诗，善化为己用，“蓬山此去无多路，青鸟殷勤为探看”，诗人留下“青鸟殷勤”的希望，词人却认为无望；“芭蕉不展丁香结，同向春风各自愁”，诗人让芭蕉与丁香“同向春风”，词人却舍芭蕉而独取丁香偏对雨愁。南唐（937—975）三帝，中主在位十九年，本怀重振大唐帝国之梦，但面临周世宗、宋太祖的接连威逼，危机四伏、力薄难撑，958 年对周俯首称臣，961 年死于南京。该词表达了他对国家前途的深深忧虑，流露出国运无可把握的颓丧与失落。

摊破浣溪沙

菡萏香销翠叶残①，西风愁起绿波间。还与韶光共憔悴②，不堪看③。　细雨梦回鸡塞远④，小楼吹彻玉笙寒⑤。多少泪珠何限恨⑥，倚阑干。

【注释】

①菡萏（hàn dàn）：荷花。

②韶光：美好年华，亦指春光。

③不堪看：不忍看。词人生年仅四十五岁，该词应作于更年轻时期。

④梦回：梦醒。鸡塞：鸡鹿塞，代指边塞，在今内蒙古境内。

⑤吹彻：吹够、吹罢。玉笙：用于吹奏喜庆乐曲。

⑥何限：无限。“多少”句，有读本作“簌簌泪珠多少恨”。

【赏析】

这首词表面是写女主人思念归人而无以圆梦的悲秋情怀，更深层次的意境是托女子之口，面对临头厄运而吟唱的一曲哀歌。《南唐书》载，女歌手王感化在中主面前数度演唱“南朝天子爱风流”，讽其沉迷酒色荒废朝政，他听后顿悟，将上述两词抄录给王以示谢意；《南唐书》又载，中主与冯延巳就“风乍起”有一段巧妙对话，表明他们谙熟隐喻的写作艺术。

上片写楼外景，下片写楼内人，句句皆美、意境更美，两个三字句“不堪看”“倚阑干”犹如投石击水，激起联想不断，情凄清、气悲凉。“菡萏香销翠叶残”，莲花香销残叶犹存，颇具感发力量；“西风愁起绿波间”，荷花本依于绿水，西风吹得花尽，又吹起剩水绿波，愁与西风同生；“还与韶光共憔悴”，往日的“此花此叶常相映”美景已经消失，时光把荷花和人生折磨得憔悴不堪；“细雨梦回鸡塞远”，可以想见梦醒时分枯荷听雨的心境，边塞遥远，此生还能再看到它吗？“小楼吹彻玉笙寒”，吹遍所有能吹的曲子，也找不到一丝喜庆的感觉，反觉满楼生寒；泪无限恨无限，却无力挣脱，徒有空倚阑干。

词人另有一首《浣溪沙》，情调与此相近，亦为佳作，全词如录：“风压轻云贴水飞，乍晴池馆燕争泥。沈郎多病不胜衣。　沙上未闻鸿雁信，竹间时有鹧鸪啼。此情惟有落花知。”

李煜（yù）

李煜（937—978），字重光，李璟第六子，南唐后主。善诗词书画，论者谓其“不称职的皇帝，优秀的文学家”。975年被俘降宋后，词风由奢靡艳丽转为沉痛悲凉，以国愁家难入词，使词从音乐附庸走上真正的文学道路，居开创之功。艺术造诣极高，风格与其父不同，善用第一人称，重白描手法，语言率真，素朴易懂。

浪淘沙①

帘外雨潺潺，春意阑珊②，罗衾不耐五更寒③。梦里不知身是客，一晌贪欢④。　独自莫凭栏，无限江山，别时容易见时难⑤。流水落花春去也，天上人间。

【注释】

①原作词牌有读本署《浪淘沙令》。

②阑珊：凋残、衰败。

③罗衾：绫罗绸缎被子。

④客：身份自称，实为俘虏。一晌：一会儿。

⑤别时：城破投降、被押离故都金陵之时。

【赏析】

上片前三句写梦醒之后所闻所感。听雨更伤春，难耐五更寒；后二句回过头来再写梦境，竟忘记自己身份贪图梦中一时之欢，反过来说就是：若知身为俘虏，焉会一晌贪欢！

下片反思，上升到家国情怀的高度。无限江山难觅，切莫独自凭栏；“别时容易见时难”化用曹丕“别日何易会日难”，一旦离开故国，再想回去比登天还难，表达“无限江山”已归他人、“春意阑珊”却属自己的巨大失落，从天上坠入人间，发出“流水落花春去也，天上人间”的千古绝叹。词人另篇《浪淘沙》同样抒发去国哀婉之情，亦为佳作，原词如录：“往事只堪哀，对景难排。秋风院落藓侵阶。一任珠帘闲不卷，终日谁来。　金锁已沉埋，壮气蒿莱。晚凉天净月华开。想得玉楼瑶殿影，空照秦淮。”

破阵子

四十年来家国①，三千里地山河②。凤阁龙楼连霄汉③，玉树琼枝作烟萝④。几曾识干戈⑤。　一旦归为臣虏，沈腰潘鬓消磨⑥。最是仓皇辞庙日⑦，教坊犹奏别离歌⑧。垂泪对宫娥。

【注释】

①四十年：南唐（937—975）从立国至灭亡计三十八年。

②三千里：概指南唐版图。词的句式需要，取定数。

③凤阁龙楼：楼阁盘龙栖凤，状辉煌。霄汉：高空。

④玉树琼枝：绿树如玉。烟萝：形容树枝叶繁茂，烟笼藤绕。

⑤几曾：何曾。识：懂、知道。干戈：指战争。表不懂军事，从未领过兵打过仗。

⑥臣虏：李煜降宋后被封为违命侯故称臣，遭禁而无自由故称虏。沈腰潘鬓：形容消瘦，未老先衰。沈指南朝梁文学家沈约，他曾因病消瘦，腰带日渐宽松；潘指西晋文学家潘岳，他年少貌美，然而三十岁鬓发已斑白。

⑦最是：特别是、尤其是。辞庙：押送汴京前仓皇拜别祖庙。

⑧教坊：指南唐管理宫廷音乐的官署。

【赏析】

上片回忆南唐旧时国强地广、皇城辉煌，故国难忘；可贵之处是反思治国失策，败在不识“干戈”。

下片前二句运用沈潘的典故写凄惨身心：词人三十八岁被俘以后倍受摧残，腰瘦鬓斑是屈辱、心酸的写照；后二句再转入回忆，仓皇辞庙日的惨景刻骨铭心，自家教坊奏出与自家祖先生离死别的哀曲。词人深感无颜立世，于是感情迸发，悲痛欲绝！全词皆为亲历亲为亲感，同时用语自如、率真如初，“四十年”“三千里”颇有气象，“几曾”“一旦”“最是”“犹奏”，层次感很强。

相见欢[①]

林花谢了春红[②]，太匆匆。无奈朝来寒雨晚来风[③]。

胭脂泪[④]，留人醉[⑤]，几时重。自是人生长恨水长东。

【注释】

①原作词牌有读本署《乌夜啼》。

②林花：多种花，林林总总的花。谢：凋谢。春红：春天的花朵。

③“无奈”句：有读本作“常恨朝来寒重晚来风”。

④胭脂泪：女子粉面落泪带下胭脂红色，犹如血泪。

⑤醉：酒醉、心醉。此处指心碎而不知所从。

【赏析】

上片一句一意。林花凋谢春红顿失，只怪去得太过匆匆，为什么会是这样？只因遭到朝雨晚风的摧残，无力抗拒，于之奈何。

下片与上片对应。流淌的“胭脂泪”是雨浇春红，“留人醉”是“谢了”的迷茫，“几时重”是“太匆匆”的回声，“自是人生长恨水长东”是对“朝来寒雨晚来风”的持续嘶鸣，是大彻大悟之语。

相见欢

无言独上西楼①，月如钩②。寂寞梧桐深院锁清秋③。

剪不断④，理还乱⑤，是离愁。别是一番滋味在心头。

【注释】

①无言：寓意满腹是话却无处去说。西楼：指被囚禁院内的小楼。

②月如钩：弯曲似钩、残缺不全之月。

③锁清秋：囚院森严，寂寞人、梧桐树与萧杀清秋一起被关在院内。

④剪不断：行心无迹，焉可剪断。

⑤理还乱：千丝万缕，愈理愈乱。

【赏析】

上片写景。万般孤寂独上西楼，面对如钩残月沉默无言，身陷囚室清秋关锁，不知如何才能解脱。

下片抒情。化用李白“抽刀断水水更流，举杯消愁愁更愁”，这家国离愁，欲剪不断、欲理更乱，“别是一番滋味”牢居心头挥之不去，谁予理会！全词 36 字，字字如金不可更移，朴素无华却别有韵味；“别是一番滋味”可意会而无以言状，含蓄而不难揣摩。

清平乐

别来春半[1]，触目柔肠断。砌下落梅如雪乱[2]，拂了一身还满。　　雁来音信无凭[3]，路遥归梦难成[4]。离恨恰如春草[5]，更行更远还生。

【注释】

①别来：别后。春半：春天已过半。指李煜七弟李从善971年作为人质入宋，当回未回，故有此作。

②砌下：台阶下。

③雁来音信无凭：鸿雁归来却没有带来任何音信。

④难成：七弟遭宋扣押，归来之期不可预测，比做梦还难。

⑤恰如春草：《古诗十九首》："青青河畔草，绵绵思远道。"

【赏析】

上片写景。时已春半，触景生情；已经是七弟预定归来的时间，却仍未归来，令人忧心如焚；痴立香阶，梅花落地如雪，洒满身上，拂之又落；无情落花竟如思弟之心，怎么也安定不下来。

下片抒情。盼雁雁无信、求梦梦难成；"离恨恰如春草"，将"离恨"推向峰端，春草无处不生，连绵一片无边无际，纵然在人走不到、看不见的更远的地方，它也能顽强生长；日子愈久离恨愈重，永无尽期；"更行更远还生"，表达出一种生生不息的抗争精神。秦观《八六子・倚危亭》中的"倚危亭，恨如芳草，萋萋刬尽还生"就化用了这两句。

虞美人

春花秋月何时了[①]，往事知多少[②]。小楼昨夜又东风[③]，故国不堪回首月明中[④]。　　雕栏玉砌应犹在[⑤]，只是朱颜改[⑥]。问君能有几多愁[⑦]，恰似一江春水向东流。

【注释】

①了：完结、了结。

②往事：指眷恋的过往时光。

③小楼：在汴京的被囚禁处。又东风：又一年春天。

④故国：指南唐。月明：月光。

⑤雕栏玉砌：雕花栏杆，玉砌台阶，指宫殿建筑。

⑥朱颜：青春容颜，红润面容。

⑦问君：自我反问。

【赏析】

相传978年，李煜被囚禁的第三年，恰逢七夕生日，令旧伎演唱“故国不堪回首月明中”，声闻于外，宋太宗大怒，命人将其毒死，该词即为他的绝命之作。

上片写景，声情并茂。“春花秋月何时了”柔绵瑰丽而又冷峻奇绝，春秋是时序更迭，我无法改变；花月可以寄情，我已无此心。“往事知多少”与上句承接，“往事”是什么？在哪里？有多少？春花秋月一定比我知道的更多，我怕见它们，让它们从目光下消失，为后边的“不堪回首”做铺垫。“小楼昨夜又东风”，一个“又”字，拈出多少烦愁！春来于我何益，孤月高悬，“故国”何在；月光愈是明亮，愈加“不堪回首”。

下片“不堪回首”还要回首，用疑惑不定口气自问自解：南唐故宫也许还在吧？纵使“犹在”，也“朱颜”已改，不会再有旧日风采！一连串数问，悲愤郁积，发而为：“问君能有几多愁，恰似一江春水向东流！”一吐为快、一泻千里，满腔愁恨冲决罗网，如一江春水浩浩荡荡，不舍昼夜长流不息，是愁极恨极的大爆发。王国维《人间词话》有“后主之词，真所谓以血书者也”。写作该词时，词人处于随时都可能丢命的危难境地，无所顾忌泣血为词，直抒亡国之恨，标志词文学社会价值的转折与升华；艺术高超、有篇有句，是千古不朽的艺术绝品，其美学意义超越作品本身所反映的内容。值得注意，李煜对春愁春恨的描写手法、所抒情调具有一贯性，若“林花谢了春红”“离恨恰如春草”“流水落花春去也”。最后两句化用李白“请君试问东流水，别意与之谁短长”，点金术极其高明。直到如今，仍闻有人低吟高唱“问君能有几多愁，恰似一江春水向东流”，而记得出处的人可能不会太多了。

李珣

李珣（855？—930），字德润。五代词人。事前蜀，妹为蜀主王衍昭仪；前蜀亡，不仕。

巫山一段云

古庙依青嶂①，行宫枕碧流②。水声山色锁妆楼③。往事思悠悠。　云雨朝还暮④，烟花春复秋⑤。啼猿何必近孤舟⑥。行客自多愁⑦。

【注释】

①古庙：神女祠。青嶂：状如屏障的青山峰。

②行宫：帝王出行居所，指宋玉《高唐赋》中楚襄王游云梦时的高唐宫观，俗称细腰宫。枕碧流：行宫临溪而建。

③妆楼：宫女起居之处，周围是水声山色。

④云雨：典出宋玉《高唐赋序》，指楚怀王梦中与神女相会故事，神女辞别时告诉楚怀王“妾在巫山之阳，高丘之阻，旦为朝云，暮为行雨，朝朝暮暮，阳台之下”。诗词常以巫山、云雨、高唐、阳台表男女幽会。

⑤烟花春复秋：表年年春去秋来，此爱并未衰减。

⑥啼猿：猿鸣声如哭泣，哀切悲壮。

⑦行客：巫山过客，含词人在内。

【赏析】

该词描摹山水、寻访古迹，少脂粉气，有咏史性。

上片写景，写词人乘舟观赏巫山旧迹。神女祠依青青山峰而立，细腰宫临小溪碧水；水声山色中的隐隐妆楼，不见细腰宫女，不闻歌舞之声，词人想起古时楚怀王与神女幽会传说，不禁触发了对往事的回忆。

下片抒怀。云雨朝朝暮暮，春去秋来不改，神女一往情深，如果自己的恋情也能像怀王神女那样多好，忽被老猿叫声打断，迁怒啼猿不该“近”我“孤舟”，对我哀鸣！

鹿虔扆（yǐ）

鹿虔扆，生平不详。五代词人。后蜀被宋灭亡，鹿守节而不仕宋。

临江仙

金锁重门荒苑静①，绮窗愁对秋空②。翠华一去寂无踪③。玉楼歌吹④，声断已随风⑤。　烟月不知人事改⑥，夜阑还照深宫⑦。藕花相向野塘中⑧。暗伤亡国⑨，清露泣香红⑩。

【注释】

①金锁重门：皇宫有门数道，经常处于上锁关闭状态。荒苑：荒废的后蜀宫苑。

②绮窗：花格窗户。

③翠华：翠羽饰于杆顶的旌旗，皇帝仪仗。代指蜀主孟昶。一去：指蜀被宋灭后，孟昶被封为秦国公，不久死去。

④歌吹：歌唱、吹奏。

⑤声断：国家亡、歌舞歇，玉楼歌吹随风而逝。

⑥烟月：明月，当月色极好时，洒下清辉似薄雾烟纱。

⑦阑：将尽。

⑧藕花：荷花。

⑨亡国：指词人故国后蜀灭亡。

⑩泣香红：露珠像泪珠一样从清香的红花上滴下，像哭泣一样。

【赏析】

上片用后蜀的昔日繁华反衬蜀宫的今日萧索，委婉评论国家灭亡的责任与皇帝奢靡懒政有关。

下片将烟月、藕花拟人化，自然注入爱国情感，埋怨烟月不同情自己誓不依宋的孤单，还在浑然不觉地辉耀蜀宫。句句景语又是情语，在花间词纵横蜀地的环境中，以词状写家国题材，体现出词人的开阔襟怀与高远的文学眼光。“烟月不知人事改”化用温庭筠“山月不知心里事”，闻史兴叹，意境得到质的提升。

阎选

阎选，生平不详。五代词人，与鹿虔扆同代齐名。

定风波

江水沉沉帆影过[①]，游鱼到晚透寒波[②]。渡口双双飞白鸟，烟袅。芦花深处隐渔歌[③]。　扁舟短棹归兰浦[④]，人去，萧萧竹径透青莎[⑤]。深夜无风新雨歇，凉月，露迎珠颗入圆荷[⑥]。

【注释】

①沉沉：江深。帆影：船多，只能看见船帆影影绰绰。

②透寒波：游鱼自在游动，时而跃出水面。点明时令，秋天，傍晚。

③隐渔歌：众船晚归，还有人在芦花深处轻唱渔歌，暗示渔民仍在捕鱼，必有斩获。

④扁舟：小船。兰：兰草。浦：水边码头。

⑤莎（suō）：草名，多年生草本植物。

⑥珠颗：圆珠状水珠、露珠。圆荷：近圆形的荷叶。

【赏析】

上片写江上晚景。归帆争渡，鱼跃江面，双双白鸟环绕渡口低飞，渔村炊烟袅袅，芦花深处传来轻扬动听的渔歌。

下片写江边夜景。扁舟泊岸，渔民三三两两行于竹林小道，一阵小雨过后，夜深静籁无声，一轮清凉明月悬于当空，荷叶水珠滚动，点点晶莹闪光，宛如一幅水墨画，写出江边渔村的恬淡静谧，写出自劳自得、和谐相处的渔家生活，无污染、无喧嚣、无争斗，散发着原生态自然之美的馨香韵味。

北　宋　卷

王禹偁（chēng）

王禹偁（954—1001），济州钜野（今山东巨野）人。字元之。出身农家，983年进士。为人刚正、为官敢言，三次遭贬、终于任上。是北宋诗文革新的先驱者。

点绛唇

雨恨云愁[①]，江南依旧称佳丽[②]。水村渔市，一缕孤烟细[③]。　天际征鸿[④]，遥认行如缀[⑤]。平生事，此时凝睇[⑥]。谁会凭栏意[⑦]。

【注释】

①雨恨云愁：雨似带恨、云似含愁。

②佳丽：本指美女，此处指秀美风光。

③一缕孤烟：寓意渔村小，人家不多。

④征鸿：远行大雁。

⑤缀：飞雁连缀成行。

⑥凝睇（dì）：凝视，注视。

⑦会：知晓、会意。

【赏析】

上片写景。词人一出场就让云雨为他带恨含愁，但见湖边水村渔市，商贾来往；远处村落人家，一缕孤烟袅袅升起，给阴雨天气注入生机，情绪渐为好转，慨叹江南终归是佳丽之地。言外之意是：尽管我不愿做这小官，但真的喜欢此地风土人情。

下片抒怀，呼应恨愁何来。遥望天际征鸿，列阵结队高飞，暗想平生事业无成，恨不身生双翼，愁无知己，表达自己虽然官小但尽职尽责，却因无端遭贬而难施抱负的愁苦心情。“凝睇”含意深沉，表示盼朝廷知会，用“此时”点明为官背景，用“平生事”托出愁因，用“谁”字隐指朝廷，期盼能够得到理解与支持。

潘阆（láng）

潘阆（?—1009），大名（今河北大名）人。字逍遥。995 年因诗名赐进士及第，与寇准、王禹偁、林逋有文字之交。曾任微职，因性情豪纵被诬指“狂妄”，因而受逐，此后流落江湖。

酒泉子

长忆观潮，满郭人争江上望①。来疑沧海尽成空②，万面鼓声中③。　　弄潮儿向涛头立④，手把红旗旗不湿⑤。别来几向梦中看，梦觉尚心寒⑥。

【注释】

①满郭：满城。

②来疑：令人疑惑、难以想象。尽成空：排山倒海，似欲将海水倾干。

③万面鼓声：声如万鼓齐鸣。

④弄潮：类如冲浪那样的体育竞技活动。弄潮儿：类如运动员。

⑤旗不湿：吴地的一种竞赛活动，数百健儿披发文身，手持十幅大彩旗，腾身百变，出没于惊涛骇浪，经过激烈竞争，彩旗未被海水沾湿者为胜。

⑥心寒：替人担心，心惊肉跳。

【赏析】

钱塘观潮，在唐代已成胜景，徐凝诗曰“钱塘江里看潮人，直至白头看不足”。至宋代，将每年八月十八日定为观潮节日，举行隆重庆典仪式，官民倾城而出，数百健儿弄潮竞赛，人们为胜者欢呼庆功。词人有十篇《酒泉子》，该词是其中最为优秀的一篇，充满阳刚之气，也是一篇难得的宋代民风民俗历史记录。

上片回忆观潮盛况，描绘出难以想象的钱塘大潮宇宙壮观，“来疑沧海尽成空，万面鼓声中。”

下片前二句是特写镜头，弄潮儿雄立涛头，手举“不湿”红旗迎风飘扬，催人奋发、勇夺胜利；后二句是词人所感所想，“涛头立”“旗不湿”，是常人认为不可能实现的极限目标，意味着风险与牺牲，没有高超技艺绝不可能闯关夺冠，那惊险场景多少年后也没有忘记，常常入梦，醒后仍心存余悸。

范仲淹

范仲淹（989—1052），幼时曾居正定（今河北正定）、吴县（今江苏苏州）。字希文。1015年进士，1040—1043年间出任陕西四路宣抚使，守边有功，西夏人称其“胸中自有百万甲兵”。官至参政知事。有散文名作《岳阳楼记》，存词五篇，无篇不佳，被誉为边塞词的开创者。

苏幕遮

碧云天，黄叶地，秋色连波[①]，波上寒烟翠[②]。山映斜阳天接水，芳草无情[③]，更在斜阳外。　黯乡魂[④]，追旅思。夜夜除非，好梦留人睡[⑤]。明月楼高休独倚[⑥]。酒入愁肠，化作相思泪。

【注释】

①连波：秋色与秋水相接。
②寒烟：水气。翠：苍青色。
③芳草无情：字义是芳草本身无情，却是触发情思之物。
④黯乡魂：思乡愁思缠扰不休。
⑤“夜夜”二句：意思是好梦太少，长夜难眠。
⑥休独倚：切莫独自登楼倚阑。

【赏析】

上片写白日登楼所见秋景。云天澄碧、大地金黄，秋水扬波、轻烟笼翠，一派秾丽秋色；映山斜阳接秋水，芳草萋萋到天涯，一直延伸到目光不及的斜阳之外；化用温庭筠“芳草无情人自迷”，将“自迷”隐于字外，触发心结、勾起乡思。

下片转换到月夜所为、所叹。黯然乡魂，旅思萦心，夜夜期盼好梦，但好梦岂可易得，心怯明月太亮、高楼太高，切莫再独自登楼，不得不借酒浇愁，酒入愁肠，都化作相思之泪。

该词将秋色写得清廓爽目，将守边与思乡融汇一体，山川在眼、柔情于胸，散发浓浓乡愁而无悲秋情绪；用情实在、用语自然；“明月楼高休独倚”实为“独倚后”的痛楚之语；“酒入愁肠”化用李白“举杯消愁愁更愁”，将无形之“愁”变成有形之“泪”，点明愁在“相思”。

渔家傲

塞下秋来风景异①，衡阳雁去无留意②。四面边声连角起③，千嶂里④，长烟落日孤城闭⑤。　浊酒一杯家万里，燕然未勒归无计⑥。羌管悠悠霜满地⑦，人不寐，将军白发征夫泪⑧。

【注释】

①塞下：西北边疆，指驻防的延州地区。

②衡阳：有回雁峰，传说北雁南飞止于衡阳。

③边声：军情声息，包括风吼、马嘶、号角之声。连角起：风嘶马鸣与号角声此起彼伏。此句句意是练兵演阵、整装以待。

④千嶂里：千峰如壁、层层环抱。

⑤孤城：大漠中突兀而立的军事要塞，将军驻地。

⑥燕然：今杭爱山，在今蒙古国境内。此句用典，典出《后汉书·窦宪传》，东汉窦宪领兵大破匈奴，登燕然山、勒石纪功而返。句意是尚未立功勒石燕然，还不到凯旋归家的时机。

⑦羌管：羌笛，羌族人创制的乐器。霜满地：月光如霜。

⑧将军：词人自称。

【赏析】

上片写白天边塞景色，秋天来临，风光与内地迥异，大雁倾巢南去，毫无留恋之意；边情不断，沙场点兵，风嘶马鸣与号角声连成一片；群山环抱中，长烟落日下，关闭城门牢守孤城。“衡阳雁去无留意”含转折意，大雁是边塞唯一可以看到的天上飞鸟，自然会引起将士乡愁，故有“四面边声连角起”场景。

下片写城闭之后夜间所思，抒发报国情怀，词人原是率军守边的文臣，风雅深沉，知道今秋雁去明春还回，能够泰然处之，漫饮浊酒一杯，思念万里家山，谋划破敌建功之计；而自己尚未勒石燕然，又何以归家？“羌管悠悠霜满地”，将士们和自己在一起，和自己一样也会思乡；想到这里，夜不能寐，老泪纵横，纵然满头白发亦无怨无悔。该词是军旅生活实录，有词人内心的变化轨迹，情调悲壮，写出军人以守边为责又怀浓浓乡愁却又不同于常人乡愁的那种高尚境界。

御街行

纷纷坠叶飘香砌①。夜寂静，寒声碎②。真珠帘卷玉楼空③，天淡银河垂地④。年年今夜⑤，月华如练⑥，长是人千里。　愁肠已断无由醉⑦。酒未到、先成泪。残灯明灭枕头攲⑧，谙尽孤眠滋味⑨。都来此事⑩，眉间心上，无计相回避。

【注释】

①香砌：台阶因落花生香。

②寒声碎：状落叶飘忽声，充满寒意。

③玉楼：词人京城居家楼阁。

④垂地：悬挂，状银河上挂于天、下接于地。

⑤年年今夜：强调“今夜”这一时刻，许是中秋团圆之日。

⑥练：白色绸带。

⑦无由：无从、无法。

⑧攲（qī）：斜，倾侧。

⑨谙：尝，经历，经受。

⑩都来：算来、思想起来。

【赏析】

有读本带副标题“秋日怀旧”，不能不问忆“谁”？确定主人公身份，才出欣赏效果。先理清上片给出的几层关系：“香砌”“玉楼”点明地点，非边关景物，应是词人京城故家；“帘卷”点明女性，应指守家妻子；“年年今夜，月华如练”点明时间；“长是人千里”点明被怀念对象，应指身在边塞的词人。该词运用李白《菩萨蛮》手法，写离人两地相思。

上片写将军在边关此夜的想象之境。秋叶洒满台阶，秋香飘浮，秋夜寂寂，静得连落叶轻轻坠地也能听得一清二楚，碎叶相撞，声声入耳，秋寒入心；妻子卷起珠帘，倚楼眺望，银河垂地、月华千里，为什么“年年今夜”，丈夫不能与我共度良宵？一腔相思涌起，目光落在丈夫“长是人千里”上。妻子敏于察变、心思细微，毫无缠绵悱恻之气，一片晶莹明亮之心，刻画出一个知书明理、端庄素雅的女子形象。

下片写词人从沉迷的想象中醒过神来，深知妻子和自己同样孤单，离情无以寄托，肝肠寸断，不饮而醉，酒有何用？未沾唇、泪已下；青灯残光欲明欲暗，倚枕孤眠，道不明这是什么滋味！愁心愁面，无尽相思，都在“眉间心上”，以“无计相回避”作结，凄切之极。化用杜甫“星垂平野阔，月涌大江流”，以“银河”代“星”，以“月华”代“月涌”，照及“千里”之“人”，别出情致；“都来此事”似“一江春水向东流”，有愁极迸发之势。

柳永

柳永（987？—1053），崇安（今福建武夷山）人。原名三变，字耆卿，排行七，世称柳七、柳三变。1034年进士，曾任屯田员外郎，官职低微。常游于勾栏瓦舍，流落至死。精通音律，大量创作慢词长调，在篇章结构，律句、拗句，以及韵式运用等诸多方面均有建树，是词律进入成熟阶段的代表人物。善铺叙写法，风格明快，语言清新，情真意切，多传世佳作。

八声甘州

对/潇潇暮雨洒江天①，一番洗清秋。渐/霜风凄紧②，关河冷落③，残照当楼④。是处红衰翠减⑤，苒苒物华休⑥。惟有长江水，无语东流。　不忍登高临远，望/故乡渺邈⑦，归思难收。叹/年来踪迹⑧，何事苦淹留⑨。想佳人、妆楼颙望⑩，误几回、天际识归舟。争知我、倚阑干处⑪，正/恁凝愁⑫。

【注释】

①潇潇：雨急雨骤。

②霜风：寒风。凄紧：凄凉紧迫。

③关河：关塞，亦指山河、原野。

④当：正对着。

⑤是处：处处。红衰翠减：红花衰落、绿叶凋零。李商隐《赠荷花》："翠减红衰愁煞人。"

⑥苒苒：渐渐。物华休：美景凋残、消失。

⑦渺邈：遥远、渺茫。

⑧年来：近年来。

⑨何事：为什么。苦：偏偏、久久。淹留：滞留、长久逗留。

⑩颙（yóng）望：举头凝望。

⑪争：怎么、哪里。处：时。

⑫恁（nèn）：如此、这般。凝愁：愁结难解。

【赏析】

上片写景，分四个层次，一是放眼清秋，一阵暮雨“洗”出“一番”清秋江天景致；二是目光聚焦江楼，“关河冷落，残照当楼”；三是近观楼外，红衰翠减、物华失色；四是远望长江“无语东流”。

下片抒情，也分四个层次，一是回首来路，“故乡渺邈，归思难收”；二是自问自责，为什么四处奔波“淹留”在外；三是设想佳人“妆楼颙望”，她不知有多少回“误”以为我乘船归来了；四是告诉佳人，我和你一样，此时此刻也“正恁凝愁”。

全词构思清晰，用语隽美，有清劲之气。“霜风凄紧，关河冷落，残照当楼”颇得苏轼赞赏，认为“于诗句不减唐人高处”。柳永是使用一字逗与领句的开拓者，大大丰富了词的语言形式。“对”“渐”“望”“叹”“正”五个一字逗，“想佳人”“误几回”“争知我”三个三字句领句，特别是三字句连用，层层推进，感情表达与诵读效果极为强烈。

玉蝴蝶

望处雨收云断[①]，凭栏悄悄，目送秋光。晚景萧疏[②]，堪动宋玉悲凉[③]。水风轻、蘋花渐老，月露冷、梧叶飘黄[④]。

遣情伤[5]。故人何在，烟水茫茫。　难忘。文期酒会[6]，几辜风月[7]，屡变星霜[8]。海阔山遥，未知何处是潇湘[9]。念双燕、难凭远信，指暮天、空识归航[10]。黯相望。断鸿声里[11]，立尽斜阳[12]。

【注释】

①望处：目光所及之处。雨收云断：雨停云散。

②萧疏：萧条荒凉。

③堪：可以，能够。

④月露：映射冷月清辉的露珠。

⑤遣：使、令。

⑥文期：文人相约雅集。

⑦风月：良辰美景。

⑧星霜：指年岁，一星霜为一年。屡变星霜：按时序轮回而变。

⑨潇湘：潇水、湘水，泛指寄意之处，不知道友人现在何处。

⑩空识：空认、白等。归航：归船、返港航船。"双燕"句用典，唐代时任宗（人名）在湘经商，数年没有音讯，妻子以为燕子是从东海经过湘地再飞到家中梁上筑巢，然后按原路返回，遂在燕足系上书信，期望它落在丈夫肩上捎信给他。

⑪断鸿：失群孤雁。

⑫立尽：一直站到。

【赏析】

上片由景入情，景浓情淡。雨后秋光清朗明净，至黄昏渐转萧疏悲凉，视线由远及近，水风、蘋花、月露、梧叶俱入眼底；轻、老、冷、黄，色差显明，令人情伤。伤为何来？全因烟水茫茫，望不见故人何在。

下片写怀念故人之情，插入回忆片段，曾有文期酒会之乐，屡变风霜之苦，潇湘何处之怅惘，空识归帆之失望，以断鸿声中立尽斜阳收拍，言尽而意永。用“双燕”典故说明这不过是个传说而已，实难指望燕子能捎信来，天天望归帆望到天黑，都是空望。“断鸿”句，化用杜牧“寒灯思旧事，断雁警愁眠”，更出新意，双燕没来，只得耳听孤雁哀鸣，伫立黄昏“黯相望”，直到夕阳西下，比“警愁眠”愈加惊心、愈加悲凉。全词情调婉约，不乏豪爽之气；写景明快，毫无拖泥带水之感；顺势用情而不矫揉造作，用语俗白却并非浅陋；文接地气、雅俗共赏，反映出典型的柳词风格。

望海潮

东南形胜①，三吴都会②，钱塘自古繁华③。烟柳画桥④，风帘翠幕⑤，参差十万人家⑥。云树绕堤沙，怒涛卷霜雪⑦，天堑无涯⑧。市列珠玑⑨，户盈罗绮⑩，竞豪奢⑪。

重湖叠巘清嘉⑫，有 / 三秋桂子⑬，十里荷花⑭。羌管弄晴⑮，菱歌泛夜⑯，嬉嬉钓叟莲娃⑰。千骑拥高牙⑱，乘醉听箫鼓⑲，吟赏烟霞⑳。异日图将好景㉑，归去凤池夸㉒。

【注释】

①东南：泛指江浙地区。形胜：地理形势、山川胜迹。

②三吴：一般指吴兴郡、吴郡、会稽郡合称。都会：大城市。

③钱塘：秦置钱唐县，陈置钱唐郡，唐代改“唐”为“塘”，隋改称杭州。

④烟柳：万柳飘拂，缥缈如烟。

⑤风帘：风中飘摆的帘幕。翠幕：帘幕有羽毛装饰。

⑥参差：城市建筑高低错落。

⑦霜雪：比喻钱塘江浪涛水色。

⑧天堑：天然的壕沟，这里指钱塘江。

⑨珠：珍珠。玑：不圆的珠子。

⑩盈：满。罗绮：丝绸服饰。

⑪竞豪奢：摆阔斗富争显气派。

⑫重湖：指西湖的外湖、里湖。叠巘（yǎn）：山峰重叠。清嘉：清丽秀美。

⑬三秋：农历七、八、九月的别称是孟秋、仲秋、季秋，此处指九月。桂子：桂花树果实，代指灵隐寺、天竺寺多植桂花树。

⑭十里荷花：说荷塘之多、荷花之盛。

⑮弄：吹奏。羌管弄晴：天气晴和，处处飘荡音乐演奏之声。

⑯菱歌：采菱小调。泛夜：水上夜市。

⑰嬉嬉：戏耍笑乐。钓叟：钓鱼老翁。莲娃：采莲姑娘。

⑱骑：一人一马的简称。高牙：高扬的牙旗，古代视将军为帝王爪牙，故军旗饰以兽牙。表地方长官威仪。

⑲箫鼓：箫与鼓，两种乐器。

⑳烟霞：烟雾和云霞。

㉑异日：它日、日后。图：画图，将美景作成画图。

㉒凤池：唐代中书省所在地凤凰池的简称，代指朝廷。

【赏析】

上片专写杭州市容、概貌与气势，下片专写城中西湖美景，有声有色、有动有静。词以铺叙为主，用语考究，“三吴”“十万”气势夺人，“三秋”“十里”铺染印象，善于营造场面、制造情节，以避免枯燥，产生最大的艺术效果。上片用“画桥”“翠幕”“云树”“堤沙”“参差”描写静态环境，用“怒涛”“天堑”状天赐气派，用“市列”“户盈”“竞豪奢”写动态场面，充分体现了“都会”“形胜”“繁华”的景象。

下片重近景、细节。桂子飘香、荷花争艳，白日羌管、泛夜菱歌，最令人意外开心处是引出钓叟莲娃，写出杭州的如风轻柔与遍处生机。“千骑拥高牙”写高官巡行，据考，词人大约七十岁时，为谒见杭州长官孙沔，特赠该词，自然不乏溢美成分，末二句是说孙长官异日必将被召回朝廷、得到重用，那时他会向朝廷恭呈钱塘画卷，向同僚们夸耀此地繁华美景。《望海潮》是词人首创词牌，该词堪为经典。

双声子

晚天萧索[①]，断蓬踪迹[②]，乘兴兰棹东游[③]。三吴风景，姑苏台榭[④]，牢落暮霭初收[⑤]。夫差旧国，香径没、徒有荒丘[⑥]。繁华处、悄无睹，惟闻麋鹿呦呦[⑦]。　想当年，空／运筹决战，图王取霸无休[⑧]。江山如画，云涛烟浪，翻输范蠡扁舟[⑨]。验／前经旧史[⑩]，嗟漫载、当日风流[⑪]。斜阳暮草茫茫，尽成万古遗愁。

【注释】

①晚天：傍晚。

②断蓬：断根蓬草、飘蓬，比漂泊不定。

③乘兴：凭一时兴趣，典出《世说新语·任诞》，某日夜里大雪，王子猷眺望四方一片洁白，一时兴起，必欲探望远在剡县的朋友戴安道，便连夜乘船前往，待来到戴家门前，却不入戴家之门而折返，随从问其原故，他答“吾本乘兴而行，兴尽而返，何必见戴”。兰棹：木兰舟、画船美称。

④榭：台上的屋子。

⑤牢落：稀疏、零落。暮霭：傍晚的烟水雾气。

⑥香径：姑苏台在灵岩山，山上有采香径，是吴王命宫女采花必经之小道。

⑦麋：一种鹿。呦呦：鹿鸣之声。《史记》载，夫差不听伍子胥忠谏，伍愤然曰“臣今见麋鹿游于姑苏台也”，喻国之将亡，繁华之地将变为荒凉之所。

⑧图王取霸：春秋吴越战争，吴王夫差胜越称雄，越王勾践卧薪尝胆，送上美女西施，夫差沉湎美色，终为勾践所败。

⑨翻：却、反而。输：输掉、败给、不如。范蠡：越国大夫，助勾践奋力图强而灭吴。范看透勾践只是一个可共患难而不可同安乐的主子，大功告成之日便急流勇退、归隐江湖。句意是夫差、勾践枉然英雄一世，反不如范蠡的结局美好。

⑩验：看、证。前经旧史：记载历朝兴衰、人物业迹的典籍。

⑪“嗟漫载”句：史书记载的夫差、勾践当日风流，算是白写了。

【赏析】

柳永词中，咏古题材相当少见。

上片写词人忽然兴来，乘舟东游，凭吊吴国古迹，但见台榭残垣断壁，草没香径，徒有荒丘，“惟闻麋鹿呦呦”。

下片回想吴越“图王取霸”历史，笑夫差、勾践白白运筹、征战不休，远不如范蠡智慧明哲，他热爱江山如画，看透“云涛烟浪”，泛舟五湖，懂得享受江山恩宠；史书只能记载吴王、越王的当日风流，却找不到我今天这样的感受，而“三吴风景”只剩下万古遗愁。

柳词以纤艳著称，但该篇笔调清丽、意象沉稳。词人没有述志，未发豪情，而无论是否赞成他的历史观，都不能否认其文学意义与艺术水平。借用许浑“荒台麋鹿争新草”诗意，化用温庭筠“谁解乘舟寻范蠡，五湖烟水独忘机”不着痕迹。

蝶恋花

伫倚危楼风细细①，望极春愁，黯黯生天际②。草色烟光残照里，无言谁会凭栏意③。　拟把疏狂图一醉④，对酒当歌⑤，强乐还无味⑥。衣带渐宽终不悔，为伊消得人憔悴⑦。

【注释】

①伫（zhù）倚：长时间倚靠在高楼的栏杆上。危楼：高楼。

②黯黯：沮丧忧愁的样子。生天际：从遥远的天边升起。

③无言谁会：孤凄无语，即便倾诉出来也无人听、无人懂、无人应接。

④拟：打算。疏狂：放纵。句意是既然不能摆脱春愁困扰，索性将它甩在一边，纵饮一番，一醉了事。

⑤对酒当歌：曹操《短歌行》：“对酒当歌，人生几何。”

⑥强乐还无味：本无乐趣却硬要对酒高歌、强颜欢笑，终归是索然无味而失去自我。

⑦伊：她、佳人。为伊：为她。消：抵得上、值得。

【赏析】

该词主人公是一位志诚男子。

上片写景。依登楼所见而酝酿春愁，愁从何来？思念意中人，愁如春草蔓延天际，直到黄昏仍“伫倚”未去，这愁无以言表，哪里有人能“会”我“凭栏意”。

下片抒情，妙笔生花。别管我醉成什么样子，只“图一醉”、醉而狂歌，但本无快乐，强颜欢歌又有什么意思？原来主人公有意中人，那就是“伊”。思念之愁渗入骨髓，已经达到“衣带渐宽终不悔。为伊消得人憔悴”的至诚至真地步，也只有“伊”才懂得我的“凭栏意”。柳是创造诗词情语的高手，情语具有历久弥新的艺术魅力，亦正因如此，柳词更深得女子喜爱。王国维《人间词话》将此情语引入学问事业，称作“古今之成大事业、大学问者”必须经过的第二境界，可见评价之高。

安公子

远岸收残雨，雨残稍觉江天暮①。拾翠汀洲人寂静②，立／双双鸥鹭。望几点、渔灯隐映蒹葭浦③。停画桡、两两舟人语④。道／去程今夜，遥指前村烟树。　游宦成羁旅⑤。短樯吟倚闲凝伫⑥。万水千山迷远近，想／乡关何处。自别后、风亭月榭孤欢聚⑦。刚断肠、惹得离情苦⑧。听／杜宇声声⑨，劝人不如归去。

【注释】

①远岸：江岸远长。收：结束、停止。稍觉：渐渐感到。

②拾翠：泛指女子游春时，或拣取羽毛以作首饰，或采摘香草插于鬓发。汀洲：水中小片陆地。

③蒹葭（jiān jiā）：芦苇。

④画桡：彩绘的船桨，代指船。

⑤游宦：离家在外做官的人。战国时期，士无定主，像张仪、苏秦那样为谋取官职长期游走于列国之间，为做官而离家，称为游宦；北宋时，为防止官员培植个人势力，每隔几年便要调换任所，需离家才能做官，也谓游宦。羁旅：长期奔波在外、寄居他乡。

⑥短樯：低矮桅杆。

⑦月榭：赏月台榭。孤：少。

⑧刚：偏、偏偏。断肠：极度悲伤。

⑨杜宇：亦名杜鹃、子规、布谷鸟，初夏常昼夜鸣叫，传说古代蜀国国王望帝，死后灵魂变成了杜鹃。

【赏析】

上片写词人船上所见所想。船行江中，不知离目的地还有多远，居身小船百无聊赖，望远岸急雨刚过，但未完全停歇，江天渐暮；江中小洲寂寂，拾翠少女业已归家；沙滩上鸥鹭双双兀立，似有不舍；江边芦苇丛中，几点渔火隐映；两个舟子时而停桨闲话家常，听见他们说今夜不再前行，将泊在前村；化用杜牧“牧童遥指杏花村”诗意，“遥指”并不表示太远，只是“前村”被暮色、烟雾笼罩，才有“遥”的感觉。

下片抒怀。面前之景触及内心，为了当个小官，长年羁旅漂泊，过万水千山莫辨远近，竟不知身在何处，乡关何处；想风亭月榭还在，而今却不能像过去那样与她欢聚；出发途中即望归期，偏是那种难舍难分，惹得离情好苦！听杜鹃声声，似劝我说：那官咱不做也罢，不如折路归去。

全词用语典雅，写出入仕与恋情引起的心理矛盾：终究也没说清过夜之后，是继续前行“游宦”还是归返“乡关”？留下未定的思索，也是那个时代的烙印。“万水”二句化用崔颢“日暮乡关何处是，烟波江上使人愁”，但意义不尽相同，崔发的是“乡愁”，柳发的是情、宦二愁。

夜半乐

冻云黯淡天气，扁舟一叶，乘兴离江渚[1]。渡／万壑千岩，越溪深处[2]。怒涛渐息，樵风乍起[3]，更闻商旅相呼[4]，片帆高举。泛画鹢、翩翩过南浦[5]。　　望中酒旆闪闪，一簇烟村，数行霜树[6]。残日下、渔人鸣榔归去[7]。败荷零落，衰杨掩映，岸边两两三三，浣沙游女。避行客、含羞笑相语。　　到此因念，绣阁轻抛，浪萍难驻[8]。叹后约、丁宁竟何据[9]。惨离怀、空恨岁晚归期阻。凝泪眼、杳杳神京路[10]。断鸿声远长天暮。

【注释】

①冻云：寒云凝结，不飘散、不飞动。渚：江河中或水边小片陆地。

②越溪：若耶溪，西施浣纱处。

③樵风：好风、顺风。此处用典，典出《后汉书·郑弘传》，汉代太尉郑弘小时候在若耶溪打柴，拾到一只失箭，主动交给主人；主人是一位神仙，问郑有何要求；郑回答希望早有南风、晚有北风，能助力打柴人船运柴薪；仙人赐风给他，后人称为郑公风、樵风。

④商旅相呼：此船与彼船的客商亲切招呼、寒暄。

⑤鹢（yì）：水鸟，生性不怕风。画鹢：画鹢于船头，祈平安意，代指船。南浦：泛指码头，专指江河之滨的送别之处，诗词常借以传达旅情、离愁。

⑥望中：眼里、视野中。酒旆（pèi）：酒旗、酒帘。霜树：状树叶枯黄。

⑦榔：木棍、木条。鸣榔：渔人用木条敲击船舷以驱鱼入网。

⑧绣阁：女子居室，代指妻子或情侣。浪萍：水中浮萍随浪转，表行踪不定。

⑨后约：分手时约定的后会日期。丁宁：叮咛。竟：终究、到底。

⑩杳杳：遥远。神京：指汴京。

【赏析】

该词是三片长调。

上片写初冬舟行。一叶扁舟、乘兴驶去，到达以秀丽闻名的越溪，“万壑千岩”“越溪深处”，怒涛汹涌，出狭谷后溪面开阔，波涛渐平、山风乍起，词人听到商旅兴奋交谈，风鼓白帆、翩翩而行，很快就到达南浦，畅快之情溢于言表。

中片写江村黄昏，强化景色的衬托作用。有心人用心观景，第一层是远看，烟村里、霜树边酒旗闪闪；第二层拉近一些，残阳斜照，渔人鸣榔下船、上岸归家；第三层细看，败荷衰杨掩映，在西施曾经浣纱的溪边，少女们洗完衣裳三三两两结伴而归，她们躲避“行客”，相互间含羞逗笑。词人着眼之点都是触动心灵的最敏感点：“图一醉”者自然最先闻到酒味，“想乡关何处”者见渔人归家最易感到孤单，“想佳人妆楼颙望”者听浣纱女细语最易引起心灵震颤，层层递进、三点聚汇，为过渡到下片做好了充分铺垫。

下片抒发离情别恨，“到此因念”是提神振起之语，自责为何轻抛绣阁，自叹无期践行后约，再用《玉蝴蝶》写法，只有“凝泪”相对，“断鸿声远长天暮”，留下无尽韵味。

全词结构井然、叙说有序，上片乘顺水、顺风船，一路赏景，心情愉悦；中片转折，停船观岸，触景生情；下片归结主题。笔调前后有变，上、中片舒缓、游刃，下片急促、气短，希望说尽“岁晚归期阻”的“空恨”，却又不能，于是只能让读者和他一起留在“断鸿声远长天暮”的含蓄意境里。

雨霖铃

寒蝉凄切[①]。对／长亭晚，骤雨初歇。都门帐饮无绪[②]，留恋处、兰舟催发[③]。执手相看泪眼，竟／无语凝噎[④]。念去去、千里烟波[⑤]，暮霭沉沉楚天阔[⑥]。　　多情自古伤离别。更那堪、冷落清秋节。今宵酒醒何处[⑦]，杨柳岸、晓风残月[⑧]。此去经年[⑨]，应是、良辰好景虚设。便纵有、千种风情[⑩]，更与何人说。

【注释】

①寒蝉：秋蝉，初秋始鸣。凄切：凄凉悲哀。

②都门：汴京城门。帐饮：在郊外长亭帐篷摆宴送行。无绪：情思纷乱、没有情致。

③处：时。催发：舟子催促赶快上船，船马上要开了。留恋处：有读本作“方留恋处”。

④凝噎：食物或气流哽塞喉咙，表哭泣时缓不过气来。

⑤去去：叠字用法，强调去意，或表兰舟渐行渐远。

⑥楚天阔：船将去两湖地带，那里两岸地势开阔。

⑦今宵：今夜。

⑧杨柳岸：隋炀帝时运河堤岸遍植杨柳。晓风：拂晓时的晨风。残月：拂晓时月犹在天。

⑨经年：长年、一年以上、不知几年。

⑩便：即便、即使。千种风情：种种不同意态的恋情表达。

【赏析】

该词的写作背景是词人仕途失意，与情人惜别，出汴京乘船南下。

上片开篇“寒蝉凄切”布下萧杀气氛，长亭日晚、骤雨方歇，都门帐饮毫无情绪，无限留恋移步迟迟，舟子却不停地催叫赶快登船，两人执手难分泪眼相看，声音哽咽，无言相对；“念去去”，当是两人同时所想，此一去“千里烟波”“暮霭沉沉”，楚天阔远，再回来也殊为不易。

下片“多情自古伤离别”如天落奇句，直抒胸臆，蕴涵多少沧桑、多少叹息！“更那堪、冷落清秋节”，迅速加重伤情强烈程度；以下佳句连连，铸就千古名篇。有的词语涵义需仔细辨识，“楚天阔”的“阔”字受“暮霭沉沉”限制，非为词人施展本领的理想天地，含不知如何“阔、远”而感到迷茫之意，似《安公子》“万水千山迷远近”；“今宵酒醒何处”是词人船中自语，“杨柳岸、晓风残月”是对过往两人“风情”的回忆，过往的“晓风残月”皆为“良辰好景”，此后没有她只能是等同“虚设”；“便纵有、千种风情，更与何人说”，无处对她诉说，也无人听我诉说，用情升至高峰。

苏轼读该词，既钦佩柳永才华，又不屑于所写情调，曾问歌者“我词何如柳七”，歌者答：“柳郎中词只合十七八女郎，执红牙板，‘歌杨柳岸晓风残月’。学士词须关西大汉，执铜琵琶、铁绰板，唱‘大江东去’。”苏听后心满意足，等于默认豪放词与婉约词的风格差异。该词情景交织、声情并茂，用语自然、含蓄蕴藉，歌之咏之读之皆善，动人心弦。

张先

张先（990—1078），乌程（今浙江湖州）人。字子野，世称张三影、张三中。1030 年进士，长期为官，晚年退居乡里。北宋词人，多写士大夫生活与情感题材。

行香子

舞雪歌云[①]，闲淡妆匀。蓝溪水、深染轻裙[②]。酒香醺脸[③]，粉色生春[④]。更／巧谈话，美情性，好精神。　江空无畔[⑤]，凌波何处[⑥]，月桥边、青柳朱门。断钟残角[⑦]，又送黄昏。奈／心中事[⑧]，眼中泪，意中人。

【注释】

①舞雪歌云：舞姿如雪花飞舞，歌声如轻云飘荡。

②轻裙：薄纱裙；经过蓝溪水的洗染，好像染上蓝溪水色，增加美艳之感。福建有蓝溪、浙江有兰溪，究指何溪，不可考。词人故乡浙江，许指后者。

③醺（xūn）：醉酒。醺脸：脸上泛出红润之色。

④粉色生春：美女白皙的面容变得红润。

⑤江空无畔：江水空阔无际。

⑥凌波：凌驾水波，表舞步轻盈。

⑦断钟残角：晚钟与号角之声断续不整。

⑧奈：无奈、奈何。

【赏析】

上片写舞女的形神之美，从“妆匀”“轻裙”“粉色生春”，到“巧谈话，美情性，好精神”，写出舞女的美丽形象，装扮、模样、舞姿、歌声、表情、气质俱美，青春绽放。

下片写舞罢歌终，词人心有不舍，目光追随舞女姗姗回到月桥那端，青柳朱门家里；直到“断钟残角”之声传来，才怏怏而返；“又送黄昏”，表示这种痴心追求已经不止一天了；终是难忘“心中事，眼中泪，意中人”。叙事层次分明，语自心出。人皆有爱美之心，词人把握有度而不逾礼。结拍三句皆含“中”字，故世人送其雅号“张三中”。

一丛花①

伤高怀远几时穷②？无物似情浓。离愁正引千丝乱③，更东陌、飞絮蒙蒙④。嘶骑渐遥⑤，征尘不断，何处认郎踪。　双鸳池沼水溶溶⑥。南北小桡通⑦。梯横画阁黄昏后⑧，又还是、斜月帘栊⑨。沉恨细思⑩，不如桃杏，犹解嫁东风⑪。

【注释】

①原作词牌署《一丛花令》。

②伤高：登临的感伤。怀远：怀念远方征人。几时穷：无有穷时。

③千丝：千万条柳丝。

④陌：田间小路，东西向谓陌，南北向谓阡。东陌：东边小路，指送别分手之处。

⑤嘶：马鸣。渐遥：渐行渐远。

⑥池沼：池塘。溶溶：水缓缓流动的样子。

⑦桡：船桨，这里代指小船。

⑧梯横：人上楼后，把梯子提上来，放在楼上画阁。

⑨帘栊：窗户。

⑩沉恨：深怀幽怨。细思：左思右想。

⑪犹解：还懂得、还知道。嫁东风：将花瓣被东风吹落、收去比作嫁给东风。化用李贺《南园》一诗中的“可怜日暮嫣香落，嫁与春风不用媒”。

【赏析】

主人公是一位思妇。

上片以情开端述景，自问多少次伤高怀远，何时才能完结；这种离愁无以比拟，四处扩散，惹得千丝拂乱，“飞絮蒙蒙”；忆想当年东陌送郎踏上征程，他跨马遥去，一直望到看不见他的身影。

下片以景开端见情，“双鸳池沼水溶溶”触及心灵脆弱之处，小船可通南北逗戏鸳鸯，过去有他陪，现在没他陪，哪有兴致；待黄昏归身画阁，望着横放的梯子出神，人却不会再来，“又”回到以往那种独对“斜月帘栊”的孤凄之中；愈想愈悔，觉得自己竟“不如桃杏”，桃杏还知道“嫁东风”呢！据杨湜《古今词话》载，词人年轻时与一女尼相爱，因清规戒律束缚，二人只能偷偷约会黄昏后，女尼从画阁放下梯子接他上楼；后来两人分手，这梯子只能闲横画阁了。“梯横画阁黄昏后”，以亲身生活作基础，体验极为真切；“不如桃杏，犹解嫁东风”化用李贺诗句，比喻新巧、俊雅不俗，怨而无恨、怜而不悲，词人由此得“桃杏嫁东风郎中”雅号。

青门引

乍暖还轻冷①，风雨晚来方定②。庭轩寂寞近清明③，残花中酒④，又是去年病⑤。　楼头画角风吹醒⑥。入夜重门静。那堪更被明月，隔墙送过秋千影[7]。

【注释】

①乍暖：天气刚刚转暖，尚有春寒。

②方定：一天斜风细雨，直到傍晚方停。

③庭轩：庭院。

④中酒：醉酒。

⑤去年病：去年老病今年仍犯，将伤春之愁比作身体害病。病：心病。

⑥楼头画角：用以鸣报昏晓。

⑦秋千：古时少女喜爱的一种娱乐性体育活动。

【赏析】

上片写清明前后的春寒雨景，化用杜牧“残春杜陵客，中酒落花前”，醉酒残花，愁与年增，已成心里一块老病。

下片写被冷风、角声吹醒，入夜闭于重门深院，虽然静得出奇，但他并未睡着，仿佛受到月光骚扰，正在不堪之际，月光却把邻院少女轻荡秋千的灵巧身影送过墙来，给他带来一丝新的光亮；“那堪更被明月”令人猜想难定，不知他是有意等待那“秋千影”，还是瞟见“秋千影”后却不能有所得的感慨，倩影飘飘、意蕴淼淼。

天仙子

时为嘉禾小倅，以病眠，不赴府会[1]。

水调数声持酒听[2]。午醉醒来愁未醒。送春春去几时回，临晚镜[3]。伤流景[4]。往事后期空记省[5]。　沙上并禽池上暝[6]。云破月来花弄影[7]。重重帘幕密遮灯，风不定。

人初静。明日落红应满径[⑧]。

【注释】

①嘉禾：今浙江嘉兴。小倅：小官、副职，词人曾为此地判官。

②水调：曲调名称，相传为隋炀帝所制，唐宋时比较流行。持酒：端着酒杯。

③临晚镜：晚妆时对镜自照。

④伤流景：伤心年华流逝。

⑤往事：以往难忘之欢情。后期：后会之约。记：思念。省：省悟、明白。

⑥并禽：成对鸳鸯。

⑦云破月：云在月下浮动，使人看来月时而完整、时而残缺。弄：玩赏、耍逗，说花的频繁摆动使花影随时变幻形姿。

⑧落红：落花。

【赏析】

小序交代写作时的心境，以有病为由，辞赴同僚聚集府会。

上片寓情于事，“空记省”道出寥落孤寂。

下片寓情于景，词人心情烦闷，用禽鸟成双、花月弄影反面衬托，用重帘遮灯、风渐紧渐大、灯光摇曳不定正面渲染，好不容易稍稍安静下来，又忧虑“明日落红应满径”，道出惜春惜花之情。

词人善于捕捉尖新敏锐的幽微变化，写“影”常有神来之笔，落字精美、意境高妙，“云破月来花弄影”与《青门引》“隔墙送过秋千影”，《木兰花》“无数杨花过无影”，是他十分得意之句，有人夸他“张三中”，他却自请改称“张三影”。词人他词也爱用“影”字，似成为他的创作特色，《归朝欢》“娇柔懒起，帘幕卷花影”，《剪牡丹》“柔柳摇摇，坠轻絮无影”，虽比“三影”逊色，却亦为传神佳句。

千秋岁

数声鶗鴂[①]，又报芳菲歇[②]。惜春更把残红折。雨轻风色暴[③]，梅子青时节[④]。永丰柳，无人尽日花飞雪[⑤]。　莫把幺弦拨，怨极弦能说[⑥]。天不老，情难绝。心似双丝网，中有千千结[⑦]。夜过也，东窗未白凝残月[⑧]。

【注释】

①鶗鴂（tí jué）：亦作鹈鴂，即杜鹃，古传鶗鴂叫而百花凋。

②芳菲歇：芳香的花草凋残已尽。

③风色：风势大小。

④梅子：未熟时呈青色，当在暮春。此句寓意初恋遭受打击。

⑤永丰：坊名，在洛阳。永丰柳：永丰坊东南角有柳树，不易为人看到、易遭冷落，白居易的家伎小蛮，忧虑百年后已无所依。白居易《杨柳枝词》：“永丰东角荒园里，尽日无人属阿谁。”花飞雪：雪珠、霰粒，比柳絮。

⑥幺：细小、幼小。幺弦：琵琶最细的第四根弦，代指琵琶。弦能说：句意是不要轻易拨动幺弦，不然它会把你心里的爱极、恨极都说出来。

⑦网：捕猎工具，用丝、线、绳纵横编结，网眼大小、疏密不同。双丝：双股。丝线有单股、双股之分，股越多越结实。千千结：无数个丝扣连结，结实牢靠、不易解开。

⑧东窗未白凝残月：有读本作“东窗未白孤灯灭”。

【赏析】

上片写景，起声悲切。用“鶗鴂”数声叹惋暮春芳残，暗寓恋情遭到风雨摧残，一个“又”字表明恋情已非一日，挫折亦不止一次；用“永丰柳”典故，暗寓词人思念失恋女子，为她代言或对她道白。

下片抒情，语言激烈掷地有声。“莫把幺弦拨，怨极弦能说”是词人想象女子怀抱琵琶、拨动“幺弦”的情景，表达关切之情，鼓励她把爱恨都倾泻出来；“天不老，情难绝。心似双丝网，中有千千结”如同爱情宣言，应是两人的共同心声；结句是说词人自述昨夜未眠，直到黎明前还在凝望高空“残月”，这段恋情是否能够得以挽回，只有去问残月。“心似双丝网，中有千千结”是写情男怨女名句，极得后人赞赏。

晏殊

晏殊（991—1055），抚州临川（今江西抚州）人。字同叔。1005年以神童召试，赐同进士出身，官至枢密使，卒谥元献。为官无重大建树，为人深得赞许，当时名流范仲淹、富弼、欧阳修、张先等皆出其门。为文彰显理性，有君子之风；语言温润俊美，绝少激愤之词。

浣溪沙

一曲新词酒一杯[①]，去年天气旧亭台[②]。夕阳西下几时回[③]？ 无可奈何花落去[④]，似曾相识燕归来[⑤]。小园香径独徘徊[⑥]。

【注释】

①酒一杯：慢吟新词，慢酌杯酒，潇洒之态。

②去年天气：去年这个时候。旧亭台：曾来此游过。

③几时回：夕阳西下到那看不见的地方，不知什么时候能再回来。

④花落去：因无可阻止而无可奈何。

⑤相识：指故旧。

⑥香径：花园小道。

【赏析】

上片娓娓而言，化用许浑“西湖清宴不知回，一曲离歌酒一杯”，改“离歌”为“新词”；化用郑谷“流水歌声共不回，去年天气旧池台”，改“池”为“亭”；旧亭台、吟新词，细思慢问“夕阳西下几时回”，蕴涵极丰、富有哲理，为光阴伤情、盼春光归来。

下片“无可奈何花落去”，写春光还是走了，轻轻一叹，似怨不怨；“似曾相识燕归来”，“似曾相识”的梁燕回飞，不禁让人产生联想，扑朔迷离、亦实亦幻；“小园香径独徘徊”，与张先“明日落红应满径”异曲同工，意境更美，满是智者的思索。

该词句句堪称佳句，每吟诵一次都会生出新的念想。该词是词人善择旧辞、赋予新意的代表作，上片两句取自唐诗，下片三句直接从其七律《假中示判官张寺丞王校勘》移植而来，原诗为证：“元巳清明假未开，小园幽径独徘徊。春寒不定斑斑雨，宿醉难禁滟滟怀。无可奈何花落去，似曾相识燕归来。游梁赋客多风味，莫惜青钱万选才。”

采桑子

时光只解催人老，不信多情①。长恨离亭②。泪滴春衫酒易醒③。　梧桐昨夜西风急，淡月胧明。好梦频惊④。何处高楼雁一声。

【注释】

①不信：不相信、不懂得。

②离亭：离别时的长亭或短亭。欧阳詹“匹马将驱岂容易，弟兄亲故满离亭。”

③酒易醒：本以为醉酒能浇愁，但一动真情、泪滴春衫，酒就醒了。

④频：屡次，频繁。

【赏析】

上片从人生对时光的体验起笔，一怨时光催老不尽如人意，它不懂得人们还有错综复杂的情感世界；二恨有情人不能按常情团聚，为何常在漂泊途中；三愁想以醉酒解愁，却总被泪滴重新点醒。

下片直写与离人相聚的一场好梦，昨夜西风吹打梧桐，醒后却见淡月朦胧，原是一场虚惊；不禁惶惑自问，为什么“好梦频惊”？又不知该如何解释；树欲静而风不止，深秋之夜忽然传来远处孤雁哀鸣之声，写尽孤独不安、替离人担忧的心境。

“时光只解催人老”“泪滴春衫酒易醒”，都是平时常见事物，经词人点化，顿时饱含深情；“何处高楼雁一声”，文雅别致，堪为警示名言。

破阵子

燕子来时新社①，梨花落后清明②。池上碧苔三四点，叶底黄鹂一两声③。日长飞絮轻④。　巧笑东邻女伴⑤，采桑径里逢迎。疑怪昨宵春梦好⑥，原是今朝斗草赢⑦。笑从双脸生。

【注释】

①新社：春社，立春后第五个戊日，祭祀土地、祈求丰收。

②梨花落后：清明在望，大好春光欲来。

③叶底：柔枝密叶之下。

④日长：与冬天比，春天白日渐长。

⑤巧笑：带有某种暗示的笑容；指东邻西邻二位少女的悄悄话。

⑥疑怪：难怪。春梦：泛指情爱或一种美好潜意识进入的空幻梦境。

⑦斗草：指五月五日春游活动，女子采百草为戏。

【赏析】

上片写春景，以燕子来、梨花落、池上碧苔、叶底黄鹂、飞絮轻扬织成锦图，用三四点、一两声激活画面，恬静中显露春天勃勃生机。

下片撷取两位少女巧笑情节，笑晕飞上双脸，为斗草赢得名次而兴奋不已。以景开场、以人收篇，小巧玲珑、精美生动。词人谙熟唐诗，诗意入词，既是晏词，也是宋词的一个特色。“燕子来时新社”喜气外溢，身后有王驾“桑柘影斜春社散，家家扶得醉人归”的烘托；“叶底黄鹂一两声”得自雍裕之“何言百舌畔，唯余一两声”的启发；“斗草赢”当由司空图“明朝斗草多应喜，翦得灯花自扫眉”演化而来。

山亭柳·赠歌者①

家住西秦②，赌博艺随身③。花柳上④，斗尖新⑤。偶学念奴声调⑥，有时高遏行云。蜀锦缠头无数⑦，不负辛勤。　数年来往咸京道，残杯冷炙漫消魂⑧。衷肠事⑨，托何人。若有知音见采⑩，不辞遍唱阳春⑪。一曲当筵落泪，重掩罗巾⑫。

【注释】

①赠歌者：为一女歌手而写。

②西秦：项羽灭秦三分关中，习称三秦。西秦位于咸阳之西，那一带是音乐之乡，盛出歌手。

③博：众多，丰富。

④花柳：比各种歌舞表演形式。

⑤尖新：新颖、不俗。

⑥念奴：唐代天宝年间著名歌伎。

⑦蜀锦：蜀地的名贵丝织品。缠头：其他获赠财物。

⑧残杯冷炙：他人吃剩的酒肉。

⑨衷肠事：藏在心底之终身大事。

⑩知音：知己、赏识自己的人。见采：选择、接纳。

⑪阳春：指高雅、高级曲子，艺术难度大，能唱好的歌手不会多。

⑫重掩：一次次用罗巾遮脸揩泪。

【赏析】

上片写歌女凭借自身才艺打拼人生，她歌唱艺术高超，众人倾倒，纷纷献媚，光环耀眼。

下片写歌女年老色衰之后的遭遇，她常以残杯冷炙填肚充饥；命运不由自己掌握，青春过后终无所托，诚求知音，若逢知音，宁可为他唱遍所有的阳春曲子，甘愿奉献，但无人赏识；结果是一曲唱罢，当筵落泪、重掩罗巾，没人喝彩、没人同情，与当日台上风光相比，何其委屈与羞辱。

白居易为京城琵琶女写《琵琶行》，晏殊为西秦歌女写《山亭柳》，眼光投向社会弱者，是诗词文学的进步。据考，该词有特殊的时代背景，词人为李宸妃撰写墓志铭，未认定是宋仁宗生母；仁宗即戏曲《狸猫换太子》中的李宸妃之子，刘皇后为离间宋真宗与李妃关系，诬陷李妃生的是一个怪胎；仁宗继位时，刘后尚健在，晏不敢托出真相；刘死后，有人借此诬陷，晏被罢相、贬出京城。白居易《琵琶行》抒发“同是天涯沦落人，相逢何必曾相识”的感慨，晏殊《山亭柳》生“衷肠事，托何人”之感，显然在“借他人酒杯，浇自己块垒”。该词一反一贯的圆润、温柔风格，是其作品中一篇题材独特、风格独具之作，表现手法奇绝，仅取酒宴歌会的歌者身世自述，化用卢同“含愁更奏绿绮琴，调高弦绝无知音”，代弱女子祈求、呐喊，痛彻哀绝，更为感人。

踏莎行

小径红稀①，芳郊绿遍②，高台树色阴阴见③。春风不解禁杨花，蒙蒙乱扑行人面④。　翠叶藏莺⑤，珠帘隔燕⑥，炉香静逐游丝转⑦。一场愁梦酒醒时，斜阳却照深深院。

【注释】

①红稀：路旁花丛花朵渐少。

②芳郊：郊野、城郊。

③高台：楼台。树色：葱翠之色。阴阴：幽暗。

④蒙蒙：柳絮像小雨点那样纷乱。

⑤藏莺：黄莺儿隐身叶底暗自鸣唱。

⑥隔燕：燕子被珠帘挡住不能入屋归巢。

⑦香：在香炉焚香产生的烟香。句意是烟的芳香随着烟气游丝悬浮飘转。

【赏析】

上片写郊行之景。红稀绿遍，树色阴阴，一句“春风不解禁杨花”风趣顿生，叹无计留春，羡杨花自由自在，高兴地“乱扑行人面”。

下片抒情。室内外珠帘相隔，帘外莺藏燕飞，帘内香绕游丝，渲染了悠然自得的气氛；结句点明午间小饮并未大醉，午间小睡尚有愁梦，这愁不过是因为春光去得太快，一觉醒来，已是夕阳待下，斜阳余晖昏黄无力，深深庭院里应是一地杨花。这愁似愁非愁，却很具情味，似看透世事，有一种彻悟之感。

蝶恋花

槛菊愁烟兰泣露①，罗幕轻寒②，燕子双飞去。明月不谙离恨苦③，斜光到晓穿朱户④。　昨夜西风凋碧树⑤，独上高楼，望尽天涯路。欲寄彩笺兼尺素⑥，山长水阔知何处。

【注释】

①槛：栏杆、围栏。愁烟：雾气笼罩似含愁不展。泣露：露珠如泣泪。

②罗幕：丝罗帷幕，指屋内。

③谙：熟悉，知道。

④朱户：朱门大户，富贵人家。

⑤凋：草木枯萎衰败。

⑥彩笺：精美诗笺。尺素：写在锦帛上的书信。汉乐府《饮马长城窟行》："客从远方来，遗我双鲤鱼。呼儿烹鲤鱼，中有尺素书。"

【赏析】

主人公是一位思妇。

上片写秋日景，从昨夜到今晨，雾气不散，自家花园里菊花含愁，兰花泣露；燕子不耐屋里清寒，不顾思妇情绪，离巢而去；她抱怨昨夜明月不解人意，不同情自己的离恨之苦，却去照耀那些朱门大户。

下片写思妇晨起独上高楼，昨夜惨景犹在，西风摧残，碧树凋尽，但眼前显得更开阔了，心思跃起，意在远方，望着那条通往天涯的道路，直到看不见路的尽头，才收回目光；欲寄书信于他，却不知该寄何处。

上片局限于家中，风格偏于柔婉；下片心放家外，风格近乎悲壮；手法婉转灵活，语言精彩蕴藉。王国维《人间词话》将“昨夜西风凋碧树，独上高楼，望尽天涯路”引入学问、事业，称其是“古今之成大事业、大学问者”必须经过的第一境界。“山长水阔知何处”，与“小园香径独徘徊”“何处高楼雁一声”“斜阳却照深深院”表现手法一致，意象虚涵，留下抹不去的淡淡韵香。几首晏词，发现词人似有“夕阳”连“昨夜”、“西风”犹带“梦”的情结，凡写此三境均精雕细刻多成佳句，如：“夕阳西下几时回”“斜阳却照深深院”“梧桐昨夜西风急”“昨夜西风凋碧树”“疑怪昨宵春梦好”“一场愁梦酒醒时”“好梦频惊”。

张昪（biàn）

张昪（992—1077），韩城（今陕西韩城）人。字杲卿。1015 年进士，官至参政知事。

离亭燕

一带江山如画①，风物向秋潇洒②。水浸碧天何处断③？霁色冷光相射④。蓼屿荻花洲⑤，掩映竹篱茅舍。　云际客帆高挂⑥。烟外酒旗低亚⑦。多少六朝兴废事⑧，尽入渔樵闲话⑨。怅望倚层楼⑩，寒日无言西下。

【注释】

①一带：指长江如细长衣带，隋文帝称长江为一衣带水。

②风物：风光景物。向秋：快到秋天、近秋。潇洒：萧疏爽朗，有脱俗之感。

③水浸碧天：碧水与蓝天相连，看不到水天之间有什么界限可分。

④霁（jì）：雨雪后天气初晴，阳光乍露。相射：晴色与秋光相映、交织。

⑤蓼：蓼草、蓼花。屿：水中高地。荻花：水草名。形似芦苇，秋天开花。

⑥云际客帆高挂：离港客船鼓起风帆顺风而下，一会儿就望不到船影了。

⑦烟外：村外、路旁。低亚：低垂。

⑧六朝：指以金陵为国都的东吴、东晋及宋、齐、梁、陈六朝。

⑨渔樵：渔夫、樵夫。闲话：无所用心的闲聊。

⑩怅望：怅然远望。

【赏析】

该词作者有读本署孙浩然。

上片写金陵江山秋色如画，用潇洒、水浸、相射、掩映一连串动景之语赋予画面流动之美。

下片写客帆高挂，酒旗低亚，渔船傍晚临岸，渔人走进酒家，是词人所见；“多少六朝兴废事，尽入渔樵闲话”是词人所闻；渔樵酒余饭后尚说六朝兴废，作为一位在野大臣，身心自然受到触动，陷入无言的沉思遐想之中，流露出忧国忧时之情。

北宋诗人、画家王诜曾依词作画，美景易绘，恐“闲话”“无言”难以描摹。

李冠

李冠，生平不详。齐州历城（山东济南）人。字世英。举进士不第，真宗朝曾任微职，以文学著称。

六州歌头·项羽庙[①]

秦亡草昧[②]，刘项起吞并[③]。鞭寰宇[④]，驱龙虎[⑤]，扫欃枪[⑥]，斩长鲸[⑦]。血染中原战[⑧]。视馀耳[⑨]，皆鹰犬[⑩]，平祸乱，归炎汉[⑪]，势奔倾[⑫]。兵散月明[⑬]。风急旌旗乱，刁斗三更[⑭]。共／虞姬相对[⑮]，泣听楚歌声[⑯]。玉帐魂惊[⑰]。泪盈盈。　念／花无主[⑱]，凝愁苦，挥雪刃[⑲]，掩泉扃[⑳]。时不利，骓不逝[㉑]，困阴陵[㉒]。叱追兵[㉓]。呜咽摧天地，望归路，忍偷生[㉔]。功盖世[㉕]，成闲纪[㉖]，见遗灵[㉗]。江静水寒烟冷，波纹细、古木凋零[㉘]。遣／行人到此，追念益伤情。胜负难凭[㉙]。

【注释】

①项羽：名籍，字羽，楚国名将项燕之后，以神勇而闻名于世的军事领袖。项羽庙：在安徽和县乌江东南凤凰山，唐肃宗时，李阳冰篆书碑额题词“西楚霸王灵祠”。该词版本较多，字句、句序有所差异。

②草昧：混沌未分的乱世状态。

③刘项：指刘邦、项羽，两支反秦主力的领袖，灭秦后项自立西楚

霸王，封刘为汉王。吞并：指灭秦之后刘项之间长达五年的楚汉战争。

④鞭：策马扬鞭。鞭寰宇：征伐四方。

⑤驱龙虎：驱使、指挥雄兵。

⑥欃枪：彗星别称，亦叫天欃、天枪；本义是以欃枪为帚扫清天下，此处指祸乱，比秦朝。

⑦长鲸：比强敌。

⑧血染中原战：有读本作“血染彭门战”。指刘邦趁项羽伐齐之际，攻占西楚都城彭城，项率精兵三万回杀汉卒十余万。

⑨馀耳：指陈馀、张耳，二人为刎颈之交，先投奔陈胜义军，后拥立旧贵族赵歇为赵王，陈为将、张为相。公元前207年，赵被秦军包围，项羽救赵九战九捷。亡秦后，项封张耳为王，陈馀未获封而生怨恨；楚汉战争中张投降刘邦，陈曾遣兵助汉却被汉所杀。

⑩鹰犬：指追逐猎物、可被驱使者，句意是项把馀、耳当豪杰，刘邦视他们为鹰犬。

⑪炎汉：刘邦按五行相生相克之说建汉，自称应火命曰炎汉。归炎汉：指项羽所封的诸侯倒戈归附刘。

⑫势奔倾：楚军形式急转直下，呈崩溃之势。

⑬兵散月明：指楚军溃败南逃，月夜垓下被围。

⑭刁斗：类行军锅，用于烧饭与敲击报更。“风急”二句：句意是楚军如惊弓之鸟，军旗不整、溃不成军，三更刁斗之声令其胆颤心惊。

⑮虞姬：项羽爱姬，常随军中。

⑯楚歌：楚地民歌。楚军被韩信围于垓下，韩令汉兵夜唱楚歌，以瓦解楚军斗志，项闻声大惊：“汉皆已得楚乎？是何楚人之多也。”

⑰玉帐：主帅营帐。魂惊：项羽同虞姬死别，唱出悲壮千古的《垓下歌》：“力拔山兮气盖世，时不利兮骓不逝。骓不逝兮可奈何，虞兮虞兮奈若何。”

⑱花无主：指虞姬失去项羽。

⑲雪刃：剑刃寒光似雪。

⑳泉：黄泉、地下。扃：门、门的外栓。掩泉扃：指死去、关上地府之门。

㉑骓：乌骓，项羽的战马、坐骑。不逝：不能突围出去。

㉒阴陵：在今安徽定远西北，项在此地被汉军追兵所困。

㉓叱追兵：项羽人马陷于大泽，汉将杨喜穷追不舍，项瞋目怒叱，杨人马皆惊，吓得退避数里。

㉔忍偷生：项前望乌江对岸，当初离乡出征之路成了今日失败归路，岂忍苟且偷生。乌江亭长当时已备好小舟，劝项渡江，项言“八千江东子弟今无一人回还，纵然父老哀怜、仍愿跟随我，我又有什么脸面去见他们”，言毕将乌骓赐给亭长，回杀数百汉兵而后自刎。

㉕功盖世：说刘邦远远不及项的功绩。

㉖成闲纪：指司马迁《史记》虽将项羽和秦始皇、刘邦一样排列皆有本纪，但也只能供后人闲来翻阅。

㉗见遗灵：刘因是皇帝，飨庙、塑像与颂德文字随处可见，而项只能在《史记》里才能找到，遗灵也只能到此地才能瞻仰。

㉘古木：指庙中古树今已凋零，词人见项羽庙破落衰败，鸣不平之气。

㉙胜负难凭：词人臧否人物，不赞成项败刘胜的观点。

【赏析】

上片剪裁史实，概述项羽英雄出世、悲剧结束的人生。下片撷取霸王别姬、乌江自刎情节，讴歌项羽至高的英雄品格与忠贞爱情。

公元前209年，陈胜举义，项羽（公元前232—公元前202）从叔父项梁起兵于吴，刘邦（公元前256—公元前195）响应陈胜；公元前207年项羽在巨鹿之战摧毁秦军主力，威震天下；公元前206年秦亡，项羽自封西楚霸王，楚汉战争开始；公元前202年，刘邦最终战胜项羽，建立西汉一统政权。

该词主用三字句，结构紧凑，句短韵密，以平声为主韵夹用仄韵，读来声如连珠砸地，有虎过风生之感，表达出对项羽的莫大同情。唐宋多咏项之作，与作者境遇观点有所不同，若杜牧“江东子弟多才俊，卷土重来未可知”、王安石“江东子弟今虽在，肯为君王卷土来”、李清照“至今思项羽，不肯过江东”。

欧阳修

欧阳修（1007—1072），庐陵（今江西吉安）人。字永叔，号醉翁、六一居士。自幼家境贫寒，1030年进士，官至参政知事，仕途曾有曲折，卒谥文忠。诗词散文大家，北宋文坛领袖，喜提携青年才俊，苏轼父子、曾巩、王安石皆出其门。与晏殊并称晏欧，词多婉约、偶有豪放，有富足文人气魄。

采桑子

群芳过后西湖好①，狼籍残红②。飞絮蒙蒙。垂柳阑干尽日风。　笙歌散尽游人去，始觉春空。垂下帘栊③。双燕归来细雨中。

【注释】

①西湖：指颍州西湖，在安徽阜阳城西。

②狼籍：同“狼藉”，杂乱。残红：落花。词人曾知颍州，晚年作十首《采桑子》组词，回忆西湖之美、记游赏之乐，该词是第四首。

③垂下：将收卷的窗帘放开。

【赏析】

上片写湖上之景：群芳谢落，残红杂乱，飞絮蒙蒙，只有柳条竟日飘拂，常人对此一定会无限惋惜，词人却拍手叫好。

下片将湖景拉至庭院：笙歌散尽游人归家，喧嚣顿失，才觉出春天确实不在了；垂下帘栊，窗下漫望，见“双燕归来细雨中”，重新获得宁静闲适的享受。

"西湖好"与白居易"江南好"写法如出一辙。其第十首《采桑子》与该词相比，更偏重抒情、饱含感慨，原词如录："平生为爱西湖好，来拥朱轮。富贵浮云，俯仰流年二十春。　　归来恰似辽东鹤，城郭人民。触目皆新，谁识当年旧主人。"

朝中措·送刘仲原甫出守维扬[①]

平山阑槛倚晴空[②]，山色有无中[③]。手种堂前垂柳[④]，别来几度春风[⑤]。　　文章太守[⑥]，挥毫万字，一饮千钟[⑦]。行乐直须年少[⑧]，尊前看取衰翁[⑨]。

【注释】

①刘原甫：翰林学士，1056年出守扬州，词人以该词相赠送行。

②平山：即平山堂，词人1048年任扬州太守时所建，文人学士吟诗作赋场所，王安石、苏轼、秦观、叶梦得均有留迹，今纳入大明寺旅游景区。阑槛：栏杆。

③"山色"句：化用王维《汉江临泛》："江流天地外，山色有无中。"

④手种：词人在平山堂前植柳一株，后人习称欧公柳。

⑤别来几度春风：词人植柳一年后离开扬州，故有"别来几度春风"之问，不知它现在长成什么样子。

⑥文章太守：夸刘原甫是文章大家，刘到任后有《登平山堂寄永叔内翰》一诗，词人亦有唱和。

⑦钟：大酒杯。万字、千钟：赞刘有豪放之气。

⑧行乐：消遣娱乐。

⑨尊前：酒杯前。看取：看。取作助词，无义。

【赏析】

上片写平山堂气势与有如仙境之美，点出“手种堂前垂柳”轶事，表达对扬州的关切与深情，隐含对刘赴任扬州寄予期望。

下片先赞刘的才华，相信他能把扬州治理得更好；继之以切身体验相嘱：须知宦海浮沉、风云多变，趁青春年少，当挥毫时且挥毫，当千钟时且千钟，凡事看开、善于自乐，莫待年迈如我后悔就迟了。

这首词既表现出词人对扬州未来充满信心，又表现出前辈对晚辈的关爱。苏轼受教于欧门十六年，深得欧词真谛，他 1079 年自徐州移知湖州，路过平山堂，瞻仰壁上欧公手迹，书《西江月》一首，值得同诵共品，特录于此：“三过平山堂下，半生弹指声中。十年不见老仙翁。壁上龙蛇飞动。　欲吊文章太守，仍歌杨柳春风。休言万事转头空。未转头时皆梦。”苏轼 1092 年曾知扬州，任期约半年，为纪念恩师，在平山堂一侧新建“谷林堂”，堂名取自苏轼“深谷下窈窕，高林合扶疏”。今两堂同在，辉映着宋代文化之光。

南歌子

凤髻金泥带①，龙纹玉掌梳②。走来窗下笑相扶。爱道、画眉深浅入时无③。　弄笔偎人久④，描花试手初⑤。等闲妨了绣功夫⑥。笑问双鸳鸯字怎生书⑦。

【注释】

①凤髻（jì）：女子发型如凤凰，挽盘头顶。金泥带：用于束发的金色斑点缎带。

②玉掌梳：刻有龙纹的掌形玉质梳子。

③爱道：爱说，娇言娇语。入时无：是否时尚、新潮。

④弄笔：手持毛笔耍弄比划。

⑤描花：在绣布上勾画花朵图案。试手初：初试身手。女子不仅貌美，而且有女红功夫，急于将手艺展现给丈夫。

⑥等闲：不经意、随便。妨了：耽误了。

⑦怎生书：女子又出花样，拿起彩笔故问“鸳鸯”两字怎么写法。怎生：怎样。

【赏析】

上片以梳妆打扮开始，以“爱道”收拍。下片以描花绣锦开始，以“笑问”收拍。两片谋篇结构、语言风格、景情动作颇为一致，刻画出一个新婚女子真纯率直、活泼主动、轻灵俏皮的生动形象，她主动将自己的全部美好都呈现在丈夫面前，洋溢着对丈夫的钟爱和沉浸爱情的幸福感，女为悦己者容，新娘子爱美，也很会打扮自己，挽发成凤凰式，以金色彩带束起，在发髻上斜插一把龙纹玉梳，笑盈盈地走到窗下，和丈夫相依相偎；她十分得意自己的装扮，硬要丈夫亲口说出她的美来，故意引逗发问，这眉画得深浅合适、样式新颖吧？“双鸳鸯字”怎么写呀？化用朱庆馀“妆罢低声问夫婿，画眉深浅入时无”，但写出小说情节，精彩生趣、活灵活现。

“爱道”“笑问”如当今白话，在词中的语言地位是作二字句领句。北宋初期，花间词的遗痕时隐时现，该词写家庭题材与爱情，使用散文语言，是写作艺术的一种明显进步。

浪淘沙

把酒祝东风①，且共从容②。垂杨紫陌洛城东③。总是当时携手处④，游遍芳丛。　聚散苦匆匆，此恨无穷。今年花胜去年红⑤。可惜明年花更好⑥，知与谁同⑦。

【注释】

①把酒：手持酒杯。祝东风：邀请东风共饮、祈祷东风。

②从容：舒缓随意。

③紫陌：洛阳曾是东周、东汉旧都，用紫色土铺路，泛指京城道路。

④总是：都是。当时：以前和旧友游赏过的花园胜景，今天还要重游一遍。

⑤胜：胜过、超过。

⑥可惜：惋惜、可叹。

⑦知与谁同：不知明年该和谁同游。

【赏析】

上片叙事。邀东风作伴、不舍春光，词人回忆与友人往昔同游的美好情景，而现在此处只余下自己一人。

下片抒情。词人感叹“聚散总匆匆”，今年花比去年红，未能与旧友同赏已成遗憾；明年花会更好，不知能不能把旧友请来，抒发了一片怅惘之情。词人巧妙利用当时、今年、明年的时间差步步递进，写出花从去年平常（游遍而未见特色）、今年胜去年、明年会更好的层次感，表达了对明年抱有希望和对旧友无尽思念。

欧词《玉楼春》“直须看尽洛城花，始共春风容易别”，情调与此类似，表达方式不同：洛城花必欲看尽，看尽了方与春风说声道别，然而花无看尽之时，告别亦当无时。

踏莎行

候馆梅残①，溪桥柳细②。草薰风暖摇征辔③。离愁渐远渐无穷，迢迢不断如春水。　寸寸柔肠，盈盈粉泪④。楼高莫近危阑倚。平芜尽处是春山⑤，行人更在春山外。

【注释】

①候馆：旅舍、宾馆。梅残：旅舍旁边的梅花已经开过，枝上只剩下几点残英。

②溪桥柳细：小溪桥头岸边，细柳刚刚抽出嫩芽。

③草薰：芳草散发的清香。征辔（pèi）：马缰，指马匹。

④盈盈：含情的样子。粉泪：胭脂泪，指主人身份是思妇。

⑤平芜：草木丛生的平旷原野。

【赏析】

该词的主人公是一个还是两个，有两种观点，或谓上片写征夫、下片写思妇，两地相思；或谓上下片都写征夫，下片只是征夫的想象；从“楼高莫近危阑倚”的“莫”字以及“行人更在春山外”中自称“行人”的口气，可以判断按第二种理解为宜。

上片写景。几点残梅、几丝细柳，一阵草香、一阵风暖，征人左顾右盼，摇晃着马缰，迟迟不愿离去，路越行越远，离愁渐渐增浓，征途不尽离愁不消，就像迢迢春水长流不断；“候馆”二字表明征夫是在出征途中继续前行的，不是思妇为他送行的场景。

下片抒情。征夫为什么“摇”缰徐行，而不是策马疾行？因为想念闺中妻子，猜测她现在一定是“寸寸柔肠，盈盈粉泪”，虽感心痛，也只能在心里默默嘱她“莫”登危楼，因为纵使望得再远也只能到春山为止，而征夫已经翻过春山，人在春山之外了。

该词构思精巧，采用李白《菩萨蛮》写法，化用李煜“自是人生长恨水长东”“更行更远还生”，并营造出新的意境。“离愁渐远渐无穷，迢迢不断如春水”“平芜尽处是春山，行人更在春山外”皆为名句。

蝶恋花

庭院深深深几许[①]，杨柳堆烟，帘幕无重数[②]。玉勒雕鞍游冶处[③]，楼高不见章台路[④]。　雨横风狂三月暮[⑤]，门掩黄昏，无计留春住。泪眼问花花不语。乱红飞过秋千去。

【注释】

①深几许：深宅大院，点明是贵妇居处。

②无重数：帘幕重重。

③玉勒：玉质马衔。雕鞍：雕花马鞍。游冶处：指歌楼妓馆。冶：娱乐。

④章台：汉代长安有章台宫、章台街，指花街柳巷。

⑤雨横风狂：雨势迅猛、狂风暴烈。三月暮：暮春。

【赏析】

上片写景，景中有人。景是豪华富贵人家，居处浓杨密柳、雾气笼罩，重重帘幕无法计数；女子独处高楼，透过重重烟柳向那边张望，但楼台遮掩，连去章台的马路也看不清楚。上片写出女子缺情乏爱、惶惑终日的窘境。

下片抒情，情中有景。贵夫人闭锁深宅大院，遭遇雨横风狂，春天已是“三月暮”，夫妻情爱中变，千方百计也留不住心上人；黄昏掩门苦思，“无计留春住”；无法唤醒丈夫回心转意，孤苦无助、含泪问花，谁知道花儿竟有意躲避我，“纷纷飞过秋千去”；此情不谓不诚。

该词艺术手法高妙，以风、雨、黄昏、乱红衬托女子失去爱情的苦痛。化用严恽“尽日问花花不语，为谁零落为谁开”，情感温婉哀怨，令人怜爱、令人同情。

苏舜钦

苏舜钦（1008—1048），梓州铜山（今四川中江）人。字子美。为官期间因支持范仲淹改革，被反对派罗织罪名、遭弹劾罢官。诗人，与梅尧臣齐名。

水调歌头·沧浪亭①

潇洒太湖岸②，淡伫洞庭山③。鱼龙隐处，烟雾深锁渺弥间④。方念陶朱张翰⑤，忽有扁舟急桨，撇浪载鲈还⑥。落日暴风雨，归路绕汀湾⑦。　丈夫志⑧，当景盛⑨，耻疏闲⑩。壮年何事憔悴⑪，华发改朱颜。拟借寒潭垂钓⑫，又恐鸥鸟相猜，不肯傍青纶⑬。刺棹穿芦荻⑭，无语看波澜⑮。

【注释】

①沧浪亭：词人谪居苏州期间，自买水石筑于太湖之滨，于亭下读书自遣。

②太湖：因范蠡曾在此隐游，泛指隐居场所。

③淡伫：安静伫立。洞庭山：指太湖中的最大岛屿西山。

④渺弥：水面辽阔。

⑤陶朱：陶朱公，指范蠡；范辅佐勾践灭吴后，先浮于太湖，后经营陶器，定居山东定陶。张翰：字季鹰，晋代人，在洛阳做幕僚时，以爱恋故乡吴中美食菰菜、莼羹、鲈鱼脍为由托辞归乡。

⑥撇（piě）浪：搏击风浪。载鲈还：船上装着新捕的鲈鱼。

⑦绕：遭遇暴风雨，不得不绕路而归。汀湾：港湾。

⑧丈夫：敢于担当的男子。

⑨当景盛：正值盛年。

⑩耻疏闲：耻于闲置无事可做。

⑪壮年：指词人三十七岁时被削职。

⑫寒潭：指秋冬寒冷的太湖。垂钓：打算在此钓鱼，却非真正为了钓鱼。

⑬青纶：官印绶带依官职级别颜色不同，指从政、官场。

⑭刺棹：撑船。芦：芦苇。荻：形似芦苇，与其共生。

⑮无语看波澜：为政治波澜所逼，无语是最佳选择。

【赏析】

上片寓己于景，自述忘机太湖的生活情境。“鱼龙隐处”寓有深意，鱼也，龙也？词人不认为自己是任人可食之鱼，充满刚正之气；引用范蠡、张翰典故，虽有“撇浪载鲈还”的一时快意，终因“落日暴风雨”，还须“归路绕汀湾”，写出自己被逼退出政坛，不得不避开锋芒的政治处境。

下片抒情。“丈夫志，当景盛，耻疏闲”，很有气魄；原本有志贡献国家，不知“何事”竟壮年受挫，有志难舒，华发改朱颜，欲寄意江湖“又恐鸥鸟相猜”，此句高明奥妙，担忧鸥鸟也不乐意接纳自己容身这片与世无争的天地，因为词人洞察事理，即使隐钓寒潭、远离官场，还是会遭小人猜忌；表达出词人虽有忧谗畏讥的一面，但不甘沉沦，家国之怀不灭，仍倾心国家大事，突出不屈服于政治压力的顽强精神。

该词是北宋较早出现的豪放清旷的典型之作，与晏欧婉约词风迥异，对豪放词的发展具有启迪意义。

阮逸女

阮逸女，生平不详。建州建阳（今福建南平）人。阮逸，字天隐，1027年进士，曾为官遭贬。作者是其女儿。

花心动

仙苑春浓①，小桃开、枝枝已堪攀折②。乍雨乍晴③，轻暖轻寒，渐近赏花时节。柳摇台榭东风软，帘栊静、幽禽调舌④。断魂远、闲寻翠径⑤，顿成愁结⑥。　此恨无人共说⑦。还／立尽黄昏，寸心空切。强整绣衾⑧，独掩朱扉⑨，枕簟为谁铺设⑩。夜长更漏传声远⑪，纱窗映、银缸明灭⑫。梦回处，梅梢半笼淡月⑬。

【注释】

①仙苑：自家花园，美如仙境。

②小桃开：桃花初放。枝枝：满树花枝。

③乍雨乍晴：短时间的小雨与晴日变幻。

④幽禽：栖于林子深处的飞鸟。调舌：争鸣好听之声。

⑤断魂：指以往销魂之梦。

⑥愁结：愁苦心结。

⑦共说：说于人听。

⑧绣衾：锦绣被子。

⑨朱扉：红色闺房门。

⑩枕簟：竹席、枕头。

⑪更漏：古时的报时器，有壶漏（用水）、沙漏、晨鼓等类，此处指报更晨鼓。

⑫银缸：银灯，指女主人大户人家身份。

⑬梅梢：梅花枝头。

【赏析】

主人公是一位怀春少女。上片写春光美景。“小桃”“渐近赏花时节”暗示主人公是情窦初开的少女身份，她徜徉花丛翠径，触景生情，觉得离美梦越来越远，怎么也寻觅不到那种梦中情景，爱情没有着落，抑郁成愁。

下片抒情，首句即言此情此恨羞于说给人听，欲解愁结而不得其解，勾画出一个渴望被爱、满怀期待的痴情少女清纯俊美、温柔秀气的形象。“断魂远”“梦回处”“银缸明灭”“月在梅梢”，韵味悠长、耐人琢磨。

词人笔下的美女形象更为凄清动人。联想晏殊《山亭柳》的西秦歌女，欧阳修《南歌子》的新娘子，再赏读李清照、朱淑真词，深为宋代女子的性情柔美、率真开放而折服，她们将爱情视为光明正大之事，敢爱敢恨而不隐心中真情，谈情论嫁而不羞于启齿，自然得体，该词当为一个范例。

王安石

王安石（1021—1086），抚州临川（今江西临川）人。字介甫，号半山，世称王荆公。唐宋八大家之一。1042 年进士，神宗朝两度为相，北宋著名的政治家、改革家、文学家，封荆国公。晚居金陵，谥号曰文。诗词文章皆善。

浪淘沙

伊吕两衰翁①。历遍穷通②。一为钓叟一耕佣③。若使当时身不遇④，老了英雄⑤。　汤武偶相逢⑥。风虎云龙⑦。兴王只在笑谈中⑧。直至如今千载后，谁与争功。

【注释】

①伊：指伊尹，名为伊，官为尹，辅佐商汤灭夏桀，商朝开国功臣。吕：吕尚，姜太公，辅佐文王、武王灭商兴周，周朝开国元勋。

②穷通：贫困显达。《庄子》："古之得道者，穷亦乐，通亦乐，所乐非穷通也。"

③钓叟：指吕尚。耕佣：指伊尹。

④若使：假若。身不遇：未遇到商汤、文王。

⑤老了：终被埋没。

⑥汤：商汤。武：周武王，周朝开国君王。偶相逢：偶然的机遇使君臣相识相知。

⑦云龙：《易》："云从龙，风从虎，圣人作而万物睹。"云跟随龙出现，虎跟随风出现。

⑧兴王：辅佐君主、建立国家基业。

【赏析】

该词是一片咏史词。

上片说英雄不论出身、但需机遇，需要被伟大者发现，以吕尚、伊尹为例，吕尚八十岁时在渭水滨垂纶钓鱼，终被周文王发现；伊尹是伊水之滨弃婴，原为奴隶，为主人耕作田垄，作为陪嫁品归于商汤，偶被发现是个人才；如果此身不遇商汤、文王，英雄终会被埋没。

下片突出英雄适为所用的重大意义，君主圣明，就有龙腾虎跃的局面，社会就会昌盛，伊吕大才、举重若轻，智慧过人、兴国有方，谈笑之间就成就了兴国王道，功盖千秋，无可比者。

该词应写于词人政治上升时期，借咏赞历史人物，抒发政见与用才主张，是说给皇帝听的，伊吕是皇帝心中所望，是国家栋梁，假若伊吕没被发现，他们会跟平常人一样，无所作为而终其一生。

渔家傲

平岸小桥千嶂抱，柔蓝一水萦花草①。茅屋数间窗窈窕②。尘不到，时时自有春风扫。　午枕觉来闻语鸟，欹眠似听朝鸡早。忽忆故人今总老。贪梦好，茫然忘了邯郸道③。

【注释】

①柔蓝：词人自言曾见江上人家壁间题有一绝，首句为“一江春水碧揉蓝”，化而用之。萦：缠绕、环绕。

②窈窕：幽深、深邃。

③茫然：渺然。邯郸道：典故，卢生夜宿邯郸旅舍，受道人指点就枕入梦，梦中享尽数十年荣华富贵，一觉醒来，竟发现店主人连一顿黄粱尚未煮熟，原是虚幻一场。

【赏析】

上片写词人二次罢相之后隐居金陵，居于千嶂环抱的山间茅屋，春水平岸、小桥半斜，与花草为伴，时时沐浴春风，一尘不染。词人远离尘嚣，体验到身处政治斗争漩涡时期无可想象、不可得到的恬静之美。

下片描绘午枕梦醒细节。“啼鸟”惊梦，入睡时似听朝鸡赶着上朝，如今恍若隔世；忽然想起留在朝中的故人如今也像自己一样，已成老者；还是“贪梦好”，做个闲适轻松的午间小梦，茫然归复平静，也就不必忙上邯郸道，去追逐黄粱美梦了。

这首词表现了词人性灵修炼的高度，可与鸟啼鸡鸣声息相通，精神境界同时得到净化与提升。全词用语平和，语调舒缓，情景交融，上片前三句写景、后两句抒情，下片前三句述事、后两句抒情；“时时自有春风扫”飘逸俊雅，“茫然忘了邯郸道”返璞归真，道出“故人今总老”的人生真谛。

千秋岁引

别馆寒砧①，孤城画角②，一派秋声入寥廓。东归燕从海上去，南来雁向沙头落。楚台风③，庾楼月④，宛如昨。　无奈被些名利缚，无奈被他情担阁。可惜风流总闲却。当初谩留华表语⑤，而今误我秦楼约⑥。梦阑时⑦，酒醒后，思量著。

【注释】

①别馆：旅舍客馆。砧：捣衣石。

②孤城画角：一座孤立小城，城头角声悲凉。

③楚台风：典出宋玉《风赋》，楚王游于兰台，有风飒然而至，王

曰“快哉此风”。

④庾楼月：典出《世说新语·容止》，东晋庾亮镇守武昌，在一个秋月明朗之夜，于南楼据胡床游玩聚宴，与僚属戏谑，后有好事者称南楼为庾楼。

⑤谩留：白白留下。华表语：指约定归家的许诺；典出《搜神后记》，辽东人丁令威学仙得道，化为仙鹤飞归故乡，落在城门华表柱上，发现有少年举弓欲射，遂盘旋空中而歌：“有鸟有鸟丁令威，去家千年今来归。城郭如故人民非，何不学仙冢累累。”华表：古代表示王者纳谏或指路的木柱或石柱，立于宫殿、城垣或陵墓之前。

⑥秦楼约：私情密约。

⑦梦阑：梦醒，比醒悟。

【赏析】

上片写秋景、秋感、秋愁。行于旅途孤城，“一派秋声入寥廓”，前有捣衣声、画角声，后有燕语雁鸣；燕子东归海上，大雁落足沙洲，形入眼、声入耳，激起久客不归的愁绪；以人在旅途比入朝当政经历，曾经的快哉风、明亮的庾楼月，仍历历在目，宛如昨天才发生的那样。

下片抒发感慨。无奈手脚被名缰利锁束缚，真情被习俗世态耽误；可惜青春年华虚度，何曾有过倜傥风流；引用辽东鹤典故，当初离家追求功名，指望以后荣贵故里；而今却一事无成，空落负约之名；以“误我秦楼约”比自己主导的革新变法失败，自责功名心大、没有能力冲决社会旧习而丢失了青春年华；“华表语”实指立有报国大志，“秦楼约”暗寓皇帝对他私下许诺的支持，谁知皇帝变卦，而非自己负约，致使大业夭折，终未成就伊吕那样的英雄风流，心受重创而难以释怀；结句“思量著”，表明词人虽被罢归，思想并未停止，理想并未泯灭。

该词采用虚实相间的表现手法，展现革新变法失败后的内心世界，情理相合，心血凝句；“一派秋声入寥廓”为襟怀阔大之语，“而今误我秦楼约”为凄楚伤心之语。

桂枝香·金陵怀古[①]

登临送目，正/故国晚秋[②]，天气初肃[③]。千里澄江似练[④]，翠峰如簇[⑤]。征帆去棹残阳里[⑥]，背西风，酒旗斜矗[⑦]。彩舟云淡[⑧]，星河鹭起[⑨]，画图难足[⑩]。　念往昔，繁华竞逐[⑪]。叹/门外楼头[⑫]，悲恨相续[⑬]。千古凭高对此[⑭]，谩嗟荣辱[⑮]。六朝旧事随流水[⑯]，但/寒烟衰草凝绿[⑰]。至今商女[⑱]，时时犹唱，后庭遗曲。

【注释】

①金陵：六朝古都，词人变法失败后的退居之地，他写有同题七律组诗，抒发类似的忧国忧民情怀。

②故国：指金陵。

③肃：清肃、清爽。

④澄江似练：江水清澄，犹如一条飘动的白绢。

⑤如簇：山峰尖如箭头，与“似练”对应，江平峰峭，赋予立体感。

⑥帆、棹：指代来往船只。

⑦矗：耸立的样子。

⑧彩舟云淡：状日落江天、余晖遍洒。

⑨星河鹭起：指白鹭洲在夕夜里时隐时现，如白鹭起舞。

⑩画图难足：风景如图画般美妙，但画成什么样的图画也难尽其美。

⑪竞逐：竞相攀比追逐。

⑫门：朱雀门。楼头：指结绮楼。隋将韩擒虎率兵从朱雀门攻入金陵时，陈后主正与宠妃张丽华在结绮楼寻欢作乐，二人避难井中，被俘，宣告陈朝灭亡。

⑬相续：接连不断。

⑭凭高：站在高处。

⑮谩嗟：空自叹息。荣辱：兴盛和灭亡。

⑯随流水：随水而逝。

⑰但：只、仅。“六朝”两句：六朝旧事如流水般消逝了，如今只有寒烟衰草凝结成一片暗绿色。

⑱商女：歌女。后庭遗曲，陈后主作《玉树后庭花》令宫女演唱，唱词有句“玉树后庭花，花开不复久”。时人以为是不祥之兆，陈果然不久而亡，后世惯称该曲为亡国之音。

【赏析】

上片写立足地势最高点，通视金陵晚秋，江山胜概一览无遗，运用白描手法、写景层次分明，表达了词人对故国江山钟情礼赞与深情大爱和家国幽思。

下片站在历史制高点上，咏史抒怀，将六朝繁华竞逐、相继覆亡的历史一笔带出，用“犹唱后庭花”警示后人。

词中多处巧妙化用前人诗句诗意：“登临送目”化用李白“登楼送远目”；“澄江似练”化用谢朓“澄江静如练”；“背西风”化用杜牧“多少绿荷相倚恨，一时回首背西风”；“门外楼头”化用杜牧“门外韩擒虎，楼头张丽华”；“六朝旧事随流水”化用欧阳炯“六代繁华，暗逐逝波声”；“时时犹唱”化用杜牧“商女不知亡国恨，隔江犹唱后庭花”。该词作于词人被罢相隐居江宁期间，作为一位杰出政治家，同时又是文化底蕴丰厚的词人，王安石能够傲视四野、目穿古今，既有诗意韵味点化之功，又有对国家兴亡的深思，突出表现出强烈的政治品格与参与意识。全词笔调清劲，力透纸背，思虑高远、境界朗肃，苏轼赞曰“此老乃野狐精也”。北宋金陵怀古词大约有 30 余首，论者皆推称此首为绝唱，凭此一词已足千古。后人鲜有敢填《桂枝香》者，与柳永《望海潮》类似，因此《桂枝香》也成为冷经典词牌。

晏几道

晏几道（1038—1110），字叔原，号小山，晏殊第八子。出身贵族而无意仕途，个性耿介而不附权势，有叛逆精神。其词常带没落贵族色彩，有强烈情感追求而少涉家国大事。善写令词、工于言情，题材较为单一，风格婉约、词语精美。

临江仙

梦后楼台高锁①，酒醒帘幕低垂。去年春恨却来时②。落花人独立，微雨燕双飞③。　记得小蘋初见④，两重心字罗衣⑤。琵琶弦上说相思⑥。当时明月在⑦，曾照彩云归⑧。

【注释】

①楼台高锁：指空楼。

②春恨：春天离别之愁，非为伤春、只为伤情。却来：又来。

③“落花”两句：用唐翁宏《春残》：“落花人独立，微雨燕双飞。”

④小蘋：歌女名。词人朋友家有莲、鸿、蘋、云四位较有品位的歌女，得其欢心。

⑤心字罗衣：身穿用“心”字形香熏过的薄绸上衣，或解作带心字图案的罗衣。

⑥琵琶弦上：小蘋善弹奏乐曲传递相思之情，也是词人最为相思之处。

⑦当时：指今日明月就是去年送小蘋归去的当时明月。

⑧彩云：比小蘋飘然归去。“当时”两句：化用李白《宫中行乐词八首》其一：“只愁歌舞散，化作彩云飞。”

【赏析】

上片写残梦醒后，见所居“楼台高锁”；酒意消退，见屋内“帘幕低垂”，小蘋不在，只孤身一人；“去年春恨却来时”表明转入回忆，去年也是在这个春残时候，小蘋也没跟他在一起，自己独立庭前，对微雨落花、双燕斜飞，用“双飞”衬托孤寂，用“微雨”表达春恨，感慨仿佛这情景今年又重来一次，何其惆怅。

下片回忆两人“初见”以及见后分手时的难忘情景，比“去年春恨”还要遥远；“记得”表确凿清晰，“初见”表一见钟情，“两重心字罗衣”表刻骨铭心，“琵琶弦上说相思”表心有灵犀；“当时明月在，曾照彩云归”是小蘋归去的实景素描，扑朔迷离、清丽娴雅。

小晏深得其父真传，化用前人诗句，出神入化，十分得体。该词是小晏最高艺术成就的代表作，堪称婉约词中绝唱。

鹧鸪天

彩袖殷勤捧玉钟①。当年拚却醉颜红②。舞低杨柳楼心月③，歌尽桃花扇底风④。　从别后，忆相逢。几回魂梦与君同⑤。今宵剩把银釭照⑥，犹恐相逢是梦中。

【注释】

①彩袖：红袖，指美女。殷勤：频频劝酒，寄托春心。玉钟：玻璃或玉质酒杯。

②拚（pàn）却：甘愿、逞能。醉颜红：大杯喝酒、杯不离口，醉脸醺红。

③舞低：把明月从高空舞到杨柳梢头，比时间之长。楼心月：朗月当空、月光照进楼阁当央。

④扇底风：用桃花扇作道具，挥舞不停，累得连风都扇不动了，比

全力投入。

⑤同：聚在一起。

⑥剩把：尽把、再三。银釭（gāng）：银质灯盏。

【赏析】

上片写昔时一日之欢情乐事。词人与歌女初相逢，描写了少年多情、青春疯狂、性情豪放、开怀痛饮的场面：他们通宵达旦地唱歌跳舞，跳舞直跳到从月在高空到月挂杨柳梢头，舞扇直舞到累得连风都扇不动了。

下片写与歌女别后重逢的惊喜与感慨，说曾经几回梦里相逢，疑惑此次相逢不是真的，故高举银灯辨识歌女娇容。有人物、有场面、有细腻的心理活动，“舞低”楼心月、“歌尽”扇底风，形象生动，犹有新意，如在眼前。

鹧鸪天

醉拍春衫惜旧香①。天将离恨恼疏狂②。年年陌上生秋草，日日楼中到夕阳。　云渺渺，水茫茫。征人归路许多长。相思本是无凭语③，莫向花笺费泪行④。

【注释】

①“醉后”句：春衫上留有情人的残香。

②“天将”句：老天故用离恨之事惩罚我这疏狂之人。

③无凭语：没有凭据的话。

④泪行：信中文字与泪水皆可成行。

【赏析】

该词写词人对歌女的怀念，自说“疏狂”，上下两片词意接续。

上片由春衫旧香引起，羁旅在外，不忘“旧香”，无理怨天表懊恼之情无法排遣，盼情人归来但不见人归，却见路旁“年年”秋草生了又黄；日日临楼远望，直到夕阳落山。

下片写自己心里明白，两人终归云水相隔，“征人归路许多长”，自己也说不准何时能归，相思病、相思愁，写多少信、说多少遍也无法说清、无法解脱，还是不要再白费泪水了，最后以罢写花笺收拍。“莫向”二字极为伤情，词人劝自己不要再写信了，实际是说还要继续写下去。“相思本是无凭语，莫向花笺费泪行”语调哀婉，爱极而罢信，罢信而泪出，有一种奇妙的热络、冷艳生色之感。

两首《鹧鸪天》风格相似，与《临江仙》迥异，尽说实话一吐为快，不事雕琢，一样能打动人心。

菩萨蛮

哀筝一弄湘江曲①，声声写尽湘波绿②。纤指十三弦③，细将幽恨传。　当筵秋水慢④，玉柱斜飞雁⑤。弹到断肠时⑥，春山眉黛低⑦。

【注释】

①一弄：一支曲子。湘江曲：表达娥皇、女英与舜帝悲壮爱情的乐曲。尧的女儿娥皇、女英是舜帝二妃，舜南巡死于途中、葬于苍梧，二妃啼泪洒竹遂有斑竹而生，终投江而死，岳阳洞庭湖君山建有湘妃祠。

②写：弹奏出。湘波：湘江之水。

③纤（xiān）指：细长瘦嫩的女子手指。十三弦：筝有十三根弦。

④秋水：眼波。慢：指全神贯注。

⑤斜飞雁：筝柱排列之形似斜飞雁阵，寓意弹出的筝声也如鸿雁斜飞而起。

⑥断肠时：凄婉动人处。

⑦春山：弯弯隆起的双眉。眉黛：青色眉毛。低：敛眉。

【赏析】

上片写听曲所感，“哀筝一弄湘江曲”直奔主题，赞赏弹筝女子冷艳艺高，善以弹曲传达柔情幽恨。

下片写看弹曲所感，“慢”“低”两字写活弹筝女子神态，当曲子弹到最高潮、最感人处，感到弹筝女子心灵与曲子所表幽恨叠合共鸣，女子敛眉垂目，达到一种无我的境界。女子怀何“幽恨”？虽未明言却有暗示，“湘江曲”事关爱情遗恨，“声声写尽湘波绿”，仍不尽意；“斜飞雁”事关离土怀乡，自是寄予同情。

弹筝女子颇似浔阳江上琵琶女“低眉信手续续弹，说尽心中无限事”，小晏似效法白居易“莫辞更坐弹一曲，为君翻作琵琶行”，读来令人泪湿青衫。

思远人

红叶黄花秋意晚①，千里念行客②。看／飞云过尽③，归鸿无信，何处寄书得④。　　泪弹不尽临窗滴⑤，就枕旋研墨⑥。渐／写到别来⑦，此情深处，红笺为无色⑧。

【注释】

①黄花：菊花。

②念行客：思念千里之外的行客。

③看飞云过尽：有读本句中无“看”字，从《钦定词谱》。

④得：行、可以。

⑤临窗滴：有读本作“当窗滴”，从《钦定词谱》。

⑥就枕：侧身欲睡。有读本作“就砚”，从《钦定词谱》。旋：随即。

⑦渐：待、到。

⑧红笺：红色信笺。无色：泪滴红笺，红色褪尽。

【赏析】

主人公似是一位思妇。

上片写景。红叶黄花晚秋季节，心上人远行北地，鸿雁南飞该捎信来却没有捎来，思妇想给他写信，却不知该寄往何处，令人生愁。

下片抒情。先临窗滴泪望远，欲睡时忽生新的念头，随即起身研墨作书，倾诉衷肠；边写边哭，写到动情处，泪洗红笺，致使笺红字墨，全都洗尽，留下的是一片空白，无限情怀都在无字信中。

上片通过“念、过、无、寄”动作的组合以事代景，下片以“临、旋、渐、无”为序层层递进，寓情于事，结构颇有特色；用语质朴不加修饰，长怨短恨流露自然。唐圭璋先生评曰“痴人痴事”“慧心妙语”。该词牌系词人独创，在宋词中是一枝独秀。

张舜民

张舜民，生平不详。邠州（今陕西彬州）人。字芸叟，号浮休居士。1065 年进士，曾任高官，因坐元祐党人案遭贬谪。

浪淘沙・题岳阳楼①

木叶下君山②，空水漫漫。十分斟酒敛芳颜③。不是渭城西去客，休唱阳关④。 醉袖扶危栏，天淡云闲。何人此路得生还⑤。回首夕阳红尽处⑥，应是长安⑦。

【注释】

①原作词牌署《卖花声》。岳阳楼：在湖南岳阳洞庭湖东岸。

②木叶：树叶。君山：在洞庭湖西岸，与岳阳楼遥遥相对。

③十分：满满。敛芳颜：收起笑容、毕恭毕敬。

④“不是”两句：指自己只是南去的迁客，并非是由渭城西去阳关征途，不必为我唱送别曲。阳关：即阳关曲，亦名《渭城曲》、《阳关三叠》，以王维《送元二使安西》引申谱曲。

⑤“何人”句：历史上经此地南贬的忠良之臣何止一个，没有谁能够活着回来，前有唐代李德裕贬儋州，柳宗元贬柳州，二人皆卒于贬所。

⑥红尽：夕阳最红、红透时候。

⑦长安：指北宋都城汴京（今河南开封）。

【赏析】

上片先写楼上所见洞庭湖深秋景色，君山木叶萧萧，湖面空阔迷漫；继之写楼内酒宴，歌女将酒杯斟得满满，敛起笑容敬酒，献唱动情的《阳关曲》，词人无意错怪歌女，直言我是遭贬南去路经此地，而不是辞别京城西去阳关，请不要再为我唱这送别曲了，含愤慨不平之气。

下片先写扶醉倚阑远望南天，天淡云闲，一点都没有为我遭受磨折表示同情的迹象，不禁自悲自叹，遭贬此路的忠良臣子能有几个生还？回首来路，那个夕阳红透的地方“应是长安”，有不满之意又怀希冀之情。词人遭贬的时代背景是：原在西夏前线供职，因诗“灵州城下千株柳，总被官军斫作薪”“白骨似沙沙似雪，将军休上望乡台”被诬涉嫌反战，贬谪湖南郴州。

该词写于赴贬所途中，同时另写《浪淘沙》一首，二词情调相近，前词既望洞庭、又望去路与来路，后词仅望去路；前词悲壮、后词哀婉；意比屈子、暗恋夕阳，心胸坦荡、笔调如流。原词如录：“楼上久踟躇，地远身孤。拟将憔悴吊三闾。自是长安日下影，流落江湖。　烂醉且消除，不醉何如。又看暝色满平芜。试问寒沙新到雁，应有来书。”

王观

王观（1035—1100），泰州海陵（今江苏泰州）人。字通叟，自号逐客。1057 年进士，官至大理寺丞。

卜算子·送鲍浩然之浙东①

水是眼波横，山是眉峰聚②。欲问行人去那边③，眉眼盈盈处④。　　才始送春归⑤，又送君归去。若到江南赶上春⑥，千万和春住。

【注释】

①鲍浩然：词人好友，看望词人之后返浙东家乡；以词送行。

②眼波：秋水似美人眼波。眉峰：眉似山峰蹙皱，山峰如双眉敛起。喻鲍家妻子很美，或有爱姬。

③行人：指鲍。

④眉眼盈盈处：指美人娇眼望归。

⑤才始：点明送别时令已值暮春，刚把春天送走。

⑥江南：泛指长江以南地区，诗词中多用作春天的代名词。

【赏析】

上片想象朋友归心似箭、激情洋溢，但话不直说，用归路山川寓意家里美人，秋水似美人眼波，美人眼波亦比秋水；山峰如双眉敛起，美眉似山峰蹙皱；清秀俊雅，俏丽传情，用“眉眼盈盈处”表妻子娇眼望归。

下片呼应归心、送上祝福，含有这里春已去的感叹，但词人认为希望还在，江南的春天还没过完，只要友人能赶上和春同住，就很高兴、很满足了。这首词语调俏皮、雅俗并用，比喻巧妙、别具一格，以水比秋波、山比眉峰、送春比送人、归家比追春，没有通常送别的难分难舍、愁泪交加，反而是轻松愉快、文雅逗趣，反映出两人之间共赏、共勉、共乐的亲密关系。水美、山美、人美，不离春意、春情。

魏夫人

魏夫人，生平不详。襄阳（今湖北襄阳）人。名玩字玉汝，宰相曾布之妻，封鲁国夫人。工诗词。

菩萨蛮

溪山掩映斜阳里[①]，楼台影动鸳鸯起[②]。隔岸两三家，出墙红杏花。　绿杨堤下路[③]，早晚溪边去[④]。三见柳绵飞[⑤]，离人犹未归。

【注释】

①掩映：彼此遮蔽。

②影动：楼台倒影随溪水而动。

③堤：河堤、溪岸。

④早晚：天天、日日。

⑤三见柳绵：三个年度。

【赏析】

女词人的丈夫公务在身，连续三年主政陕府，夫妇不得相聚，于是常用诗词寄情。

上片写景。斜阳里，小溪与青山掩映；溪面上，楼台影摇、鸳鸯戏水；溪对岸，小村三两户人家，不知谁家红杏花探出墙外，向溪这边摇曳招手，寓意盼君心切。

下片抒情。溪岸长堤绿杨钻天、翠柳拂水，一天天不知道有多少次在那儿移步翘望，早去晚归，来来回回已有三年，飞絮照样漂浮水面、随水而去，丈夫还是没有归来。景情皆不离“溪”字，家住溪边、丈夫是沿溪堤离去的，又天天溪边望归，画面简洁、动静相宜，思多怨少、朴实亲切，夫妻情爱似小溪之水清澈见底，思夫之心如小溪溅溅，长流山间；无愁怨、悲伤、恨泪、断肠字眼，却写得更深刻、更隽永、更俊雅。

词人用句工丽，“出墙红杏花”似由吴融“独照影时临水畔，最含情处出墙头”点化而来，早于南宋叶绍翁“春色满园关不住，一枝红杏出墙来”。

王诜（shēn）

王诜（1048—1104？），太原（今山西太原）人。字晋卿。宋英宗驸马，曾任左卫将军、驸马都尉。精于书画诗词。苏轼好友，1079年受苏轼牵连坐罪，远放京都之外，七年之后召还复职。

忆故人

烛影摇红[①]，向夜阑[②]，乍酒醒、心情懒。尊前谁为唱阳关[③]，离恨天涯远。　无奈云沉雨散。凭阑干、东风泪眼。海棠开后[④]，燕子来时[⑤]，黄昏庭院。

【注释】

①摇红：蜡烛的红色光影摇动飘浮。

②向夜阑：整夜都是这样。

③尊：酒盅、酒杯。谁为唱：为谁唱、为什么唱。阳关：即《阳关三叠》，离别曲。

④海棠：花期约在四月。

⑤燕子：冬季南飞，约在来年五月飞回北方。

【赏析】

该词写痴情歌女一夜一天之间，自怨自艾的生活情境与内心情感变化。

上片写景。满屋里烛光飘浮摇曳，整夜都是这样，女子酒醉方醒，身心酸懒，什么事也不愿想、不愿做；酒宴上献唱《阳关曲》后，心绪烦乱，发觉不该唱这种曲子，虽说是送他远去天涯，但我的离恨比天涯还远，谁又会为我献唱《阳关曲》。

下片借景抒情。我深感无奈，往日的欢愉已经“云沉雨散”；无奈黄昏凭栏，眼泪、思绪、哀情与“东风”“海棠”“燕子”汇聚一起，都止步于、容放在这个孤独的“庭院”里。“凭阑干、东风泪眼”令读者生怜爱之情；连用“海棠开后，燕子来时，黄昏庭院”三个四言句令读者迭起同情之心。词人善于化用前人诗意，创造了更为高妙的意境，“东风泪眼”，若李颀“共泣东风别”、顾况“泣向东风畏花落”、赵嘏“东风吹泪对花落”、姚月华“羞将离恨向东风”、冯延巳“东风弹泪有谁知”。

宋徽宗喜其词意，但觉得尚欠丰容宛转，令大晟府周邦彦修改，周将文字扩充，延展而成新词《烛影摇红》：“芳脸匀红，黛眉娇画宫妆浅。风流天赋与精神，全在娇波眼。早是萦心可惯。向尊前、频频顾眄。几回相见，见了还休，争如不见。　烛影摇红，夜阑饮散春宵短。当时谁会唱阳关，离恨天涯远。争奈云收雨散。凭阑干、东风泪满。海棠开后，燕子来时，黄昏庭院。”

周词温文尔雅、语言美、韵味浓，较王词有明显变化，一是格式改变，由令词变成慢词，创出一个新词牌；二是男主人公由幕后走上前台；三是结构调整，增加男子中意歌女的文字作为上片，将原词两片合一作为下片；四是彰显周词特色，融入情节，运用“娇画”“娇波”“频频顾眄”“饮散春宵短”浅白词语，使原词女主人公的痴纯情迷之态与娇俏灵柔受到影响。

蝶恋花

钟送黄昏鸡报晓。昏晓相催①，世事何时了。万恨千愁人自老②。春来依旧生芳草。　忙处人多闲处少。闲处光阴，几个人知道③。独上高楼云渺渺④。天涯一点青山小。

【注释】

①昏晓相催：日落催促日出，日出又催日落，天天如此。

②人自老：人因怀万恨千愁而自老，万恨千愁的环境让人自老。

③“忙处”三句：寓意是在台上为官时人家都来捧你、求你，下了台便无人再理睬你，抨击趋炎附势小人与恶劣社会风气。忙处：显要处、显要时。闲处：冷落处、冷落时。

④渺渺：辽远、高远。

【赏析】

上片由听觉引起。暮钟声、晨鸡声，昏晓轮回，万恨千愁没完没了，若心态不平、在意这些，很快就会衰老；大自然并不因为哪个人的老去而迟延步伐，春天依旧自来，芳草依旧还生。

下片由视觉引起。这世道谁还看不明白？哪儿人多，哪儿人少？做官时候，人来人往，似乎很忙；丢官以后，谁还再来找你，谁又知道你遭受冷落、不再风光的滋味？人应该能想明白，其实也算不得什么，无事闲暇多，登上高楼远处望望，君不见天涯无际，薄云渺渺，连平日心目中高高耸立的青山，也不过只是一个小点点那样微不足道。

词人有头脑、有见地，深知尽管贵为驸马爷，如不顺从朝廷也会遭受政治打击。该词是他自解心结、净化心灵的一种体验，既讥讽社会不平，又抒发内心感慨：青山虽壮伟，但远处看来，不过天涯一点而已，何况不如青山的自己呢？所以人世间的得失无需挂怀，闲心自得即可。

苏轼

苏轼（1037—1101），眉州眉山（今四川眉山）人。字子瞻，号东坡居士。1057年进士，与父苏洵、弟苏辙并称三苏。唐宋八大家之一。1070年上书力陈王安石新法之弊，未被采纳，遂请外调，先后曾知杭州、密州、徐州。1079年，身陷乌台诗案，此后一生都行走在遭贬路上，先后被贬黄州、惠州、儋州。1101年从儋州遇赦放还，卒于常州旅舍，后谥文忠。苏诗文书画俱善，作品具有豁达乐观、性情豪放、风雅俊逸的特点。早期被欧阳修发现，后领袖北宋诗（词）坛。诗词大家黄庭坚、秦观、晁补之、张耒并称苏门四学士。苏是继李煜之后，对词学发展卓有贡献的重要人物，提出“以诗为词”的主张，扩大了词的题材范围和表现领域，使词文学走向担当社会使命之路。苏虽然在政治上曾经反对王安石变法，但并未妨碍二人成为文学挚友，是颇有君子之风的伟大文学家，是身处危境而存志立世的诗人典范。

浣溪沙·送梅庭老赴上党学官①

门外东风雪洒裾②，山头回首望三吴。不应弹铗为无鱼③。　上党从来天下脊④，先生元是古之儒⑤。时平不用鲁连书⑥。

【注释】

①梅庭老：家在三吴，作者朋友。上党：山西长治、潞州一带，地处太行山之巅，秦代置上党郡。学官：掌管学务的官员和官学教师。

②东风：点明节气是初春。裾（jū）：衣服前襟、衣袖。

③弹铗为无鱼：典出《史记·孟尝君列传》，孟尝君食客冯谖，自

感未受主人重用，弹铗悲歌：“长铗归来乎，食无鱼。”铗：剑柄。

④脊：脊梁，比事物的支撑要害处，古有“得上党可望得中原”之说。杜牧《东兵长句十韵》有“上党争为天下脊，邯郸四十万坑秦”。

⑤儒：学者。古之儒指有才学、有抱负的古代儒家大师。

⑥时平：时势平安、无战事。鲁连：鲁仲连，战国时齐国人，不爱做官，专爱为人排忧解难，燕齐交恶，燕将军攻陷齐地聊城，聊城本土人士使谗毁离间之计，燕国守将心生恐惧，怕回国后遭害；齐国将军田单率军攻城年余不下，死伤惨重。鲁连看准这个时机，作书助齐，以箭将信射入城中，对燕将晓以利害，劝说他全师归燕或降齐受封；燕将见书连泣三日，归燕不成、降齐不甘，喟然长叹：“与人刃我，宁自刃！”田单遂收复聊城，齐国欲封鲁连爵位，鲁拒绝受职而逃隐海上。

【赏析】

上片写梅庭老在春雪中赴任远行，气氛比较清冷，梅庭老走到山头仍频频回首三吴故乡，踟蹰不前，词人明白友人的心思，引用战国典故，劝他勿以为学官职务低微、清贫，办学育才是大事，莫学冯谖，弹铗使气。

下片从正面激励，先说上党是古来名郡，虽然偏远但值得一去；再称赞他是古之大儒，具有以天下为己任的高尚品格，去上党也不算辱没身份，山区固然贫寒闭塞，学官也不是显要职位，而且现在天下太平，即使先生怀有鲁仲连那般奇才大谋，在那里也不一定能派上用场，虽然先生可能会感到委屈，但请君珍重。

该词颇有新意，针对所送对象的大儒身份，言诚情真、以理胜情，较一般的送别诗词色调干净，自生古香；同时，写法新颖，跳出了上片写景、下片抒情的布局套路，而是上片叙事、下片辟理。多年后词人被贬素称蛮荒之地的儋州，他主动办起东坡学堂，亲自施教，处逆境而志向不改，负盛名而不觉屈才，当是对梅庭老临别赠言的自我践行。苏轼热诚支持大儒去贫困山区施教，言行如一，对当今教育事业具有现实的警示意义。

江城子·乙卯正月二十日夜记梦①

十年生死两茫茫②，不思量③，自难忘。千里孤坟④，无处话凄凉⑤。纵使相逢应不识，尘满面，鬓如霜⑥。　夜来幽梦忽还乡⑦。小轩窗，正梳妆。相顾无言⑧，惟有泪千行。料得年年肠断处⑨，明月夜，短松冈⑩。

【注释】

①乙卯：1075 年。1074 年词人杭州任满，弟苏辙其时任职济州，词人请求调至弟弟身边，任密州（今山东诸城）知州。

②十年：妻子王弗于 1056 年在其十六岁时嫁给十九岁的苏轼，1065 年病逝，共同生活 10 年；从妻子去世至写作该词又是 10 年；此时，苏已续娶王弗堂妹，同住密州。“两茫茫”句：化用白居易《长恨歌》“上穷碧落下黄泉，两处茫茫皆不见”。

③不思量：不去、不忍、害怕思量。

④千里：距密州之遥。句意是无奈将妻子一人抛在那儿。

⑤无处：即使想对妻诉说只身凄凉也无法实现。

⑥尘满面，鬓如霜：形容饱经沧桑，面容憔悴。

⑦幽梦：迷离恍惚、隐约不清之梦境。

⑧相顾无言：彼此相看良久，谁也说不出话来，只是泪流不止。

⑨料得：料想。肠断处：最令人凄伤肠断的时刻、地点。

⑩短松：妻子墓前的松柏尚未长高。

【赏析】

该词的核心是一个情字，写得真、淳、浓、烈。

上片是昼思，逢妻子十年忌日，抒发对妻子的无尽怀念，为孤坟千里、无处诉说凄凉而沉痛万分。设想生死相隔已经十年，纵然她见了我恐怕也认不出来；自己因陈词变法受到压制，来到密州又逢凶年，再无那时的年轻英俊，已是憔悴潦倒、两鬓如霜。

下片是夜想，梦见共度蜜月的美好，生死相逢的激动；末三句从梦境回到现实，“明月夜，短松冈”，只有那儿才是共话凄凉的地方。王弗知书达理，是苏轼的贤内助，二人情爱甚笃，据传某一年春节，苏轼将一枝兰花插在夫人头上，夸她更加娇美，王笑说兰花是“花中君子”“空谷佳人”，谦称自己不配戴它；家有来客，王常躲在屏风后听，如来人尽力和苏套近乎，她事后便提醒丈夫“恐怕贴上来快、走得也快，处不长”。

该词叙事分明、语言畅朗，情感流淌有声、节奏抑扬有致；写夫妻情分，字里行间无不渗透人性的至情之光，是千古爱情绝唱。“十年生死两茫茫”，包括前十年共同生活以及后十年独自潦倒的两重茫茫，既是生者也是死者的两处茫茫；“短松冈”三字看似无奇，实则表达细微情思，“十年”不算短暂，“千里”确实遥远，但词人觉得妻子离他尚近，坟上的松树还没长高，寓意爱情如松柏长青。

江城子·密州出猎[①]

老夫聊发少年狂[②]，左牵黄，右擎苍[③]。锦帽貂裘[④]，千骑卷平冈[⑤]。为报倾城随太守，亲射虎，看孙郎[⑥]。　酒酣胸胆尚开张[⑦]，鬓微霜，又何妨！持节云中，何日遣冯唐[⑧]？会挽雕弓如满月[⑨]，西北望[⑩]，射天狼[⑪]。

【注释】

①密州出猎：1075年冬，苏轼在密州知州任上，率同僚出城习射放鹰。

②老夫：词人自称，时年尚不足四十岁。聊：姑且。狂：纵情、豪气。

③擎：举，向上托住。

④锦帽：锦缎制作的帽子。貂裘：貂皮袄。

⑤平冈：平坦、辽阔的山野。

⑥为报：报答、报知。倾城：全城百姓倾巢而出。太守：词人以职务自称。“为报”三句：论者对句意理解不一，或谓“太守为报倾城（百姓）随（他）”而“亲射虎”，但与“何日遣冯唐”本意不合；或谓“倾城（百姓）为报答（太守恩惠而）随太守”，但易被误解为自我宣扬；或谓有意大造声势、强调出猎意义，“（特意安排本次活动）而报（知百姓，号召他们）倾城随（我）太守（而行，前去观猎助威）”。取第三种观点为宜，比较符合“狂”的本意。射虎：典出《三国志 · 吴书 · 孙权传》，孙权乘马射虎于丹阳，马为虎所伤，孙怒投双戟击虎，致其伤残而被捕获。

⑦胸胆开张：胸怀开阔、雄豪。

⑧节：符节，缀有牦牛尾的竹竿，汉代使者出使时持有的身份凭证。云中：治所在今内蒙古托克托东北。冯唐：持节使者。“持节”二句：典出《史记 · 冯唐列传》，汉文帝时，云中太守魏尚守边有方，阻击匈奴、杀敌甚众，但因报功文书上统计的杀敌数目比实际交验首级多出六个，官府加魏尚谎报军功之罪而欲判刑；冯唐向皇帝直陈，魏尚有功本应重赏；皇帝听取此见，派冯持节去云中宣布赦免魏尚、官复原职，并命冯担任云中车骑都尉。词人本次狩猎发生在上书反对变法、未被皇帝采言之后，希望皇帝能把自己待如冯唐，给以信任与支持。

⑨会：当。雕弓：镂刻花纹的弓。满月：弓的原形似半个月亮，用最大力气把弓弦拉成圆月状时，箭发如飞，穿击力最强。

⑩西北：当时的敌对力量是西夏、辽国，处于西北与北方。

⑪天狼：天狼星，主侵掠。

【赏析】

该词围绕一个“狂”字生发，词人的才子大雅形象举世共认，忽然一改往日变得英武起来。“倾城随太守”是“狂”的气势，“胸胆开张”“鬓霜何妨”是“狂”的喷发，“何日遣冯唐”是“狂”的诱因，“西北望，射天狼”与“亲射虎，看孙郎”呼应，是“狂”的最高境界。该词与“十年生死两茫茫”写于同年、同地，在孤寂时思念亡妻实属自然，在孤愤时一发奇“狂”是个性使然，表现出词人情志兼丰的两个侧面。情虽“狂”，文章却不“狂”，极具合理性，雄气蒸腾，而无一点柔媚之味，一气贯通。

上片“看孙郎”实是说“效孙权，看自己”，下片“遣冯唐”实是说“我亦冯唐，何时遣用”；善于化用他人诗句，用屈原“青云衣兮白霓裳，举长矢兮射天狼”点化新意，“挽弓如满月”待射“西北狼”。

苏轼创作该词，具有挑战柳永香艳软媚之词、改变词风的文学本意，他说过：“近却颇作小词。虽无柳七郎风味，亦自是一家。呵呵。数日前猎于郊外，所获颇多。作得一阕，令东洲壮士抵掌顿足而歌之，吹笛击鼓以为节，颇壮观也。”词人认为可入诗者皆可入词，既然有十七八女儿爱唱的婉约之词，也应有热血男儿引吭高歌的豪放之词，该词是先期的豪放词代表作，在词文学发展史上具有里程碑意义。

满庭芳

蜗角虚名，蝇头微利，算来著甚干忙①。事前皆定②，谁弱又谁强。且趁闲身未老③，须放我、些子疏狂④。百年里⑤，浑教是醉⑥，三万六千场⑦。　思量，能几许，忧愁风雨⑧，一半相妨。又／何须抵死⑨，说短论长。幸对清风皓月，苔茵展、云幕高张⑩。江南好，千钟美酒，一曲满庭芳。

【注释】

①蜗角：蜗牛之角，极小之地。典出《庄子·则阳》篇，触氏国在蜗牛左角，蛮氏国在蜗牛右角，两国为争夺地盘而战、伏尸数万。借指社会争斗乱象。著甚：为什么、干什么。干忙：空忙、白忙。“蜗角”三句：句意是我蔑视追逐虚名微利的蜗角之争，看不起蝇营狗苟的小人。可笑的是他们也会以这种同样的眼光看我，把我为国为民奋争的努力与他们的自私行径混同起来，并拿来耻笑攻讦。说来真是一阵没有意义的空忙。白居易《禽虫十二章》：“蟭螟杀敌蚊巢上，蛮触交争蜗角中。”

②事前皆定：凡事皆有前因，不以人的意志为转移。

③闲身：没有官职。

④些子：一点儿。

⑤百年：指人的一生。

⑥浑：完全、都是、整个。

⑦三万六千场：一百年的总天数。

⑧忧愁风雨：指关心国事。

⑨抵死：拼命，竭力。

⑩苔茵：如垫子的草地。茵：垫子。云幕：如帷幕般的云彩。张：挂，拉天上白云作帷幕。

【赏析】

该词可能写于乌台诗案后，词人思想处于低潮时期，自觉反思，剖析社会与人生历程，自解自嘲、自悟自省；独具艺术特征，夹叙夹议，感怀之情贯穿始终；语言似脱口而出，直白易懂却十分含蓄，极具杀伤力。

上片议论自己曾居于其中的官场，嘲讽世态顽俗，遭受未曾预料到的政治挫折，才明白不必和那些反对者们争一时一事之强胜，应放开眼光，且待历史公论，自由疏狂一些，即便天天醉酒，也不过“三万六千场”，时日短促，于我是远远不够用的。

下片设想以后人生，感慨能有几许时光，若有一半留给忧愁风雨，一半留给自己支配就好了，实际含义是斥责反对者们天天忧愁风雨，但至今没有看到谁能使国家改天换地，看来不单是我，缺哪一个也于国家无妨；道理那么浅显易懂，何必一味坚持，跟他们说短论长；所幸觉悟未迟，不如摒弃烦恼而获得精神超脱，快乐地活跃在江南世界里。

该词表面上流露出一种消极遁世情绪，骨子里深植不屈不忿之气，不改变自己的政治信仰，不降低自己的正直人格，表现出处惊不乱、善待人生的修养与功夫。

水调歌头

丙辰中秋，欢饮达旦，大醉，作此篇。兼怀子由①。

明月几时有？把酒问青天②。不知天上宫阙③，今夕是何年④。我欲乘风归去⑤，又恐琼楼玉宇⑥，高处不胜寒⑦。起舞弄清影⑧，何似在人间。　　转朱阁⑨，低绮户，照无眠。不应有恨⑩，何事长向别时圆？人有悲欢离合，月有阴晴圆缺，此事古难全。但愿人长久⑪，千里共婵娟⑫。

【注释】

①丙辰：指 1076 年。达旦：直到第二天早晨。兼怀：抒己情为主、怀他人为辅。子由：苏轼弟弟苏辙。本词写于密州知州任上，至此时，二人已经七年未曾晤面。

②“把酒”句：化用李白“青天有月来几时，我今停杯一问之”。

③天上宫阙：月宫。

④“今夕”句：化用戴叔伦《二灵寺守岁》“已悟化城非乐界，不知

今夕是何年”。

⑤乘风：驾御长风。归去：进入仙境。

⑥琼楼玉宇：月宫的华丽楼阁。

⑦不胜：禁不住，承受不了。

⑧清影：词人月下跳舞，清影随身而动，效法李白《月下独酌》“我歌月徘徊，我舞影零乱”。据蔡絛《铁围山丛谈》所载，某年中秋之夜，天宇四垂、月色如昼，苏轼登金山顶，命人唱此曲、自己起舞，顾与人言：“此便是神仙矣！吾辈文章人物，诚千载一时，后世安可得乎。”

⑨转朱阁：月亮位移至能照耀朱红楼阁处。

⑩不应有恨：石延年：“月如无恨月常圆。”

⑪人长久：长久保持快乐心态、平安健康。

⑫婵娟：美姿，常用于代指嫦娥、少女，此处指明月。化用许浑“唯应洞庭月，万里共婵娟”。

【赏析】

该词写于密州任上，题材是中秋，背景与两首《江城子》类似，怀失意之愁，迸发思亲之情，围绕一个“月”字驰骋天上人间。

上片虚写，借月抒怀，用“我欲乘风归去”的飘逸仙姿表钦羡天上仙境，似有走出尘世、隐逸仙境之念；用“何似在人间”表恋世与隐世的内心矛盾，终不舍得离开人间。

下片实写，阐释人生，用月光“照无眠”的亲切抚慰表思念亲人的心动不止，月亮恰好照耀朱红楼阁，月光低映雕花门窗，照到屋内尚未入眠之人，人被月照更难入眠；“何事长向别时圆”，发问明月，按道理中秋时月已圆满，对人间不应有恨了，可是，不明白它为什么偏偏在我弟兄离别伤痛之时才会变圆？似童言痴语，表月不怜人的幽怨，用“月有阴晴圆缺”表对“人有悲欢离合”的理智之解，用“千里共婵娟”表此情如明月长在。

该词百读不厌、常读常新，也可着眼于浪漫主义艺术手法，用另一种眼光去读。上片写心理活动，由盼月、问月引起，因“不知今夕何年”才“欲乘风归去”，因“高处不胜寒”才生“何似人间”之意，渐入与嫦娥对话之境；既然都是“起舞弄清影”，与其在寂寒高空，还不如在人间更为踏实。从语气判断既像是词人自言自语，又像是与嫦娥一问一答，似人似仙、扑朔迷离，半是天上半是人间，如见词人仙风道骨，似闻嫦娥娓娓细语。词人与嫦娥达到高度的一致化；不偏重官场失意的背景，而着意捕捉“中秋月圆”的宝贵时刻及其赋予的灵感。“何似在人间”是因为弟弟与亲人都在人间，词人不愿意脱离人间而躲入到那洁净无尘的虚无缥缈里，立意高绝。下片抒情析理，三个三字句，步步跟进，是“何似在人间”的继续与实写，又非纯粹写景，目光随天上圆月的位移而细化人间感受，感谢与留恋月光的抚慰、与月光进行思想情感的交流；上片开头充满希望地问月“几时有”，此处用“何事长向别时圆”表达对圆月的不解，继之又把思绪移到自己身上，似闻圆月作答，又似词人自语，“人有悲欢离合，月有阴晴圆缺”，自古皆然，莫为此怅惘生恨，寄情明月、月也有情；“但愿人长久，千里共婵娟”，词人与圆月融为一体。虚处给人无穷遐想，实处细微沁人肺腑；抒情处，既有婉约之美，又有豪放之气；意象空灵，意蕴玄妙，意念明达；历来被认为是中秋词绝唱，千古名篇，不可有二。

八声甘州·寄参寥子①

有情，风／万里卷潮来，无情送潮归②。问／钱塘江上，西兴浦口③，几度斜晖。不用思量今古，俯仰昔人非④。谁似东坡老，白首忘机⑤。　记取西湖西畔，正／春山好处，空翠烟霏⑥。算／诗人相得⑦，如我与君稀。约它年、东还海道，愿／谢公雅志莫相违⑧。西州路，不应回首，为我沾衣⑨。

【注释】

①参寥子：僧人道潜，善诗文，与苏素有交往。苏贬黄州，参千里相从，且追随数年；苏任杭州太守时，为参重建法堂。寄：苏 1091 年离杭回京赴职，可能是那时的寄赠之作。

②“有情”三句：第一句字声排序与柳永“对 / 潇潇暮雨洒江天”完全相同，但断句方式有别，一般按“有情风、万里卷潮来”。风本身不以情分类，按意断为宜，风卷浪潮有来去，但在词人看来，于我有情时风才卷潮而来，无情时即送潮而归。

③西兴：西陵，在今萧山。郎士元《送李遂之越》：“西兴待潮信，落日满孤舟。”

④俯仰：表时间短暂。

⑤忘机：消除机心，超然物外。

⑥空翠：春天草木之景色。烟霏：烟雾迷漫。

⑦相得：诗交既深、志趣相投。

⑧谢公：谢安，东晋政治家，诗词中多称谢公、谢傅。谢任宰相时击败苻坚，取得淝水之战的胜利，死后追赠太傅。雅志：谢怀有隐居东山之志，出镇广陵时曾备好泛海装束，打算经长江还东海，但此志未遂，病危归京，过西州城门时作如此感慨。

⑨“西州路”三句：典出《晋书 · 谢安传》，谢安死后，外甥羊昙醉后，路过西州城门，想起谢公素志未酬，以马策扣扇，口诵曹植“生存华屋处，零落归山丘”，恸哭而去。

【赏析】

上下两片谋篇布局相同，上片先写眼下钱塘江之景。我爱杭州，我也珍重与你的诗友情谊，现在要离开杭州了，见到的却是风送潮归，莫非天意，风也于我无情了，自然转入二人过去同游共赏回忆；词人自言用不着去思今量古而应泰然处之，“谁似”二字将声调提高，告诉朋友自己已经“白首忘机”，和你一样超绝尘世、淡泊名利，无需替我担忧。

下片先写二人同游西湖往事和与参寥相知之深；然后开始议论，用谢安、羊昙旧事，说记得二人“约它年”的归隐雅志，我不会让你像羊昙那样为我抱憾而泪沾衣衫；词人流露出一丝隐忧，担心将来归隐不成。该词首句以潮造势，类柳永“对潇潇暮雨洒江天”；将风视为有情之物，与《水调歌头》怨月“何事长向别时圆”笔法相同。

全词语言明净骏快，音调铿锵响亮，表现出词人明白哲理，超然旷达，具有将相知相别融于山水之间的高雅。

卜算子·黄州定慧院寓居作①

缺月挂疏桐②，漏断人初静③。谁见幽人独往来④，缥缈孤鸿影⑤。　惊起却回头，有恨无人省⑥。拣尽寒枝不肯栖⑦，寂寞沙洲冷。

【注释】

①黄州：今湖北黄冈。1079 年发生乌台诗案，1080 年词人被贬至黄州，栖居定慧院，地僻人稀，附近没有可以与他人活动交流的地方。该词作于 1082 年。

②缺月：形状不圆满的上弦月或下弦月。疏桐：秋天景象。

③漏断：漏壶中的水或砂子将欲漏尽，指夜深。

④幽人：泛指隐士，此处自指。

⑤孤鸿：词人自比。

⑥省：明白、察觉。

⑦寒枝：梧桐树枝。不肯栖：雁的习性是栖于水滨草丛，不落树枝。

【赏析】

上片写身处孤寂夜境，静物极富色调，“缺月”“漏断”“幽人”“孤鸿”衬托了静寂得令人悚然的秋夜。

下片写惊恐不安的心境，用“惊起”“有恨”“拣尽”一连串动作，表现无声的月光也能让它惊得回头张望，心有恨无人问、无人懂，即便如此，也不肯攀登高枝，宁愿忍受寂寞沙洲之冷；雁的习性是栖于水滨草丛而不落树枝，词人将它说成挑尽寒枝而无寒枝可栖，从违常规处看真情，以孤雁自比，寓意不识时务，才被赶到这里。

这首词以婉约笔法写豪放之情，表达了词人孤高自许的心境；构思奇特，只写月夜雁影“缥缈”而不写雁飞、雁鸣、传书；心理描写细腻，写雁宿沙洲，不栖寒枝象征了自己孤寂无助的心理状态。统观全词，言词冷峻，笔调凄然，在苏词中并不多见，有一股潜于内心深处而难于表达的惊惧与愁恨，反映出他初遭政治打击之重，以及给心灵带来难以承受的莫大创伤；尽管他善于自处，有超然旷达的品性，但要真正达到超然境界也是相当艰难的，至少需要一个漫长的思想与性情的锤炼过程。

蝶恋花

花褪残红青杏小[①]。燕子飞时，绿水人家绕。枝上柳绵吹又少[②]。天涯何处无芳草[③]。　墙里秋千墙外道。墙外行人，墙里佳人笑。笑渐不闻声渐悄[④]。多情却被无情恼[⑤]。

【注释】

①青杏小：杏花落尽、青杏初生。

②柳绵：柳絮。吹又少：柳絮抽尽、越吹越少。

③何处无芳草：这儿花褪绵尽，春天走了；那儿春天还在，还有花开、草生。

④悄：声音小。

⑤多情：指墙外行人。无情：指墙里佳人；佳人不知墙外有人，行人反以为佳人不把自己当回事。

【赏析】

上片写景，撷取青杏、燕子、绿水、柳绵几个典型景物，描绘出令人伤情的暮春画面，但词人能够发现远处天涯还有春。

下片写一种意念，墙外行人虽然看不到墙内秋千佳人娇容，但听到她快乐的笑声穿墙越空而至，害得自己枉自生情、痴立墙外，直到想听也听不见了。偶然一瞬、特写镜头，说有情又不见情，说佳人又不见其人，写得动心、动容、动情。

词人能敏锐感知人性的真纯，伤春而不颓唐，相思而不伤雅，钟于情而能自悟，生情结而能自解，深知天涯处处有芳草，写出“多情却被无情恼”的化境，给人留下情思未尽、趣味无穷的联想。“天涯何处无芳草”“多情却被无情恼”，成为后世男女十分喜爱的丽情美句，用于解忧励志或善解情爱。该词可能写于贬居惠州时期，反映出词人在失落之际的人生态度。相传苏曾叫侍妾朝云歌唱该词，她一开唱“花褪残红”即声咽泪下，苏问何故，朝云答“奴所不能歌，是‘枝上柳绵吹又少。天涯何处无芳草’也”，苏大笑；朝云不久竟抱病而亡。此后苏伤心至极，永不再听该词演唱。

洞仙歌

仆七岁时，见眉山老尼，姓朱，忘其名，年九十余。自言尝随其师入蜀主孟昶宫中。一日大热，蜀主与花蕊夫人夜起避暑摩诃池上，作一词。朱俱能记之。今四十年，朱已死，人无知此词者。但记其首两句。暇日寻味，岂《洞仙歌令》乎？乃为足之[①]。

冰肌玉骨[②]，自／清凉无汗[③]。水殿风来暗香满[④]。绣帘开、一点明月窥人[⑤]，人未寝，欹枕钗横鬓乱[⑥]。　起来携素手[⑦]，庭户无声[⑧]，时见疏星渡河汉[⑨]。试问夜如何，夜已三更，金波淡、玉绳低转[⑩]。但屈指、西风几时来，又不道、流年暗中偷换[⑪]。

【注释】

①写于1082年谪居黄州时期。小序交代写作缘由，词人七岁时，遇见九十多岁的朱姓眉山老尼，老尼自己说曾随师父到过后蜀国君孟昶宫中；某日天气大热，孟昶和最钟爱的贵妃花蕊夫人，夜里去摩诃池纳凉，作有一词，她记得清清楚楚。摩诃：梵语美好之意；摩诃池：故址相传为今成都昭觉寺。此事距今已过去四十年了，老尼也已经死了，再也没有知晓该词的人了。词人当时年幼，仅仅记得开头两句；长大后，遇闲暇时候就琢磨寻思，确认当时的孟昶词就是而今的《洞仙歌令》，便将遗忘的文字补齐如斯。据全唐诗载，孟昶《避暑摩诃池上作》全文如录："冰肌玉骨清无汗，水殿风来暗香满。帘间明月独窥人，欹枕钗横云鬓乱。起来琼户寂无声，时见疏星度河汉。屈指西风几时来，只恐流年暗中换。"据此，应认为苏词是檃栝孟诗，也有论者认为孟诗是后人檃栝苏词。

②冰肌：花蕊夫人肌肤如冰雪般晶莹。玉骨：表特有气质。

③自清凉无汗：在暑天也天生清凉，不会出汗。

④水殿：摩诃池水边的宫殿。暗香：花的幽香之气。

⑤明月窥人：窗帘半开，连明月也惊羡花蕊夫人之美，悄悄窥看。

⑥欹枕钗横鬓乱：睡美人态姿。

⑦素手：美人白皙、纤细之手。

⑧庭户：庭院。

⑨疏星：流星。河汉：银河。

⑩金波：月亮、月光。玉绳：玉星与绳星之名，位于北斗星之侧。低转：低垂。“玉绳低转”指夜深了。

⑪不道：不知不觉。流年：光阴、年华。

【赏析】

小序交待了该词的写作过程，凭儿时星星点点记忆，由自己按格式再创作，并补足文字；写皇帝与贵妃宫廷生活，自己不曾经历或亲见，实乃神想之作。

上片写花蕊夫人绰约美姿，美在“冰肌玉骨”的形象，美在天生“清凉无汗”的内质，美在“水殿风来暗香（当为体香）满”，美在引起“一点明月”动心窥探“绣帘”；末句“欹枕钗横鬓乱”扑朔迷离，不知是“一点明月”看到的，还是词人自己想到的。

下片写孟昶与花蕊夫人，他们的行止，他们的真情，携素手、至中庭，静籁无声，抬头偶见几点流星划过夜空，落笔如神，柔美而清绝；后几句主语难分，“试问”者谁？“屈指”者谁？似孟昶、似花蕊、似词人自己，而“玉绳低转”，良夜有尽，西风几时“流年暗换”，如见美人飘逝的身影，似闻美景不再的叹息之声。论者无不赞赏词人神功圣手，情思深婉，所创造的意境令人陶醉不止。然而，少有人求其寓意若何，词人难道会无缘无故地费尽心思去夸赞一个从不相识的美女吗？

该词与《卜算子·缺月挂疏桐》同年写于黄州，二者情调似有天地之隔，大概是度过情绪低落的遭贬初期阶段以后，“暇日寻味”，找到一种新的作词方法与自我排解方式。花蕊夫人在词人眼里，具有心灵与外表统一的高洁之美，但她最终也没有逃脱玉殒香消的悲惨命运。孟昶降宋，花蕊夫人以巾帼英雄气概痛斥投降派，留下《述国亡诗》：“君王城上竖降旗，妾在深宫那得知。十四万人齐解甲，更无一个是男儿。”孟昶被毒死后，花蕊夫人被强制成为太祖妃；太祖死后，又成太宗玩物；后被杀害。从这种背景来看，词人具有充足的理由赞美花蕊夫人，且含自比之意，将她当作寄托个人情志的合适对象。词人遭贬起于文祸，写檃栝体词，写花蕊夫人，就有了一种天然的自我保护色彩，他檃栝陶渊明《归去来兮辞》的《哨遍·为米折腰》也写于这一时期。

水龙吟·次韵章质夫杨花词①

似花还似非花，也无人惜从教坠②。抛家傍路③，思量却是，无情有思④。萦损柔肠⑤，困酣娇眼⑥，欲开还闭⑦。梦／随风万里⑧。寻郎去处，又还被、莺呼起⑨。　不恨此花飞尽，恨西园、落红难缀⑩。晓来雨过，遗踪何在，一池萍碎⑪。春色三分，二分尘土，一分流水。细看来，不是杨花点点，是／离人泪⑫。

【注释】

①章质夫：字楶（jié），词人好友，章的《杨花词》当时较为有名，苏用其韵，大约成词于谪居黄州时期。杨花：柳花、柳绵。

②教坠：无人怜惜杨花，任其坠落。

③抛家：柳絮离枝。

④无情有思：引申章词“谁道全无才思”，说似无情物，却含愁思。

⑤萦损：被离思心结折磨得柔肠细软，状柳条细柔。

⑥困酣：困极。

⑦欲开还闭：美人眼睛，半开半闭，状初生柳叶。

⑧“梦随风万里”：韵句。该句位，章词“傍珠帘散漫”非为韵句。

⑨莺呼起：化用唐金昌绪《春怨》：“打起黄莺儿，莫教枝上啼。啼时惊妾梦，不得到辽西。”

⑩西园：泛指富贵人家花园。难缀：难把落红再收拢回来，不能重新把它植放在花枝上。

⑪萍碎：早晨一场春雨，使杨花踪迹难寻，成为一池零碎浮萍。

⑫“不是”二句：空中浮荡的点点杨花，在词人看来不是杨花的点点，而是离人的泪珠点点。

【赏析】

词人想象奇特，文采飞扬，以浪漫主义笔法，写出柔软婉约情调。全词有赋、有比、有兴，有实有虚、虚中见实，不拘泥于世俗常理，将杨花写得惟肖惟妙。

上片用模糊口气提起，“似花还似非花”，接着批评“也无人惜从教坠”，批评有人不仅不给杨花以“花”的身份，而且乐于旁观它纷纷坠落；随杨花“抛家傍路”“萦损柔肠”“梦随风万里”的踪迹，写出它苦寻归宿而没有着落的伤感历程。

下片抒情寄意，景语也是情语，也是理喻之语，点出不惜花坠的那些人就是“恨西园、落红难缀”的贵人们，又恨“晓来雨过”，竟使“三分春色”消失殆尽，变成“二分尘土，一分流水”，“困酣娇眼”“欲开还闭”的美丽杨花竟成“一池萍碎”，词人愤然而言，那“不是杨花点点，是离人泪”。

该词与《洞仙歌》同写于黄州时期，正如专写花蕊夫人给读者带来的迷茫一样，词人专写杨花意欲何为？论者比较一致的看法是思妇说，谓词人将杨花比作地位低下的思妇、离人，为其流泪。究竟如何欣赏才能更接近词人本意？不妨将苏词与章词作一对比，章词如录：“燕忙莺懒芳残，正堤上、柳花飘坠。轻飞乱舞，点画青林，全无才思。闲趁游丝。静临深院，日长门闭。傍／珠帘散漫，垂垂欲下，以前被、风扶起。　　兰帐玉人睡觉，怪春衣、雪沾琼缀。绣床旋满，香球无数，才圆却碎。时见蜂儿，仰粘轻粉，鱼吞池水。望／章台路杳，金鞍游荡，有盈盈泪。”章词的主人公是玉人，她以百无聊赖的心态观察杨花飘坠、乱舞，怨杨花“全无才思”，怪杨花沾春衣、满绣床，香球“才圆却碎”；她的丈夫是个浪荡公子，她的泪是为“望章台路杳”而流。

苏词与章词的共同点仅仅是同韵、同写杨花，但立意大相径庭，甚至可以说是反其意而写之。表现相当明显，其一，为杨花正名，不能容忍那种“也无人惜”的懵懂状态；其二，有明确的针对性，更“恨西园”主人；其三，强调杨花有风采、有思想、有感情、有灵魂，有“抛家傍路”的艰辛，有“又还被、莺呼起”的插曲；其四，泪为“一池萍碎”的凄惨、“春色三分”的毁灭而流，“杨花点点”既是杨花自身之泪，“离人”之泪，也是词人之泪。词人与杨花达到高度弥合；自比杨花、寄意杨花，委婉叙说自己的遭遇和命运。在被打压、被监视的恶劣政治环境中，苏轼不能像杜甫那样直抒国愁家难，直陈己见，需要婉曲一些,《洞仙歌》《水龙吟》堪称范例。

西江月

顷在黄州，春夜行蕲水中，过酒家饮，酒醉，乘月至一溪桥上，解鞍，曲肱醉卧少休。及觉已晓，乱山攒拥，流水锵然，疑非尘世也。书此语桥柱上①。

照野弥弥浅浪②，横空隐隐层霄③。障泥未解玉骢骄④，我欲醉眠芳草。　可惜一溪风月⑤，莫教踏碎琼瑶⑥。解鞍欹枕绿杨桥⑦，杜宇一声春晓⑧。

【注释】

①该词写于词人 1082 年谪居黄州时。词人春夜骑马行于蕲水（今称浠水）路上，在酒家痛饮而醉，乘着月光至一溪桥，解鞍下马，弯起胳膊醉卧片刻。一觉醒来，天已拂晓，见乱山丛聚，流水作金石之声，疑此地非为尘世，特将该词书于桥柱之上。

②弥弥：水源源不绝的样子。

③隐隐：依稀、不分明。层霄：层层云气。

④障泥：绸布做成，垫在马鞍下、挂于马腹两侧，用以遮挡泥尘。骄：马儿出声作态状，对主人未解障泥渡水、弄湿障泥表示惋惜、不满。典出《晋书·王济传》，晋代王济乘马渡河时，马不肯前，王善解马性，认为马惜障泥，解下以后马才渡河。玉骢（cōng）：毛色青白之马。

⑤可惜：怜爱。风月：夜月。

⑥莫教：不让。踏碎：马若渡水会踏碎溪中倒映的风月美景。琼瑶：白玉，比月光。

⑦解鞍欹枕：以马鞍做枕头。

⑧杜宇：杜鹃。

【赏析】

上片写归途所见的月下旷野大景。小溪浅浪、层云隐隐，渡过小溪、障泥未解，已然陶醉欲眠。

下片写溪上风月小景。“莫教踏碎琼瑶”表爱得发痴，“解鞍欹枕”接应“障泥未解”，直睡到杜宇把他叫醒，表明词人已经从遭贬当初的那种愁苦状态走了出来，心胸晶洁，与大自然融为一体。

1080年中秋，也是在黄州，词人还写有一首《西江月》，时间当在该词之前，心境与该词截然不同，两词同读，可以深感景随心生、情景相连的道理。词曰：“世事一场大梦，人生几度秋凉。夜来风叶已鸣廊，看取眉头鬓上。　酒贱常愁客少，月明多被云妨。中秋谁与共孤光，把盏凄然北望。”

定风波

三月七日，沙湖道中遇雨。雨具先去，同行皆狼狈，余独不觉。已而遂晴，故作此①。

莫听穿林打叶声[②]，何妨吟啸且徐行[③]。竹杖芒鞋轻胜马[④]，谁怕？一蓑烟雨任平生[⑤]。　料峭春风吹酒醒[⑥]，微冷[⑦]，山头斜照却相迎。回首向来萧瑟处[⑧]，归去，也无风雨也无晴。

【注释】

①该词写于 1082 年，词人时谪居黄州。沙湖在黄州东南约三十里，途中遇雨，携雨具的人已先行离开，同行伙伴狼狈不堪，独我不以为然。幸而天气很快放晴，作词以记之。

②穿林打叶：风急雨骤状。

③吟啸：吟诗、长啸。徐行：不慌不忙而行。

④芒鞋：草鞋。轻胜马：拄杖行于风雨之中、反觉轻快胜过骑马。

⑤蓑：蓑衣。烟雨：比政治风浪。

⑥料峭：风寒凉的样子。吹酒醒：冷风吹人，忽然着凉酒醒，方明白现在所处之境。

⑦微冷：天气实感；亦寓意对政治气候的感觉。

⑧向来：刚才。萧瑟处：刚刚经过的烟雨行程。

【赏析】

苏轼黄州词精气神十足，该词更为突出，放开手脚、直写骨气，通过勇于面对风雨的一段速写，展现词人不仅是风雅文士，也是铁骨铮铮的硬汉子。上片写举步风雨的健朗峻骨，下片写风雨过后的心情舒张。全篇以“打叶”“烟雨”“微冷”“萧瑟处”暗示自己的政治处境，以“莫听”“何妨”“谁怕”“任平生”这些易生同感的语言表达宁折不屈的精神，表达迎接风雨的泰然心态，说透人生感悟：风雨穿林打叶原属平常，没有什么过不去的政治风云；不以风雨为忧，不以朗晴为喜。这首词好似一篇光明正大、立世为人的宣言书，表现了词人不畏风雨与坎坷的超然旷达的情怀。这种气质是民族气质，在他的诗中也多有表述，若“翛然独觉午窗明，欲觉犹闻醉鼾声”“回首向来萧瑟处，归去，也无风雨也无晴”“莫嫌荦确坡头路，自爱铿然曳杖声”。

满江红·寄鄂州朱使君寿昌①

江汉西来，高楼下、葡萄深碧②。犹自带、岷峨雪浪，锦江春色③。君是南山遗爱守，我为剑外思归客④。对此间、风物岂无情，殷勤说⑤。　江表传⑥，君休读。狂处士⑦，真堪惜。空洲对鹦鹉，苇花萧瑟⑧。不独笑、书生争底事，曹公黄祖俱飘忽⑨。愿使君、还赋谪仙诗，追黄鹤⑩。

【注释】

①该词写于谪居黄州期间，黄州与鄂州同属湖北，地理位置相近。朱是扬州人，词人朋友，曾在四川、陕州为官，此时任鄂州太守，治所在今武汉。

②江汉：长江、汉水，二水在武汉汇流东去。高楼：黄鹤楼。葡萄深碧：比水色如葡萄酒的绿色。

③岷峨雪浪：岷山、峨眉山；二山积雪消融汇入长江。锦江：岷江支流。

④南山：终南山。遗爱守：朱任陕州通判留下仁爱政绩；曾任职阆州，颇有政声，阆州属山南道。剑外：剑门关以南地方。思归客：自称。

⑤殷勤：衷情、诚心。

⑥江表传：记载三国人物事迹的史书，今已失传。

⑦狂处士：指三国名士祢衡。祢衡刚直狂放，为曹操所不容，曹不

愿落枉杀贤士之名，料知别人不会容忍他的轻狂，便将祢送给刘表；刘表识破曹操计谋，又转送江夏太守黄祖；黄不懂，终将祢杀害，祢时年二十六岁。

⑧空洲：指鹦鹉洲。苇花萧瑟：指如今鹦鹉洲的荒凉景象。黄祖与其长子在沙洲大会宾客，有人献上鹦鹉，其子请祢衡作赋以娱嘉宾，祢衡当场挥笔而成名篇《鹦鹉赋》，祢被杀后埋身于此，故得名鹦鹉洲。

⑨不独笑：笑祢衡、更笑曹黄。底事：何事。曹公：曹操。飘忽：时间短促。

⑩谪仙：指李白。追黄鹤：指李白见崔颢《黄鹤楼》题诗，自叹“眼前有景道不得”，但心里并不服气，后写同体诗《登金陵凤凰台》与崔一争高下，留下美名。

【赏析】

上片述旧忆乡，兼写故乡景色。山南太守与剑外倦客，共睹鄂州山川风物，由江汉思岷峨、思锦江，充满乡情乡谊；“你”曾治蜀，当过“我”的父母官，“我”对这儿风物比较熟悉，愿与君述说一番。

下片抒怀。词人根据自己因才因诗被罗织罪名的惨痛经历，以祢衡遭遇为史鉴现身说法，作身世之叹，对友人衷言，告诉他治下的这片土地，发生的故事太多，有复杂的官场风险，不可太书生气，纵使像曹操那般富有计谋，像黄祖那般操有生杀大权，又能怎样？曹黄二人当年不可一世，但和祢衡的最终结局并无两样，祢衡书生意气太重，非要与他们争个高低，自然要吃亏的；词人感慨友人有才华、有能力，并祝愿他能像谪仙一样，写出《黄鹤楼》《登金陵凤凰台》那样的传世佳作。

该词用入声韵，韵字跨四个韵部，碧、色、客、瑟属入声质陌韵部，鹤属觉药韵部，说、忽属物月韵部，读属屋沃韵部。

念奴娇·赤壁怀古[①]

大江东去[②]，浪淘尽[③]，千古风流人物[④]。故垒西边[⑤]，人道是，三国周郎赤壁[⑥]。乱石穿空，惊涛拍岸，卷起千堆雪[⑦]。江山如画，一时多少豪杰[⑧]。　遥想公瑾当年[⑨]，小乔初嫁了[⑩]，雄姿英发[⑪]。羽扇纶巾[⑫]，谈笑间，樯橹灰飞烟灭[⑬]。故国神游[⑭]，多情应笑我，早生华发。人生如梦，一尊还酹江月[⑮]。

【注释】

①1082年词人游黄州赤鼻矶而作，赤鼻矶位于黄冈城外。历史上的三国赤壁古战场，位于今湖北嘉鱼境内长江南岸。词人借此地“赤壁”虚名写彼处赤壁实事；此前，杜牧曾在此地留诗“可怜赤壁争雄渡，唯有蓑翁坐钓鱼”。

②大江：长江。

③淘：风浪冲击、磨洗。

④风流人物：指有历史地位、享誉千古的英雄、名士。

⑤故垒：古时营垒、要塞。

⑥周郎：周瑜。周郎赤壁：赤壁因周而得美名。

⑦雪：比白浪。

⑧一时：周瑜所在的三国时代。多少豪杰：英雄无数。句意是江山如画，英雄辈出，英雄为江山而战，曹操、孙权、周瑜、诸葛亮皆列其中。

⑨公瑾：周瑜字。

⑩小乔：吴国乔公小女儿；大乔适孙策，周瑜二十四岁时娶小乔。初嫁：赤壁之战发生在小乔出嫁十年之后，“初嫁”非实写。

⑪英发：言谈见解卓越不凡，才气外露。

⑫羽扇：羽毛扇。纶巾：青丝头巾。

⑬樯橹：桅杆与船桨，有读本作“强虏”。

⑭故国神游：即神游故国，心神合一。

⑮酹（lèi）：洒酒祭奠。

【赏析】

上片以大江雄阔气势引风流人物出场。浪涛滚滚东去，带走多少千古英雄故事；故垒为证，“人道是”三国周郎赤壁；赤壁之壮观惊险顺势托出，得出江山如画、孕育英雄无数的高论，寓意当朝也能涌现出周瑜那样的风流人物。

下片从“遥想”起笔，以文雅笔触写“周郎”英雄风采，以“小乔初嫁”助兴，增加情趣；周瑜大谋大略，用火烧赤壁之计战胜曹操百万大军，取得在常人看来不可能取得的伟大胜利，这正是词人仰慕周瑜、歌颂周瑜的理由。词人素怀报国之志，无奈屡遭挫折，赤壁怀古，将自己的人生际遇放入人间万世的历史长河；“多情应笑我”，是说别人“应笑我”多情，我也“应笑我”自作多情，因多情而“早生华发”，羞于面对周郎，“人生如梦”，谁能料得明天如何？自己安慰自己，不要那么多情，举杯饮酒、寄意江月吧。

该词妙在“一时一地一人物，一唱一叹一文章”，一时指三国，一地指赤壁，一人物指周瑜；经苏轼唱叹始成千古文章，以至于后世常常混淆赤壁真假。该词气势磅礴、境界宏大，教人奋发向上，是北宋词坛豪放词的代表作。写周瑜也是写自己，词人不称周瑜其名，而亲切地唤作“周郎”；不写将军、都督英武，而将其塑造成才子形象，努力拉近自己与周瑜的距离。“故国神游，多情应笑我”表不甘现状，“人生如梦，一尊还酹江月”，表对社会的压制的轻蔑与不屑，不可按字面意思直解为伤感、颓唐。与《定风波》相比，一样是精气神十足，不过不再那么外露，更文雅、更深幽、更感人；天高地阔、千古滔滔，时空观更强，笔力更加雄健，达到“观古今于须臾，抚四海于一瞬”的高度。

该词押韵跨入声两个韵部，壁属质陌韵部，物、雪、杰、发、灭、月属物月韵部。

贺新郎·夏景

乳燕飞华屋[①]，悄无人、桐阴转午[②]，晚凉新浴。手弄生绡白团扇[③]，扇手一时似玉[④]。渐困倚、孤眠清熟。帘外谁来推绣户[⑤]？枉教人、梦断瑶台曲[⑥]。又却是，风敲竹。　石榴半吐红巾蹙[⑦]，待／浮花浪蕊都尽[⑧]，伴君幽独。秾艳一枝细看取[⑨]，芳心千重似束[⑩]。又恐被、秋风惊绿。若待得君来向此，花前对酒不忍触。共粉泪，两簌簌。

【注释】

①乳燕：雏燕。飞华屋：有读本作“栖华屋”。

②桐阴：阳光下的梧桐阴影。转午：由阴影移动位置判断已过正午。

③生绡：未经漂煮处理的白色生丝。团扇：汉成帝妃班婕妤曾作《团扇歌》，常用于比红颜薄命、佳人失宠。

④扇手：白皙似玉美女纤手与轻罗小扇白玉手柄的并称。

⑤推绣户：推开华美居室之门。

⑥枉：白白地。瑶台曲：瑶台幽僻之处，比美梦、美好想象。

⑦红巾蹙：花瓣重叠多层，似红巾叠皱。

⑧浮花浪蕊：指轻浮斗艳而早谢的桃、李、杏花等。

⑨秾艳：茂盛而艳丽。

⑩芳心千重：将石榴花拟人化。束：密集，捆在一起。

【赏析】

苏词善于塑造素雅高洁的美人形象,《洞仙歌》中花蕊夫人具有可以触知的美,《水龙吟》中杨花具有世俗认同的美,《蝶恋花》中墙内秋千佳人具有可以想象的美,该词所写美人则具有一种难被发现的纤弱可人的美。词人往往将美人写得神秘莫测,尤以该词为最。该词情节周折,声悄情软,似自语似对话,似景内似景外,让人很快如坠雾中;人物朦胧,似人似仙似花,难辨其身。

上片写华屋静悄,乳燕飞入、桐阴转午、美人出浴,纤手摆弄白团扇;乏累午休、睡得安稳;朦胧中觉得有人悄悄揭帘推门进来,从梦中惊醒,却是"枉教人、梦断瑶台曲",心念的那个人并没有来;自问"帘外谁来推绣户"?风吹竹摇、竹叶相互拍打,似轻敲心灵。这都表明主人公是一位孤清美人,居于华屋、暗恋"瑶台",有一种怀于内心却不事声张的孤寂。"手弄生绡白团扇"表示她具有高贵身份,"团扇"二字却泄露先机,注定她不会遇到瑶台来人,那只是一种空想。词人表面写的是美女,但其思想、作为、命运却是词人自身的写照。

下片表面上以第三人称纯粹描述石榴花,实际上是美女与石榴花的绝妙对话与情感交流。"石榴半吐红巾蹙",是意义独立的韵句,表美女步出华屋,来到桐阴之外、竹林之旁,所看到的是和自己一样孤清的石榴花,那花半吐半收似红巾叠皱,风韵无穷;"待浮花浪蕊都尽,伴君幽独",又是一个意义独立的韵句,是石榴花对美女直诉衷肠,称美女为"君",等待轻浮俗艳的花草凋谢以后,我花才开,那时再来陪你、解你幽独;"秾艳一枝细看取,芳心千重似束"是"君"听花言之后倍受感动,不禁取一枝细看,愈加喜爱石榴花"芳心千重";"又恐被、秋风惊绿",是"君"为花担忧,因石榴花夏天开放,担心它经不起秋风打击,红花谢后只剩下几片绿叶;"若待得君来向此,花前对酒不忍触",是石榴花说,如果君来太迟,我已遭秋风摧残,有叶无花,与君对酒,君恐不忍触碰我的衰容,因为双方都知道秋风摧残是无法抗拒的,缠绵哀语、两处同忧;结句"共粉泪、两簌簌",是"君"言?

石榴花言？词人言？皆无不可，达到人与物、与事、与情的高度合一；上片美人即下片之“君”，也是词人化身；石榴花是“君”的挚友，彼此同命相怜；表达了词人政治失意的孤寂，却又怀一线希望，笔调静冷，飘逸清高。

在意境构思方面，该词与《洞仙歌》脉络相承，一个是夏天白日“悄无人，桐阴转午”，一个是夏天子夜“庭户无声”；一个是“扇手一时似玉”，一个是“起来携素手”；一个是“帘外谁来推绣户”，一个是“绣帘开、一点明月窥人”；一个是“又恐被、秋风惊绿”，一个是“但屈指、西风几时来”；下片结句主语同样朦胧。如果一定要按豪放与婉约欣赏，《洞仙歌》应是豪放与婉约兼具之词，《贺新郎》则是标准的婉约词代表。该词艺术效果更为奇幻高妙，精彩之处是于不觉之处嵌入对话，可能是借鉴欧阳修《南歌子》，却不着痕迹。正因为如此，论者曾做过种种考证或推测，意欲以事论事，或谓苏知杭州时西湖宴集，官妓秀兰浴后倦卧迟到，手折一枝石榴花表示请罪，乃作此词；或谓为侍妾榴花而作，云云。退一步讲，即使有论者所云那类花边片影，其直接作用恐怕也不过是带给词人一种灵感而已。

李之仪

李之仪（1048—1117），沧州无棣（今山东无棣）人。字端叔，号姑溪居士。1070年进士，苏轼知定州时，曾为苏幕僚，与苏轼、黄庭坚为友，终朝议大夫。

卜算子

我住长江头①，君住长江尾②。日日思君不见君，共饮长江水。　此水几时休，此恨何时已③。只愿君心似我心，定不负相思意④。

【注释】

①长江头：指长江上游的四川一带。

②长江尾：指长江下游的江苏一带。

③“此水”二句：只要江水什么不会枯竭，离恨就没有消除的时候。化用古乐府《上邪》“山无陵，江水为竭，冬雷震震夏雨雪，天地合，乃敢与君绝”。

④“只愿”二句：以心换心、心心相印。

【赏析】

该词明白如话、构思新巧；用语看似平常，实则句句皆佳；化用前人诗意，借鉴句法，恰到好处；利用重字叠加意蕴，三次“长江”四次“君”，一对恋人“心”相似，一江头尾相望，不尽相思，无休之时。

黄裳

黄裳（1044—1130），南剑州（今福建南平）人。字冕仲，号演山。1082 年进士，官至端明殿学士。

减字木兰花·竞渡

红旗高举，飞出深深杨柳渚①。鼓击春雷②，直破烟波远远回③。　欢声震地，惊退万人争战气。金碧楼西④，衔得锦标第一归⑤。

【注释】

①杨柳渚：遍植杨柳的水中沙洲。

②鼓击春雷：龙舟上击鼓声如春雷轰鸣。

③直破：龙舟前行的凌厉之势。

④金碧楼：举行该次活动的礼仪场所，楼台装扮得金碧辉煌。

⑤锦标：给夺冠者的奖赏物品，例奖旗、奖牌、锦缎、金银器等。

【赏析】

红旗、绿柳、白浪、金碧，色彩斑斓；鼓声、欢声，豪气连天；高举、飞出、鼓击、直破、惊退、衔得，动作矫健；给人以视觉、听觉、心感的全方位享受。相传，屈原在农历五月初五投汨罗江而亡，后世为纪念他将此日定为端午节，在江中举行龙舟竞渡，象征抢救屈原生命。至唐代，已经演变成一项民俗文化活动；至宋代，更为盛行，规模也更宏大；你看那气势，“鼓击春雷”“欢声震地”，那艘夺得锦标的龙舟，红旗飘扬，健儿敢于拼搏、奋勇争先，把其他龙舟远远甩在后边，其神速令人吃惊，击垮了后边龙舟健儿的求胜心，万众欢呼，为它庆祝。张建封《竞渡歌》记录了唐代端午节时的景象："鼓声三下红旗开，两龙跃出浮水来。棹影斡波飞万剑，鼓声劈浪鸣千雷。"该词体现出诗词文学的历史担当，歌唱了民族的进取精神，展现了传统的中华文化。

黄庭坚

黄庭坚（1045—1105），洪州分宁（今江西修水）人。字鲁直，号山谷道人、涪翁，世称黄九。1067年进士，苏门四学士之一，曾任职叶县、涪陵、黔州（今重庆彭水）、戎州等地，仕途不顺，终死于贬所。江西诗派宗主，尊杜甫为诗祖，杜学遂在宋代成为显学。诗词作品众多，卓有成就。

鹧鸪天

座中有眉山隐客史应之和前韵，即席答之①

黄菊枝头生晓寒。人生莫放酒杯干②。风前横笛斜吹雨③，醉里簪花倒著冠④。　身健在，且加餐。舞裙歌板尽清欢⑤。黄花白发相牵挽⑥，付与时人冷眼看⑦。

【注释】

①史应之：眉山人。词人1099年任职戎州，二人常有唱和。
②酒杯干：重九登高，有赏菊、痛饮菊花酒的习俗。
③吹雨：对风雨吹笛，醉态。
④簪花：头上戴花。倒著冠：官帽倒戴，狂态。
⑤歌板：打击乐器，歌唱节奏的拍板。
⑥黄花：表志节。白发：指老者。二者相挽表横对世俗。
⑦时人：表社会潮流。

【赏析】

词人的政治命运与苏轼紧紧连在一起，几乎同时升迁贬谪，但两人的个性、文风颇有差异，与苏词相比，少了些高雅、仙风与旷达，多的是疏狂放浪，直而不曲，敢恨敢怒，出言无忌。唐诗多有赏菊佳篇，李白“九日龙山饮，黄花笑逐臣”，杜甫“苦遭白发不相放，羞见黄花无数新”，郑谷“黄花徒满手，白发不胜簪”。对于类似题材，像词人如此恃酒傲世、露骨撒气的写法实属少见，嗜酒如命、举杯即干、风雨吹笛、簪花倒冠，学司空图“丑妇竞簪花，花多映愈丑”，以不合世俗的反常行为“付与时人冷眼看”，表达历遭贬徙带给他的巨大愁恨，那种积蓄已久的屈辱与伤害，必欲大声呐喊才能获得一时的心安，具有不同寻常的震撼力，是他愤世不平、与世抗争的代表作。

词人比较在意“冠”字，仕途顺而得冠，受迫害而丢冠；冠既辉耀荣光，也缀满血泪；他同时写有四首《鹧鸪天》，篇篇不离冠字，若“龙山落帽千年事，我对西风犹整冠”“泾坊酒肆闲居士，李下何妨也整冠”，表明他受够了“冠”的折磨，不再抱有太大的兴趣；但又时而“整冠”，表明尚未完全死心，反映出古代知识分子的共性。

水调歌头

瑶草一何碧①，春入武陵溪②。溪上桃花无数，枝上有黄鹂。我欲穿花寻路，直入白云深处③，浩气展虹霓④。只恐花深里，红露湿人衣⑤。　坐玉石，倚玉枕，拂金徽⑥。谪仙何处？无人伴我白螺杯⑦。我为灵芝仙草⑧，不为朱唇丹脸⑨，长啸亦何为⑩。醉舞下山去，明月逐人归⑪。

【注释】

①瑶草：仙草、奇花异草。一何：多么。

②武陵溪：在今湖南常德，代指仙境。陶渊明《桃花源记》载故

事，武陵人以捕鱼为业，缘溪水而行，忽逢桃花树林，夹岸数百步长，中无杂树，芳草鲜美，落英缤纷。

③白云深处：代指仙境、高士隐处。

④浩气：正大刚直之气。展虹霓：豪迈之气化为空中彩虹。白居易《秋斋》："生涯别有处，浩气在心胸。"

⑤红露：红色花瓣上的露珠晶莹欲滴。

⑥金徽：金饰的琴徽，定声调高低。

⑦白螺杯：白色螺壳酒杯。

⑧灵芝仙草：表志趣高洁。

⑨朱唇丹脸：比妾妇，表不靠姿容取悦于人。

⑩长啸：长叹、长吟。何为：做什么、因为什么。

⑪逐：追随、跟随。

【赏析】

上片接连化用前人诗意，写神游桃花源，欲穿花引路"直入"理想国度"白云深处"，一吐胸中浩气；又恐花深迷眼、红露湿衣；描绘出人在仙境的自得、新奇与迷惑。

下片用浪漫主义笔调抒怀，风流自赏，如离凡俗，学仙访道，以白石为椅、为枕，抚金饰之琴弹起古曲，呼唤谪仙作伴，慨叹空有白螺杯，却没有李白那样的知音陪酒；"我为灵芝仙草"，应和篇首"瑶草一何碧"，瑶草是志节高尚的象征，是一种追求；"不为朱唇丹脸"与"溪上桃花无数"对应，桃花红艳终逐流水，自己却绝不随波逐流，不为仕途坎坷而"长啸"；欲仙只是一厢情愿而不可实现之事，只好醉摇醉舞，戴月下山回到人间，化用李白"暮从碧山下，山月随人归"，留下一段清香余味。

该词可能写于初次遭贬之后，尚无深愁长恨，语言明丽、风格清雅，充满幻想与浪漫气息，正面表达对超世拔俗的追求，对世俗的不屑与鄙视。

清平乐

春归何处？寂寞无行路[①]。若有人知春去处，唤取归来同住。　　春无踪迹谁知？除非问取黄鹂[②]。百啭无人能解[③]，因风飞过蔷薇[④]。

【注释】

①无行路：无明确、既定的可行之路。

②问取：问求，询问。

③百啭：形容黄鹂啼鸣如歌、悦耳多变。

④因：凭借、随着。蔷薇夏天开花，表春天已去。

【赏析】

上片自发恋春之情，故作天真无邪，问春天到哪儿去了？它是从哪条道走的？怎么没看见它走就不见踪影了？谁要知道春去哪儿了，请把它请回来与我们同住。

下片自兴无助之叹，故作憨痴糊涂，似与黄鹂对话，黄鹂是春天的闺蜜，只有它可能知道春天的踪迹，黄鹂有意为难我，一遍又一遍讲，换着多种腔调唱，我却一句也没听懂，聪明的黄鹂趁风飞过蔷薇，我这才醒悟，蔷薇花开了，春天确实走了，今年不会再回来了。一个普普通通的惜春题材，竟写得如此曲折盘旋，有滋有味，可见其笔力之深。

该词与王观《卜算子》颇为相近，王词望春、追春，欲加快脚步和彼处残春同住，该词欲把春唤回同住；想象奇妙，请黄鹂出场，犹如投石击水，荡开层层涟漪，自成高格。唐诗中用黄鹂意象，杜甫“两个黄鹂鸣翠柳”、韦应物“上有黄鹂深树鸣”、戎昱“黄莺久住浑相识，欲别频啼四五声”，惟该词将黄鹂写得更有神采、更有灵性，用“无人能解”回应“除非”，用“飞过蔷薇”回应“百啭”，自织谜团自行化解。

虞美人·宜州见梅作[①]

天涯也有江南信[②]，梅破知春近[③]。夜阑风细得香迟，不道晓来开遍、向南枝[④]。　玉台弄粉花应妒[⑤]，飘到眉心住[⑥]。平生个里愿杯深[⑦]，去国十年老尽少年心[⑧]。

【注释】

①宜州：今广西宜山。此词1104年作于宜州贬所，词人时年五十九岁。

②天涯：指贬所远离京都。信：花信，花期消息。

③破：破苞花开。

④向南枝：向阳枝。

⑤玉台：天帝居处。弄粉：化妆。

⑥飘到眉心住：典出《太平御览》，相传南朝宋武帝女儿寿阳公主，白天卧于含章殿屋檐下，有梅花飘落额头，呈五向展开，拂之不去，皇后觉得在女子额头饰一红点很是漂亮，便以此作为美饰，称梅花妆，随后流行开来。

⑦个里：这里、其中。杯深：酒杯满满。

⑧去国：离开京都。十年：1094年在涪州，至1104年贬宜州。

【赏析】

上片写在困顿贬所天涯之地，梅开给词人带来的意外惊喜，于深夜闻“暗香”而怨“风迟”，一破晓即亲自查看，“不道”“向南枝”上已经梅花开遍，表现出年迈的词人对梅花久别重见的分外喜悦之情。

下片展开浪漫想象，用寿阳公主故事唤起青春少年情怀，有一种以梅试妆的娇羞心理；接着转向抒情，喟叹去国十年，沉沦宦海只顾杯深，哪里还有少年情致。

全词巧妙地将读者步步领入其境，由“天涯”到“江南”，用“向南枝”隐“向北枝”，以公主对照老人，最后引出“去国十年”。“老尽”二字极妙，写出“少年心”一点一点被折磨销蚀，但不承认已经消磨净光，心里还存有那么一点点，不然，就不会提及“少年心”。字面老而无力，韵味却久久不散。与《鹧鸪天》“付与时人冷眼看”相比，可以察觉出词人耿直孤傲的个性已被时代打磨得渐趋圆滑，变得通达明智一些，同时也对美好自然爱心不泯，生命中搏动着快乐的基因。

定风波·次高左藏使君韵①

万里黔中一漏天②，屋居终日似乘船。及至重阳天也霁，催醉，鬼门关外蜀江前③。　莫笑老翁犹气岸④，君看，几人黄菊上华颠⑤？戏马台南追两谢⑥，驰射，风流犹拍古人肩⑦。

【注释】

①词人贬居黔州，高羽任黔州左藏，二人相处得宜。次韵：即步韵，诗词唱和最为严格的一种格式，要求在韵位使用与原作完全一样的韵字。

②黔中：指任职的四川黔州地区。漏天：天漏，雨下不止。

③鬼门关：亦名石门关，在重庆奉节东，两山夹峙如门。蜀江：指流经彭水的乌江。

④气岸：气概高傲。

⑤华颠：白头。

⑥戏马台：在彭城（今江苏徐州）东，项羽为戏马所建。两谢：指

南朝宋诗人谢灵运、谢瞻，宋武帝刘裕北征至彭城时，九月九日在戏马台宴乐佐将群僚，谢灵运赋诗“季秋边朔苦，旅雁违霜雪”，谢瞻赋诗“临流怨莫从，欢心叹飞蓬”。

⑦拍古人肩：亲近与追随古人。

【赏析】

上片写黔中天气糟糕，终日是“一漏天”“似乘船”，不堪其苦，寓意政治环境恶劣；好不容易等到重阳节这个得以聚会畅饮的日子，幸而老天作美，果然放晴，酣畅大饮的机会来了，聚会地点是黔中“蜀江前”，而不是鬼门关，词人用鬼门关之险峻衬托忘乎所以的豪气。

下片写赏菊抒怀，词人挥洒李白豪气：谁说老翁头上插花不合时宜，我宁愿如此，请看，如我者能有几人；引用刘裕戏马台南驰马赛射、两谢重阳赋诗故事，移历史风光于一时一地，表现词人不为忧患压倒的凛然之气以及不落古人之后的千古风流。

三个二字句“催醉”“君看”“驰射”字短力粗；“万里黔中一漏天”“鬼门关外蜀江前”“戏马台南追两谢”“风流犹拍古人肩”，有板有眼、意蕴力强，皆为佳句。

晁端礼

晁端礼（1046—1113），济州钜野（今山东巨野）人。亦名元礼，字次膺。1073年进士，曾任县令，因忤上官坐废。曾任大晟府协律。

多丽 · 咏月①

晚云收，淡天一片琉璃②。烂银盘、来从海底③，皓色千里澄辉。莹无尘、素娥淡伫④，静可数、丹桂参差⑤。玉露初零⑥，金风未凛⑦，一年无似此佳时。露坐久、疏萤时度⑧，乌鹊正南飞⑨。瑶台冷，栏杆凭暖，欲下迟迟。　念佳人、音尘别后，对此应解相思。最关情、漏声正永⑩，暗断肠、花影偷移⑪。料得来宵，清光未减，阴晴天气又争知。共凝恋、如今别后，还是隔年期⑫。人强健，清樽素影，长愿相随。

【注释】

①原作词牌名称署《绿头鸭》。

②琉璃：天然有光的宝石，唐代称玻璃，宋代称宝石；比月夜晴空。

③烂银盘：月亮。

④素娥：嫦娥。淡伫：静立淡美。

⑤静可数：清晰可见。丹桂：月中桂树，传说高五百丈。参差：桂树枝条形象。张乔："何人种丹桂，不长轮外枝。"

⑥玉露：秋露、金露。零：露水落下。

⑦金风：秋风。凛：寒冷。

⑧露坐：露夜独坐。

⑨乌鹊：喜鹊。

⑩关情：为情牵动心怀。漏声：计时滴漏之声。永：长。

⑪花影偷移：指月行影移、时光悄悄而失。

⑫凝恋：深切思念。隔年：明年。

【赏析】

上片写月夜之景："皓色千里澄辉"。从晚云收尽到银盘出海，从嫦娥、丹桂清晰可见到身临玉露金风，词人感慨"一年无似此佳时"；身边疏萤时度，高空乌鹊南飞，勾起怀人心思；从露坐良久转到凭栏遥望，虽清境孤冷仍迟迟不愿归屋，直到把冰冷栏杆倚暖。

下片抒情，抓住最关情处，料想对方此夜与自己心迹相同，"共凝恋"有柳词遗风，"人强健"有苏词余韵。

该词叙事有序、层次分明，上片分六步写，晚云渐收、银盘出海、月清可数、风露宜人、萤鹊飞动、露坐倚栏，由可以看到的六个动静小景组成寥廓千里的宏大画面；下片分五步写，音尘别后、关情漏声、料得来宵、凝恋隔年、长愿相随，皆不可看到却可以感触，相思之情渐深渐重，不过，任你如何去想，今夜也见不到对方，只好寄意明月，以良好祝愿收拍。词人也是一位词学理论家，构思严谨无隙，意态描绘尤佳，"晚云收""莹无尘""静可数""玉露初零""金风未凛""疏萤时度""欲下迟迟""花影偷移""清光未减"皆为不可多得之句。

李元膺

李元膺，生平不详。东平（今山东东平）人。曾得罪蔡京。

洞仙歌

一年春物，惟梅柳间意味最深。至莺花烂漫时，则春已衰迟，使人无复新意。予作《洞仙歌》，使探春者歌之，无后时之悔①。

雪云散尽②，放 / 晓晴池院。杨柳于人便青眼③。更风流多处，一点梅心、相映远④。约略颦轻笑浅⑤。　一年春好处⑥，不在浓芳，小艳疏香最娇软⑦。到 / 清明时候，百紫千红、花正乱⑧。已失春风一半⑨。早 / 占取韶光共追游，但 / 莫管春寒，醉红自暖。

【注释】

①提示人们一春之景在梅柳，勿因错过观赏先机而后悔。

②雪云：云似带雪欲下。散尽：天气放晴。

③青眼：晋代阮籍以白眼看其所蔑视者，以青眼看其所尊重者。

④梅心：绿叶掩映之中，一朵梅花犹如红心一点。

⑤颦（pín）：皱眉。笑浅：淡淡微笑。

⑥一年春好处：化用韩愈《早春呈水部张十八员外》“最是一年春好处，绝胜烟柳满皇都”。

⑦小艳：早春花色较少。疏香：淡远之香，比秾芳更娇软可爱。

⑧百紫：多种花色。

⑨已失春风一半：百花齐开之时标志春风已经失去一半。化用南唐

潘佑诗句“桃李不须夸烂漫，已失了春风一半”，原诗句意在讥讽李后主使南唐国土丢失一半。

【赏析】

上片写所爱初春之景及其理由，柳叶初生似眉眼，柳叶发青是于人有情、青眼看人，人于春有情则须青眼看柳；“一点梅心、相映远”，化用元稹《遣春三首之二》“柳眼开浑尽，梅心动已阑”，用美人神貌喻梅花，重笔托出绿叶掩映之中，“一点梅心”十分耀眼，才是“更风流多处”；梅花略颦浅笑辞春，是说柳条新生，梅花将向春天告退，没有柳那样的由衷喜悦，以皱眉浅笑与柳告别。

下片夹叙夹议，写不喜欢的暮春之景及其原因，说探春应及早，须占取韶光，到百花正乱时就已经春风半老，不再新鲜，“一点梅心”自然也不会看到了，哪有春风初起时的新鲜风景更能提起人们的兴致；结句劝人“早占取韶光”，写纵然春寒，呷一口酒、脸儿一红，身上自然就暖和了，充满温馨与风趣。词人独有见地、不落俗流，人爱看花、他爱观柳，人爱大红大紫、他爱柳眼梅心；清明后“百紫千红、花正乱”“出门俱是看花人”，他主张得春之先，指出“一年春好处”是在清明前前一半时节，而在后一半时节追逐百花烂熳的做法，是不懂春、不会赏春，表现出词人对大自然的不平凡之爱：爱有个性，意有追求，爱的是清新俊美，厌的是争红斗艳。整首词是一首文雅风流的咏梅赞柳词。

时彦

时彦（?—1107），开封人。字邦美。1079 年进士。

青门饮 · 寄宠人[①]

胡马嘶风[②]，汉旗翻雪[③]，彤云又吐[④]，一竿残照。古木连空，乱山无数，行尽暮沙衰草。星斗横幽馆[⑤]，夜无眠、灯花空老[⑥]。雾浓香鸭[⑦]，冰凝泪烛，霜天难晓。

长记小妆才了[⑧]。一杯未尽，离怀多少[⑨]。醉里秋波，梦中朝雨，都是醒时烦恼。料有牵情处，忍思量、耳边曾道。甚时跃马归来，认得迎门轻笑。

【注释】

①宠人：爱妾、爱姬。绍圣年间，作者出使辽国时，惦记爱妾。

②胡马：西北地区所产马匹。

③汉旗：国旗、宋朝旗帜。

④彤云：彩云，晚霞映红的云朵。

⑤幽馆：寂寞客舍。

⑥“夜无眠”句：孤夜难眠，眼巴巴望着灯花愈结愈大。

⑦香鸭：外形如鸭的取暖熏炉。

⑧小妆：淡妆。才了：刚施完粉黛；有读本作“才老”。

⑨“一杯”二句：写宠人，她一杯酒都没喝完就醉了，离别时愁怀沉沉。

【赏析】

上片写边塞之景，让“胡马”“汉旗”“彤云”“残照”“古木”“乱山”“暮沙”“衰草”一一出场，连用“嘶风”“翻雪”“又吐”“一竿”“连空”“无数”“行尽”，描绘进城觅宿的声色动静，烘托出雄浑边塞景象，颇有豪放气魄；从一竿斜阳到霜天难晓，未直说长夜不眠因由，在大境界里留下大悬念。

下片抒情，写旧情依依，细致入微，有己言、有她说，委婉曲折、一言难尽。仿苏轼“小乔初嫁了”句法用“长记小妆才了”，进入回忆：临别酒，她“一杯”还没喝完就醉了，不知她心中离愁多少；“醉里秋波，梦中朝雨，都是醒时烦恼”，生动形象，是词人此时对临别之夜两人耳鬓厮磨、难舍难分情景的回忆；从这些纷沓的回忆里，遴选出一个最“牵情”的情节，也仿苏轼“不思量”句法用“忍思量”，拈出她那时“耳边曾道”“甚时跃马归来”，而“认得迎门轻笑”是词人对她的期待与回答，也是此时想象的来日重逢的喜悦情景。至此落题、悬念破解，原来雷声隆隆只为布下一场爱情的绵绵丝雨。

纵观全词，多白话、真话、佳话，少愁切之语；灵慧显现，将男子对山川的粗犷悲壮情怀与思念爱人的细密柔贴集于一身；色差较大，视觉分明，写法独特，引人入胜。词人试图阐明一个谁也说不清楚的道理：“夜无眠”“冰凝泪烛”“长记”“醉里”“梦中”一概由情引起，都是“醒时”烦恼；反过来说，如果要想驱除这种烦恼，只有永远沉醉、梦亦不醒，而这却是有情人不可能做到的，只有归家、重逢、相互厮守，以此收拍才能给人一种圆满之感。

秦观

秦观（1049—1100），扬州高邮（今江苏高邮）人。字少游、太虚，号淮海居士。1085年进士，苏门四学士之一，仕途不顺。少年有志、喜读兵书，苏轼曾赞其有屈宋之才。秦词自成一家，多愁善感、深有情致，委婉和美，色调多彩；事物观察之细微，情感触发之轻敏，用语之精美俊雅，当为词家楷模。

浣溪沙

漠漠轻寒上小楼①，晓阴无赖似穷秋②。淡烟流水画屏幽。　自在飞花轻似梦③，无边丝雨细如愁④。宝帘闲挂小银钩⑤。

【注释】

①漠漠：弥漫的样子。轻寒：微寒。

②晓阴：清晨雾气、阴霾重。无赖：无奈。穷秋：深秋。

③自在：无拘无束。

④丝雨：细雨如丝。

⑤宝帘：珠帘。银钩：卷帘挂钩。

【赏析】

上片前二句凭身感写室外寒阴之景，初春却似末秋，末句转入小楼室内，看淡烟流水画屏，幽雅绝妙，不见人影。

下片前二句凭心会写室外花雨之景，将梦里飞花说成“自在飞花轻似梦”，将愁如绵细丝雨说成“丝雨细如愁”，如聆听轻音乐一般，流淌着不尽的诗情画意；末句写闲挂宝帘，不知那轻梦细愁了也未了，此时主人公仍未露面。词人特意营造了一个真实世界之外的幻化之境，烘托心境，其人隐隐可见、其情轻轻可触、其由无可捉摸，使一景一物全都染上情感色彩。词人造句艺术极为高超，让读者无不为她或他的淡淡哀愁而分心，而这种分心又不至于沉重压身，达到了至高的艺术境界。

八六子

倚危亭①，恨如芳草②，萋萋刬尽还生③。念 / 柳外青骢别后，水边红袂分时④，怆然暗惊⑤。　无端天与娉婷⑥，夜月一帘幽梦，春风十里柔情⑦。怎奈向、欢娱渐随流水，素弦声断⑧，翠绡香减⑨，那堪、片片飞花弄晚，蒙蒙残雨笼晴。正销凝⑩，黄鹂又啼数声。

【注释】

①危亭：高耸的亭阁。

②恨如芳草：用芳草飞长比怀人之情真意切。化用李煜《清平乐》："离恨恰如芳草，更行更远还生。"

③刬（chǎn）：通铲。

④红袂：红袖，指佳人。

⑤怆然：悲伤。

⑥无端：无由、无故。天与娉婷：上天赐予她婀娜美姿。

⑦"夜月"二句：化用杜牧《赠别》"春风十里扬州路"。

⑧素弦：无彩饰的素琴之弦。声断：弦断声销。

⑨翠绡：绿丝头巾。香减：懒于妆扮。李商隐《赠荷花》："此花此叶长相映，翠减红衰愁杀人。"

⑩销凝：销魂、凝神。

【赏析】

上片以情见景，以眼前的“恨如芳草”之态怀人，追忆过往：“青骢”别后“柳外”、“红袂”分时“水边”，这都成为词人永久的记忆，他常在梦中突然惊醒，思之怆然。

下片以“无端”二字荡开画面，美人是“天与娉婷”，美得没有理由；与这般美人相遇、相恋也是“天与”。词人自想、自问、自答，从“无端”相遇、相恋，到“夜月一帘幽梦，春风十里柔情”，将恋情推向高潮；可是无奈，往日的欢乐都随着流水逝去了，再也听不见悦耳的琴声，绿丝巾上香味渐渐淡去。室内与室外情景叠加，如今只有飞花弄晚、残雨未尽，一片凄迷景象，令人黯然魂伤；“黄鹂又啼数声”打断他的沉思，旋即与离愁交织一起，似无尽期。

该词写一位风雅才子对一位歌女的怀念之情；写作手法与意境创造，与《浣溪沙》有相近之处，如“无边丝雨细如愁”与“蒙蒙残雨笼晴”、“自在飞花轻似梦”与“夜月一帘幽梦”、“淡烟流水画屏幽”与“春风十里柔情”、“宝帘闲挂小银钩”与“黄鹂又啼数声”；遣词造句极具特色，有对比有呼应，若“别后”与“分时”、“无端”与“那堪”、“一帘”与“十里”、“声断”与“香减”、“弄晚”与“笼晴”；下片第三个韵句由 5 个分句、31 字组成，是宋词中少见的长句，令读者思绪，能够自然地随诵读产生的抑扬顿挫而起伏波动，如诉如唱、悠悠不绝，表现出词人对唐诗的谙熟与化用能力，驾驭语言的高超水平，堪为离情与香艳词中的千古绝唱。

满庭芳

山抹微云①，天连衰草②，画角声断谯门③。暂停征棹④，聊 / 共引离尊⑤。多少蓬莱旧事⑥，空回首、烟霭纷纷。斜阳外，寒鸦万点，流水绕孤村[7]。　　销魂。当此际，香囊暗解[8]，罗带轻分[9]。谩/赢得青楼，薄幸名存[10]。此去何时见也，襟袖上、空惹啼痕。伤情处，高城望断[11]，灯火已黄昏。

【注释】

①山抹微云：几丝薄云横躺山腰，犹如画家大笔轻轻一抹。山：指会稽山。

②天连：天野四垂。连：有读本作“粘”。

③谯门：城门。城门上有小瞭望楼，称谯楼。

④征棹：远行之船。

⑤聊：姑且、暂且。离尊：饮离别酒。

⑥蓬莱：指绍兴蓬莱龙山阁。

⑦寒鸦、流水：化用杨广《失题》：“寒鸦千万点，流水绕孤村。”

⑧香囊：古代男女佩戴物，作为定情物或留念品赠给对方。暗解：悄悄解下。韩翃《送崔秀才赴上元兼省叔父》：“风流近赌紫香囊。”

⑨罗带：衣带。

⑩谩赢得：空落个。谩：徒然。化用杜牧《遣怀》“十年一觉扬州梦，赢得青楼薄幸名”。“谩赢得”二句：句意是反对别人责他薄情，表怨愤不满。

⑪高城望断：已经灯火黄昏，望断高城不见城中之人。

【赏析】

该词是一首纪实性作品，通过船上离别的短暂情节，书写词人一段难以忘怀的恋情。秦观三十岁时，游越州（绍兴），郡守在蓬莱龙山阁宴请他，秦在当席喜欢上一位歌女，曾兴而赋词；八个月后，词人乘舟北还，以此作相赠。

上片先给离别之境涂匀底色，“山抹微云，天连衰草”，又传来谯楼报时的号角之声，不一会儿船就要开了，两人只能“聊”引“离尊”，词人难忘“蓬莱旧事”，频频回首，往日热烈恋情化作“烟霭纷纷”；心事茫茫，望船外江岸“斜阳外，寒鸦万点，流水绕孤村”，给底色加重、加暗，表达即将别离的心境，多少悲戚哀凉之意，有悬空不落之感。

下片“销魂”二字使情景交融，激荡流动，“当此际”是说当船行将驶离之际，当斜阳欲落、寒鸦归巢、孤村夜暮之际，两人“香囊暗解，罗带轻分”，这情节来得恰是时候；“谩赢得青楼，薄幸名存”，是词人自语，在意识上承认“青楼薄幸”不会得到社会的赞许，感到外部的压力，在骨子里却不后悔，敢于担当有此“名存”，此非冶游浪荡之语，实乃痴情男子心声，表示他们的恋情上升到一个“认真”的高度；自然发出“此去何时见也”的对天之叹。“襟袖上、空惹啼痕”，“惹”字微妙，谁惹谁？谁的襟袖？谁的泪痕？当由一场短爱与匆匆离别惹出，难堪处当是词人襟袖上的歌女泪痕，歌女用可见之泪表达难舍，词人用不可见之思表达难离，歌女已去，船已离岸，词人仍“高城望断”，惟余“灯火已黄昏”，留下无限眷恋。

该词是秦观的精心之作和代表作，秦观也因此而被称为“山抹微云君”。论者异口同声击节赞叹“山抹微云”的“抹”字与“天连衰草”的“连”字，妙笔生色，无可替代。全词将绵绵情思与空寥长景揉在一起，登船时“山抹微云，天连衰草”，船上共引离尊时“斜阳外，寒鸦万点，流水绕孤村”，船驶离码头后“高城望断，灯火已黄昏”，以景含情、景在情在，有永存不去之感，艺术表现形式独成一格。晁补之曾慨叹词中佳句，“虽不识字人，亦知是天生好言语”。

秦观是苏轼门生，苏轼曾批评秦“学柳七作词”，未必全对，学习与借鉴对于任何词人而言都是必要的。该词在情节制造、语言表达方面依稀可见柳永《雨霖铃》痕迹，情韵遗香，效果相当。相同处是：都写歌女送才子，皆截取黄昏断面，起始点“画角声断谯门”“暂停征棹”

与“留恋处，兰舟催发”画面相近；相近相似处不止一二，若“多少蓬莱旧事，空回首、烟霭纷纷”与“念去去千里烟波，暮霭沉沉楚天阔”；“销魂。当此际，香囊暗解，罗带轻分”“空惹啼痕”与“执手相看泪眼，竟无语凝噎”；“此去何时见也”与“今宵酒醒何处”；“高城望断，灯火已黄昏”与“便纵有千种风情，更与何人说”。

望海潮

梅英疏淡①，冰澌溶泄②，东风暗换年华③。金谷俊游④，铜驼巷陌⑤，新晴细履平沙⑥。长记误随车⑦。正/絮翻蝶舞，芳思交加。柳下桃蹊⑧，乱分春色到人家。　西园夜饮鸣笳⑨。有/华灯碍月⑩，飞盖妨花⑪。兰苑未空⑫，行人渐老，重来是事堪嗟。烟暝酒旗斜⑬。但/倚楼极目，时见栖鸦⑭。无奈归心，暗随流水到天涯。

【注释】

①梅英：早春梅花。

②冰澌（sī）：解冻后水上漂浮的碎冰块。

③东风暗换年华：东风送走严冬，季节在不觉然间变换。

④金谷：金谷园，西晋豪富石崇为爱妾绿珠在洛阳所建，富丽堂皇，供宴饮游乐；借指宋代汴京金明池。俊游：游览胜地。

⑤铜驼：汉代洛阳有铜驼街，宫门两侧铸置相对铜驼两尊；借指汴京琼林苑。

⑥细履：在嫩草尚未长出的郊野漫步。

⑦误随车：少年春心萌动，盲目追随陌生女郎香车。出自韩愈《游城南十六首·嘲少年》：“只知闲信马，不觉误随车。”

⑧柳下：柳行成街。桃蹊：桃林小道。表那儿居有人家。

⑨西园：指汴京王诜的花园，王常在此宴请苏门学士集雅游宴。笳：管乐器名。

⑩华灯碍月：灯火辉煌使月亮减色。

⑪飞盖妨花：游车飞驰、篷盖又高，挡住赏花视线。三国魏·曹植《公宴》："清夜游西园，飞盖相追随。"

⑫兰苑：西园美称。

⑬烟暝：夜雾、暝色。

⑭栖鸦：空中飞过归巢的乌鸦。

【赏析】

词人1090年应试及第后，曾在京都供职五年，对1092年西园大型赐宴印象极深；1094年词人因党争即将贬至京外，离京前重游旧地，此为该词的写作背景。

上片前三句写初春景色，梅花疏落、冰化雪消，用"东风暗换年华"表大自然由冬转春，而自己的政治境遇却不与节气同步；词人独自来到金谷（金明池）、铜驼（琼林苑），再逛巷陌，细履平沙，想起当年初游"误随车"的少年浪漫，不禁哑然失笑；再看周围景象，"正絮翻蝶舞"，惹人"芳思交加"，觉得"柳下桃蹊"那等暗处人家都是春色，不知是谁做主"乱分"，似抱怨自己所得春色不如别家之多，有文雅之态、无嫉恨之情。

下片漫步西园，回首当年初游的夜饮鸣笳情景，华灯碍月、飞盖妨花，豪华气派，自是难忘，令人感到词人当时意得志满、脸上生光的神态；当从回忆中回过神来，发现时过两年"兰苑未空"，但自己却老了，叹息此游"重来是事堪嗟"；以下写"堪嗟"情景，已经日暮时分，倚楼极望，时见栖鸦，芳思全无，归心自来，又迟疑未决，这种归心只能伴着厄运、愁思，跟他一道遭贬，不知道会走到何处。

全篇布局迷离、起伏跌宕，似信马由缰、随心所欲，实有先后次序、今昔对比，可分六步去读，一是以“今日”重游为出发点（心知肚明已年华暗换），二是单忆个人前次旧游最难忘轶事（长记误随车），三是“今日”先见后感“乱分春色”（芳思交加），四是重点回忆前次有上赐背景的集体夜游，五是回到今日现实喟叹“是事堪嗟”，六是感怀不尽。该词艺术水平高超，“乱分春色”的“乱”字、“华灯碍月”的“碍”字、“飞盖妨花”的“妨”字，皆可传神；“暗随流水到天涯”，当从曹邺“身逐片帆归梦泽，魂随流水向秦川”与刘长卿“寂寂江山摇落处，怜君何事到天涯”化用得到，涵意更深、韵味更浓，是深得读者喜爱、迷醉人心的名句。几百年宋词，《望海潮》惟柳永、秦观二篇得以久传。

鹊桥仙

纤云弄巧①，飞星传恨②，银汉迢迢暗度③。金风玉露一相逢④，便胜却人间无数。　柔情似水，佳期如梦⑤，忍顾鹊桥归路⑥！两情若是久长时，又岂在朝朝暮暮⑦。

【注释】

①纤云弄巧：纤柔的云彩不断变幻形状、样式，比喻织女手艺精巧、善于编织云彩图案，故有七夕乞巧之说。

②飞星传恨：流星为牛郎、织女传送离恨情思。

③银汉：天河。迢迢：天河之宽，表相距之遥远。暗度：表织女（星）在人们不知不觉中渡过银河去会牛郎（星）。

④金风玉露：一年秋天的气候特征。一相逢：牛郎织女一年只有一次相会机会。李商隐《辛未七夕》：“由来碧落银河畔，可要金风玉露时。”

⑤佳期：指七夕，农历七月初七。

⑥忍顾：说相会之后，织女踏上返程不忍心掉头回看鹊桥来路。鹊桥：传说七夕时，喜鹊搭桥，渡织女和牛郎相会。

⑦“两情”二句：化用杜牧《新柳》：“东门门外多离别，愁杀朝朝暮暮人。”

【赏析】

上片写景叙事兼抒情，以“纤云”“飞星”“银汉”“金风”“玉露”，状七夕夜空天宇之美，点出织女暗渡银汉，歌颂天上双星之爱，盛赞他们“胜却人间无数”缺乏真情的所谓爱情故事，将他们的爱情看得更纯洁、更坚贞、更高尚。

下片沿用上片写法，以“柔情似水，佳期如梦”，状他们短暂相会的激情与甜蜜，以“忍顾鹊桥归路”写他们的不甘不舍，塑造出多才多情美丽善良的织女形象，唤起人们的怜爱与同情；此时，词人不是像寻常文章那样，号召大家反对干预与破坏他们爱情的天庭，而是笔锋一转，得到一个出人意料、精彩绝伦的爱情观，“两情若是久长时，又岂在朝朝暮暮”，极尽情爱之光、作金石铮铮之声，从天上到人间，化腐朽为神奇，成为千秋万代多少情男怨女信守的爱情法则，写出了至纯至爱的精神境界。《古诗十九首》中有一首中国最早的牛郎织女爱情诗，写道：“迢迢牵牛星，皎皎河汉女……盈盈一水间，脉脉不得语。”秦词可以说是该诗的继承与延续，写出了新意与永恒。

踏莎行·郴州旅舍

雾失楼台①，月迷津渡②。桃源望断无寻处③。可堪孤馆闭春寒④，杜鹃声里斜阳暮。　驿寄梅花⑤，鱼传尺素⑥。砌成此恨无重数⑦。郴江幸自绕郴山⑧，为谁流下潇湘去⑨。

【注释】

①雾失楼台：浓雾笼罩，看不清楼台形影。

②月迷津渡：月色朦胧找不到渡口。

③桃源：指陶渊明笔下的桃花源，在郴州以北的武陵。

④可堪：哪堪。孤馆：独居客舍。

⑤驿寄梅花：自比范晔，南朝陆凯自江南寄梅花给长安范晔表达思友之情，诗曰："江南无所有，聊赠一枝梅。"

⑥鱼传尺素：东汉蔡邕《饮马长城窟行》中有"客从远方来，遗我双鲤鱼。呼童烹鲤鱼，中有尺素书"。

⑦砌：堆积。表所赠梅花、书信之多。

⑧幸自：本自；郴江发源于黄岑山，环绕郴山而后汇合耒水与白豹水流入湘江。

⑨为谁：为什么。潇湘：代指湘江。

【赏析】

上片前三句是词人依心境营造出的凄迷失路之景，近处楼台、渡口都看不清，更莫说更远处的桃花源了，望断天涯也无处可寻；后二句是羁旅客馆的真实写照：被春寒深锁，不胜孤寂，杜鹃声里斜阳欲落，一派萧瑟，一层愁思。

下片抒发怀旧之情，自己已是遭贬之人，回归无望，切盼亲朋好友有梅花寄赠、书信问候；然而，这种书信在案上堆积得越高越厚，在心中砌成的恨愁就更多更厚；本来期待亲朋多给关怀与同情，但一旦关怀与同情都来，委屈之心反倒无法承受而愁恨愈烈，于是词人深感无所适从、不知所以，不禁发问"郴江幸自绕郴山，为谁流下潇湘去"？本属天地自然，何来"幸自"？何来"为谁"？看似呆语，实则空灵，存心给山河造化一种情思，赋予个人感情色彩：郴江围绕郴山绕来绕去，不愿离开郴山，最终却不得不违心地流下潇湘，意蕴深厚，似"暗随流水到天涯"那般，韵味无尽。

该词大约作于1097年赴贬所途中，词人先贬杭州、处州，再贬郴州，并削官爵与俸禄。因词人生性温和，多愁善感，加之一路不顺，故步步生愁，“砌成此恨无重数”略欠含蓄，在其作品中比较少见，可见恨之重、恨之深，这种恨非他人所能体验。当然，最终又融汇到他一贯的婉约格调之中。收拍二句非大家所不能为，苏将其书于扇面，叹曰：“少游已矣，虽万人何赎。”该词并用写实与象征手法，“雾失楼台，月迷津渡”用句颇似“山抹微云，天连衰草”那般精致，为想象之景而非实景，表达出方向迷失、困于孤馆、看不到出路的窘态；“杜鹃声里斜阳暮”，又见柳七身影，宛如柳永“断鸿声远长天暮”“断鸿声里，立尽斜阳”“听杜宇声声，劝人不如归去”的精缩版。

千秋岁

水边沙外，城郭春寒退。花影乱，莺声碎①。飘零疏酒盏，离别宽衣带②。人不见，碧云暮合空相对③。　忆昔西池会④。鹓鹭同飞盖⑤。携手处，今谁在？日边清梦断⑥，镜里朱颜改。春去也，飞红万点愁如海⑦。

【注释】

①影乱、声碎：化用杜荀鹤《春宫怨》：“风暖鸟声碎，日高花影重。”

②宽衣带：化用《古诗十九首·行行重行行》：“相去日已远，衣带日已缓。”

③暮合：化用南朝梁江淹《休上人怨别》：“日暮碧云合，佳人殊未来。”

④西池：见《望海潮》西园注。

⑤鹓：鹓雏。鹭：鹭鸶。二鸟飞翔时皆井然有序，用此比喻朝官班

列。宴集西园者26人，乘带飞盖车辆，队伍颇有气势，似朝官班列一般。李峤《长宁公主东庄侍宴》有“长宴鵷鹭集，仙管凤凰凋”。

⑥日边：寓意在朝廷身边。传说有个叫伊挚的人，应商汤之召回朝，梦中乘船经过日月之旁。李白《行路难》：“闲来垂钓碧溪上，忽复乘舟梦日边。”

⑦飞红：落红，落花飘飞。

【赏析】

该词写于1095年贬处州时。

上片写处州春景，春寒已退，“花影乱，莺声碎”，画龙点睛，画面简洁，词人似乎很喜欢这种景色，但“乱”“碎”二字暗含伤感；“飘零”之身，无心对花饮酒，腰瘦衣宽，更焦心的是“人不见，碧云暮合空相对”，想见的人始终没有出现，竟落得日暮徒对云合；该“人”是佳人？是故友？词人没有明言，有意留下一个悬念。

下片忆昔日西园之会，词人对那时风光犹念念不忘，但而今“携手处，今谁在”？大声唤、四处寻，没有回应，至此可以确定，想见的人应是曾在西园“携手”的旧游同仁；词人一直梦想能回到“日边”供职，但盼到“镜里朱颜改”也未实现，而且希望越加渺茫；从“鵷鹭同飞盖”的得意跌落到只身天涯，景随心变，“春寒退”变脸成“春去也”，“花影乱”也从地上抛到空中变成“飞红万点”，面前好似一个纷乱落红的海洋，在词人眼里，这不是飞红万点而是如海水涌动的万点忧愁，于是创造出“飞红万点愁如海”的名句。这句有春来春去感，有身世哀叹声，有杜甫“一片花飞减却春，风飘万点正愁人”的本意，有苏轼“不是杨花点点，是离人泪”的累累恨情；同时语序不同寻常，该句宜作“愁，飞红万点如海”解，万点飞红如海、愁如飞红万点，愁碎愁多，落红如海水波浪翻飞；“海”字鲜用于状愁，可能是从李颀《雨夜呈长官》中的“请量东海水，看取浅深愁”与杜甫“风飘万点正愁人”借来。词人既写出了谪恨之深广也写出一种意乱愁迷的意境。

好事近·梦中作①

春路雨添花，花动一山春色。行到小溪深处，有黄鹂千百。　飞云当面舞龙蛇，夭矫转空碧②。醉卧古藤阴下，了不知南北③。

【注释】

①梦中作：词人自言该词成于处州贬所梦中，是梦境的复述。

②夭矫：龙蛇时屈时盘、时卷时伸状。

③了：完全、全然。南北：化用王安石《明妃曲》："人生失意无南北。"

【赏析】

上片写梦中神游，不离春路、春雨、春花、春山、春色，"花动一山春色"，一个动字营造出春之仙境，山间小路旁，雨过百花开，风吹花动使整个山间流淌着一片春色；更有小溪深处、黄鹂千百，此等仙境，词人在现实中没有找到，但在梦境里撞见了。上片色彩绮丽，声情飘动，给人一种舒畅快意的享受。

下片写仰视碧空万里，看到飞云如龙舞蛇曲，境界果然非似人间，词人也终于在梦中获得一时的解放和自由。"醉卧古藤阴下，了不知南北"写酣然入睡、忘却南北，达到脱离红尘的无我境界。词人技巧娴熟，造句奇警，带有浪漫主义情调，以特有的笔触，写出了自己的感受；化用王安石"人生失意无南北"得出"了不知南北"警策之语，富有哲理；以美妙梦境给悲凄人生挂上一层彩纱，有遗世之意，读之催人含泪欲滴。词人经历了遭贬的痛苦，再也经不起政治风波的折磨了，梦也罢、实也罢，都表明他试图寻找一块干净无争之地，宁愿"醉卧古藤阴下”。

词人后来死于藤州，有论者联系此词，说是一谶成真，读至此处，往往自觉地向词人默致悼念。黄庭坚诗云：“少游醉卧古藤下，谁与愁眉唱一杯。”

李甲

李甲，生平不详。华亭（今上海松江）人。字景元。曾任微职。工令词，工画。

帝台春

芳草碧色，萋萋遍南陌。暖絮乱红①，也知人、春愁无力②。忆得盈盈拾翠侣③，共携赏、凤城寒食④。到今来，海角逢春⑤，天涯为客。　愁旋释⑥，还似织。泪暗拭，又偷滴。谩伫立、倚遍危阑⑦，尽黄昏，也只是、暮云凝碧⑧。拚则而今已拚了⑨，忘则怎生便忘得。又/还问鳞鸿⑩，试/重寻消息。

【注释】

①乱红：落花。

②无力：看落花飘坠似觉人也恹恹无力，无赏春之意绪。

③拾翠侣：携赏游春的美女。

④凤城：指汴京。寒食：指清明节。

⑤海角：极远之地。

⑥旋：很快、随即。

⑦谩伫立、倚遍危阑：有读本作“漫倚遍危栏”。

⑧尽黄昏，也只是、暮云凝碧：有读本作“尽黄昏也，只是暮云凝碧”。

⑨拚：割舍、舍弃。

⑩鳞鸿：鱼雁，代指书信使者。

【赏析】

该词写一个男子与佳人相恋、失联、寻觅、再欲复合的故事。

上片叙事，写男子作为天涯倦客的所见所想，面对落花引发春愁，无精打采，想起以前在京城曾携佳人寒食游春，难忘旧日情怀；而今成了断线风筝，悔恨当初不该与佳人轻率分手。

下片写男子所为所欲，连用四个三字韵句，“愁旋释。还似织。泪暗拭。又偷滴”，精炼绵密，声情渐紧，写刚欲释怀，愁又如织，泪珠刚暗暗拭去，又悄悄滴下，伤心之情无可遏止，制造出一个反常的离奇情节，即明知佳人身在凤城，根本无法与她相约，却倚楼痴望，直到黄昏暮云笼空、日光销尽，也未见她来会自己；再用“拚则、忘则”白话，说当初既然舍弃了，而今就该认了，但却无法丢掉；结语“还问鳞鸿”“重寻消息”，表明心存所望，还要再去寻她、追她。

全词没让女子出场，仅“盈盈拾翠侣”一句与其有关，至于她到底有多么可爱，只有男子一人知道；艺术手法细腻，描绘出男子婉转细微的心理活动，写出了爱情的神秘与曲曲折折；“拚则而今已拚了，忘则怎生便忘得”相当传神。细腻的心理描写，反映出慢词与诗的一个特征区别。

赵令畤

赵令畤（1051—1134），字景贶，苏轼为其改名德麟，自号聊复翁。有皇族血统，但仕途不顺。

蝶恋花

卷絮风头寒欲尽①。坠粉飘香②，日日红成阵③。新酒又添残酒困④。今春不减前春恨。　蝶去莺飞无处问。隔水高楼，望断双鱼信⑤。恼乱横波秋一寸⑥。斜阳只与黄昏近⑦。

【注释】

①卷絮风头寒欲尽：风卷絮裹漫天飞，春寒退去，暮春到来。

②坠粉：落花。

③红成阵：落红一片又一片，似成阵势。

④新酒：今春酒。残酒：去春酒；表时过一年，情景相似，困愁又添一层。

⑤双鱼信：见晏殊《蝶恋花》注。

⑥横波：美目。秋一寸：秋水、秋波。

⑦“斜阳”句：化用李商隐《乐游原》：“夕阳无限好，只是近黄昏。”

【赏析】

该词写一位思妇的离愁别恨。

上片以景传情。女子见坠粉飘香、落红成阵，春天都过去了，自己还是独处高楼，拈出一段情爱回忆。“新酒又添残酒困，今春不减前春恨”堪为佳句，说自己去年一人独饮，残酒意绪尚未消尽，今年还是一人独饮，更“添酒困”；去年春恨宛在，今春又加一层，表现出一副不知所以、无可奈何的情状。

下片以事抒情。蝴蝶、黄莺陆续离她而去，想打探离人讯息，再去问谁？偌大天地，似乎只剩下孤身一个，独倚高楼，隔水相望，兴许还能发现一丝惊喜；然而，“望断双鱼信”，空惹得“恼乱横波秋一寸”！似见她愁容映水、泪滴碧波；“斜阳只与黄昏近”韵味悠长，带有责备夕阳的语气，为什么你只与黄昏亲近而不与我亲近？满眼都是黄昏意象，情思留在无边的黄昏里。

思妇形象多姿多态，词家各逞其能竭力表现，该词独得其妙，语言清丽，笔调婉转，未用愁、泪字眼，却蕴涵在意象之中。

清平乐

东风依旧，著意隋堤柳[①]。搓得鹅儿黄欲就[②]，天气清明时候。　去年紫陌青门[③]，今宵雨魄云魂。断送一生憔悴，能消几个黄昏[④]。

【注释】

①隋堤：隋炀帝开通济渠、筑御道，命沿堤栽柳，封柳为“国树”，唐宋诗词常咏之景。

②鹅儿黄：鹅黄，小鹅绒毛色；比初春柳色娇嫩淡黄。唐彦谦《柳枝词九首之二》：“鹅黄剪出小花钿，缀上芳枝色转鲜。”

③紫陌：见欧阳修《浪淘沙》注。青门：汉代长安城东南门呈青色谓之青门，此处泛指京城之门。

④消：需要、用。

【赏析】

这是一首对爱妾的悼亡词。

上片写景。清明时候，“东风依旧”，年年都最著意、最偏向隋堤柳，“搓得鹅儿黄欲就”，语言极美，以俗为雅；景也美，说东风细“搓”柳丝，让它染上娇嫩的鹅黄色，隐台词是东风对我并没有这般亲切、温柔，遂生怀念爱妾之情。

下片回忆去年此时，与爱妾紫陌青门共度的欢娱时光，用巫山云雨“雨魄云魂”故事，说伊人已去，雨收云散，但她仍存在于自己的意念之中，今宵只能在梦中魂魄相见；“断送一生憔悴，能消几个黄昏”将此悲凉挥发到极点，词人一腔的爱，活跃的青春，身心的憔悴，都随她的离去而逝去，只消几个黄昏足以将自己销蚀殆尽。与前词类似，词人善用“黄昏”表达不尽之情，黄昏成为他永久的记忆符号。

贺铸

贺铸（1052—1125），卫州（今河南卫辉）人。字方回，号庆湖遗老，世称贺鬼头、贺梅子。有皇族血统，曾任微职，喜论天下。博学强记、钟情创新，善用晚唐温庭筠、李商隐、李贺诗句，出新奇而去陈旧；爱将旧谱改韵体、增韵数。作品风格多样、气盛志傲，深于情、工于语。

鹧鸪天①

重过阊门万事非②，同来何事不同归③。梧桐半死清霜后④，头白鸳鸯失伴飞⑤。　原上草，露初晞⑥。旧栖新垅两依依⑦。空床卧听南窗雨，谁复挑灯夜补衣⑧！

【注释】

①原作词牌署《半死桐》。

②阊门：苏州西门，亦名破楚门，建于春秋时期，是伍子胥率领吴军伐楚的出发与凯旋之门。

③不同归：初次来苏州时夫妻双至，再次来苏州时，妻子亡故，孤身而回。

④梧桐半死：比失偶。化用白居易《为薛台悼亡》："半死梧桐老病身，重泉一念一伤神。"

⑤失伴飞：夫妇一方亡故。

⑥晞（xī）：枯干。化用汉乐府《薤露》："薤（xiè）上露，何易晞。露晞明朝更复落，人死一去何时归。"薤，指原上草，多年生草本

植物。

⑦旧栖：夫妻旧居。新垅：新坟。

⑧谁复：还有谁。词人二十九岁时在磁州做官，所写《问内》有句：“庚伏厌蒸暑，细君弄针缕。”说妻子大伏天忙着缝补冬衣，问她为什么这样性急，妻子回答：古时候有个人家女儿快出嫁了，父母才忙着请大夫给女儿治病，如果等到冰天雪地才匆匆忙忙缝补冬衣，岂不是和那个人家一样犯傻。

【赏析】

词人中年曾寄居苏州，但未见明文记载的具体年代，只知其妻1091年去世。关于该词的写作时间，有两种说法，或谓是妻子死后离开苏州赴汴京之时，“归”符合，但不合“重过”本意，“重”指从同一方向再过阊门；或谓是1109年退居苏州“企鸿居”之后，与所言“新垅”不合，坟是新的，定非是妻子死去十八年之后所作；故判断是从汴京归来、扫祭新坟之后所作。“梧桐”“原上草”表明时间当在秋天。

上片写此次独自“重过阊门”，感觉什么都不顺眼，发问“同来何事不同归”？“同归”实为“同回”；“梧桐半死”一意双关，既是衰残之象，又表家庭塌了半边，用头白鸳鸯失伴表达哀痛不已。

下片前二句写扫墓之后回到“旧栖”触目伤情，心里放不下“旧栖新垅”，“两依依”令人潸然泪下；“空床卧听南窗雨，谁复挑灯夜补衣”，写词人忆起当年妻子坐床临窗、灯下补衣，如今人去床空、雨打南窗，再也不见妻子的身影，将悲情推向高潮，凄怆之甚！最熟悉、最难忘的旧景、旧事，最朴实、最赤诚的语言，不作修饰、不用华词，最出真情，最能感人。

词论家将贺与潘岳、元稹、苏轼并列，称潘岳《悼亡诗》、元稹《遣悲怀》、苏轼《江城子》与该词是文学史上最为出色的四篇悼亡诗。诗体不同、作者历练不同、情感触发点有别，语言风格、艺术表达各有其胜，但意境相当。

踏莎行[①]

杨柳回塘[②]，鸳鸯别浦[③]。绿萍涨断莲舟路[④]。断无蜂蝶慕幽香[⑤]，红衣脱尽芳心苦[⑥]。　返照迎潮[⑦]，行云带雨[⑧]。依依似与骚人语[⑨]。当年不肯嫁春风[⑩]，无端却被秋风误。

【注释】

①原作词牌署《芳心苦》。

②回塘：曲折回环的池塘。

③别浦：江河支流的水口。

④“绿萍”句：池塘里长满浮萍，挡住莲舟的来往之路，表无人管理、几近荒芜。

⑤断无蜂蝶：表断无来人。幽香：指荷花。

⑥红衣：红莲花瓣。脱尽：花瓣落光。芳心：花心所结莲子。化用赵嘏《长安秋望》：“紫艳半开篱菊静，红衣落尽渚莲愁。”

⑦“返照”句：夕阳余晖照耀水面、波光粼粼。

⑧“行云”句：飞云流动，时有雨滴洒落荷塘。

⑨骚人：本指屈宋骚体诗人，此处泛指诗人。

⑩“当年”句，化用李贺《南园十三首》其一：“可怜日暮嫣香落，嫁与春风不用媒。”韩偓《寄恨》：“死恨物情难会处，莲花不肯嫁春风。”

【赏析】

上片写白日看到之景。杨柳回绕池塘，鸳鸯嬉游别浦，荷花立于塘中，周围遍是浮萍，塞断莲舟来路，独处被封闭的幽境，香无人知、蜂蝶不睬；落得荷花只能孤芳自赏，悄无声息地褪尽花瓣红色，无奈结成苦味莲子；“断无蜂蝶慕幽香，红衣脱尽芳心苦”道尽荷花自开自落的孤寂与悲苦。

下片抒情。时间已到夕阳时分，余晖照耀水面，细雨洒落荷塘，“依依似与骚人语”极尽温文、柔蜜，写荷花似脉脉含情与词人絮语，“当年不肯嫁春风”含自怨自怜之意，表现荷花不肯随百花一起在春天开放而错过机缘；“无端却被秋风误”，态度发生翻转，写荷花并不后悔独选夏天开放，而是恨秋风“无端”摧残，红衣落尽、风华消逝，误了青春。

该词艺术表现手法不同于一般的咏物词，分三个层次，一是咏荷，写出荷花“幽香”“红衣”，困于回塘之境；二是以荷花喻美人，有“芳心苦”与“骚人语”；三是成为沦落才子的寄托。词人最终将荷花、美人与雅士结为一体，抒发了自己怀才不遇、失时零落之慨，表达不随世媚俗的高洁品格。“当年不肯嫁春风，无端却被秋风误”，意蕴丰富、文词风雅，足见词人点化前人诗句之功，韩偓“莲花不肯嫁春风”，莲花即荷花；张先“沉恨细思，不如桃杏，犹解嫁东风”反其意而化之，绝不羡慕桃杏；李贺“可怜日暮嫣香落，嫁与春风不用媒”，“小白长红”可以“不用媒”随风嫁出，但自己可不是“小白长红”。

蝶恋花

几许伤春春复暮①。杨柳清阴，偏碍游丝度②。天际小山桃叶步③。白蘋花满湔裙处④。　竟日微吟长短句⑤。帘影灯昏，心寄胡琴语⑥。数点雨声风约住。朦胧淡月云来去⑦。

【注释】

①几许：几度。春复暮：又到一年暮春时候。

②“杨柳”二句：杨柳浓阴密密，缠住游丝，使它不能自由飘动。

③小山：双关语，天际小山似女子淡眉。桃叶：王献之爱妾名字，

代指所钟情女子。步：上船、下船处。相传桃叶往来于秦淮河时，王放心不下，总在渡口迎送，并赋诗："桃叶复桃叶，桃树连桃根。相怜两乐事，独使我殷勤。"

④白蘋：指水中浮草。湔（jiān）：洗涤。

⑤竟日：终日。微吟：低声吟唱。长短句：指词。

⑥胡琴：从西域传进的乐器类通称，若琵琶、月琴、二胡。

⑦"数点"二句：雨点受风制约，风一来雨声就小了。语出李冠《蝶恋花》："数点雨声风约住，朦胧淡月云来去。"

【赏析】

该词是伤春怀人之作。

上片伊始就将人领进伤春之境。几度伤春，今又春暮，杨柳清阴本是丽景，偏偏把自由飘动的游丝死死缠住，教人透不过气来；由眼前之景思往日情事，远处有似眉小山，山下河边有个桃叶渡，曾在那儿与她采蘋，陪她洗裙，留下美好的记忆。

下片写对女子的无尽思念。白天"竟日微吟长短句"，企求把情思都写进诗词里；昏夜借弹曲唱歌，纾散心中积闷；先听雨点敲窗，后闻风约雨点，终于仰首望见胧云淡月，心境舒缓开来，援用李冠"数点雨声风约住，朦胧淡月云来去"收拍，愁思随风雨动止而起伏舒卷，若薄云笼月而高天来去，营造出一种淡远、悠长、朦胧的意境之美。

青玉案

凌波不过横塘路①，但目送、芳尘去②。锦瑟华年谁与度③？月桥花院④，琐窗朱户⑤、只有春知处。　飞云冉冉蘅皋暮⑥，彩笔新题断肠句⑦。若问闲情都几许？一川烟草⑧，满城风絮，梅子黄时雨⑨。

【注释】

①不过：不到、不越过。横塘：地名，位于苏州西南方，词人在此建有家居别墅。

②但：只能、仅。芳尘：罗袜生尘，指美人。

③锦瑟华年：青春年华。谁与度：谁来伴我。化用李商隐《锦瑟》："锦瑟无端五十弦，一弦一柱思华年。"

④月桥：月形小桥或望月之桥。

⑤琐窗：雕花窗子。

⑥蘅皋：长满香草的水边高地。

⑦彩笔：五色笔，文笔美称。典出《南史·江淹传》，江淹六岁能诗，为官多年，有一年夜里做梦，梦见晋代文学家郭璞，郭说自己的五色笔存在江处，该归还给他了，江遂从怀中掏出还给郭，此后江才气尽失，再也写不出好诗来。

⑧一川：满地。

⑨黄时：梅子熟时。江南四、五月间之雨俗称梅子雨。

【赏析】

该词是词人的代表作，关注者众，议论声杂，所感所见各执一理，原因是对贺铸的生平与创作背景甚为不清。或谓勿论词中女主人公是谁，反正是词人喜欢的对象，权作单相思解不会偏离太大；或谓词人1109年退居苏州后，恰有此次艳遇，春心又发；或谓写政治境遇，抒发怀才不遇之愁；或将"芳尘"二字引向洛神、宓妃，而莫辨真假；或将"锦瑟"二字引向李商隐，说李诗写怀念小姨子，词人在金屋藏娇；或将"彩笔新题断肠句"戏解为决心放弃婚外恋不再写"断肠句"。诸多观点，令读者不知所从。笔者无力考古，但从贺与苏轼、黄庭坚的交往可察一二，史上对苏、黄的研究比较充分可信，是为旁证。苏轼1092年写有"和贺方回韵"的《青玉案》，故推断贺词当写于1092年前；黄庭坚1102年与贺在当涂会面，1103年写出"解作江南断肠句，只今惟有贺方回”，证明贺词绝非写于1109年之后，最大的可能是：妻子1091年初去世，当年秋写《半死桐》，待丧妻之恨略有舒缓，于1092年春夏之交写作该词；苏轼的和词表达他对爱妾朝云的怀念，情结是衣上“针线”，与《半死桐》的“夜补衣”类同，似可视为贺词的一个注解；如此，贺词中的女子形象，就清晰呈现在面前，那是他妻子的幻影。

上片写景叙事。前二句交代人物、地点关系，词人当时立足何处？应是“旧栖”；“旧栖”何处？应在横塘；看到妻子冲自己走来，但“不过横塘路”转身又回，只是把背影留给他，惆怅中带有一种惬意，但并不满足，目光紧紧追随妻子“芳尘”；妻子去世时词人方三十九岁，两人都在“锦瑟华年”，回想以往，瞻望而后，她独自一人，不知将怎样度日？仿佛忽然发现“月桥花院，琐窗朱户”，竟如仙境一般，原来她是去那儿了，只有春天在陪伴她。词人将妻子比作神女，并寄予最好的祝福。

下片抒情。飞云冉冉蘅皋日暮，词人回过神来，挥动彩笔“新题断肠句”，先自发问“若问闲情都几许”？此处“闲情”，既非专指愁情，也非指无事可做的无聊之情，而是陶渊明《闲情赋》中那种对美人的钟情，“夫何瑰逸之令姿，独旷世以秀群”；“新题”表词句不同于往常格调；“断肠”是对妻子怀有的爱情、痴情、崇敬之情、忧思之情等等所有感情的伤怀，有几许？看看这个世界就知道了：“一川烟草，满城风絮。漫天梅子雨”，周天之物都是！“断肠句”倾倒世人，词人也因此得名“贺梅子”。贺铸差不多在同一个时间段内，为妻子扫墓，写有《御街行·别东山》，下片“更逢何物可忘忧，为谢江南芳草。断桥孤驿，冷云黄叶，相见长安道”，试作比较，“忘忧”与“新题”，“江南若草”与“一川烟草”，“冷云黄叶”与“满城风絮，梅子黄时雨”，“断桥孤驿”与“月桥花院”，“相见长安道”与“只有春知处”，几乎同为一种似梦非梦、似幻非幻的意境，从侧面证明《青玉案》属怀念妻子之作，与其他假想无干。

自贺铸《青玉案》起，直至南宋，和韵词约有三十余首，以苏轼和词最为有名，苏词如录：“三年枕上吴中路。遣黄耳、随君去。若到松江呼小渡。莫惊鸳鹭，四桥尽是，老子经行处。　辋川图上看春暮。常记高人右丞句。作个归期天已许。春衫犹是，小蛮针线，曾湿西湖雨。”

水调歌头①

南国本潇洒②，六代浸豪奢③。台城游冶④，襞笺能赋属宫娃⑤。云观登临清夏⑥，璧月流连长夜⑦，吟醉送年华。回首飞鸳瓦⑧，却羡井中蛙⑨。　访乌衣⑩，成白社⑪，不容车⑫。旧时王谢，堂前双燕过谁家⑬？楼外河横斗挂⑭，淮上潮平霜下⑮，樯影落寒沙。商女蓬窗罅，犹唱后庭花⑯。

【注释】

①原作词牌署《台城游》。

②南国：指金陵。

③六代：指以金陵为都的吴、东晋和南朝的宋、齐、梁、陈。浸：浸没。

④台城：又名苑城，在南京，东吴所建，是东晋与南朝各代皇宫，也是中央政府所在地。

⑤襞（bì）笺：折纸题诗或写信。陈后主常聚集千百人，让张贵妃、孔贵人主持，江总、孔范等十位文人作狎客，命八位宫女折彩笺、制五言诗，再由文人作和，迟则罚酒。

⑥云观：指结绮、临春、望仙三座宫殿。陈后主常临此偎红倚翠、

酣饮消暑。

⑦璧月：月亮如玉；代指陈后主的美貌嫔妃。

⑧鸳瓦：鸳鸯瓦，屋脊上两片瓦一仰一合状。飞鸳瓦：指 589 年隋军攻破金陵，火烧宫殿、栋折瓦飞。

⑨井中蛙：指陈后主与张贵妃、孔贵人，以为避乱井中可以逃命，反被隋军抓获。语出杜牧《台城曲》："谁怜容足地，却羡井中蛙。"

⑩乌衣：乌衣巷。

⑪白社：贫民区。

⑫不容车：拥挤不堪、车难行驶。

⑬"堂前"句：化用刘禹锡《石头城》："旧时王谢堂前燕，飞入寻常百姓家。"

⑭河横：银河横天。斗挂：北斗斜挂。

⑮淮上：秦淮河上。

⑯蓬窗：窗户破败。罅（xià）：裂缝。"商女"句：化用杜牧《夜泊秦淮》："商女不知亡国恨，隔江犹唱后庭花。"

【赏析】

上片赋史，以六朝末代君王陈后主为代表咏六代兴亡，浓缩"游冶""宫娃""飞鸳瓦""井中蛙"几件典型事物，形象、深刻，点出因"浸豪奢"才葬送了"本潇洒"的江山。

下片连续化用刘禹锡、杜牧诗意凭吊古迹，"访乌衣，成白社，不容车"俱为眼前之景，不禁发问"堂前双燕过谁家"？令人同声慨叹。

写作该词时词人身为武弁，任人驱使、报国无门，借咏史抒发胸中之志，抑塞磊落，激越豪放。用韵方式独特，一反《水调歌头》仅押平韵的规矩，平仄通押，句句用韵，更富声情；风格亦刚亦柔。史上金陵怀古词甚多，王安石《桂枝香》、周邦彦《西河》与该词被尊为北宋三大绝唱；南宋辛弃疾《水龙吟》《念奴娇》、元代萨都剌《满江红》，俱为上品。

六州歌头

少年侠气，交结五都雄[①]。肝胆洞[②]，毛发耸[③]。立谈中[④]，死生同[⑤]。一诺千金重[⑥]。推翘勇[⑦]，矜豪纵[⑧]。轻盖拥[⑨]，联飞鞚[⑩]，斗城东[⑪]。轰饮酒垆[⑫]，春色浮寒瓮[⑬]，吸海垂虹[⑭]。间/呼鹰嗾犬[⑮]，白羽摘雕弓[⑯]，狡穴俄空[⑰]。乐匆匆[⑱]。　似/黄粱梦[⑲]。辞丹凤[⑳]，明月共，漾孤篷[㉑]。官冗从[㉒]，怀倥偬[㉓]，落尘笼[㉔]。簿书丛[㉕]，鹖弁如云众[㉖]，供粗用[㉗]，忽奇功[㉘]。笳鼓动[㉙]，渔阳弄[㉚]，思悲翁[㉛]。不请长缨[㉜]，系取天骄种[㉝]，剑吼西风[㉞]。恨/登山临水，手寄七弦桐[㉟]，目送归鸿[㊱]。

【注释】

①五都：汉代称洛阳、邯郸、临淄、宛、成都为五都，唐代称长安、洛阳、凤翔、江陵、太原为五都，此处泛指宋代大都市。

②肝胆洞：肝胆照人。

③毛发耸：人发怒时毛发直立，表男儿血性。

④立谈：痛快直言、无需坐下细谈。

⑤死生同：生死与共。

⑥诺：楚人谚语“得黄金百斤，不如得季布一诺”，赞季布好任侠、守信义、重然诺。

⑦翘：杰出、出众。

⑧矜：炫耀、自夸。豪纵：豪放、不受拘束。

⑨轻盖拥：车马之盛。

⑩鞚（kòng）：马勒子。飞鞚：骏马奔驰。联：并马齐行。

⑪斗城：汉代长安城南端呈南斗形、北端呈北斗形，俗称斗城，代指北宋都城。

⑫轰饮：喧闹共饮。酒垆：泛指酒家、酒店。

⑬春色浮：以酒的颜色象征四季，春季用酒为青色。瓮：肚腹较大的陶制酒坛。

⑭垂虹：相传晋代薛愿家有酒釜，虹饮须臾便干，再添新酒、马上又被吸干，随加随干。

⑮间：间或。嗾：唤狗声。呼鹰嗾犬：状出猎气势。

⑯白羽：白羽箭。

⑰狡穴：狡兔与野兽巢穴。俄空：迅速被猎取一空。

⑱乐匆匆：极一时之乐，贵族青少年的时代写照。词人为宋太祖贺皇后五代族孙，十几岁至二十三岁间在京城度过。

⑲似黄粱梦：回想京师的青年时代，犹如一场黄粱美梦，前尘空幻。

⑳辞：离开。丹凤：唐代长安雅称，指北宋京师。

㉑漾：漂浮、泛舟。孤篷：孤舟。

㉒冗从：官阶、散职皇帝侍从，任职低微。

㉓倥偬（kǒng zǒng）：事多、繁忙。

㉔尘笼：凡尘、仕途。

㉕簿书：官府的文书档案。丛：指案牍堆积。

㉖鹖弁（hé biàn）：本义为武将的官帽，这里代指武官。云众：众多。

㉗粗用：粗杂事务、没大用场。

㉘忽奇功：指掌权者不把建功立业当回事。忽：忽视。

㉙笳鼓：胡笳、鼙鼓。

㉚渔阳弄：弄兵渔阳。借安禄山叛唐指北宋北部边境受到外族战争侵扰。

㉛思悲翁：汉乐府曲名。这里一语双关，“悲翁”又是作者自称。

㉜请缨：典出《汉书·终军传》，汉代终军自请受长绳出使南越，必将闹独立的南越王捆来献于朝廷，表自告奋勇、请求杀敌的精神。不请长缨：指朝廷不允请战、不给请缨机会。

㉝系取：用绳子拴住敌人脖子。天骄种：匈奴自称天之骄子，泛指入侵者。

㉞剑吼：人不能赴边杀敌，剑在西风中会怒鸣不平。

㉟手寄：有手可以弹琴寄意，却无机会持剑上阵。七弦桐：七弦桐木琴。

㊱目送归鸿：化用嵇康《赠秀才入军》：“目送归鸿，手挥五弦。俯仰自得，游心太玄。”

【赏析】

该词与《台城游》是同期作品，约写于1088年，可能是为朋友送行、赠别言志之作。词人时任和州（今安徽和县）低级武官，背景是西夏犯边、朝廷退让，妥协气氛甚嚣尘上，胆略之士激愤难平。

上片写少年血性，豪侠气概，起首二句总括，下七句“肝胆洞”“死生同”“一诺千金重”写义侠性格；再五句写雄勇豪气，有不可一世之态；“乐匆匆”是对青少年无忧岁月的小结。

下片“似黄粱梦”一语概括了匆匆少年到忧国之身的转变；以下十句写自己离开京城出外谋职的辛酸历程，官品卑微，怀才不遇，忧愤之情步步加重；再六句达到高潮，“笳鼓动，渔阳弄”仍无路请缨，于是发出“剑吼西风”的震天怒号之声，达到爱国主义的至高境界；收拍三句，宣泄不得遂志的愤慨，情转悲凉。

该词笔力雄健、神采飞扬，是一篇心系国家与民族命运、闪耀爱国主义光辉的杰作；艺术特点分明，一如《台城游》，平仄韵通押，句句用韵，读来如急管繁弦、似伴有天风海雨，惊涛骇浪此起彼伏，震撼人心，发人奋起，具有强大的号召力与感染力。

石州慢[1]

薄雨收寒，斜照弄晴，春意空阔。长亭柳色才黄，远客一枝先折[2]。烟横水际[3]，映带几点归鸿，东风销尽龙沙雪[4]。还记出关来，恰/而今时节[5]。　　将发[6]。画楼芳酒，红泪清歌，顿成轻别[7]。回首经年，杳杳音尘都绝。欲知方寸[8]，共有几许新愁？芭蕉不展丁香结[9]。枉/望断天涯[10]，两/厌厌风月[11]。

【注释】

①有读本词牌署《石州引》《柳色黄》。

②远客：自比。远客一枝：有读本作“倚马何人”。

③水际：有读本作“水漫”。

④龙沙：塞外、沙漠。东风销尽龙沙雪：有读本作“平沙消尽龙荒雪”。

⑤“还记”二句：记得那年出关远行的离别情景，也恰在今天这个时节。

⑥将发：将要登程离别。

⑦轻别：不经意间的离别。

⑧方寸：心、寸心。

⑨“芭蕉”句，语出李商隐《代赠》：“芭蕉不展丁香结，同向春风各自愁。”

⑩枉望断天涯：有读本作“憔悴一天涯”。

⑪两：彼此。厌厌：恹恹、烦恼。

【赏析】

该词写作时间不详，背景是词人离开京师出征边关，据说，出征前他曾与一女子相爱，到边关后，收到女子寄诗：“独倚危栏泪满襟，小园春色懒追寻。深恩纵似丁香结，难展芭蕉一片心。”见诗后，他有感而作此词。

上片写所在的关外之景，雨后斜阳“弄晴”“春意空阔”，长亭边“柳色才黄”，远客似见关内故乡景色，高兴地“一枝先折”；长亭、折柳，为下片回忆女子送别埋下伏笔；望远处“烟横水际，映带几点归鸿”，东风送暖、龙沙雪消，幕外音是雁归我未归、春来她不在，词人遂想起自己出关已有经年，恰恰也是在这个时节出关的。

下片衔接自然，转入抒情，回忆出关离别时候，女子“芳酒”“清歌”为自己送行，懊悔当年何以轻别，乃至音尘断绝，因相会无期“枉望断天涯”，叹“两厌厌风月”，凄酸不已。

该词足显炼字凝句功夫，“长亭柳色才黄”的“才”字，“远客一枝先折”的“先”字，“映带几点归鸿”的“几点”二字，恰到好处。“欲知方寸，共有几许新愁”，笔调与“若问闲情都几许”相似，但两词意境反差很大，《青玉案》呈情开胸张颇为自然之势，该词呈心缩倦累有所乏气之态。

仲殊

仲殊，生平不详。本姓张名挥，字师利，法号仲殊，世称僧挥。青年时曾参加科考，险被妻子毒死。出家后曾居苏州承天寺、杭州宝月寺，与苏轼多有交游唱酬，词风奇丽清婉，是一位多情才高的诗僧。宋徽宗朝崇宁年间（约 1104 年）自缢身亡。

南歌子·忆旧①

十里青山远，潮平路带沙②。数声啼鸟怨年华，又是凄凉时候、在天涯。　白露收残月③，清风散晓霞。绿杨堤畔问荷花④：记得年时沽酒、那人家⑤。

【注释】

①原作词牌署《南柯子》。

②潮平：江水平岸。带沙：路面多沙，走路不沾脚。

③白露：一般指深秋寒冷的露水，此处指夏日清晨之露水。

④问荷花：独自浪迹天涯，以荷花为倾诉对象。

⑤沽酒：买酒。那人家：指词人自己。家：词尾指具有某种特性的对象，如洒家、庄家。

【赏析】

上片写词人夏天白日间经历，十里青山，潮水平岸，闻鸟啼之声怨年华空逝，道出独行天涯之际正是凄凉时候的体验。一个“又”字表明年年如此，云游四方并非乐事，心中凄凉只有自己知道。凄凉为何？副标题“忆旧”点出，虽穿袈裟，也身在红尘，难以脱尽旧情。

下片写过夜之后，残月待收，清风晓霞，忽然发觉自己曾经来过这个地方，惊喜地问堤畔荷花："还记得我的模样吗？咱们是见过面的，那年在这儿买酒的人就是我呀！" 顿出意境，终于找到努力寻找的"旧我"，表现出一种特有的脱俗、聪智与风趣。如同一篇童话，景似佛界，语带机巧。"又是凄凉时候、在天涯""绿杨堤畔问荷花"两句足见词人的才华与灵性。

全词笔调轻松自然，兼有僧人、诗人、凡人特质，可赏角度较广，能够给人一种干净快乐的精神享受。词人另有《柳梢青》，与该词一样静美，但离尘世更近一点，另有一种别致，宜于同赏，特录于此："岸草平沙，吴王故苑，柳袅烟斜。雨后寒轻，风前香软，春在梨花。　行人一棹天涯，酒醒处，残阳乱鸦。门外秋千，墙头红粉，深远谁家。"

晁补之

晁补之（1053—1110），济州钜野（今属山东巨野）人。字无咎，自号归来子。1079 年进士，苏门四学士之一，仕途不顺。善诗文，词学东坡，豪爽中有沉郁之致。

摸鱼儿·东皋寓居①

买陂塘、旋栽杨柳②，依稀淮岸湘浦③。东皋嘉雨新痕涨④，沙觜鹭来鸥聚⑤。堪爱处，最好是、一川夜月光流渚⑥。无人独舞。任／翠幄张天⑦，柔茵藉地⑧，酒尽未能去。　青绫被⑨，莫忆金闺故步⑩。儒冠曾把身误⑪。弓刀千骑成何事⑫？荒了邵平瓜圃⑬。君试觑，满青镜、星星鬓影今如许⑭！功名浪语⑮。便／似得班超⑯，封侯万里，归计恐迟暮。

【注释】

①东皋：1103 年，词人被免官回到家乡，在东山水边建有归来园。

②陂（bēi）塘：池塘。

③淮岸湘浦：表归来园近似南京秦淮河与湘江风光。

④新痕：雨水入塘、水面升高之迹象。

⑤觜（zuǐ）：通“嘴”。沙觜：水中沙洲。

⑥月光流渚：明月映照溪流，给溪面与沙洲披上一层银装。

⑦翠幄：绿叶茂密。

⑧柔茵：柔软的垫子，这里指软草。

⑨青绫被：汉代尚书郎官署夜值提供专用的青绢白绫被，指官场生活。

⑩金闺：金马门，汉武帝时学士著作和草拟文稿的地方，代指宋朝廷，词人曾任著作佐郎。

⑪儒冠：指读书人。

⑫弓刀：指官员侍卫，词人曾任州郡主官。千骑：喻王侯、将军。成何事：状无谓，有什么可夸耀、可羡慕的。

⑬邵平：秦东陵侯，秦亡入汉不仕，隐居长安城东种瓜，瓜有五色，世谓“东陵瓜”，比罢官归隐生活。

⑭青镜：青铜镜。星星：鬓发花白点点。

⑮浪语：大话、空话。

⑯班超：东汉军事家、外交家，少有大志、投笔从戎，曾言大丈夫应学傅介子、张骞立功异域，出使西域三十余年，封定远侯；六十九岁时上书“臣不敢望到酒泉郡，但愿生入玉门关”，请求还乡；七十一岁时被召回洛阳，不久亡故。

【赏析】

词人出身官宦之家，有浓厚的忠君爱国思想，但其一生不平，和黄庭坚、秦观一样，政治地位随苏轼的升迁贬谪而同步变化，这令他彻底失望，决心归隐，该词是他隐居家乡所作。

上片写景。开塘植柳，依稀江南，雨后鹭来鸥聚，仿佛偌大世界没有他人；夜里月光照水，翠幄张天，柔茵遍地，只有自己对影起舞，席地豪饮，醉而忘归，恬淡自得且带有豪迈气概，好像回到桃花源里，找到了自己的归宿。

下片抒情，夹叙夹议，回忆旧日官场生活、感慨儒冠误身，深为跻身官场、虚掷年华而悔恨，将从仕经历一一数来。青绫被、金闺、弓刀，不值一提；纵是王侯将相又能怎样；用“莫忆”“身误”“成何事”表达对官场的厌倦与不屑；继以田园荒芜、星星鬓影得出年轻时“功名浪语”的教训，而自己如果熬到班超那样的地位，恐怕连家乡也回不来了，议论滔滔，一派激愤；末句作结，表明非无大志，也并非不慕班超，隐喻政治迫害使自己无法效法班超，这正是一位正直之士宦海浮沉、累累伤痕的写照。

该词用典妥帖，风格豪放沉郁，对此后的辛弃疾等人均有积极影响。读词可见词人个性，屡遭贬谪是相似的，词人的形象却有不似，苏轼善于自我解放、从黑暗中寻求阳光；黄庭坚孤高傲世，怒行于色；秦观期期艾艾，旧情难断；晁补之痛快决绝，敢于直面相对，刚烈耿直。

忆少年·别历下①

无穷官柳②，无情画舸③，无根行客。南山尚相送④，只/高城人隔。　罨画园林溪绀碧⑤。算重来、尽成陈迹。刘郎鬓如此，况/桃花颜色⑥。

【注释】

①历下：历城，属济南。词人1094年出知齐州，次年被贬谪河南应天府。

②官柳：官府种植、管理的路旁、水岸柳树林子。

③画舸：画船。

④南山：指历城南面的历山、千佛山。

⑤罨（yǎn）画：色彩鲜明的绘画。绀（gàn）碧：深蓝色。

⑥刘郎：指刘禹锡，此处自比。桃花颜色：比人心变化莫测。刘禹锡《玄都观桃花》：“玄都观里桃千树，尽是刘郎去后栽。”刘禹锡这首诗讥讽了令自己遭贬的当朝权贵。

【赏析】

上片连用“无”字打头的三个四言句，“无穷官柳”，去路尤长；“无情画舸”，船不留人；曾经是一方主政官员而今却变成一位“无根行客”。词人被贬离开历下，虽对故地有无以言表的留恋，但那景色似乎无情，于是心灰意懒，无限伤感；结句以“只”作领字，说幸有南山相送，可惜人如高城相隔，那些旧日同僚与属下们竟没来送我，人方走、茶已凉，悲伤至极。

下片第三句用“算重来”三字句领句，结句用“况”作领字，说历城美如画图，设想以后再回此地看望会是什么情景。那时候，现在的“罨画园林溪绀碧”已成陈迹；何况主客颠倒，刘郎亦老，更不愿看那些新贵“桃花颜色”。潜台词是：此一去恐怕是再也回不来了，再也看不到这个我曾经奉献、无限热爱过的美好地方了。另层意思是：世态炎凉，官场险恶，恐怕也不值得我再回来看望他们了。全词字精意凝，失落与悲凉中蕴藏历下深情，透出一股不屈之气。

张耒（lěi）

张耒（1054—1114），江苏淮安人。字文潜，号柯山。神宗朝进士，苏门四学士之一。

风流子

木叶亭皋下①，重阳近、又是捣衣秋②。奈／愁入庾肠③，老侵潘鬓④，谩簪黄菊⑤，花也应羞。楚天晚、白蘋烟尽处，红蓼水边头⑥。芳草有情，夕阳无语，雁横南浦，人倚西楼。　玉容知安否⑦，香笺共锦字，两处悠悠。空恨碧云离合，青鸟沉浮⑧。向／风前懊恼，芳心一点，寸眉两叶，禁甚闲愁⑨。情到不堪言处，分付东流。

【注释】

①木叶：落叶。

②捣衣秋：捣衣寄征人。化用柳恽《捣衣诗》："亭皋木叶下，陇首秋云飞。"

③庾肠：庾信愁肠。庾本是南朝文学家，出使北朝后被强行扣留，自此永别江南，写有《哀江南赋》《愁赋》《枯树赋》，表达深切的思乡之愁。

④潘鬓：指未老而发白。

⑤谩：姑且，随便。

⑥红蓼：水边草本植物。许浑《鹭鸶》："何限归心倚前阁，绿蒲红蓼练塘秋。"

⑦玉容：指离别女子。白居易《长恨歌》：“玉容寂寞泪阑干，梨花一枝春带雨。”

⑧青鸟：传信使者。沉浮：不知道青鸟现在何处，表音信断绝。

⑨禁甚：哪里禁得住、禁得了。

【赏析】

上片写景赋事。落叶萧萧，千里惊心，词人羁留他乡、又近重阳，秋闺念远，捣衣为谁？连用四个四言句“愁入庾肠，老侵潘鬓，谩簪黄菊，花也应羞”，人已渐老、不复当年；楚天望晚，目尽白蘋红蓼；接着又是四个四言句，芳草、夕阳、归雁、南浦、情人、西楼，此情此景涵括天地万物，虽“芳草有情”，但“夕阳无语”，群雁也不管人间如何，照样南飞而去，惟余“人倚西楼”，境界奇美，是景语也是情语，将心中之愁推向顶端。

下片首句“玉容知安否”，挑明“不堪言处”，一句普通的问候语发自内心，香笺锦字来往、两处空想悠悠，寄恨碧云离合、又怪青鸟沉浮，盼“玉容”信息可谓心急火燎；但碧云、青鸟偏不帮忙，只有“风前懊恼”，自己“芳心一点”谁知？情人“寸眉两叶”何状？叹息“情到不堪言处，分付东流”。

该词极尽婉转委曲，句句生色，风格近秦观又别于秦观，妙处是明言不堪说破，可见神态，意境却在无需言处。

周邦彦

周邦彦（1056—1121），钱塘（今浙江杭州）人。字美成，号清真居士。1083年献《汴都赋》被命为太学正，此后曾教授庐州、知溧水县，1117年提举大晟府，专职审古乐、制新调。精通诗词音乐，是促成词律在北宋后期终得完善的词学理论家，功在拗律、拗句的研究与应用，仄声韵体尤其是入声韵体慢词的创新，将词律、词调、语言、写作艺术推向巅峰水平。

浣溪沙

楼上晴天碧四垂①，楼前芳草接天涯②。劝君莫上最高梯③。　　新笋已成堂下竹④，落花都上燕巢泥⑤。忍听林表杜鹃啼⑥。

【注释】

①四垂：化用韩偓《有忆》："愁肠泥酒人千里，泪眼倚楼天四垂。"

②芳草：化用《饮马长城窟行》："青青河畔草，绵绵思远道。"

③最高：化用王之涣《登鹳雀楼》："欲穷千里目，更上一层楼。"

④新笋：化用李涉《头陀寺看竹》："寺前新笋已成竿，策马重来独自看。"

⑤落花：化用皮光业："行人折柳和轻絮，飞燕衔泥带落花。"

⑥忍听：不忍听。化用李中《钟陵禁烟寄从弟》："交亲书断竟不到，忍听黄昏杜鹃啼。"

【赏析】

上片写远景。碧天四垂，“芳草”“天涯”皆是寄情之物，登高望离人，本在情理，但怯于登高望远，何也？望而不见，徒增伤悲，写尽无可奈何的思念。

下片写近景。笋已成竹、花已作泥，所思之人依旧羁留在外，怯听杜鹃唤归之声。

该词几乎句句用前人诗句代言，“劝君莫上最高梯”反王之涣“更上一层楼”而用之；由“劝君”“忍听”连缀一体，几乎达到天衣无缝的程度。做思妇幽怨状，也许是词人自己忧虑前程无望的心声。

满庭芳·夏日溧水无想山作①

风老莺雏②，雨肥梅子③，午阴嘉树清圆④。地卑山近⑤，衣润费炉烟⑥。人静乌鸢自乐⑦，小桥外、新绿溅溅⑧。凭栏久，黄芦苦竹⑨，拟泛九江船⑩。　年年，如社燕⑪，飘流瀚海⑫，来寄修椽⑬。且/莫思身外⑭，长近尊前。憔悴江南倦客⑮，不堪听、急管繁弦⑯。歌筵畔，先安簟枕，容我醉时眠。

【注释】

①溧水：位于今江苏南京，境内有无想山，山上有无想寺。词人1093—1096年任溧水县令。

②老：作动词，雏莺经风而长大。

③肥：使动用法，梅子历雨而肥润。化用杜甫《陪郑广文游何将军山林》：“绿垂风折笋，红绽雨肥梅。”

④午阴：正午时分阳光的投影。嘉：美好。清圆：树影清晰圆整。

⑤地卑：地势低洼。双关语，亦比居官失意。

⑥炉烟：指生火点炉以排除湿气。

⑦鸢：老鹰。

⑧溅溅（jiān jiān）：流水声。

⑨黄芦：芦苇的一种。苦竹：其笋味苦而不可食。

⑩九江船：表寓居溧水，与白贬居九江的境遇类似。语出白居易《琵琶行》："住近湓江地低湿，黄芦苦竹绕宅生。"

⑪社燕：燕子春社时自南飞北，秋社时由北飞南。

⑫瀚海：大沙漠，边缘荒寒，比宦海。

⑬寄：暂住。修椽：长椽子，燕子在房檐椽子间筑巢，寓意暂时屈身溧水这个小地方。

⑭"身外"句：化用杜甫《漫兴九首》之四："莫思身外无穷事，且尽生前有限杯。"

⑮江南倦客：客地为官，自称。

⑯急管：繁复的管弦乐曲。

【赏析】

该词叙述词人溧水为官的一段不快经历，委婉曲折。

上片分四层，一层因溧水美景而生情，自比莺雏嫩梅需要风雨滋润；二层因溧水地卑潮湿而生怨，觉得此地不够开放，终非用武之地；三层因自己没有什么办法脱离此境而弃怨，无非是图个心静罢了；四层面对黄芦苦竹又生新怨，感觉日子过得和白居易谪贬九江相似，两人一块儿在船上共听天涯沦落琵琶之声。

下片构思也分四层，一层生怨，用"年年"表煎熬之甚，言自己飘来荡去不过只是一只社燕，到这里暂时栖身；二层自暴自弃，心想犯不着发牢骚惹它事，还是莫想远处，逢歌筵酒会，只顾喝酒便是；三层继之又怨，堂堂钱塘才子竟成无聊倦客，于心何甘，烦躁得怕听急管繁弦；四层再次自暴自弃，人已喝醉，请容我铺好簟枕，到一边睡觉去吧。这种生怨、弃怨心理的反复剖析，与其为官之道相当吻合，似乎政治成熟，却不断地陷于内心矛盾而无以自解。该词艺术价值突出，构思严谨，层层递进，是不可多得的一篇杰作。

苏幕遮

燎沉香①，消溽暑②。鸟雀呼晴，侵晓窥檐语③。叶上初阳干宿雨④，水面清圆⑤，一一风荷举⑥。　故乡遥，何日去？家住吴门⑦，久作长安旅⑧。五月渔郎相忆否⑨？小楫轻舟⑩，梦入芙蓉浦⑪。

【注释】

①燎：燃、烧。沉香：香料制品。

②溽（rù）暑：潮湿闷热的暑天。

③“鸟雀”二句：鸟儿一早起来就在屋檐下窃窃私语，似呼唤天气放晴。

④初阳：初升的太阳。干宿雨：荷叶上滚动的晶莹水珠随着水分的蒸发而慢慢消失。

⑤水面清圆：圆润荷叶浮于水面。

⑥风荷：晨风吹荷。举：状荷花昂起。

⑦吴门：指词人故乡杭州。

⑧长安旅：指在汴京为客，词人于1078—1089年间居京师，先入都游学，后献《汴都赋》，被宋神宗提擢为太学正。

⑨五月：夏季，荷花盛开时。渔郎：打鱼人，指词人熟悉的故乡青年渔民。

⑩楫：船桨。

⑪芙蓉浦：荷花塘。

【赏析】

该词是夏日思乡之作。

上片写景。昨晚“溽暑”，夜有“宿雨”，今晨“鸟雀呼晴”，见水面荷叶“清圆”，叶子上的雨珠已干，随风一摇一摆昂起头来。雨后初阳，亭亭玉立，昨夜烦闷一扫而光。

下片由眼前荷塘近景感思远处故乡。词人梦回故乡，驾轻舟驶入儿时熟悉的故乡荷塘，似见熟人渔郎，一句“相忆否”，即刻化解“久作长安旅”羁思，身心融入“芙蓉浦”，亲切轻柔。

一般诗词写思乡之词多重感伤，该词以童心稚情自胜。“水面清圆，一一风荷举”是公认名句，王国维称周是“真能得荷花之神理者”。

齐天乐·秋思

绿芜凋尽台城路①，殊乡又逢秋晚②。暮雨生寒，鸣蛩劝织③，深阁时闻裁剪④。云窗静掩⑤。叹/重拂罗裀⑥，顿疏花簟⑦。尚有練囊，露萤清夜照书卷⑧。

荆江留滞最久⑨，故人相望处，离思何限⑩。渭水西风，长安乱叶⑪，空忆诗情宛转。凭高眺远。正/玉液新篘⑫，蟹螯初荐⑬。醉倒山翁⑭，但愁斜照敛⑮。

【注释】

①绿芜：草地、原野。凋尽：衰败。台城：指金陵。

②殊乡：台城之外的异地他乡。

③蛩：蟋蟀。劝织：古代幽州人称蟋蟀为促织，劝人抓紧机织之意。

④裁剪：赶制冬衣。

⑤云窗：楼阁之窗。

⑥重：又、重新。拂：收拾、收整。裀：褥子。

⑦顿疏：收拾、储藏起来。花簟（diàn）：夏日乘凉竹席。

⑧練（shū）：粗麻布。有读本作“练”。囊：包、袋，用于装盛萤火虫，照书夜读。“尚有”二句：意思是夏天已过，凉席无用，捕捉的萤火虫还可供清夜读书。

⑨荆江：长江中游，游经荆州。词人1089—1092年任荆州教授之职。

⑩何限：无限。

⑪长安：指汴京。化用贾岛《忆江上吴处士》：“秋风吹渭水，落叶满长安。”

⑫玉液：美酒。笃（chōu）：过滤自酿家酒的器具。

⑬蟹螯：典出《晋书·毕卓传》，晋代毕卓为吏部郎时，常饮酒废职，曾言：“得酒满数百斛船，四时甘味置两头。右手持酒杯，左手执蟹螯，拍浮酒中，便足一生矣。”荐：进、进献。

⑭山翁：指晋代山简，出任镇南将军，每饮酒必醉而无所知。李白《襄阳歌》：“傍人相问笑何事，笑杀山翁醉似泥。”

⑮斜照敛：残照余霞渐敛渐弱。

【赏析】

上片写离开台城路上，绿芜凋尽，行至“殊乡”，“又逢秋晚”，暮雨、鸣蛩，深阁时闻冬衣裁剪之声；“云窗静掩”，若有隔世之感，叹息自己动手铺好床铺，卷起凉席；聊以自慰的是尚可“露萤清夜照书卷”。其中藏有三个“密码”，一是“殊乡”，虽未具名，但词人此前一定来过，环境不错，可见“深阁”“云窗”；二是夜宿之处，自己动手“顿疏花簟”，表已经隔年未来，“花簟”二字又表是他和女子共同住过的地方；三是“尚有練囊”，系其前见过、用过之物，并非本次由自己带来，当为解码语，“露萤”恐已无光，“清夜照书卷”是去年此地的往事。

下片劈头点出“荆江留滞最久，故人相望处，离思何限”，词人带着回忆口气，想起荆江，那儿是自己一生中待得最久的地方，那儿有“故人”，而“故人”也在“相望”殊乡；念及汴京岁月，用“空忆”与贾岛诗句，认为人们曾与我诗词唱和，夸赞我诗情婉转，也只是“长安乱叶”风光，一场虚化之境；“凭高眺远”何处？当是荆江与故人，情知望不见也要去望，寄意于她；发现秋天正是美酒新漉、肥蟹上市的最好季节，不妨效山翁一醉方休，看斜阳余晖，一点一点地敛起消尽。

关于该词的写作时间与地点，论者有不同说法；依词人经历，1089—1092年教授荆州，1093—1096年知溧水，1097—1110年居京，论者或谓作于居溧水曾游金陵之时，但词中有京城情节，而那时周尚未去过京城，显然不合；或谓重回荆州所作，如是，身在荆州叹“荆江留滞最久”就显多余，再说秋景也不相合，荆州临长江、近洞庭，没那么萧瑟，倒是符合北方气候特点。按文字表述分析，“殊乡”离台城（金陵）不会太远，“殊”字用得蹊跷，可能是以“台城”代指汴京，从汴京去“殊乡”之事不愿让人知晓，写作地点应是“殊乡”或汴京，因官场之愁才去那里怀念荆州故人。该词使用“凋尽”“殊乡”“暮雨”“鸣蛩”“叹”“尚”“何限”“乱叶”“空忆”“但愁”等灰凉字眼贯注全篇，营造出一个处处皆秋、沉郁苍凉的境界，抒发人生迟暮之悲。

西河·金陵怀古

佳丽地[①]，南朝盛事谁记[②]？山围故国绕清江，髻鬟对起[③]；怒涛寂寞打孤城，风樯遥度天际[④]。　断崖树，犹倒倚[⑤]；莫愁艇子曾系[⑥]。空余旧迹郁苍苍，雾沉半垒[⑦]。夜深月过女墙来，伤心东望淮水[⑧]。　酒旗戏鼓甚处市[⑨]？想依稀、王谢邻里[10]。燕子不知何世；入寻常、巷陌人家，相对如说兴亡、斜阳里。

【注释】

①佳丽地：指金陵。

②南朝：指六朝。

③“山围”句：与下“怒涛”句化用刘禹锡《石头城》：“山围故国周遭在，潮打空城寂寞回。”故国：故都。髻鬟：环形发髻。此二句句意是长江两岸青山，犹如美人髻鬟相对屹立。

④风樯：指顺风扬帆的舟船。

⑤倒倚：陡峭悬崖上的老树，倒挂石壁，横生倒长。

⑥莫愁：莫愁湖，因女子名叫莫愁而得名。艇子：小船。相传，莫愁是湖北竟陵石城人，临汉江有石崖数丈，两端以绳系之，名曰石头城。艇子供莫愁往来，崖上老树是她系艇子处。后将“竟陵石城”讹传为“金陵石头城”，其景有相近之处。化用李商隐《莫愁》：“若是石城无艇子，莫愁还自有愁时。”

⑦“空余”二句：石头城军塞要垒已成旧迹，下半部分沉没在江雾里，上端郁郁葱葱的树木依稀可见。

⑧女墙：城墙上部凹凸小墙，状如长城，有守城工事作用。伤心：亦作赏心，南京城西下水门城楼有赏心亭，下临秦淮河，可尽观其胜。“夜深”二句化用刘禹锡《石头城》：“淮水东边旧时月，夜深还过女墙来。”

⑨处市：街巷。句意是已经找不到当年热闹的酒馆戏楼。

⑩王谢：东晋王导、谢安两大望族。与下“燕子”二句化用刘禹锡《乌衣巷》：“朱雀桥边野草花，乌衣巷口夕阳斜。旧时王谢堂前燕，飞入寻常百姓家。”

【赏析】

该词分三片。

上片鸟瞰金陵形胜，问“南朝盛事谁记”，也是王安石、贺铸共同关注的焦点；用刘禹锡“怒涛寂寞打孤城，风樯遥度天际”诗意作结；浩渺涵空、立意高远。中片写莫愁湖，将景拉近，问为什么只见系艇子的崖树倒倚，而不见曾经载有莫愁女的艇子；插入李商隐诗意，用刘禹锡“夜深月过女墙来，伤心东望淮水”诗意作结；空余旧迹、伤心无尽。

下片写乌衣巷，问王谢堂前燕子可知今世何世，以“入寻常、巷陌人家，相对如说兴亡、斜阳里”作结，斜阳与燕子相对，似听其诉说南朝兴亡胜事，神到之笔，令人唏嘘不已。

该词写于知溧水时期，用寂寥衰飒之景抒发怀古伤逝之悲，属周词中少见的忧国题材，与王安石强烈的政治意识、贺铸的陈述史实写法，保持一定距离。该词艺术特色显明，一是直用唐人诗句通贯全篇，顺畅如流，变为自己绝唱；二是由远及近，由表入里，层次分明；三是字句混茫，明知故问，不正面触及史实，不直面政治人生，使用“谁记”“曾系”“甚处市”“依稀”“何世”“如说”若虚若实的字眼，用尽机巧，制造感伤不尽的意象。

瑞龙吟

章台路，还见褪粉梅梢①，试花桃树②。愔愔坊陌人家③，定巢燕子④，归来旧处。黯凝伫。因念个人痴小⑤，乍窥门户⑥。侵晨浅约宫黄⑦，障风映袖⑧，盈盈笑语。　　前度刘郎重到⑨，访邻寻里，同时歌舞。惟有旧家秋娘⑩，声价如故⑪。吟笺赋笔，犹记燕台句⑫。知谁伴、名园露饮⑬，东城闲步？事与孤鸿去[14]。探春尽是，伤离意绪。官柳低金缕[15]。归骑晚[16]，纤纤池塘飞雨。断肠院落，一帘风絮。

【注释】

①褪粉梅梢：梅花落尽后的空枝。

②试花：桃花初放，按节气桃花开于梅后。

③愔愔（yīn yīn）：幽静、安静。坊陌：城中街巷通称。

④定巢：归巢，自比。

⑤个人：那个人，指所怀念的歌女。

⑥乍窥：初始相识。门户：伎家统称门户人家。

⑦浅约：淡抹。宫黄：宫女用以涂额化妆之黄粉。

⑧障风映袖：以扇挡风、以袖掩面。

⑨刘郎重到：自比东汉刘晨，刘晨入天台山幸遇仙女，终成眷属；当他回归故里后，方知人间已历七世；若干年后再去寻游天台山，却再也找不到入山之路。该句兼用刘禹锡《再游玄都观》“种桃道士归何处，前度刘郎今又来”的诗句。

⑩秋娘：唐代名妓杜秋娘。旧家秋娘：指自己要找的那位歌女。

⑪声价如故：人虽不在这儿了，但她的名声依然很大，还没有谁能超过她。

⑫“燕台”句：以柳枝比所爱歌女。李商隐《柳枝五首并序》中说，少女柳枝因听到别人曾经吟诵他写的《燕台》诗，对李产生爱慕之情，李柳二人某日相遇于街巷，柳枝障风映袖，约期再会，但最终并未结合在一起。又李商隐《梓州罢吟寄同舍》：“长吟远下燕台去，惟有衣香染未消。”

⑬露饮：饮酒时脱帽露顶，表不拘形态且有豪爽之气。

⑭事与孤鸿去：语出杜牧《题安州浮云寺楼寄湖州张郎中》：“恨如春草多，事与孤鸿去。”

⑮金缕：金线，指嫩黄柳枝。

⑯晚：迟迟，独自骑马怏怏而归。

【赏析】

该词是一篇标准的风花雪月之作，缠绵细腻，极尽婉约，构思精巧，字词考究，是《清真集》的开卷之篇，向被认为是周的代表作与压卷之作。

上片“章台路”三字点明此人本意，写梅谢桃开时候，满怀激情重来旧地，舞榭歌台已不像昔日那样热闹繁华，似“定巢燕子”归来，寻觅旧时相识歌女。

中片回忆当年初见情景，想起当初她带着少女的稚气与天真，门前相迎，她的绰约风姿，淡雅、羞涩、娇媚，宛然在目。

下片文字最长，起句“前度刘郎重到”，兼用刘晨与刘禹锡故事，含目的明确、郑重而来之意，访邻寻里，问遍她当时的歌舞同伴，都不知道她现在何处，只知道她“声价如故”；用“吟笺赋笔，犹记燕台句”叙说自己与她的深厚交往，她虽为风尘女子，但为词人知音，词人感叹再也找不到像她那样的理想伴侣了，当年两人名园露饮、东城赏游的美好乐事也只能存放在记忆中，叹息“事与孤鸿去”；“探春”结果竟是断肠院落、飞雨风絮。

该词具有显著的艺术特点，一是分为三片，上、中二片字句结构相同，谓之双拽头，实际作用是共作上片，属格式创新；二是苦心谋篇铺排，遣词造句精雕细刻，树立抒情词的范式；三是写出时代特征，尽管题材属当今禁区，但北宋政府鼓励士人赏花弄月、消磨大志；四是笔法娴熟，才思机敏，运用前人诗意了化无迹，从“前度刘郎重到”可以联想刘禹锡“种桃道士归何处，前度刘郎今又来”；从“犹记燕台句”可以预见词人与歌女之间也必然没有圆满的结局；从“事与孤鸿去”能感到其恨如春草，可比曾经的春风杜牧。

渡江云

晴岚低楚甸[①]，暖回雁翼[②]，阵势起平沙[③]。骤惊春在眼[④]，借问何时，委曲到山家[⑤]。涂香晕色[⑥]，盛粉饰、争作妍华[⑦]。千万丝、陌头杨柳，渐渐可藏鸦[⑧]。　堪嗟。清江东注，画舸西流[⑨]，指/长安日下[⑩]。愁宴阑、风翻旗尾[⑪]，潮溅乌纱[⑫]。今宵正对初弦月[⑬]，傍水驿、深舣蒹葭[⑭]。沉恨处，时时自剔灯花[⑮]。

【注释】

①晴岚：晴天山中的雾气。楚甸：泛指楚地。

②暖回雁翼：大雁北归。

③阵势：雁阵。

④“骤惊”句：意外奉诏回朝，骤然惊喜，满目生春。

⑤委曲：曲折、弯曲。

⑥晕色：上色、浸润。

⑦妍华：美丽，华丽。

⑧藏鸦：枝叶茂盛，鸦鹊隐于其间。化用吴融《隋堤》：“搔首隋堤落日斜，已无余柳可藏鸦。”反其意而用之。

⑨“清江”二句：清澈江水东流，彩船逆水西去。

⑩长安日下：典出《世说新语·夙惠》，东晋明帝幼时，坐于父亲元帝膝上，适有人从长安来，元帝问儿子：“这儿离长安近还是离日近？”明帝答：“离日远，因为从未听说过有人从日边来。”元帝感其聪慧，在第二天朝会上，高兴地说起此事，并当众臣属之面重问一次，明帝竟改口说“离日近”。元帝诘问为什么与昨天回答相反，明帝答曰

“举目见日，不见长安”。兼用王勃《滕王阁序》“望长安日下，指吴会于其间”的诗句。

⑪宴阑：宴会将要结束。

⑫乌纱：乌纱帽，代指官职。

⑬初弦月：农历十五月圆谓满月，前半月上部月缺谓上弦月，后半月下部月缺谓下弦月；初弦月，即上弦月。

⑭傍水驿：江河沿岸驿站。舣（yǐ）：停船靠岸。

⑮灯花：灯心余烬结成的花形。薛能《春日旅舍书怀》：“开门草色朝无客，落案灯花夜一身。”

【赏析】

该词的写作背景是词人从偏远州县被召回京城，词人有感而发，写尽回朝途中的情绪变化。

上片写春暖来得很快，没想到就要荣升了，景中含情，寓意政治环境有所改善。用“骤惊”“借问”表达掩饰不住的惊喜与兴奋，眼中景物也变得活跃起来：百花涂香染色、千万柳丝轻拂，绿得又快又浓，都可以藏鸦了。

下片用“堪嗟”二字急转，借王勃《滕王阁序》“望长安日下，指吴会于其间”，兼用晋明帝日远日近妙论，意识到仕途风云难料，心存隐忧、忐忑不安；以长安代指朝廷，词人离京城愈近，内心矛盾的变化愈为剧烈。“愁宴阑、风翻旗尾，潮溅乌纱”是一种预感，也是自我警示，想象升官如赴宴，担心有一天官场宴会一结束，可能会风吹旗翻，浪花溅落乌纱；望月遐想，船靠芦苇岸边，有秋意袭来；“时时自剔灯花”，表夜读经卷以释烦愁。

该词艺术特征显明，一是靠意绪写景，上片是春的意绪，下片似转换季节，“深舣蒹葭”是秋的意绪；二是细微的心理刻画，可以从中读出宦海浮沉与荣辱无定；三是主押十佳麻韵部平韵，但夹用“指长安日下”一句同韵部仄声韵。

兰陵王 · 柳

柳阴直①，烟里丝丝弄碧②。隋堤上、曾见几番，拂水飘绵送行色。登临望故国③。谁识。京华倦客④。长亭路，年去岁来，应折柔条过千尺。　闲寻旧踪迹⑤，又/酒趁哀弦，灯照离席⑥。梨花榆火催寒食⑦。愁/一箭风快⑧，半篙波暖⑨，回头迢递便数驿⑩，望/人在天北⑪。　凄恻，恨堆积！渐/别浦萦回⑫，津堠岑寂⑬，斜阳冉冉春无极。念/月榭携手⑭，露桥闻笛⑮。沉思前事，似梦里，泪暗滴。

【注释】

①柳阴直：指柳荫大道笔直，非指柳阴直铺。

②烟里：水光天色与草木之气笼罩。弄碧：丝丝柳条卖弄嫩绿娇色。

③故国：指朝廷、京城。

④倦客：客居京师，自称。

⑤闲寻：以闲为事，来此是为了寻觅旧时送人和被人送别的感觉。

⑥离席：离别歌筵。

⑦“梨花”句：梨花开后就是寒食，离别时节。榆火：寒食禁火习俗，清明日以榆柳取代柴薪煮食，谓之换新火，表一年之吉利。

⑧一箭风快：船顺风而行，快如箭发。

⑨半篙：撑船人将半截竹竿插入水中。波暖：河水已经回暖。

⑩迢递：遥远。驿：驿站。

⑪人在天北：行人回望送行者，人立码头似在天边，已经看不见了。

⑫别浦萦回：驶经小渡口时，荡起的水波回旋，久久不散。

⑬津堠（hòu）：渡口上供瞭望用的土堡。岑寂：冷清。

⑭月榭：赏月台榭。

⑮露桥：夜游之处。

【赏析】

该词主人公身份极难辨认，有多个说法，或谓周是出行者，或谓周是送行者，或谓周是客中送客，或谓词间存在身份转换，莫衷一是。从词中用语可作判断，周是作为一名无数次送与被送的“倦客”，去现场“闲寻旧踪迹”，目的是找回“旧时”感觉；既非出行者、也非送行者，而是离别的旁观者、局外人；以第三人称去写，纳入自己熟悉的、曾经有过的情节。

上片“曾见几番”表无数次见过，此番又见；“送行色”总括可以想象到的所有离别情境；“登临望故国。谁识。京华倦客”写因为“闲”来，才有时间、才有心情“登临”，行者匆匆、送者哀哀，没有谁顾得看我一眼，谁认得我这位“京华倦客”？“京华”二字将离别情绪与“望故国”联系起来，对前程渺茫的寥落、痛切之情顿出，识我者当同我一样心灰意冷，不识我者仍纷纷上路奔逐而去；“长亭路”，我太熟悉了，“年去岁来”，我和他们一样，都是在此送别、告别，所折柳条何止千尺。上片通过大景托出“闲来”之意。

中片用“闲寻旧踪迹”过渡。联想自己曾经出行，也许是离人共同的经历，昨夜的离席哀弦犹响耳边，残灯犹在眼前，说离别就真的离别了；用“愁一箭风快，半篙波暖”写别离之速，而“回头迢递便数驿”，两人已经天各一方；这不正是昨天的重现吗？离别容易相逢难，世事变幻莫测，人一生都在送人与被送，没有例外。

下片抒情。词人仍然立于岸边在看、在想。“凄恻。恨堆积”，表无数倦客、无数次离别，离愁堆积如山令人无法承受；思“别浦萦回”，感“津堠岑寂”；“斜阳冉冉春无极”说春天不仅会“弄碧”、会壮“行色”，也会在夕阳中衰落；“念月榭携手”到结句，表词人已经寻到“旧踪迹”，沉思前事，哀伤不已，深感一幕幕竟如幻梦一般，于是止不住暗自垂泪。

该词在南宋颇为流行，与王维《渭城三叠》同提并论，论者赞美声律严谨，用字自有法度；领字、领句应用出色，一字逗如“又”“愁”“望”“念”，二字句领句如“谁识”，三字句领句如“隋堤上”。该词为自度曲，亦可称自创词调，最能代表周词风格。

六丑 · 蔷薇谢后作

正/单衣试酒①，怅客里、光阴虚掷②。愿春暂留，春归如过翼，一去无迹。为问家何在③？夜来风雨，葬/楚宫倾国④。钗钿堕处遗香泽⑤。乱点桃蹊，轻翻柳陌。多情为谁追惜？但/蜂媒蝶使，时叩窗槅⑥。　东园岑寂，渐/蒙笼暗碧。静绕珍丛，底成叹息⑦。长条故惹行客。似/牵衣待话⑧，别情无极。残英小、强簪巾帻⑨；终不似、一朵钗头颤袅，向人欹侧⑩。漂流处、莫趁潮汐⑪。恐断红、尚有相思字⑫，何由见得。

【注释】

①试酒：初尝新酒。宋代风俗，农历四月初酒库呈样酒品尝。

②客里：客居期间。有读本作“恨客里”。

③为问家何在：有读本作“为问花何在”。

④倾国：比美女，可倾动一国，迷倒君王。以楚王宫里绝代佳人比蔷薇花，葬花如葬美人。韩偓《哭花》：“若是有情争不哭，夜来风雨

葬西施。”

⑤钗钿：女子发饰，钗有两股，钿由金珠贝壳镶嵌而成。以美人遗落首饰比落花花瓣。

⑥“蜂媒”二句：蜜蜂是花媒人，蝴蝶是花信使。它们靠花生存，为了追寻落花遗香相拥相挤，时时叩打窗槅。

⑦珍丛：指蔷薇花丛。关于断句，常见读本作五、三字句“静绕珍丛底，成叹息”。全宋词计有七篇《六丑》，方千里、杨泽民、陈允平和周词皆如此断法，而吴文英、刘辰翁、彭元逊该句位则作如此四、四字句。从句意解读，人绕花丛为常，“底”无实意，类杜甫《奉先刘少府新画山水障歌》的“堂上不合种枫树，怪底江山起烟雾”。

⑧牵衣：由静绕花丛引起，蔷薇枝条似故惹行人；花刺勾挂行人衣服，似含情话别。不说人惜花，却道花恋人。孟郊《古离别》：“杨柳织别愁，千条万条丝。”

⑨残英小：残留枝上迟开的蔷薇小花。强簪：勉强插在头上。巾帻：头巾、帽子。

⑩“终不似”二句：美人头上强插残英，怎么也没有艳丽花朵那样的愉悦感觉。向人欹侧：取悦于人。

⑪趁：追随。潮汐：早潮和晚潮。

⑫断红：落花。唐宣宗韩氏宫女有：“水流何太急，深宫竟日闲。殷勤谢红叶，好去到人间。”卢渥到长安应试时，偶然拾得御沟漂出的红叶，上有宫女题诗。后娶遣放宫女为妻，恰好是题诗者。以花瓣比红叶，用宫女红叶题诗故事，劝落花莫随潮水漂去，那样一来，即使有未了相思之情，也难以被人知晓而永远失掉了。

【赏析】

上片写客里伤春，用“愿春暂留”表最低的美好愿望，但天意终不如人，依然是“春归如过翼，一去无迹”；词人发问花去哪了，它家在何处？只因夜来风雨，如楚宫葬美人，把蔷薇花摧残殆尽，花瓣抛掷路野；效苏轼写杨花“也无人惜坠”，再次发问谁为心痛，谁为追惜？蜂蝶以花为生命，以为花儿藏在屋里，将花比作美人，便时时扑打窗槅；想象力奇妙非常，似神仙之语，以蜂蝶痴迷说词人执着。

下片写花谢以后，词人独步东园寻觅花踪，“静绕珍丛，底成叹息”，是对落花的慰藉；花朵已经落尽的蔷薇枝条，花刺外露，似牵主人衣衫待话，而“静绕珍丛，底成叹息”，是对落花的告慰；主人不禁猜测，“断红”“相思”未了，化用御沟红叶故事，以叶代花，嘱咐它别漂流太快、漂得太远，不然，我“何由见得”！

该词以人喻花、人花合一，用意奇幻、妙想联翩，是一大艺术特色。在语言应用方面有明显创新，一字逗与被领句十分巧妙，多有拗句，若四言拗句“愿春暂留”“一去无迹”“时扣窗槅”“莫趁潮汐”以及六言拗句“多情为谁追惜”。

阮阅

阮阅，生平不详。舒城（今安徽舒城）人。字闳休，号散翁。1085年进士，曾任微职。

眼儿媚

楼上黄昏杏花寒，斜月小栏干①。一双燕子，两行归雁，画角声残。　绮窗人在东风里②，无语对春闲。也应似旧③，盈盈秋水，淡淡春山④。

【注释】

①斜月：天边弯月。

②绮窗人：指所思佳人。化用王维《扶南曲歌辞》："朝日照绮窗，佳人坐临镜。"

③也应似旧：冥想心中佳人的美好形象会和以前所熟悉的一样。

④"盈盈"二句：化用李商隐《垂柳》："怨目明秋水，愁眉淡远峰。"

【赏析】

据考，词人在钱塘作幕僚时，曾爱上一位歌女，该词写其罢官之后的别离相思之情。

上片写词人黄昏登楼，月下倚栏，怀念佳人，用"一双""两行"表自己盼望与佳人团圆，用"杏花寒""画角残"营造孤寂气氛。

下片设想对方现在如何如何，描写对象转换为被思念之人：那是一位绮窗佳人，正愁倚东风、无语春闲，而无语即沉思、春闲即春愁；继之由己道出她"也应似旧"，依然美丽秀雅温存可人。"盈盈秋水，淡淡春山"，余香袅袅，化用李商隐诗句，韵味流长，令人过目难忘。

谢逸

谢逸（1068—1112），临川（今江西抚州）人。字无逸，号溪堂。曾屡试不第，诗文名于一时。

江城子①

杏花村馆酒旗风②。水溶溶，飏残红。野渡舟横③，杨柳绿阴浓。望断江南山色远，人不见，草连空④。　夕阳楼外晚烟笼。粉香融。淡眉峰。记得年时⑤，相见画屏中⑥。只有关山今夜月，千里外，素光同⑦。

【注释】

①原作词牌署《江神子》。

②杏花村：有安徽与山西两处，此处指安徽杏花村。化用杜牧《清明》：“借问酒家何处有，牧童遥指杏花村。”

③“野渡”句：化用韦应物《滁州西涧》：“春潮带雨晚来急，野渡无人舟自横。”

④“草连空”句：化用杜牧《题宣州开元寺水阁》：“六朝文物草连空，天淡云闲古今同。”

⑤记得年时：记得去年那个时候。

⑥画屏：指相见之地的优美环境。

⑦素光：皎洁月光。

【赏析】

上片细笔描写江南暮春远近之景，先后点出酒馆、水波粼粼、风扬残红、野渡舟横、杨柳阴浓；“望断江南山色远”，千呼万唤引人物出场，却“人不见”，只留下绿草连空的浩渺悬念。

下片回忆以往情景，以“夕阳楼外晚烟笼。粉香融。淡眉峰”的美好形象请她出场，写美人晚妆初了，颇有意态丰姿；一句“记得年时”把二人一起带入曾经聚会的美好时光里，回忆起那时她就是这样装扮的；化用谢庄“美人迈兮音尘绝，隔千里兮共明月”，以“千里外，素光同”作结，意犹未尽，既表自己孤寂无奈，亦含给美人的良好祝愿。

全篇写怀人之愁而不见“愁”字，清新隽永。词人另首《江神子》风格与本篇一致，但有一个“愁”字，可共赏之，原作如录：“一江秋水碧湾湾。绕青山。玉连环。帘幕低垂，人在画图间。闲抱琵琶寻旧曲，弹未了，意阑珊。　飞鸿数点拂云端。倚阑看。楚天寒。拟倩东风，吹梦到长安。恰似梨花春带雨，愁满眼，泪阑干。”两词的七言句多为佳句，相同句位的两句意近情似，作用相当，一样精彩，若“一江秋水碧湾湾”与“杏花村馆酒旗风”、“闲抱琵琶寻旧曲”与“望断江南山色远”、“飞鸿数点拂云端”与“夕阳楼外晚烟笼”、“恰似梨花春带雨”与“只有关山今夜月”。

晁冲之

晁冲之，生平不详。济州钜野（今山东巨野）人。字叔用、用道。生于诗书之家，是晁补之从弟。两弟兄同遭政治迫害，终生无功名。曾隐居河南禹县具茨山，世称具茨先生。

临江仙

忆昔西池池上饮①，年年多少欢娱。别来不寄一行书②。寻常相见了，犹道不如初③。　　安稳锦屏今夜梦④，月明好渡江湖。相思休问定何如。情知春去后，管得落花无⑤。

【注释】

①西池：王诜家西园。见秦观《望海潮》《千秋岁》注。

②“一行书”句：化用杜甫《投简梓州幕府兼韦十郎官》：“幕下郎官安稳无，从来不奉一行书。”

③不如初：平常偶然见一次面，只说不如当初。

④锦屏：代指卧榻。

⑤管得：闻问、关心。落花：比落难同道者。

【赏析】

上片叙事。往年志同道合西池聚会的朋友故旧苏轼、黄庭坚等人因元祐党籍案受祸而遭贬谪，四离五散、天各一方，相互间不便来往，别后不见一行书信，偶然相逢只有“不如初”一句暖心话，写出政治环境的恶劣萧杀。

下片抒情。安安稳稳睡个好觉，趁今夜明月，魂梦相会；“休问”

这种“相思”一定要如何如何，只要“情知”就明白了，政治迫害阻挡不住故友真情，春天对我们而言已经没有了、消失了，我们不过是被风雨摧残的几朵落花，还有什么必要再担心风雨?！此种压抑、此种悲愤，非局外人能体会。“情知春去后，管得落花无”，与乃兄“刘郎鬓如此，况桃花颜色”气息相通，语言淡雅，内含骨气。

汉宫春·梅

潇洒江梅，向/竹梢稀处①，横/两三枝②。东君也不爱惜③，雪压风欺。无情燕子，怕春寒、轻失花期④。惟是有、南来归雁⑤，年年长见开时。　　清浅小溪如练⑥，问/玉堂何似⑦，茅舍疏篱？伤心故人去后⑧，冷落新诗。微云淡月，对孤芳、分付他谁⑨。空自倚、清香未减，风流不在人知⑩。

【注释】

①向竹梢：梅花傍竹而开。

②横：梅枝横斜。林逋《山园小梅》：“疏影横斜水清浅，暗香浮动月黄昏。”

③东君：东帝、司春之神。

④轻失：不重视而失去。

⑤惟是有：惟有、幸有。

⑥“清浅”句：化用林逋《山园小梅》：“疏影横斜水清浅，暗香浮动月黄昏。”

⑦“问玉堂”句：化用薛维翰《春女怨》：“白玉堂前一树梅，今朝忽见数花开。”

⑧故人去后：指号称梅妻鹤子的林逋逝去以后。

⑨分付他谁：谁予赏识。

⑩不在人知：不求人悲怜。化用钱起《片玉篇》：“独使虹光天子识，不将清韵世人知。”

【赏析】

该词是咏梅之作，写梅也是写自己。

上片赞美梅花的潇洒俊逸。梅是江梅，江边野梅，傍竹而开，疏枝横斜；花神不宠爱它、不爱惜它，任雪压风欺也不给予关照；燕子怕冷，在梅花绽放之时也不来看望它；幸有南归雁群，年年冬天飞来相见，令其感到些微安慰。

下片为野梅代言，自比野梅，自问自答。人们平时更爱堂前梅花，但它哪里有茅舍竹篱的野梅那样自在自得，生于江边并不比养于堂前而低人一等；林逋曾经为野梅大唱赞歌，自他故后，野梅失去知音，受到冷落，连咏梅的新诗、好诗也见不到了，着实令野梅心伤；即便还是林逋喜欢的微云淡月、暗香浮动，又有谁赏！

该词以夸赞野梅为基调，表现出一种比较复杂的情感变化，词人认为野梅没有得到“东君”（上司）的关顾，没有得到“燕子”（同事、朋友）的问候，只有大雁从天上看它一眼；最为看重野梅的人（林逋）走了，“空自倚”显露一种无奈情绪；“风流不在人知”发生情感升华，体现一种超世风流，勾勒出凌寒骨格与宠辱皆忘之心，表现了不求人悲怜的自尊自信。该词艺术手法比较独特，与苏轼咏石榴花、周邦彦咏蔷薇花有明显区别，没有直接将花拟人化，也没有制造人花交流情节，上片以第三人称写野梅生存处境，开足想象力，请出“东君”“燕子”“归雁”将画面激活；下片既可以视为将人梅合一自述，也可以视为在旁替野梅代言。

毛滂

毛滂（1061—1124？），衢州江山（今浙江江山）人。字泽民。仕途失意。与苏轼兄弟善交，曾与贺铸唱和，师学苏轼、柳永。苏轼曾赞他“文词雅健，有超世之韵”。

临江仙·都城元夕①

闻道长安灯夜好②，雕轮宝马如云③。蓬莱清浅对觚棱④。玉皇开碧落⑤，银界失黄昏⑥。　谁见江南憔悴客⑦，端忧懒步芳尘⑧。小屏风畔冷香凝⑨。酒浓春入梦，窗破月寻人。

【注释】

①都城：汴京。元夕：农历正月十五，古称上元节、元宵节、灯节。词人客居京城，憔悴不堪，适逢此节，以其开朗个性、飘逸笔法，记录节日盛况。

②闻道：听说、有人告诉。

③雕轮宝马：华车骏马，官绅仕女所乘。

④蓬莱：指灯节中心地段宣德楼。清浅：指灯景变幻莫测。觚（gū）棱：宫殿屋脊、棱角。

⑤玉皇：天上皇帝，比大宋皇帝。碧落：天空。

⑥银界：天河。失黄昏：不再是黄昏、黑夜。

⑦谁见：谁知道。憔悴客：自称。

⑧端忧：闲居、忧闷。懒步：懒得出门。

⑨小屏风：居室之物。冷香：室内腊梅之类的盆花。

【赏析】

上片写灯节盛景。打眼一看知是虚写，已经交代明白，根据是“闻道长安灯夜好”点明下文皆是虚写。上片呈现出了大气势、大场景，“玉皇开碧落，银界失黄昏”，写繁星纷落，整座京城都变成了不夜之城。

下片写观感。词人自称“憔悴客”，元夕盛况于词人只是听说而已，极写景况的落寞。“酒浓春入梦，窗破月寻人”犹俊俏柔美，本欲以酒浇愁，偏偏春来入梦；本欲开窗透透闷气，偏偏明月进来寻他。

该词构思极妙，词人凭才华与聪颖写出听、看、想、叹四部曲，带领读者犹如亲历长安灯节；有论者谓词人以丽语道苦怀、以盛景言悲辛，读后似乎很难得到这种同感。全词笔调明快、收放自由，高处是能写出自己，虽是“闻道”但已入心，眼里有“玉皇”“银界”豪放大境；虽然“憔悴”“端忧”但并非潦倒不振，能够走出寂寞，步入酒醉遇春、窗破迎月的神妙境界，何其潇洒；表现词人看得开人生际遇，心灵奇巧，旷达飘逸。

该词用六真文、十一庚青两韵部韵。

惜分飞·富阳僧舍作别语赠妓琼芳①

泪湿阑干花著露②，愁到眉峰碧聚。此恨平分取③，更无言语空相觑。　断雨残云无意绪，寂寞朝朝暮暮。今夜山深处④，断魂分付潮回去⑤。

【注释】

①词人曾任杭州法曹，罢职后去富阳，与青楼女子琼芳发生一段恋

情。据传，该词乃实写实录二人黯然分别之情景，是其代表作之一。

②阑干：眼泪纵横的样子。花著露：双眼含泪犹如花上露珠。

③平分取：两人同感同恨，心情同样沉重。

④山深处：作别处，僧舍，处于深山之中。

⑤分付：付与。

【赏析】

上片写与情人即将离别时候的心境与愁状，刻画细腻。“此恨平分取”，表恋情之真、分量之重。

下片抒情。“断雨残云无意绪”，亦景亦情，如失魂一般没有心绪，料到分别之后的朝暮孤寂，迸发妙语“断魂分付潮回去”，语犹未尽、意更未尽。词人感慨既然不能朝暮相聚，就将它付与江水，随它潮起潮落吧！

该词语言浅近，自然生香，摇荡人心，脍炙人口，只有重情重义才能写得如此成功。数年后，词人重经富阳，写《菩萨蛮》一首，有句“春潮曾送离魂去，春山曾见伤离处。老去不堪愁，凭栏看水流”，当是对“断魂分付潮回去”的一个恰当注释。

夜游宫

长记劳君送远[①]。柳烟重、桃花波暖。花外溪城望不见[②]。古槐边，故人稀，秋鬓晚[③]。　　我有凌霄伴[④]。在何处、山寒云乱。何不随君弄清浅[⑤]。见伊时[⑥]，话阳春[⑦]，山数点。

【注释】

①长记：永远记得。

②溪城：朋友居处。

③秋鬓晚：两人年岁渐老，叹来日不多。

④凌霄伴：词人家养白鹤，以鹤为伴。

⑤弄清浅：享受高雅淡泊而富有情趣的人生。

⑥伊：指鹤。

⑦阳春：阳春亭。词人任吴康县令时，在县宅后花园所建，常在阳春亭与家养白鹤对话。

【赏析】

上片写自己去溪城探望老朋友，那儿绿柳笼烟，桃花盛开，暖风洋洋，是个很美的地方；回来时，朋友不辞辛劳，执意送到古槐树下，连身后的溪城都看不见了，两人秋鬓相对。用“故人稀”三字深叹世间像这样亲密、实在的老朋友太少了。

下片先请朋友谅解自己的离去，“山寒云乱”是说担心家里白鹤需要照料，“我有凌霄伴”是说为什么没有应承随他“弄清浅”，特意请朋友放心，待见到白鹤，与它阳春亭上对话，览风光处处、数青山点点，日子也会过得很惬意的。

全词用语明润清朗，风格秀雅飘逸，“何不随君弄清浅”是为佳句。

沈蔚

生平不详。吴兴（今浙江湖州）人。字会宗。

天仙子

景物因人成胜概①，满目更无尘可碍。等闲帘幕小栏干②，衣未解，心先快。明月清风如有待③。　谁信门前车马隘④，别是人间闲世界。坐中无物不清凉⑤，山一带⑥，水一派⑦。流水白云长自在⑧。

【注释】

①景物：景致。胜概：美景。

②等闲：平常。

③如有待：明月清风不请自来。

④隘：狭窄、狭小。

⑤坐中：中座、以我为中心。

⑥带：衣带状。

⑦派：江河支流。张祜《题平望驿》："一派吴兴水，西来此驿分。"

⑧长自在：指物我两自在。

【赏析】

该词是一篇哲理词。上片以议论开篇，表明只要心中"无尘"，眼里山川便是"胜概"。闲坐小亭，不用宽衣心先自凉快，道出境由心生、人美景自美的浅显道理，获得清风明月自来的美好感觉。

下片仍由议论开端。词人表达了如下哲理：不要把目光仅仅死死盯住门前车马喧嚣的拥挤场面，以为世间道路如此狭窄，连人也无法穿行，试想，只要车马一停，那便是另一番人间闲静世界；以我为主、坐中不乱，就会无事不爽心、无物不适爱，像“山一带，水一派”那样自然，达到和流水白云同样自在的精神境界。

全词如山水素描画，似高士隐居图；乍看是一篇朴实淡美的山水词，细思是阐述与自然和谐相处的哲理；理从景生、景由理看，表达一种朴素无瑕、亲爱自然的人生观；“明月清风如有待”“流水白云长自在”表明这是一曲发自内心的大自然赞歌。

叶梦得

叶梦得（1077—1148），苏州吴县（今江苏苏州）人。字少蕴，号石林居士。1097 年进士，长期为官，徽宗朝官翰林学士，高宗朝曾任户部尚书，死后追赠检校少保。能诗工词，长于议论，词风早年婉丽，中年学苏轼，晚岁简淡而时有雄杰之作。

水调歌头

九月望日，与客习射西园，余偶病不能射。客较胜在先。将领岳德，弓强二石五斗，连发三中的，观者尽惊。因作此词示坐客。前一夕大风，是日始寒①。

霜降碧天静，秋事促西风②。寒声隐地初听，中夜入梧桐③。起瞰高城回望④，寥落关河千里⑤，一醉与君同。叠鼓闹清晓⑥，飞骑引雕弓⑦。　岁将晚，客争笑，问衰翁⑧：平生豪气安在？走马为谁雄？何似当筵虎士⑨，挥手弦声响处，双雁落遥空⑩。老矣真堪愧，回首望云中⑪。

【注释】

①望日：月圆日，一般指农历十五。词人带病与客人西园习射，不能亲射，为胜者赋词壮怀。

②促西风：习惯认为西风催促农忙，偏写成秋事催促西风。寓意边防形势吃紧，点出习射背景。

③“中夜”句：与小序呼应，因前夜猛烈西风吹打梧桐，天气开始变冷。

④起瞰：登楼远望。

⑤关河：关塞，关防，泛指河山。这里指被敌人占领的北方领土。

⑥叠鼓：早晨报时鼓声接连不断。

⑦引雕弓：张弓、开弓。

⑧衰翁：自称。

⑨“何似”句：表达对虎士的赞扬，流露出不能亲射的遗憾。虎士：勇士。

⑩双雁落遥空：一箭射落双雁，描绘岳将领武艺高强。

⑪云中：见苏轼《江城子·老夫聊发少年狂》注。魏尚、李广曾在那里击溃匈奴。

【赏析】

上片叙事写景。霜降、秋事、西风，寒声中夜入梧桐，寥落关河千里，表忧虑国家安全大势；与部将夜饮，刚一破晓，便叠鼓雷动、雕弓飞骑奔赴习射场地。

下片抒怀。用“问衰翁”振起，用“平生豪气安在，走马为谁雄”自励，慨叹“老矣真堪愧，回首望云中”。该词容量较大，景、事、情、人密结一体，塑造出词人（个体）与虎士（集体）两种丰满的人物形象，可感其爱国热忱，壮志犹存，后继有人。

全词用语考究，出射前“高城回望”，比试完毕“回首望云中”，不离报国御敌主题；出场时“叠鼓闹清晓，飞骑引雕弓”，比试时“挥手弦声响处，双雁落遥空”，写出军士昂扬之态与英雄气概；“一醉与君同”“客争笑，问衰翁”“老矣真堪愧”，既表达出词人的心情变化，又表明上下一心的将士关系，同时自己“堪愧”也是对虎士们的褒奖。读此词，不由想起苏轼《江城子》习猎情景，同为豪放之词，艺术手法、所抒情怀也颇相似，但读者能够从中看到词人的境遇与个性差别，苏轼需要释放遭受的政治压抑，更张扬一些，需长吐心中积愁、一抒大志；叶梦得身居高位，无官场忧虑，有范仲淹“白发将军”“燕然未勒”之感。

贺新郎

睡起啼莺语。掩青苔、房栊向晚[①]，乱红无数[②]。吹尽残花无人见[③]，惟有垂杨自舞。渐暖霭、初回轻暑[④]。宝扇重寻明月影，暗尘侵、尚有乘鸾女[⑤]。惊旧恨[⑥]，遽如许[⑦]。　江南梦断横江渚[⑧]。浪黏天、葡萄涨绿，半空烟雨。无限楼前沧波意[⑨]，谁采蘋花寄取[⑩]。但怅望、兰舟容与[⑪]。万里云帆何时到，送孤鸿、目断千山阻。谁为我，唱金缕[⑫]。

【注释】

①掩青苔：地上长满青苔。向晚：近傍晚。

②乱红无数：残花满地。

③无人见：无视、无感觉。司马扎《宫怨》："年年花落无人见，空逐春泉出御沟。"

④暖霭：入夏之际始觉天暖，暖风带来的暑气。

⑤"宝扇"二句：把去年用过、藏起过冬的团扇翻找出来，扇面上的明月图案依稀可见，虽被灰尘遮掩，尚可看清骑着白鸾的仙女。据《龙城录》载，唐明皇游月宫"见素娥千余人，皆皓衣乘白鸾"。

⑥惊旧恨：见乘鸾女而突然触发往事旧愁。

⑦遽：突然。如许：如此强烈。

⑧江南：表地方，兼表情人在江南。

⑨沧波：青绿色江波。

⑩寄取：有读本作"寄与"。

⑪容与：徘徊，迟疑。

⑫金缕：乐曲名。

【赏析】

该词是怀人之作。

上片自叙，写午睡后所见夏景。流莺、青苔、乱红，怨垂杨自舞不怜残花；天气渐热，翻出闲了一冬的宝扇，拂去蒙尘，发见画中月宫乘鸾仙女，觉得往日情人好似那乘鸾仙女一般，触发强烈的青春旧恨。

下片接叙旧恨为何，似学苏轼笔法，有意模糊话语者面目，造成一种迷离意象。“江南梦断横江渚”透露出江渚是他们相恋密会而难以忘记的地方，可以视为词人“梦断”，也可以视为二人同时“梦断”；“浪黏天、葡萄涨绿”，指“梦断”之境，分飞两地，大江阻隔，此情此意都化为“半空烟雨”；“无限楼前沧波意”，是词人想象女子倚楼凝望，意绪如苍茫烟波，没有着落；“谁采蘋花寄取”，表女子以前曾采蘋花给词人，现在是词人更盼她能再采蘋花寄来。一个“谁”字，几乎似嘶声喊出，除去她再没有谁能教我这样思念了；“但怅望、兰舟容与”，想象她即使采到蘋花，也不知道怎么才能寄送给我，仿佛能看到迟疑与徘徊兰舟；“万里云帆何时到”，指兰舟没有日子可待，或者说即便我乘船寻她也是无日可到，借用柳永“海阔山遥”“指暮天空识归航”“断鸿声里立尽斜阳”词意，喟叹“谁为我，唱金缕”，陷于巨大的失望之中。

该词极尽婉约，有温庭筠、李商隐之风；“吹尽残花无人见”“无限楼前沧波意”“万里云帆何时到”，堪为佳句，皆属七言律句第五六字同时变声句式，反映出词人喜好的一种语言风格。

虞美人 · 雨后同干誉、才卿置酒来禽花下作[①]

落花已作风前舞，又送黄昏雨。晓来庭院半残红[②]，唯有游丝千丈、罥晴空[③]。　殷勤花下同携手[④]，更尽杯中酒。美人不用敛蛾眉[⑤]，我亦多情无奈、酒阑时。

【注释】

①来禽：林檎，沙果类乔木，花呈红色。该词写与两位友人花下饮宴所见所感。

②半残红：花朵零落约半。

③罥（juàn）：悬挂、缠绕树梢。

④殷勤：词人对干誉、才卿频频劝酒、连连举杯。

⑤美人：指陪酒歌舞女郎。敛蛾眉：不舍得离别，愁眉不展。

【赏析】

上片写景，铺垫饮酒场面。本来因风雨摧残鲜花飘落，应有惜花之叹，词人却说落花高兴地在风前起舞，把黄昏雨给送走了，似乎对落花含有感激之情，表欢宴朋友情致，不因花落而稍减，富有创意、格调新雅。

下片对接顺理成章，酒兴甚高，待酒阑席散之时，那位陪酒美人还沉浸在欢宴气氛之中，也许更有依恋不舍之意，故作敛眉不愿离去，词人一句妙语“我亦多情无奈、酒阑时”，坦诚表白我也是多情人，也想和你多待一会儿，无奈天下没有不散的筵席。词人以巧语宽慰，文雅得体；虽是豪放笔触，却有婉约情怀。

刘一止

刘一止（1078—1161），归安（今浙江湖州）人。字行简。1121 年进士，曾因直言得罪秦桧。

喜迁莺·晓行

晓光催角①。听/宿鸟未惊，邻鸡先觉②。迤逦烟村③，马嘶人起，残月尚穿林薄④。泪痕带霜微凝，酒力冲寒犹弱。叹倦客，悄/不禁重染⑤，风尘京洛⑥。　追念人别后⑦，心事万重，难觅孤鸿托⑧。翠幌娇深⑨，曲屏香暖⑩，争念岁寒飘泊。怨月恨花烦恼，不是不曾经著。这情味，望/一成消减⑪，新来还恶。

【注释】

①催角：报晓画角。
②觉：醒，指雄鸡报晓。
③迤逦（yǐ lǐ）：曲折连绵。
④林薄：草木丛生、混杂。
⑤悄：简直、全然。不禁：不愿意。
⑥京洛：洛阳，代指京城。
⑦人：指妻子。
⑧难觅孤鸿托：无法托雁向妻子传递心事。
⑨翠幌：翠幕。
⑩曲屏：可以折合、展开的屏风。

⑪一成：十分之一，很少之意。

【赏析】

上片写侵晓离开旅舍、凌霜赶路的情景，使用“催角”“宿鸟”“邻鸡”“残月”“带霜”“冲寒”一连串惊心物象，表露不愿再奔走仕途、重染京洛风尘的厌倦心态，悲叹已经精疲力尽，实在不愿意再去京城看别人脸色了。

下片怀家抒情，尽显曲折心路。“怨月恨花烦恼，不是不曾经著”，写花好月圆本无恨，抛家傍路自生怨，何以要怨月恨花，因为有过辛酸与屈辱经历，经过自尊、亲情与社会炎凉的多种体验，认识到前途渺茫、遥望无期，多重滋味、无限伤感交汇，凝聚成词。

“无论南北与西东，名利牵人处处同。”以读书求仕为题材，唐诗宋词不为少见，读该词可见温庭筠《商山早行》身影，可闻杜荀鹤“年年名路谩辛勤，襟袖空多马上尘”叹息；上片写孤身寒路，下片忆故家温情，产生强烈的对比效果；该词广为流传，词人因而得“刘晓行”雅号。词人最终并未明说他是继续前行，还是折返家中，其中高低，也是别有韵味。

曹组

曹组，生平不详。颍昌（今河南许昌）人。字元宠，六举不第，1121年赐同进士出身，曾任官职。

青玉案

田园有计须归早[①]，在家纵贫亦好。南来北去何日了。光阴送尽，可怜青鬓，暗逐流年老[②]。　寂寥孤馆残灯照，乡思惊时梦初觉。落月苍苍关河晓。一声鸡唱，马嘶人起，又上长安道。

【注释】

①计：生计、谋生办法。

②“暗逐”句：不知不觉间随时光流逝而衰老。

【赏析】

上片是议论文字。求仕路上历尽酸辛，理性对待，自己劝说自己，如果当初认定要终老田园，就应该早早归家谋求生计，纵然贫穷困难也甘心，谁也不怨；但现在已经身在途中，南来北去无数，赔尽时光，“可怜青鬓，暗逐流年老”；以后何去何从，应该有个了断。

下片即时回答。孤馆残灯乡思惊梦，一觉醒来力量倍增；落月苍茫之晨，山河无边，不管前面等待自己的是什么，终究抵挡不住功名的诱惑，“一声鸡唱，马嘶人起，又上长安道”。

该词反映出古代知识分子，一门心思谋求功名的牢固观念，欲上不成欲罢不能的矛盾心态，令人同情，令人慨叹。该词语言形象生动，通俗易懂而不失风雅。“光阴送尽”的“送”字别有意味，拱手相送了光阴，换来青鬓白。该词与刘一止《喜迁莺》所写题材相似，刘词以情胜，曹词以理胜。

万俟（mò qí）咏

万俟咏，生平不详。字雅言，自号词隐、大梁词隐。屡试不第，绝意仕进。能自度新声，徽宗朝任大晟府制撰，与周邦彦共事。

木兰花慢

恨／莺花渐老①，但芳草、绿汀洲②。纵／岫壁千寻③，榆钱万叠，难买春留④。梅花向来始别⑤，又／匆匆结子满枝头⑥。门外垂杨岸侧，画桥谁系兰舟？

悠悠。岁月如流。叹水覆、杳难收。凭画阑，往往抬头举眼，都是春愁。东风晚来更恶⑦，怕飞红、拍絮入书楼⑧。双燕归来问我，怎生不上帘钩⑨。

【注释】

①莺：黄鹂。渐老：莺歌与花放皆由盛而衰。

②绿汀洲：花放尽，草木绿色遍地，表春已过去。

③岫（xiù）：山洞，岩穴。岫壁：山崖。寻：长度单位，八尺为一寻。

④“榆钱”二句：虽万叠而不顶钱用，买不回春天。

⑤向来：刚刚、最近。“梅花”句：梅是报春使者，百花开时，春来梅去，是梅花最先告别春天。

⑥“又匆匆”句：该句用典，杜牧游湖州遇一少女，与女子母亲约定十年后再来娶她；十四年后，杜出为湖州刺史，重寻该女，其女已嫁并生有二子。杜牧《叹花》：“狂风落尽深红色，绿叶成荫子满枝。”百

花匆匆结子满枝，是百花最后告别春天。

⑦更恶：风力更大。

⑧飞红：吹来残花花瓣。絮：败絮、柳绵。

⑨怎生：务须设法。

【赏析】

上片叙事，借伤春写与恋人诀别愁情。化用钱起“数日莺花皆落羽，一会春至一伤心”，写春天已失之景；化用武则天“万仞高岩藏日色，千寻幽涧浴云衣”，说纵寻来日色，万钱也“难买春留”，表春天无法唤回；化用杜牧“狂风落尽深红色，绿叶成荫子满枝”，表自己的遭遇和小杜类似，恋情仿佛就发生在昨天；尽管忘不掉“门外垂杨岸侧”那块令他留恋生情之地，现实却是再也看不见她的兰舟了；开句“恨莺花渐老”，结句“画桥谁系兰舟”，“恨”字落在“谁”处，原因是情人走了，再也见不到了。

下片抒情。“悠悠。岁月如流”表诀别已非一日，“叹水覆、杳难收”，心理变化幽微，似含一种内心的自责，愈是如此思念愈切，乃至于“抬头举眼，都是春愁”。结拍四句最为精彩，晚来风大，“怕飞红拍絮”惹得心乱而读不下书去；又不甘寂寞，自作多情，盼燕子归来，能够轻声问他“既然怕飞红进来，为什么不挂上帘钩呢”？这般口气，当是情人作态，他盼来燕能像情人那样柔语问候，唯有如此，漫天春愁才会销解。

该词题材平常，但写作用心，以景托情、以情入景；化用前人诗意，融入个人灵思；自述自叹自想，一句“双燕归来问我”即隐约写出女子好处。

昭君怨

春到南楼雪尽，惊动灯期花信[①]。小雨一番寒[②]，倚栏干[③]。　莫把栏干频倚，一望几重烟水[④]。何处是京华[⑤]，暮云遮[⑥]。

【注释】

①惊动：忽然发现、感觉到。灯期：指上元节期间。花信：花开放的消息。

②小雨：寓意心情。

③倚栏干：表置身灯节之外。

④一望：心有所想，待归或待去。几重烟水：重重烟水相隔。

⑤京华：京城。

⑥暮云：落日云霞。

【赏析】

同处上元灯节，毛滂旅舍为客，大写灯节盛况；词人居“南楼”，既无意观灯，也无心去写灯节，究竟想表达什么？文字不多，却似迷宫。

上片写小景。雪尽春回，“灯期花信”，使自己有一种惊喜，怀有一种希望，不去观灯而忍寒倚栏待信。

下片细写心事。“频”字表出来进去次数很多，坐卧不安，自己劝自己，心安勿躁，莫倚栏太久，因为不知前面还有“几重烟水”；望京华何处，怨暮云遮目。说话吞吞吐吐，内心苦乐无以言表。

词中隐含两个不确定因素，一是“南楼”，指京内某处还是京外旅舍；二是“京华”，实指还是虚指。词人任职京华，灯节以京华为盛，南楼似在京内，“京华”似代称，不能明写身在京华望“京华”，应是暗指朝廷或某人某事，令词人抱有强烈期待，写出隐隐作愁的心路轨迹，着重点是描绘带有一丝惊喜的急切心情，非为抒发贬谪之恨或思乡浓愁。有论者谓该词是词人客居“南楼”，思归京华，与词意不合，用“南楼”与周邦彦用“殊乡”代表某地，手法如出一辙，艺术表现手法也近似周词《满庭芳》《渡江云》，较重情节描写。

田为

田为，生平不详。字不伐，善琵琶音乐，曾在大晟府典乐，与周邦彦共事。

南歌子 · 春景①

梦怕愁时断，春从醉里回。凄凉怀抱向谁开②？些子清明时候、被莺催③。

柳外都成絮，栏边半是苔。多情帘燕独徘徊，依旧满身花雨、又归来④。

【注释】

①原作词牌署《南柯子》。春景：实为春愁、春情。

②向谁开：没有倾诉对象，情人不在身边。

③些子：这些、那些。被莺催：黄莺百啭不是歌唱春天，而是催促春天快走。

④“依旧”句：只有当年燕子未忘旧家，依然一身花雨回来看我。

【赏析】

该词是伤春怀人之作。

上片以对仗句“梦怕愁时断，春从醉里回”开篇，写梦一断愁就涌上来，最好长在梦中；醉一醒春就消失，惟醉才会让春天回来；知心人不在身边，凄凉怀抱去向谁倾诉？春光三月时候，怎么看都觉得不合心意，黄莺百啭本来是歌唱春天，词人却觉得它是急着催促春天快走。愁看春景，春更愁人。

下片以对仗句“柳外都成絮，栏边半是苔”作实景描写，写柳絮飞离枝条，栏边新生青苔，暗示知心人离开后再未回来，自己也懒得出门；只有多情燕子还认得旧家，带着一身花雨回到我的身边；燕子都来看我了，知心人也会回来的，“凄凉怀抱”终会开的。

田为与万俟咏曾共事大晟府，艺术手法相近相类，“多情帘燕独徘徊。依旧满身花雨、又归来”，与万俟“双燕归来问我，怎生不上帘钩”具异曲同工之妙。

陈克

陈克（1081—1137？），字子高，号赤城居士，台州临海（今浙江临海）人。词格艳丽。吕祉守建康时辟为参议，曾力陈抗金之议，1137年随吕祉抚军，被叛军杀害。

临江仙

四海十年兵不解①，胡尘直到江城②。岁华销尽客心惊③。疏髯浑似雪④，衰涕欲生冰。 送老齑盐何处是⑤？我缘应在吴兴⑥。故人相望若为情⑦。别愁深夜雨，孤影小窗灯。

【注释】

①十年：指金兵从1125年南侵北宋汴梁，至1134年兵逼南宋南京。兵不解：指战争状态。

②直到：直犯、兵临城下。江城：南京。化用杜甫《解闷》："四海十年不解兵，犬戎也复临咸京。"

③岁华：青春时期。销尽：耗尽。词人时年五十三岁。客心：离家为客的心情。

④髯：胡须。

⑤送老：养老、度过残年。齑（jī）：姜蒜或咸菜碎末，生活的最低必需品。

⑥应：应运、应缘，天意注定。吴兴：湖州，欲去的隐居之地。

⑦故人：朋友、同事。若为情：自己欲离开边防之地去吴兴隐居，故友同事难舍。

【赏析】

上片直述国家政治形势，十年战争不断，金兵威逼南京，词人心惊愤恨，表达对朝廷不抵抗政策的谴责与不满；自己参与抗战救国斗争没有建树，却已经“疏髯浑似雪，衰涕欲生冰”，写出心犹不甘的无奈情绪。

下片抒发对个人命运的感慨，悲怆凄凉，不知到何处才能终老，不得不离开曾经共同战斗的集体，故人不舍，自己又何尝乐意如此。“别愁深夜雨，孤影小窗灯”，用意极深、用力极重。深夜雨既是目前形势的写照，也象征了茫茫未来。小窗灯虽然柔弱却能映照故人容颜，意境迷幻，心存一丝灯光，长留悲壮之气。

朱敦儒

朱敦儒（1081—1159），洛阳（今河南洛阳）人。字希真，号岩壑。1135 年赐同进士出身，多年为官。词多感喟国事之作，豪放旷达、语言清畅。

临江仙

直自凤凰城破后①，擘钗破镜分飞②。天涯海角信音稀。梦回辽海北③，魂断玉关西④。　月解重圆星解聚，如何不见人归？今春还听杜鹃啼⑤。年年看塞雁⑥，一十四番回⑦。

【注释】

①直自：自从。凤凰城：指京城汴梁。城破：1127 年陷落，徽钦二帝被掳。

②擘（bāi）钗：钗有两股，常充当定情信物，在分离时男女各执一半，作为将来复合的凭证。擘同"掰"。破镜：据孟棨《本事诗》载，陈后主之妹乐昌公主嫁于徐德言，国乱时徐对公主说，以你的才容，国亡后必被掳入权豪之家，倘若咱们情缘未断，日后可能还会相见，遂将镜破为两半，各执一半作为日后相识的凭证。

③辽海北：泛指辽东滨海之地。

④玉关：即玉门关，泛指北宋边关。金兵将掳掠的宋朝臣民带回金地为奴，亲人流落异国他乡。赵嘏《昔昔盐》："雁出居延北，人犹辽海西。"

⑤杜鹃啼：其声唤归。

⑥塞雁：冬去春回，知道归家。
⑦一十四番：指从北宋灭亡到写作该词的十四年间。

【赏析】

上片从北宋灭亡写起，有多少美好家庭妻离子散，人各天涯海角没有信息，思念被掳为奴的亲人，梦去辽海北、魂游玉关西，遍寻不着，忧心边关。上片借家庭悲剧，发亡国之痛。

下片“月解重圆星解聚，如何不见人归”，似枪响炮鸣，打开思念亲人的情感闸门，牛郎织女尚得一年一会，我失散多年的亲人为什么还不归来？该去问谁？谁又能告诉我？！十四年雁来雁回，还要等多久才能盼来他们！一年比一年失望，一次比一次更加痛苦。“今春还听杜鹃啼”，告诉你国家的悲剧还在继续，这种惨况不会改变。

该词笔力沉重锐透，写出深厚的民族意识与爱国主义思想。

鹧鸪天·西都作①

我是清都山水郎②，天教分付与疏狂③。曾批给雨支风券④，累上留云借月章⑤。

诗万首，酒千觞。几曾着眼看侯王⑥？玉楼金阙慵归去⑦，且插梅花醉洛阳⑧。

【注释】

①西都：指洛阳，词人故乡。
②清都：传说中天帝的宫阙。山水郎：虚拟的天上管理山水之郎官。
③天教：上天差使。
④给雨支风：职责是呼风唤雨。券：履行职责的权力凭证。
⑤累上：累累上表、不断上奏。留云借月：上奏的内容，属山水郎

职责范围。章：奏章。

⑥几曾：何曾。着眼：正眼。侯王：王侯权贵。

⑦玉楼金阙：指天上宫殿、山水郎任所。慵归去：懒得回去、不愿再就职天官。

⑧梅花：志行高洁的象征。

【赏析】

上片虚拟一个理想世界。词人自豪地声称“我是清都山水郎”，作为一个天上美差，玉皇“曾批给雨支风券”，似有权有势；曾亲给玉皇“累上留云借月章”，似进入天庭中心；充满浪漫主义色彩，个性张扬，疏狂自乐，而不受约束。

下片从天上回到人间，重新过上“诗万首，酒千觞”的生活。侯王又能怎样？我从不正眼瞥一下他们，山水郎那样的天上高职我都干过，“玉楼金阙”对我都没有什么吸引力，更莫说地上侯王了！天官也罢，侯王也罢，皆不如故乡的美酒梅花可爱，将疏狂归于高洁。

该词写于北宋灭亡之前，词人曾固辞宋徽宗入京做学官之招，颇有点“天子呼来不上船，自称臣是酒中仙”的李太白风度。

水龙吟

放船千里凌波去，略为吴山留顾①。云屯水府②，涛随神女③，九江东注④。北客翩然⑤，壮心偏感，年华将暮⑥。念／伊嵩旧隐⑦，巢由故友⑧，南柯梦⑨，遽如许。　回首妖氛未扫，问人间、英雄何处！奇谋报国⑩，可怜无用，尘昏白羽⑪。铁锁横江，锦帆冲浪，孙郎良苦⑫。但／愁敲桂棹⑬，悲吟梁父⑭，泪流如雨。

【注释】

①略：简略、省去。逃难路上，没有心思关注江南风光。

②云屯：云层密集。水府：水神居处或管辖区域。“府”字属四鱼虞韵部，“云屯水府”作韵句。

③神女：应接首句“凌波”，曹植《洛神赋》：“古人有言，斯水之神，名曰宓妃。”神女指传说中朝为行云、暮为行雨的巫山女神。

④九江：泛指多条支流汇集的大江。“注”字属四鱼虞韵部，“九江东注”作韵句。

⑤北客：流落南方的异乡客，自称。翩然：形容动作轻快的样子。

⑥“壮心”二句：波翻浪涌触发心灵骚动，壮心未已、却叹年衰。

⑦伊嵩：伊水和嵩山，均在河南境内。

⑧巢：巢父。由：许由。唐尧时期的两位著名隐士，自诩来往故交皆是有品位之士。

⑨南柯梦：典故，淳于棼梦至槐安国，国王许以公主为妻，并允任南柯太守，备极荣显，醒来方知是梦。

⑩奇谋：指诸葛亮善用奇谋志在报国，但终未如愿。

⑪尘昏：战争烟尘天昏地暗。白羽：指诸葛亮羽毛扇。

⑫“铁锁”句：吴国为阻挡晋军沿江东进，以铁链横锁江面，但晋军以火攻烧断铁链，战舰照样前行无阻，吴主孙皓投降，吴国灭亡。锦帆：指晋舰船。孙郎：指孙皓。良苦：指锁江的初始愿望良好、结局残酷。刘禹锡《西塞山怀古》：“千寻铁锁沉江底，一片降幡出石头。”

⑬愁敲桂棹：有节奏地击打桂木船桨，以泻忧愤。

⑭梁父：指梁父吟，古乐府楚调曲名，相传诸葛亮隐居南阳时作《梁甫吟》。杜甫《登高》：“可怜后主还祠庙，日暮聊为梁甫吟。”

【赏析】

北宋灭亡，词人南渡，词中开始出现忧国、救国主题，是词文学使命的自觉反映。

上片首句即点明背景，词人失去了北宋家园，避国难而踏上南渡水路，一路无心赏景，只感云屯涛涌；回顾以往，“壮心偏感，年华将暮”；故乡、故友、故情，竟如南柯一梦。

下片猛醒，独立船头，“回首妖氛未扫，问人间、英雄何处”，感慨难道满朝就没有英雄人物出来拯救国难吗？围绕寻觅“英雄”，引用三国史实，警示朝廷不要放着诸葛亮不用，不要步孙皓旧尘；为此而“愁敲桂棹，悲吟梁父，泪流如雨”，满纸浸透有心报国、无力回天的悲哀，回荡着一腔忠愤之气，将个人悲欢与国家命运紧紧联系在一起。

该词用语明白如话，抒情痛快率直，目收古今，议论纵横，是一篇优秀的时代佳作。

西江月

日日深杯酒满，朝朝小圃花开。自歌自舞自开怀，且喜无拘无碍①。　青史几番春梦②，黄泉多少奇才。不须计较与安排，领取而今现在。

【注释】

①无拘：个人不受别人拘束。无碍：不碍、不管别人去干什么。

②青史：史书。春梦：指史书上的美好记载与描绘。

【赏析】

上片写晚年日间生活情景。“日日深杯酒满，朝朝小圃花开”，表象是除酒杯、花草别无其他；“自歌自舞自开怀”，反用贾岛“旌旗犹入梦，歌舞不开怀”；“且喜无拘无碍”，“无碍”二字，道出真谛，之所以沦落如此，是被逼迫的结果，不这样做，人家就觉得自己“碍”事，哪里是胸中无尘自得其乐，哪里是置身世外闲逸旷达，心中流动的分明是不堪与悲凉。

下片行文陡转，头脑清醒、观点犀利，发表对青史的独特见解，叹息那些青史无名、被埋没黄泉的无数奇才，自己难道就不是奇才？只不过个人抗争不过现实，不得不认领这种命运的安排罢了，这其实是对南宋政治腐败的无情揭露；“青史几番春梦，黄泉多少奇才”，道理深邃、对仗工整，是历史上曾被埋没的无数志士才俊的缩影，也是一众将被埋没的当代志士的呼号之声。

慕容岩卿妻

慕容岩卿妻，生平不详。苏州人。其夫姓慕容，名岩卿，

浣溪沙

满目江山忆旧游[①]，汀州花草弄轻柔。长亭舣住木兰舟[②]。　好梦易随流水去，芳心空逐晓云愁[③]。行人莫上望京楼[④]。

【注释】

①旧游：老朋友，指恋人或情人。

②长亭：分别处，兰舟始发与泊停地。舣：停船泊岸。

③空逐：无结果的追随。晓云：恋人如云彩一样没有定踪。

④望京楼：怀人所登之楼。

【赏析】

主人公是一位女子。上片回忆往事，心里是“满目江山”，到处寻觅“旧游”；眼里是“汀州花草”，当是二人曾经拥有的春风柔情；落脚点是“长亭”，女子特别清楚地记得系舟长亭为他送行的情景。

下片抒情，从沉湎回忆中清醒过来，道出“好梦易随流水去，芳心空逐晓云愁”两句充满哲理的深情妙句，堪为经典；她深爱恋人，尽管好梦难圆却芳心不减，尽管晓云无定也空逐不止；结句化用李益“感恩知有地，不上望京楼”，画龙点睛，挑明自己怀念的人因去京求仕谋官而久久不回，将自己的人生体验、情感积累一股脑儿倾倒出来，委婉劝告道上行人，望京楼是我伤心之楼，请以我为鉴，勿为博取功名而抛掷

青春，让亲人为你担忧伤心。

该词情节简明，语言朴实，读后如见女子温柔宽厚凄怨怜人形象，如闻其明情明理略带苦涩之声，可察其至美至纯至善芳心，极富感染力。

周紫芝

周紫芝（1082—1155），宣城（今安徽宣城）人。字少隐，号竹坡居士、寥香老人、二妙老人。进士出身，曾任枢密院编修。早年曾从李之仪、吕本中同游，词学晏几道。

江城子

夕阳低尽柳如烟。淡平川。断肠天①。今夜十分，霜月更娟娟②。怎得人如天上月，虽暂缺，有时圆③。　断云飞雨又经年④。思凄然。泪涓涓⑤。且做如今，要见也无缘。因甚江头来处雁，飞不到，小楼边。

【注释】

①断肠天：引人感伤天气，折柳送人季节。

②娟娟：美好的样子。

③“怎得”三句：今晚月虽未圆，但那是暂时的，总有圆时。

④断云飞雨：指分离已有年头。戴叔伦《和河南罗主簿送校书兄归江南》：“断云无定处，归雁不成行。”

⑤涓涓：泪似水流。

【赏析】

主人公是一位思念情人的女子。

上片写景，从夕阳到夜月。黄昏时候、断肠天气，想起当年折柳与情人依依不舍分别情景；“今夜十分”写明月如霜，月愈明亮思情愈切，神妙地借月暂缺还圆作比，为自己团圆无期而暗生幽怨，写出一片痴心样子。

下片抒情。离别经年，凄然伤心，依然看不到重逢相会的希望；“因甚江头来处雁”将这种苦思提升到一个高度，点明情人身居江头，怨恨江头来雁即使不给自己捎信来，也该飞到自己居住的小楼边，看一眼自己吧！上片她能理解缺月，下片却无端迁怨来雁，巧妙运用对比手法。

全词情调绵绵、语声细细，表现出女子的聪颖灵性、温柔长情，无巧饰、不造作；语言直白易懂，流畅顺口，有民歌风味。

赵佶（jí）

赵佶（1082—1135），即宋徽宗，1100—1125 年在位，1127 年即靖康二年被金人俘虏北行，死于五国城（今黑龙江依兰）。诗词书画音乐皆善，是造诣颇高的书法家、美术家、艺术家，也是一个丧权辱国的皇帝。

燕山亭 · 北行见杏花①

裁剪冰绡，轻叠数重，淡著胭脂匀注②。新样靓妆，艳溢香融，羞杀蕊珠宫女③。易得凋零，更多少、无情风雨。愁苦。问／院落凄凉④，几番春暮。　凭寄离恨重重，这双燕，何曾会人言语⑤。天遥地远，万水千山，知他故宫何处⑥。怎不思量，除梦里、有时曾去。无据⑦。和梦也新来不做⑧。

【注释】

①词牌亦名宴山亭。徽宗父子以及宗室、臣僚、宫女共三千多人，被金兵押往东北金地，北去途中，见囚车之外有红杏绽放，感慨而作，据说是其绝笔。

②冰绡：比杏花犹如白绸做成。轻叠：花瓣重重，有读本作“打叠”。淡著：似淡淡轻涂，恰到好处，有读本作“冷淡”。

③新样：比杏花是装扮入时的美人。靓妆：美丽的妆饰。羞杀：仙女自愧秀美逊于杏花。蕊珠：指蕊珠宫，道教信奉的天上宫殿。词人是道教徒，自号“教主道君皇帝”。

④问院落：有读本作“闲院落”。

⑤凭寄：寄托、传递。何曾：哪里会、从未有。

⑥故宫：昔日皇宫，含社稷江山、皇权皇威、皇家富贵多重意思。

⑦据：含保佑、保护、援助之义。

⑧和：连。

【赏析】

上片写杏花性状兼含抒怀。胭脂、香容、蕊珠、宫女，都是他当皇帝时熟悉常见的事物，以它们作比，有形有色如一幅工笔画，以花及人，深恨无情风雨；杏花娇美，经不住料峭春寒，容易凋零，词人替杏花担忧，也自怜自悲，不知道以后还将遭遇多少风雨；悲院落凄凉，破落不堪，不知道它已经几度春秋，更忧虑它未来的命运；杏花越美越易被摧残，也越引人生恨。

下片抒怀，“凭寄离恨重重”。见双燕同飞，来寻旧巢，触及灵魂深处，意欲同燕子对语打探故国音讯，寄托万千离恨，可它们哪里懂得人的心思，生一重恨；回望来路，如今都葬送给金人了，离昨天仿佛已经天遥地远，故宫无影，不可再及，生二重恨；叹只有梦里可见故宫，而这梦近来也不找我，生三重恨。“无据”二字，嘶叹不绝，哀痛已极，我怜杏花零落，谁怜我零落，连神明都不保佑我；与李后主“故国不堪回首月明中”异曲同工。词人由万乘之尊眨眼之间跌落为一介囚徒，被强行押送敌国，其境遇之残酷、尊严之不堪、心迹之悲酸，当无以言表，结句“和梦也新来不做”，亦即连回归故国之梦都不来找我，一个自感被人神抛弃的皇帝，总算是有了一点觉悟。

历史有惊人的相似之处，李后主当年也是如此这般被徽宗祖先押往开封的，在治国无方、才艺超群方面，两人相近相当，但觉悟水平有天渊之别：李后主有深刻反思，恨重于悔；徽宗词犹显风雅，悔多于恨；李后主立意江山、境界阔远；徽宗心系故宫、眼界偏狭。朱祖谋《宋词三百首》以其开篇，含有尊皇帝身份、思国运兴衰、见艺术高低诸多考量，不失为中国历史与文学教科书中难得的一页血泪教材。

李纲

李纲（1083—1140），邵武（今福建邵武）人。字伯纪。1112 年进士。宋钦宗时授兵部侍郎，主张抗战的代表人物，靖康元年，曾率兵保卫汴京。南渡后拜相，受投降派排斥，仅七十多天即被罢职。

六幺令·次韵和贺方回金陵怀古，鄱阳席上作①

长江千里，烟淡水云阔。歌沉玉树②，古寺空有疏钟发③。六代兴亡如梦，苒苒惊时月④。兵戈凌灭⑤，豪华销尽，几见银蟾自圆缺⑥。　潮落潮生波渺⑦，江树森如发⑧。谁念迁客归来⑨，老大伤名节⑩。纵使岁寒途远⑪，此志应难夺⑫。高楼谁设⑬，倚阑凝望，独立渔翁满江雪⑭。

【注释】

①和贺方回：贺词今已不存。

②歌沉：销声匿迹，听不到有人再唱《玉树后庭花》了。

③古寺：六朝遗庙。疏钟发：偶尔能听到空荡的钟声。

④苒苒：渐渐，渐进。“六代”二句：六朝兴亡虽迅如梦境，但还能让人惊见那时之月。韦应物《司马相如琴台》：“荒台汉时月，色与旧时同。”

⑤兵戈：指战争。凌灭：侵凌使六朝湮没。

⑥银蟾：指月亮

⑦潮落潮生：比心潮起伏。

⑧森如发：树木茂密状，或如发密或如发直或如发乱。

⑨迁客：自称。

⑩老大：上了年纪。伤名节：重声名节操、却屡遭诽谤。

⑪岁寒：比政治形势的严酷。《论语》："岁寒，然后知松柏之后凋也。"

⑫此志：挽救民族危亡、抗战到底的决心与意志。

⑬高楼谁设：指宴席之楼，谓此楼为我而设，知我到此、供我凭栏。

⑭"独立"句：化用柳宗元《江雪》："孤舟蓑笠翁，独钓寒江雪。"

【赏析】

词人1125年率领军民守汴京、抗金兵，取得胜利；1126年受投降派排挤，被逐出朝廷，先安置江西，再贬夔州；不久，金兵又犯开封，皇帝召他回京重新起用，当他在长沙知此任命时，北宋已经灭亡。该词可能写于遭贬途经鄱阳，地方官员或故旧宴请他时。

上片写远景远思。词人从宴席楼上东望金陵，千里长江滔滔东去，烟淡云阔，苍穹深渺，似乎已经抹去了六朝兴衰遗痕，已无人再唱《玉树后庭花》亡国之音，也无人听得见古寺钟声，只有"苒苒惊时月"在无声提醒人世，"兵戈凌灭，豪华销尽，几见银蟾自圆缺"；词人看到历史的严正无情，音调沉重，激愤呼唤，国家正处于风雨飘摇之中，为什么还浑噩不觉？于是发起对朝廷投降政策的批判。

下片回写席上。楼外"潮落潮生"，湖水江水与共，心潮起伏；眼前"江树森如发"，气壮山河；"谁念迁客归来，老大伤名节"，"纵使岁寒途远，此志应难夺"，当是席上所言所议：政治逆境中更重名节，尽管孤独凄怆，不为朝廷所容，也矢志不移；仰天自问"高楼谁设"？感谢这座高楼、这场宴席，给自己提供了慷慨陈言的机会，化用柳宗元诗句，以"独立渔翁满江雪"收拍。

词人与柳宗元俱为忠贞耿直之臣，都心怀大志、都遭贬谪，类似的政治遭遇引发历史的共鸣，"烟淡水云阔"的千里长江，此时此地变成一条寒江，且满江是雪，纵然只剩下自己一个人也要"渔翁独钓"，铮铮铁骨、宁折不屈，表现出词人的刚正人格、抗争精神与爱国情操。

南 宋 卷

李清照

李清照（1084—1155？），济南章丘（今山东济南）人。号易安居士。南渡词人。与丈夫赵明诚有共同爱好，喜金石收藏与研究。1129年夫亡，流落江南，晚居金华。南渡前词多离别相思题材，诉无尽幽怨之情；南渡后，融入身世悲凉，写亡国亡家之恸。词风婉约、时有豪放，善用白描手法、语言清丽感人。最善写愁怀，惟秦观可与之相比。中国词坛当之无愧的女杰。能诗、能文、能乐，有词学理论著述。

武陵春

风住尘香花已尽①，日晚倦梳头。物是人非事事休②，欲语泪先流。　闻说双溪春尚好③，也拟泛轻舟④。只恐双溪舴艋舟⑤，载不动、许多愁⑥。

【注释】

①尘香：花瓣归为尘土。花已尽：花被风吹雨打去。此句含暮春衰败、青春已逝、形势无望多重含义。

②“物是”句：事物依然、人不如昔，国破、家亡、丧夫、一生收藏的金石文物失散无着，事事都没法做、做不成。

③双溪：唐宋时期金华的风景游览胜地，由东港、南港两水汇合于城南，故得此名。

④拟：想、打算。

⑤舴艋（zé měng）：两头尖尖形状的小船。

⑥载不动：难以承载。

【赏析】

该词应是词人晚年避难金华所作。

上片写现实所处之境。前二句，用“花已尽”定景，“倦梳头”欲动未动；后二句，用“事事休”定心，“欲语”未语。上片运用介于是似之间、动定之间的语言，表露曲折细微的情思，塑造了衰落时代下的一个文弱才女形象。

下片写想象的愁状，用语、用意、用情也是如上片。下片前二句“闻说”“尚好”欲信而未真信，“也拟”“泛轻舟”欲泛而未真泛；后二句，“只恐”似担心而非真担心，“载不动”是假想而无须证实。这种表现手法，使读者自然产生必欲穷尽词人到底在作何想的强烈欲望。

李清照和苏轼、周邦彦等大家一样，善于化用前人诗意为已所用，而写出新意，化用李冶“情来对镜懒梳头，暮雨萧萧庭树秋”，说自己“日晚倦梳头”，纵有容颜能给谁看；化用李廷璧“到来难遣去难留，著骨黏心万事休”，说自己“事事休”“欲语泪先流”，多想找人倾诉一番；化用秦观“便做春江都是泪，流不尽许多愁”，将“愁”由数量变为重量，自创“载不动、许多愁”这个无理且高度艺术化的千古佳句，令人击节赞叹。

一剪梅

红藕香残玉簟秋①。轻解罗裳②，独上兰舟。云中谁寄锦书来？雁字回时③，月满西楼④。　花自飘零水自流⑤。一种相思，两处闲愁⑥。此情无计可消除，才下眉头，却上心头⑦。

【注释】

①红藕：红色荷花。香残：荷花半落。玉簟秋：光滑如玉的竹席已透出秋的凉意，说明季节已是夏末秋初时节。

②裳：裙子。

③雁字：雁阵，常作“人”字形。

④月满：月圆。西楼：词人居处。李益《写情》：“从此无心爱良夜，任他月明下西楼。”

⑤花自飘零：回应香残。水自流：回应兰舟。

⑥闲愁：无端无谓的忧愁。韩偓《青春》：“樱桃花谢梨花发，肠断青春两处愁。”

⑦“此情”三句：范仲淹《御街行》：“都来此事，眉间心上，无计相回避。”

【赏析】

该词是与丈夫别后，书写相思之情的名篇。

上片写词人一天之内的活动，景事为主兼述幽情。室外香残、室内簟凉，白日独自泛舟，眼望云中回雁，夜间等待月满西楼，一种没有着落的刻骨相思，跃然纸上。

下片抒情，叹时光易逝、青春易衰，引出一连串内心独白。“一种相思，两处闲愁”，有思想火花，却无缘相会交流；从内心到眉梢，无处不愁，却无计消除；入情入理、感人至深。

全词造句艺术极其高明，构思奇妙、简洁工整，化用前人诗意、赋予自家风格，“雁字回时，月满西楼”“花自飘零水自流”“一种相思，两处闲愁”“才下眉头，却上心头”，句句清新，如芙蓉出水，惊艳词坛。

凤凰台上忆吹箫

香冷金猊[①]，被翻红浪[②]，起来慵自梳头。任 / 宝奁尘满[③]，日上帘钩。生怕离怀别苦，多少事、欲说还休。新来瘦[④]，非干病酒[⑤]，不是悲秋。　休休[⑥]。这回去也，千万遍阳关，也则难留。念／武陵人远[⑦]，烟锁秦楼[⑧]。惟有楼前流水，应念我、终日凝眸。凝眸处，从今又添，一段新愁。

【注释】

①香冷：香已燃尽、炉灰已凉。金猊（ní）：金色狮子状铜制香炉。

②被翻红浪：起床后，红锦被没有收拾叠好，胡乱堆在床上，晨曦映照下似波纹起伏。

③宝奁（lián）：漂亮的镜匣或首饰盒。

④新来瘦：最近容颜瘦损。

⑤病酒：嗜酒。牟融《春日山亭》："莫道愁多因病酒，只缘命薄不辞贫。"

⑥休休：罢了、罢了。

⑦武陵人：典出陶渊明《桃花源记》，武陵渔人迷失路径，进入桃花源，而等他回去之后人们没有再找到桃花源。

⑧秦楼：代指闺楼。

【赏析】

上片写夫妇临别未别之时。从早上起床开始，似动作连连，却什么事也不愿去做，任香冷、不叠被，宝镜布满灰尘也无心擦拭，眼看着日上三竿，也不着急梳妆打扮；本心是留住丈夫莫去，又怕丈夫为难，话到嘴边又强自压下不说；为此别自然削瘦下去，却自嘲自解，"非干病酒"，也"不是悲秋"，道出神魂不安之状。

下片写丈夫离开后，思想不尽，"休休"二字表示脑子几乎进入空白状态，理不出个头绪，恍惚之间忽然蹦出奇思怪想，自问丈夫这回出门怎么不似从前？以前也曾有过离别，但都没有这次感觉特殊，唱多少遍《阳关》曲，说多少条理由，也没能把他留住；一个“念”字，使情绪平稳下来，丈夫如武陵人一般渐行渐远，只好锁足秦楼耐心等待丈夫归来；好在还有门前流水陪伴，会照出我痴心凝眸的样子，记得我从今而后的“一段新愁”。

词人是善写爱情之愁的大师，灵感敏锐，富有才华，在她笔下愁等于爱、爱等于愁，情生于心、愁缠于身，愁有轻重、新旧、忙闲、明暗之分，与其他诗词所写相比独有味道，她好似更为痴迷爱情，永远生活在愁情变幻之中，刻画出种种难以言状的心态与气质，令读者产生自然真切的认同感。

如梦令

昨夜雨疏风骤，浓睡不消残酒①。试问卷帘人②，却道海棠依旧③。知否，知否？应是绿肥红瘦。

【注释】

①浓睡：春眠酣睡，心情很好。

②试问：故意俏皮作问。卷帘人：侍女。

【赏析】

该词字少意浓，句句如金，从夜到晓的一幅生活小截图，写成一个电影短片，自编、自导、自演，镜头频频转换，一句一个画面。

昨夜雨小风急，饱睡一晚后残酒未消，晓来想起海棠模样，故意逗问卷帘丫头：看看院里海棠如何？侍女果然中招，不加思考随口而答：昨夜风雨无碍，花儿依旧和平时一样。词人开心之极，连笑带骂：傻丫头，再细瞧瞧，风雨前后那花那叶能没有变化吗？接着，兴奋宣布自己的惊人发现：你看，一场小雨把海棠叶子洗得又绿又亮，一阵迅风却把海棠花瓣吹得残缺不全，“应是绿肥红瘦”！

词人善于发现自然之美，以红比美人、以绿比服饰，将惜春悲花写成美人新鲜乐事，表现出少女的风趣韵致与文化底蕴，散发着聪慧多情、俏皮可爱的青春气息。

该词四个六言句皆为“仄仄平平仄仄”第五字变格句式，是词人的一个用语特点。

如梦令

常记溪亭日暮①，沉醉不知归路②。兴尽晚回舟③，误入藕花深处。争渡，争渡④，惊起一滩鸥鹭⑤。

【注释】

①溪亭：当为自家花园一景。

②不知归路：醉到不辨回家之路的地步。

③兴：玩兴。

④争渡：叠用两次。强调不管方向对否，使劲向前划。

⑤滩：水边平地。鸥鹭：泛指水鸟。

【赏析】

一如前词，词人通过回忆往日荷花丛中荡舟，创造出又一幕生活情景喜剧，展现出才华少女任情任性、清纯活泼的风姿。“日暮”不兴叹，“沉醉”不犯愁，“误入”不慌乱，通过“争渡”获得一种舒张撒欢的快感。试想，鸥鹭正在沙滩悠然自在地嬉戏玩耍，突然发现三二少女，喊着叫着，不顾一切地划船冲向岸来，“一滩鸥鹭”惊得不知所措，扑棱一声齐刷刷地飞向空中，描画出一道奇迹般的绝妙风景。

该词情态描写用词极有特点，句前皆有引导词，“常记”“沉醉”“兴尽”“争渡”“惊起”，迅速提升读者情绪，读来畅如流水，美不可言。

除“常记溪亭日暮”外，其他三个六言句皆为“仄仄平平仄仄”第五字变格句式。

醉花阴

薄雾浓云愁永昼[①]，瑞脑消金兽[②]。佳节又重阳[③]，玉枕纱厨[④]，半夜凉初透。

东篱把酒黄昏后[⑤]，有 / 暗香盈袖[⑥]。莫道不销魂[⑦]，帘卷西风，人比黄花瘦。

【注释】

①永昼：整整一个白天、从早到晚。

②瑞脑：一种熏香名。又称龙脑、冰片。消金兽：香炉里香料逐渐燃尽。金兽：兽状香炉，类如《凤凰台上忆吹箫》的金猊。

③重阳：点明节令。

④纱厨：薄纱蚊帐。

⑤东篱：指菊园。把酒：以酒解相思之愁。杜甫《九日登梓城》：“且酌东篱菊，聊祛南国愁。”

⑥暗香：幽香，指菊香。盈袖：满袖。《古诗十九首》：“馨香盈怀袖，路远莫致之。”

⑦销魂：形容极度忧愁、悲伤。

【赏析】

闺中少妇，逢重阳佳节，思念在外的丈夫，本属人间常情，但李清照写得却极不寻常，独具风采。

上片说重阳这天，眼里都是“薄雾浓云”，整日愁眉不展；夜里独对香炉，看香柱燃尽、青烟袅袅；一句“佳节又重阳”打破夜间寂静，重阳本与佳节同义，为什么“佳节”“又”加“重阳”？情绪叠加，喊话丈夫，本应二人相携登高，采茱萸、饮菊酒，丈夫却不在身旁；害得自己昼夜煎熬，直到夜半心境才平复下来。

下片乍看有些突兀，不是欹“枕”在床吗？怎么又一下子回到“黄昏”？词人制造了一个迷离情节，说她“凉初透”后，记起黄昏把酒赏菊的短暂情节，把酒处不是在室外花前，而是在闺房帘内，隔帘看花，菊香暗暗透过珠帘“盈袖”，恰巧一阵西风将珠帘掀起，瞥见黄花瘦俏，再看自己，竟比黄花还瘦！娇容比花容，奇巧之极，人因相思而愁、容因愁而瘦，花瘦人怜、人瘦谁怜，何况还有西风，心中酸楚不言自明。

据传，词人将该词寄给赵明诚后，赵十分惊羡妻子炼字凝情的手段，喜爱这种鲜明的个人艺术风格，故意将该词与赵本人旧作共五十首混编一起，以本人所作的名义请友人品鉴，未曾想友人玩味再三之后，直言只有该词“人比黄花瘦”末三句绝佳，赵坦承那首词“正易安（所）作也”。该词的最大亮点是“瘦”字，词人堪为“瘦”字师，紧紧贴合自己的切身体验，牢牢抓住读者视觉之先，发掘瘦字涵义，将瘦与情与境交织，与他人他物相比，让人望其血色感其美质。《凤凰台上忆吹箫》“新来瘦”“非干病酒，不是悲秋”，把酒把秋撇开，故作隐秘；《如梦令》“应是绿肥红瘦”，以海棠花叶为对象，用红绿调色；该词更为用心，先布置东篱伴酒、暗香盈袖、帘卷西风场面，再请瘦与黄花同出，何止词人销魂，更令读者销魂。

渔家傲

天接云涛连晓雾①，星河欲转千帆舞②。仿佛梦魂归帝所③，闻天语④，殷勤问我归何处？　　我报路长嗟日暮⑤，学诗谩有惊人句⑥。九万里风鹏正举⑦。风休住，蓬舟吹取三山去⑧！

【注释】

①云涛：滚滚如波涛的云彩。

②星河：银河。

③梦魂：梦境。归帝所：走到天帝所在之处。

④闻天语：天帝待我当客，跟我说话。李白《飞龙吟二首》之二：“造天关，闻天语。”

⑤报：答复。

⑥谩：随便、聊且。

⑦举：高飞状。“九万里”句，语出《庄子》：“鹏之徙于南冥也，水击三千里，抟扶摇而上者九万里。”

⑧蓬舟：同“篷舟”，帆船。三山：蓬莱、方丈、瀛洲，神仙居处。李白《当涂赵炎少府粉图山水歌》：“心摇月断兴难尽，几时可到三山巅。”

【赏析】

该词以浪漫主义笔法，类如李白《梦游天姥吟留别》与朱敦儒《鹧鸪天·我是清都山水郎》，一反往常词风，展示出柔情女儿兼具男儿豪气的一面，自有格调。

上片叙事，以“天接云涛连晓雾”开篇，直接进入仙境；“星河欲转千帆舞”，人在银河船上，风浪颠簸，船摇帆舞，迷离神幻；仿佛置身于天帝所在；天帝以为我迷失路径，关切地问我要到什么地方去。

下片述志，回答天帝问话，诉说自己要去的地方路途很远，走到日落也到不了那儿；自己乃女儿之身，不能像男儿那样在社会上纵横驰骋，只能下工夫学习屈原李杜，上下求索，斗胆写了几篇诗词，徒有几个惊人之句，却不知道究竟该追求什么最高境界；“九万里风鹏正举”，是立身天庭产生的鸿志，想前往三山，请求天帝下令让风不要停下来，将篷舟吹得更快一些，直接把我送到那儿。

这首词表现出词人不只是一个陷于相思、悲怨不尽的瘦弱女子，也怀有高飞远举的理想，一身直往三山的气魄与勇气。有论者认为，该词的写作背景是为自己辩诬，她曾经追随宋高宗经海道去温州、绍兴，历尽风涛之险，有意托梦反映此段经历，幻想朝廷能够像天帝那样关爱自己、解救自己。

永遇乐

落日熔金①，暮云合璧②，人在何处？染柳烟浓，吹梅笛怨，春意知几许！元宵佳节③，融和天气，次第岂无风雨④。来相召，香车宝马，谢他酒朋诗侣⑤。　中州盛日⑥，闺门多暇，记得偏重三五⑦。铺翠冠儿，捻金雪柳⑧，簇带争济楚⑨。如今憔悴，风鬟霜鬓，怕见夜间出去。不如向、帘儿底下⑩，听人笑语。

【注释】

①熔金：落日如同熔化的黄金光辉灿烂。

②合璧：暮云片片如碧玉合聚的圆月。

③元宵：即元宵节。

④次第：指时间有先后次序。

⑤酒朋诗侣：诗酒朋友。

⑥中州：中原，指汴京。

⑦三五：指正月十五。

⑧捻金：金线。雪柳：头饰物。

⑨簇带：插戴、打扮。济楚：美好出众。

⑩不如向：倒不如。

【赏析】

上片一问一答、一扬一顿，状写南宋都城元宵节。熔金合璧景色喜人，但问“人在何处”托出一片悲心；柳色初成、笛吹梅落表春天来临，又问“春意知几许”，表失落情绪；逢佳节融合天气，再问“次第岂无风雨”，表凄惶不安；如此，“酒朋诗侣”宝马香车接她观灯，只能谢绝婉拒，反映出词人历经国家忧乱、颠沛流离之后的特殊心境，已对这种大喜大庆的场面失去兴趣、无动于衷。

下片回忆北宋都城汴京繁盛时期的节日盛况，女子们闲时较多，特别“偏重三五”，戴着用翡翠、羽毛装饰的帽子，以白绢与金线做成的头饰，打扮得齐整漂亮，尽情展示青春、争比谁更靓丽，字里行间流露着当年的欢快心情；“如今憔悴”一转，话尽题收，此地是临安不是“中州”，此时是南宋而非北宋，今日“三五”已非往年“盛日”，人也非昨，满鬓雪霜，已不比青春少女，怯于夜间出去游玩，“不如向帘儿底下，听人笑语”，当个旁观者足矣。

该词是词人晚期之作，通过两代都城、异地异时、同节同人对比，抒发故国亲情，道尽内心酸楚与孤寂悲凉；从回忆情节可知，她内心并非绝对不愿去看灯节，而是说南宋灯节没有看头、不值得去看。平淡之语、真挚之情，浅处见深、俗中见雅；结句最耐琢磨，余味不尽。

声声慢

寻寻觅觅，冷冷清清，凄凄惨惨戚戚①。乍暖还寒时候②，最难将息③。三杯两盏淡酒④，怎敌他、晚来风急！雁过也，正/伤心，却是旧时相识⑤。　满地黄花堆积，憔悴损，如今有谁堪摘⑥？守着窗儿，独自怎生得黑⑦！梧桐更兼细雨⑧，到黄昏、点点滴滴。这次第⑨，怎一个愁字了得⑩。

【注释】

①凄凄：寒凉状。惨惨：愁苦状。戚戚：忧惧状。

②乍暖还寒：泛指早春时候，此处指晚秋。

③将息：使心情平静下来。

④淡酒：早酒、扶头酒，从俞平伯所论。

⑤旧时相识：老朋友。

⑥有谁堪摘：不敢摘、无心情去摘。

⑦怎生得黑：一个人呆呆守着窗儿，怎么才能熬到天黑。

⑧更兼：再加上。

⑨次第：情形，光景。

⑩了得：了却、了结。

【赏析】

上片写词人在晚秋一个清晨的情状，一起床就“寻寻觅觅”，想要寻找逝去的爱人、爱情、故国亲情以及美好记忆；“冷冷清清”，因孤寂清冷而寻觅，因寻觅无着而愈加清冷；“凄凄惨惨戚戚”表现其凄凉愁苦与惊恐无可言状；天气冷暖不定，让人最难安定下来，“三杯两盏淡酒”，虽可暂时暖身，但架不住傍晚寒风凉透筋骨，也不能解心境之愁；前面皆是室内的活动画面，偶然抬头望天，好不容易盼来南飞雁阵，它们都是我的旧时相识，是我这南迁之客的故交，却好像没有看见我，既没带来任何消息，也未道一声问候，竟忙着赶路掠顶而过，令人伤心。

下片写日间的情状。面对凌寒菊花盛开，悲己之没落，哪里还有当年那种赏花、摘花的心气儿？《醉花阴》中“人比黄花瘦”，尚有自赏自怜之意，此处却不敢再与黄花比骨感、比瘦美；独自守着窗儿，一步也不愿迈出闺房，不知道怎么做才能挨到天黑；时近黄昏，窗外梧桐悉索作响，“更兼”黄昏细雨，雨打梧桐声声不止，犹如敲击心灵，身心凉透，终于忍不住嘶声大叫“这次第，怎一个愁字了得”！逼得几近发狂，凄厉之甚，其实犹如反问自己“不了得又待怎样”？国家败落，个人必然陷于愁苦而无力自拔。

该词系词人晚年之作，字面是诉说个人的奔波流离、孤苦无助，实际是抒发寻觅故国的情怀，发声时代的哀痛，具有强烈的民族与民心的震撼力量。词人敢于格式创新，用语独具特色。叠字多、拗句多、领句多、六言句多，舌声字（例敌、地）多、齿声字（例怎、正）多，押入声韵险用“黑”字。对于某些用字与句读，不同读本有所不同，示例如下：

①怎敌他、晚来风急：有读本作“怎/敌他晓来风急”。晚，有读本作“晓”。

②憔悴损：有些读本作分句，察其意作三字句领句为宜。

③守着窗儿，独自怎生得黑：有读本作“守着窗儿独自，怎生得黑”。

吕本中

吕本中（1084—1145），寿州（今安徽寿县）人。字居仁，世称东莱先生。1136年赐进士出身，为官时曾被秦桧罢职。善诗词。

采桑子

恨君不似江楼月[①]，南北东西[②]。南北东西，只有相随无别离。　恨君却似江楼月，暂满还亏。暂满还亏[③]，待得团圆是几时。

【注释】

①君：指妻子。江楼：江岸楼台。

②南北东西：指作者行遍四方，并非只在一地为职。

③亏：月缺。

【赏析】

上片写江楼望月，将妻子暗比高天明月，不似还似，月照江楼，更生情思，“恨”妻子不像江楼月那样能够随我南北东西；爱极之恨，迁怨人不如月，无理有情。

下片又是“恨”字打头，将妻子明比江楼圆月，似也不似，清楚知道“圆”是暂时的，后面还会变“亏”，“恨”团圆时短，不知道要待到什么时候才能真正团圆；思念之极，迁怨月不遂心，又是一个无理有情句。

该词写游宦怀念妻子，用月亮与妻子两面作比，充满想象力，句句是景，字字含情，艺术风格鲜明，别有情致；二三句重复使用，有民歌风味。

南歌子

驿路侵斜月[①]，溪桥度晓霜[②]。短篱残菊一枝黄，正是乱山深处、过重阳。　旅枕元无梦，寒更每自长[③]。只言江左好风光[④]，不道中原归思、转凄凉。

【注释】

①侵斜月：夜行、戴月赶路。

②度晓霜：一早就过了满地铺霜的溪桥。

③元：原本。每自长：天天觉得寒夜漫长。

④只言：只以为。江左：江东，指南宋一隅河山。

【赏析】

上片写景。北宋灭亡，词人南渡，于羁旅之中偶见“一枝”“乱山深处”残菊，“黄”得特别扎眼，忽然想起今日是重阳节，本应与朋友或佳人一起把酒赏菊，如今只能是想想而已，饱含无奈与心酸。

下片抒情。“旅枕元无梦，寒更每自长”写觉也睡不安生，寒更漫漫无边，听信“江左好风光”南渡，谁知竟是如此不堪！重阳不是重阳，佳节不是佳节，亲人远在中原，那儿尚被敌军占领，身陷此地，归家无路，如何能不凄凉。

轻轻笔触，重重情思；“正是乱山深处、过重阳”沉重有恨、悲壮有力，“不道中原归思、转凄凉”流露出对南宋朝廷的失望，满含去国怀乡的深情。

胡世将

胡世将（1085—1142），江苏武进人。字承公。1106 年进士，长期为官。

念奴娇·秋夕兴元使院作，用东坡赤壁韵[1]

神州沉陆[2]，问谁是、一范一韩人物[3]。北望长安应不见[4]，抛却关西半壁[5]。塞马晨嘶，胡笳夕引，赢得头如雪[6]。三秦往事[7]，只数汉家三杰[8]。　试看百二山河[9]，奈／君门万里[10]，六师不发[11]。阃外何人[12]，回首处、铁骑千群都灭[13]。拜将台攲[14]，怀贤阁杳[15]，空指冲冠发[16]。阑干拍遍，独对中天明月。

【注释】

①原作词牌署《酹江月》。秋夕：七夕。兴元：汉中郡治所。1139 年 7 月，词人任川陕宣抚使统率陕西诸军与金军对垒，驻汉中。当时，宋高宗与秦桧力主和金，主战派丞相赵鼎遭罢黜。

②神州：指中原。沉陆：沦陷。

③一范一韩：范仲淹和韩琦。范韩皆北宋镇守西北名将，时有民谣："军中有一韩，西贼闻之心胆寒；军中有一范，西贼闻之惊破胆。"

④长安：代指北宋国都，泛指被金人占领的中原大地。

⑤关西：函谷关以西。半壁：大片河山。

⑥"塞马"三句：写战场态势，敌军横行，戍边忧心，落得衰老发白。

⑦三秦：关中泛称。

⑧汉家三杰：指辅佐刘邦的军师张良、丞相萧何、大将军韩信。

⑨百二山河：指山河本身就具有天然的据守拒敌条件，可以据险制胜、以少敌众，有两万人即足以抵敌兵百万。

⑩君门：指朝廷、朝内。万里：离朝廷太远。

⑪六师：周天子将国家军队编为六军，代指南宋官军。不发：按兵不动。

⑫阃（kǔn）外：朝廷之外。

⑬千群都灭：指富平战败事件，1130年主战派领袖张浚指挥四十万宋军，在富平与金军对战，因志大才疏、轻敌麻痹而痛遭失败，从此关陕尽失。

⑭拜将台：汉中胜迹，刘邦接受萧何建议，在汉中筑坛拜韩信为将。攲（qī）：倾倒。

⑮怀贤阁：武侯庙，诸葛亮几度北伐，驻兵汉中，死后葬于汉中定军山。

⑯冲冠发：毛发直竖、顶起帽子，状愤怒之极。

【赏析】

上片开篇即摊开祖国地图，写神州沉陷、山河破碎。“问谁是、一范一韩人物”，一声呼唤，响彻天地；北望长安、不见长安，已失“关西半壁”；眼见“塞马晨嘶”，耳闻“胡笳夕引”，敌人猖狂，自己却无战功，只“赢得头如雪”，作为爱国将领，其心情忧愤可想而知；回顾“三秦往事”，收复失地，当有“汉家三杰”出世；首尾衔接，呼吁发现和重用一范一韩与三杰那样的人才，表现出以解国家危难为己任的强烈愿望。

下片议事抒怀，“试看百二山河”，本应能够抵御住敌人，无奈“君门万里”，朝内主和，将士们见不到皇帝，皇帝不知道将士们在想什么，为什么放弃抵抗，“六师不发”？朝外又有何人关心战场？为什么不痛思张浚富平惨败的教训？在和非计、战非能的情势下，感慨韩信拜将台的倾塌、武侯庙的空寂，怒发冲冠；“阑干拍遍，独对中天明月”写出壮怀难伸的无奈。

词人点明用“东坡赤壁韵”，除用韵外，写法上也明显受苏词影响，但有个人发挥，苏词以“人间如梦，一尊还酹江月”收拍，胡词以“阑干拍遍，独对中天明月”收拍；当目光凝停明月之前的一刹那，两人的态度不同，一样明月并非同明同色，寄托有深浅轻重之别；苏轼尽管遭贬，尚居于太平盛世，更多的是着笔个人命运；胡氏身为前线军事将领，生死系于一瞬，更多的是着笔国家命运。胡词紧贴时事，书写现实，视野开阔，历览古今，笔力遒劲，激越豪放；苏词“赤壁怀古”，胡词当为“兴元怀古”，也是一篇继范仲淹之后优秀的将军边塞词。

赵鼎

赵鼎（1085—1147），解州闻喜（今山西闻喜）人。字元镇，号得全居士。反对与金议和，倚重岳飞，与李纲齐名，官至同中书门下平章事。遭秦桧妒忌，被流放海南，不改志节、不食而卒。

鹧鸪天 · 建康上元作①

客路那知岁序移②，忽惊春到小桃枝③。天涯海角悲凉地④，记得当年全盛时。

花弄影⑤，月流辉。水精宫殿五云飞⑥。分明一觉华胥梦⑦，回首东风泪满衣⑧。

【注释】

①建康：南京，1129 年宋高宗南逃的暂住之地。上元：元宵节。

②客路：远离故国、寓居建康。

③忽惊：不知不觉突然发觉、惊见。

④天涯海角：指建康。

⑤花弄影：有读本作“花影移”。

⑥水精宫殿：指皇宫。五云：五彩祥云。

⑦华胥梦：典出《列子 · 黄帝》，黄帝梦游于华胥氏之国，其国无头领、无利害冲突，一切皆崇尚自然，寓意安乐和平之境。

⑧东风：一是回应“春到”，二是象征“全盛时”。

【赏析】

上片写当今之景。“那知”表明在“客路”没有岁序感觉，处于浑噩麻木状态；见“桃花”才“忽惊”春到；“天涯海角悲凉地”可谓神句，建康离汴京仅数百里，哪里有“天涯海角”那么遥远，这里强调的是心灵距离；建康本是大宋美好江山，但金兵南下，皇帝在此仓惶驻足，这佳节该怎么过法，自生悲凉酸辛，记起故国“当年全盛时”，一惊一喜、一悲一叹，自然完成情感转折。

下片没有用浓笔重彩描绘“当年”上元胜景，仅用“花弄影，月流辉”“五云飞”轻轻带过，动感十足，令人思忖那时之花如何弄影、那时之月如何流辉、那时之云如何五色缭绕；“分明一觉华胥梦”写美丽的回忆顷刻消散，如同一场美梦那样来得快、去得疾，经不起金兵一击。

该词结构严密、艺术特点突出，上片结句意义转折，下片承接自然；注重亡国前后，汴京与建康同遇上元节的对比；回应、开合清楚，“忽惊”对“那知”，“全盛时”对“悲凉地”，“回首东风”对“忽惊春到”，“泪满衣”对“华胥梦”。

花心动·偶居杭州七宝山国清寺冬夜作[①]

江月初升，听悲风、萧瑟满山零叶。夜久酒阑，火冷灯青，奈此愁怀千结。绿琴三叹朱弦绝[②]，与谁唱、阳春白雪。但遐想、穷年坐对[③]，断编遗册[④]。　西北欃枪未灭[⑤]。千万乡关，梦遥吴越[⑥]。慨念少年[⑦]，横槊风流[⑧]，醉胆海涵天阔[⑨]。老来身世疏篷底[⑩]，忍憔悴、看人颜色[⑪]。更何似[⑫]，归欤枕流漱石[⑬]。

【注释】

①国清寺：佛教名刹，位于浙东天台山。初建于隋代，1127 年南宋立都临安，1128 年曾整修扩建。七宝山是杭州吴山三茅观别称，因藏经画鼎钟七宝得名，是宋高宗 1150 年倡建，那时词人已经作古，小序国清寺前的“杭州七宝山”恐另有说法。1137 年词人任左仆射、知枢密院事，因受人离间，与主战派领袖张浚发生矛盾，赵曾受到张的扶持提携，二人堪称政治盟友，赵为顾全大局，暂时避开与张的直接接触，请调离杭州而东去知绍兴府。绍兴距天台山较近，该词可能写于这个时期。后来，宋高宗欲严厉处置张浚，惟有词人独在朝上仗义执言为张辩护，可见其高风亮节。

②绿琴：绿绮琴，泛指名琴。朱弦：熟丝琴弦。黄庭坚《登快阁》：“朱弦已为佳人绝，青眼聊因美酒横。”

③穷年：一年到头。坐对：安坐、坚守。

④断编：表北宋王朝的历史被金人入侵斩断。遗册：前经旧史。

⑤欃枪：代指祸乱。金兵当时不仅占据西北，且已渡淮威逼江浙，点出“西北”富平之败。见胡世将《念奴娇》注。

⑥梦遥吴越：身居“吴越”，距“乡关”千里，指离复国目标还很遥远。

⑦慨念：壮志激昂、慷慨正气。

⑧横槊（shuò）：马上持矛英姿。

⑨醉胆：醉心、痴志。

⑩篷底：船舱。寓意人到老年尚壮志未遂，反淡出政治中心。

⑪忍憔悴：忍屈受辱，不愿跟朋友闹僵。

⑫何似：何以像。

⑬归欤（yú）：回去吧，感叹。枕流漱石：典故，孙子荆年少时即欲归隐，本想对王武子说“当枕石漱流”，却口误为“漱石枕流”，王说“流可枕，石可漱乎”，孙答“所以枕流，欲洗其耳；所以漱石，欲砺其齿”。句意是这日子过得怎么像隐居一样。卢纶《春日过李侍御》：“折花朝露滴，漱石野泉清。”

【赏析】

上片写词人夜宿山寺情景，用月升、悲风、零叶、灯青具有代表性的景物，编织孤寂愁怀：词人身临清冷月色中，耳听呜咽寒风，眼见满山萧瑟，心感黄叶飘零；长夜饮罢，对火炉冷灰、如豆青灯，夜读难眠；用“奈此”“三叹”“与谁唱”“但遐想”表现心理活动的词语，表达在遭遇战友不解、政治挫折后的冷静思索，其中“与谁唱”念及朋友，“穷年坐对”冥思无计，“断编遗册”重名节青史，但与张浚断交始终令其踌躇不安，不知如何化解，担忧因此使抗金力量受到削弱。

下片起句即言“西北欃枪未灭”，词人牢记张浚的富平战败，誓为朋友报仇雪恨；“千万乡关，梦遥吴越”表达复国之思；“慨念少年”“海涵天阔”表达志在疆场，欲纵横天地成就一番事业，却无力施展，而今“老来身世疏篷底”，是说为了顾全大局宁可独自委曲承受，“枕流漱石”是说真不理解、真不甘心，这日子怎么过得竟如隐居畏世一般！国难难抒、政见难合、友情难复、壮志难遂、事事压身、重重困扰，其情其状何堪。

该词题材特殊，将个人恩怨置于国家命运之下，可见词人大智大节与爱国情怀；写法不落俗套，心理刻画细腻，情感起伏可触，具有相当的思想深度与艺术高度。

该词用入声韵，跨两个韵部，“瑟、册、色、石”属质陌韵部，“叶、结、绝、雪、灭、越、阔”属物月韵部。

向子諲（yīn）

向子諲（1085—1152），临江（今江西樟树）人。字伯恭，号芗林居士。曾带兵勤王，守卫潭州抗敌八日，官至户部侍郎，因反对议和、忤逆秦桧，被闲居15年。

阮郎归 · 绍兴乙卯大雪行鄱阳道中①

江南江北雪漫漫。遥知易水寒②。同云深处望三关③。断肠山又山。　天可老，海能翻。消除此恨难。频闻遣使问平安④。几时鸾辂还⑤。

【注释】

①乙卯：绍兴五年，即1135年。鄱阳：今江西鄱阳。

②易水：在河北易县，易县是古燕国都城，荆轲渡易水西去刺秦，慷慨悲歌："风萧萧兮易水寒，壮士一去兮不复还。"骆宾王《于易水送人》："昔时人已没，今日水犹寒。"

③同云：彤云，阴云。三关：淤口关、益津关、瓦桥关，在河北霸县，宋代边关。

④频闻：屡闻。遣使：1132、1134与1135年，宋高宗分别派遣潘致尧、章谊、何藓为通问使，去金朝问候被囚禁的徽钦二帝。

⑤鸾辂（lù）：皇帝车驾。还：迎二帝归国。

【赏析】

上片写景。人在征途，"江南江北雪漫漫"，本已寒气逼人；"遥知易水寒"，寒中还有更寒处，易水是金朝的后方，被掳去的徽钦二帝尚在易水东北更寒冷的地方受苦受难；北望三关，彤云密布，前面除了山还是山，重重阻隔，哪里看得见二帝归路。国难萦怀，肝肠寸断！

下片述志。天本难老、海本难翻，但是在词人看来，即便天老海翻，也难雪我心中之恨；“频闻”二字犹如一针强心剂，似问使者：二帝当今如何，何时能还？期待给自己带来些微的慰藉。

该词写于1135年冬，二帝在此半年之前已经死于五国城；词人不知此情，还以为二帝仍在。全词语言朴素、情感真实。上片大景阔远深邃，其中“同云深处望三关”意态俱丰；下片情致委婉动人，其中“频闻遣使问平安”含遣使去问、人问遣使双重意味。

忆秦娥[①]

芳菲歇[②]，故园目断伤心切[③]。伤心切，无边烟水，无穷山色。　可堪更近乾龙节[④]，眼中泪尽空啼血[⑤]。空啼血，子规声外，晓风残月。

【注释】

①原作词牌署《秦楼月》。

②芳菲歇：春光消歇，暮春时节。比北宋风光已尽。

③故园：指中原故国。

④乾龙节：指宋钦宗生日。

⑤“啼血”句：李山甫《闻子规》：“断肠思故国，啼血溅芳枝。”

【赏析】

上片写故国凄清之景。“芳菲歇”意蕴颇深，有身外的芳菲飘落之“歇”，有心中的家国之“歇”；“故园目断”令词人更觉沉重、更加伤心，这种伤心浸染了整个世界，“无边烟水，无穷山色”。

下片抒啼血之情，皆因“更近乾龙节”，往年满朝群臣、天下百姓皆为钦宗皇帝生日上寿庆祝，如今山河易主、皇帝身陷金朝囹圄，这生日该如何过法？君辱臣耻，又无力改变此等惨境，心中淤积的悲恨愤愁迸发，凝成“眼中泪尽空啼血”，为什么用“空”字？因为“子规声外”，依然是“晓风残月”，望不见日出，看不到希望，无尽哀怨，随晓风残月一起浸入烟水山色里。

宋齐愈

宋齐愈，生平不详。字文渊，号退翁。徽宗朝任主管教育官员，南渡后，曾因推荐伪楚张邦昌任职获罪，被李纲所杀。

眼儿媚

霏霏疏影转征鸿。人语暗香中①。小桥斜渡，西亭深院，水月朦胧②。　人间不是藏春处③，玉笛晓霜空④。江南树树⑤，黄垂密雨，绿涨薰风。

【注释】

①疏影、暗香：见晁冲之《汉宫春》注。征鸿：大雁北归，表春天时节。

②水月：水色月色。朦胧：夜色似明似暗、似浓似淡。

③“人间”句：花开的春天虽好，人间却不是它的珍藏保鲜之处。

④“玉笛”句：霜后秋晨，笛声悠扬、晓空万里，突然发觉原来是春天换了面容藏到这儿来了。

⑤树：乔木，高数尺，可能指黄梅，果期在夏秋之间。

【赏析】

该词写梅，不用梅字。

上片写花开时节，有花影、征鸿、人语、暗香、小桥、水月，是春天江南黄昏待月之景。

下片开句“人间不是藏春处”，含情喻理，实现季节转换，化用杜甫“绿垂”“肥梅”，写梅树“黄垂”“绿涨”，似细雨因子黄而垂、熏风因叶绿而涨，将秋景当作春天的化身，藏过夏季，在初秋新妆出场，有神想有趣味。

据传，宋徽宗知词人文章新奇，命以梅为题写作新词，要求“须不经人道语”，词人呈上此作，徽宗十分中意，夸赞“宋齐愈梅词非唯不经人道，且自开花说至结子，并天气亦言之，可谓尽至矣”。

幼卿

幼卿，生平不详。女，徽宗时人。

浪淘沙　并序

幼卿少与表兄同研席，雅有文字之好。未笄，兄欲缔姻。父兄以兄未禄，难其请，遂适武弁。明年，兄登甲科，职教洮房，而良人统兵陕右，相与邂逅于此。兄鞭马，略不相顾，岂前憾未平也耶。因作浪淘沙以寄情云①。

目送楚云空，前事无踪②。漫留遗恨锁眉峰③。自是荷花开较晚，孤负东风。　客馆叹飘蓬④，聚散匆匆。扬鞭那忍骤花骢⑤。望断斜阳人不见，满袖啼红。

【注释】

①北宋宣和年间，在陕府驿壁发见该词，并有序题。幼卿为一女子，少时与表兄同窗研习，青梅竹马，有文字之好。该女子未成年时，表兄向她父母提婚，父母以表兄未录功名为由婉拒；后来父母不再提起此事，而将她嫁给一名武官，其丈夫统兵陕右；表兄当年求亲未果，遂弃文从武，第年登科，任职洮房（今甘肃临潭）；未曾料到，数年后幼卿与表兄在陕地不期而遇，女子以该词记录表兄妹相见时刻内心的复杂情感。笄（jī）：盘发年龄，指十五岁方算进入成年。适：嫁，嫁给。

②前事：指与表兄少时共读的美好时光。

③遗恨：指曾暗恋表兄，却无从表白，遗恨在心。

④飘蓬：比漂泊不定。

⑤骤：马奔驰。花骢：毛色青白相杂的马。

【赏析】

上片写女子与表兄多年未见，客路相逢，本应惊喜非常，表兄却装作没看见她，一句话不说就迅疾离去，劈头一句“目送楚云空”，似看见幼卿被惊呆的身影，仿佛天底下就剩下她自己，她的内心情感在片刻之间就翻腾起来，想起少小无猜同案共读的美好时光，已经渺无踪迹，似乎从来就没有发生过，而看表兄那眉峰深锁的样子，分明是说情爱已化成遗恨；不知道自己究竟做错了什么，满眼迷茫、满心委屈，自比荷花，怨荷花为什么不在春天开放，而偏偏拖延到夏天才开，“孤负东风”，是说辜负了表兄一片深情；自己少时并非不喜爱他，只是无法开口；自己完全理解表兄的不快与怒气，他虽如此决绝却也不能完全怪他。

下片用“客馆叹飘蓬”过渡，叹自己命如蒿草；然后拉回锥心刺骨的“聚散匆匆”短镜头，“扬鞭那忍骤花骢”，表兄非但没有温语相问，竟狠狠一鞭驱马离去，那鞭犹如抽打在自己身上，何其难堪；尽管如此，她还是宽谅他，默默“望断斜阳”“满袖啼红”。

该词以自述口气来写，如临其境；文辞自然、情节婉转，“望断”与“目送”接应，“满袖啼红”与“孤负东风”接应；“自是荷花开较晚”比喻新鲜贴切；塑造了一个真纯痴情、宽容善良的完美女子形象，也点出了父母包办婚姻的不幸。

蒋兴祖女

蒋兴祖女，生平不详。宜兴（今江苏宜兴）人。其父蒋兴祖，靖康间任开封阳武（今河南原阳）令，金兵进犯京师时战死疆场，年仅四十二岁；其母与兄相继以死；自己被掳北去，题词于雄州驿中。

减字木兰花·题雄州驿①

朝云横度②，辘辘车声如水去③。白草黄沙④，月照孤村三两家。　飞鸿过也，万结愁肠无昼夜。渐近燕山⑤，回首乡关归路难。

【注释】

①雄州：今河北雄县，现归雄安新区。词人被掳时为敌占区。驿：驿站。

②横度：风卷云动。

③辘辘：车轮滚动声，指金兵驱赶大宋臣民车队的行进之声。

④白草：枯草。

⑤燕山：山名，在今河北北部。过了燕山就是出了国境，那边就是金朝。

【赏析】

上片写被迫抛家去国、荒野千里的凄惨景况。清早就被驱赶上路，风卷愁云，不知飘向何方；“辘辘车声如水去”，走过去的路如泼出去的水，再难回还；走到夜晚月出，才看见路边有个三两户人家的小村。

下片抒发渐行渐远、回首乡关的万结愁肠。“飞鸿过也”表大雁过冬南飞，被掳百姓却被迫押往更加寒冷的北方；“渐近燕山”，也就是快出国门时，“回首乡关归路难”，一步一回头，没有机会能再回到故国，怎不“万结愁肠”？！

该词以个人所经所历记录家国痛史，字字血泪，刻骨铭心。

洪皓

洪皓（1088—1155），鄱阳（今江西鄱阳）人。字光弼。1115 年进士，1129 年作为南宋使节使金。因忤逆秦桧遭贬。

江城梅花引·忆江梅[①]

天涯除馆忆江梅[②]。几枝开？使南来，还带余杭春信、到燕台[③]？准拟寒英聊慰远[④]，隔山水，应销落[⑤]，赴诉谁。　空恁遐想笑摘蕊[⑥]，断回肠，思故里。漫弹绿绮[⑦]，引三弄、不觉魂飞[⑧]。更听胡笳，哀怨泪沾衣[⑨]。乱插繁花须异日[⑩]，待孤讽[⑪]，怕东风，一夜吹。

【注释】

①原作词牌署《江梅引》。江梅：象征南宋故土。1129 年，词人出使金朝，被扣留十余年，经受死亡威胁、富贵利诱，始终坚贞不屈。1142 年和议告成，南宋对金称臣，金朝同意送回宋徽宗棺木及宋高宗母亲韦后，闻听南宋将派遣使者来金地迎护，词人百感交集，连作四首同韵《江梅引》，该词系第一首。

②天涯：身陷敌国，距故土遥远。除馆：被人遗忘的角落。

③余杭：临安，南宋都城。春信：指梅花。燕台：燕昭王所筑延请贤士的黄金台，在河北易县，时为词人被拘之地。

④拟：打算。寒英：寒梅。

⑤销落：凋谢。化用柳宗元《早梅》："欲为万里赠，杳杳山水隔。寒英坐销落，何用慰远客。"

⑥“空恁（nèn）”句：江总《梅花落》：“桃李佳人欲相照，摘蕊牵花来并笑。”

⑦绿绮：指名琴。

⑧三弄：梅花三弄曲，亦称梅花引。使者未到，故里难回，教人肝肠寸断，聊且弹起《梅花三弄》。

⑨更听胡笳：胡笳声声惊心。化用杜甫《独坐》：“胡笳在楼上，哀怨不堪听。”

⑩异日：将来。

⑪讽：背诵、朗读。苏轼《次韵李公择梅花》：“忽见早梅花，不饮但孤讽。”

【赏析】

上片忆江梅、盼南使，词人曾以白居易“三年闲闷在余杭，曾为梅花醉几场”为该词自注，殷切盼望故国来使像范晔那样寄我梅花；期待中又不禁惶惶，纵使来使真地给我带来梅花，但行经千山万水，等来到这儿，花朵恐也凋落了，一腔衷情还能对谁去说。

下片回忆佳人采梅，抚琴寄情，神魂好像已经飞回故乡；偏传来令人心惊的胡笳声，金兵一会儿也不让我安宁；我等待能够在江南土地上，放开喉咙吟诵梅花诗篇的那一天；东风啊，切莫吹得花落，使我的愿望落空。

该词大量用典与化用前人诗意，含历史意蕴，生时代新意，有想象、有情节，有强烈的艺术魅力。南宋著名文学家洪迈是其第三子，在《容斋随笔》中赞扬词人四首词“每首有一笑字，北人谓之四笑江梅引，争传写焉”，词人自序强调“卒押‘吹’字，非风即笛，不可易也”。“笑”“吹”二字堪称词眼，写出了愁苦之中的乐观主义精神与爱国信念，曲终留下余音。其他三首含“笑”“吹”的句子分别是：“曾动诗兴笑花蕊”“玉笛吹”“笑坐雕鞍歌古曲”“片片吹”“对花笑”“和泪吹”。

蔡伸

蔡伸（1088—1156），仙游（今福建仙游）人。字伸道，号友古居士，文学家、书法家、北宋名臣蔡襄之孙。1115年进士，历任知县、知州、知府。秦桧当权时，被作为赵鼎一党罢官。工词。

柳梢青

数声鶗鴂①，可怜又是，春归时节。满院东风，海棠铺绣，梨花飘雪。　丁香露泣残枝②，算未比、愁肠寸结。自是休文③，多情多感，不干风月④。

【注释】

①“数声”句：援用张先《千秋岁》原句。

②“丁香”句：清晨时候，露珠犹如泪珠，似为丁香残枝未能留住花朵哭泣。

③休文：南朝诗人沈约字休文，有沈腰削瘦故事。

④风月：本指清风明月，此处指风骚、风情，欧阳修《玉楼春》：“人生自是有情痴，此恨不关风与月。”

【赏析】

上片写暮春景象。“满院东风，海棠铺绣，梨花飘雪”，暮春美景但提不起词人赏景的兴趣，“数声鶗鴂”令人扫兴，想起往年在此时节发生过的伤心难忘之事，不禁暗想，这难道是一种轮回？叹息“可怜又是，春归时节”。

下片抒情，清晨发现“丁香残枝”上的露珠，似为残枝未能留住花朵而哭泣。这固然也算是一种愁绪，但怎能比得上我心中的“愁肠寸结”；犹如休文腰瘦带宽，都是“多情多感”惹的，但其又明言这种“多情多感”并“不干风月”。下片文词秀丽、意境清幽，一步一个转折，布下迷宫，但最终也没挑明是何缘由让他“愁肠寸结”，给读者留下想象的空间。

词人写有三首《柳梢青》，其一有句“联璧寻春，踏青尚忆，年时携手”“阴阴柳下人家，人面桃花似旧”；其三有句“凄凉断雨残云，算此恨、文君更切”“老去情怀，春来况味，那禁离别”。三词连贯起来看，词人非为伤春、确为伤情，声明“不干风月”，那是为了掩人耳目，实为叙说年轻时的一段情缘，借伤春说伤情。

李重元

李重元，生平不详。北宋徽宗朝诗人。

忆王孙·春词

萋萋芳草忆王孙[①]，柳外楼高空断魂，杜宇声声不忍闻[②]。欲黄昏，雨打梨花深闭门[③]。

【注释】

①萋萋：草盛貌。王孙：帝王、贵族子弟，也作隐士、读书人的尊称；此处指身份相当、素有交往、出游未归的友人。刘安《招隐士》"王孙游兮不归，春草生兮萋萋"，"王孙"指隐士；谭用之《秋宿湘江遇雨》"乡思不堪悲橘柚，旅游谁肯重王孙"，"王孙"指读书人。

②杜宇：啼声音似"不如归去"。化用柳永《安公子》："听杜宇声声，劝人不如归去。"

③"雨打"句：化用刘方平《春怨》："寂寞空庭春欲晓，梨花满地不开门。"

【赏析】

该词写女子思人怀远。"萋萋芳草"表春天时候，"王孙"是所思之人，因望不见"王孙"而"空断魂"，因闻"杜宇声声"而心欲裂；暮色黄昏，一场春雨把梨花打得堆满庭院，女子只能"深闭门"，把自己关起来，去想去哭。该词虽未使用"伤心""孤凄"字眼，却隐见无限伤心与孤凄。

该词写法与晏殊《浣溪沙》"一曲新词酒一杯"颇为相似，语言、景物、意象似曾相识，前人诗词中并不鲜见，神道之处是具有高超的化用艺术，将读者熟悉喜爱的共象有机地联通起来，变成自己所得，写出一种新的意境。词人写有四首《怨王孙》，以春夏秋冬为题，艺术手法一致，事隐其中、情隐其中，句句丽语，皆为佳作。《夏词》有句“过雨荷花满院香”“针线慵拈午梦长”；《秋词》有句“明月斜侵独倚楼”“一点渔灯古渡头”；《冬词》有句“天外孤鸿两三声”“窗外梅花瘦影横”。

陈与义

陈与义（1090—1138），洛阳（今河南洛阳）人。字去非，号简斋。天资聪颖，少年成名，长期在北宋朝廷任职；汴京沦陷时先料理父丧，后经三年逃亡赶到临安。曾任南宋朝廷参知政事。

临江仙·夜登小阁，忆洛中旧游①

忆昔午桥桥上饮②，坐中多是豪英。长沟流月去无声③。杏花疏影里，吹笛到天明。　二十余年如一梦，此身虽在堪惊④。闲登小阁看新晴。古今多少事，渔唱起三更⑤。

【注释】

① 1127年北宋灭亡，词人南渡，1135年引疾求去，居桐乡小镇。小阁：当为居处小楼。词人夜上小楼，回忆了青年时代的诗意人生。

②午桥：在洛阳城南，唐宰相裴度在那儿建有别墅，常与白居易、刘禹锡诗酒相聚。

③长沟：桥下河道。

④此身虽在：在颠沛流离之途，叹浮沉变幻，心惊不已。

⑤“古今”二句：化用张昪《离亭燕》“多少六朝兴废事，尽入渔樵闲话”诗意。

【赏析】

上片回忆国家平安、意气风发的青年时代。“长沟流月去无声。”河面月光如银，时光随河水静静流向远方，悄悄流逝；岸边杏枝疏离，花影绰绰，豪英旧游们吹笛奏乐、酒宴歌舞直到天明，饱含眷恋之情。

下片面对国破家亡之后的漂泊逃难。“此身虽在堪惊。”感慨二十多年青春岁月竟如一梦，此身虽在，心惊不已；有多少困扰与苦闷，无所事事登楼散心，看雨后月色，隐隐期待新晴出现；思量古今，有多少朝代兴衰历史，风云人物故事，永远都让你感慨不尽，说透了，也不过是渔父五更渔歌的几句唱词罢了。

该词写于词人在南宋辞职居家赋闲时期，反映出国家繁荣留下的美好记忆和靖康之耻留下的无尽创伤。该词是词人的代表作，其中“长沟流月去无声”“杏花疏影里，吹笛到天明”“古今多少事，渔唱起三更”，向被视为名句。明代杨慎“白发渔樵江渚上，惯看秋月春风”“古今多少事，都付笑谈中”，当是由该词化用而来。

张元幹

张元幹（1091—1161），福州永福（今福建永泰）人。字仲宗，号芦川居士、真隐山人。曾任李纲行营属官，不满奸佞当权，因送胡铨《贺新郎》词得罪权臣，被除名。词风豪放，为辛派之先驱。

水调歌头·追和①

举手钓鳌客②，削迹种瓜侯③。重来吴会三伏④，行见五湖秋⑤。耳畔风波摇荡⑥，身外功名飘忽⑦，何路射旄头⑧？孤负男儿志⑨，怅望故园愁。　梦中原，挥老泪，遍南州。元龙湖海豪气，百尺卧高楼⑩。短发霜黏两鬓，清夜盆倾一雨，喜听瓦鸣沟⑪。犹有壮心在，付与百川流。

【注释】

①追和：和多年以前自己或他人所作之词。词人有十四首《水调歌头》，约半数用十二尤求韵，可能与《水调歌头·落景下青嶂》成为互和关系。

②钓鳌客：抱负远大者。典出《列子·汤问》，渤海之东有五山，天帝命十五只巨鳌举首负载。龙伯国有人出门要经过这五座山，觉得十分不方便，于是用鱼饵一连钓起六只鳌。李白自称“海上钓鳌客”拜谒宰相，宰相诘问他用何物为钓线、钓饵，李答“以风浪逸其情，乾坤纵其志。以虹霓为丝，明月为钩”，“以天下无义丈夫为饵”。

③削迹：隐居。种瓜侯：见晁补之《摸鱼儿》注。

④重来：与上次游吴相隔二十年。词人有诗“一别三吴地，重来二十年”。

⑤“行见”句：词人有词“莫道三伏热，便是五湖秋”，适为佐证。

⑥风波摇荡：寓时局动荡。

⑦功名飘忽：表时已辞职，身居功名之外。

⑧旄头：昴宿星名，古人认为昴宿星光闪耀预示将有战争爆发。杜牧《感怀诗一首》：“旄头骑箕尾，风尘蓟门起。”

⑨孤负：即辜负。

⑩“元龙”二句：典出《三国志 · 魏书 · 陈登传》，三国陈登字元龙，许汜向刘备抱怨陈登看不起他，说自己去看望陈，陈独睡床上而让自己卧于地上。刘备劝许：今天下大乱，你是名士，自当谋救世之计，却去求田问舍，元龙是个高人，哪有耐心待你，你还想和他一样同卧百尺楼上，岂非是小人一般见识，况且床上床下也不过一床之距。柳宗元《同刘二十八哭吕衡州，兼寄江陵李元二侍御》：“遥想荆州人物论，几回中夜惜元龙。”

⑪瓦鸣：倾盆大雨在房顶瓦沟流淌倾泻，发出声响。

【赏析】

上片通过自我心境描绘，写出一个充满豪侠气概的大丈夫形象，以“钓鳌客”李白、“种瓜侯”邵平自比，“重来吴会”表故地重游，希冀获得一时的精神解脱，然而，“耳畔风波”“功名飘忽”，让他无法静下心来，思虑“何路射旄头”，不愿空负男儿救国之志，徒落故园怅望之愁，表虽已去职，壮心仍在。

下片伊始“梦中原，挥老泪，遍南州”写老臣梦回中原，老泪纵横，遍洒南宋土地，用夸张手法写出悲愤难抑情状；借陈登故事言自己虽老但元龙豪气仍在；“清夜盆倾一雨，喜听瓦鸣沟。”大雨惊梦，如闻前线胜利，一洗中原膏血，兴奋之情溢于言表；让壮心付与百川，同归大海，使人能感受到词人胸中激情澎湃，似江河奔涌。

词笔纵横驰骋，言语铿锵有声，善用典故，寄意古人，从行迹到内心，从现实到梦境，连贯一气、激励人心，是一篇爱国主义杰作。

多丽[1]

少年时，壮怀谁与重论[2]。视文章、真成小技[3]，要知吾道称尊[4]。奏公车、治安秘计[5]，乐油幕、谈笑从军[6]。百镒黄金，一双白璧，坐看同辈上青云[7]。事大谬，转头流落，徒走出修门[8]。三十载，黄粱未熟，沧海扬尘[9]。　念向来、浩歌独往，故园松菊犹存[10]。送飞鸿、五弦寓目[11]，望爽气、西山忘言[12]。整顿乾坤[13]，廓清宇宙[14]，男儿此志会须伸[15]。更有几、渭川垂钓，投老策奇勋[16]。天难问，何妨袖手，且做闲人。

【注释】

①原作词牌署《陇头泉》。

②谁与重论：少年大志，没有谁可与之相比。

③小技：出自扬雄《法言・吾子》，“少而好赋是童子雕虫小技，壮夫不为也”。虫：秦代一种虫体文字。

④道：儒家道统、致君尧舜。杜甫《贻华阳柳少府》：“文章一小技，于道未为尊。”

⑤公车：汉代官署名称，臣民上书由公车接待，例贾谊公车上书向汉文帝陈奏“治安策”。

⑥油幕：用涂过桐油绢布做成的军帐。词人投笔从戎，曾作李纲军中幕僚。王维《上张令公》“致君尧帝典，荐士满公车”；韩愈《李正对晚秋郾城夜会联句》“从军古云乐，谈笑青油幕”。

⑦镒（yì）：重量单位，二十两或二十四两为一镒。连用二典，其

一，虞卿游说赵孝成王，一见面就获赐黄金百镒、白璧一双，再拜为上卿之职；其二，范雎与须贾是一对政治冤家，须曾对范说“贾不意君能自致于青云直上”。“百镒”三句意思是期望同辈受到重用，位高而有担当。

⑧事大谬：指金兵进逼汴京。修门：国门。“事大谬”三句意思是形势急转直下，臣民离京逃难。柳宗元《汨罗遇风》：“南来不作楚臣悲，重入修门自有期。”

⑨沧海：此处用典，麻姑见过东海三次变为桑田，即便在海中行走也会扬尘。

⑩“松菊”句：语出陶渊明《归去来兮辞》：“三径就荒，松菊犹存。”

⑪五弦：五弦琴。

⑫忘言：不须用语言形容。《世说新语》：“西山朝来，致有爽气。”陶渊明《饮酒》：“此中有真意，欲辨已忘言。”

⑬乾坤：指国家。杜甫《洗兵马》：“二三豪杰为时出，整顿乾坤济时了。”

⑭宇宙：指天下。

⑮会：应当。

⑯“更有几”二句：句意是自己比不得姜太公，没有几个人能有他那样的好运，到老还能建立奇功勋业。

【赏析】

上片写前三十年的青少年时期，心怀意气，不以文章为重，只在意献策（奏公车）、从军（乐油幕），期遇明主、一展雄才；未曾料“事大谬”，国家形势急转直下，京城失守，几度流落，三十年过去，仍然“黄粱未熟，沧海扬尘”。

下片写退居以后，“浩歌独往”，所幸“故园松菊犹存”，赞松之高节、菊之品格；“送飞鸿”寓意归故国；“望爽气，西山忘言”，依然气宇傲岸；“整顿乾坤，廓清宇宙，男儿此志会须伸”，何等气派；这是词人的人生目标、大志所在，且不忘于心；但终究是老了，没希望像姜太公那样“投老策奇勋”；化用杜甫“天意高难问，人情老易悲”结句，道出多少辛酸，“何妨袖手，且作闲人”表现晚景堪悲堪怜。

全词似一篇“人生总结”，用叙事笔法，间有慨叹；倾诉胸臆、可见肝胆；频频用典，化用前人诗句，自然融合，是宋代词坛较早出现的以文为词的作品范例。

蝶恋花

燕去莺来春又到。花落花开，几度池塘草[①]。歌舞筵中人易老。闭门打坐安闲好[②]。　　败意常多如意少。著甚来由[③]，入闹寻烦恼。千古是非浑忘了。有时独自掀髯笑[④]。

【注释】

①“池塘”句：化用谢朓《登池上楼》：“池塘生春草，园柳变鸣禽。”

②打坐：静坐、闭目盘膝而坐，道教的一种修行方式，佛教称禅坐、禅定。

③著甚：有甚，凭甚。

④掀髯：开口大笑时胡须自然张开。苏轼《次韵刘景文见寄》：“细看落墨皆松瘦，想见掀髯正鹤孤。”

【赏析】

上片叙事。写“春又到”，“几度”表不过年年如此，波澜不惊，与“闭门打坐”之人似无多大关系；“歌舞筵中人易老”是警语，看不惯官场歌舞酒筵，才“闭门”自寻安闲。

下片以议论为主。“败意常多如意少”是人生哲理，属平常之事，功劳少、失败多，快乐少、痛苦多，切身的人生体验；“著甚来由”，是说没有什么理由，为什么到人堆里去喧扰不休，自找烦恼，莫若“千古是非浑忘了”；但真的能够修行到这种境界吗？难，很难；故“有时独自掀髯笑”，极显智慧与幽默，想忘掉“千古是非”也不会彻底忘掉，用“有时”提升词意，非真消极遁世，国家大事依然在眼，掀髯笑者故显轻松，令读者也随他开心一笑。

该词用语比较讲究，宋词常将燕、莺当作春天象征，组词样式多而炫目，诸如燕语莺啼、燕忙莺懒、燕娇莺巧、燕昏莺晓，词人用“燕去莺来”不落俗套，燕子已经回北，只剩下黄莺独自在此，隐含失地之忧。《蝶恋花》善写情爱题材，用来述志抒怀较为少见，该词当为一篇成功之作。

贺新郎·送胡邦衡待制赴新州①

梦绕神州路②。怅秋风、连营画角③，故宫离黍④。底事昆仑倾砥柱⑤，九地黄流乱注⑥？聚/万落千村狐兔⑦。天意从来高难问，况/人情易老悲难诉！更南浦、送君去。

凉生岸柳催残暑。耿斜河、疏星淡月⑧，断云微度。万里江山知何处？回首对床夜语。雁不到、书成谁与？目尽青天怀今古⑨。肯儿曹、恩怨相尔汝⑩？举大白⑪，听金缕⑫。

【注释】

①胡邦衡：即胡铨，字邦衡，待制为其官职。新州：今广东新兴。1138年胡上书反对议和，请斩秦桧以谢天下，因而遭贬；1142年，秦桧将胡除名并押解新州。词人时年七十六岁高龄，不畏强权，以词为胡壮行，也因此受牵连获罪。

②神州：泛指中国；此处指被金兵占领的中原大地。

③怅：懊恼。连营画角：连绵不断的营垒相继响起画角之声。

④故宫：汴京的皇家旧宫殿。离黍：典故，周朝大夫过西周故都，感叹故宫荒凉，彷徨不忍离去，作《黍离》，曰："彼黍离离。彼稷之苗。行迈靡靡，中心摇摇。知我者，谓我心忧。不知我者，谓我何求。"后以"黍离"代指亡国之痛或吊古伤今的感慨。

⑤底事：为什么。砥柱：砥柱山，位于黄河中流，被视为昆仑山支柱。

⑥九地：九州、遍地。黄流：砥柱倾而黄河决，洪水泛滥，指金兵入侵造成的国家灾难。

⑦"聚万落"句：指无数村落在金兵洗劫下，已经荒无人烟，只有狐兔聚集。

⑧耿：明亮。斜河：银河，亦称斜汉，夜深时天河呈倾斜状。

⑨目尽青天怀今古：看全天下而感怀今古。

⑩儿曹：孩子们。尔：你们。汝：你。韩愈《听颖师弹琴》："昵昵儿女语，恩怨相尔汝。"

⑪大白：大酒杯。

⑫金缕：《金缕曲》。

【赏析】

上片以抒怀为主。为胡送行不比平常的朋友之别，而是一种政治态度的宣示，一句"梦绕神州路"，表明我辈心志相同，眷恋中原沦陷故土，愤恨敌军横行，痛惜故都荒凉；不能不义正辞严责问为什么中流砥柱倾折，致使"黄流乱注""聚万落千村狐兔"，谁来担责？词人当然明白没人敢出面回答他，只好化用杜甫诗意，自语"天意从来高难问"，因忠良被逐，奸臣得道，谁清楚皇帝是何用心；"人情易老悲难诉"，感慨这种事情已经让人不以为怪，精神麻木了；送君一走，朝中更无人也，我更无志同道合者了。

下片以叙事为主。"凉生岸柳催残暑"交代时间是暑末秋初，水畔饯别；伫立远望不忍离去，直到“耿斜河、疏星淡月”；“万里江山知何处。”这一别，不知道何时何地才能再见到他；化用白居易“能来同宿否，听雨对床眠”，忆起两人曾对床夜语、拊掌谈心的亲密情景，叹息而后再也不会有了；凄怆自语“雁不到、书成谁与”，新州在衡阳之南，那是大雁飞不到的地方，纵写成书信，也不知道该交给谁传递给他，于是陷于苦痛之中；“目尽青天怀今古”一笔宕开，意象奇伟，发出“肯儿曹、恩怨相尔汝”的大义之言，表明我辈关心的是社稷苍生，绝非个人得失穷达，岂肯像小儿女那样只知道恩怨私情，将送别归结到主题，我为胡公送行，是共表为国家赴难精神，不涉儿女私情，劝胡公勿以为悲，且举杯痛饮，听我唱《金缕曲》吧！

词人大笔饱蘸血泪，个人安危置之度外，惟民族存亡为殷忧，酣畅淋漓，写尽爱国心、耿耿意，史赞其“刚风劲节，人所共仰”，极具时代意义，审美价值，是一首惊天地、泣鬼神的悲愤之作。词人另篇《贺新郎 · 曳杖危楼去》同被奉为名作，同样表达南渡词人敢于担当社会责任的勇气，曾被不少读本收录，寄怀主战派领袖李纲，有句“要斩楼兰三尺剑，遗恨琵琶旧语”“唤取谪仙平章看，过苕溪尚许垂纶否”，笔调不似该词那样慷慨悲壮，但韵味清雅，更有意蕴，给南宋词坛吹进一股新鲜强劲的词风。

石州慢 · 己酉秋吴兴舟中作①

雨急云飞，惊散暮鸦②，微弄凉月。谁家疏柳低迷③，几点流萤明灭④。夜帆风驶，满湖烟水苍茫⑤，菰蒲零乱秋声咽⑥。梦断酒醒时，倚／危樯清绝⑦。　心折⑧。长庚光怒⑨，群盗纵横⑩，逆胡猖獗⑪。欲挽天河，一洗中原膏血⑫。两宫何处⑬？塞垣只隔长江⑭，唾壶空击悲歌缺⑮。万里想龙沙⑯，泣／孤臣吴越⑰。

【注释】

① 1129年金兵大举南侵，宋高宗逃往扬州，词人避乱吴兴舟中。

②惊散暮鸦：有读本作“瞥然惊散”。

③低迷：迷离。

④明灭：忽明忽灭。

⑤苍茫：渺茫无边。

⑥菰蒲：菰和蒲，多年生草本植物，生于水边。咽：西风凄切之声。

⑦倚：倚桅杆而坐，独对夜空湖面。危樯：高的桅杆。

⑧心折：心情受到摧残。杜甫《冬至》：“心折此时无一寸，路迷何处见三秦。”

⑨长庚：太白金星名，主兵戈之事。光怒：星光怒射。

⑩群盗：指叛宋降金的官员。

⑪逆胡：指金朝。

⑫“欲挽”二句：化用杜甫《洗兵马》：“安得壮士挽天河，净洗甲兵长不用。”

⑬两宫：指徽钦二帝。

⑭塞垣：边境。只隔：江北失守之后，宋金前线只隔长江一水。

⑮唾壶：痰盂类物件。典出《世说新语·豪爽》，晋大将军王敦因遭朝廷猜忌，不得领兵，每饮酒之后，总诵读曹操《龟虽寿》“老骥伏枥，志在千里。烈士暮年，壮心不已”，以铁如意击打唾壶，壶口被打得四处残缺。

⑯龙沙：指徽钦二帝被金人囚禁处。

⑰孤臣：自称。

【赏析】

上片写景。云在飞、鸦在散、月在看，月下泛舟，似与月无声对话；“谁家”“几点”，“夜帆风驶”“烟水苍茫”“菰蒲零乱”，写秋风如泣如诉，以暴风雨过后的阴冷凄迷比作时局；最苦是梦断时、酒醒后，词人船上难眠，披衣而起，倚桅杆而坐，独对夜空湖面，纵是“清绝”，也不停止对国家命运的思索，表达爱国志士的苦闷与彷徨。

下片抒怀，化用杜甫“心折此时无一寸”，用“心折”实现过渡，极为妥帖；借“长庚光怒”，斥群盗纵横、逆胡猖獗，化用杜甫“安得壮士挽天河”，表达欲以天河之水洗净中原血腥的雄志，拯救人民摆脱被敌人屠杀的命运；词人写作该词时身居太湖南岸的湖州，与金兵占领区仅一江之隔，而“两宫”尚在长江以北更远的地方，“唾壶空击悲歌缺”表不能上阵杀敌雪耻，悲愤之极；以“万里想龙沙，泣孤臣吴越”收拍，其中“孤臣”二字用意极深，表明纵然国家真的灭亡，只剩下他一个，也绝不投降，至死抗金到底。

词人还有一篇《石州慢 · 寒水依依》写于晚年，二词谋篇布局以及艺术手法与语言表达比较一致，用意深沉，皆为佳作，其中有句“长亭门外山重叠。不尽眼中青，是愁来时节”“心期切处，更有多少凄凉，殷勤留与归时说”。爱国词人，不拘朝代，总是心心相通，词人成功化用杜甫诗句堪为该词的一个突出特色；词人多篇佳作皆以国家兴亡为主题，叙事、抒情不离政治议论。从豪放词的发展来看，从词所承担的文学使命来看，从苏轼到辛弃疾，张元幹实实在在是一位杰出的承前启后者，力促词作跨越一般的情爱婉约，担承社会责任。

吕渭老

吕渭老，生平不详。嘉兴（今浙江嘉兴）人。亦作吕滨老，字圣求。北宋宣和、靖康年间曾作小官，南渡后不详。有诗名，多爱国忧君之思。

南歌子

策杖穿荒圃[①]，登临笑晚风。无穷秋色蔽晴空[②]。遥见夕阳江上、卷飞蓬。　雁过孤蒲远，山遥梦寐通。一林枫叶堕愁红[③]。归去暮烟深处、听疏钟。

【注释】

①策杖：拄杖。荒：土地跑荒。

②“无穷”句：李白《登金陵凤凰台》：“总为浮云能蔽日，长安不见使人愁。”

③愁红：指经风雨摧残的花。李贺《黄头郎》：“南浦芙蓉影，愁红独自垂。”

【赏析】

上片写词人登临。他拄着拐杖、穿过荒园，看到“无穷秋色蔽晴空”，感叹晴空虽美却为“秋色”所“蔽”，于是“笑晚风”，恨夕阳下、大江上“卷飞蓬”“蔽晴空”，寓意严重时局，悲中含“笑”，清醒冷静。

下片由雁而梦，大雁飞越湖泊洼地南去，梦魂与山遥路远的中原相通；由枫叶愁红到暮烟深处，片片红叶似浸透家国恨愁；一句归去“听疏钟”，道尽满腔愁思，家国如此，无心享受枫红秋爽之美，只得隐身夕烟，希望也随钟声远去，消失在夜空里。言简意赅，凄情清美，无晦暗之气。

好事近

飞雪过江来①，船在赤栏桥侧②。惹报布帆无恙③，着／两行亲札④。　从今日日在南楼，鬓自此时白。一咏一觞谁共⑤，负／平生书册⑥。

【注释】

①飞雪：点明时令，兼寓形势吃紧。过江：因金兵入侵而过江南渡。

②赤栏桥：栏杆漆红之桥，亦可能实指桥名。

③布帆无恙：典出《晋书·顾恺之传》，东晋画家顾恺之，曾在荆州刺史殷仲堪手下任职，顾向殷借船借帆回家，行至名叫破冢的地方遭遇大风，顾想起上司平时特别在意布帆是否受损，故意写信调侃殷“真破冢而出，行人安稳，布帆无恙”，殷阅信以后，心中明白船虽遇险但行人平安，“布帆无恙”乃风趣之语，实际是告诉他布帆真的损坏了。李白《秋下荆门》：“霜落荆门江树空，布帆无恙挂秋风。”

④札：书信。

⑤一咏一觞：赋诗饮酒。谁共：诗友、同事因逃难而四处分离，再无以前那种诗酒聚会的畅快生活。王羲之《兰亭集序》：“一觞一咏，亦足以畅叙幽情。”

⑥平生：一生。书册：书籍、学问。

【赏析】

上片写词人匆匆逃亡南渡，行至赤栏桥时，向友人亲自写信，报告已经脱离险境，安全抵达南宋地面。

下片写南渡之后的孤寂无聊，而“鬓自此时白”，天天卷缩南楼，与友人天各一方，倍感失落，为满腹学问不能报效国家而愤慨，为南渡后无所用长而生怨，“负”字含痛悔决绝之意。

该词特点是平铺直叙，有泰然之态，用典不留痕迹，学问隐于素朴。

董颖

董颖，生平不详。饶州德兴（今江西德兴）人。字仲达。1124年进士，曾做知县。善诗词。

西子词[1]

自笑平生，英气凌云[2]，凛然万里宣威[3]。那知此际，熊虎途穷[4]，来伴麋鹿卑栖[5]！既甘臣妾，犹不许、何为计[6]。争若都燔宝器[7]。尽／诛吾妻子。径将死战决雄雌。天意恐怜之。　　偶闻太宰，正擅权、贪赂市恩私。因将宝玩献诚，虽脱霜戈[8]，石室囚系[9]。忧嗟又经时[10]。恨不如、巢燕自由归[11]。残月朦胧，寒雨萧萧，有血都成泪。备尝险厄返邦畿[12]。冤愤刻肝脾[13]。

【注释】

①有读本词牌署《薄媚·排遍第九》。

②英气：英雄气概。

③宣威：指打败阖庐（hé lú）后，勾践称雄一世的大志与气势。阖庐，亦称阖闾（lǘ）。

④熊虎途穷：指败于夫差手下，遭遇英雄末路的厄运与尴尬。

⑤麋鹿：熊虎口中弱食，本为熊虎却败落到与麋鹿为伍的低下境地。

⑥“既甘”二句：勾践投降乞和，甘当臣下，夫差不允。

⑦争若：还不如。燔：焚烧。宝器：指象征国家基业的宫殿与财宝。

⑧霜戈：明亮锋利的剑戟，指代战场、战争。

⑨石室：囚室。

⑩经时：忧虑国事、嗟叹处境，嫌时间过得太慢。

⑪恨不如：恨不得。

⑫险厄：危险。邦畿：直属天子管辖的京都附近的土地，这里指越国国土。

⑬刻肝脾：怨愤沁彻肝脾。

【赏析】

上片叙述勾践败后思想变化的情状。公元前496年，吴王阖庐伐越，被勾践射伤死去，勾践声威大震；公元前494年，阖庐儿子夫差伐越以雪前耻，勾践大败，一下子由“熊虎”变成“麋鹿”，威风顿失，处于不堪立身的境地；勾践“请为臣妾”，但夫差不允，不知道还有什么办法能使越国存活下去；勾践曾想“尽诛吾妻子”，即先杀死妻子儿女，解除后顾之忧，再“决雄雌”一争输赢，那样做或许上天会怜悯且助他不亡。

下片写勾践卧薪尝胆的屈辱经历，勾践欲杀妻毁宝慷慨赴难，被文种劝阻；根据情报，得知吴国大权实际操在太宰嚭手里。嚭是一个贪受贿赂、十分市侩的小人，于是勾践便听从文种之计，决定从嚭身上打开缺口，花钱买通了嚭，最终求和成功。勾践伪装忠诚，入吴宫事吴王，献上宝器、美女，摆脱暂时的战场厮杀与生命危险，被囚于吴国石室，实施卧薪尝胆的谋略。但这种日子，作为曾经的越国国王，如何能够忍受。“忧嗟又经时。”他抱怨日子过得太慢，“恨不”能马上脱离困境，像有家燕子那样自由飞回故国；残月、寒雨、血泪，表三年间所历之苦；终于“备尝险厄返邦畿”，“冤愤刻肝脾”收到效果，大计告成，为复仇成功创造了必要条件。

两片皆以叙事为主，上下衔接，偶有抒情，语言畅晓易懂，表面尽说勾践，意在借古喻今；显然，南宋正是偏安于勾践曾经宣威、蒙羞、再次辉煌过的吴越之地，却不思进取，同样向金朝纳币称臣，却非卧薪尝胆，两相对比，托出词人用意。作为南宋臣民，词人为此感到羞辱，呼吁效法勾践，充满爱国激情。薄媚，是大曲的一种，一种大型歌舞，由同一宫调的十个曲子组成，易于表现大题材，它描写的就是此段吴越历史故事，也反映出由词到曲的变化迹象。

鲁逸仲

鲁逸仲，生平不详。河南宝丰人。真名孔夷，字方平，号滍皋渔父。隐士，好诗酒。

南浦·旅怀

风悲画角，听单于、三弄落谯门①。投宿骎骎征骑②，飞雪满孤村。酒市渐阑灯火③，正敲窗、乱叶舞纷纷。送／数声惊雁，乍离烟水，嘹唳度寒云④。　好在半胧淡月⑤，到如今、无处不销魂。故国梅花归梦，愁损绿罗裙。为问暗香闲艳⑥，也相思、万点付啼痕。算／翠屏应是⑦，两眉余恨倚黄昏。

【注释】

①单于：曲名，唐代有《大单于》《小单于》曲。弄：乐一曲为一弄。谯门：建有瞭望楼的城门。

②骎骎（qīn qīn）：马疾行的样子。

③酒市：酒店。

④嘹唳（liáo lì）：声音凄清、漫长尖厉。韦应物《往富平伤怀》："飘风忽截野，嘹唳雁起飞。"

⑤好在：依旧。

⑥为问：欲问。暗香闲艳：梅花枝条，代指人。杜甫《送韦郎司直归成都》："为问南溪竹，抽梢合过墙。"

⑦翠屏：画屏。

【赏析】

上片写游子的寻宿过程与心境，道尽旅况凄凉，寒风吹、画角鸣，单于曲子的奏乐声盘旋于谯门之上久久不散；天色已晚，风雪交加，旅人疾疾策马赶路，在孤村歇脚；路旁酒店“渐阑灯火”，准备打烊，人迹渐少，惟听风吹落叶扑打窗户之声，如敲击心灵；这时，又传来大雁凄清尖厉的叫声，大雁本来栖息于沙滩芦荡，不知受到什么惊吓，“乍离烟水”度入寒云；这个店，住得令他惊恐不安。

下片另开境界，写月夜思乡思人，月亮冲破云层，雪停雁远，依然朦胧雪村，黯然神伤，恰如李白所写“苦竹寒声动秋月，独宿空帘归梦长”，归梦也甜，梦到两人常去的故园梅花枝下，她面带愁容、憔悴清瘦；“为问暗香闲艳，也相思、万点付啼痕”，她也像我一样害起相思，赏梅忆旧而泪珠万点；“算”字用得奇妙，总想、总以为、总觉得，爱人依偎在翠屏边，翘望门外，“两眉余恨倚黄昏”，不知她等了多少个黄昏。

该词题材、谋篇布局与时彦《青门饮》颇为相近，各有其长；文辞优美、一气呵成，“风悲画角”“嘹唳度寒云”“也相思、万点付啼痕”“两眉余恨倚黄昏”，绘形绘色，传情传声，实为不可多得的佳句。

胡铨

胡铨（1102—1180），庐陵（今江西吉安）人。字邦衡，号澹庵。1128年进士，诗人。曾任枢密院编修。1138年因反对议和、上书请斩秦桧等贬广州；1142年发配新洲；1148年再贬吉阳军，该词即作于此一时期。秦桧死后，孝宗继位，获再次起用。

好事近

富贵本无心，何事故乡轻别[①]？空使猿惊鹤怨[②]，误/薜萝秋月[③]。　　囊锥刚要出头来[④]，不道甚时节。欲驾巾车归去[⑤]，有/豺狼当辙[⑥]！

【注释】

①轻别：顾况《送别日晚歌》："老不可惜更少，君何为兮轻别。"

②猿惊鹤怨：典出南朝齐·孔稚珪《北山移文》，周颙本为隐士，却应帝诏出山，孔稚珪托山灵、草木与猿鹤之名批评周"蕙帐空兮夜鹤怨，山人去兮晓猿惊"。

③薜萝：薜荔和女萝两种植物的合称。薜萝秋月：借指隐士生活。《楚辞·山鬼》："若有人兮山之阿，披薜荔兮带女萝。"

④囊锥：典出《史记·平原君列传》，毛遂自荐于平原君赵胜，赵认为贤士处事好比锥置囊中，锥尖会自动显露出来；毛请赵将自己当作锥，早早置于囊中，不只会露出锥尖而且能脱颖而出；赵赞赏毛的观点，同意带毛使楚求兵救赵。

⑤巾车：挂帷幔的小车。

⑥当辙：当道，语出《东观汉记·张纲传》："豺狼当道，安问狐狸。"

【赏析】

上片回忆从仕经历，原本无心追求富贵，自责当初为什么那么轻率，竟离别故乡去外边谋取官职；连山中猿鹤对自己也生惊怀怨，白误了青春时光。上片写遭受迫害后的心理变化，表象是悔恨自责，实为讥讽，正话反说，为进一步抒情言志作铺衬。

下片从敢于伸张正义与假设逃避现实两个方面，抨击秦桧当权如豺狼当道；本欲效法毛遂囊锥出头，毫不顾身地奉献自己，却不懂自己是在“甚时节”、甚地方。秦桧擅权，根本不容实现抗金复国的主张，有理也无处伸张；在遭受秦桧重大的政治打击以后，如果自以为可以卷铺盖回家，那也太天真了，秦桧照样不会放过你，进无进处、退无退路。该词表现出词人对时势的深刻认识，具有大义凛然的英雄气概、宁折不屈的斗争精神。词人认为出仕为官，就应该不畏强权、忠贞报国。

该词艺术特色鲜明，通篇运用讽刺手法，词锋犀利，如匕首投枪。

岳飞

岳飞（1103—1141），相州汤阴（今河南汤阴）人。字鹏举。抗金名将。因不附议和、受到忌恨，被秦桧以“莫须有”罪名害死，以“精忠报国”流芳千古。孝宗时予以平反，谥武穆；宁宗时追封鄂王；理宗时改谥忠武。

小重山

昨夜寒蛩不住鸣[①]。惊回千里梦，已三更。起来独自绕阶行。人悄悄，帘外月胧明。　　白首为功名。旧山松竹老[②]，阻归程。欲将心事付瑶筝[③]。知音少、弦断有谁听[④]。

【注释】

①寒蛩：深秋的蟋蟀。

②旧山：故乡。

③付：付与。瑶筝：玉饰的筝，也用作筝的美称。

④弦断：用情极处，弹断筝弦。

【赏析】

上片写“昨夜”不眠情景：三更时分，被“寒蛩”叫声惊醒“千里”回乡之梦；夜不能寐，披衣起床在院中独自绕阶徘徊，忧心忡忡；回到屋内，挂上帘栊，仍然不能入睡，隔帘仰望明月，月光朦胧，寓意思虑渺远。

下片“白首为功名”揭示出夜不能寐的原因，立志功名却未建功名，乃致年轻发白；回望“旧山”，松竹都老了，河山至今还没有收复，回乡之路依然断绝；可是，知我所忧、怜我所苦的能有几人，纵弹断筝弦，也无“谁听”，寓意抗金主张与朝中政策相左，深感孤单。

该词以“人悄悄”写思谋大计，以“知音少”状政治形势；用语温雅、婉约，与其作《满江红》相比，似判若两人，其实“千里”“白首”“功名”“旧山”表明两词主题思想一致，风格互补，英雄不乏柔情，弥足珍贵；句式特色鲜明，两片第二与第四句，作八字长句，最能体现词人胸中抑塞所引起的心路变化轨迹。

满江红

怒发冲冠①，凭栏处、潇潇雨歇②。抬望眼③，仰天长啸④，壮怀激烈⑤。三十功名尘与土⑥，八千里路云和月⑦。莫等闲、白了少年头⑧，空悲切。　靖康耻⑨，犹未雪。臣子恨，何时灭。驾长车⑩，踏破贺兰山缺⑪。壮志饥餐胡虏肉⑫，笑谈渴饮匈奴血。待从头、收拾旧山河，朝天阙⑬。

【注释】

①怒发冲冠：头发直竖，怒气冲天，以至于将帽子顶起。

②潇潇：形容风雨急骤。雨歇：暴风雨过去了。

③抬望眼：举目望远。

④长啸：一吐胸中之气，声音长久不息而清越凌空。

⑤壮怀：壮心、壮志。激烈：高亢激昂。

⑥尘与土：喻些微而不值得称道。

⑦八千里路：喻转战疆场之多之广。

⑧等闲：轻易，随便。

⑨靖康：指宋钦宗靖康二年，1127 年。

⑩长车：战车。

⑪踏破：攻克、占领。贺兰山：在宁夏与内蒙古交界处，借指金人侵占的北宋地域。缺：与踏破意义相近。该句亦可读作“驾长车踏破、贺兰山缺”。

⑫餐：吃

⑬收拾：收复、整理。旧山河：被金兵掳掠糟蹋的国土。朝：朝拜。天阙：皇宫，寓意夺回失去的北宋京都。杜甫《散愁二首》：“司徒下燕赵，收取旧山河。”

【赏析】

上片写远眺之景与抗金斗争历程回顾，一场暴雨刚刚停歇，词人“怒发冲冠”伫立高楼，“抬望眼”，望到什么？一定是中原，是被囚禁在金朝的徽钦二帝，故“仰天长啸”，一吐胸中之气，凌越长空；“壮怀激烈”，情伤雄才；回顾抗金岁月，年轻时受到重用，竭心尽力、南征北战，三十多岁取得一些功名成就，在他人看来可能功如泰山，但与复国大业相比，不过如尘土一般微不足道；“八千里路云和月”写尽管转战疆场不少，但复国之路漫长艰辛，后边还有更多艰辛在等待自己；用“莫等闲”自勉自励，与人共勉，告诫人们切莫虚掷青春年华，如果老来一事无成，将追悔莫及，徒落得独自悲戚。

下片明志抒怀，将“长啸”“壮怀”具体化，满腔忠愤、气吞山河。由“靖康耻，犹未雪”振起，国家灭亡、二帝被掳，发生在靖康年间的奇耻大辱，至今没有洗刷干净；只要一天没有雪净，这种切齿的“臣子恨”就不会泯灭；词人怀有必胜的信念，决心“驾长车，踏破贺兰山缺”，坚信“壮志饥餐胡虏肉，笑谈渴饮匈奴血”的那一天，不久就会到来，到那时，“待从头、收拾旧山河”，满朝文武大臣能够回到汴京都城，荣光地朝拜皇帝。

该词语言艺术颇具特色，使用对仗联格式，融入诗的韵味，写出“三十功名尘与土，八千里路云和月”优美景语，“壮志饥餐胡虏肉，笑谈渴饮匈奴血”豪情壮语；“莫等闲、白了少年头，空悲切”被誉为警世名言。该词格调粗犷、激越千古，是爱国主义的光辉诗篇，也是中华民族宝贵的文化遗产，足以让人一睹元帅的词人风采。岳飞成为万世爱国楷模，《满江红》成为后世子孙献身祖国、征战疆场的英雄战歌。

曾觌（dí）

曾觌（1109—1180），河南开封人。字纯甫，号海野老农。善察言观色，得到宋孝宗重用，累为高官。工词，多有佳作。

阮郎归

柳阴庭院占风光①，呢喃清昼长②。碧波新涨小池塘③，双双蹴水忙④。　　萍散漫⑤，絮飘飏⑥，轻盈体态狂。为怜流去落红香⑦，衔将归画梁⑧。

【注释】

①占：独占、占尽。

②呢喃：燕子叫声。清昼：清晨。

③新涨：雨后池塘水面升高。

④蹴（cù）水：燕子轻轻点水，一掠而过。

⑤萍散漫：浮萍随水面波纹而动。

⑥飘飏（yáng）：飘扬。

⑦落红：有的落在池岸留有芬芳，有的落入流水将花香带走。戴叔伦《相思曲》："落红乱逐东流水，一点芳心为君死。"

⑧衔将：燕子口衔花瓣归画梁筑巢。李商隐《越燕二首》之一："拂水斜纹乱，衔花片影微。"

【赏析】

据考，宋孝宗陪太上皇宋高宗到后苑看花，适见双燕掠水而过，遂令词人赋之，如宋齐愈"奉旨填词"写梅不用"梅"字，该词写燕也不用“燕”字。

上片写燕子独占风光：呢喃软语、碧波池塘、双双戏水、情趣盎然。

下片抒情，将燕子的行为理想化、人格化，在春天尽情展示自己，喜萍散、伴絮飘，“轻盈体态狂”；怜落红、衔筑巢，“为怜流去落红香，衔将归画梁”，雅而不俗，毫无官话与奉迎之词，艺术手法至为高超。

金人捧露盘·庚寅岁春，奉使过京师，感怀作①

记神京②，繁华地，旧游踪。正御沟、春水融融③。平康巷陌④，绣鞍金勒跃青骢⑤。解衣沽酒醉弦管⑥，柳绿花红⑦。　到如今、馀霜鬓，嗟前事、梦魂中。但寒烟、满目飞蓬。雕栏玉砌，空锁三十六离宫⑧。塞笳惊起暮天雁，寂寞东风。

【注释】

①庚寅：指 1170 年。词人作为副使赴金朝贺节，第二年二月回归临安途中，经故都汴梁。北宋灭亡时，词人年方十八岁，曾亲历中州盛日、宣政风流，待再次见到故乡时，已垂垂老矣，自有万千感慨。

②神京：故都京师。

③御沟：流入皇宫的河道，皇城护城河。

④平康：唐代长安平康坊，游乐场所集中街区，代指汴京此类聚集区。巷陌：小街、胡同。

⑤绣鞍：华美马鞍。金勒：金饰马络头，代指游冶少年、纨绔子弟，亦包括词人自己。骆宾王《帝京篇》：“宝盖雕鞍金络马，兰窗绣柱玉盘龙。”

⑥解衣：指醉饮欢歌的游乐活动。

⑦柳绿花红：指陪歌伴舞女郎。

⑧空锁：皇帝被掳、宫廷一空。三十六：汉代有三十六所宫殿，代指北宋京师宫殿之多。离宫：行宫，帝王正式宫殿之外的宫室。张籍《洛阳行》："御门空锁五十年，税彼农夫修玉殿。"

【赏析】

上片写途经"神京"故地，寻觅旧游踪迹，截取曾经的灯红酒绿场景，回忆昔日繁华，可以想见北宋国家升平、物阜民康的社会面貌。

下片以"到如今，馀霜鬓"陡转，如梦方醒，嗟叹从翩翩少年变成白发老翁，那些繁华再也看不见了，映入眼帘的只有漠漠寒烟和乱飞的蓬草；雕栏玉砌宏伟皇宫，随着国家的灭亡，沦为"空锁""离宫"；以"塞笳惊起暮天雁，寂寞东风"收拍，意境深远，自己看到"神京"仍被金兵占领，在此栖息回飞塞外的大雁也不得安生，时时被笳声惊起；化用李白"东风吹客梦，西落此中时"，围绕"东风"二字感怀，敌兵横行、国难未除，东风吹又何益，东风也当自感寂寞；昔日"神京"如此败落，自己屈辱使金，何来春之知觉，纵身沐东风也徒感寂寞。

今昔对比，写伤国失家之痛。笔调徐缓、条理分明，虽无血泪之语，但久存隐隐之痛。

韩元吉

韩元吉（1118—1187），开封雍丘（今河南杞县）人。字无咎，号南涧。官至吏部尚书，曾与张元幹、张孝祥、范成大、陆游、辛弃疾等以词唱和。

霜天晓角·题采石峨眉亭①

倚天绝壁，直下江千尺。天际两娥凝黛②，愁与恨，几时极！　　暮潮风正急，酒阑闻塞笛。试问谪仙何处③？青山外④，远烟碧。

【注释】

①采石：即采石矶，原名牛渚矶，在安徽马鞍山翠螺山麓，相传是李白捉月落江处，有李白衣冠冢。峨眉亭：采石矶风景区一处名胜。1164年，金兵在十月渡淮并占领滁州等地，朝内酝酿求和，词人赞成抗金，但不主张轻举冒进，是年闰十一月赴镇江途中经采石矶。

②天际：天边。两娥：指峨眉亭前方天门山与梁山夹江对峙，用美人眉黛作比。

③试问：请问。

④青山：在当涂，李白墓址所在地，位于采石矶南约十余公里处。杜荀鹤《经青山吊李翰林》："青山明月夜，千古一诗人。"

【赏析】

上片从多个角度写景，触景生情，仰看采石矶奇峻之势，牛渚山绝壁似横空而来，截江而立；俯瞰悬崖千尺之高，崖下大江奔流；峨眉亭前方，天门山与梁山夹江对峙，犹如美人两眉凝愁含恨；“几时极”表这种仇恨没有时候可以消尽。

下片抒情，天暮时分，风起浪涌、心潮逐浪；酒饮毕，欲醉未醉，耳畔频传金兵耀武扬威的塞笛之声；忽生奇想，欲求和谪仙对话，“试问”李白现在哪里？但无人应答；词人当然知道李白已逝，他的墓就在青山，他应在“青山外，远烟碧”里；烟岚缥缈远去，唯余清冷一色；似说盛唐李白在此曾写下山河壮丽诗篇，如果他当今还在，凭其济苍生、安社稷的抱负，凭其横溢九天的才华，身临此时此景，不知该如何把此景象写入诗篇；暗将北宋故国比作盛唐，表忧国之心，又怀念李白，对现实长声哀叹，充满沧桑之感。

朱淑真

朱淑真，生平不详。钱塘（今浙江杭州）人。号幽栖居士。出身仕宦之家，自幼聪慧，工书画诗词。出阁前有一段美好的恋爱生活；最后由父母做主嫁给一个俗吏，关系不合，愤然返回娘家，郁郁而终。词多爱情题材，是李清照之后影响较大的女词人。

蝶恋花·送春

楼外垂杨千万缕①，欲系青春②，少住春还去③。犹自风前飘柳絮，随春且看归何处。　绿满山川闻杜宇④。便做无情⑤，莫也愁人苦。把酒送春春不语，黄昏却下潇潇雨。

【注释】

①垂杨：垂柳。贺知章《咏柳》：“碧玉妆成一树高，万条垂下绿丝绦。”

②系：拴住。青春：春光，也指词人青春年华。雍裕之《江边柳》：“若为丝不断，留取系郎船。”

③少住：稍稍停留一下。

④杜宇：杜鹃。

⑤便做：就是。无情：不懂人情、不知惜春。

【赏析】

上片以写春景为主，将少女情思融合到美好春天里。楼外垂柳飘拂，想要用柳丝拴住大好春光，可是春天还是稍稍停留便离开了；最可怜柳丝自己，没意识到已临春暮，犹自漫吐柳絮、随风飘舞；待柳絮吐光，还会那么风光吗？春要走了，且让我看看柳絮跟随春天到哪儿去吧，必欲探个究竟。

下片抒情，春天一过，便“绿满山川闻杜宇”，布谷鸟不怜悯少女之心，一个劲儿催促春种，怨布谷鸟虽然不懂人情、不知惜春，也不至于幸灾乐祸，一点都不顾及少女的感受吧；春天系不住、柳絮无踪迹，布谷鸟只知道机械地履行催耕义务，少女把酒给春送行，春也脉脉含情，“黄昏却下潇潇雨”写少女与春天两情脉脉，春天在烟雨微茫中隐隐而去，少女痴痴地站在那儿祈祷春天再来。

该词景情并茂、不同凡响，别出新意、委婉幽美，以少女之心柔、天真之念想、细腻之笔触，将春当作知音、当作情人，写出与春的一往情深，爱之不舍、舍之犹爱，极为别致。武则天“不信比来长下泪，开箱验取石榴裙”，有女读者当李太白面，笑他写不出此等文字；似也可说，非江南才女也难写出如此《蝶恋花》来。结合词人的身世经历，从隐约字句可窥内中真意，词中少女可能就是词人自己，似如现代一首流行歌所唱“明天就成为别人的新娘”，她在今天写下给往日情人的告别辞，“欲系青春”表自己仍然爱着那个情人，“犹自”表分手在即强作笑颜，“杜宇”表父母对婚姻的干涉，“春不语”表二人皆为情所困，“潇潇雨”表深陷留春不住的无奈之中。

减字木兰花·春怨

独行独坐，独倡独酬还独卧[①]。伫立伤神。无奈轻寒著摸人[②]。　此情谁见，泪洗残妆无一半[③]。愁病相仍，剔尽寒灯梦不成[④]。

【注释】

①倡：唱、歌唱。酬：劝酒。

②轻寒：春寒。著摸：捉摸、招惹。杨万里《和王司法雨中惠诗二首》之二："无那春愁着莫人，风颠雨急更昏昏。"

③无一半：脸上的脂粉都快被泪水洗尽了，剩下不到一半。

④"梦不成"句：韩偓《闻雨》："香侵蔽膝夜寒轻，闻雨伤春梦不成。"

【赏析】

上片写伤神愁状，围绕一个"独"字展开，连用五次，直面人生，百无聊赖；前面独坐独卧，然后只身"伫立"，又"无奈"遭"轻寒著摸"，孤独愁寂，已经达到不知所以、无可言状的地步。

下片抒情，不再明用"独"字，但意思依然是"独"。"谁见"表明没人懂、没人见，自己的孤独只有自己知晓；以泪洗面，脸上的脂粉都快掉光了，剩下不到一半；这"愁病"仍旧和从前一样；真想做个美梦，但一次又一次地自剔灯花，直到灯捻燃尽，也未成梦。"愁病"二字，如是李清照所写，无疑是指对丈夫的相思之情化成"愁病"，但对朱淑真而言，应是指与丈夫彻底分割之后，长期独居娘家，对早先情人的无尽相思，郁积成为"愁病"，爱情求之不得，落下终生哀怨。

该词凄婉动人，是一曲爱情的悲歌，包办婚姻葬送了词人的青春与才华。

袁去华

袁去华，生平不详。奉新（今江西奉新）人。字宣卿。1145年进士，曾任湖南善化、石首知县。

水调歌头·定王台①

雄跨洞庭野②，楚望古湘州③。何王台殿④，危基百尺自西刘⑤。尚想霓旌千骑⑥，依约入云歌吹⑦，屈指几经秋⑧。叹息繁华地，兴废两悠悠⑨。　登临处，乔木老，大江流。书生报国无地，空白九分头⑩。一夜寒生关塞，万里云埋陵阙，耿耿恨难休⑪。徙倚霜风里⑫，落日伴人愁。

【注释】

①定王：汉景帝之子刘发的封号。定王台：刘发为望其母之墓而建，在长沙市东。该词写于词人任善化（位于长沙境内）县令时期。

②洞庭野：定王台北临洞庭湖。

③楚望：长沙古称湘州，楚之望郡。

④何王：哪个王侯，明知故问。

⑤危基：残缺不全的台基。百尺：危基有百尺之高。西刘：指刘发。

⑥霓旌：旌旗招展如虹霓当空。

⑦依约：隐约、仿佛。歌吹：急管繁弦之声响彻云霄。

⑧屈指：掐指算来。几经秋：几多年。

⑨兴废：盛衰，兴亡。刘禹锡《金陵怀古》："兴废由人事，山川

空地形。”

⑩“书生”二句：化用杜甫《秋雨叹三首》之一：“堂上书生空白头，临风三嗅馨香泣。”书生：自称。报国无地：无路请缨。

⑪耿耿：烦躁不安的样子。韦应物《雨夜感怀》：“耿耿心未平，沉沉夜方半。”

⑫徙（xǐ）倚：徘徊不定、流连不去。王绩《野望》：“东皋薄暮望，徙倚欲何依。”

【赏析】

上片写景忆史。起首“雄跨”两字将读者带入壮阔雄浑之境，定王台踞洞庭之滨，得楚湘江山之助，历史积淀深厚，气势自是不凡；自问“何王台殿”以提振情绪，台基虽然残缺不全，仍有百尺之高，“尚想”盛景自然而出，当年定王来此，旌旗招展如虹霓当空，急管繁弦声响彻云霄，仿佛仍在眼前；掐指算来，由汉到宋，还未有多少春秋，那种繁华、那种气派即已成过眼烟云；结句“兴废两悠悠”，兴沧桑之叹。

下片写今咏怀。“乔木老，大江流”静动相宜，化用谢朓“大江流日夜，客心悲未央”，“大江流”含义颇耐琢磨，“浩浩大江默默东流”，与“乔木老”相谐，如怨如诉，重情；“大江滔滔东流”，与无声息的“乔木老”形成鲜明对比，赋予“浪淘尽”之意，重思；“报国无地，空白九分头”，为功业未成自感羞愧；金兵攻破边塞猝然南下，一夜之间令北风生寒，连皇家祖坟都被踏在敌人脚下，心怀国家危难，“耿耿恨难休”；结句“落日伴人愁”与上片结句笔调一致，含蓄力强，悲而无泪、愁而不孤，写出时代特色、家国情怀。词人有七篇《水调歌头》，其中《水调歌头·天下最奇处》有句“记当年，携长剑，觅封侯”“随分生涯可老，卒岁不知愁”，所抒情感与该词相近。

向滈

向滈，生平不详。字丰之，曾任县令。

卜算子·寄内[①]

休逞一灵心[②]，争甚闲言语。十一年间并枕时，没个牵情处[③]。　四岁学言儿，七岁娇痴女。说与旁人也断肠，你自思量取。

【注释】

①寄内：寄给妻子，以词代书。

②逞：放任、放纵。一灵心：一时想法。

③牵情：留恋旧情。

【赏析】

上片叙事。词人耐心劝告妻子：莫要使气，不要只顾一时痛快，跟家里人不要争话语胜负；一夜夫妻百日恩，更何况同床共枕十一年，该有多少恩爱，难道我对你没有一点好处，这个家就那样不值得留恋吗？

下片以母子情、母女情继续规劝：可怜天下父母心，儿子年方四岁，七岁女儿娇媚天真，都是最需要你的时候，纵不为我，也得为孩子着想吧？这些事、这些话，如果说给外人听，人家也会替我们感到悲哀，请你仔细掂量。

该词反映出宋代的家庭观、婚姻观，题材难得；发生家庭矛盾，妻子似不太通情理，以词代家书，带有创新性。几百年后，清代著名词人顾贞观名篇《金缕曲 · 季子平安否》《金缕曲 · 我亦飘零久》亦以词代书，寄给流放宁古塔的朋友吴兆骞，表达怀念之情，纳兰性德读后十分感动，声泪俱下，表明读者乐见这种写法。

陆游

陆游（1125—1210），越州山阴（今浙江绍兴）人。字务观，号放翁。宋孝宗时赐进士出身。1172 年到四川宣抚使王炎处公干，投身军旅。曾任宝章阁待制。晚年居家。杰出诗人，存诗近万首；亦工词。诗词充满抗战爱国的英雄主义情怀。

诉衷情

当年万里觅封侯①，匹马戍梁州②。关河梦断何处，尘暗旧貂裘③。　胡未灭④，鬓先秋⑤，泪空流⑥。此身谁料⑦，心在天山⑧，身老沧洲⑨。

【注释】

①当年：献身疆场的青壮年时代。觅封侯：见晁补之《摸鱼儿》注。

②梁州：古地名，在汉中一带，作者四十八岁时在王炎幕府，驻军抗金前线汉中。

③尘暗：灰尘布满旧貂裘衣面。

④胡未灭：敌人未灭，功业未成。

⑤秋：比白发。

⑥泪空流：功未成、侯未封，已经衰老，空自叹息流泪。

⑦此身：自称。谁料：谁想、谁理解。

⑧天山：泛指塞垣、前方。

⑨沧洲：临水之地，泛指隐居之处，词人晚年闲居绍兴镜湖附近的三山。

【赏析】

上片怀念当年激情军旅生活。人离开前线多年，还保存着旧戎装，做梦都想在关河巡防，梦醒后抚摸“旧貂裘”，擦拭蒙上的灰尘，眷恋不舍。

下片抒情言志，一恨“胡未灭”，二叹“鬓先秋”，三哭“泪空流”，继之呼喊“谁料”，如暮鼓晨钟惊鸣，以“心在天山，身老沧洲”收拍，一腔忠愤，凝于笔端。“匹马戍梁州”似见词人当年英姿，“尘暗旧貂裘”犹感军旅深情。下片句句皆佳，写出一个万感交集的情感世界，如对苍天、如对子孙，那种“胡未灭”的遗恨，那种“鬓先秋”的悲怆，那种“泪空流”的不甘，那种为人不解的“谁料”，那种“心在天山”的壮心不已，那种“身老沧洲”的哀叹，如滚滚波涛冲决情感的闸门，一泻千里，流响千古。

鹧鸪天

家住苍烟落照间[①]，丝毫尘事不相关[②]。斟残玉瀣行穿竹[③]，卷罢黄庭卧看山[④]。贪啸傲[⑤]，任衰残[⑥]。不妨随处一开颜[⑦]。元知造物心肠别[⑧]，老却英雄似等闲[⑨]！

【注释】

①苍烟：晨炊青烟。落照：夕阳斜照。

②尘事：世俗事，尘俗事。

③玉瀣（xiè）：一种美酒名称。穿竹：竹林散步。

④卷罢：看一阵儿黄庭，观一阵儿山景。黄庭：指道家的养生经书。

⑤啸傲：自歌自咏，狂放不羁。

⑥任衰残：什么时候衰老病死，随它吧。

⑦随处：只要精神放得开，随处都有令你料想不到的开心。

⑧造物：创造万物的上天。心肠别：指造物主心肠两样，对别人有情，对我无情。

⑨老却：老去。似等闲：不当一回事儿。

【赏析】

该词写于词人回乡闲居期间。词人因力说张浚用兵抗金，遭弹劾，四十二岁被免职赋闲。

上片直叙赋闲生活，隐居处环境优美，晨看青烟、暮浴落照，饮美酒、穿竹林，读《黄庭》、卧观山，仿佛心满意足，实为忧愤的一种特殊发泄方式。

下片前三句依然故我，自歌自咏狂放不羁，管它什么衰老病死，随处开颜；结拍二句忽然一转，口吐真言，造物主为什么青睐别人而弃我，竟像没有看见一样，任英雄老去无用，方明白词人并不愿袖手林泉，而是在倾诉英雄失路之悲。“元知造物心肠别”极有创意，诘责朝廷，与张元干“天意从来高难问”有异曲同工之妙。

卜算子·咏梅

驿外断桥边[①]，寂寞开无主[②]。已是黄昏独自愁，更著风和雨[③]。　无意苦争春[④]，一任群芳妒[⑤]。零落成泥碾作尘，只有香如故[⑥]。

【注释】

①驿外：驿站旁。断桥：破旧不整之桥。

②开无主：野生，无人爱、无人管。

③更著：更加遭受。李群玉《山驿梅花》：“生在幽崖独无主，溪

萝涧鸟为俦侣。行人陌上不留情，愁香空谢深山雨。”

④苦：苦苦、竭力。争春：争艳于春日。

⑤一任：听凭。

⑥“零落”二句：梅花被碾压成泥、隐迹尘土，亦不更易志节，不减芬芳。王安石《北陂杏花》：“纵被春风吹作雪，绝胜南陌碾成尘。”

【赏析】

上片写野梅所处不堪之境，郊野驿站旁、断桥边，独自开、无人管理、无人欣赏，“已是黄昏”“更著风和雨”，寓意词人所处的恶劣处境。

下片述志，赞扬梅花的高尚品格，以梅花自比自励，本心无意争名邀宠，也不惧妖艳一时的群芳嫉妒；抱定不移志节，纵碾压成泥、隐迹尘土，亦不减芬芳。

“零落成泥碾作尘，只有香如故”，是该词的主题，亦是词人品格的理想化。赞颂梅花骨格的唐宋诗词佳作甚多，近千年之后，毛泽东《卜算子·咏梅》写出新意，“俏亦不争春，只把春来报。待到山花烂漫时，她在丛中笑”，展示出梅花的柔美俏丽与大众意识，报春而不争春，宁为众花值勤吹哨。

钗头凤

红酥手，黄縢酒[①]。满城春色宫墙柳[②]。东风恶，欢情薄[③]。一怀愁绪，几年离索。错，错，错[④]。　春如旧，人空瘦。泪痕红浥鲛绡透[⑤]。桃花落，闲池阁。山盟虽在，锦书难托。莫，莫，莫[⑥]。

【注释】

①黄縢酒：一种宋代名酒。

②宫墙柳：以皇都、宫廷柳色代指沈园柳。绍兴曾为越国都城。沈园是绍兴市内一座宋代园林。

③东风恶：爱情受到意外的猛烈破坏。欢情薄：欢乐时光短暂，婚姻仅维持三年。

④连用三个“错”字，作单字韵句、叠用三次。

⑤浥（yì）：润湿。鲛绡：丝绸手帕。

⑥叠用三个“莫”字韵句。

【赏析】

该词是一首写实的爱情悲歌，陆游与唐婉，才子才女相配，二十岁时结婚，十分恩爱；但陆母不容，婚后三年被逼离婚，唐婉改嫁赵士程；陆三十一岁时，在沈园巧遇赵唐夫妇，怅望久之，经赵点头同意，唐在沈园摆酒与陆略叙，词人感慨万千，以该词题壁。

上片前三句回忆陆唐往时曾畅游沈园、共赏春光情景，再现以前的幸福与温馨，以“满城春色”烘染，用手红、酒黄、柳绿点饰，色调协调、画面明丽；自“东风恶”起，记述婚变的孤独愁苦，棒打鸳鸯、强被拆散、满怀怨愁、彼此隔绝，三个“错”字叠句，悔恨何深。

下片前三句与上片对应，写此次沈园偶遇的伤心情景，春天依旧、人不如昨，泪水带着胭脂的红色湿透了手帕。一个“透”字道尽无限酸楚；自“桃花落”起，描述倍受煎熬的心境，桃花凋谢、春意已去，沈园空余池塘亭阁；词人内心作痛，想起自己曾经山盟海誓、不离不弃，却屈服于“东风”之恶，陷妻子于孤苦之境，誓言在耳、锦书难托。三个“莫”字叠句，既含对唐的敬重深爱，也表达自己永久的自责与忏悔。

陆词题壁沈园之后，唐婉闻之和有一词，同唱悲歌，催人泪下，不久以后，唐郁郁而终。唐词如录：“世情薄，人情恶。雨送黄昏花易落。晓风干，泪痕残。欲笺心事，独语斜阑。难，难，难。　人成各，今非昨。病魂常似秋千索。角声寒，夜阑珊。怕人寻问，咽泪装欢。瞒，瞒，瞒。”

两词用韵均堪为特例。陆词上去入三声通押，两片前三句押十二尤求仄韵，两片后六句押入声十六觉药韵。唐词则入平通押。

陆游六十六岁被罢官回乡，第二年再去沈园，见《钗头凤》题壁被保护起来，慨叹不已，于是写诗哀悼唐婉：“坏壁醉题尘漠漠，断云幽梦事茫茫”；七十五岁时眺望沈园，写下“梦断香消四十年，沈园柳老不吹绵”；八十岁那年写下“路近城南已怕行，沈家园里更伤情”；八十四岁时，即去世前一年，尚不忘沈园，写下“沈家园里花如锦，半是当年识放翁”；沈园是陆游春风情爱之地，亦是恩断情伤之地，最终成为聊慰孤怀之地；什么叫爱情？至死不渝，彻心彻骨，如陆游是矣！这种爱情，不似歌女、舞女露水之情，更为人称道。如今，沈园承载历史文化、陆唐情话，成为国内外著名的旅游胜地。爱情是文学永恒的主题，宋词是最佳体现，陆词堪称卓越代表，写出爱情的沉重与悲壮，爱情的制约与迫害，爱与被爱者的舒张与窒息，即便与中外著名的爱情悲剧《梁祝》《罗密欧与朱丽叶》相比，丝毫也不逊色。

渔家傲・寄仲高

东望山阴何处是[①]？往来一万三千里[②]。写得家书空满纸。流清泪，书回已是明年事。　寄语红桥桥下水[③]，扁舟何日寻兄弟？行遍天涯真老矣[④]。愁无寐，鬓丝几缕茶烟里[⑤]。

【注释】

①东望：望乡，词人时在成都，山阴故乡以西。

②一万三千里：成都距故乡之远。

③寄语：传话。红桥：在山阴县西，两兄弟以往同出共进之地。

④行遍：词人离开南郑到成都之前，走遍剑门、绵州、广汉，之后又去蜀州、嘉州。真老矣：其时年届五十。

⑤茶烟：以茶代酒，煮茶需沸水，水气如烟。化用杜牧《题禅院》："今日鬓丝禅榻畔，茶烟轻扬落花风。"

【赏析】

仲高是词人堂兄，少有才名，长陆游十二岁，曾陪陆游临安赴试；后因攀附秦桧，气节不保，陆与其划清界限，曾以诗《送仲高兄宫学秩满赴行在》讽之，有句"道义无今古，功名有是非。临分出苦语，不敢计从违"。秦桧死后，仲高被贬逐海南，后归返故乡，死于 1174 年。该词写于 1172 年后，当时陆在成都。

上片说明书信往来较少的原因，自己常常东望故乡，两地相距万里之遥，离得那么远，书信来往不易，虽写得满纸是字，念你之情仍难充分表达出来，徒有流泪；要想看到你的回信，得等到隔年以后，太难了。

下片回忆以往兄弟情谊，报告自己近况。"寄语红桥桥下水，扁舟何日寻兄弟"，是说两人少年时代，常去红桥游玩，同出共进，不知什么时候能同乘一叶扁舟，再会红桥；这些年，我走遍汉中与成都各地，漂泊万里，年岁渐老；似乎天天忙得停不下脚来，也不知到底忙了些什么，愁得难以成眠，于是常常手捋白发，靠坐饮清茶，打发时光。

全词语言平白、笔调凄婉。为了避免刺激对方，不提往日政治歧见，不讲自己忧国情怀，只述身在天涯，相见恨远，怀念故土，不忘兄弟情分。词人把握得当，恰到好处，表现了陆游真诚和忠实的品质，以及正确对待政治与亲情的世界观。

范成大

范成大（1126—1193），吴县（今江苏苏州）人。字致能，号石湖居士。1154年进士，在桂林、成都、福州多地屡任重职，曾被委派使金，官至资政殿大学士，累赠少师、崇国公，谥号文穆。与陆游、杨万里、尤袤并称中兴四大诗人，又称南宋四大家，是宋代诗词大家中鲜有的高级官员，作品多关心国事，尤以田园题材为胜。

鹧鸪天①

休舞银貂小契丹②，满堂宾客尽关山③。从今嫋嫋盈盈处④，谁复端端正正看⑤。

模泪易，写愁难⑥。潇湘江上竹枝斑⑦。碧云日暮无书寄⑧，寥落烟中一雁寒⑨。

【注释】

①写于词人1175年由桂林知府调任成都知府之时。

②银貂：白色貂裘，番装。小契丹：指北方少数民族歌舞，番舞。

③宾客：同僚。尽关山：都是因关山失却而远离故土的他乡之人。王勃《滕王阁序》："关山难越，谁悲失路之人；萍水相逢，尽是他乡之客。"

④嫋嫋：轻盈柔美的样子。

⑤谁复：谁再。端端正正：聚精会神、认真。

⑥"模泪"二句：化用薛媛《写真寄夫》："泪眼描将易，愁肠写出难。"

⑦潇湘江上：属僚在歌舞宴后，送词人至湘江边，再乘船入川。

⑧无书寄：指收不到同事书信。

⑨一雁：自比失群大雁。

【赏析】

上片写送别歌舞宴会场面，桂林是南宋大后方，跳的不是当地民族歌舞，竟是北方契丹胡装歌舞，契丹曾与北宋为敌，满堂宾客大都是因关山失去而远离故土的他乡之客，令词人深受刺激，内心不安。词人要求不要再跳这种舞了，因为尽管舞姿“嫋嫋盈盈”，从今以后也不会有人愿意再看到的。

下片抒发离别真情，面对送行同僚，“模泪易，写愁难”，“竹枝斑”容易画出，湘妃情却难以描状，词人深感肩负使命之重；想象到职之后，熟悉的、得心应手的桂林老同事们不在身边，失去了他们的帮助与支持，十分盼望“碧云日暮”时能读到大家的来信，别让自己像“寥落烟中”失群大雁那样，独受孤寒。

该词重心境刻画而不重外在形式，文辞精美词意高远，耐琢磨、耐吮味：难写之“愁”与一雁之“寒”，既表对桂林同僚的不舍之情，也含难以明言的家国隐忧。

水调歌头

细数十年事，十处过中秋①。今年新梦②，忽到黄鹤旧山头③。老子个中不浅④，此会天教重见⑤，今古一南楼⑥。星汉淡无色⑦，玉镜独空浮⑧。　敛秦烟⑨，收楚雾⑩，熨江流⑪。关河离合南北⑫，依旧照清愁。想见姮娥冷眼，应笑归来霜鬓，空敝黑貂裘。酾酒问蟾兔⑬，肯去伴沧洲。

【注释】

① 1177 年之前的十二年间，词人有十次中秋是在十个不同地方度过的；内里意思是十年前在此曾经度过一次中秋。

②新梦：未曾料到。

③旧山头：黄鹤山。词人在成都任职三年后，因病获准去职，1177 年五月离川东归，八月十四日抵武昌，十五日晚赴黄鹤山南楼赏月宴会。

④老子：此处系自称，无现代口语的自傲含义。个中：此中。

⑤此会：此次兴会。天教：天赐。重见：重现。

⑥南楼：即庾楼，见王安石《千秋岁引》注。

⑦淡无色：月亮之光使银河繁星黯然失色。

⑧玉镜：中秋月。独空浮：独自悬空。

⑨秦：泛指江北地区。

⑩楚：泛指鄂湘一带。

⑪熨江：长江如练，好像月光熨平的白绢。熨：熨平。

⑫关河离合：牵挂沦陷区人民。

⑬酾酒：斟酒。蟾兔：此处指月亮。

【赏析】

上片写去职回乡途经武昌，适逢中秋观月的情景，“细数十年事”，表国事压身心已疲累；“今年新梦，忽到黄鹤旧山头”，“旧”与“新”相对，表内心获得的一种释放感；自觉福分“不浅”，“天”赐良机，又教重见“今古一南楼”，愉悦之情溢于言表；登楼赏月，见“星汉淡无色，玉镜独空浮”，明月在天，星汉一色，心胸贴近明月，何其畅亮。

下片抒怀，细看银色世界，“敛秦烟，收楚雾，熨江流”，宇宙澄清；由武昌联想到还被金人占据的北方地区，和十年前所见没有什么两样，依旧“关河离合南北”，怎能令天下赏月之人快乐起来，自生清愁，对月抒心，月中嫦娥可能会冷眼看我，笑话我没有为国家建树功勋，白穿“黑貂裘”，徒染霜鬓而归；但我已经尽力了，今卸下公职，举杯相邀，探问嫦娥是否愿意结伴，与我同隐沧洲。

该词近乎自我评判人生，反映词人恭谨报国，牵挂百姓，虽不能力挽狂澜，但具有知己才力、善识进退的哲人心态；“敛秦烟，收楚雾，熨江流”气度宏远；邀嫦娥作伴，想象力超常，富有情趣。

蝶恋花

春涨一篙添水面[①]。芳草鹅儿，绿满微风岸。画舫夷犹湾百转[②]，横塘塔近依前远[③]。 江国多寒农事晚[④]。村北村南，谷雨才耕遍[⑤]。秀麦连冈桑叶贱[⑥]，看看尝面收新茧[⑦]。

【注释】

①一篙：表水的深浅。水面：池塘水满。

②画舫：彩船。夷犹：迟疑不前状，表船速缓慢。百转：河道弯曲。

③横塘：大水塘，苏州地名。塔：横塘岸边古塔。依前远：在画舫上看塔觉得很近了，实际上离得还远。

④江国：江南水乡。农事晚：此地因“多寒”，直到谷雨时才忙完水田翻耕。

⑤谷雨：农历节气，一般清明种稻、谷雨下秧。

⑥秀麦：麦子抽花秀穗。连冈：满山遍野连成一片。桑叶贱：表桑树茂盛，蚕在休眠期不食不动，桑叶能够满足养蚕需要且有余。蚕丝丰收在望，只是桑叶不大值钱了。

⑦尝面：民俗，小麦待熟时，从麦穗搓下麦粒，炒干、捣碎，做成食品尝新。收新茧：那时也恰是收获新茧丝的时节。

【赏析】

上片写清新明净的江南水乡之春。“芳草鹅儿，绿满微风岸。”鹅儿羽毛黄中透绿，池塘嬉游，上得岸来，在芳草地上抖动嫩翅，享受微风吹拂；画舫缓缓绕过一道又一道河湾，向横塘缓缓驶去。春水、芳草、小鹅、画舫，水明、草绿、花香、鹅黄，多美的一幅江南水乡图画。

下片写村南村北农忙景象，麦子与桑蚕丰收在望，用桑叶富足、价钱贱了，衬托农家勤劳欢乐的生活气息。

《蝶恋花》惯写情爱题材，词人却写出了令人心醉的田园词，殊为可贵。

杨万里

杨万里（1127—1206），吉州吉水（今江西吉水）人。字廷秀，号诚斋。1154 年进士。曾任太子侍读、知赣州。诗与陆游、范成大、尤袤齐名。

好事近

月未到诚斋[①]，先到万花川谷。不是诚斋无月。隔／一庭修竹[②]。　　如今才是十三夜，月色已如玉。未是秋光奇绝，看／十五十六[③]。

【注释】

①诚斋：词人书房。

②修竹：茂密高大的竹林。

③十五十六：卢仝《月蚀诗》："朱弦初罢弹，金兔正奇绝。三五与二八，此时光满时。"

【赏析】

上片从书斋、川谷、修竹三个视点，体察月光给人的不同感受，细微动人，月亮随时日而移，到月中才能照到我的书房诚斋，而且它是先照到我家花园万川花谷；和花园一片明辉相比，书房享受到的月光显得幽明淡微，这不是我的书房"无月"，是因为"一庭修竹"相隔；书房、川谷、修竹，更有明月，都是风情；不容许别人说"诚斋无月"，表达对书斋的独喜独爱。

下片写日期渐进带来的月色变化，"如今才是十三夜"就已经"如玉”；虽然已经很美了，但十五十六更为奇绝，如何奇绝？由你去想，给人以积极向上、追求至美至爱至远的希望。

该词似只写月色，实写人生品位与个人雅兴风姿；爱家爱书爱明月，三位一体，缺一不可；艺术特色分明，用视觉给月色辉映排先后次序，用确定的日期给月色划分档次。

该词通押入声屋沃与物月两韵部韵；“看十五十六”是一字逗领一个四言拗句。

张孝祥

张孝祥（1132—1170），历阳乌江（今安徽和县）人。字安国，号于湖居士。1154 年进士，曾任中书舍人、知荆南府兼荆湖北路安抚使，主张北伐，受到主和派打击。有政绩、善诗文，词风豪放，多感怀时事之作，与张元幹并称南宋初期词坛双璧，是辛弃疾豪放词派的先行者。

水调歌头·金山观月①

江山自雄丽，风露与高寒②。寄声月姊③，借我玉鉴此中看④。幽壑鱼龙悲啸⑤，倒影星辰摇动，海气夜漫漫⑥。涌起白银阙⑦，危驻紫金山⑧。　表独立⑨，飞霞佩⑩，切云冠⑪。漱冰濯雪，眇视万里一毫端⑫。回首三山何处⑬，闻道群仙笑我，要我欲俱还⑭。挥手从此去，翳凤更骖鸾⑮。

【注释】

①金山：在江苏镇江，上有名刹金山寺。该词作于词人 1167 年乘船过金山时。

②风露与高寒：夜间登高，自临风寒。

③月姊：嫦娥。

④玉鉴：玉镜。

⑤幽壑：深水。壑：水沟。

⑥海气：江面雾气。

⑦白银阙：江面银浪涌起簇拥金山，金山寺如金色仙宫一般。

⑧危驻：高驻。紫金山：指金山。宋时，金山位置不在江边，而是矗立江中。

⑨表独立：卓然而立。表：特出，迥异于众。屈原《九歌·山鬼》："表独立兮山之上。"

⑩霞佩：仙女的饰物。韩愈《调张籍》："乞君飞霞佩，与我高颉颃。"

⑪切云冠：一种高冠的名称。屈原《楚辞·涉江》："冠切云之崔嵬。"

⑫眇视：小视、一只眼看。毫端：万里之内，就是微如毫毛也能看得清清楚楚。

⑬三山：指蓬莱、方丈、瀛洲。

⑭要：邀请。

⑮翳凤：以凤凰羽毛做车的华盖。骖鸾：以仙鸾驾车。骖（cān）：驾在车两旁的马。

【赏析】

上片写夜登金山看雄丽江山、万里月色，向嫦娥借宝镜瞭望美景，看得见鱼龙在江水深处悲啸，群星倒映江面随波浪摇动，海气漫漫，金山矗立江中，江面银浪簇拥，坐落在山顶最高处的金山寺就像银色仙宫一样。上片寄托了词人的江山之爱。

下片立意新奇，虚实并举，胸怀之大、眼界之高非同一般。"表独立，飞霞佩，切云冠"，化用屈原、韩愈诗意，说高处俯视，金山寺犹如独立于万物之外，江水似飞霞做佩带玉饰，山如高帽切入云端，词人立于山顶，写自我形象，自述情怀；"漱冰濯雪"，是感觉自己如同浸润在冰雪般圣洁的月色世界里，陡发奇想，像木匠单用一只眼睛吊线那样，眇视万里，连微如毫毛那样的细小景物也能看得清清楚楚；词人自问三山在哪里，寓意现在就是身在三山之中，仿佛看见群仙正向自己招手，邀请自己随他们一道去神仙家里住上几天，于是兴奋地向金山寺挥手，坐上凤凰羽毛华盖的车子，由仙鸾驾车，真的跟群仙去了。

该词的突出特色是浪漫主义手法运用得自然而然，表现在三个环节，一是异想天开地向“月姊”借“玉鉴”居然借成了；二是把金山寺写成银浪拥、银光裹的银色仙宫，好似将苏轼的“天上宫阙”移到人间；三是自豪地赴群仙之邀。“江山自雄丽”是基调，将人间仙境看作天上仙境属情中事；“挥手从此去”飘飘欲仙，并非超尘脱俗，恰恰反映出经金山、再启程之际的得意之态。词人为官勤政爱民，喜欢自然、热爱江山，有李白的豪放，但没有李白的放荡不羁；有苏轼的飘逸，但没有苏轼的政治坎坷；语言畅快靓丽，情思晶凝明透。

六州歌头

长淮望断①，关塞莽然平②。征尘暗③，霜风劲，悄边声。黯销凝④。追想当年事⑤，殆天数⑥，非人力，洙泗上⑦，弦歌地⑧，亦膻腥。隔水毡乡⑨，落日牛羊下，区脱纵横⑩。看/名王宵猎⑪，骑火一川明⑫，笳鼓悲鸣，遣人惊。　念/腰间箭，匣中剑，空埃蠹⑬，竟何成⑭！时易失，心徒壮，岁将零⑮。渺神京⑯。干羽方怀远⑰，静烽燧⑱，且休兵⑲。冠盖使⑳，纷驰骛，若为情！闻道中原遗老㉑，常南望、羽葆霓旌㉒。使/行人到此，忠愤气填膺，有泪如倾。

【注释】

①长淮：淮河。南宋与金朝议和的结果是以淮河为界。

②莽然：关塞隐没在茫茫草木之中，看不分明。

③征尘暗：边境线上没有动静，宋军兵士神情悲哀。

④黯销凝：黯然神伤。

⑤当年事：指靖康年间金兵入侵，北宋覆亡。

⑥殆天数：大概是天命、天意。

⑦洙泗：洙水、泗水，在孔子故乡曲阜分为二水，洙水在南、泗水在北。洙泗上：二水之间。

⑧弦歌地：圣人读书施教承载中华文化的地方。

⑨隔水毡乡：指淮河对岸满布金兵帐篷。

⑩区（ōu）脱：匈奴语，指哨所纵横密布。

⑪名王：指金兵主将。宵猎：夜间出猎。

⑫骑火：金军骑兵的火把。金兵夜间演习，火把通明，猖狂嚣张，危险局势令人震惊。

⑬蠹（dù）：蛀虫。“念腰间箭”三句：腰中箭、匣中剑已长久不用，满布尘埃，被虫子蛀蚀。

⑭竟何成：汉光武帝说过“有志者事竟成”，此处反其意而用之，自伤英雄有志却无用武之地。

⑮岁将零：时机容易流失，空有雄心壮志，一年又要过去了。

⑯渺神京：此地距故都开封非常遥远，看不见它的影子，寓意复国大业任重道远。

⑰干：指盾牌。羽：翟羽，野鸡的长尾毛羽。怀远：安抚边民。

⑱静烽燧：不再点烽火，寓意朝廷议和，不再警惕敌人动作。

⑲且休兵：主动罢兵，指朝廷企求用儒家礼乐文化感化敌人。

⑳冠盖使：朝廷派出戴着官帽的使臣，一拨又一拨地忙个不停，名义上是去探望徽钦二帝，实际是谄媚金人。

㉑中原遗老：该词写于北宋灭亡近四十年后，中原沦陷区的前朝遗民已变成老人。

㉒羽葆：皇帝车驾。霓旌：皇家有云霓图案的旗帜。

【赏析】

1161年金军突破淮河防线，直趋长江北岸，虞允文率宋军在采石矶挫败敌锋，金兵大败而去；南宋朝廷不是乘胜追击，反而不思进取，苟安妥协，仍守淮河为界。词人是南宋状元，少年气锐，颇得宋孝宗赏识。1163年，主战派领袖张浚升任宰相后，推荐词人接替自己留守南京，词人在其幕府参与宴会，即席赋词。

上片叙事，描述淮河前线两军对峙的严重态势，起句点明“长淮”“关塞”，以“莽然平”“征尘暗”“悄边声”表宋军乏险可守；“追想”及以下五句，回溯靖康之耻，感叹中原沉沦；“隔水毡乡”及以下几句，用“区脱”“宵猎”“骑火”“笳鼓”表金兵虎视眈眈、亡宋之心不死，不无忧虑与沉恨。

下片仍从叙事开始，分三个层次，“念腰间箭”及以下六句，发剑戈蒙尘、徒伤壮志、岁月凋零之慨；“渺神京”及以下六句，批判朝廷屈辱求和；“闻道”及以下二句，代北宋遗民百姓发出抗金复国的呼声；末三句抒情，事情道尽，情感酝酿至高潮，化用李冠《六州歌头》“遣行人到此”，说凡经过或来过此地的人们，无不气塞胸膛，伤心之泪犹如雨倾。

全词叙事井然有序，陈清敌我态势，专写国家大事、民族大事，写出人心所向，铿锵作声，慷慨激烈，极富感染力，是南宋抗战词中的杰作。词人在世三十八年，出仕十六年，中间四次被罢官，每次罢官都是因为主张抗战得罪投降派，写作该词后，再次被罢。后来，张出任广南西路经略安抚使，长沙知县袁去华是其属下，作《水调歌头·定王台》，深为激赏，曾亲笔抄写，传为一段佳话。

念奴娇·过洞庭[①]

洞庭青草[②]，近中秋，更无一点风色[③]。玉鉴琼田三万顷[④]，着我扁舟一叶[⑤]。素月分辉[⑥]，明河共影[⑦]，表里俱澄澈[⑧]。

悠然心会，妙处难与君说[9]。　应念岭表经年[10]，孤光自照[11]，肝胆皆冰雪。短发萧骚襟袖冷[12]，稳泛沧浪空阔。尽吸西江[13]，细斟北斗[14]，万象为宾客。扣舷独啸[15]，不知今夕何夕[16]！

【注释】

①词人在广西静江知府任上受谗言攻击被罢官，1166年北归途中，记游洞庭湖。

②青草：指青草湖，洞庭湖南邻，水满时二湖连为一体。

③风色：风的迹象。杜甫《自阆州领妻子却赴蜀山行三首》之二：“长林偃风色，回复意犹迷。”

④玉鉴：有读本作“玉界”。三万顷：状寥廓。

⑤着：附着、点缀。

⑥素：白色、本色、没有杂色。

⑦明河：有读本作“银河”。

⑧澄澈：剔透、透明。

⑨君：当指最关心词人前程、志同道合的朋友或同僚。

⑩应念：在此时此景，回想以往静江为官经历。岭表：有读本作“岭海”，指五岭之南的两广地区，词人在广西任职一年以上。

⑪孤光：月光。自照：以月为镜。

⑫短发：自叹衰老，词人时年仅三十四岁。萧骚：头发稀疏。襟袖冷：月静水阔，寒意满袖。

⑬尽吸西江：把江水当酒浆一饮而干。尽吸：有读本作“尽挹”。西江：指长江，从西边方向流来。

⑭细斟北斗：《诗经》：“维北有斗，不可以挹酒浆。”挹（yì），勺舀，句意是北斗七星虽状似长勺，却不可以用来舀酒；屈原《九歌》反其意而言：“援北斗兮酌桂浆。”

⑮扣舷：敲击船帮自打拍子，轻歌慢吟。独啸：有读本作“独笑”。

⑯“不知”句化用苏轼《念奴娇·中秋》：“起舞徘徊风露下，今夕不知何夕。”

【赏析】

上片先点明地点、节令、天气，写中秋月色，无风无浪，两湖湖面平如镜、明如玉，一叶扁舟点缀万顷月色；明月倒映水中，水上天空与水下世界共分明辉，表里如一、澄澈见底；悠然自得、心领神会，那种奇妙之感难以用语言描述给你听；以玉、琼、素辉、共影、澄澈状形状色描绘月光，以一点、三万、一叶度量景象，以分辉、共影、表里独享其美，创造出一派空明、洁净无垢的至纯至高境界，天人合一、物我交融，个人的挫折忧愁自然得到消磨化解。

下片抒怀，写人格，写襟怀，以月为镜，高洁自我，遵操守、重德行，任孤独自处也不随波逐流，肝胆如冰雪那样晶莹明洁；短发萧骚、两袖清风，也无怨无悔；小人将我挤兑出岭表，又能奈我如何，且一叶扁舟稳行在青苍空阔的洞庭湖上，不妨效法屈原“援北斗兮酌桂浆”，“尽吸西江，细斟北斗”，同时邀请天地万物做宾客，与我一起畅饮；效法王维“清夜何悠悠，扣舷月明中”，饮个够，唱个够，直到“不知今夕何夕”。

词人极善写月，《水调歌头》心情愉悦、怀有美好未来，站在金山顶上望月，先创造出月色仙境，再将自己置于其中；该词是心遭磨折之后，有一种离开是非之地即到仙境的感觉，自觉投身于水天之间的仙境里再细看慢品仙境妙处，美景化入眼中心内，形神俱备、人格升华，尘心净洗、襟怀开张，如见词人风华无限，如闻词人议论风生；词人因为知道自己在大自然里仅如“扁舟一叶”而受到感化，因目纳“琼田三万顷”方能引“万象为宾客”。“素月分辉，明河共影，表里俱澄澈”“孤光自照，肝胆皆冰雪”俱为佳句，该词镌刻于“中秋”诗词长廊，无疑是一座十分显眼的丰碑。

丘崈（chóng）

丘崈（1135—1209），江阴（今江苏江阴）人。字宗卿。1163 年进士，官至同知枢密院事，谥文定。

诉衷情 · 丙申中秋①

素衣苍狗不成妍②，何意妒婵娟。不知高处难掩，终自十分圆。　涵万象③，独当天，照无边。乾坤呈露④，何况人间。大地山川。

【注释】

①丙申：指 1176 年。

②素衣：白衣。苍狗：青色或灰白色的狗。妍：妍丽、美好。语出杜甫《可叹》："天上浮云如白衣，斯须改变如苍狗。"

③涵：浸润。万象：万事万物。

④乾坤：泛指天地。《周易》认为乾坤属阴阳范畴，是构成万物的原始物质。

【赏析】

该词以议论手法写中秋夜景，从自然变化悟出哲理，语言浅显易懂，内涵却耐琢磨。

上片起句写云遮月，见"素衣苍狗"在月亮周围浮来荡去，弄得中秋之夜不像往年那样美好，质问它们为什么如此嫉妒"婵娟"，不让月亮露脸？同时告诉它们，嫉妒也没有用，因为月亮更在"高处"，应该懂得，月亮不是你们想遮掩就能遮掩住的；月亮"终自十分圆"这才是真理。

下片妙语连珠、畅诉衷情，无一“光亮、明镜、玉洁”等常用字眼，用平时肉眼可见的山川地形与只有心中可会的乾坤形象，衬托中秋月“涵万象，独当天”的神奇，天下惟明月独大，其他均应自感渺微，月光明澈，连肉眼看不见的“乾坤”都会呈现出本来面目，更何况高矮大小一定的地形山川。

词人有三篇《诉衷情》，一篇作于归舟，下片有句“思往事，耿无眠。掩屏山。夜深人静，何处一声，月子弯弯”，点明“思往事”；另一篇写早梅，下片有句“风乍静，雪初晴。月微明。泊然疏淡，莫是无情。作个关情”，点明“关情”。三篇相比，该词隐事、情而言理，可以想象，低不掩高，万物在明澈月光下难隐其形，自然界如此，人世间也不例外，似言外有意，另有所指。三篇皆有月，月色皆不同；语调平缓，干练素净；词人当为写月高手。

王炎

王炎（1137—1218），婺源（今江西婺源）人。字晦叔，号双溪。1169 年进士，官至中奉大夫。

南歌子①

山冥云阴重②，天寒雨意浓。数枝幽艳湿啼红③。莫为惜花惆怅、对东风。　　蓑笠朝朝出④，沟塍处处通⑤。人间辛苦是三农⑥。要得一犁水足、望年丰⑦。

【注释】

①原作词牌署《南柯子》。

②冥：昏暗。

③数枝：泛指春天之花。啼红：红花凝聚雨水水珠，含怜花之意。

④朝朝出：农民戴着蓑笠、顶风冒雨天天下地劳作。

⑤沟塍（chéng）：农田的水沟和田埂。处处通：说明农田管理像模像样。

⑥三农：泛指春耕、夏种、秋收。

⑦一犁：指春耕犁地时候。望年丰：盼秋天五谷丰登。

【赏析】

上片写景，先说天寒雨浓、花儿啼红，文人伤春惜花是一种社会风气，词人却笔调一转，劝别人也劝自己，不要只为花儿凋谢惆怅，埋怨花神东风，应以农家的眼光，看看东风还做了什么好事。

下片叙事，替农家执言，直书“蓑笠朝朝出，沟塍处处通”，把农忙景象写活了，农家不像文人学士，他们无心惜花，心中只有“要得一犁水足、望年丰”的热切愿望，表达出词人关心农民农事，充满对农民辛勤付出的敬慕与怜爱之情。

唐代多有反映田家劳作与农民不胜苦难题材的诗篇，宋诗中也不乏此类题材的佳作，因诗词分工的影响，词中该题材稀少。该词立意明朗，写法不俗，当为珍品。

辛弃疾

辛弃疾（1140—1207），济南历城（今山东济南）人。字幼安，号稼轩。1161 年，参加耿京抗金义军；1162 年，耿京被叛徒张安国杀害，辛弃疾忠勇大义，只手擒拿张安国押往南京处决，投归南宋。1173—1182 年间，多次上书建言抗金之策，均未被采纳；曾在滁州、湖南、江西任职，于江西安抚使任上遭谗落职，时年四十二岁。先期在上饶带湖十年隐居，1192—1194 年曾在福建任职，后期在铅山瓢泉八年投闲。1203 年六十四岁时重获启用，任职绍兴、镇江。1207 年病死铅山。生于金人统治区，曾在战场厮杀，展现出杰出的军事才能，惜为官时不能抒抗金之志，赋闲后只能以文字书愤解愁。提倡“以文为词”，直抒胸臆、寄情家国。词作爱恨分明、气贯山河，语言率真似信手拈来，风格多样如浪花纷拥。辛词独具雄气，兼有李白的狂放、杜甫的厚重、苏轼的清雅，以大气魄、大手笔，利用词的文学形式承载社会责任，领航南宋词坛。辛弃疾政治阅历丰富，社会体验深厚，是一位伟大的诗词家、文学家。

丑奴儿·书博山道中壁①

少年不识愁滋味，爱上层楼②。爱上层楼，为赋新词强说愁③。　而今识尽愁滋味，欲说还休④。欲说还休，却道“天凉好个秋”！

【注释】

①博山：位于今江西广丰西南，远望似庐山香炉峰。写于隐居带湖时期，常往来于博山道中，题道中石壁。

②层楼：高楼。

③强说愁：没多少愁而硬装有愁，硬去说愁。

④欲说还休：李清照《凤凰台上忆吹箫》：“多少事欲说还休。”

【赏析】

上片叙事。词人回忆天真少年时候，少不更事，效法古人登楼，没真正尝过愁的滋味，却要到远处去找，无病呻吟，觉得好玩；叠用“爱上层楼”，强化以寻愁为乐的少年情致。

下片抒情。经受罢官经历，人世沧桑，愁的滋味已经渗透身心，“而今”登楼是因为真正尝够“愁滋味”，已经真正“识愁”了，少年时主动把愁从外边拉到心里，还不容易拉到；而今势欲把愁撒到外边，怎么撒也撒不掉；这种愁不便说、不好说，叠用“欲说还休”强化愁重无奈、愁多难撒的情状；结句信手拈来，“天凉好个秋”！看似不痛不痒，悄声悄语，却是一个令人禁口之秋。

词人对愁大悟大彻，内涵深沉愁绝，词人满怀忧国伤时、报国无门之愁，没有什么能比这种状态更加愁人。

鹧鸪天·鹅湖归，病起作①

枕簟溪堂冷欲秋②，断云依水晚来收③。红莲相倚浑如醉④，白鸟无言定自愁⑤。

书咄咄⑥，且休休⑦。一丘一壑也风流⑧。不知筋力衰多少⑨，但觉新来懒上楼。

【注释】

①铅山县城东北有鹅湖山，山上有鹅湖，山下有鹅湖寺，朱熹曾在

此讲学。词人居于附近的期思村瓜山下，常到鹅湖游玩。该词写于一次游鹅湖归家、病好以后。

②溪堂：水边楼台亭阁。冷、秋：点明感觉与季节。

③晚来收：片片云朵，到傍晚都散去了。

④红莲相倚：比美人微醉娇态。

⑤白鸟：白鹭、白鹤类水鸟。

⑥咄咄（duō duō）：典出《晋书 · 殷浩传》，东晋扬州刺史殷浩领兵北伐屡战屡败，被废为平民后，终日向空中手书“咄咄怪事”四字，以抒发心中不平。

⑦休休：典出《旧唐书 · 司空图传》，唐代诗人司空图隐居中条山，作亭名曰“休休”，作文曰“休，美也”。

⑧“一丘”句：典出《汉书 · 叙传》：“渔钓于一壑，则万物不奸其事；栖迟于一丘，则天下不易其乐。”指寄情山水。

⑨筋力：精力。

【赏析】

上片写景，枕簟初凉，溪堂略带秋意，水面上空飘浮的片片云朵，到傍晚都四散开来，白鸟静立池塘边，一言不发，见红莲青春缠绵，觉得自己头上毛发皆白，暗自生愁；红莲与白鸟相对，红得如醉，白得生愁，巧妙地将个人愁怨派送给红莲、白鸟，连忧伤意绪也写得如此精妙。

下片连用三典，说到处都是“咄咄”怪事，但我不会像殷浩那样，倒愿意学司空图那样超脱与寄情山水间；近来总是懒得上楼，病后精力衰退，离实现报国之志更遥远了，轻轻一叹，带有多少苦涩？非居事中，难有此种体验，如说我还没有衰老昏聩，并不“宜休”，却奉命退隐了。

全词气势连贯，句意曲折，坦率而委婉，旷达亦悲凉。

南乡子·登京口北固亭有怀[1]

何处望神州[2]？满眼风光北固楼[3]。千古兴亡多少事？悠悠。不尽长江滚滚流[4]！ 年少万兜鍪[5]，坐断东南战未休。天下英雄谁敌手？曹刘[6]。生子当如孙仲谋[7]。

【注释】

①京口：今镇江市，东吴故都。东北有北固山，山上有北固亭，现悬挂毛泽东手书《北固楼》匾额。登楼俯瞰长江东去，又可北望对岸扬州。该词作于1205年前后词人在镇江知府任上。

②何处望神州：看不见神州。彼时江北是金兵占领区，已经山河变色。

③满眼：只有北固楼这一小块儿地方属于自己，在词人眼里都是风光。

④“不尽”句：化用杜甫《登高》：“无边落木萧萧下，不尽长江滚滚来。”

⑤万：泛指数量之多。孙权十九岁继承孙策为吴主，能统率千军万马。兜鍪（móu）：头盔，代指兵士。

⑥曹刘：据《三国志·蜀书·先主传》载，曹操曾对刘备说：“今天下英雄，惟使君（指刘）与操耳。”

⑦生子：据《三国志·吴书·吴主传》注引《吴历》，曹操与孙权对垒，见东吴战船浩浩、军容整肃，孙权仪表堂堂、威风凛凛，喟然叹曰：“生子当如孙仲谋（孙权），刘景升（刘表）儿子若豚犬耳。”

【赏析】

上片写北固楼风光。神州大地只剩下这一点最为美好的地方，大片国土不在眼底；词人思绪翻滚，想到此地历史风云，往事悠悠、江水滚滚、心思沉沉，不禁感慨千古兴亡。

下片咏史抒怀，用“年少”“坐断”颂扬孙权西征黄祖、北拒曹操；曹操说只有他自己和刘备可争夺神州王位，孙权虽然实力不如曹刘，但敢于和曹刘抗衡；寓意当朝同样占据东南，却不敢反抗金兵侵略，苟且偷安，一点儿也没有孙权的英雄气概；以曹操之语“生子当如孙仲谋”作结，分量犹重，曹操敬佩敌手孙权，而鄙视将江山拱手送人的刘景升儿子；怒骂激愤，连曹操都希望自己的儿子能像孙权那样有胆有识，敢与强敌对阵，难道本朝衮衮诸公就不愿作孙权那样的英雄，反倒愿作刘景升儿子那样的懦夫猪狗吗？

词人用意良苦，借典发表见解，曲尽其妙，意在言外。该词三处运用自问自答方式，“何处”“多少事”“谁敌手”，层次递进感很强；上下两片均援用他人话语作结，结构别致；抓住南宋一隅与东吴相似的地域特点，穿越时空，道不便明道之言、抒不便畅抒之情，沉郁顿挫，初心可鉴。

破阵子·为陈同甫赋壮词以寄①

醉里挑灯看剑②，梦回吹角连营。八百里分麾下炙③，五十弦翻塞外声④，沙场秋点兵。　马作的卢飞快⑤，弓如霹雳弦惊⑥。了却君王天下事⑦，赢得生前身后名⑧。可怜白发生！

【注释】

①陈亮字同甫，曾来鹅湖看望词人，互有赋词酬和。此词作于瓢泉投闲时期。

②挑灯：把灯芯挑亮。看剑：把看杀敌宝剑。

③八百里：典出《晋书·王济传》，王恺有牛，名八百里驳，王济与他打赌比射，分别以此牛和万钱为赌注，结果王济胜，王恺杀牛作炙。麾（huī）下：部下。炙（zhì）：火烤，指熟牛肉。

④五十弦：泛指多种乐器。翻：弹奏。塞外声：泛指军歌、战歌。

⑤的卢：通人性的烈性快马、名马。典出《三国志·蜀书·先主传》，刘备襄阳赴宴，得知有人暗算他，急乘的卢马潜逃，马坠入护城河中，刘备呼唤“的卢，近日危矣，可努力”，的卢马神会其意，一跃三丈，遂得脱险。

⑥霹雳：雷声，比万箭齐发时的弓弦声响。

⑦了却：完成、遂愿。天下事：复国大事。

⑧生前身后：生前功业、死后名节。

【赏析】

该词章法布局特殊，打破常规。上片起句写梦前，第二句开始入梦，直至下片第四句皆述梦境，独末句抒发感慨。不妨按句序解读。“醉里挑灯看剑。”白天不知抚弄过多少次宝剑，恨它派不上用场，夜里挑灯再看，一个不上前线心犹不甘的醉酒壮士形象出现在读者面前；“梦回吹角连营。”好不容易睡着了，梦里又响起前线对敌的连营号角之声，词人青年时期曾经冲锋陷阵，战斗场面十分逼真，从“麾下”分享烤牛肉到“沙场秋点兵”，大碗饮酒、大块吃肉，激励部下将士，军乐齐奏，唱响斗志高昂的军歌；“的卢飞快”“霹雳弦惊”，率领铁骑，挽弓出射，风驰电掣般地纵横战场；气酣墨饱，威武雄壮；说是梦境又恐非为虚，应是自己在耿京义军中征战经历的回忆，与《鹧鸪天》“壮岁旌旗拥万夫，锦襜突骑渡江初”所写场面极为相似，勇于制胜的英气，令其难以忘怀；然而，即便是青年时曾经拥有，如今也不可能重新再来，“了却君王天下事，赢得生前身后名”的宏愿终竟是一场梦，一种憧憬；一句“可怜白发生”，从梦境跌落回现实，与上片起句合拍，如此赋闲何时算了，徒落心痛。这种境遇，陈亮心中必定了然，词人依然要向他倾诉，透露出他的孤寂与悲凉，纵为英雄铁汉也需要朋友的爱怜与安慰。“可怜白发生”属“孤平句”，表明它能够正常用于词中。

行香子·博山戏赵昌父、韩仲止[①]

少日尝闻[②]，富不如贫，贵不如、贱者长存[③]。由来至乐，总属闲人[④]。且／饮瓢泉[⑤]，弄秋水，看停云[⑥]。　岁晚情亲，老语弥真。记前时、劝我殷勤。都休殢酒[⑦]，也莫论文。把／相牛经[⑧]，种鱼法[⑨]，教儿孙。

【注释】

①赵昌父：即赵蕃，字昌父，号章泉先生，江西信州玉山人。韩仲止：即韩淲，字仲止，韩元吉之子，河南许昌人，隐居上饶。赵韩齐名，工于词，人称“二泉”。该词作于词人居瓢泉时期。

②少日尝闻：年轻时曾听老人们说。

③贵不如：典出《后汉书·逸民传》，向子平读《易经》“损”“益”卦时，喟叹：“吾已知富不如贫，贵不如贱，但未知死何如生耳。”

④闲人：赋闲之人，自比。

⑤瓢泉：词人发现所居铅山期思村瓜山下有一瓢状泉，遂取孔子“一箪食，一瓢饮，在陋巷，人不堪其忧，回也不改其乐，贤哉回也”之意命名。饮瓢泉：淡泊度日。

⑥停云：凝聚不散的云朵，表思绪盘心。陶渊明《停云》：“霭霭停云，蒙蒙时雨。”表思念亲友之情。词人曾将陶诗檃括为词《声声慢》。

⑦殢（tì）酒：醉酒、沉湎于酒。

⑧相牛经：古人编的关于养牛的经书。

⑨种鱼法：教人养鱼之法。

【赏析】

上片夹叙夹议。从少年受教“富不如贫”开始，结于“至乐总属闲人”，对贫富贵贱进行思考，知道追求财富不如守贫、追求名位不如甘当百姓的道理，却不知如何才能做到死亦如生；贱者与闲人无须关心国家大事，可以安于贫贱、自得其乐，实为正话反说，寓意词人闲居是被迫的，安来“至乐”之有；虽为“闲人”，矢志不悔，既然朝廷不用，就在这儿“饮瓢泉，弄秋水，看停云”吧！

下片叙事。人到老时，愈知亲情可贵，感谢赵、韩二友“老语弥真”，记得他们的劝告，不再“殢酒”，也不再计较什么文章千古，一心“教儿孙”去喂好牛、养好鱼就是了。

该词题材平凡，用平白语、家常事，写出机智情趣，讥讽时事，蜷缩闲居，英雄有痛又不能大声疾呼，其愤懑苦痛是可以想象的；幽默感强，与小序“戏”字相合。该词也可以看作是一首政治讽刺词，虽不似《鹧鸪天》“追往事，叹今吾。春风不染白髭须。却将万字平戎策，换得东家种树书”那样慷慨激昂，但亦可收到奇效。

水调歌头·舟次扬州和杨济翁、周显先韵①

落日塞尘起②，胡骑猎清秋③。汉家组练十万④，列舰耸层楼⑤。谁道投鞭飞渡⑥，忆昔鸣髇血污⑦，风雨佛狸愁⑧。季子正年少，匹马黑貂裘⑨。　今老矣，搔白首⑩，过扬州。倦游欲去江，手种橘千头⑪。二客东南名胜，万卷诗书事业，尝试与君谋⑫。莫射南山虎⑬，直觅富民侯⑭。

【注释】

①次：停船。杨济翁：即杨炎正，字济翁，杨万里族弟，有词《水

调歌头 · 寒眼乱空阔》。周显先：生平不详。1178 年秋，词人出任湖北转运副使，从临安出发溯江而上，船过扬州，作词和杨、周。

②塞尘起：边塞起战事。

③猎：敌人在秋高马肥时行猎犯境。指 1161 年完颜亮大举南侵，一度占领扬州，后被虞允文率部击溃，完颜亮为部下所杀，金兵后退。

④组练：将士衣甲服装，代指虞允文的精锐之师。苏轼《催试官考较戏作》："组练长驱十万夫。"

⑤耸层楼：战舰列陈如高楼耸立。

⑥投鞭：苻坚侵犯东晋时曾发狂语"以吾之众旅，投鞭于江，足断其流"，淝水之战被谢安击败。

⑦鸣髇（xiāo）：鸣镝。髇：响箭。血污：死于非命；指冒顿随其父单于头曼出猎，发动部下齐发响箭射杀其父。

⑧佛狸：北魏太武帝拓跋焘小字佛狸，率师南侵，被太监杀死。

⑨季子：苏秦字季子，年少时锐意进取，以合纵策略游说诸侯得佩六国相印。其成功来之不易，说秦王时十次上书而不被理睬，直等到身上的黑貂裘破旧了，仍是空手而归。自比季子，词人在完颜亮南侵失败后，以少年英伟气概南归。

⑩搔白首：1178 年船过扬州，距南归已近二十年，叹人过中年、大志未酬。语出杜甫《梦李白》："出门搔白首，若负平生志。"

⑪橘千头：东吴丹阳太守李衡，在龙阳县泛州种柑橘，临死前对儿子说："吾州里有千头木奴，不责汝衣食，岁上一匹绢，亦可足用耳。"

⑫与君谋：夸赞杨、周是东南一带名流，胸有万卷，以诗书为事业。杨词有句"可怜报国无路，空白一分头。都把平生意气，只做如今憔悴，岁晚若为谋"。

⑬南山虎：汉代李广战功赫赫未得封侯，蓝田南山中闲居射虎。

⑭富民侯：汉武帝晚年悔征伐之事，封丞相车千秋为富民侯，以明休息、恩养富民。

【赏析】

上片追怀往昔。“落日塞尘起”指1161年完颜亮南侵，“汉家组练十万”表虞允文率部击溃金兵，之后接连引用三典：苻坚不自量力而遭淝水之败，单于出猎反遭儿子响箭射死，佛狸南侵被自己的太监杀害，指出金兵发动的非正义战争必败；自比少年苏秦，词人就是在苏秦那个年龄段率众起义南归的，“匹马黑貂裘”表英武之姿，怀有蔑视敌人的大无畏英雄气概。

下片抚今抒怀。“今老矣”一声叹息，“过扬州”不胜感慨，“倦游欲去江”是说觉得奔走、游宦累了，莫若学丹阳太守，种橘千株也足以供儿孙过日子；接着笔锋一转，夸赞杨、周是吴地人物，杨词有句“岁晚若为谋”，以“尝试与君谋”作答，劝他们别学李广，“莫射南山虎”，做个太平官，“直觅富民侯”就够了，寓意朝廷偃武修文，自己带兵尚武没有出路，你们不要学我，须知道，在本朝没有战功也可封侯。词人讥讽朝廷偷安政策，有激愤之语、反说之语，也有似轻松实则沉重之语，隐含多少无奈与悲凉。

八声甘州

夜读李广传，不能寐。因念晁楚老、杨民瞻约同居山间，戏用李广事赋以寄之[①]。

故将军饮罢夜归来，长亭解雕鞍[②]。恨／灞陵醉尉，匆匆未识，桃李无言[③]。射虎山横一骑，裂石响惊弦[④]。落魄封侯事[⑤]，岁晚田园。　谁向桑麻杜曲[⑥]，要／短衣匹马[⑦]，移住南山[⑧]。看／风流慷慨[⑨]，谈笑过残年。汉开边。功名万里[⑩]，甚当时、健者也曾闲[⑪]。纱窗外、斜风细雨，一阵轻寒。

【注释】

①李广传：指《史记 · 李将军列传》。晁、杨：生平不详。戏用：非正规说史。

②解雕鞍：李广夜间一骑独出，行至灞陵亭，亭尉醉酒，呵斥李广止步，李以“故将军”作答，亭尉说“今将军”尚不得夜行，何况“故将军”，强逼李广解鞍下马宿于亭下。

③“桃李”句：《史记》本传评赞中，引用谚语，称“‘桃李不言，下自成蹊’。此言虽小，可以喻大矣”，说李广虽不善言辞，但忠实诚信，表李是天下人钦仰的心中英雄，可恨亭尉有眼无珠。

④惊弦：强烈的弓弦声。李广任右北平太守时，有次出猎，隐见草丛中一块大石，误认成一只猛虎，奋力射之，箭头没入石中。

⑤落魄：失意。李广参加过七十多场抗击匈奴的战斗，功绩卓著，竟未封侯、也无封地，而功名远不及他的部下们获封侯者却不在少数。

⑥杜曲：长安城南杜姓大族居地。

⑦短衣匹马：射猎装束。

⑧南山：终南山，李广被削职后居处。化用杜甫《曲江三章》：“自断此生休问天，杜曲幸有桑麻田。故将移住南山边。短衣匹马随李广，看射猛虎终残年。”

⑨风流慷慨：指胸襟开朗、自由自在的生活。

⑩功名万里：在万里边疆建立功名。

⑪健者：指李广。闲：投闲、空落。

【赏析】

上片选取李广受辱亭尉、射虎裂石两件史实，书写他的人生遭遇，道明李广功大难封，晚年还被罢官闲居田园，指斥亭尉有眼无珠；以史鉴今，揭露南宋朝政黑暗，像李广这样的英雄都不能受赏封侯，反“落魄”归田，究竟是因为什么，令人思考无限。

下片抒情，檃括杜诗“桑麻杜曲”“短衣匹马”“移住南山”，表达朝廷不思复国，闲却英雄；“看风流慷慨，谈笑过残年”，由杜甫思慕李广引起，想到晁、杨和自己一同住在山间，开怀谈笑，与灞陵亭尉对待李广的态度简直如天上地下，念及朋友，怀感激之情；“汉开边。功名万里，甚当时、健者也曾闲”，是追问朝廷李广功名万里、正当年富力强，为什么得不到肯定反而让其赋闲；“纱窗外，斜风细雨，一阵轻寒”，词人因遭群小谗毁而被罢黜，命运类似李广，用窗外、风雨、清寒夜读，表心地坦荡处之泰然，怨而无悔，充满对恶势力的轻蔑与鄙视。

木兰花慢

中秋饮酒将旦，客谓前人诗词有赋待月，无送月者，因用《天问》体赋①。

可怜今夕月②，向何处、去悠悠？是／别有人间，那边才见，光影东头？是天外、空汗漫③，但／长风浩浩送中秋④？飞镜无根谁系⑤？嫦娥不嫁谁留⑥？　　谓经海底问无由⑦。恍惚使人愁。怕／万里长鲸⑧，纵横触破，玉殿琼楼⑨。虾蟆故堪浴水⑩，问云何、玉兔解沈浮⑪？若道都齐无恙，云何渐渐如钩⑫？

【注释】

①中秋之夜宴饮达旦，有客人说，前人诗词多赋待月初升，而未见赋送月去者，词人有感而发，仿屈原《天问》形式，成词。

②可怜：可爱。夕月：欲落之月。

③汗漫：漫无边际。

④但：只、仅。送中秋：送明月。

⑤飞镜：月亮。系：拴住。

⑥嫦娥：有读本作“姮娥”。谁留：是谁、是什么原因把她留在那儿。

⑦问无由：无从求解。

⑧长鲸：鲸鱼。

⑨玉殿琼楼：指嫦娥居处月宫。

⑩虾蟆（má）：蟾蜍。

⑪问云何：如何。传说月宫中有金蟾戏水、白兔捣药。

⑫渐渐如钩：圆月经天渐行渐缺，变得不再那么圆满，而是形状如钩。

【赏析】

上片起句“可怜今夕月”，定下词人对月亮的爱意与关心，然后沿着“送月”的思路，依序问月，妙趣横生。一问“向何处”；二问走路慢悠悠的是不是不愿离去；三问你是否另有居处，到了“那边”人们正好见你东升；四问天外辽阔无边，怎么长风浩浩，偏在中秋为你送行；五问你好像一块悬天飞镜，没有根基为什么却掉不下来，是不是有一根无形长绳将你拴住；六问嫦娥自奔月之后一直孤身不嫁，是谁或者因为什么能让她久久留在那儿。语言犹如稚童，天真无邪，满是童趣。

下片与上片没有明确界线，继续发问，亲眼见你先从海底游上来再升到高空，这是因为什么；万里长鲸横冲直闯，会不会撞塌你的宫殿，令人恍惚发愁；月宫里虾蟆会水，不必为它操心，但玉兔并不会水，在你游出大海时，它怎能确保安然无事；如果说这些都不成问题，一切都会安好，我简直无法相信，中秋时你那么圆满无缺，过了中秋，就不再那么圆满，渐渐憔悴，变得身瘦如钩，谜团重重，谁与解答。

诗词爱写月亮题材，作者们纷纷开足马力，尽情想象，给月亮披上形形色色的神话彩衣，终因科学技术所限，古人无法解释月出月落的原因，屈原问天提出170多个问题，其中一个是“厥利维何，而顾菟在腹”，问月宫为什么会有一只小兔；李白曾问“白兔捣药成”，那么多药去给谁吃，也曾问“嫦娥孤凄与谁邻”，有没有邻居；苏轼问月“今夕是何年”，今年是哪一年；辛弃疾提问的数量不多，却都是民间遍晓而无人提出者，最有趣者是替嫦娥的婚事操心，如一首不求答案的科学畅想曲，又是一件新奇可爱的艺术品。该词结构与《破阵子》类似，分片只是一种形式，转折也不分明，从月落着笔，文涉天文地理，境界开阔、雄放恣肆，一问到底、一气呵成，没有停歇，也没有结论，是思想与艺术的一种创新。

沁园春·灵山齐庵赋，时筑偃湖未成[①]

叠嶂西驰[②]，万马回旋，众山欲东[③]。正／惊湍直下[④]，跳珠倒溅[⑤]，小桥横截，缺月初弓[⑥]。老合投闲[⑦]，天教多事，检校长身十万松[⑧]。吾庐小[⑨]，在／龙蛇影外[⑩]，风雨声中[⑪]。　争先见面重重[⑫]。看／爽气朝来三数峰[⑬]。似／谢家子弟[⑭]，衣冠磊落[⑮]；相如庭户，车骑雍容[⑯]。我觉其间，雄深雅健[⑰]，如对文章太史公[⑱]。新堤路，问／偃湖何日，烟水蒙蒙。

【注释】

①灵山：在上饶境内，齐庵是灵山一处胜景。偃湖：水库，正在筑建尚未竣工。词人在《归朝欢》序赞美此处“长松茂林”。该词作于词人居鹅湖时期。

②叠嶂：重叠的山峰。西驰：向西驰骋。

③欲东：由西向折返东向。

④惊湍：涧水急流。

⑤跳珠：水流如瀑布从高处落地，溅起无数水花如珍珠弹跳。

⑥初弓：弓背弧形小桥。

⑦合：应该。

⑧“天教”二句：上天封我为检校官，教我管理山林。检校：核查、察看；宋代有检校官，不属正官编制，虚名。长身：直立高耸，参天松林。

⑨庐：古代田间的简易房舍。

⑩龙蛇：指松林，古松树皮斑驳如龙蛇身上鳞片。

⑪风雨声：指松涛之声。石延年《古松》：“影摇千尺龙蛇动，声撼半天风雨寒。”

⑫见面：露面。重重：重影、叠影，回应叠嶂。

⑬爽气：山间清爽之气。朝来：早晨前来。典出《晋书 · 王徽之传》，王徽之在车骑将军桓冲手下当差，桓告诉王想提拔他，王眼顾高山而言：“西山朝来，至有爽气。”

⑭谢家子弟：英俊潇洒，比山容树色之佳美。典出《晋书 · 谢玄传》，东晋与南朝时期，谢家是一门望族，以谢安、谢玄为代表，谢安问谢玄：“子弟亦何豫人事，而正欲使其佳。”玄答：“譬如芝兰玉树，欲使其生于庭阶耳。”

⑮衣冠磊落：指谢家子弟讲究形象，仪表堂堂。

⑯车骑：车马。雍容：文雅大方、华贵气魄。比千峰竞秀、气派十足。“相如”二句：典出《史记 · 司马相如列传》，司马相如之家，有车马随从，从容大气，人也俊美标致。

⑰雄深：雄伟、深邃。雅健：高雅、挺拔。典出《新唐书 · 柳宗元传》，韩愈评价柳宗元文章“雄雅深健，似司马子长”，司马迁字子长。

⑱对：面对。文章：指《史记》。太史公：汉代史官，指司马迁。

【赏析】

上片写景。“叠嶂西驰，万马回旋，众山欲东”，化静为动、气势恢宏；水流如瀑落地，水花四溅、银珠弹跳；小桥横架涧水之上，倒影似欲截断水流，状如初弓缺月；更有十万“长身”松林，如此美景，好像是为我“老来投闲”安排就的，借用朱敦儒“我是清都山水郎，天教吩咐与疏狂”，说上天教我管理这片松林，封我为“检校官”，办公的地方不大，就是我居住的“小庐”，位于松林旁边，平日能看见松林如龙蛇影动，能听见松涛鸣作风雨。

下片继续写景，兼含抒情，连用谢家子弟、相如门庭、韩愈评柳、太史公典故，将大自然写得充满神采。晓阳初升、云天渐开，群山争先恐后地迅速露出重重面容，犹如向我报到一般；早上清爽的空气袭来，三五座山峰突兀拔群；山容树色如谢家子弟，“衣冠磊落”；那场面简直就是“相如庭户，车骑雍容”，这检校官当得好不威风！词人领受到大自然的雄浑、高深、华美、俊雅，犹如读太史公的千古美文那样舒心乐畅；“新堤路，问/偃湖何日，烟水蒙蒙”，是说走在新筑堤坝上，盼偃湖能快点建成，再增添一道烟雨蒙蒙的景色就更美了。

纵观全词，应视为一篇原生态的纯美山水词，不能不为词人高超的艺术笔法所惊倒，表现山川由静到动的转化，将以山川喻人的常用写法改作人比山川；用典较多却贴切灵活。结合时代背景看，它又不是纯粹的山水词，也不是甘心弃官归隐之咏；没有慷慨陈词，也没有长吁短叹；用检校“十万松”“问偃湖何日”注入家国情怀。词人本是一名驰骋疆场的将军，却被迫拘于山野小庐观景，提领山川林木，英雄失路的愤懑不平，没有消失；山川既美，则生大爱之情；忧心国事，则自嘲自解，有意将山川比战场，以“检校官”比将军，似欲披挂上阵；表现词人不以物喜、不以己悲的情怀。全词雄丽中显露纤柔，豪迈中散发逸情，富有思想，文采飞扬，可敬可叹。

青玉案·元夕[①]

东风夜放花千树[②]。更吹落、星如雨[③]。宝马雕车香满路。凤箫声动[④]，玉壶光转[⑤]，一夜鱼龙舞[⑥]。　蛾儿雪柳黄金缕[⑦]，笑语盈盈暗香去。众里寻他千百度[⑧]。蓦然回首[⑨]，那人却在，灯火阑珊处[⑩]。

【注释】

①元夕：元宵节。作于1170—1172年间，词人时任临安司农寺主簿。

②花千树：树挂彩灯。

③星如雨：焰火。

④凤箫：排箫。声：泛指音乐歌曲之声。

⑤玉壶：指明月，或琉璃彩灯。

⑥鱼龙舞：指舞动鱼形、龙形的彩灯。

⑦蛾儿雪柳：妇人头上饰物。

⑧众里：人群中、人多处。千百度：无数次。

⑨蓦然：突然、不经心地。

⑩阑珊：零落、稀疏。

【赏析】

上片大镜头、全角度描绘灯节夜景。东风还没来得及吹开地上百花，就在元夕之夜吹放了火树银花；“更吹落”空中斑斓光彩，如流星雨点洒落人间，天地辉煌、目不暇接；“宝马雕车”塞满街衢，箫管悠扬，“一夜鱼龙舞”；天上人间，月光、灯光、焰火、人群、车流，交相辉映。

下片聚焦人物，构思了一个特殊情节。美女们装饰华丽，“蛾儿雪柳黄金缕”，衣袖飘香，纤纤笑语，暗香飘拂，从眼前一闪而过；然而这一众美女都不是欲寻之人，越是在众美之中越难发现她在哪儿，越是在人群中挤来挤去越是着急；“蓦然回首”，灵光突现，眼前一亮，竟发现她在远处灯火疏落的地方站着，似乎正在等候自己。

该词用心布局，上片写热闹大境，下片写寻人小景；寻找的目标是一位冷美人，也是词人自己的化身；表现自己不附炎趋势、不凑热闹、宁愿独醒独处的高尚品格。“众里寻他千百度。蓦然回首，那人却在，灯火阑珊处”，美得令人意外，王国维将此情此景，看作成大事业者须经历的第三境界，只有“寻他千百度”，经过千辛万苦，方能达到这种终极的最高境界。

祝英台近·晚春

宝钗分①，桃叶渡②，烟柳暗南浦③。怕上层楼，十日九风雨。断肠片片飞红，都无人管④，更谁劝、啼莺声住？

鬓边觑⑤。试把花、卜归期⑥，才簪又重数。罗帐灯昏，哽咽梦中语：是他春带愁来，春归何处？却不解、带将愁去。

【注释】

①钗分：离别留念。

②桃叶渡：见贺铸《蝶恋花》注。

③烟柳：送别的码头绿柳成荫。

④都无人管：暗示如果心上人在身边，他就会管理这片片飞红。

⑤鬓边觑：看到鬓边插着的花朵。觑（qù）：偷看、斜视。

⑥试把花、卜归期：亦可作“试 / 把花卜归期”。数着花瓣预测恋人归期，卜过后才把花戴在头上，仍不放心，又取下来重数一遍。

【赏析】

该词是一首少妇怀人词，在辛词中占有一席之地，表明他不仅善写铜琶铁板，也善写妩媚柔情。

上片写“桃叶渡”分钗伤别和少妇晚春寂寥之情，“怕上层楼，十日九风雨”，飞红片片也无人怜，莺啼不住也无人劝。“怕上”“断肠”“都无人”“更谁”，皆从主人公口中吐出，景情融合，饱含伤感。

下片写少妇在极其伤感的氛围中，忐忑不安，怀着一丝幻想，“把花卜归期”，欲信不信、不信又信，愁肠百结无以自解，昏昏然入梦、抽噎中梦语，抱怨春来时把愁带来，春要走却不能把愁也带走。

该词用语用情极尽温婉，少妇心态刻画得细密精微，将春来春去与分钗别愁联系起来，却又想撇清关系，缠绵悱恻，别具一格。有论者谓词人有意假托闺怨抒不受重用之愁，似有牵强。

水龙吟·登建康赏心亭①

楚天千里清秋②，水随天去秋无际③。遥岑远目④，献愁供恨⑤，玉簪螺髻⑥。落日楼头，断鸿声里。江南游子⑦。把/吴钩看了⑧，栏干拍遍⑨，无人会、登临意⑩。　休说鲈鱼堪鲙⑪。尽西风、季鹰归未⑫。求田问舍⑬，怕应羞见，刘郎才气⑭。可惜流年，忧愁风雨⑮，树犹如此⑯。倩/何人唤取⑰，盈盈翠袖⑱，揾/英雄泪⑲。

【注释】

①赏心亭：见周邦彦《西河》注。该词作于1174年秋，词人在建康江南东路安抚使司参议官任上，时已南归十二年。

②楚：泛指长江流域。千里清秋：秋意清远寥廓。

③秋无际：水天相接，秋无际涯。

④岑（cén）：小而高的山。远目：远望。

⑤献愁供恨：远望风光徒然添愁增恨。

⑥玉簪螺髻：远山如美人头上插戴的碧玉簪和螺旋状发髻。

⑦江南游子：自称，家在山东、客宦江南，未忘屈辱身份。

⑧吴钩：春秋时吴国著名钩形刀剑，代指词人佩剑。

⑨栏干拍遍：北宋刘概平生不得志，诗云“读书误我四十年，几回醉把阑干拍”。

⑩无人会：北宋王琪登赏心亭，诗云“残蝉不会登临意，又噪西风入座隅”。

⑪鲙（kuài）：细切的鱼肉。

⑫季鹰：西晋张翰的字，见苏舜钦《水调歌头》注。

⑬求田问舍：见张元幹《水调歌头》注。

⑭刘郎：刘备。才气：才略、志气。

⑮忧愁风雨：援用苏轼《满庭芳·蜗角虚名》句。

⑯树犹如此：东晋大将军桓温北征经过金城，见当年亲手栽种的柳树已经长大，有十围之粗，慨叹“木犹如此，人何以堪”，攀折枝条，泫然流泪。

⑰倩（qìng）：请、请求别人替自己做事。唤取：召唤。

⑱盈盈翠袖：美人红色手帕、绿色衣袖，代指官宴上进行表演的歌舞伎。

⑲揾（wèn）：揩拭。英雄：词人自比。

【赏析】

上片写景。词人目光高远，见清秋日暮，水天一色，由旷远天宇到江北山峦，山美如“玉簪螺髻”，却沦落金人脚下，都是“献愁供恨”，是无我之境；再由远景拉到近景，“落日楼头，断鸿声里”，“江南游子”如何能忘却亡国身份，把身上佩剑看了又看，空悬宝刀却派不上用场，是有我之境；焦虑与愤怒交织，把“栏干拍遍”，以“无人会、登临意”结拍，抒发情怀，写孤儿又遭遗弃，热切成为凄凉，清醒徒落孤独，令人何其心碎。

下片阐述“登临意”，反用张翰故事。秋风已起、大雁南归，我却不能像张翰那样，想退隐就退隐，想回就能回到金兵占领下的故乡；批评许汜不能忧国，只想买地置产，且不知羞耻还对刘备去讲，我永远不会像他那样；借桓温见十年前所种柳树故事，“可惜流年，忧愁风雨”，表机不可失、时不我待，慨然兴叹“木犹如此，人何以堪”；以“盈盈翠袖，揾英雄泪”结拍，希望得到别人的理解与慰藉。

该词风格豪放，慷慨激昂，情真意切，写尽北伐不成、时无知己的英雄伤心；但无论如何失意，也决不仿效张翰、许汜，报国之心九死而不悔，富有永不衰减的时代感染力量。

永遇乐 · 京口北固亭怀古[①]

千古江山，英雄无觅[②]，孙仲谋处。舞榭歌台，风流总被，雨打风吹去[③]。斜阳草树，寻常巷陌，人道寄奴曾住[④]。想当年，金戈铁马，气吞万里如虎。　元嘉草草[⑤]，封/狼居胥[⑥]，赢得仓皇北顾。四十三年[⑦]，望中犹记，烽火扬州路[⑧]。可堪回首，佛狸祠下[⑨]，一片神鸦社鼓[⑩]。凭谁问：廉颇老矣，尚能饭否[⑪]？

【注释】

①该词作于词人 1205 年镇江知府任上，词人有感于英雄迟暮而发感慨。

②无觅：寻觅不到。

③雨打风吹去：语出刘一止《踏莎行》：“六代豪华，一时燕乐，从教雨打风吹却。”

④寄奴：南朝宋武帝刘裕小名。家贫而有大志，409—410年，曾率大军北伐，战胜侵入中原的南燕鲜卑族慕容氏政权；416—417年，灭后秦羌族姚氏政权，收复长安、洛阳。

⑤元嘉：刘裕儿子宋文帝刘义隆的年号，仅在位三十年。草草：马马虎虎、仓促短暂。

⑥狼居胥：山名，在今内蒙古境内，霍去病击败匈奴追至此地设坛封山，而后凯旋；王玄谟向刘义隆陈说伐魏策略，刘告诉臣下“使人有封狼居胥意”；元嘉二十七年，刘义隆派王玄谟水陆并进大举北伐，被北魏太武帝拓跋焘在黄河击败，并一路烧杀向南追至瓜州；刘义隆登台北顾，赋诗“北顾涕交流”。

⑦四十三年：自1163年到成词时段。

⑧扬州路：南宋淮河之南、长江以北地区归淮南东路，治所扬州。1163年，抗金领袖张浚不善军事，在条件不成熟时贸然北伐，遭隆兴之败；但扬州地区抗金斗争的烽火未息，当时词人在江阴军任签判，曾亲眼目睹。

⑨佛狸祠：北魏太武帝庙，拓跋焘追击王玄谟部队时在瓜州山上所建。

⑩神鸦：祠庙里啄食祭品的乌鸦。社鼓：民间祭祀时击打的鼓乐声。

⑪廉颇为赵国名将，赵惠文王时，大破齐军勇冠诸侯；赵悼襄王后来继位，不重用他，迫使其流亡魏国；当赵国再次遭受秦国威胁时，又想重新起用他；遂派使者去魏国探望，廉颇当使者面，一餐吃一斗米十斤肉，且披甲上马，以证明自己虽老但还能上阵杀敌；未曾料使者是个内奸，已接受敌人贿赂，回赵国后竟编造谎言对赵王说：“廉将军虽老，尚善饭，然与臣坐，顷之三遗矢矣。”赵王受到蒙蔽，终放弃召他回国的打算。

【赏析】

该词的写作背景是，词人长期被闲置铅山，有识之士将抗金希望寄托在词人身上，1203 年词人被召回任绍兴知府，1204 年任镇江知府。朝中韩侂胄（tuō zhòu）当权，韩主张抗金，但志大才疏，寡谋躁进，条件不成熟便想出兵，让老将出山仅仅是一个点缀，并非真正重用；1205 年秋，词人又遭罢免；1206 年夏，韩重蹈张浚隆兴北伐大败的覆辙，不幸被词人言中；词人写作该词，已经不是只凭一腔热血呼喊，而含有为朝廷献计献策的深度思考。

上片即景怀古。京口是东吴故都，词人想起孙权曾坐镇此地。“千古江山，英雄无觅，孙仲谋处”，似对天呼号，千古江山犹存，为什么却寻觅不到孙仲谋那样能够成就大业的英雄人物；继想刘裕，“寻常巷陌，人道寄奴曾住”，刘裕生于京口，家贫而有大志，曾率大军北伐，战胜侵入中原的南燕鲜卑族慕容氏政权，灭后秦羌族姚氏政权而收复长安、洛阳；叹息历代王朝“舞榭歌台，风流总被，雨打风吹去”；“想当年，金戈铁马，气吞万里如虎”，简笔勾勒出波澜壮阔的历史画卷，与朝廷萎靡怯懦、不用英才形成强烈对比。

下片以古鉴今，议论时事。“元嘉草草”“仓皇北顾”，表面是说宋文帝远不如他的父亲刘裕，冒冒失失想学霍去病“封狼居胥”，结果被拓跋焘打败，实指张浚仓促北伐导致的 1163 年隆兴之败；从隆兴之败到而今已经“四十三年”，词人“犹记”烽火扬州，历历在目；最为不堪回首的是，敌方首领拓跋焘的行宫佛狸祠上空香火旺盛，“神鸦”乱飞，仍然在享受迎神“社鼓”与祭祀供品，谴责朝廷苟安妥协政策的恶果，使人民松懈斗志，复国目标更加渺茫；以“凭谁问：廉颇老矣，尚能饭否”结拍，点明主题，自比廉颇，尚有余热，期望在复国大业中再展身手，但有谁问计于我，有谁起用我这员老将？无人识君，有才有志若何！击案诵读，迅入其境，可感英雄气长抑塞难平，徘徊天地日月失色。

该词向被视为辛词的压卷之作，用典虽多，融裁有方，浑然一体，可感沧桑；谋篇有致，沉郁顿挫，怀孙权叹“雨打风吹去”一顿，“人道寄奴”二顿，“元嘉草草”三顿，“烽火扬州路”四顿，“可堪回首”

五顿，每一次顿挫，都是思想的一次提升；情感表达一起一收、收放自如，“千古江山”起、“英雄无觅”收，“舞榭歌台”“风流”起、“雨打风吹去”收，“寻常巷陌”起、“寄奴曾住”收，“想当年”起、“万里如虎”收，“元嘉草草”起、“仓皇北顾”收，“四十三年”起、“神鸦社鼓”收，结拍“凭谁问”起、收犹未收；佳句连连，犹以“风流总被，雨打风吹去”最为精彩，“廉颇老矣，尚能饭否”最有口碑。

摸鱼儿

淳熙己亥，自湖北漕移湖南，同官王正之置酒小山亭，为赋①。

更能消、几番风雨②？匆匆春又归去。惜春长怕花开早③，何况落红无数。春且住。见说道、天涯芳草无归路④。怨春不语。算／只有殷勤⑤，画檐蛛网⑥，尽日惹飞絮。　长门事⑦，准拟佳期又误⑧。蛾眉曾有人妒⑨。千金纵买相如赋⑩，脉脉此情谁诉？君莫舞⑪。君不见、玉环飞燕皆尘土⑫！闲愁最苦。休去倚危栏，斜阳正在，烟柳断肠处。

【注释】

①淳熙己亥：即1179年。词人南归后十七年，三十九岁时，由湖北转运副使平调湖南转运副使，副使亦称漕司，主管钱粮。王正之在官署中小山亭为他置酒饯行。

②更能消：再也禁不住。

③长怕：有读本作“长恨”。

④无归路：苏轼《桃源忆故人》：“楼上望春归去，芳草迷归路。”

⑤算：算来、看来。

⑥画檐：绘有图形的房檐。蛛网：蜘蛛吐丝织网。

⑦长门事：汉武帝先是“金屋藏娇”，宠幸皇后阿娇；后来阿娇失宠被打入长门宫。

⑧准拟：打算、计划。佳期：阿娇盼望重新得宠与汉武帝相会的日子。

⑨蛾眉：指美人。屈原《离骚》：“众女嫉余之蛾眉兮，谣诼谓余之善淫。”

⑩千金：阿娇闻知司马相如写的一手好文章，出百金请写《长门赋》，期待以文打动汉武帝，促使其回心转意。李白《白头吟》：“闻道阿娇失恩宠，千金买赋要君王。”

⑪君莫舞：指嫉妒美人的奸佞小人，别高兴得太早了。

⑫玉环：杨玉环，唐玄宗贵妃，安史之乱逃亡途中被赐死。飞燕：赵飞燕，汉成帝皇后，被后来的继任皇帝废为庶人，自杀身亡。杨、赵善歌能舞，邀宠君王，皆死于非命，终归荒田野草。比奸佞小人、投降派。

【赏析】

上片写春意阑珊。“更能消、几番风雨”乃惊心之句，此生所经风雨够多的了，再也禁不住几场风雨的摧残；伤春者见又是一年春归去，恨去之匆匆；惜春者不愿花儿开得太早，开得早便落得快，谁会忍见落红无数；词人说：“春且住”，恳请春天停住归去的脚步；已经天涯芳草遍地，长无尽头，认不清何处是归路，行动迟了怕回不到家；只有“画檐蛛网”，粘住柳絮，挽留一点点春天的痕迹。

下片写美人迟暮。词人自比阿娇幽居“长门”，重返皇宫的计划一次次落空，纵然千金买得相如赋，皇帝还是依然故我，心中痛楚还能再找谁诉说；这都是因为“蛾眉曾有人妒”，遭到那帮奸佞小人谗毁的结果；正色警告“君莫舞”，别像得宠一时的杨玉环、赵飞燕那样得意忘形，迷惑君王，“君不见、玉环飞燕皆尘土”；“闲愁最苦”，是说没有正事可干，只知道吟唱伤春才是最大的痛苦愁闷，劝人“休去倚危栏”，因为“斜阳正在，烟柳断肠处”，很难望到远处，也不知道夕阳背后是什么，南宋危局一天不化解，这种愁苦就盘踞不散。为词人置酒饯行的王正之，恰也有类似经历，同病相怜，一壶酒同浇两人胸中块垒。据传该词传入宫中，宋孝宗阅后颇为不悦，皇帝明白，词语虽极尽温婉，虽未指名道姓，无剑拔弩张之气，所发长怨短愁却不寻常。

该词格调不同凡响，艺术运用游刃有余，极具创造性。上片以“更能消、几番风雨”豪放开始，中间插入一个极为婉约的对话情节。独立去看上片，笔法如《祝英台近》，简直就是一篇婉约词，至于写的是什么，就任人去猜好了。下片抖出“长门事”，方知词人用心，格调又转豪放；上片伤春是为下片伤时铺路，单靠蜘蛛织网留不住春天，一己之力救不了国家，需要唤醒民众，战胜投降派。该词是婉约与豪放的完美结合，绮丽其表，沉郁其里；风貌柔媚，肝肠如火；千回百转，独擅千秋。它告诉人们，赏词不宜单纯用豪放、婉约界分，对词人也不宜以豪放、婉约简单认定。

菩萨蛮·书江西造口壁①

郁孤台下清江水②，中间多少行人泪。西北望长安，可怜无数山③。　青山遮不住，毕竟东流去④。江晚正愁余⑤，山深闻鹧鸪。

【注释】

①江西：南宋时叫作江南西路。造口：亦称皂口，在万安县。1129—1130 年间，一路金兵从湖北进军江西，追击隆裕皇太后，太后逃至赣州落脚。赣西一带遂遭受金兵杀戮。1176 年，词人任江西提点刑狱驻节赣州，有感而发。

②郁孤台：在赣州西南，唐宋时一处名胜，突兀巍立。清江：指赣江和袁江合流处。

③“西北”二句：瞭望中原故都，被无数山峰阻隔。

④“毕竟”句：赣江发源于大庾岭，由南向北流入长江。眼下赣江北去，心想大江东流。不拘泥于一时一地的实景，是唐宋诗词剖析哲理共同喜用的手法。

⑤余：我，指词人自己。

【赏析】

上片写景。“郁孤台下清江水”长流日夜，它不知道人世更变，滔滔江水“中间多少行人泪”；立身造口，怀念故国，“西北望长安”却不见长安，怨恨被“无数山”横阻目光。

下片抒情。“青山遮不住，毕竟东流去”，以清江水冲破群山阻挡，汇入东流大江宣示真理，寓意什么险阻也遮挡不住复国大业的进行；用哀厉的鹧鸪叫声收拍，寓意北伐虽然艰难，但归思不绝于心。

该词字淡情浓，运用联想写法，寄伤时忧国于山水，借水怨山、借山怨时，由江水想到行人泪，由无数山想到长安迢遥，由赣江回旋想到大江东流；情感表达跌宕起伏，按每二句一组，形成“抑–扬–扬–抑”的次序，诵之声调抑扬顿挫，高低快慢递变，如拨开笔底波澜，如随词人同唱，接受传统文化的洗礼，能获得一种至美的心灵享受。

清平乐 · 村居①

茅檐低小②，溪上青青草。醉里吴音相媚好③，白发谁家翁媪④。　大儿锄豆溪东⑤。中儿正织鸡笼⑥。最喜小儿无赖⑦，溪头卧剥莲蓬⑧。

【注释】

①作于闲居带湖时期。

②茅：茅草房，屋檐低。

③吴音：泛指南方话，上饶古属吴国。

④媪（ǎo）：老妇。

⑤锄豆：在豆地松土锄草。

⑥织鸡笼：编织养小鸡的竹笼子。

⑦无赖：顽皮可爱。

⑧莲蓬：莲花谢后的花托，剥出莲子。

【赏析】

上片写景。茅草房子，又小又低，房边一条小溪，溪岸青草葱绿，一对老夫老妻对坐慢饮，喝得似醉不醉，用吴音唠叨家常，闲情惬意，和谐美好，令人羡慕，于是表达心声：如果谁都能在白发衰老之时，过得像这对翁媪一样就好了。

下片叙事。围绕小溪荡开，大儿、二儿都能干活了，只有最爱的小儿子顽皮又可爱，在溪边剥莲子吃。

词人在失意曲身之地，以百姓之心赏看乡邻百姓天伦之乐，纯用白描手法，淡淡几笔、寥寥数语，便勾勒出一幅老幼五口之家其乐融融的画面，它情态逼真，活灵活现，散发着醇香真朴的农家气息，达到了非大家难以企及的艺术境界，是一首舒心甜美的田园词。

清平乐·独宿博山王氏庵①

绕床饥鼠②，蝙蝠翻灯舞③。屋上松风吹急雨，破纸窗间自语④。　平生塞北江南⑤，归来华发苍颜⑥。布被秋宵梦觉，眼前万里江山。

【注释】

①庵（ān）：茅屋，草屋。

②绕床：饥鼠旁若无人，绕床大胆觅食。

③翻灯：蝙蝠欺人，围灯翻飞，遮挡灯光。

④自语：破裂的窗户纸沙沙作响似自言自语。

⑤平生：回忆年轻时在北方，后奔江南的经历。

⑥归来：指独卧王氏庵之时，处于第一个十年闲居带湖时期。华发：花白的头发。

【赏析】

上片写独宿荒山里王氏破屋之景：饥鼠横行、蝙蝠乱飞，连这帮小东西都敢欺侮自己；屋外松风嘶鸣，风雨交加，茅草抖动，被吹烂的窗户纸呼啦呼啦乱响，似哀哀自语，破落景象与英雄末路的心境相合，也是南宋政权风雨飘摇的现实写照。

下片抒怀。此情此景何以安眠，回顾以往“塞北江南”，如今被迫闲居，依然“华发苍颜”，悲叹一生尚无作为即被罢官；被薄秋冷，中夜冻醒犹在梦境，“眼前”大亮的是“万里江山”，那几个绕床饥鼠、翻灯蝙蝠又算得了什么。

词人的爱国之情与复国信念，不因身境破落而颓丧，也不因华发苍颜而更移。“布被秋宵梦觉，眼前万里江山”是居陋室而忧天下的英雄本色，纵铁石心肠，读来也必为之动容，是映照时代、激励后人的一曲高歌。

西江月 · 夜行黄沙道中[①]

明月别枝惊鹊[②]，清风半夜鸣蝉。稻花香里说丰年，听取蛙声一片。　七八个星天外，两三点雨山前[③]。旧时茅店社林边[④]，路转溪桥忽见[⑤]。

【注释】

①黄沙：即黄沙岭，在上饶，该词作于词人居带湖时期。

②别枝：离窝。惊鹊：月光惊起眠在斜枝的乌鹊。苏轼《杭州牡丹次韵送赴阕》："天静伤鸿犹戢翼，月明惊鹊未安枝。"

③七八、两三：化用卢延让《松奇》："两三条电欲为雨，七八个星犹在天。"

④社林：土地庙的树林。

⑤见：同"现"，显现，出现。

【赏析】

上片写夏夜景色。明月太亮，致使乌鹊不能安睡，惊飞离开枝头老窝；清风摇动树枝，睡蝉应风而鸣；稻花香中，蛙声此起彼伏。用月光、树影、稻香之静，用惊鹊、鸣蝉、蛙声之动，写美妙夏夜；慢行黄沙道上，稻花清香飘来，丰收在望，洋溢着词人对山川自然与山村生活的挚爱之情。

下片叙事。夜间天气变化不定，但见"七八个星（在）天外"，"两三点雨（落）山前"，词人没有平常羁旅的累倦心烦，已经走到旧时熟悉的茅店、土地庙与树林，仰见天外、行于山前，"路转""忽见""溪桥"，心情顿爽，境界愈加阔大，身心获得一时的解脱。

该词没有多少政治色彩，与深沉凝重的忧国抒怀慢词相比，可察细微，豪迈大气中足见轻灵；景物众多各具其色，动静相宜远近有别；未用一典，语言自然生香，当为一篇优美的山水词。

满江红·江行和杨济翁韵[①]

过眼溪山，怪都似、旧时相识[②]。还记得、梦中行遍，江南江北[③]。佳处径须携杖去[④]，能消几两平生屐[⑤]？笑尘劳、三十九年非[⑥]，长为客[⑦]。　吴楚地，东南坼[⑧]。英雄事，曹刘敌[⑨]。被／西风吹尽[⑩]，了无陈迹[⑪]。楼观才成人已去[⑫]，旌旗未卷头先白。叹人间、哀乐转相寻[⑬]，今犹昔[⑭]。

【注释】

①江行：词人从大理少卿调任湖北转运副使，从扬州溯江而上。杨济翁：见《水调歌头 · 舟次扬州和杨济翁、周显先韵》注。

②怪：惊诧、诧异。词人曾在南京任职多年，熟悉沿岸溪山，多年后在行进的船上重新看到旧时相识，有恍惚梦幻之感。

③还记得、梦中行遍，江南江北：有读本作“是梦里、寻常行遍，江南江北”。

④径：立即。

⑤屐（jī）：六朝流行的一种木底鞋子。

⑥三十九年非：典出《淮南子 · 原道训》，卫国大夫蘧伯玉年届五十而知有四十九年非。词人时年四十岁，说有三十九年非。

⑦长为客：未进入主人角色。

⑧坼（chè）：裂开、分开。

⑨曹刘敌：指孙权敢与曹操、刘备抗衡。

⑩西风：喻历史无情。

⑪了无陈迹：毫无踪影、迹象。

⑫楼观：楼阁，喻东吴基业。

⑬转相寻：循环往复、彼此相继。

⑭今犹昔：千古如此。

【赏析】

上片写沿途所见所历所思。词人以无限温情，感怀旧时相识；记得“梦中”曾游遍江南江北，突然发现“佳处”，欲携杖换屐亲览其胜，磨破几双鞋子也不足挂齿；情绪正高，陡然跌落，由“能消几两平生屐”联想一生“尘劳”，自嘲“三十九年非”，叹长期“为客”，此次仍然是客中之游，仍然是“三十九年非”中事。

下片抒怀，目光所及处，触发思古心灵，激起豪情。船经吴楚，慕孙权“英雄事，曹刘敌”，词人豪情正高时又一次陡然跌落，满眼空空“了无陈迹”，一连三叹，一叹“楼观才成人已去”，孙权根基初成却英雄早逝；二叹“旌旗未卷头先白”，北伐事业未竟头已先白；三叹“人间哀乐转相寻，今犹昔”，朝代兴亡更迭，哀乐相转，古今没有什么两样，恐非人力难以扭转，当今苦难无以解脱。

该词以个人经历为主线，从梦中行遍处遥想旌旗未卷时，从了无陈迹中发见古昔英雄，沉郁苍凉。哀痛过去必是快乐，失败过去必是胜利，词人仍然在呼唤英雄出世，待看旌旗漫卷。借谁都可以理解的一点宿命论色彩，流露对朝廷的悲观失望情绪。

念奴娇·登建康赏心亭，呈史留守致道①

我来吊古，上危楼、赢得闲愁千斛②。虎踞龙蟠何处是③？只有兴亡满目。柳外斜阳，水边归鸟，陇上吹乔木④。片帆归去，一声谁喷霜竹⑤？　　却忆安石风流，东山岁晚，泪落哀筝曲⑥。儿辈功名都付与，长日惟消棋局⑦。宝镜难寻⑧，碧云将暮，谁劝杯中绿⑨？江头风怒，朝来波浪翻屋⑩。

【注释】

①该词作于词人1169年建康通判任上，史致道时任建康行宫留守、建康知府。

②斛（hú）：容量单位，一斛五斗。

③虎踞龙蟠：诸葛亮对孙权言："秣陵地形，钟山龙蟠，石城虎踞，真帝王之都也。"

④陇：田埂。乔木：高大树木。

⑤霜竹：比坚贞君子。喷霜竹：指吹笛。

⑥安石：即谢安。典出《晋书 · 桓伊传》，大将桓伊善乐，晋孝武帝召桓伊宴饮，谢安作陪，桓伊"抚筝而歌怨诗曰：为君既不易，为臣良独难，忠信事不显，乃有见疑患"，谢安听后潸然泪下，帝甚有愧色。谢安出仕拜相，位高遭忌，被皇帝疏远，晚年高卧东山，其景凄凉。

⑦棋局：典出《晋书 · 谢安传》，谢安在未被皇帝疏远之前，将建功立业的机会留给子孙，苻坚南侵时，他派弟弟谢石、侄子谢玄领兵八万出征，大败苻坚九十万大军，取得淝水之战大捷，捷报传来时，谢安正在和客人下棋，客人惊其镇静而不问战况如何，谢安似漫不经心而言："小儿辈遂已破贼。"

⑧宝镜：典出李濬《松窗杂录》，一渔夫在秦淮河捞得一面古铜镜，能透视人的五脏六腑，渔夫大惊失色，失手落水，穷尽水底而不可复得。

⑨杯中绿：指代酒。

⑩翻屋：风狂浪高，会把岸上房屋摧垮。杜甫《观李固请司马弟山水图》："高浪垂翻屋，崩崖欲压床。"

【赏析】

上片开篇"我来吊古"先声夺人、一派豪气；因不再见金陵龙盘虎踞王气，而"赢得闲愁千斛"，只有满目衰亡残迹；那种凄凉，好像就写在景物上面，柳外夕阳欲沉，水边小鸟归巢，陇上风吹落木，秦淮河上一只小船向西驶去，远处传来凄清笛声。上片层次分明、环环相扣，遍布伤今气氛。

下片连续用典，一典一层意思，表明与史留守志同道合，可以推心置腹议论国事，一典“却忆安石风流”，先说谢安出仕拜相，位高遭忌，被皇帝疏远，晚年志不得伸；二典“儿辈功名”，继说谢安未遭忌时运筹帷幄支撑大局，大胆使用谢家“儿辈”取得淝水大捷，词人顺手拿来为己所用，更易其意，将投降派比作小儿辈，如对朝廷讲：破贼之事，您就交给小儿辈去干吧，我乐得像谢安那样整日下棋以消磨岁月；三典“宝镜难寻”，意谓自己处境孤单，少有知己相助，岁月迟暮，只有你（指史留守）明白我的心迹，引为知音；结句“江头风怒，朝来波浪翻屋”是眺望大江的惊呼，时势险恶的缩写，心潮难平，寓意勇迎江风，破浪前行。

该词前有《水龙吟 · 楚天千里清秋》，五年后，词人再来登亭而赋该词，其情更激、其恨更烈，其志愈坚、其言愈明；惟用典婉曲，须仔细解析；二词皆气魄雄大，足可与王安石《桂枝香》，贺铸《台城游》，周邦彦《西河》比肩。

贺新郎 · 别茂嘉十二弟①

绿树听鹈鴂②，更那堪、鹧鸪声住，杜鹃声切。啼到春归无寻处，苦恨芳菲都歇③。算未抵、人间离别④。马上琵琶关塞黑⑤，更长门、翠辇辞金阙⑥。看燕燕，送归妾⑦。　将军百战身名裂⑧。向河梁、回头万里，故人长绝⑨。易水萧萧西风冷，满座衣冠似雪。正壮士、悲歌未彻⑩。啼鸟还知如许恨⑪，料不啼清泪长啼血⑫。谁共我，醉明月？

【注释】

①茂嘉：词人族弟，排行十二。曾在故乡山东沦陷区做官，后归南宋，志在抗金救国，时值北伐良机却被贬至桂林，词人特作此词为其送

行。大约作于 1205 年。

②鹈鴂（tí jué）：亦作鶗鴂、伯劳鸟，啼声凄清；词人自注非为杜鹃，故后有“杜鹃声切”。

③苦：很、甚。芳菲都歇：百花凋残。屈原《离骚》：“恐鹈鴂之先鸣兮，使夫百草为之不芳。”

④未抵：比不上。

⑤马上琵琶：指昭君出塞。汉武帝时，公主刘细君远嫁乌孙，皇帝命在马上琵琶奏乐，以解路途遥遥之寂寞；王昭君出塞和亲远嫁匈奴，想必朝廷也会如此为其送行。关塞黑：天昏地暗。

⑥长门：阿娇所居冷宫。翠辇：用羽毛装饰的宫中用车。金阙：皇帝所居宫殿。

⑦燕燕：《诗经》：“燕燕于飞，差池其羽。之子于归，远送于野。瞻望弗及，涕泣如雨。”《毛传》认为该诗是写庄姜送归妾史实，庄姜是卫庄公夫人，没有生出儿子，庄公之妾陈国女子戴妫生有儿子名完，庄姜将完当作己生之子；完后来继承大位；庄公和另一宠妾也生有一个儿子，那个儿子发动政变将完杀死；庄姜不得不把戴妫送回陈国，故称戴妫为归妾。

⑧身名裂：典出《史记 · 李将军列传》，汉武帝时，李陵抵御匈奴累建战功，在最后一次激战中率五千兵士对阵匈奴八万，虽杀敌万余，终因寡不敌众而归降敌人，身败名裂。

⑨长绝：典出《汉书 · 苏武传》，苏武出使匈奴被扣留十九年方被放还，李陵置酒与之饯别，曰：“异域之人，一别长绝。”“向河梁”二句：意即过了这道桥就是汉家土地，回头看就是匈奴地界，一桥如万里之隔。李陵《与苏武诗》：“携手上河梁，游子欲何之。”

⑩壮士：荆轲负命刺秦，太子丹率众皆白衣白冠，为荆轲渡易水送行，荆轲歌曰：“风萧萧兮易水寒，壮士一去兮不复还。”悲歌未彻，送者无不为之泪下。

⑪还知：如果知。如许：这许多。

⑫啼血：杜鹃喙上有血红色斑点，诗词多称其啼声为啼血。

【赏析】

该词开篇用鹈鴂、鹧鸪、杜鹃三鸟悲切之声，说它们“啼到春归无寻处”，而春天消失、百花皆歇，也营造出一个凄楚的送别之境，任它们如何为春去哀鸣，也比不上我弟兄的“人间离别”之苦；如《木兰花慢》，打破词意分片立意的写作常规，紧接着连珠炮般引用五典，说昭君出塞享受了马上琵琶的皇家待遇，阿娇贬居长门也乘翠辇辞宫，庄姜无奈送归妾回陈涕泣如雨，李陵与苏武河梁“回头万里，故人长绝”，太子丹北风白衣送荆轲“悲歌未彻”；五个人物，五段故事，前三个是美人别家去国，后两个是英雄末路无归，借此诉说与弟分别的悲戚。“啼鸟还知如许恨，料不啼清泪长啼血”，又回到起首处，通过巧妙对比使别情升华，鸟为告别春天啼泪，为我别弟必将啼血；以“谁共我，醉明月”收拍，告诉弟弟别忘记回来看我，我需要你与我共醉明月。联想徽钦二帝以及宫妃被掳去金朝五国城，词人南归、救国梦空，故乡再无寻处，族弟又遭贬远别，时代之恨、家国之愁汇聚一起，凝于笔端、力透纸背。

该词采用江淹《别赋》《恨赋》的作法，将毫不相干的五个历史典故对接，连缀成文，气魄大、才情高，当为一篇极其出色的、以词体表现的“恨赋”。

主用入声十八物月韵，“马上琵琶关塞黑”是韵句，“黑”属入声十七质陌韵部。

陈亮

陈亮（1143—1194），婺州永康（今浙江永康）人。字同甫，号龙川。1193年进士，曾授官职，未赴任而卒。与辛弃疾厚交，具有共同的爱国情操，才气超人、笔锋犀利，常有精彩议论之处。

鹧鸪天 · 怀王道甫[①]

落魄行歌记昔游[②]，头颅如许尚何求[③]？心肝吐尽无余事[④]，口腹安然岂远谋！

才怕暑，又伤秋。天涯梦断有书不[⑤]。大都眼孔新来浅，羡尔微官作计周[⑥]。

【注释】

①道甫：王自中字道甫，少有奇志，本与词人志趣相投；但王在及第后当上小官，夙志渐灰、晚节不保，两个少年朋友最终成为异路。

②落魄：年轻时同处穷困境地。昔游：曾有豪迈行歌之游。

③“头颅”句：今老大头白，还有什么尚复追求。

④“心肝”句：屡次上书，披肝沥胆力陈救国之计。

⑤梦断：做梦都想看到你的来信。

⑥作计周：费尽心机。

【赏析】

上片叙事。两人年轻时虽同处落魄困境，但亲密友爱，记得豪迈行歌共游的情景；现在已经老大头白，没有少年那种冲动与高远追求了；

我吐尽心肝，曾屡次上书力陈救国之计，虽未被采纳也算是尽了心意；生活尚可，没有衣食之忧，用不着什么长远计谋。

下片写思念之情，暑天刚过，又该伤秋，做梦都想看到你的来信；我近来似乎也变得目光短浅了，你的官职虽然不高，却能自我周全地安排计谋，让我有些羡慕。下片是劝朋友不要那么志短、丧志，应看得远些，莫为保全那个小官而费尽心机。

该词语言婉转、用意深邃，表现出词人的正直品格与坦荡襟怀，古代朋友之间可托肺腑，而非虚应故事；在回忆当初纯真友情的同时，诚挚地建议朋友要严肃考虑自己的政治态度与处世行为；其意其法与陆游《渔家傲·寄仲高》颇为相近；“头颅如许尚何求”“心肝吐尽无余事”“大都眼孔新来浅”堪为佳句。

水调歌头·送章德茂大卿使虏①

不见南师久②，漫说北群空③。当场只手④，毕竟还我万夫雄⑤。自笑堂堂汉使⑥，得似洋洋河水，依旧只流东。且复穹庐拜⑦，曾向藁街逢⑧。　尧之都⑨，舜之壤⑩，禹之封⑪。于中应有⑫，一个半个耻臣戎⑬。万里腥膻如许⑭，千古英灵安在，磅礴几时通？胡运何须问⑮，赫日自当中！

【注释】

①德茂：章森的字，时任大理少卿试户部尚书，1186 年出使金朝贺金世宗生辰。

②南师：南宋军队。

③漫说：信口胡说。北群空：典出韩愈《送温处士赴河阳军序》，伯乐相马，冀北本来马多天下，伯乐却说“马群逐空”，人问其故，答

曰：“吾所谓空，非无马也，无良马也。”

④当场：独当一面。只手：独立支撑。

⑤还我：暗指以前某些使节慑于敌方威势、有伤节辱国行为，激励章大使心雄万夫。

⑥自笑：自嘲、冷笑。

⑦且复：姑且。穹庐：游牧民族毡帐，贬指金廷。

⑧藁街：汉代长安南门内是少数民族聚居地，将军陈汤出使西域，曾斩郅支单于首级悬于藁街，此处将章比陈。

⑨都：故乡。

⑩壤：土地。

⑪封：疆域。

⑫于中应有：其中肯定会有。

⑬一个半个：岂止一个半个，肯定有许多。耻：耻于、羞于、恨于。臣：动词，称臣。戎：金朝。

⑭膻（shān）：中原沦丧，万里国土被牛羊腥膻玷污。

⑮胡运：金朝气数。

【赏析】

该词是为章森使金的送行词。

上片是临别之语。起首“不见南师久，漫说北群空”，正告金人，别以为多年未见南师北伐，就胡说南宋没有人才了，章大使就是人才，以壮行色；词人相信章堪当其任，是骏马杰士，“毕竟还我万夫雄”，他定能只手力举千钧，在金廷显示出英雄气概；嘲笑以往的几个“堂堂汉使”，本应傲视群虏，忠节如黄河之水，依旧流东而不折向，为何却屈身蒙羞；借用典故，让大使记住，姑且拜他一下，将来必雪此耻，将金主头颅悬于藁街之上。

下片议论抒怀。起首“尧之都，舜之壤，禹之封”三个三字句铿锵有力，宣示恢复故土、一统山河的目标，因中原是尧舜禹战斗和生活的地方，是祖先留给我们的家园；作为尧舜禹的后代，一定会有许多仁人志士耻于向金人低首称臣，给章精神上的莫大鼓励与支持；以下三句，词人看到祖国万里河山被牛羊腥膻玷污，激愤自问，也是与大使同问，祖先英灵何安，国家何时才能光复而雄立天地之间，一伸磅礴浩荡之气；以“胡运何须问，赫日自当中”收拍作答，预见金朝气数已尽，必然灭亡，而南宋抗金事业正炽，前途如红日高悬。

南宋朝廷对金屈辱求和，常派使节慰问贺节，洪皓、范成大、曾觌作为使节都曾留下诗词篇章；章德茂使金恐非本人所愿，词人明显反对其使金却无力阻止，送者与被送者处于两难的尴尬境地，欲写好此等题材确属不易。词人有意避开送别的低沉情调，谱出一曲高亢的出征之歌，充满作为华夏子孙的自豪感，既坚信使节不辱使命，又展示抗金必胜的前景。该词议论时政兼具抒怀，张扬民族正气，不加修饰，气势恢宏，具有不同寻常的感召力。

章良能

章良能（？—1214），丽水（今浙江丽水）人。字达之。1178 年进士，官至参知政事。

小重山

柳暗花明春事深①。小阑红芍药，已抽簪②。雨余风软碎鸣禽③。迟迟日④，犹带一分阴⑤。　往事莫沉吟。身闲时序好，且登临。旧游无处不堪寻⑥。无寻处，惟有少年心⑦。

【注释】

①春事深：春深。李商隐《夕阳楼》：“花明柳暗绕天愁。”

②抽簪：红芍药抽花、开花。

③雨余：雨后。碎鸣禽：鸟声纷杂。杜荀鹤《春宫怨》：“风暖鸟声碎，日高花影重。”

④迟迟日：初晴、太阳慢慢露出。

⑤一分阴：还未完全放晴，天边仍有几片云彩。

⑥无处不堪寻：每一处都堪寻，都值得多看一眼。

⑦少年心：少时情怀、志趣与理想。

【赏析】

上片写春深雨后景致，柳暗花明，阑内芍药含苞欲放，细雨软风，鸟雀频频“碎”语唤晴，“犹带一分阴”承上启下，勾起追忆往事心情。

下片略事沉吟、自我对话，似乎愿意回忆又不愿意回忆，用“身闲”以及“时序好”两个理由自己劝说自己，“且登临”看看吧，结果是往日旧迹处处可见，但那种无忧无虑的真纯少年之心，却再也无法寻回了，一声叹息，不尽遗憾。

该词景色淡美、语调舒缓，情思洁净、伤而不悲；用语讲究，极有分寸，恰当地表现出心情变化的转折与尺度，若“春事深”“已抽簪”“碎鸣禽”“迟迟日”“一分阴”“莫沉吟”“且登临”“不堪寻”“无寻处，惟有少年心”堪为金句。

张镃

张镃（1153—1235），成纪（今甘肃天水）人。字功甫、时可，号约斋。南宋将军张浚的曾孙，官至司农少卿。曾学诗于陆游，与杨万里、姜夔有交往。

满庭芳 · 促织儿①

月洗高梧，露漙幽草②，宝钗楼外秋深③。土花沿翠④，萤火坠墙阴⑤。静听寒声断续，微韵转、凄咽悲沉⑥。争求侣，殷勤劝织，促破晓机心⑦。　儿时曾记得，呼灯灌穴⑧，敛步随音。任／满身花影，犹自追寻。携向华堂戏斗⑨，亭台小、笼巧妆金⑩。今休说，从渠床下⑪，凉夜伴孤吟⑫。

【注释】

①促织：即蟋蟀，北方人谓督促妇人勤织勿懒。1196年，词人与姜夔二人，在杭州他的本家兄弟张达可家里同饮，闻壁间有蟋蟀声，约以此题作歌，张作本词，姜作《齐天乐》。

②漙（tuán）：露水之多。

③宝钗楼：咸阳古迹，邵博曾在楼上宴请宾客，歌李白《忆秦娥》词。词人原籍西秦，借指张家楼台。

④土花：苔藓。

⑤墙阴：墙根。

⑥“凄咽悲沉”句：杜甫《促织》：“促织甚微细，哀音何动人。”

⑦促破：促尽、促煞。

⑧呼灯：提灯笼。灌穴：用水灌洞，逼蟋蟀爬出。

⑨华堂：大屋。戏斗：斗蟋蟀，分胜负。

⑩亭台：装盛蟋蟀的笼子，小巧玲珑，楼观模样、饰金华美；姜夔《齐天乐》小序描绘其状为“镂象齿为楼观”；该句亦可断作“亭台小笼、巧妆金”。

⑪从渠：任它。

⑫“孤吟”句：杜甫《促织》：“草根吟不稳，床下夜相亲。”

【赏析】

事发酒宴却无一点酒气，两片无明显分工，皆即叙、即议、即情，连成一段少年趣话情语。

上片直写楼外秋深时候，词人所闻所见。庭院里梧桐静立，月光如洗，草丛上凝满露珠；墙根下一丛翠绿苔藓，突然发现有萤火虫掉落在那儿；幽寂寒夜，传来蟋蟀断断续续的叫声，是那样微弱，那样凄咽；不禁暗想，蟋蟀叫声之所以如此令人悲怜，一为求偶，二为促织，难为它有此机心；人到中年，易生悲天悯物之感，生活闲适，自寻情趣。

下片记忆窗口洞开，生动描绘孩提时代捉斗蟋蟀戏玩的全过程，托出一副儿童天真活泼、稚气贪玩的可爱形象。几个儿童夜晚一起去捉蟋蟀，有的打灯笼，有的用水灌洞，逼蟋蟀自己爬出洞穴；敛着脚步，循着叫声，细寻蟋蟀藏处；蟋蟀被逼出洞外，机警地蹦跳躲藏，追赶蟋蟀踪影，猛扑一下才能把它捉住，身上粘满碎叶花瓣与泥土，更加兴致勃勃；然后将各自捕捉的蟋蟀装在“笼巧妆金”的笼中，带到大屋，比试蟋蟀本领，让它们互相斗出胜负；“今休说”陡然一转，百念顿生，意识到蟋蟀从草丛里跑到屋内床下鸣叫，是和我亲近，任它去叫吧，难得有它“夜伴孤吟”。词人既怀念少年快乐情趣，又觉心中有愧；儿时无忧无虑，不管蟋蟀生死，年纪大了才能领会蟋蟀的可贵，同时也衬托了词人的孤独情怀。

该词是一首贵族才俊的咏物词，善于将无形的情感寄托在有形的蟋蟀之身，通过细致、准确地刻画亲听蟋蟀吟声、亲捕蟋蟀、亲斗蟋蟀的种种形象，使主观与客观世界统一起来，只有身临其境，方能写出此等高人境界，堪称杜诗《促织》的宋词版。

刘过

刘过（1154—1205），吉州太和（今江西泰和）人。字改之，号龙州道人。常怀功业之心，平生以气义撼当世，屡试不第，曾数次上书陈述政见，不被采用。流落江湖间，与陆游、辛弃疾、陈亮有交往，以词著名，风格豪放，人们习称他与刘克庄、刘辰翁为“南宋三刘”。

唐多令

安远楼小集，侑觞歌板之姬黄姓者，乞词于龙州道人，为赋此《唐多令》，同柳阜之、刘去非、石民瞻、周嘉仲、陈孟参、孟容。时八月五日也①。

芦叶满汀洲，寒沙带浅流。二十年、重过南楼。柳下系船犹未稳，能几日、又中秋。　黄鹤断矶头②。故人今在不③？旧江山、浑是新愁④。欲买桂花同载酒，终不似、少年游⑤。

【注释】

①安远楼：武昌南楼。小集：小聚。侑觞（yòu shāng）：劝酒。歌板：也叫拍板，一种乐器，歌唱时用以打拍子。席间，黄姓歌女向词人请要新词。大约发生在 1204 年，武昌处于抗金前线，时值韩侂胄主政，国家多难、危机四伏，词人以垂暮之身发哀时之恸。

②断矶：江边黄鹤山悬崖陡岩峭壁。

③故人：前次登楼相聚的友人。不：此处读平声。

④旧江山：罗邺《登凌歊台》：“四海已归新雨露，六朝空认旧江山。”

⑤少年游：指二十年前之游。

【赏析】

上片叙事写景。词人登上安远楼，看到芦叶乱飘、落满汀洲，一泓寒水、白沙浅露；惊叹距上次来此登楼已经二十年了；刚柳下系船，落脚未稳，忽然发觉时间过得真快，再过十天又是中秋了；满目落叶，人生倏忽，不愁也忧。

下片抒怀。面对黄鹤断矶头，词人问故人安在，感觉江山依旧，浑是新愁；欲仿效二十年前那次游赏，买桂花、饮美酒，却怎么也找不回那种兴致与感觉，只因垂垂老矣，“终不似、少年游”，一生修名不立，如何还能潇洒起来。

词人们爱忆少年，黄庭坚《虞美人》“去国十年老尽少年心”，章良能“无寻处，惟有少年心”，张镃“儿时曾记得”，词人“终不似、少年游”，忧伤少年各出亮点，自成佳句。

水调歌头

弓箭出榆塞[①]，铅椠上蓬山[②]。得之浑不费力，失亦匹如闲[③]。未必古人皆是，未必今人俱错，世事沐猴冠[④]。老子不分别，内外与中间。　酒须饮，诗可作，铗休弹[⑤]。人生行乐，何自催得鬓毛斑。达则牙旗金甲，穷则蹇驴破帽[⑥]，莫作两般看。世事只如此，自有识鸮鸾[⑦]。

【注释】

①榆塞：秦代蒙恬为防匈奴，垒石为城、树榆为塞，泛指北方边塞。骆宾王《送郑少府入辽共赋侠客远从戎》：“边烽警榆塞，侠客度

桑乾。”

②铅椠（qiàn）：铅笔粉与木板，书写工具，泛指著作。

③匹：相比、相当。

④沐猴冠：猕猴戴人冠、穿人衣扮成人样，似人非人。沐猴，猕猴，猴子的一种。李白《单父东楼夜送族弟沈之秦》：“沐猴而冠不足言。”

⑤铗休弹：见苏轼《浣溪沙》注。

⑥达：显贵、得志。牙旗：大将出征军旗，旗杆以象牙装饰。蹇（jiǎn）：跛脚、瘸腿。破帽：典出《世说新语·德行》，管宁与华歆同席读书，门外有官员车过，华废读而前观，管看不起他这种行为，与其分席而坐。汉末，管宁避乱讲学，常戴一顶破帽，魏文帝请他出仕，也未应从。

⑦鸮（xiāo）：猫头鹰类猛禽，喻恶丑。鸾：凤凰类鸟，比善美。

【赏析】

词人具有儒家达济天下的思想，曾弹铗上书以报效国家，诗词多愤世嫉俗之语。该词看似讨论一种哲学观点，其实字里行间却隐现万顷波涛。

上片议论。出塞杀敌建立武功与著书立说留名蓬山一样，取得功名不难，失之也属平常；古往今来无甚差别，古人未必都对，今人未必都错，沐猴而冠的事儿太多了；连我这老先生也辨不清世道，不知道内外表里究竟是怎么回事儿，也没必要区分对错，认真计较。“世事沐猴冠”一语中的，把先前被肯定或否定的一切又翻了过来，对现实的讽刺辛辣绝妙。

下片结合自身经历，继续议论，尽可饮酒作诗，但“铗休弹”，当今世上没有孟尝君，诉无人识英才；人生须当乐，何必寻烦恼，把自己弄得鬓毛斑斑，“自催鬓毛斑”是为时所逼；引用管宁故事，说明自己已看破红尘：得志不过是万人簇拥，不得志也不过是瘸驴破帽；但照老庄的齐万物、等是非观来看，穷达其实也没有什么两样；“世事只如此”，是至为深切的社会观，世间万物就是如此简单，善恶美丑只有靠自己去判断。

该词用典较多，非直抒胸臆，独标高格，用语辛辣，味道颇近辛词；议论世情，但观点不入世情，内心郁积的忧愤得到排遣。

六州歌头·题岳鄂王庙①

中兴诸将，谁是万人英②。身草莽，人虽死，气填膺。尚如生。年少起河朔③，弓两石④，剑三尺，定襄汉，开虢洛，洗洞庭。北望帝京⑤。狡兔依然在，良犬先烹⑥。过/旧时营垒⑦，荆鄂有遗民⑧。忆/故将军。泪如倾。　说/当年事，知恨苦，不奉诏，伪耶真。臣有罪，陛下圣，可鉴临。一片心。万古分茅土⑨，终不到，旧奸臣。人世夜，白日照，忽开明⑩。衮珮冕圭百拜⑪，九泉下、荣感君恩。看/年年三月⑫，满地野花春。卤簿迎神⑬。

【注释】

①宋高宗时，岳飞被秦桧陷害而死；宋孝宗时，给岳飞平反昭雪，建庙于武昌，号忠烈、谥武穆；宋宁宗时，追封鄂王。

②万人英：赞岳是中兴诸将中最英武、最出类拔萃者。

③河朔：泛指黄河以北，岳青年时代参军转战之地。

④弓两石：指强弓、硬弓。石（dàn）：一石粮食重 120 斤。

⑤北望帝京：指朱仙镇大捷，大败金兀术，距汴梁仅四五十里。

⑥“狡兔”句：《史记》：“狡兔尽则良犬烹，敌国灭则谋臣亡。”指

秦桧连发十二道金牌飞令班师，岳回朝被害。

⑦旧时营垒：指词人过访岳家军旧时营地。

⑧遗民：鄂王庙地区的大宋百姓。

⑨茅土：古代分封王侯仪式，用茅草包裹某方之土授予被封者，表示将该方土地分封给他。

⑩“人世夜”三句：人间黑夜终于过去，天空一下子变得明朗起来。

⑪衮：古代帝王或三公穿的绘有龙纹的礼服。圭：即圭璧，古代帝王诸侯祭祀或朝聘时专用的一种玉器，一圭五寸。

⑫三月：民间迎神赛会的日子。

⑬卤簿：帝王或后妃、大臣驾出的仪仗。神：指岳飞。

【赏析】

该词题庙寄意、凭吊英雄。

上片叙事，缩写岳飞一生及鄂王庙当地人民对岳飞的怀念之情。起首二句，赞扬岳飞是中兴诸将中最出类拔萃的英雄；“身草莽”至“尚如生”，说岳飞出身贫苦农家，虽离世已经六十多年，还像活着一样肝胆照人；“年少”及以下六句，历数岳飞驰骋疆场的丰功伟绩：收复襄阳六郡，克复虢州、洛阳，洗洞庭，朱仙镇大败金兀术，距汴梁仅四五十里，帝京咫尺在望；狡兔、良犬二句，痛斥秦桧卖国投降，词义开始转折，岳飞正欲乘胜追击敌人之际，秦桧竟一天连发十二道金牌飞令班师，岳回朝被害；“过旧时”至“泪如倾”，写词人拜岳庙，访岳家军旧时营垒，见荆鄂遗民，每每提起岳将军，便泪流如注。

下片抒怀，词人跪拜岳将军塑像，与将军对话，庄重肃穆。“说当年事”及以下七句，是说我理解你有恨难诉之苦，秦桧诬陷你不奉诏，是以假作真强加之词，如果是臣子有罪，凭陛下圣明完全可以鉴别，就不会冤枉你一片丹心，寓意皇帝不察、寄恨奸臣；“万古”及以下二句，告诉鄂王，历史是公正的，奸臣最终不会有好下场，秦桧已遭到报应，皇帝封你鄂王而封他谬丑，封王封侯这种光彩再也不会落到昔日奸贼头上了；“人世夜”及以下五句，是对鄂王的慰籍：黑夜终于过去，白日高照，长夜天晴，同时想象岳飞得知被平反、封鄂王的喜讯，定会着衮服、系佩玉、戴王冠、持圭璧，于九泉之下叩拜君王之恩；收拍三句，表明以后每年三月迎神赛会，臣民百姓都会举行盛大仪式，祭拜你，怀念你。

该词有叙有议有情，有鄂王有百姓有国家，有实访实录，有个人想象，饱含对爱国英烈的钦仰与尊敬，对秦桧卖国投降的痛恨，对皇帝昏暗不明的问责；告诉人们，历史尊重英雄，抛弃奸佞，而景仰英雄的民族是有希望、有阳光的民族。

上片主押十一庚青韵，下片押六真文韵，“有遗民”“故将军”为韵句。

贺新郎

弹铗西来路[①]。记匆匆、经行数日，几番风雨。梦里寻秋秋不见[②]，秋在平芜远渚。想雁信、家山何处[③]。万里西风吹客鬓，把菱花、自笑人如许[④]。留不住。少年去。

男儿事业无凭据[⑤]。记当年、击筑悲歌[⑥]，酒酣箕踞[⑦]。腰下光芒三尺剑，时解挑灯夜语[⑧]。更忍对、灯花弹泪。唤起杜陵风雨手[⑨]，写江东、渭北相思句[⑩]。歌此恨，慰羁旅。

【注释】

①弹铗：词人以功业自期，无路请缨，而终生浪迹江湖，常在达官贵人间作客，该词可能作于西行途中，弹铗作歌而来。

②梦里寻秋：梦里追寻失去年华却无法寻回，光阴都浪洒在平芜沙洲了。

③家山：指故乡。

④菱花：镜子。自笑：苦笑两鬓生斑、面容憔悴。

⑤凭据：着落、把握、结果。男儿一生事业，至今还没有着落。

⑥击筑悲歌：高渐离击筑、荆轲悲歌故事。

⑦酒酣：痛快饮酒。箕踞：典出《世说新语·简傲》，阮籍在大将军司马昭宴会上“箕踞啸歌，酣放自若”，意思是蹲坐时将两腿微屈、两脚分开，形如簸箕，是倨傲之态。

⑧解：知道、懂得。夜语：与友人一起议论人生，议论时政。

⑨杜陵：西汉汉宣帝陵寝所在地；杜甫曾在那儿居住，自称杜陵野客、杜陵布衣。风雨手：指杜甫。杜甫《寄李十二白二十韵》有“笔落惊风雨，诗成泣鬼神”。

⑩杜甫《春日怀李白》有“渭北春天树，江东日暮云”。

【赏析】

上片叙述弹铗西来经历，仰古人、览胜迹“几经风雨”，“梦里寻秋”不见秋光，为寻报国时机把“秋光”都浪洒在平芜沙洲了；想让鸿雁传书又不知“家山何处”；强忍“万里西风”吹白客鬓，自笑把镜难识“憔悴”；叹息“留不住，少年去”，弹铗而来，徒落悲凉。

下片抒怀，以“男儿事业无凭据”为主线，自比荆轲、阮籍，引高渐离为友，表现了少年豪气干云、志在四方；如今仍壮志不衰，“腰下光芒三尺剑，时解挑灯夜语”，像辛弃疾那样时时抚剑，与朋友们夜发议论，可惜始终得不到朝廷重用，让我羞对灯花弹泪；沉痛之极，惟一能够做到的就是效法杜甫，唤起才思，用诗交朋会友，“写江东、渭北相思句”，表明词人思念友人，这位友人可能曾经与他一起击筑悲歌，也可能曾像李杜那样一樽酒、细论文；以“歌此恨，慰羁旅”作结，道明写作该词的意图所在。

该词语近直白、抒情自然，满是豪放之气，忠直激愤但不狂放任性，怅惘忧虑而不失大家风度。

西江月

堂上谋臣尊俎①，边头将士干戈②。天时地利与人和。燕可伐欤、曰可③。　　今日楼台鼎鼐④，明年带砺山河⑤。大家齐唱大风歌⑥。不日四方来贺⑦。

【注释】

①堂上：指朝廷。谋臣：运筹帷幄之臣。尊俎：宴会用盛酒肉器具。

②干戈：指能征惯战的边关将士。

③“天时”句：孟子曰：“天时不如地利，地利不如人和。”沈同问：“燕可伐欤？”孟子曰：“可。”以伐燕作比，用圣人语激励人心，认为已经具备北伐的三大条件。

④楼台：相府。鼎鼐：相位，指韩侂胄。鼐（nài）：大鼎。

⑤砺：磨刀石。带砺山河：汉代的封爵誓词曰：“使河如带，泰山若砺，国以永宁，爰及苗裔”，句意是黄河不会狭如衣带，泰山不会小如砺石，封国不会灭绝，恩惠将传及子孙。寓意明年北伐战胜金军，韩必会晋升更高的爵位。

⑥大风歌：刘邦以皇帝之身荣归故里，击筑作歌曰：“大风起兮云飞扬，安得猛士兮守四方”，令众习唱。

⑦不日：很快。

【赏析】

据考，该词是写给韩侂胄的生日贺词，韩当时官拜太傅，突出功绩是为岳飞昭雪封王，削去秦桧王爵，主张北伐；但其才疏气高，不谙军事，史上评价有褒有贬。1204 年，韩提议伐金，条件尚不成熟，词人

《唐多令》也曾流露过此种忧虑；1205 年，听取辛弃疾建议决意出兵，1206 年取得较大进展，却遭投降派暗杀。

该词上片写国家形势见好，认为已经具有反攻复国的有利条件。下片预祝韩率领将士复国成功，充满期望。

在反复议和、忍屈受辱、良将遭害、英雄难觅的沉闷社会里，只有敢于抗金的人物才会受到人民的敬仰。韩决意北伐，代表了那时的民心所向。词人以祝寿名义表达抗金必胜的信念。词人不是韩的私交密友，毫无媚上之意。该词非一般格式化、应制诗词可比，语调轻快而激昂，气势豪迈而自信，即便对韩略有过誉也不为过，反显得更加平朴自然。“大家齐唱大风歌”，何等雄壮的气势；“不日四方来贺”，是词人的衷心期待，国家获得新生，摆脱被蹂躏被欺压的百年苦难，人民扬眉吐气，是受尽欺辱以后发自心底的呼声，也是中华民族多少代人追求的强国之梦。

姜夔

姜夔（1155？—1209），饶州鄱阳（今江西鄱阳）人。字尧章，号白石道人。少年艰辛，终生不第。曾向朝廷献赋，倾向抗战，未得到重用，绝意仕途。先流落于湘鄂间，后往来于苏杭一带。多才多艺，工诗词，精通音律。词多自度曲，讲究文辞之美，有清逸劲瘦之风，独树清空一派。受知于肖德藻、张镃、范成大，与辛弃疾、杨万里、朱熹有交往或唱和。

鹧鸪天·元夕有所梦①

肥水东流无尽期②，当初不合种相思③。梦中未比丹青见④，暗里忽惊山鸟啼。

春未绿，鬓先丝。人间别久不成悲⑤。谁教岁岁红莲夜⑥，两处沉吟各自知⑦。

【注释】

①词人青年时期热恋一对歌女姐妹，写过不少怀念她们的诗词，该词写于彼此分别二十余年之后的 1197 年元宵之夜。

②肥水：点明恋人所在地。

③不合：不该。

④丹青：画图，词人身藏恋人二十年前的青春娇容画像。

⑤不成悲：哭不出声来。

⑥红莲夜：元宵夜。红莲：灯名。

⑦两处：自己与恋人。沉吟：默默暗想对方。

【赏析】

上片写梦中相会情境，以肥水无尽期表达对肥水姐妹思无尽期，不得相见之恨也无尽期；悔恨自己当初不该种下这段相思情缘，不然今天就无此恨；词人藏有她们二十年前的青春娇容画像，梦中所见的两人形象与画图相比有些恍惚，正暗自思忖，美梦被山鸟啼断，还没来得及看清她们的梦中容颜就消失不见了；用“当初不合”逆向肯定自己种下的这种相思，是无可摆脱的内心深痛。

下片写梦醒之后，痛定思痛，由己思彼，岁始春来，郊野尚未绿遍，自己羁旅漂泊，而愁苦相逼，两鬓却已经白了；年复一年，分离太久，相思累积愈多愈使人容易麻木迟钝，在本应团圆快乐的元宵之夜，想痛哭一场都哭不出声来，心血凝成“人间别久不成悲”警句，用“谁教”否定“不合”，表无怨无悔；用“两处”表情投意合，指都在默默暗想对方，其情其苦“各自知”。

该词写虚不写实，诵读起来不像多数令词那样流畅，用笔拗折、用语隽秀，显见空灵风格。

扬州慢

淳熙丙申至日，予过维扬。夜雪初霁，荠麦弥望。入其城则四顾萧条，寒水自碧。暮色渐起，戍角悲吟。予怀怆然，感慨今昔，因自度此曲。千岩老人以为有黍离之悲也。①

淮左名都②，竹西佳处③，解鞍少驻初程④。过/春风十里，尽/荠麦青青⑤。自胡马窥江去后⑥，废池乔木⑦，犹厌言兵⑧。渐黄昏，清角吹寒，都在空城⑨。　杜郎俊赏⑩，算而今，重到须惊。纵/豆蔻词工⑪，青楼梦好⑫，难赋深情。二十四桥仍在⑬，波心荡，冷月无声。念桥边红药⑭，年年知为谁生⑮？

【注释】

①淳熙丙申：即1176年。至日：冬至。词人过扬州，见夜雪初晴、野麦满眼，城里四顾萧条，暮色降临、号角悲鸣，悲怆赋词自度此曲。千岩老人：指诗人萧德藻，姜曾向其学诗，是萧的侄女婿，老人认为该词写故国之思，有黍离之悲。

②淮左：淮东。名都：名城、大城市。

③竹西：指竹西亭，位于扬州东蜀岗上、禅智寺侧。杜牧《题扬州禅智寺》："谁知竹西路，歌吹是扬州。"

④解鞍：下马稍作停留。

⑤"春风"句：化用杜牧《赠别》："春风十里扬州路，卷上珠帘总不如。"荠麦：野麦。

⑥胡马：金兵铁骑。窥江：马蹄踏江、窥视江南，指1161年金兵南侵。

⑦废池：园林池沼荒废。

⑧言兵：谈论战争。钱珝《江行无题一百首》："翳日多乔木，维舟取束薪。静听江叟语，俱是厌兵人。"

⑨空城：城中无物，只有凄厉的戍鼓号角之声回荡不止。

⑩杜郎：指杜牧。俊赏：爱美、会欣赏美人。

⑪纵：纵然。豆蔻：比年少貌美。化用杜牧《赠别》："娉娉袅袅十三余，豆蔻梢头二月初。"

⑫青楼梦好：化用杜牧《遣怀》："十年一觉扬州梦，赢得青楼薄幸名"。

⑬二十四桥：一说扬州有二十四座桥，另说单指红药桥，古代有二十四个美人于桥上吹箫，姜从后说。仍在：意念中仍然存在。该桥毁于五代战乱，瘦西湖现有二十四桥，乃新近修建。化用杜牧《寄扬州韩绰判官》："二十四桥明月夜，玉人何处教吹箫。"

⑭红药：芍药，扬州名花，花在春季开放，冬至时应只有枝叶。

⑮为谁：古代有将芍药作为男女定情之物的习俗。

【赏析】

上片写进扬州后所见所感，早闻扬州名都、竹西佳处，下马一看，发觉“春风十里”早已不见踪影，无边荒土、青青野麦，只是一座空城，特别点明这是在“胡马窥江去后”，扬州历遭浩劫，只剩下废池老树，人们谈起那场战争，至今仍咬牙切齿、深恶痛绝；城中无物，只有凄厉的戍鼓号角之声回荡不止，令人心寒。

下片咏怀，化用杜牧诗意，以“杜郎俊赏”提起，先说杜牧曾任职扬州，留下许多风流韵事，如果他重来扬州，见到此况定然会大吃一惊；继说纵使杜郎“豆蔻词工，青楼梦好”，才艺再高、理想再美，换到今天也不会再写出那样深情的诗篇了；二十四桥是扬州的城标，是杜牧诗中的闪光点，如今也只是桥横在那儿，影在波心荡漾，人已无寻，箫声不复，明月暗自冷落；以无主红药作结，古代将芍药视为定情之物，扬州是滋生情爱的城市，“念桥边”佳人已去，红药却年年生长，不知为谁而开，也不知谁会前来欣赏它。

该词艺术特点突出，一是充分运用对比手法，“名都佳处”对“废池乔木”，“春风十里”对“荠麦青青”，“胡马窥江”对“清角吹寒”，“杜郎俊赏”对“知为谁生”，“豆蔻词工”对“难赋深情”，“二十四桥仍在”对“冷月无声”；文字用杜郎激活，自比杜郎，自己对昔日扬州繁华并无直接感受，借用杜牧四首诗的诗意铺陈，赋予历史沧桑之感；一字逗领四言句运用到位，“过 / 春风十里，尽 / 荠麦青青”，“纵 / 豆蔻词工”；三字句领四言句极佳，如“渐黄昏，清角吹寒”“算而今，重到须惊”“波心荡，冷月无声”。欣赏该词，仿佛随词人踱步悲吟，漫发忧国情思；与张元幹、辛弃疾忧国之词风格迥异，情感丰度落差颇大，词人没有张、辛那样的政治环境与经历，只好借助杜牧，冲释那种本来沉郁幽长的悲怆凄凉。

长亭怨慢

予颇喜自制曲，初率意为长短句，然后协以律，故前后阕多不同。桓大司马云“昔年种柳，依依汉南；今看摇落，凄怆江潭；树犹如此，人何以堪”。此语予深爱之。[①]

渐吹尽、枝头香絮[②]。是处人家[③]，绿深门户[④]。远浦萦回[⑤]，暮帆零乱向何许？阅人多矣，谁得似、长亭树[⑥]。树若有情时，不会得、青青如许[⑦]！　　日暮，望 / 高城不见[⑧]，只见乱山无数。韦郎去也[⑨]，怎忘得、玉环分付[⑩]。第一是、早早归来，怕红萼、无人为主。算 / 空有并刀[⑪]，难翦离愁千缕。

【注释】

①该词是自度曲。东晋大司马桓温率兵北征路上，看到以前栽种的柳树已经老大，感慨而言“木犹如此，人何以堪”。小序援引的六个四言句出自庾信《枯树赋》，词人深爱其语，用庾信语代讲桓温柳。1190 年，词人流寓合肥，住城南赤栏桥西，那里有他热恋的姐妹情人；大约 1191 年，词人离开合肥，该词写与恋人惜别。

②香絮：柳絮，冠以香字，表眷恋不舍之情。

③是处：到处、处处。

④门户：胡同、巷陌人家，指自己与恋人相聚的地方。

⑤浦：水边。

⑥阅人多矣：指长亭树阅历丰富。

⑦如许：常见读本作“如此”；该词押四鱼虞韵，“此”字不合韵，且前有“何许”，词人是大家，恐不会如此用字，从《钦定词谱》。

⑧高城不见：语出唐·欧阳詹《初发太原途中寄太原所思》：“高城已不见，况复城中人。”

⑨韦郎：典故，唐代韦皋游江夏，与婢女玉箫有情，分别时韦皋许诺五到七年内必来娶她，留玉指环为信物；但到约定日子韦皋没有到来，玉箫遂绝食而亡。

⑩分付：恋人的临别嘱咐、叮嘱。

⑪并刀：并州产锋利剪刀，当时知名产品。并：并州，今太原。

【赏析】

上片写依依惜别情景，以柳为依托，先说恋人居处多种杨柳，“渐吹尽、枝头香絮”表暮春季节；再说“远浦萦回”，表惜别之地；继之“暮帆零乱向何许”，表日暮时分分手，码头上有不少船只挂帆待发，恋人挂心，不知道词人小船驶向何方；“阅人多矣，谁得似、长亭树”，是说岸边长亭柳树，阅历丰富，见证过世事无数，正因对悲苦离别见得太多，已经习以为常，原本树有情、今却树无情，它对我离开恋人无动于衷；柳若有情，当会像朋友那样表示挽留，但它却照旧青青如许，悠悠慢拂春风，反衬离别的孤独无奈。

下片抒情。词人在船上思虑不停，船行渐远，“望高城不见”，只有乱山在眼中晃动；引用韦郎典故，自比韦皋，用玉环比恋人，表示我不会像韦皋那样食言，更忘不掉恋人的临别嘱咐，“第一是、早早归来”，她盼我什么呢？最最重要的是要我“早早归来”，与她团聚，她会担心我走后，“红萼”“无主”，命运没有着落，其辞甚哀，其情至深；恋人柔声蜜意在耳，由“离愁千缕”联想“柳丝”“万条”，由“二月春风似剪刀”想到更加锋利的并刀，誓言纵有并刀也是“空有”，因为这一往情深是无法剪断的，以此作结。

词人显然得周邦彦慢词之妙，有场景有人物，有具象有想象，有典故有诗意，有从头到尾的叙事，有细致入微的心理刻画，宛转曲折，用语干净，情调清冷淡雅，耐人品味。

念奴娇

予客武陵，湖北宪治在焉。古城野水，乔木参天。予与二三友日荡舟其间，薄荷花而饮。意象幽闲，不类人境。秋水且涸，荷叶出地寻丈。因列坐其下，上不见日。清风徐来，绿云自动。间于疏处窥见游人画船，亦一乐也。朅来吴兴，数得相羊荷花中，又夜泛西湖，光景奇绝。故以此句写之①。

闹红一舸②，记来时、尝与鸳鸯为侣。三十六陂人未到③，水佩风裳无数④。翠叶吹凉⑤，玉容销酒⑥，更洒菰蒲雨。嫣然摇动⑦，冷香飞上诗句。　日暮。青盖亭亭⑧，情人不见⑨，争忍凌波去⑩。只恐舞衣寒易落⑪，愁入西风南浦。高柳垂阴，老鱼吹浪，留我花间住。田田多少⑫，几回沙际归路⑬。

【注释】

①予客：我作为客人。宪治：官署所在地。薄荷花而饮：靠近、依傍荷花池饮酒。不类人境：像仙境一般。涸：干竭。寻丈：高出地面约八尺到一丈。列坐其下：几人坐在荷叶下面。绿云：碧绿荷叶摆动如云。间于疏处：偶尔从荷叶间隙。朅来：离开武陵来到吴兴。朅（qiè）：离。相羊：留连、徜徉。该词大约作于1189年，写泛舟杭州西湖赏荷。

②闹红：一船荡于荷塘搅乱了红艳的荷花丛。舸（gě）：泛指舟。

③三十六：宋词多用此数字云荷塘之多。陂（bēi）：水塘。人未到：人们未曾到过、未曾见过。

④水佩：以风为衣、以水作佩，状水叶风荷。

⑤翠叶：碧绿荷叶。

⑥玉容：润红荷花宛如美人娇容。

⑦嫣：嫣然，娇美。

⑧青盖：荷叶若伞。亭亭：比作玉立美人。

⑨情人：词人自比。

⑩凌波去：凋谢之意。

⑪只恐：双关语，荷花荷叶自忧，也是词人之忧。舞衣：指荷叶。

⑫田田：状荷叶毗连。《汉乐府》："江南可采莲，莲叶何田田。"

⑬沙际：沙堤旁边。

【赏析】

上片写游湖之景。一船荡于荷塘，搅乱了红艳的荷花丛，一个"闹"字使静美荷塘平添活泼生趣，鸳鸯随船而游，与我为伴；荷塘众多、毗邻相连，水叶风荷无数；清风吹动翠叶，送来丝丝凉意，润红荷花宛如酒意尚未销尽的美人娇容，更有点点细雨洒落菰蒲；心随荷花"嫣然摇动"，触发灵感，清冽幽香飞入诗句。

下片写感遇抒怀。词人爱慕荷花，把荷花当作"亭亭"玉立的美人，她在暮色中等待与我约会却见不到我，不会忍心凌波而去；用"只恐"表达荷花与词人的共同忧思，担心还没来得及互诉衷情，秋风吹来，荷花凋残、舞衣脱尽，花瓣与荷叶随风流入南浦；此情感动高柳、老鱼，对我难割难舍，"留我花间住"；结句"几回沙际归路"，表上岸以后，频频回首荷花，不忍离去。

该词是游记，咏荷花，更似给荷花的一封情书，诚如小序所言，作客武陵赏荷是其一乐，直到西湖赏荷才找到久违的感觉；可以想象，湖中荡舟绝非词人独行，但词中未露他人声息，惟有我与荷，只选鸳鸯、老鱼陪衬；其间"闹红""冷香""水佩风裳""玉容销酒""舞衣寒易落"，究竟内涵若何，有无所指，妩媚而懵懂；词人全凭眼光与机巧，精心编织出一个异境，读者需放飞想象随他步入其间。该词语言美、意象美、情趣美，写出荷花形韵，寄托怜香惜玉之情，创造出一种自得、自娱、自赏的理想境界。似乎可以看到，以姜夔为标志，激昂慷慨的抗金歌声渐渐远去，南宋词人的写作取向，正在发生变化。

齐天乐

丙辰岁，与张功甫会饮张达可之堂。闻屋壁间蟋蟀有声，功甫约予同赋，以授歌者。功甫先成，辞甚美。予徘徊茉莉花间，仰见秋月，顿起幽思，寻亦得此。蟋蟀，中都呼为促织，善斗。好事者或以二三十万钱致一枚，镂象齿为楼观以贮之①。

庾郎先自吟愁赋②，凄凄更闻私语③。露湿铜铺④，苔侵石井⑤，都是曾听伊处。哀音似诉。正／思妇无眠，起寻机杼。曲曲屏山⑥，夜凉独自甚情绪？　　西窗又吹暗雨。为谁频断续，相和砧杵⑦？候馆迎秋⑧，离宫吊月⑨，别有伤心无数。豳诗漫与⑩。笑／篱落呼灯，世间儿女。写入琴丝⑪，一声声更苦。

【注释】

①见张镃《满庭芳》注。张约我以蟋蟀为题作词，张先写出《满庭芳》，不一会儿我亦写出该词。中都：指临安。好事者：指嗜好蟋蟀、以斗蟋蟀为乐的人。镂象齿：以象牙为料，雕刻成的楼台形蟋蟀笼子。

②庾郎：庾信，有名作《愁赋》。杜甫《咏怀古迹之一》：“庾信生平最萧瑟，暮年诗赋动江关。”

③更闻：与“先自”呼应。张镃《满庭芳》写蟋蟀叫声“凄咽悲沉”“凉夜伴孤吟”，将张比作庾信，故称先听张吟愁之声；“更闻”如

说我亦庾信，在张之后愁赋既成。

④铜铺：门上的铜质铺首，衔门环用，多为兽面，指宅落大门。

⑤石井：院内井栏。

⑥屏山：刻画着山水图案的屏风。

⑦砧杵（zhēn chǔ）：捣衣石和棒槌。

⑧候馆：宾馆，招待所。

⑨离宫：帝王正式宫殿以外的宫室。

⑩豳（bīn）诗：指《诗经·豳风·七月》，其中有“七月在野，八月在宇，九月在户，十月蟋蟀入我床下”句。

⑪写入琴丝：词人自注，宣政年间有士大夫为蟋蟀谱曲，制成《蟋蟀吟》；寓意词人写的是新《蟋蟀吟》。

【赏析】

该词与张镃《满庭芳》皆为咏蟋蟀词，同日而写，有比高低、同雅兴之意，词人思维明显高出张镃，只着笔蟋蟀鸣声，无限发挥，写出个人风格。

上片由庾信赋愁引出自己所赋蟋蟀悲吟，先状声“凄凄”，再铺陈“凄凄”渗透的空间：被露水打湿的大门外，爬满苔藓的井栏上，以及那些人迹不至的角落，几乎无处不在，令人无法躲避；继之以一句“哀音似诉”，将蟋蟀哀鸣转变成思妇哀叹：本来就愁得不能入眠，又听到蟋蟀哀鸣，怎能睡着；于是“起寻机杼”，在织布机上打发长夜时光；不忍看织布机旁屏风上的远山遥水，耳畔充塞着蟋蟀与机杼的交鸣，盘算着什么时候能织完布匹去做寒衣；“夜凉独自甚情绪”，写其情其状无以言说，将一种平时不为人注意的蟋蟀叫声谱成了一曲思妇悲歌。

下片感世抒怀，由室内转到室外，由思妇转向人间，用“西窗又吹暗雨”过渡，有论者谓运用的是“岭断云连”手法，奉为“换头妙谛”，实为一种艺术表现形式。张词可证那晚并未下雨，张本人绝不会想到姜会悄悄加上“暗雨”二字，“暗”得听不见雨声，只是作为蟋蟀哀鸣的无声伴音，与捣衣声相和，不知是“为谁断续”；“谁”，也许还是那位织布女，夜半还在河边捣衣，反映出词人丰富的想象力与艺术造诣之高；以下更令人称奇，用迁客羁旅之人候馆逢秋，用遭受冷遇的嫔妃宫女在离宫忧孤吊月，汇成“别有伤心无数”；“别有”表明伤心人不再只是织布女、捣衣女，而扩展到社会面更广的人间群体；以“豳诗漫与”点题，说自己是受到这种感动才提笔写作的，自笑“世间儿女”，小时候不解蟋蟀愁情，不懂得同情蟋蟀，更不懂得世间如此多苦，还提着灯笼满院捕捉蟋蟀；现将它谱成乐曲，是为了告诉人们，上面那些苦声，“一声”比“一声”“更苦”。

该词构思别开生面，与《念奴娇 · 闹红一舸》多相近之处，《念奴娇》咏荷花，该词咏蟋蟀，题材相类；《念奴娇》凭眼光、凭灵感定花姿叶貌，因“玉容销酒”联想“情人不见”，该词凭耳听、凭灵感定“凄凄私语”，因“起寻机杼”联想“为谁断续”；《念奴娇》“冷香飞上诗句”，该词伤心“写入琴丝”；《念奴娇》换头用“日暮”接“冷香”续“亭亭”，保持一种静美之态，该词由“西窗”接“夜凉”续“为谁”，延续一种不尽之苦，功效相当，皆可视为精美的艺术品。

永遇乐 · 次稼轩北固楼词韵[①]

云鬲迷楼[②]，苔封很石[③]，人向何处。数骑秋烟，一篙寒汐[④]，千古空来去。使君心在[⑤]，苍崖绿嶂，苦被北门留住[⑥]。有/尊中酒、差可饮[⑦]，大旗尽绣熊虎。　前身诸葛，来游此地，数语便酬三顾[⑧]。楼外冥冥，江皋隐隐[⑨]，认得西征路[⑩]。中原生聚[⑪]，神京耆老[⑫]，南望长淮金鼓[⑬]。问当时、依依种柳，至今在否[⑭]。

【注释】

①见辛弃疾《永遇乐·千古江山》注。姜比辛年轻约十五岁，属同时代人，自然会受到辛词影响，1205 年词人登北固楼有感而发，按辛词用韵及韵序酬和。

②鬲（gé）：通隔，阻隔。迷楼：隋炀帝在江北扬州所建，与北固山隔江相对。

③很石：块石，状如伏羊，在北固山甘露寺，相传刘备与孙权曾在此共商抗曹大计。

④汐：晚潮。

⑤使君：指辛弃疾。

⑥北门：指镇江，当时南宋与金朝的临时边界。

⑦差可：尚可、勉强。典出《晋书·郄超传》，大将军桓温曾言："京口酒可饮，兵可用。"

⑧前身诸葛：指诸葛亮再生。三顾：指刘备为得到诸葛亮的辅佐三顾茅庐之事。酬：报答、报国。指辛弃疾来此，向皇帝陈奏北伐方略，犹如诸葛亮隆中替刘备谋划三分大势，仅用几句话便酬报了三顾之恩。

⑨江皋：江岸。

⑩西征：桓温曾拜征西大将军。桓温熟悉军事地势，对北征胸有成竹。

⑪生聚：老百姓。

⑫耆老：父老。

⑬长淮金鼓：盼听到南宋军队进军中原的信号。

⑭依依种柳：见辛弃疾《水龙吟》注。替辛设想北伐胜利之时，要亲眼看看南渡前在家乡亲手栽种的柳树。

【赏析】

上片以咏古开篇。登楼北望，云隔雾遮不见扬州迷楼，厚厚青苔把很石封得严严实实，江山如昔、孙刘已矣，英雄已逝；秋色如烟，几数征骑，疏落晚潮行船，“千古空来去”发江山寂寥，时势消沉之慨；然后落目当下，说辛弃疾被罢官闲居，二十年鹅湖瓢泉，心已在青崖绿嶂，但救国雄心不灭，以六旬高龄，支持韩侂胄抗金，毅然接受朝廷委任，在这种时刻出镇京口，把守北疆大门；将辛比作桓温，夸赞他统兵有方，虽酒可饮，兵可用，但仍需旗绣龙虎，树赫赫军威。

下片以诸葛亮酬报刘备三顾、桓温胸有韬略北伐作比，将北伐胜利寄托在辛的身上；中原百姓、神京父老，谁都“南望长淮金鼓”，盼听到南宋军队进军中原的号角之声，也是词人的心声；当时朝野有识之士几乎形成一种共识，认为只有辛弃疾是抗金救国的希望之星，例陆游赞辛“大材小用古所叹，管仲萧何实流亚”；结句替辛设想，辛在北伐前夜一定会想到收复中原之时，要亲眼看看南渡之前在山东家乡亲手栽种的柳树，不知道如今在也不在，长得如何。

词人长期过着半隐居、半游食生活，无所归依，多写咏物词自恃清高，似身在尘世、心在世外，该词表明自己从世外回归尘世，且以当代英雄为主角，以爱国复国为主题，亲切率真、令人耳目一新，写出心系天下兴亡、支持抗金救国的政治热情，是姜词中少有的豪放之作，其思想性当高于《扬州慢》。其后不多几年，辛姜二人相继离开人世，两首《永遇乐》风格相近，可谓留世双璧。

暗香

辛亥之冬，予载雪诣石湖。止既月，授简索句，且征新声。作此两曲，石湖把玩不已，使工妓隶习之，音节谐婉，乃名之曰《暗香》《疏影》①。

旧时月色，算/几番照我，梅边吹笛②？唤起玉人③，不管清寒与攀摘。何逊而今渐老④，都忘却、春风词笔⑤。但怪得、竹外疏花[6]，香冷入瑶席[7]。　江国[8]。正寂寂。叹/寄与路遥，夜雪初积[9]。翠尊易泣[10]。红萼无言耿相忆[11]。长记曾携手处[12]，千树压、西湖寒碧[13]。又片片吹尽也，几时见得？

【注释】

①辛亥：即1191年。是年冬，词人冒雪造访范成大，范退休后隐居苏州石湖别墅。姜逗留月余，范拿来纸墨索要新作，遂写《暗香》与《疏影》两只新曲，取名于林逋《山园小梅》“疏影横斜水清浅，暗香浮动月黄昏”，两词习称连环体，似分似合。范吟赏不已，命乐工歌伎演唱。词人离开石湖时，范将歌女小红赠姜，姜意得志满，作《过垂虹》记录这段交往：“自作新词韵最娇，小红低唱我吹箫。曲终过尽松陵路，回首烟波十四桥。”

②梅边：梅林旁。

③唤起：指笛声。玉人：美人。

④何逊：梁代诗人，在扬州做官时作《咏早梅》，有句“兔园标物序，惊时最是梅”。此处以何逊自比。

⑤春风词笔：指何逊《咏春风》“可闻不可见，能重复能轻。镜前飘落粉，琴上响余声”。

⑥怪得：惊怪、疑怪之意。

⑦香冷：冷香、暗香。瑶席：室内筵席。

⑧江国：泛指江南，此处指所在苏州石湖。

⑨“叹寄与”二句：典故，陆凯欲采梅花寄给范晔，又怕路途遥遥、雪野茫茫。

⑩翠尊：盛满绿酒的酒杯。泣：落泪。绿酒滴泪，似和我一样思念美人。

⑪红萼：红梅。耿：忠诚之意。

⑫长记：永远不忘、不由想起。曾携手处：指与美人曾同游杭州。

⑬千树：梅树之多、梅林之大。

【赏析】

上片以“旧时月色”打开回忆的窗口，开始叙事。今天所望所感不改“旧时月色”，这种月色已成记忆，年轻时候，不知有多少次映照我和美人依傍梅林，清夜吹笛；不顾清寒，一起攀摘梅枝；用“何逊而今渐老”转换口气，脱出回忆，面对身边现实环境，自比何逊，说自己风情渐淡，才力不足，面对眼前梅花，都不知道该怎么为它赋诗作歌了；情调正趋平缓慢流之际，又出惊人之笔“香冷入瑶席”，说石湖竹边几枝梅花那样诱人，清幽冷香飘到屋里，令我惊异其美，感动于主人盛情，创造出奇美的清绝意境。

下片抒情，构思与上片相似。“江国。正寂寂”，表词人在江南雪夜，独自赏梅深感寂寞，欲效法陆凯折梅寄给美人，叹息路遥雪厚难以实现，于是举杯落泪、对花无语，怎能不思念美人，一句“红萼无言耿相忆”打开新境，说“长记曾携手处”，千万株梅花盛开，如红云遮空，倒映在碧绿澄明的西湖湖面上；以梅花喻美人，忧心风来会吹落片片梅花，连连嗟叹“几时见得”，切盼与美人再度携手共赏梅花；一个俊美的梅痴形象，深婉如此、意犹未尽。

该词将美人与梅花高度融合，借林逋、何逊、陆凯恣意挥洒，描绘梅花以月色衬托，以“香冷”作主线，用“疏花”“红萼”“千树”“片片”寥寥数字，从多个角度写出忆梅、赏梅、品梅、爱梅、惜梅的情怀，形神俱到，构思精巧。史上论者给予极高评价，谓“不惟清空，且又骚雅”“前无古人，后无来者，自立新意，真为绝唱”。宋人喜爱咏梅，范成大爱梅种梅，并有专业著作《梅谱》；姜作客范府，赞美石湖“瑶席”，欣闻石湖梅香，实属平常，未必有多少隐寓故事；范将小红赠姜，似可当作范对该词的一种读法，是后人赏读词意的索引，主题就是咏梅寄情，借梅花赞美人、忆美人、想美人，与《念奴娇》咏荷类似。

词人用字讲究，咏荷“冷香飞上诗句”，咏梅“香冷入瑶席”，“冷香”与“香冷”何其相似。

疏影

苔枝缀玉①，有/翠禽小小，枝上同宿②。客里相逢③，篱角黄昏④，无言自倚修竹⑤。昭君不惯胡沙远，但暗忆、江南江北⑥。想佩环、月夜归来⑦，化作此花幽独。　犹记深宫旧事，那人正睡里，飞近蛾绿⑧。莫似春风，不管盈盈⑨，早与安排金屋⑩。还教一片随波去，又却怨、玉龙哀曲⑪。等恁时、重觅幽香⑫，已入小窗横幅⑬。

【注释】

①苔：苔梅。缀玉：苔梅白花缀满枝头点点如玉。

②同宿：典故，隋代赵师雄游罗浮山，夜梦与一素衣女子共饮，有绿衣童子戏舞其侧；醒来时竟发现自己躺在大梅花树下，树上有翠鸟欢鸣，方知所遇女子乃梅花神，天明化作翠鸟而去。

③客里相逢：在范府做客和梅花相遇。

④篱角：梅树长在篱落一角。

⑤“无言”句：杜甫《佳人》：“天寒翠袖薄，日暮倚修竹。”

⑥江南：泛指长江以南地域风光，包括范成大所居的苏州石湖在内；昭君故乡兴山县，虽位居江北约百里处，也应视为江南。江北：似指昭君出塞前居地长安皇宫。

⑦“想佩环”句：杜甫《咏怀古迹之一》：“画图省识春风面，环佩空归夜月魂。”

⑧“犹记”句：梅花妆典故，见黄庭坚《虞美人》注。

⑨盈盈：代指梅花。

⑩金屋：用汉武帝金屋藏娇典故，武帝幼时，其姑母怀抱自己幼女阿娇，问他“阿娇好不”，他答：“若得阿娇为妻，当以金屋贮之。”

⑪玉龙哀曲：指笛子曲调《梅花落》。李白《与史郎中钦听黄鹤楼上吹笛》：“黄鹤楼上吹玉笛，江城五月落梅花。”

⑫恁时：那时。

⑬横幅：画幅、如画。

【赏析】

该词是《暗香》的姊妹篇，同是咏梅，侧重点有所不同。

上片叙事，先赞美苔梅白花缀满枝头，点点如玉；用翠衣花神故事，见有一对小小翠鸟梅枝同宿；发挥杜甫诗意，说在范府做客，和梅花相遇黄昏，发现梅树长在篱落一角，倚立修竹之旁；想象梅花的魂魄气质，王昭君故乡本在江南，远涉沙漠并非本愿，定会“暗忆江南江北”，因“不惯”“胡沙”，才忆江南故乡，思故都长安，才会来到石湖，“佩环月夜归来”，那“篱角”“幽独”梅花，原来就是她的化身。上片写出梅花的高尚与神魂灵性，将自己置身于石湖、美人（昭君）、梅花共同构成的静逸幽远空间之中。

下片抒情，用寿阳公主故事，说“犹记”公主在睡梦里，梅花轻轻飘近她的黛眉；嘱咐公主千万不要像无情春风那样随意拂去梅花；要像汉武帝藏娇那样，早早建好金屋，加倍爱惜梅花，把梅花藏好，好教它有个美满的归宿；不然，待看一片花瓣随流水逝去，又怪“玉龙哀曲”了，将责任都推到《梅花落》曲子身上；结句与《暗香》“旧时月色”相呼应，是说到那时，一片随波去，凝香小窗横幅，再觅幽香，却看疏影，留下怅惘、留下念想。

该词写出梅花的孤洁可敬、幽独可怜，体现出词人、也同表主人的爱梅、惜梅之心；词人设想金屋藏“梅”为最佳办法，是对主人说的，恭维石湖别墅就是金屋，但预言金屋也难藏住，阿娇会老、梅花会衰，故落脚于赏梅寻香需看“小窗横幅”，与《暗香》“几时见得”吻合。以往论者赏此二词，多从艺术风格与空灵不定的意境着眼，难以究明词人到底在写什么；咏物必有寄托，从主人索词、姜为客答谢的角度判断，和《齐天乐》写蟋蟀的初衷类似，属于词人之间的一种雅兴，《暗香》是词人写自己，向范表白怀美之意；《疏影》是给范的献词，昭君化梅相当妥帖，既表梅花神韵，又博得主人欢心，反映出词人的才智机敏；范那时已经卸职归隐，“酾酒问蟾兔，肯去伴沧洲”，姜几乎不可能不知情趣地在他耳畔絮语忧国之思，有论者谓二词“托喻君国，感怀今昔”“发二帝之幽愤，伤在位之无人”“吊北狩扈从诸嫔妃”，似离本意太远。

琵琶仙

《吴都赋》云：“户藏烟浦，家具画船。”惟吴兴为然，春游之盛，西湖未能过也。己酉岁，予与萧时父载酒南郭，感遇成歌[①]。

双桨来时，有人似、旧曲桃根桃叶[②]。歌扇轻约飞花[③]，蛾眉正奇绝。春渐远、汀洲自绿，更添了、几声啼鴂[④]。十里扬州，三生杜牧[⑤]，前事休说。　又还是、宫烛分烟[⑥]，奈愁里、匆匆换时节。都把一襟芳思，与／空阶榆荚[⑦]。千万缕、藏鸦细柳[⑧]，为玉尊、起舞回雪[⑨]。想见西出阳关，故人初别[⑩]。

【注释】

①小序中的《吴都赋》，应为唐代李庾《西都赋》，引句应为“户闭烟浦，家藏画舟”。词人说只有吴兴才有此景，春游盛况连西湖也不及它。1189年，词人与萧德藻侄子萧时父同游城南，自度此曲。

②旧：旧游。曲：坊曲。桃根桃叶：见贺铸《蝶恋花》注，代指美人。

③约：掠过、笼住。晏几道《鹧鸪天·彩袖殷勤捧玉钟》：“歌尽桃花扇底风。”

④鴂：即鹈鴂，见辛弃疾《贺新郎》注。

⑤三生：佛家语，过去、现在、未来习称三世人生。截取杜牧“春风十里扬州路”；截取黄庭坚“春风十里珠帘卷，仿佛三生杜牧之”。

⑥分烟：唐代有皇宫在清明取新火以赐近臣习俗。韩翃《寒食》：“日暮汉宫传蜡烛，轻烟散入五侯家。”

⑦“榆荚”句：韩愈《晚春二首》其一：“杨花榆荚无才思，惟解漫天作雪飞。”

⑧“藏鸦”句，周邦彦《渡江云·晴岚低楚甸》：“千万丝、陌头杨柳，渐渐可藏鸦。”

⑨为玉尊：在与恋人饯别的席上杯前。回雪：化用韩愈诗意。

⑩阳关：化用王维《送元二使安西》诗意。

【赏析】

上片叙事，写游春所见。双桨打来，画船愈来愈近，见船上一对美人酷似旧时坊曲相知合肥姐妹；轻舞歌扇掠过飞花，眉清目秀美艳绝伦，自然触发思念之情；但话锋一转，梦回现实，春天渐渐远去，抛下汀洲芳草自绿，又听到几声鹈鴂悲鸣，自觉如“三生杜牧”，“十里扬州”“前事休说”，慨叹情丝难断，喻美人迟暮之悲。

下片化用前人诗意，围绕细柳作尽文章。风景依稀似旧，年华匆匆暗换；清明分烟有柳、杨花榆荚有柳、藏鸦有柳、阳关有柳（客舍青青柳色新），这一切都源于合肥姐妹住处多柳，而春归人未归，一腔愁思没有着落，只能付与空阶落地榆荚；“千万缕”柳丝飞舞，柳絮回雪，都像是离别酒宴时候，记起当年与恋人的“初别”情景。

该词与《长亭怨慢》合读，可加深理解，前者写初别，该词则是回忆初别以及别后旧情。宋人喜欢作集句诗、檃栝词，该词写法与周邦彦《西河》相近，或多或少地化用贺铸、晏几道、屈原、杜牧、黄庭坚、韩翃、韩愈、周邦彦、王维九位前人诗意，写出对合肥姐妹的缠绵不尽的情思，思路清晰，下字精美，设计周密，空灵华妙。

俞国宝

俞国宝，生平不详。江西抚州人。淳熙间太学生。

风入松

一春长费买花钱[①]。日日醉湖边[②]。玉骢惯识西湖路，骄嘶过、沽酒楼前[③]。红杏香中箫鼓，绿杨影里秋千[④]。　暖风十里丽人天[⑤]。花压鬓云偏[⑥]。画船载取春归去，余情付、湖水湖烟[⑦]。明日重扶残醉，来寻陌上花钿[⑧]。

【注释】

①一春：整整一个春天。

②湖边：有读本作“花边”。

③楼前：有读本作“垆前”。

④“绿杨”句：化用张先《青门引》：“隔墙送过秋千影。”

⑤“暖风”句：杜甫《丽人行》：“三月三日景色新，长安水边多丽人。”

⑥花压：女子头上所插花朵把发髻都压偏了。

⑦余情付：有读本作“余情寄”。

⑧花钿：女子金银珠宝首饰。

【赏析】

上片写天天游春、流连西湖，渲染红杏香中、绿杨影里美景，更有箫鼓奏乐、秋千游戏，绘形绘色、美丽迷人。

下片写丽人如云、香艳销魂，画船载春而去，游人残醉而归，想着明日再来再醉，兴许还能拾到丽人遗落的花钿。

全词用语华丽流香，是南宋偏安一隅的现实写照，与林升《题临安邸》“山外青山楼外楼，西湖歌舞几时休。暖风熏得游人醉，直把杭州作汴州”极其相似。该词有一段轶事，词人当时还是太学生，将该词题于一家酒肆屏风上，被已成太上皇的宋高宗偶然发现，甚为赞赏，但觉得下片原句“明日再携残酒”未免酸腐，御笔改定为现句，俞亦被授以官职，恰可印证朝廷安于享乐而不思救国，会写艳词便可当官的政治环境。

戴复古

戴复古（1167—1237），天台黄岩（今浙江台州）人。字式之，号石屏。江湖诗人中的重要作家。

水调歌头·题李季允侍郎鄂州吞云楼[1]

轮奂半天上[2]，胜概压南楼[3]。筹边独坐[4]，岂欲登览快双眸[5]。浪说胸吞云梦[6]，直把气吞残虏，西北望神州。百载一机会[7]，人事恨悠悠。　骑黄鹤，赋鹦鹉，谩风流[8]。岳王祠畔[9]，杨柳烟锁古今愁。整顿乾坤手段，指授英雄方略，雅志若为酬[10]。杯酒不在手，双鬓恐惊秋。

【注释】

①1221年，南宋军队接连击溃金兵，抗战形势出现转机，李季允出任沿江制置副使兼治鄂州（治所武昌），建吞云楼，词人登楼览胜而作。

②轮奂：美轮美奂，《礼记》："美哉轮焉，美哉奂焉。"

③南楼：即庾楼，见王安石《千秋岁引》注。

④筹边：谋划边防。

⑤岂欲登览快双眸：有读本作"岂欲登临豁双眸"。

⑥云梦：云梦泽，泛指湖北大地。典出司马相如《子虚赋》，乌有先生对楚国来使子虚，夸口齐国地域辽阔无边，"吞若云梦者八九，与其胸中，曾不芥蒂。"

⑦一机会：指抗金形势出现转机。

⑧“黄鹤”三句：仙人乘鹤去、祢衡赋鹦鹉，徒留风流故事。崔颢《黄鹤楼》“昔人已乘黄鹤去，此地空余黄鹤楼。”

⑨岳王祠：指鄂王庙，见刘过《六州歌头》注。

⑩雅志：李报国之志，回应建吞云楼初衷。

【赏析】

上片写景，抓住“吞云”二字写楼之雄峻，高入云天、美轮美奂，比胜迹南楼还有气势；由楼见人，说人之壮志，赞李季允修建此楼是为了独坐静思、谋划边防，并非是为了抒发闲情，只图一时登高望远的眼睛快活，而是有胆有识，漫说这楼“胸吞云梦”，更有“气吞残虏”目收神州的阔大气概；接着口气一转，认为百载难逢的反攻良机来到了，时不我待，人事难料，且莫抱恨千古。

下片作览胜之叹，将现实碰撞历史，今古景情俱在杯酒之中，先铺写仙人乘鹤去、祢衡赋鹦鹉历史风流，再强调“岳王祠畔，杨柳烟锁古今愁”，岂可不见忠烈遗恨，寄希望于李，盼他能够“整顿乾坤”“指授方略”，实现报国之志；结句“杯酒不在手，双鬓恐惊秋”意味深长，为了酬志，还是让我们干一杯吧，如无酒解忧，秋风一来，恐怕双鬓都要愁白了。

该词题材、境况类如姜夔《永遇乐》，咏古抒怀，通过赞扬抗金英雄而表达自己的爱国情怀，有稼轩词风。

木兰花慢

莺啼啼不尽，任燕语、语难通[①]。这/一点闲愁，十年不断[②]，恼乱春风[③]。重来故人不见[④]，但依然、杨柳小楼东[⑤]。记得同题粉壁，而今壁破无踪。　兰皋新涨绿溶溶[⑥]。流恨落花红。念着破春衫，当时送别，灯下裁缝[⑦]。

相思谩然自苦，算云烟、过眼总成空[⑧]。落日楚天无际，凭栏目送飞鸿[⑨]。

【注释】

①燕语：燕子叫声。语难通：不懂燕子在说什么，状心情郁闷。

②十年：妻子故去时间。

③恼乱春风：被春风惹乱情思。春风：有读本作“东风”。

④故人：指妻子。

⑤小楼东：与妻子原居处。

⑥兰皋：生长芳草的水滨。屈原《离骚》：“步余马兮兰皋。”

⑦“念着”三句：与妻子生离死别之时，妻子在灯下赶时间缝制。

⑧云烟：喻过去的往事消失难留。

⑨“飞鸿”句：《古诗十九首》：“愿为双鸿鹄，奋翅起高飞。”

【赏析】

前有陆游与唐婉，后有戴氏夫妇，双双以词记录了他们浸满血泪的爱情悲剧。词人在原籍婚后旅居外地一个人家，岳丈爱其之才，提议将知书达礼、温柔贤惠的女儿嫁给他，他隐匿已有家室实情，与之欢喜成婚，那女子便成为他的第二位妻子，女子对他极为中意。两三年后，戴欲归故里，妻问何故，他方道出实情。妻告之父亲，岳丈大怒，妻子已经打定主意，表现镇定，一面为戴宽谅求情，尽赠梳妆器具，一面留下绝命词《祝英台近》，原文如录：“惜多才，怜薄命，无计可留汝。揉碎花笺，忍写断肠句。道旁杨柳依依，千丝万缕。抵不住、一分愁绪。如何诉。便教缘尽今生，此身已轻许。捉月盟言，不是梦中语。后回君若重来，不相忘处。把杯酒、浇奴坟土”。随后投水自尽。

将两词译成今文，互为对照，连带欣赏，更可体味夫妻真情。

妻词：父亲爱你多才，把我许配给你，可怜我红颜薄命，没有本事把你留住。将花笺展开又揉，揉碎又拼，怎能写得下这肝肠寸断的诀别之词。纵道旁杨柳依依、千丝万缕，亦抵不上我心中的一分伤悲愁绪。事已至此，你教我从何说起！今生夫妻缘分已尽，只怪我当初考虑不周，轻率许身给你。我是那么深深地爱着你，现在怨你恨你又有何用？！我忘不了咱们的月下盟誓，那绝非梦中戏言。你我夫妻一场，倘若以后你再来这里，最最要记住的，是洒一杯苦酒，浇在我的坟头。

戴词：（是对妻词的回应。）咱们是在那个春天分手的，这十年之间，每逢春天听到莺啼燕语，虽然听不懂它们在说什么，但总觉得它们在谴责我，内心被东风搅乱了，备受煎熬。这不，我在春天特地看你来了。地方没变，还是在杨柳林旁小楼东边，但怎么也找不到你了（回应妻词“道旁杨柳依依”）。我竭力寻觅你过去的踪影印痕，可惜咱们一起题诗的粉墙白壁连影子也没有了（回应妻词“忍写断肠句”）。水边绿草又生，水面上漂浮着残落的花瓣，我心里流动的都是恨，都是悔！看看身上这件破春衫，至死也不会忘记，是临别那天晚上，你在灯下含泪为我赶缝的新衣，你顾及我的脸面，不愿意让我浪浪苍苍、破烂不堪地回去。如今你我天人两隔，“算云烟、过眼总成空”，直到失去才知珍贵，可是你再也回不来了，相思不尽徒落自苦，这一切都是我自作自受，百身莫赎。落日难掩，楚天苍茫，我直望着天边飞鸿出神，不知道哪里才是它们的栖息之地。

妻词是撼人心魄的爱情绝命词，家常语言自肺腑流出，血泪文字，不了遗恨，凝结了中华传统女子的生命之爱、崇高美德，堪与唐婉《钗头凤》相比，当为宋词杰作。戴词是悼亡词，哀婉凄绝，虔诚忏悔，叙事取景两宜，尤其是“念着破春衫”情节更为精彩，催人泪下，感染力不在贺铸“谁复挑灯夜补衣”之下。两词还告诉读者，不可误读宋词的爱情观，勿以偏概全，宋代其实更重夫妻的生死真情。

史达祖

史达祖（1163？—1220），汴（今河南开封）人。字邦卿，号梅溪。一生未第，终为幕僚。曾做韩侂胄堂吏，颇受信任，韩失势后，受到牵连，遭黥刑。词以咏物逼真著称，用笔尖巧、细腻工致，可体现南宋一众词人的艺术追求。

双双燕 · 咏燕①

过春社了，度/帘幕中间，去年尘冷。差池欲住②，试入旧巢相并③。还相雕梁藻井④。又软语、商量不定⑤。飘然快拂花梢，翠尾分开红影。　芳径。芹泥雨润⑥。爱/贴地争飞⑦，竞夸轻俊⑧。红楼归晚⑨，看足柳昏花暝⑩。应自栖香正稳⑪。便忘了、天涯芳信⑫。愁损翠黛双蛾⑬，日日画栏独凭。

【注释】

①系自度曲，题目与内容是“咏燕”，与词牌意思相合。

②差池：意外。

③试入：小心、犹豫。相并：再住进旧巢。

④还相：仔细观察、思忖环境是否安全。藻井：彩绘天花板。

⑤软语：两只燕子相亲相爱，呢喃作语，商量来商量去。

⑥芹泥：指燕子修筑旧巢，从长满花草的路边，衔来带有芹草香味的湿泥。杜甫《徐步》：“芹泥随燕觜，花蕊上蜂须。”

⑦贴地：低空。

⑧竞夸：故意表现、炫耀。轻俊：轻盈俊俏。

⑨红楼：指燕子所居是富贵人家。

⑩柳昏花暝：归巢时已到黄昏，柳色不清、花色已暗。

⑪应自：该是。栖香正稳：睡得香甜安稳。

⑫芳信：有燕子为思妇传书说法，因睡得很熟，便忘了将远方来信告诉闺中思妇。李白《捣衣篇》：“忽逢江上双飞燕，衔来云中尺素书。”

⑬翠黛：画眉用青绿色颜料。蛾：眉。

【赏析】

上片叙事，写双燕回巢、定巢、出巢的全过程。春社时候，燕子瞅准帘幕间隙飞进筑有旧巢的屋子，发现屋内冷冷清清的，一层去年落尘，主人也懒得打扫；它们见境况异于去年，颇感意外，小心谨慎地住进旧巢；再度观察“雕梁藻井”，思忖是否安全；两只燕子恩恩爱爱，呢喃作语，商量来商量去，拿不定主意；最终决定还是住在这儿，天高气爽，它们“飘然”飞出屋子，轻捷掠过花丛，其翠尾可与红花比美。

下片写双燕快乐的一天新生活，间有抒情。它们忙于从“花径”衔泥修巢，那泥带有芹草香味；又“贴地争飞，竞夸轻俊”；称心快意，“柳昏花暝”，看够玩足了，“晚归红楼”旧巢；睡得甜甜蜜蜜、安安稳稳，突然想起一事，“便忘了，天涯芳信”；结句托出思妇“愁损翠黛双蛾”形象，她“日日画栏独凭”，盼的就是双燕给她捎来游子书信；词人费尽心机写双燕如何如何，竟只是在意这位闺中少妇。

如宋齐愈《眼儿媚》咏梅不用“梅”字一样，词人咏燕也不着“燕”字，把咏物词当作工艺品精雕细刻，写尽燕子的动作、神态与情韵，观察之细微、用笔之精准，巧夺天工，令人称绝。直到读毕，读者才发觉，名为写燕、实是写人，少妇居住“华堂”，有“雕梁”大院，愈显孤独；“帘幕”“尘冷”是因为无心收拾；用“软语商量”衬托少妇孤苦无语；用“贴地争飞”衬托少妇愁看春光；描绘少妇喜欢双燕陪伴，以至于双燕“忘了”及时传信也没有责怪它们；全篇以景为主，人在最后露面，千呼万唤始出来；以燕比人，人暗为主角；双燕的快乐正是思妇的期待，意蕴深藏，需要读者去发掘。

该词用十一庚青、六真文两韵部仄韵。

绮罗香·春雨

做冷欺花[①]，将烟困柳，千里偷催春暮。尽日冥迷[②]，愁里欲飞还住。惊粉重、蝶宿西园[③]，喜泥润、燕归南浦。最妨它、佳约风流[④]，钿车不到杜陵路[⑤]。　沈沈江上望极[⑥]，还被春潮晚急[⑦]，难寻官渡[⑧]。隐约遥峰，和泪谢娘眉妩[⑨]。临断岸、新绿生时[⑩]，是落红、带愁流处。记当日、门掩梨花[⑪]，剪灯深夜语[⑫]。

【注释】

①欺花：雨后生寒，鲜花受冷寒欺侮。陆龟蒙《早春雪中作吴体寄袭美》：“迎春避腊不肯下，欺花冻草还飘然。”

②冥迷：昏暗迷蒙。

③粉重：彩蝶翅膀被雨水打湿，体重难飞。

④最妨：最妨害、最不满。

⑤杜陵：唐代乐游原所在地。

⑥沈沈：沉沉。

⑦“还被”句：化用韦应物《滁州西涧》：“春潮带雨晚来急，野渡无人舟自横。”

⑧官渡：官家码头渡船。

⑨谢娘：谢秋娘，歌女，泛指美女。眉妩：妩媚，姿态美好。《西京杂记》："（卓）文君姣好，眉色如望远山。"

⑩断岸：陡峭的崖岸。新绿：新涨春水。韦庄《谒金门》："春雨足，染就一溪新绿。"

⑪"梨花"句：化用李重元《忆王孙》："欲黄昏，雨打梨花深闭门。"

⑫"剪灯"句：李商隐《夜雨寄北》："何当共剪西窗烛，却话巴山夜雨时。"

【赏析】

与《双双燕》一样，这是一首咏物词，咏雨而不着"雨"字。

上片写在庭院所见之景，花被冷欺、柳被烟困，阳春在雨的催促下偷偷溜走，见雨而不见春，都是雨的罪过；这雨整日里下个不停，如烟似雾，细如丝时跃跃欲飞却飞不起来，一会儿又变成大雨点，啪啪落地；雨湿蝶翅，沉重难飞，西园蝴蝶只好歇息不动，只有燕子乐得忘乎所以，一趟又一趟地衔泥筑巢；"最妨它"，也即最闹心、最丧气的是道路泥泞、钿车不到，佳人无法按约赴杜陵游春。

下片写郊野水流景色，化用韦应物"春潮带雨晚来急"诗意。极目远望江上，烟波沉沉，激流湍急，看不见码头在哪里，更无船可渡；"隐约遥峰"如佳人眉黛，却可望而不可即；身立断岸，只能瞪着眼睛，愁看春水时时涨高，带愁流红。词人截取李重元、李商隐诗句作结，雨打梨花而"闭门"，雨"涨"秋词而忆西窗"剪"烛，写出前代风流，古人雅趣。

词人隐身雨后，上片写雨，想象欲待出游的佳人比他沮丧；下片写雨水暴涨、大河断航，想象佳人闭门剪灯，比他忧伤。全词穷极本领，渲染春雨水涨，花落蝶宿佳人愁；写出远山含情似"和泪谢娘眉妩"，引人闭目遐思；此愁微微即过，此情淡淡而来，借雨带愁来发佳人春去之憾，并非真的替某位佳人发声，意在创新一种惜春的文雅表达方式。该词下字精严，句句生色，尤以六个三字句领四言句最为突出。

满江红·中秋夜潮

万水归阴①，故潮信、盈虚因月②。偏只到、凉秋半破③，斗成双绝④。有物指磨金镜净，何人拏攫银河决⑤。想子胥、今夜见嫦娥，沉冤雪⑥。　光直下，蛟龙穴⑦。声直上，蟾蜍窟⑧。对/望中天地，洞然如刷⑨。激气已能驱粉黛⑩，举杯便可吞吴越⑪。待明朝、说似与儿曹⑫，心应折⑬。

【注释】

①阴：按古说法水属阴、月为太阴之精。

②盈虚：潮水涨落。

③凉秋半破：指中秋。

④斗成：拼成。双绝：指钱塘潮与中秋月双景。

⑤拏（ná）攫：执持刀、棒工具。银河决：将银河扒开口子。

⑥“子胥”二句：典故，伍子胥忠心耿耿辅佐吴王夫差，越王勾践用美人计给夫差送上西施，加有奸臣离间，吴王逼子胥自刎沉尸江中，传说子胥死后素车白马现于潮头。辛弃疾《摸鱼儿·望飞来半空鸥鹭》：“滔天力倦知何事，白马素车东去。堪恨处，人道是、子胥冤愤终千古。”

⑦蛟龙穴：龙宫，借指大海。

⑧蟾蜍窟：月宫蟾蜍藏身之洞。

⑨洞然：明澈。刷：冲洗。张孝祥《念奴娇·过洞庭》：“素月分辉，明河共影，表里俱澄澈。”

⑩激气：此景激起的壮志豪情。驱粉黛：驱除妖女。粉黛：指迷惑吴王、导致伍子胥被害的西施等一众美女。

⑪举杯：畅饮迎庆。吞：灭掉。吴越：代指吴王夫差、越王勾践。
⑫儿曹：晚辈、孩童。
⑬心应折：应令人非常佩服。

【赏析】

该词咏中秋钱塘江潮。

上片写圆月大潮之景，先交待水归于阴，月为“太阴之精”，万水都从属月亮，钱塘江潮涨落与月亮圆缺有关，潮为驱妖，月为昭雪，故合写潮月；“凉秋半破，斗成双绝”写每到中秋，圆月与大潮同时出现；月亮好像经过人们专门清扫，打磨一新，如金镜一样明亮；钱塘江潮像银河被人工决口呼啸奔腾而来，如见伍子胥白马素车立于潮头；词人假想“子胥今夜见嫦娥，沉冤雪”，其中“雪”字多意，除月光如雪、浪潮如雪之外，也隐含了韩侂胄上书追封岳飞为鄂王、追讨秦桧误国之罪，使精忠岳飞沉冤得雪之事。

下片抒怀。月、潮已经为人间沉冤昭雪，词人的兴奋之情不可抑止，看万道月光直射大海蛟龙巢穴，听潮声直上月宫蟾蜍藏身之洞；“望中天地，洞然如刷”写中天明月光泻万里，大潮卷地连山喷雪；“激气已能驱粉黛，举杯便可吞吴越”写人与月、潮合一，心思浩茫，憎恶分明，欢呼美女妖惑将被驱除殆尽，谋害伍子胥的夫差、勾践将被一举吞灭；词人欲将此景、此情、此感说与儿孙，料想他们一定也会为此震惊折服。

该词一洗《双双燕》《绮罗香》那种缠绵悱恻之气，非单写月，非单写潮，而是齐歌双绝；明显受辛词影响，特色鲜明，有豪放之风；下片起始四个三字句两两对仗，两个七言句对仗，情意俱美。

王埜（yě）

王埜（?—1260），浙江金华人。字子文，号潜斋。1220年进士，历任两浙转运判官，升至签书枢密院事，封吴郡侯，不久被罢。

西河

天下事，问天怎忍如此[1]！陵图谁把献君王[2]，结愁未已。少豪气概总成尘[3]，空余白骨黄苇。　千古恨，吾老矣。东游曾吊淮水[4]。绣春台上一回登[5]，一回揾泪。醉归抚剑倚西风，江涛犹壮人意。　只今袖手野色里[6]。望长淮[7]，犹/二千里。纵有英心谁寄！近新来、又报胡尘起[8]。绝域张骞归来未[9]？

【注释】

①问天：直问朝廷。

②陵图：北宋皇陵图。北宋皇陵在河南巩义，1234年正月，京西湖北制置使史嵩之献八陵图给宋理宗，理宗派朱扬祖维护修缮；八月，朱谒陵回朝再进陵图，理宗忍涕太息。

③少豪：少年豪气。

④吊：吊古、怀古。淮水：指秦淮河。

⑤绣春台：在安徽贵池齐山。词人回忆到江防前线巡视情景。

⑥只今：而今。袖手：为朝廷不容，去职成为闲人。

⑦长淮：前线。

⑧又报：近来军报连连，元军动作频频。

⑨绝域：绝处。张骞：西汉外交家、名将，曾联合西域各方击垮强敌匈奴。归来未：归来没有。

【赏析】

上片抒怀。开句即向天发问，朝廷先是对金割地称臣、忍辱苟且；金亡后，元军大举南犯，宋室又到紧急存亡关头，国家大事，何以弄得“如此”不堪；以陵图为发端，词人抒发了自己难解的愁绪；同时词人叹“少豪气概总成尘”，仁人志士报国无门，中原热土一片惨象，空留下黄苇枯草伴随累累白骨，深忧国家厄运。

中片叙事。“千古恨，吾老矣。”词人慨叹过往，深感有生之年恐此恨难得洗雪；词人不由想起当年曾凭吊六朝古迹，曾在齐山绣春台东望大江，亲往江防前线巡视，于是悲愤交集，伤心泪夺眶而出；“醉归抚剑倚西风，江涛犹壮人意”，语言美，意蕴深：以酒浇愁，西风中抚剑而归，恨不能挥剑杀敌，此时大江波涛翻滚，似都在为我呼唤，为什么朝廷反而无动于衷？与上片“问天”应接。

下片又转为抒怀。“只今袖手”，写词人因与宰相主张不合而遭闲置，不得不袖手，却心有不甘；远望长淮前线，想再回去看看已经没有可能了；悲呼“纵有英心谁寄”！英心犹在，又该托付给谁；用“又报胡尘起”结句，问“绝域张骞归来未”，词人感慨如果世有张骞，抗击元军尚有希望，就是不知道南宋朝廷能否找到张骞那样的英雄人物。

全词一唱三叹、波澜迭起，反诘句尤为扣人心弦，堪称一曲慷慨悲歌，又犹如时代风雷。词人同乡曹豳，时为谏官，两人志同道合，曹和词一首，两词用韵、韵位、句式完全相同，思想与艺术表达完美呼应，宜于同赏，曹《西河·和王潜斋韵》如录：“今日事。何人弄得如此。漫漫白骨蔽川原，恨何日已。关河万里寂无烟，月明空照芦苇。　漫哀痛，无及矣。无情莫问江水。西风落日惨新亭，几人堕泪。战和何者是良筹，扶危但看天意。　只今寂寞薮泽里。岂无人，高卧闾里。试问安危谁寄。定相将、有诏催公起。须信前书言犹未。”

周文璞

周文璞，生平不详。阳谷（今山东阳谷）人。字晋仙，号方泉、野斋、山楹。金人入侵后，随祖辈流落江南。任过县丞，曾隐居方泉，与姜夔为友，南宋江湖派诗人之一。

浪淘沙·题酒家壁

还了酒家钱，便好安眠。大槐宫里著貂蝉①。行到江南知是梦，雪压渔船②。

盘礴古梅边③，也是前缘。鹅黄雪白又醒然④。一事最奇君记取，明日新年。

【注释】

①大槐宫：见朱敦儒《水龙吟》注。词人酒后做了美梦，梦到自己做槐安国驸马、娶美女貂蝉。

②“行到”二句：身在江南梦方醒，以为江南处处春色，却逢大雪压船。

③盘礴：箕踞而坐，两腿岔开，呈簸箕状，表不拘小节、无拘无束。

④鹅黄：嫩柳色。雪白：压船之雪。

【赏析】

先行了解词人的身世背景：词人家乡被金兵占领后，祖辈南渡，他生活在南宋，穷困潦倒，又不愿与世俗同流合污，独抱洁清，以醉为醒。词人做过溧阳县丞，知官场深浅，纵对社会不满，也不敢明言，故借酒入梦，梦中寻典，以典刺世，写成该词。全词文字通俗易懂，风格诙谐幽默，却是对现实的严肃批判。

上片叙事。平时无钱便赊账饮酒，多日以后主动去还，始得心安，才能睡个好觉；为什么爱酒？因为酒后可入美梦，当槐安国驸马，娶美女貂蝉，这不过是自我调笑而已；梦醒时候已经身在江南，本以为江南处处春色，谁知道又逢大雪压船，现实与想象的差距太大了。

下片抒怀。在古梅边箕踞而坐，大大咧咧，不拘形态，与古梅为友，自称与梅前世有缘；正自陶醉之际，“鹅黄雪白”使他闻到一丝春天的气息；结句故弄玄虚，特别强调要告诉你一件“最奇”的事情，让“君记取”吊足胃口，何事如此庄重？原来是“明日新年”！这答案谁都知道，一待揭晓令人捧腹。令人想起马三立单口相声，教人挠痒法宝，最后抛出包袱“挠挠”，似乎相声的幽默也得益于古人；不惟如此，除夕还要还账。“欠账不过年关”，这种习俗似乎也来自宋代。诙谐、幽默只是表象，奚落、讽刺才是真谛。

卓田

卓田，生平不详。建阳（今福建建阳）人。字稼翁，号西山。1205年进士，能小词。

眼儿媚·题苏小楼①

丈夫只手把吴钩，能断万人头。如何铁石，打作心肺，却为花柔②。　尝观项籍并刘季，一怒世人愁③。只因撞着，虞姬戚氏④，豪杰都休。

【注释】

①苏小：苏小小，齐代钱塘名伎，聪颖貌美、能诗善歌，懂得自尊自爱。幼时父母双亡，寄居杭州姨母家，住松柏丛中小楼。曾与少年阮郁结为良缘，分别后阮郁竟无消息，苏小不能忘情。后染病去世，死前嘱咐侍姬“埋骨西泠”。历代文人墨客，对苏小墓多有凭吊。现存景观系2004年重建。

②花：指女人、美女。柔：柔软、柔化。

③尝观：曾看、曾想。项籍：项羽。刘季：刘邦。这两句是说项刘皆是一怒吼、一跺脚，使世人变色的英雄人物。

④虞姬：见李冠《六州歌头》注。刘邦四十三岁那年，处于起事时期，与二十八岁的吕雉成婚，建立汉朝后，吕为正宫皇后；刘未当皇帝前，被项羽封为汉中王，移情戚氏，戚氏经常随刘出征，颇得宠爱；刘做皇帝后，欲立与戚氏所生如意为太子，被张良所阻；吕戚结怨；刘死后，吕后残忍报复戚氏，将戚氏手脚砍掉、双眼挖去、耳朵弄聋、喉咙失声，扔于窟室，称为“人彘（zhì）”。彘，即猪。

【赏析】

上片起首肯定与赞美英雄。英雄“手把吴钩”，能征战沙场、平定强敌，打造一个新江山，他们的心肺一定是铁石做成的，但词人又疑惑不解，别人也许这样想过，为什么这种铁石心肺能被美女柔化变软？

下片援引史实作答，犹如教谕学生，项羽、刘邦都算得上是伟大人物，一怒吼、一跺脚足以山摇地动，令世人皆愁，可偏偏是项羽，遇到能以死殉情的虞姬，铸成霸王别姬悲剧；偏偏是刘邦，宠怜戚氏而最终却害死戚氏；世事惊心动魄，英雄爱美人，似乎已成铁律；美人魅力能盖过伟丈夫，能使伟业都休，但红颜薄命，虞姬自刎、戚氏沦为人彘，都难得善终。

该词文字不多，立意高妙，题苏小楼而不见楼，咏苏小而不见苏小；苏小与刘项无涉，却以刘项来作陪衬：虞姬、戚氏很美，苏小更美；苏小如果让项刘撞着，命运可能比虞姬、戚氏更惨，正因为没让刘项撞着，苏小楼才能在美丽的西子湖畔屹立数百年。显见词人智慧，其心其情亦为苏小所柔；用笔自在有余，明论而含隐曲，至于是否影射当朝政事或某位人物，或只是留给后人评鉴史实，无以考证。

吴泳

吴泳，生平不详。宋时潼川府（今四川三台）人。字叔永。1209年进士，官至宝章阁学士。

金人捧露盘·送陈舍人[①]

跨征鞍，横战槊，上襄州[②]。便匹马、蹴踏高秋[③]。芙蓉未折[④]，笛声吹起塞云愁[⑤]。男儿若欲树功名，须向前头[⑥]。　凤雏寒[⑦]，龙骨朽[⑧]，蛟渚暗[⑨]，鹿门幽[⑩]。阅人物，渺渺如沤[⑪]。棋头已动[⑫]，也须高著局心筹[⑬]。莫将一片广长舌[⑭]，博取封侯。

【注释】

①原作词牌署《上西平》。舍人：指贵胄子弟，公子。

②襄州：襄阳；时为宋金分界，陈舍人作为武官奔赴前线，词人为其饯行。

③蹴（cù）：踏、踩。高秋：深秋，出征时间。

④芙蓉：荷花。未折：尚未凋尽，襄阳地处江汉流域，高秋尚存此景。

⑤笛声：泛指军中号角之声。塞云：比边塞军情。

⑥须向前头：鼓励朋友，正是男儿建功立业、奋勇杀敌的好机会。

⑦凤雏：指庞统，襄阳名人，刘备军师，司马徽称其为“南州士之冠冕”。寒：尸骨已寒。

⑧龙：指诸葛亮，曾隐居襄阳隆中，刘备三顾而出，司马徽称其为卧龙先生。朽：尸骨已朽。

⑨蛟渚：地名，表人物，襄阳沔水有害人之蛟，邓遐拔剑入水将其斩为数段。李颀《送皇甫曾游襄阳山水兼谒韦太守》：“山深卧龙宅，水净斩蛟乡。”

⑩鹿门：地名，庞统叔父庞德公、诗人孟浩然隐居之地。孟浩然《夜归鹿门山歌》：“鹿门月照开烟树，忽到庞公栖隐处。”

⑪沤：水泡。襄阳古代名士英雄，如同朵朵浪花已经消失了。

⑫棋头：含双重意思，一比军旗，军队开始出动；二比战局如棋局。

⑬高著：高招、高明的战略战术。心筹：用心谋划。

⑭广长舌：能言善辩。语出《诗经·大雅·瞻昂》：“妇有长舌，维厉之阶。”

【赏析】

上片叙事。词人为陈舍人送行，并嘱以希望，用跨、横、上三个动作状朋友武将英姿，并告诉朋友襄州此时“芙蓉未折”，但“笛声吹起塞云愁”，军事形势严峻，激励朋友勇往直前。

下片说古论今，议论为主。词人历数襄阳风流人物，那儿出过庞统、诸葛亮等一代名流，但他们已经作古；也出过勇士邓遐、诗人孟浩然，他们也已黯然而去；襄州人杰地灵，能去那儿令人感到自豪，先贤们已经完成自己的使命，如同朵朵浪花已经消失，时代召唤新的杰出人物去创造新的功绩；军旗飘扬，战局如棋，词人相信朋友有勇有谋，必成功业，也一定会无愧于先贤；结句“莫将一片广长舌，博取封侯”极有深意，既是发自肺腑的真心嘱咐与殷切希望，也是对那些靠舌头博取功名的奸巧小人的批判。

该词用语朴实、用情恳切，凸显写实之长，不倚重雕琢修饰，顺势而下自然到位，将一场送别写得充满阳刚之气而无啼泣之声，是一篇宣扬爱国主义的励志词。

黄机

黄机，生平不详。东阳（今浙江东阳）人。字几仲、几叔。曾任微职。词学辛弃疾。

眼儿媚

莫嗔日日话思归[①]。归也却便宜[②]。东邻招茗，西邻唤酒，一笑开眉。　　人生万事无缘足[③]，待足是何时。妻能纺绩[④]，儿能耕获[⑤]，未必寒饥。

【注释】

①嗔：生气，埋怨。话思归：不要天天念叨叫我回家。

②便宜：方便，容易，简单。

③缘：因为。足：富贵，满足。

④纺绩：纺织。

⑤耕获：种田谋生。

【赏析】

上片先说妻子要自己回家，同时设身处地对妻子委婉开导：不要天天叫我回去，如果回到家里，日子会是什么样子，无非是东邻叫喝茶，西邻叫饮酒，轻轻松松、不费力气，还能陪人家笑上一笑，但我实在笑不出来。

下片以议论为主，阐明一条人生道理：人间万事，不会事事都能让人得到满足，如果一味追求富贵、追求比别人好，永远也没有达到目的的时候，那我回去也没有用处，就真的没有能够轻松回家的日子了；我和你一样爱着这个家，虽然牵挂不下却也放心，你能纺织，儿能种田，还不至于受冻挨饿。

该词题材不大，类向滈写信劝妻，反映出词文学与民生民情的自然衔接；语言平白，委婉感人。主人终未吐口归家，写出了在外谋生的辛酸，同时只求一家温饱，愿望朴素且实现，表现出中国男人、中国农民的朴实厚道：宁肯自己忍受寒饥，也勇于担当家庭责任。

刘克庄

刘克庄（1187—1269），莆田（今含福建莆田）人。字潜夫，号后村居士。1246年赐进士出身，历经五代皇帝，四次遭遇罢贬，官至工部尚书兼侍读。词多感慨时事，反对妥协苟安，是江湖诗人与辛派词人中的重要作家。词风粗豪肆放、慷慨激越，散文化、议论化特点比较显明。

长相思

劝一杯，复一杯①。短锸相随死便埋②。英雄安在哉。　眉不开，怀不开。幸有江边旧钓台③。拂衣归去来④。

【注释】

①劝一杯，复一杯：李白《山中与幽人对酌》："两人对酌山花开，一杯一杯复一杯。"

②锸（chā）：铁锹。便埋：典出《晋书·刘伶传》，竹林七贤之一的刘伶外号醉侯，常自带一壶酒，与嵇康、阮籍携手竹林，身后着一人扛铁锹跟随，告诉从者："等我醉死，就顺便挖个坑把我埋了。"

③旧钓台：典出《后汉书·逸民传》，严光与刘秀是少年同学，刘做东汉皇帝后，派人请严赴京做官，严去而折返，固辞皇帝盛情，回到富春江边垂钓隐居，后人称他垂钓归隐处为钓台。李白《答王十二寒夜独酌有怀》："严陵高揖汉天子，何必长剑拄颐事玉阶。"

④拂衣：甩袖而去，表决绝。归去来：隐居之意。王维《不遇咏》："济人然后拂衣去，肯作徒尔一男儿。"

【赏析】

上片写生活现状，托酒言愁，一杯又一杯痛饮不尽，以刘伶为榜样，明言等我醉死，随便挖个坑把我埋了就行；“英雄安在哉”，字面意义说我是酒中英雄，谁敢跟我比试一下，实际是说乏人救国，抗敌英雄何在，为寻觅他愁得我都要快醉死了。

下片写愁眉不开、愁怀不展，此愁无药可救，好在还有一个严光钓台，只好拂衣而去，学严光垂钓，像陶渊明那样隐居去吧。写出了一个报国男儿的真性情、真豪气。

一剪梅·余赴广东，实之夜饯于风亭①

束缊宵行十里强②，挑得诗囊③，抛了衣囊④。天寒路滑马蹄僵⑤。元是王郎⑥，来送刘郎⑦。　酒酣耳热说文章，惊倒邻墙⑧，推倒胡床⑨。旁观拍手笑疏狂，疏又何妨，狂又何妨。

【注释】

①实之是王迈的字，词人挚友。1239年冬，词人赴广州任广南东路提举常平官，王迈在莆田风亭为他饯行，也是二人的告别仪式。

②束缊：将乱麻扎成束，沾油，当火把。缊（yùn）：乱麻、破絮。宵行：夜行。十里：指长亭，送别处。强：路途难走，硬撑着走到长亭。

③挑得：用扁担挑。诗囊：书箱。

④衣囊：衣箱。

⑤僵：天寒路滑，马迈不开步子。

⑥王郎：王迈。

⑦刘郎：自称，自比改革遭贬的刘禹锡。二刘有相似经历。词人

《落梅》“东风谬掌花权柄，却忌孤高不主张”，被指毁谤当国，遭三次削职；《病后访梅九绝》“梦得因桃数左迁，长源为柳忤当权。幸然不识桃并柳，却被梅花累十年”即述此事。

⑧惊倒：推开。邻墙：指隔壁的客人。

⑨胡床：可折叠的坐具，交椅。

【赏析】

上片叙事，写王郎送他，打着火把夜行，直送到十里长亭；尽管词人的行李非常简单，只挑着书箱，而把衣箱丢在了家里，这十里路走得还是非常艰苦：“天寒路滑马蹄僵”写硬撑着走到长亭；遭贬去岭南赴职，犹如当年刘禹锡贬去广东连州，多亏有“王郎”送“刘郎”；出门人一般多带衣物，但词人不同俗流，不带衣物，正是书生本色；王郎有担当，为遭贬人送行，反映出两人志同道合，情谊真挚。

下片写饯别场景，极其别致地把不忍分别写成议论文章与家国大事的欢宴。“酒酣耳热说文章”写两人诗兴大发，眉飞色舞，大有“惊倒邻墙”的气概，话到忘情处连座椅都“推倒”在一边；在场众人不住地“拍手”大笑，两人把大笑当助兴，今天就任性一回、疯狂一回，“疏又何妨，狂又何妨”！一句“旁观拍手”，表明词人心里非常明白，无论在什么时代，公众场合都应讲究礼仪，不大声喧哗，但词人公然破例，是为了昭告众人，这癫狂都是被逼出来的，爱国志士报国无门，只好把心头的积郁化为言行上的狂放。

该词有人物、有情节，有气氛、有台词，犹如一幕小剧；将一名文雅诗人，成功塑造成一个豪直雄放、恣肆疏狂的好汉形象。

沁园春 · 梦孚若①

何处相逢？登/宝钗楼②，访/铜雀台③。唤/厨人斫就，东溟鲸脍[4]；圉人呈罢[5]，西极龙媒[6]。天下英雄，使君与操，余子谁堪共酒杯[7]？车千乘，载/燕南赵北[8]，剑客奇才。　饮酣画鼓如雷[9]。谁信被、晨鸡轻唤回。叹/年光过尽，功名未立；书生老去，机会方来。使/李将军，遇/高皇帝，万户侯何足道哉[10]！披衣起，但/凄凉感旧，慷慨生哀。

【注释】

①孚若是方信孺的字，词人同乡、朋友，为人豪爽乐士，视金帛如粪土；在韩侂胄伐金失败后曾出使金朝，谈判媾和条件，不惧金人囚杀威胁，但仕途不顺，屡遭降免，年仅四十六岁而卒。该词当写于孚若去世之后，有悼念之意。

②宝钗楼：在陕西咸阳，汉武帝所建，宋代辟为酒楼。

③铜雀台：故址在河北临漳，曹操所建。

④斫就：由厨师做好，把东海鲸鱼切成薄片细丝。斫（zhuó）：砍、劈。

⑤圉（yǔ）人：养马人、马倌。

⑥西极：西方很远的地方。龙媒：名马、天马，用天马肉做菜。

⑦谁堪：不配上桌、陪桌。

⑧燕南赵北：历代称燕赵多慷慨悲歌之士。

⑨画鼓：有彩绘之鼓，乐器。如雷：鼓声，比酣醉之后鼾声之大。陆游《日出入行》："高楼锦绣中天开，乐作画鼓如春雷。"

⑩使：假使、倘若。典出《史记·李将军列传》，李广未封，汉文帝对他说："惜乎，子不遇时，如令子当高帝时，万户侯岂足道哉。"

【赏析】

上片写虚构的豪华梦境，起句"何处相逢"，有意大声宣示，词人在宝钗楼、铜雀台梦遇乎若，两人一块儿吃东海鲸鱼丝、西域龙媒肉，是“天下英雄”曹操、刘备那样的英雄豪杰，煮酒痛饮，没有谁能有资格陪桌；威风出行时，随员众多，车有千乘，满载燕南赵北的众多剑客奇才。

下片写梦醒之后的现实境况。“饮酣画鼓如雷”，表沉醉不醒、鼾声如雷，谁能相信竟被“晨鸡轻唤回”，实现情境转换，雄鸡一唱天下白，才知原来只是美梦一场；是梦亦罢，终竟发现真实的自己，慨叹老去尚无功名，所幸美梦能给自己带来“机会”；不妨白日再说几句梦话，国家危难，正该重用李广那样的人才，可现实不是找不到李广，而是李广没有遇到高皇帝；“万户侯何足道哉”，意谓我俩还想当回李广呢，如巧遇高皇帝，当回王侯还不是轻而易举之事；结句“披衣起”似岳飞月下“独自绕阶行”，“凄凉感旧，慷慨生哀”，表明快乐相逢，凄凉收场，既表达出对朋友早逝的怀念，又表达出未了的拳拳爱国之心。

该词融合地理名胜与历史题材，虚实并举，不似明言直说，上片所列“宝钗楼”“铜雀台”当时皆已沦陷，词人不可能在那儿摆宴，也不可能切鲸鱼丝、烧天马肉，两人无论如何也无法攀比曹刘，亲率英雄豪杰更如痴人乱语，用这种超高度的荒唐衬托现实；下片话中有话，本已鼾声如雷，却能听见鸡鸣即醒，表轻醉轻睡犹怀心思。词人明白“书生老去”，与“万户侯”缘分已尽，却又拈出李广、高皇帝，虚实结合，不离主题。

清平乐·五月十五日夜玩月①

风高浪快。万里骑蟾背②。曾识姮娥真体态③，素面原无粉黛④。　身游银阙珠宫，俯看积气蒙蒙⑤。醉里偶摇桂树⑥，人间唤作凉风。

【注释】

①玩月：望月、戏说月。

②蟾：蟾蜍；传说有三条腿蟾蜍住在月宫。

③姮（héng）娥：嫦娥。

④素面：未施脂粉。

⑤积气：雾层很厚。

⑥桂树：月宫有桂花树。

【赏析】

词人兴在玩月，心情急切，等不到中秋时节，于是把五月十五当中秋去过。

上片写乘风骑蟾飞行万里，来到月宫；词人自言原本就与姮娥相识，见过她的真容玉貌：她素面而不假修饰，清纯自然，美态十足。

下片写身在月宫，俯视人间，竟有蒙蒙“积气”隔阻天上人间，显得离人间那么遥远；醉里“偶摇桂树”，乃神来之笔，喜得一阵清风，积气一扫而光，而人间也欢呼姮娥送来澄明清凉。

该词若一丝清凉之风，爽心悦目，用看似不经意的浪漫想象，表达了对无污无尘清凉世界的向往；用偶摇桂树驱雾除霾表达欲造福人间的思想，灵气活现。

贺新郎·九日①

湛湛长空黑，更那堪、斜风细雨，乱愁如织。老眼平生空四海②，赖有高楼百尺。看浩荡、千崖秋色。白发书生神州泪③，尽凄凉、不向牛山滴④。追往事，去无迹。　少年自负凌云笔⑤。到而今、春华落尽⑥，满怀萧瑟⑦。常恨世人新意少，爱说南朝狂客⑧。把破帽、年年拈出。若对黄花孤负酒⑨，怕黄花、也笑人岑寂。鸿北去，日西匿⑩。

【注释】

①九日：指重阳节。

②老眼：有历练、能看穿世界的眼力。空四海：极目远望，胸怀天下。

③白发书生：自称。神州泪：为中原沦陷、百姓遭难流泪。

④牛山：在山东临淄，齐景公游牛山，临其国城而泣曰：“若何滂滂去此而死乎。”

⑤自负：自傲。凌云笔：大手笔。语出杜甫《戏为六绝句》其一：“庾信文章老更成，凌云健笔意纵横。”

⑥春华落尽：指少年锐气、华丽文风而今已经脱尽。

⑦满怀萧瑟：指而今文章更加务实，写满家国的悲凉萧瑟。杜甫《咏怀古迹》其一：“庾信平生最萧瑟，暮年诗赋动江关。”

⑧南朝狂客：典出《晋书·孟嘉传》，孟嘉重阳赴龙山宴时，帽子被风吹落而不自知，尚觉很美，时人赞其有名士风度。

⑨孤负酒：摆酒不喝，对不起酒的美意。

⑩匿：隐藏。

【赏析】

上片写重阳节登楼望景。“湛湛长空黑”，点出空间虽大，天气却很阴暗，词人心事重重；“更那堪”雨丝风片织成“乱愁”；“老眼平生空四海，赖有高楼百尺”，写自己平生一向都是于百尺楼上目空四海，看浩涯无际，“千崖秋色”分明，今日焉何如此？原来是因为“白发书生神州泪”，因神州陆沉，泪眼模糊；“尽凄凉”笔锋一转，写凄凉垂泪，但有泪不向牛山滴，这泪绝不是像齐景公那样为惧怕个人死亡而流。上片追怀往事，而往事一去无留迹。

下片从重阳文章说起，议论时事，间有抒情。词人慨叹“少年自负凌云笔”，少年时意气飞扬，旁若无人；“而今”却再也写不出那种锐气四射的诗篇了，只因“春华落尽，满怀萧瑟”；自己“常恨世人新意少，爱说南朝狂客”，是怨别人没有新的创意，一遇重阳节，就拿出孟嘉破帽故事，颠来倒去，可自己又该如何去做？假若面对黄花而不喝酒，连黄花也会笑我不懂事理，以为是我自己甘愿岑寂，反过来说就是要驱赶萧瑟、破除岑寂，就黄花开怀大饮才是良法；结句“鸿北去，日西匿”写日沉西山，鸿雁飞入冥冥，天地间只剩下一个孤翁，已经没有了就黄花畅饮的心情。这就是词人的重阳节，他终于写出不拈“破帽”的新意。

从所写内容看，词人独自过节，没有同伴；先临风雨，后见日没；少年凌云，老来萧瑟；国事凄凉，世界岑寂，表现出一种隐隐不绝的悲凉和无力抗拒的时代岑寂。该词格调雄健，但情绪低沉，抒情委婉。

李好古 *

李好古，生平不详。宋代有数位与其同名词人，该好古可能字仲敏，下邽（今陕西渭南县东北）人，有志而未得功名。

清平乐

瓜州渡口①，恰恰城如斗②。乱絮飞钱迎马首，也学玉关榆柳③。　面前直控金山④，极知形胜东南⑤。更愿诸公著意，休教忘了中原。

【注释】

①瓜州：即瓜洲。长江与大运河交汇处形成的一个小岛，与江南镇江相对，古渡口在今江苏扬州。

②斗：城池如斗形。

③玉关：泛指边塞。瓜洲处于抗金前线，南宋军事要塞。

④直控金山：指地形险要，瓜洲渡口可直达金山要冲。

⑤极知：极其清楚。

【赏析】

上片写策马来到瓜洲渡口所见。城如斗状，暮春时节，杨花榆钱乱飞，扑打马首，使马迷眼难辨方向；玉关那儿榆柳还没长出枝叶，这儿已是漫天乱絮飞钱，其实，我倒更愿意它们像在玉关那儿一样，蓄势待发，不必那么纷纷扬扬，暗寓词人有过玉关边塞经历。

下片写离开渡口时所感所虑。瓜洲处于抗金前线，直控金山，是东南咽喉，词人“极知”它重要的军事意义，因此对守边将士寄予厚望，慰勉他们要“著意”对敌形势，担当复国大任，“休教忘了中原”。

小词语调和缓、平白亲切，用家常话道爱国情。

吴潜

吴潜（1196—1262），宁国（今安徽宁国）人。字毅夫，号履斋。1217 年进士，为人刚正不阿，官至左丞相，主张“和、议、战”相结合的治国策略，受贾似道、萧泰来谗毁，两次罢相，卒于贬所。

满江红 · 豫章滕王阁①

万里西风，吹我上、滕王高阁②。正槛外、楚山云涨③，楚江涛作④。何处征帆木末去⑤，有时野鸟沙边落。近帘钩、暮雨掩空来⑥，今犹昨⑦。　秋渐紧，添离索⑧。天正远，伤飘泊。叹 / 十年心事，休休莫莫⑨。岁月无多人易老，乾坤虽大愁难著⑩。向黄昏、断送客魂消，城头角⑪。

【注释】

①豫章：南昌旧名。滕王阁：唐初建于南昌，王勃、韩愈皆有吟咏。1247 年，词人遭受政敌攻击，改任福建安抚使，其兄供职南昌，当为赴任途中经南昌而作。

②吹我上：暗用王勃故事，传说水神曾助王勃神风，一夕可行四百里，有民谚“时来风送滕王阁”。

③槛（jiàn）：栏杆。王勃《滕王阁诗》：“阁中帝子今何在，槛外长江空自流。”楚山：西山。

④楚江：赣江。

⑤木末：树梢。

⑥“近帘钩”句：化用王勃《滕王阁诗》：“画栋朝飞南浦云，珠帘

暮卷西山雨。”

⑦今犹昨：风光如昨，和王勃当年所见所写相似。

⑧离索：脱离亲朋独居。陆游《钗头凤》：“一杯愁绪，几年离索。”

⑨休休莫莫：表失意情绪，算了，不要再提了。

⑩愁难著：没有放置愁的地方、角落。

⑪城头角：谯楼报时号角。

【赏析】

上片写登阁之景。词人登上滕王阁，感到失意时候能够穿越时空与王勃神会，也心得意满颇为明快；倚栏远望，楚山云飞，楚江涛卷，江里征帆好像飘行在树梢之上，野鸟惧于水势，“有时”落在河岸沙边；暮雨“掩空而来”拍打帘钩；“今犹昨”是说现在的景色与王勃当年所见极其相似。

下片抒怀，触景生情。秋意渐深，词人倍觉孤单萧索；遥天茫茫，看不到希望，更为流落漂泊而伤心；前溯十年，大好年华，正当年富力强报国之时，却得不到应有的信任，几经贬谪落职，不说也罢；“岁月无多人易老，乾坤虽大愁难著”堪为警句，人入老境来日无多，愁的是社稷倾危国难深重，不能效力，偌大乾坤竟然安放不下我的忧愁，愤恨之情何其强烈；以黄昏城头报时角声作结，留下哀思绵绵，写出一个失意政治家的人生悲叹。几百年后，日军侵占我国华北之后，爱国学生喊出的悲愤口号“华北之大，竟安放不下一张平静的书桌”，语境相似，具有强烈的感染力。

该词从谋篇布局而言，两片意境落差极大，易于将读者引入深处思考。

淮上女

淮上女，生平不详。该词题于被金人掳掠北去途中的泗州客舍。

减字木兰花

淮山隐隐①，千里云峰千里恨。淮水悠悠，万顷烟波万顷愁。　　山长水远，遮住行人东望眼。恨旧愁新②，有泪无言对晚春③。

【注释】

①淮山：泛指淮河流域山脉。

②恨旧：旧恨，指朝廷丢下百姓南逃之恨。愁新：新愁，指遭受金兵蹂躏之愁。

③晚春：暮春。

【赏析】

词人应是苏皖境内淮河岸边的平民女子。金兵南侵，她被掳北去，题词于旅舍壁上。

上片写景，景中含情。淮山隐隐可见，淮水悠悠长流，故乡是那么美丽可爱；但千里淮山云峰为我离去含恨，万顷淮水烟波为我离去凝愁。主人公情迷故乡山水云烟，表达了失去家园的深愁大恨。

下片抒情，情不离景。离家越来越远，一步一回头再望一眼那生我养我的淮山淮水，直到山水遮断视线；淮河北去，就是金人占领的地盘，此生此世也许再也回不来了；朝廷甩下百姓不管一路南逃，这是旧恨；金兵铁蹄蹂躏，逼我抛家离国，这是新愁；旧恨新愁堆积心头，而故乡晚春如此不堪，有泪无言，绝望悲愤到极点。

该词与蒋兴祖女儿《减字木兰花·题雄州驿》题材、意境、写法极其相近，语言艺术更具特征，缓缓吐出，没有哭天嚎地和娇柔之态；上下两片的一二句与三四句，对仗工整，堪为佳联；以血泪记述历史，殊为难得之作。

方岳

方岳（1199—1262），安徽祁门人。字巨山，号秋崖。1232年进士，官至吏部侍郎。

水调歌头 · 平山堂用东坡韵[①]

秋雨一何碧，山色倚晴空[②]。江南江北愁思，分付酒螺红[③]。芦叶蓬舟千里，菰菜莼羹一梦[④]，无语寄归鸿。醉眼眇河洛[⑤]，遗恨夕阳中。　蘋洲外[⑥]，山欲暝，敛眉峰[⑦]。人间俯仰陈迹[⑧]，叹息两仙翁[⑨]。不见当时杨柳[⑩]，只是从前烟雨，磨灭几英雄。天地一孤啸，匹马又西风。

【注释】

①该词与苏轼《水调歌头 · 落日绣帘卷》韵字、韵序相同。

②倚晴空：语出欧阳修《朝中措》："平山阑槛倚晴空。"

③酒螺红：红色海螺酒杯。

④菰菜莼羹：见苏舜钦《水调歌头 · 潇洒太湖岸》注。

⑤河洛：黄河和洛水。表沦陷的中原地区。

⑥蘋洲：长满蘋草的洲渚，荒野之地。

⑦敛眉峰：山貌似人敛眉峰。

⑧陈迹：指平山堂。

⑨两仙翁：指欧阳修和苏轼。苏轼《三过平山堂下》："十年不见老仙翁，壁上龙蛇飞动。"

⑩当时杨柳：欧阳修所种，有“手种堂前垂柳”句。

【赏析】

上片写驻足平山堂、追寻欧苏仙踪，以敞亮之目见敞亮之景：秋雨洗空天地澄碧，雨后斜阳山色静美；词人想起自己平生，行遍江南江北，累积许多愁思，来到此地，不妨端起红螺酒杯，开怀畅饮一场，把愁思丢到一边；词人长年漂泊在外，经常“蓬舟千里”行驶在长满芦叶的寒沙浅流，也没有张翰那种福气，想吃“菰菜莼羹”只是一梦而已，只能徒然怅望孤鸿；故乡是回不去了，河洛已经沦陷，只能“醉眼”渺渺，“遗恨夕阳中”。

下片咏史抒怀。黄昏时刻，长满荒草的蘋洲那边，山色渐暗，似“敛眉峰”，给远山赋予人的知觉，表达来此“俯仰”人间陈迹、缅怀“两仙翁”的目的；虽然不见“当时”欧公杨柳，只感到“从前烟雨”还在，词人叹息世事变幻，英雄消磨，满是沧桑；拜过仙翁，孤啸几声，依旧无可奈何，只好拨转马头，再迎西风而去，毅然踏上漂泊之路。

该词写法开合自如，有景有情、有史有今，有仙翁风流、有词人忧愁；用语干净利落，有欧苏豪放之气；表达出词人难寻报国之路的历久苦闷，抒发河洛未复的遗恨，但不管形势若何，词人仍“匹马又西风”，奔波不止，继续走在谋求复国的道路上。

萧泰来

萧泰来，生平不详。四川忠县人。字则阳，号小山。1229年进士，曾为御史。

霜天晓角·梅

千霜万雪。受尽寒磨折。赖是生来瘦硬[1]，浑不怕、角吹彻[2]。　清绝[3]。影也别[4]。知心惟有月。原没春风情性，如何共、海棠说。

【注释】

①赖是：好在、幸亏。瘦硬：梅花风骨，疏枝横斜谓之瘦，傲立霜雪谓之硬。

②角：笛子。吹：笛子吹奏《梅花落》曲子。彻：终了、完结，角声生寒，直吹到最后一遍。鲍照《梅花落》是笛子横吹曲，前半歌词“中庭杂树多，偏为梅咨嗟。问君何独然，念其霜中能作花，露中能作实”，赞梅花生来就瘦硬坚贞；后半歌词“摇荡春风媚春日，念尔零落逐寒风，徒有霜华无霜姿”，笑媚春之花一遇寒风即零落无姿，被角声吹彻了。

③清绝：清丽、高雅无比。

④影也别：花枝之影，与它花不同。

【赏析】

上片写梅花的生存环境。梅花在千霜万雪折磨中依然傲立，保持与生俱有的“硬瘦”风骨，纵使“吹”奏多少遍《梅花落》，也不会把它的花瓣吹彻。

下片抒情，赞梅花清绝，高雅无比，连它的花枝影子也不同凡花；人间无知己，只有明月才懂得它的心；以议论作结，梅花不与百花争春，它原本就没有春风吹拂下的万种风情，它也从不与海棠那样的凡花争春，它们根本就不在一个层次上，怎么能拿梅花跟海棠去比较姿色娇容呢?

词人眼光独具，以梅比人，不赞成那种以海棠花容为美的观点，钦佩梅花高洁不入俗流的品格。该词用语趋人性化，例“受尽”“赖是”“瘦硬”“浑不怕”“影也别”“知心”“原没”；化用鲍照诗意得心应手；用入声韵写得婉约柔韧，灵气隐现，是宋代众多咏梅诗词中的佼佼者。

吴文英

吴文英（1200？—1260），四明（今浙江宁波）人。本姓翁，入继吴氏，字君特，号梦窗、觉翁。终生做幕僚、门客。知音律、善自度曲，追求艺术表现形式；用语独具个性，绵丽为尚、思深语丽，被尊为质实词派的代表，词坛常将姜（姜夔）吴并提。

浣溪沙

门隔花深梦旧游，夕阳无语燕归愁。玉纤香动小帘钩[①]。　落絮无声春堕泪，行云有影月含羞。东风临夜冷于秋[②]。

【注释】

①玉纤：佳人玉手。佳人慢慢手启帘钩，送恋人出门。

②夜冷：梦醒后心感，在东风送暖的夜晚感觉比秋天还凉。

【赏析】

上片写梦游旧地情景：夕阳归山、燕子回巢，佳人慢启帘钩，送恋人出门，面对此景黯然无语、心中生愁。

下片前两句继续述说梦境，回放过往实历场景：柳絮落地无声似春泪坠地，月亮含羞带爱微露半个脸儿，把云影悄悄投落下来，不独两人伤心，春也被感动得为他们落泪，月亮也不忍心惊动他们；结句写梦醒之后，觉得东风送暖的夜晚，怎么会比秋天还凉，表达恋人别后的心境。

该词用语考究，其中“无语”“香动”“无声”“有影”，以静美制胜，又具鲜明的对比性，为具有独特的艺术风格。词人政治经历与晚唐李商隐颇为相近：长期为幕僚，大事无主张之权，独具才华、偏多风流，待说风情又欲言不言。该词也似李商隐《无题》一般，究竟涉何情事，是难以求证的。

风入松

听风听雨过清明，愁草瘗花铭[①]。楼前绿暗分携路[②]，一丝柳、一寸柔情。料峭春寒中酒[③]，交加晓梦啼莺[④]。　西园日日扫林亭[⑤]，依旧赏新晴。黄蜂频扑秋千索[⑥]，有当时、纤手香凝。惆怅双鸳不到[⑦]，幽阶一夜苔生[⑧]。

【注释】

①草：起草、草拟。瘗（yì）花铭：葬花碑上的铭文、碑文。瘗：掩埋。

②分携：分手，分别。

③料峭：形容微寒。中酒：醉酒。

④交加：鸟鸣声交错叠加。化用金昌绪《春怨》诗意，黄莺儿啼醒晓梦。

⑤西园：在苏州，词人与恋人栖居之地。林亭：园中亭台。

⑥黄蜂：蜜蜂。频扑：闻佳人遗香，飞来绕去，频频扑来。秋千索：悬挂踏板的绳索。

⑦双鸳：女子鸳鸯绣鞋。

⑧“苔生”句：李白《长干行》其一：“门前迟行迹，一一生绿苔。”

【赏析】

上片写重游苏州林亭之景。听着清明凄冷风声、绵绵雨声，词人愁见满地落花，于是将它们掩埋，在满怀愁绪中，草拟葬花铭词；深暗绿树楼前，往日两人曾携手、又分手之处，每一丝嫩柳，都蕴含着恋人的一寸柔情；料峭春寒，词人不禁醉酒，如入“晓梦”，却被黄莺儿叫声啼醒。

下片抒情。词人对曾经拥有的恋人发誓表态，说自己现在苏州做幕僚，宁愿天天来这儿，把林亭打扫得干干净净，盼能像往日一样两人再度共赏新晴美景；“黄蜂频扑秋千索”饶有趣味，当年清明时节，恋人曾经手把秋千索悠来荡去，留有余香，黄蜂儿至今不忘，纷纷扑来，绕飞其旁；这时词人猛然醒悟，她没有来，“双鸳”难成，寂寞幽阶，一夜青苔丛生，这青苔何止生于“幽阶”，也生于自己心田，留下无穷怅惘。

该词以“秋千索”画龙点睛，渲染恋人香美；以“日日扫林亭”表彻骨深情。

八声甘州·陪庾幕诸公游灵岩[①]

渺空烟、四远是何年[②]，青天坠长星[③]？幻/苍崖云树[④]，名娃金屋[⑤]，残霸宫城[⑥]。箭径酸风射眼[⑦]，腻水染花腥[⑧]。时靸双鸳响[⑨]，廊叶秋声[⑩]。　宫里吴王沉醉，倩/五湖倦客[⑪]，独钓醒醒[⑫]。问/苍波无语[⑬]，华发奈山青。水涵空、阑杆高处[⑭]，送乱鸦、斜日落渔汀。连呼酒，上/琴台去[⑮]，秋与云平。

【注释】

①庾幕：指一方大员幕府中主管义仓、赈济一类事务的班子，词人为其中一员。灵岩：即灵岩山。在苏州木渎镇，以吴王夫差遗迹馆娃宫闻名于世。

②四远：表纵目环望，空间概念。何年：时间概念。

③长星：有长长尾光的彗星。

④幻：幻化、变化。

⑤名娃：指西施，夫差大破越军后骄奢淫逸，在灵岩山为西施建馆娃宫。金屋：汉武帝年幼时言说为阿娇建金屋藏之，借指夫差所建宫殿豪华。

⑥残霸：指夫差称霸事业有始无终。

⑦箭径：指采香径，夫差使美人泛舟香径采香，该段水流笔直如矢，故得其名。酸风：刺眼的山中冷风。

⑧腻水：馆娃宫美女如云，天天化妆卸妆的废水倾弃到箭径，溪水散发出杂有花香、脂粉香与油腻的异味。

⑨靸（sǎ）：穿拖鞋。双鸳：指宫女专用木屐。

⑩廊：馆娃宫建有响屧（xiè）廊，夫差要西施一众美女靸着木拖鞋从廊下走过，乐听踏地节奏之声。

⑪五湖：太湖。倦客：指范蠡。

⑫独钓醒醒句：屈原《楚辞·渔父》："众人皆醉我独醒。"

⑬苍波：指太湖。

⑭涵空：指水天一色，浩渺太湖涵纳长空。

⑮琴台：指山上吴国遗迹。

【赏析】

该词写于词人苏州作幕僚时期，咏古怀今。

上片以神来之笔将灵岩胜景揽于面前。词人四望长空云烟，尽杳杳太古，不知这灵岩山何年何处而来，似乎是一颗长星从青天陨落人间。这里有意使时空交织，产生幻化之感，类似方干写法："原是昆仑山顶石，海风吹落洞庭湖。""苍崖云树、名娃金屋、残霸宫城"都是天之幻化，名娃残霸在这里又留下了什么。细数夫差采香径、响屧廊，至今尚感刺眼的酸风和油腻的腥气。秋风落叶撞击长廊的萧瑟之声，就好像是当年廊上美人的步履之声。

下片抒怀，谓范蠡辅佐越王功成之后，辞官归隐，泛舟五湖，后人夸赞范蠡独钓独醒。词人点明其实范的成功不在于他有雄略谋见，而是由于夫差沉湎美色而误国。词人不沿袭前人套路重笔描绘吴宫的残败荒落，而是发掘与激活思古幽情将其存续下来。“问沧波无语，华发奈山青”感慨纵世道变幻，太湖照样扬波，青山照样翠绿，而世人终不如苍波青山，青丝终会变成白发，且莫说夫差、西施如何如何了。在词人眼中，只有浩渺太湖涵纳长空，山上徒落空阁，乱鸦归巢、渔船回岸，斜日沉落沙洲。这里以史鉴今，暗示南宋朝廷和夫差一样，奢侈腐化、醉生梦死，词人忧心长叹，深感无力无奈，索性呼酒取杯，“上琴台去”，看“秋与云平”；化用杜牧诗意，边饮边弹边唱，山有多高云有多高，云有多高秋有多高，写出他的“独醒”之态，雅而不乏豪气。

沁园春·送翁宾旸游鄂渚①

情如之何，暮途为客，忍堪送君。便/江湖天远，中宵同月②，关河秋近，何日清尘。玉麈生风③，貂裘明雪，幕府英雄今几人。行须早，料/刚肠肯殢④，泪眼离颦。　平生秀句清尊⑤。到帐动风开、自有神⑥。听/夜鸣黄鹤⑦，楼高百尺，朝驰白马，笔扫千军。贾傅才高⑧，岳家军在，好勒燕然石上文。松江上，念/故人老矣，甘卧闲云。

【注释】

①1259 年，元兵进犯荆湖四川，朝廷派贾似道督师汉阳，翁宾旸

作为贾似道幕僚随行，词人时在苏州，以词为翁送行。

②中宵同月：表同仰中秋明月。

③玉麈：用鹿尾做的玉柄拂尘。麈（zhǔ）：一种鹿。

④殢（tì）：滞留。

⑤秀句：美妙的诗句。清尊：美酒。

⑥帐动风开：典故，桓温部下参军郗超，能出谋划策，有次谢安与桓温议论国事，郗卧于帐中偷听，风动帐开，谢安见郗，笑曰："郗生可谓入幕之宾。"

⑦黄鹤：武昌黄鹤楼。

⑧贾傅：指贾谊。

【赏析】

上片写为翁送行，自言年已垂暮仍羁旅在外，忍悲送君去前线御敌；这一别就是江湖天远，好在临近中秋，天高气爽，两人虽居异地也能千里共明月；想如今战事吃紧，行将入冬，你入鄂后可能很快就要担当重任，手执玉柄拂尘，身着御寒貂裘，与将士们讨论战事，不知道幕府中还有几多像你这般的英雄人物；"行须早"是不忍说出的告别语，既然去意已决，终有一别，望及早到达前线，以国家使命为重，不为儿女情长所累。上片用平常之语，写出送别英雄出征的真情。

下片先赞扬翁"平生秀句清尊"：若有文才、有酒量、有气度，又有郗超那样的忠心，到武昌后，定会学诗仙李白，去黄鹤楼登高访古，练武备战，马上功夫可待，檄文笔扫千军；到军中，元帅会觉得如同得到贾谊辅佐一样，使我宋军士气更高，武艺更精，如同长胜不败的岳家军，必定大败元军勒石燕然，纪功而返；请君安心抗元救国事业，别忘了松江岸边还有一位老迈故友，正甘卧闲云，等待你胜利的喜讯；"甘卧闲云"含"不甘"之意，心里始终牵挂国运，牵挂朋友。下片激励朋友斗志，写出对朋友的祝福与期待。

该词与吴泳《上西平》所写题材相同，不过需要说明，词中所指元帅乃大奸贾似道，但皇帝委任谁当主帅，词人无法臧否，而赞翁勇上沙场与谁是主帅无涉，并非为贾歌功颂德，而是突出爱国主题，使友情得到升华，有阳刚之气，是吴词中相当少见的佳作。

贺新郎 · 陪履斋先生沧浪看梅①

乔木生云气。访中兴、英雄陈迹②，暗追前事。战舰东风悭借便③，梦断神州故里④。旋小筑、吴宫闲地⑤。华表月明归夜鹤⑥，叹当时、花竹今如此。枝上露，溅清泪⑦。　遨头小簇行春队⑧。步苍苔、寻幽别坞，问梅开未？重唱梅边新度曲，催发寒梢冻蕊。此心与、东君同意⑨。后不如今今非昔，两无言、相对沧浪水⑩。怀此恨，寄残醉。

【注释】

①履斋：吴潜的号，1237年知苏州，词人为吴潜幕僚。沧浪：即沧浪亭。见苏舜钦《水调歌头》注。韩世忠是南宋中兴名将、抗金英雄，岳飞被害时，韩曾大义斥责秦桧，后受秦桧迫害退居苏州，有旧居在此。

②中兴：国家由衰微再度强盛起来，指韩是中兴英雄。陈迹：故居。

③战舰东风：化用杜牧《赤壁》："东风不与周郎便，铜雀春深锁二乔。"1134年，韩世忠在黄天荡率八千兵士截住金兀术归路，却未能生擒敌酋，意谓天不助人。悭（qiān）：吝惜。

④故里：指韩的故乡延安，当时沦为金兵占领区。

⑤小筑：规模小而雅致的住宅。吴宫闲地：指灵岩山附近。

⑥华表：见王安石《千秋岁引》注。

⑦“溅清泪”句：杜甫《春望》：“感时花溅泪，恨别鸟惊心。”

⑧遨头：宋代知州出游习称。

⑨此心：催花开之心。东君：司春之神，比吴潜。

⑩沧浪：指沧浪亭。水：指太湖。落题。

【赏析】

该词借沧浪亭看梅而发，表达了对抗金名将韩世忠的怀念和对国家大事的关切。

上片写访中兴故迹所见：院落中树木高大、郁郁葱葱，由此可知韩在此居住已经是很久以前的事情了；接着追怀英雄往事，化用杜牧“东风不与周郎便”诗意，说周郎因得东风而火烧曹操战舰取得大胜，韩黄未生擒金兀术，是未得“东风”相助，何况故乡延安还陷于敌手，只能抱恨终身；于是韩愤然辞去官职，远离朝堂，在灵岩山建了这处小院，晚年闲居于此；韩如果能在月明之夜化作仙鹤归来，定然会叹息当时的繁梅修竹，现在何以冷落至此；枝头摇落、露珠点点，犹如清泪抛溅。词人感慨万端，思想将军，共叹花竹，落眼看梅。

下片展现陪吴潜寻梅、问梅、唱梅、催梅的全过程。二人行于苍苔之路，寻幽探梅，看梅花开也未开，于是催花唱曲；“此心与、东君同意”，表人神一致、宾主一致，都希望唤起寒梅、迎接春天到来，对太守寄予奋发图强的希望；“后不如今今非昔”，是说南宋已无韩世忠、岳飞那样的抗金领袖，吴潜虽然刚正不阿，但也不是能够扭转乾坤的人物，即尽管看到春的希望，仍然觉今不如昨、后不如今；沧浪亭上两相“无言”，惟空对太湖波涌。

该词写出词人忧愁国运的情怀，但不似辛弃疾那样喷薄迸发；欲表旷逸，又不似苏轼那样收放自然。词人明察国情，却无力作为，反映出词人的独特个性与苦闷心情。

章谦亨

章谦亨，生平不详。湖州（今浙江湖州）人。字牧之、牧叔。1228—1233年曾任铅山令，后曾知衢州，为政宽简，人称生佛。

浪淘沙·云藏鹅湖山①

台上凭栏杆，犹怯春寒。被谁偷了最高山②？将谓六丁移取去③，不在人间。

却是晓云闲，特地遮拦。与天一样白漫漫。喜得东风收卷尽，依旧追还④。

【注释】

①云藏：被云彩掩藏、围裹。鹅湖山：在江西铅山，辛弃疾赋闲之地。

②偷：山被云藏，谓被偷走了。

③六丁：一说是天神，一说是道家受符咒驱使的阴神；意谓六丁是盗贼。

④追还：与偷走对应。

【赏析】

上片写春寒时候，词人于望景台上凭栏观山，明知前面有高高的鹅湖山，却不见山影，于是大声发问“最高山”是否被六丁“偷”走了，因为它已经不在人间。

下片自行作答：不怪六丁，原来是晓云逗人玩呢，“特地”把山遮住，与“天”接成一体，创造出一片“白漫漫”的迷人仙境；令人高兴的是东风来了，已将晓云收伏，并且“追还”高山。

词人观察从晓云藏山到扫云放山的全过程，有情节有动静，有思想有情趣，不同流俗，写出对美好江山的喜爱，是一篇优美的山水词；又是一篇幽默晓畅的哲理词，不露形迹地阐明一个真理：云雾遮不住，六丁偷不走，毕竟有东风，最高山依旧是最高山。

李芸子

李芸子，生平不详。字耘叟，号芳洲，昭武（今福建昭武）人。1241年前后在世，曾在桂林帅府为官。

木兰花慢 · 秋意

占/西风早处[①]，一番雨，一番秋。记/故国斜阳，去年今日，落叶林幽。悲歌几回激烈，寄疏狂、酒令与诗筹。遗恨清商易改[②]，多情紫燕难留[③]。　嗟休[④]。触绪茧丝抽[⑤]。旧事续何由[⑥]。奈/予怀渺渺，羁愁郁郁，归梦悠悠[⑦]。生平不如老杜[⑧]，便如它、飘泊也风流。寄语庭柯径竹，甚时得棹孤舟[⑨]。

【注释】

①早处：之先，风在雨前，闻风知雨。

②清商：民间歌曲、家乡小调。

③紫燕：指在堂中梁上筑巢的燕子，以己比燕，以巢比故乡、故家。

④嗟休：不要再嗟叹了。

⑤茧丝抽：剥茧抽丝、接连不断。

⑥旧事续何由：没什么理由、没什么办法不去说旧事烦愁。

⑦“奈予怀”三句：连用杜甫诗意，《送覃二判官》“迟迟恋屈宋，渺渺卧荆衡”；《杜游》“郁郁苦不展，羽翮困低昂”；《发秦州》“大哉乾坤内，吾道长悠悠”。

⑧老杜：杜甫。

⑨“寄语”二句：连用杜甫诗意,《树间》“交柯低几杖，垂实碍衣裳”;《草堂即事》“雾里江船渡，风前径竹斜”;《秋兴八首》之一“丛菊两开他日泪，孤舟一系故园心”。

【赏析】

上片写秋景秋意。闻风知雨，听雨知秋，感秋生愁，一番风雨过去，一番秋意来到身边；记起去年此际，故国斜阳秋深，满地落叶，林间幽寂；几回悲歌长啸，几回疏狂不已，几回醉酒吟诗；词人苦苦思索为什么“遗恨清商易改，多情紫燕难留”，其实是在悲叹乡音易改，故乡难回。

下片几乎全部化用杜甫诗意，倾尽挥洒本领，一泻满腹愁绪，先是自己劝自己，不要再嗟叹了；但一触及内心伤楚，即如茧抽丝，连连不断，一发而不可遏制，没有办法不让旧事扰心；于是词人不得不感发襟怀渺渺，不得不愁羁旅郁郁，不得不叹归梦悠悠；老杜此生苦不堪言，词人却自言自己“此生不如老杜”，因为尽管所怀、所愁、所梦、无家、漂泊、穷苦，和老杜相似，但老杜不失其志、不失尊严，胸怀天下、温柔敦厚，用旺盛的生命力与不屈的斗争精神，成长为一代伟大诗人，纵然“飘泊也风流”，而自己与老杜并不在一个水平线上；结句表达了决意告别故园庭柯径竹，追随老杜四处棹孤舟，欲在漂泊之间寻觅新的人生的愿望。

该词表现出一位知识分子在走投无路的情况下，宁可受穷守节也不随波逐流的正直品性，用老杜终生漂泊的经历激励自己，用语得体，用情专注，风格豪放，亦不失婉约。

黄昇

黄昇，生平不详。闽之建安（今福建建瓯）人。字叔旸，号玉林。自弃科举，吟咏自适。

鹧鸪天·张园作

雨过芙蕖叶叶凉①。摩挲短发照横塘②。一行归鹭拖秋色③，几树鸣蝉饯夕阳④。　花侧畔，柳旁相⑤。微云澹月又昏黄⑥。风流不在谈锋胜⑦，袖手无言味最长⑧。

【注释】

①雨过：秋雨之后。芙蕖：荷花。

②摩挲：抚摸。短发：人老毛发稀短。照：顾影自怜。横塘：池塘、荷塘。马戴《落日怅望》：“临水不敢照，恐惊平昔颜。”

③拖：拖带、携带。“归鹭”句：杜甫《绝句》：“一行白鹭上青天。”

④“夕阳”句：李商隐《柳》：“如何肯到清秋日，已带斜阳又带蝉。”

⑤相：模样、容貌。指张园是花柳繁华之地，落题。

⑥昏黄：黄昏。

⑦风流：指为人、为文。

⑧袖手：两手揣入衣袖，旁观，不涉别人之事。

【赏析】

上片写张园秋景。秋雨过荷塘，雨点敲荷声，词人感到枝枝叶叶都凉；十分难得的是，词人尚有兴致抚摸短发、照影横塘，静心观看一行白鹭从天外归飞，拖来一片“秋色”，而此时，几树鸣蝉，鸣叫一天后，告别夕阳，不再作声生出恋秋惜时之感。秋色本无形状，却被“一行归鹭”拖来，确乃神来之语。

下片抒情。说张园是个花柳繁华之地，多少王孙公子去那儿一竞风流；词人冷眼相待，身居其外，轻轻一句“微云澹月又昏黄”，静如处子动如脱兔，于无声中发出高论：“风流不在谈锋胜，袖手无言味最长。”词人不认为追求时尚、夸夸其谈、能唱能舞就是“风流”，“袖手无言”那样的“风流”才最有味道；无言照短发、无言别夕阳、无言对黄昏，全为描绘“袖手无言”服务。

该词化用前人诗意，写出个人风格，不凑热闹、不入俗流，秋来而不悲秋，黄昏而不思愁，情感含蓄，笔触清新，令读者享受到一种别样的自得与开心。

陈郁

陈郁（?—1275），抚州临川（今江西临川）人。字仲文，号藏一。曾任微职。

念奴娇·雪

没巴没鼻[①]，霎时间、做出漫天漫地。不论高低并上下，平白都教一例[②]。鼓动滕六[③]，招邀巽二[④]，一任张威势。识他不破，只今道是祥瑞[⑤]。　却恨鹅鸭池边，三更半夜，误了吴元济[⑥]。东郭先生都不管，关上门儿稳睡[⑦]。一夜东风，三竿暖日[⑧]，万事随流水。东皇笑道，山河原是我底[⑨]。

【注释】

①没巴没鼻：没来由，宋元间口语。

②一例：一律如此。

③滕六：雪神。

④巽二：风神。

⑤祥瑞：习俗认为“瑞雪兆丰年”，下雪是吉兆。

⑥鹅鸭池：典故，吴元济做蔡州刺史，拥兵自重，威福自用，是朝廷心腹之患；唐宪宗时，李愬率军雪夜袭蔡州，城边有鹅鸭池，李令兵士先行攻击该处，以利用鹅鸭乱叫之声掩蔽兵马行动，麻痹蔡州守军，一战活捉吴元济，押解长安处决，故言大雪误了吴元济。

⑦东郭：典出《史记·滑稽列传》，东郭先生衣履不全，赤足行于

雪地，也不觉冷，人称“东郭履”。关上门儿稳睡：不把大雪当回事儿，不用担心寒冷出不了门。

⑧三竿：三根竹竿高度，表初日升起状态。

⑨底：通“的”。

【赏析】

上片写大雪之势，暗寓政治时势。没来由，大雪突如其来，一夜之间下得满天满地皆是，实指贾似道“霎时间”飞黄腾达，而贾本是一个赌徒无赖，只因其姐是宋理宗宠妃便权倾朝野；不论地势高低、山河上下，这大雪都一律覆盖无遗，合天下都“平白”“一例”，实指贾专政横行、顺我者昌逆我者亡，把国家搞成了贾天下；“鼓动滕六，招邀巽二,一任张威势”，字面是风雪二神狼狈为奸、兴风作浪，实指贾网罗亲信、重用奸佞酷吏作威作势、陷害忠良；如果不戳破贾的假面具，老百姓就会继续受到蒙蔽，还以为下大雪是天降祥瑞，一心盼望会有好日子过呢！以雪势雪境比贾似道发迹、横行，生动贴切。

下片引用鹅鸭池典故，与“雪”关联，预言贾似道难逃吴元济失败灭亡的可耻下场；同时告喻百姓，无须担心赤脚踏雪受冻，不妨学东郭先生先关上门儿睡个香稳觉；待天一亮，“一夜东风、三竿暖日”，漫天漫地的积雪，顷刻就会化为流水而去，那时出门就不会再有积雪，当然不会冻坏手脚；高低蜿蜒、上下有致的山川大地，也必然恢复它本来的美丽容颜；以“东皇”代皇帝，含笑昭告天下：“山河原是我底”！山河并不姓贾，那是“我底”，词人充满自信与底气，相信春天必胜，贾似道必亡，写出正义，写出真理。

该词以雪为题，讥讽滥施淫威、专权误国的奸相贾似道，无一句言辞明点贾似道，不明就里者尚以为真在写雪，实在是一大创举，可见用心用艺之高；偶用俗语不减风雅，嬉笑怒骂不在字面，深意寓于文字之内。全词有理有据，爱憎分明；恣肆豪放，气薄云天，是一首优秀的政治讽刺词。

陈人杰

陈人杰（1218—1243），福建长乐人。亦名经国，字刚父，号龟峰。应举不第，以才气自负，存词 31 首，皆为《沁园春》。

沁园春 · 丁酉岁感事①

谁使神州，百年陆沉②，青毡未还③。怅 / 晨星残月，北州豪杰④；西风斜日，东帝江山⑤。刘表坐谈⑥，深源轻进⑦，机会失之弹指间。伤心事，是 / 年年冰合⑧，在在风寒⑨。

说和说战都难⑩。算 / 未必江沱堪宴安⑪。叹 / 封侯心在，鳣鲸失水⑫，平戎策就⑬，虎豹当关。渠自无谋⑭，事犹可做⑮，更剔残灯抽剑看。麒麟阁，岂 / 中兴人物，不画儒冠⑯？

【注释】

①丁酉岁：即 1237 年。南宋在 1234 年联蒙灭金，反导致引狼入室，元军连年南侵、宋军节节败退，幸有江陵、真州守将死守，使淮右得以保存，形势岌岌可危。

②陆沉：典出《晋书 · 桓温传》，桓温北伐时曾叹“谁使神州陆沉，百年丘墟，王夷甫诸人不得不任其责”。

③青毡：典出《晋书 · 王献之传》，王献之夜间侧卧房中，有小偷进来，王发觉后徐徐告之：“偷儿，青毡乃我家旧物，你可拿走”，小偷闻言，便被吓跑了。

④北州：北方、中原。

⑤东帝：比南宋，战国时代齐湣王自称东帝，不思振奋而被燕国乐

毅打败，出逃中被杀。

⑥刘表：三国时荆州刺史；刘备劝他抓住时机袭击曹操占据的许昌，他不听良言而坐失良机。曹操谋士郭嘉讥笑刘表“坐谈客耳”。

⑦深源：指东晋将军殷浩，高谈阔论而无实际本领，曾发兵前秦，结果先锋倒戈，他弃军仓皇逃命，因草率冒进而失败。

⑧冰合：冰封。

⑨在在：处处。

⑩说和：指议和，代表投降派。说战：代表主战派。

⑪江沱：指江南一隅。宴安：享乐安逸。

⑫鳣（zhān）鲸：两种大鱼。失水：脱离江海。

⑬平戎策就：写好了打败敌人的策略建议。

⑭渠：他们，指当权者。

⑮事犹可做：志士们并不因此而无所事事。

⑯麒麟阁：汉代萧何所建，汉宣帝号称中兴之主，命画霍光等十一位功臣肖像于阁上，以表他们功绩。

【赏析】

上片数典叙事，写国势国难。开篇即问“谁使神州，百年陆沉，青毡未还”，写大片国土沦丧，久久不得归复，谁负其责，直斥南宋当权者；北方志士豪杰寥若夜空“晨星残月”，东南半壁江山如落日西风；以刘表代指毫无作为的朝廷官员，以殷浩代指高谈阔论而无谋略的官军将领，朝廷就是重用这般人物，致使“机会失之弹指间”，年年遭强敌进攻而无还手之力，处处是屈辱风寒而不见转机，令人伤心之极。

下片抒怀，针砭时事。“说和说战都难”，意即和不能安、战不能胜，主战派总受到投降派的钳制，争而不决。朝廷不作决断，有识之士与英雄豪杰无用武之地，必须看清，这种无谋无能、偏安一隅的危险局面不会撑得太久，很快就会垮掉；词人叹大海鳣鲸空有吞舟之勇而被置于陆地，反遭蝼蚁欺侮；自己封侯心在，写就平戎策书，却“虎豹当关”，奸佞专权、从不采纳，根本就没有容自己从军立功的可能；当权者如此，难道老百姓就甘心为奴、没有任何表示吗？“更剔残灯抽剑看”为惊策之句，与辛弃疾“醉里挑灯看剑”异曲同工；用历史典故作结：“麒麟阁，岂中兴人物，不画儒冠？”词人正色诘问，皇帝是中兴之主，难道读书人就不能做中兴人物，画像留名麒麟阁吗？！

创作该词时，词人年仅二十岁，昂扬奋励、舍我其谁，具有十足的少年英雄气概。开篇、结篇俱用诘问口气，类王埜《西河》。全词抑扬顿挫，酣畅淋漓；义正辞严，力有千钧。

文及翁

文及翁，生平不详。绵州（今四川绵阳）人。字时学、时举，号本心。1253 年进士，官至签书枢密院事（副宰相）。宋亡后不仕，闭门著书。

贺新郎 · 游西湖有感①

一勺西湖水②。渡江来、百年歌舞③，百年酣醉。回首洛阳花石尽④，烟渺黍离之地。更不复、新亭堕泪⑤。簇乐红妆摇画舫，问/中流击楫谁人是⑥？千古恨，几时洗？

余生自负澄清志。更有谁、磻溪未遇⑦，傅岩未起⑧？国事如今谁倚仗⑨？衣带一江而已⑩。便都道、江神堪恃。借问孤山林处士⑪，但/掉头笑指梅花蕊。天下事，可知矣。

【注释】

①原作词牌署《贺新凉》。词人金榜题名登第那年，与同年进士同游西湖，某君戏问词人家乡西蜀“有此景否”，词人即席赋词作答。

②一勺：极少。表西湖面积小、容水量很小。

③渡江来：指 1127 年宋高宗南渡建国以来。百年：至写词之时的大概时间。

④洛阳：代指汴京。花石尽：指汴京沦陷。花石：宋徽宗大搞花石纲，收罗名花奇石建园林胜景。

⑤新亭堕泪：典出《世说新语 · 言语》，东晋时南渡的中原人士，常在天气晴明之日相聚新亭，周侯叹息说：“此地风光与洛阳没什么两

样，只是山河主人变了。”与座者面面相视泪流不止，宰相王导正色而言：“我们正当齐心合力，效忠朝廷进而收复中原，何至于像楚囚那样相对哭泣。”新亭：南京劳劳亭，三国时东吴所建。

⑥中流击楫：典出《晋书 · 祖逖传》，东晋将军祖逖率兵讨伐苻秦，船至中流，祖击桨立誓“不扫平占领中原的敌人，我决不再过此江”。

⑦磻溪未遇：姜太公隐居垂钓未遇文王时。

⑧傅岩未起：殷高宗梦遇良才，但朝中群臣百吏皆非其梦中人物，乃命百工四处寻访，得知傅说隐居傅岩，正在筑墙，请到傅便果断任其为相，殷国大治。

⑨谁倚仗：谁可倚仗。

⑩衣带一江：比长江像衣带那样狭窄易渡。典出《南史 · 陈后主本纪》，隋文帝出兵攻陈，对仆射高颎说：“我为百姓父母，岂可限一衣带水，不拯之乎。”

⑪林处士：指林逋，北宋初年政治稳定经济繁荣，林隐居孤山种梅养鹤，终生不仕孤傲清高；南宋时代，国难压顶，士大夫们如果仍效法林逋，只能认为是逃避现实。

【赏析】

上片写西湖现景印象，用“一勺西湖水”机敏回答提问者，这么一小点地方，竟成为君臣偏安一隅、醉生梦死之乡，是我万万没有想到的；南宋建都此地已过百年，可以说是“百年歌舞，百年酣醉”；回看国家历史，徽宗大搞花石纲，收罗名花奇石建园林胜景，花石用尽，汴京沦陷，一切景物已非我所有，中原渺渺，故都已成废墟；更莫说南渡君臣不思恢复失地，连在新亭对泣空发感叹的人都不多见了；西湖上画舫摇曳、笙簧竞奏，红男绿女寻欢作乐，其间有谁是中流击楫的勇士？何时才能洗尽这千古之恨？这才是我们应该用心思考的问题。

下片引用范滂“登车揽辔，慨然有澄清天下之志”，表欲挽狂澜、澄清中原的远大志向；建言朝廷像周文王访姜太公、殷高宗访傅说那样，渴求与发现能人，重用与信任贤才；国事艰难，谁可作为“倚仗”，能够阻挡与击退敌人的进攻，难道真的相信“江神堪恃”，就凭一道衣带长江？还是借问一下清高自好、种梅养鹤的林处士吧，林处士掉头而去笑指梅花蕊，意谓“最好是让梅花蕊替我回答你们吧”；结句“天下事，可知矣”，与上片结句“千古恨，几时洗”相对，其心其智、其情其愤俱在其中。

该词堪称青年才俊中进士之后，交出的一份政治答卷，十分优秀、极其精彩，表明词人具有不同寻常的气度、志向与学识。词人敢于议论时事，批判现状，希望成为国家倚仗的积极力量。该词运用花石、黍离、新亭、祖逖、姜尚、傅说、衣带一江、林处士诸多典故或史实以打动人心、增强说服力，用设问与感叹句式“谁人是”“谁倚仗”“几时洗”“可知矣”以强化观点、抒发情怀，以一勺、百年、千古、一江、天下等数量与范围字词状程度深浅、感觉轻重，情感丰沛，语调生动。

李好古

李好古，生平不详。宋代词人名李好古者多位，该好古迹不可考。

谒金门

花过雨，又是一番红素①。燕子归来愁不语，旧巢无觅处。　谁在玉关劳苦？谁在玉楼歌舞？若使胡尘吹得去，东风侯万户②。

【注释】

①红素：红白。

②侯万户：万户侯。

【赏析】

上片写景。一番雨后，百花如刚刚洗过一般，红的更红，白的更白，又是一番春天景象；燕子归来却愁闷不语，怎么也找不到旧巢。以燕比人，春天那么美好，人却高兴不起来，敌军犯境，家园失去，怎能找到旧家踪影。

下片抒情，过渡自然。开头接连两问：“谁在玉关劳苦？谁在玉楼歌舞？”在“玉关劳苦”的尽人皆知指的是边防将士；在“玉楼歌舞”的，不提醒还真会有人懵然不知，当然是指贵胄官宦、公子王孙了。词人无情揭露现实，为什么故家“无觅处”，因为蒙上胡尘；为什么胡尘久久不去，因为权贵玉楼歌舞而不管边关将士劳苦；能用什么办法找回故家，词人异想天开，使出绝招：请东风出面，东风既然能吹得春来、吹得燕愁，若能将胡尘吹去，定当封它万户侯。依靠“东风”解放自己，当然只是一个幻想，表达出词人对国家形势的失望。

该词思维新奇，活泼生动，寓庄于谐，文心细密，融明快、含蓄、幽默、讥讽于一体，独具一格，体现出令词短小精悍、易作特殊构思之长。

刘辰翁

刘辰翁（1232—1297），庐陵（今江西吉安）人。字会孟，号须溪。1262年廷试对策，忤贾似道，置丙第；入元，不仕。南宋末年大家，有民族气节。词多感伤时事，风格近稼轩。

柳梢青·春感①

铁马蒙毡②，银花洒泪③，春入愁城④。笛里番腔⑤，街头戏鼓⑥，不是歌声。　　那堪独坐青灯。想故国、高台月明⑦。辇下风光⑧，山中岁月⑨，海上心情⑩。

【注释】

①春感：元宵节有感。大约写于南宋灭亡二十年后，隐居山中所作。

②铁马：元军骑兵。蒙毡：战马背上披裹的一层保暖毡子。

③银花：花灯。

④愁城：苦难之城。庾信《愁赋》："攻许愁城终不破，荡许愁门终不开。"

⑤番：对犯边少数民族的泛称。

⑥戏鼓：鼓吹、杂剧一类的蒙人流行曲。

⑦故国：南宋旧都。高台：旧都宫殿。

⑧辇（niǎn）下：天子脚下。

⑨山中岁月：南宋亡后，词人隐居山中时期。

⑩海上心情：典故，苏武"既至海上，廪食不至，掘野鼠去屮（cǎo）实而食之。杖汉节牧羊，卧起操持，节旄尽落"。屮，野草。

【赏析】

上片写词人身在山中，心想南宋故都临安的元宵节会是什么样子。元军铁马横行，花灯洒泪，简直是一座“愁城”，一座苦难之城；街头上“笛里番腔”，哪里称得上“歌声”，自己喜爱的、熟悉的华夏文化不见了，表达了对侵略者的厌恶与抵制。

下片抒怀。遇此传统节日，尽管独对寒石，独对“青灯”，岂可心无波澜，词人不禁思念故都临安“高台月明”的灯节盛况，表达了无尽伤感；“辇下风光”，指在南宋都城临安时期的美好时光，“山中岁月”指词人世外孤寂的漫长日子，“海上心情”表现自己高尚的民族气节，宁愿像苏武北海牧羊、食草吞雪度日，也不出山仕元。

全词俱是虚涵之笔、冷眼之态；热血心肠、满腹苍凉。

沁园春·送春[①]

春/汝归欤[②]？风雨蔽江，烟尘暗天。况/雁门阨塞[③]，龙沙渺莽[④]，东连吴会[⑤]，西至秦川[⑥]。芳草迷津[⑦]，飞花拥道[⑧]，小为蓬壶借百年[⑨]。江南好，问/夫君何事[⑩]，不少留连？　江南正是堪怜！但/满眼杨花化白毡[⑪]。看/兔葵燕麦[⑫]，华清宫里[⑬]，蜂黄蝶粉[⑭]，凝碧池边[⑮]。我已无家，君归何里？中路徘徊七宝鞭[⑯]。风回处，寄/一声珍重，两地潸然！

【注释】

①写于南宋灭亡之后，用春天比祖国、比朋友，为它送行，抒发亡国之痛。

②归欤：自问春天归去否。

③雁门阨塞：雁门关，在山西代州。阨（è）：通厄，险要之地。

④龙沙：指塞外沙漠地区。

⑤吴会：东南吴越地区。

⑥秦川：西北陕西。

⑦迷津：迷失渡口，迷失道路。

⑧拥道：一路花草。

⑨蓬壶：蓬莱仙山。借百年：借以百年托身之地。

⑩夫君：对春天的尊称，借指南宋皇帝。

⑪杨花化白毡：语出杜甫《绝句慢兴九首》之七："糁径杨花铺白毡，点溪荷叶叠青钱。"

⑫兔葵：俗名木耳菜。燕麦：野麦。

⑬华清宫：唐玄宗在骊山所建离宫，借指南宋临安宫殿。

⑭蜂黄蝶粉：表群魔乱舞丑态。

⑮凝碧池：在唐东都洛阳，安禄山攻下长安后，将梨园子弟数百人，集中于此地演奏歌曲，大宴弃唐投敌的原朝廷官员，影射南宋降臣在宋宫和元军酒宴歌舞。

⑯七宝鞭：由多种珍贵材料制成。晋代将军王敦始欲作乱，晋明帝密察王敦营地，王发觉事有败露，明帝离开后，便派五骑追赶，明帝遂生一计，将七宝鞭付与路上老妪，老妪以鞭示追兵，追兵贪赏宝鞭而延误时间，明帝得以脱身。

【赏析】

上片问春、劝春、留春，充满爱春、惜春之情。词人一路替春设想，问春天是不是想走，并且劝春天真走不得，因为"风雨蔽江，烟尘暗天"，不能辨识归路，烟尘从北到南，从东到西，横亘万里，哪里也没有春的安身之处，还是留在江南故国最好；芳草满岸、飞花拥道，也算是蓬莱仙山之地，足以托身百年；词人发问春天，您到底因为何事，竟不愿意再多留恋一些时候。

下片正面剖析春欲归去的根源。原来“江南正是堪怜”，因为江南已经春残花谢，满眼飞絮乱飘，地上如铺一层白毡，华清宫里“兔葵燕麦”，凝碧池畔“蜂黄蝶粉”，“我已无家”，君当然无处落脚；君在归路徘徊不定，不知道该把七宝鞭交给谁才能帮助自己引开敌人而脱离险境；只好“寄一声珍重”，于两地泪落涟涟。用“两地潸然”作结，表达了无可奈何和悲哀的情绪。

该词是一篇咏春归之作，偏婉约而近豪放；四个一字逗“况、问、但、寄”用得恰到好处，浑然天成而无雕琢之痕。该词又非信马由缰之作，而是精细安排、布局严谨，明显托物寓情、怅惘时事，用“夫君”“君”称春，用“七宝鞭”点明春具有皇帝身份，用“华清宫”点明宫廷，用“凝碧池”点明元军占领都城，寓意君无江山可归。“送春”实为送皇帝北去。上片用雁门、龙沙、吴会、秦川，代指政治风雨、战争烟尘。数万元军攻占临安，南宋君臣重蹈北宋覆辙，已沦为敌军俘虏，纵横几万里都处在元军铁蹄之下，故春无归路。下片用宋宫易主，表皇帝已无家可归；用“中路徘徊”说南宋皇帝不如晋明帝那样明智，和战不决，空有七宝鞭而不知何用才坐失江山；用“两地”虚指君我，实际是说君无安身之处，我也遁入山林。因此可以认为，该词是名为伤春、实写南宋孤臣痛吊亡君的佳作。

六州歌头

乙亥二月，贾平章似道督师至太平州鲁港，未见敌，鸣锣而溃。后半月闻报，赋此①。

向来人道，真个胜周公②。燕然眇③，浯溪小④，万世功，再建隆⑤。十五年宇宙⑥，宫中赝⑦，堂中伴⑧，翻虎鼠⑨，抟鹍雀⑩，覆蛇龙⑪。鹤发庞眉，憔悴空山久，来上东封⑫。使/一朝符瑞，四十万人同⑬。说/甚东风，怕西风[14]。　甚/边尘起，渔阳惨[15]，霓裳断，广寒宫[16]。青楼杳，朱门悄[17]，镜湖空，里湖通[18]。大纛高牙去[19]，人不见[20]，港重重[21]。斜阳外，芳草碧，落花红[22]。抛尽黄金无计，方知道、前此和戎[23]。但/千年传说，夜半一声铜[24]。何面江东[25]。

【注释】

①1259 年，忽必烈率元军围攻鄂州，贾似道以右丞相兼枢密使身份督师援鄂，贾未经皇帝允许私自求和，答应纳币称臣；事后竟上报朝廷“逐路大捷，鄂围始解，江汉肃清”；皇帝不察实情，反为其加官进爵。1267 年，元军围困襄阳，贾不救襄阳并对朝廷封锁战况消息；1273 年，襄阳失守。鸣锣：退军信号。1274 年，贾不得不到前线督战，虽百般求和但元军不允，便驻军太平州鲁港，最后不战而逃。迫于公议，贾被贬循州。1276 年，元军攻破临安，南宋灭亡。该词作于 1275 年二月（即乙亥二月），即贾似道溃逃后大约半月，词人时年四十三岁，在家乡庐陵闲居。

②向来人道：人们一向称道，讥讽贾似道。周公：西周初年的著名政治家姬旦，文王第四子，武王弟弟；辅佐武王灭商，武王建立周朝后两年去世，儿子即为周成王，周公为摄政王，精心、倾力辅佐成王。宋度宗不是宋理宗亲子，凭贾的一力扶植而登上皇位，皇帝称贾为“师臣”，朝中趋炎附势者便争相吹捧，将贾比作周公。

③燕然眇：贾命人写文为自己歌功颂德，将 1259 年鄂州求和解围，比作后汉窦宪勒石纪功燕然山。

④浯溪：在湖南祁阳，有石刻《大唐中兴颂》，元结撰文、颜真卿书，意谓贾自我吹嘘可比唐肃宗平定安史之乱，勒石纪功浯溪。

⑤建隆：宋太祖的开国年号，意谓贾自吹功比宋代第二次开国。

⑥十五年：贾升任宰相执政的历史阶段。

⑦宫中赝：指贾虽无天子名分，却握有天子实权，是假皇帝、真皇权，皇帝却是真皇帝、假皇权。

⑧堂中伴：典故，唐玄宗时，卢怀慎与姚崇同朝执政，卢凡事皆推给姚做主，时人称卢为伴食宰相，意谓南宋其他同朝高级官员不过是挂名而已。

⑨翻虎鼠：李白“君失臣兮龙为鱼，权归臣兮鼠为虎”，意谓贾将皇帝由虎变成鼠，贾却由鼠变成虎。

⑩博鹯（zhān）雀：指贾上台后将其前任权臣，只要不是同党，无论强者（鹞）、弱者（雀），一概收拾干净。鹯：鹞鹰类猛禽。

⑪覆蛇龙：龙指帝王，蛇似龙非龙，蛇化为龙与鼠化为虎同意。

⑫鹤发：白发。庞眉：眉毛灰白，指贾。空山久：指贾久居葛岭不出，以要挟皇帝。东封：司马相如临终前作《封禅文》，盛赞汉德宏大，请武帝东幸封泰山、禅梁父，以彰功德；司马死后八年，汉武帝封泰山。北宋真宗，曾应泰山地区老人提议，东封泰山。南宋时，泰山在沦陷区内，贾率众上玉牒粉饰太平。玉牒是古代帝王封禅郊祀的文书。指贾动员皇帝举行封禅祭天大典。

⑬符瑞：祥瑞的征兆。西汉末年，王莽摄政，伪造各种符瑞，鼓噪吏民四十万众为他歌功颂德。影射贾是南宋的王莽，妄图盗取大宋江山。

⑭东风：春风，指皇帝。西风：贾字头上是西，指贾。意谓贾洋洋自得，说东风也怕西风。

⑮边尘起、渔阳惨：指 1274 年忽必烈全面发动灭亡南宋的侵略战争。

⑯霓裳断、广寒宫：据传霓裳羽衣曲出自月宫，指贾继续花天酒地的生活。白居易《长恨歌》：“渔阳鼙鼓动地来，惊破霓裳羽衣曲。九重城阙烟尘生，千乘万骑西南行。”

⑰青楼、朱门：指贾收罗娼妓，致使青楼人空。

⑱镜湖：贺知章归隐之地，借指西湖。里湖：指里西湖。意谓贾府建在西湖葛岭高处可俯瞰里湖，占尽西湖风光，其府邸周围不准别家存在，行人断迹。直到贾失势倒台之后，里湖才放人通行。

⑲纛（dào）：军队、仪仗队大旗。

⑳人不见：指看不见贾所率军队将士。

㉑港重重：贾在鲁港督战时，将精锐部队布置在池州下游，将二千五百艘战舰横亘江面，自领后军驻于鲁港。

㉒斜阳、落花：意谓一败涂地，残局难扶。

㉓前此：指前一次。贾此次仍故伎重演，抛尽黄金求和不成，自我暴露出 1259 年督师投降内幕，什么江汉肃清，不过是纳币和戎的一场丑剧。

㉔一声铜：锣声。贾见西风大作、旗帜东指，以为元军顺风攻来，竟鸣锣仓皇退师，溃不成军，留下千古耻辱。

㉕何面：英雄项羽当年兵败刘邦，自觉无颜对江东父老而自刎。

【赏析】

上片叙事，揭露贾似道作恶弄权、气焰熏天。第一、二句讥讽贾以周公自居，趋炎附势者争相吹捧；“燕然眇”至“再建隆”四句，写贾伪饰鄂州屈辱求和解围，并以此当作大功勒石燕然、浯溪，自吹堪比大宋第二次开国；“十五年”至“覆蛇龙”六句，写贾居相位期间，劣迹斑斑，罪同窃国大盗王莽，因他握有天子实权，是假皇帝、贾天下，一手把持朝政，而其他同僚不过是挂名而已，虎鼠颠倒、龙蛇不分；“鹤发”至“来上”三句，是说贾倚老卖老、要挟皇帝，在国家多事之秋，竟上玉牒粉饰太平、动员皇帝封禅泰山；“便一朝符瑞，四十万人同”，指贾步王莽伪造所谓符瑞，大造舆论，鼓噪吏民为他歌功颂德，准备窃取大宋江山；“说甚东风，怕西风”，是说东风（代指皇帝）不是也怕西风么，揭露了贾不可一世、嚣张至极的丑恶嘴脸。

下片继续叙事，痛斥贾似道劣迹斑斑的误国罪行，“甚边尘起，渔阳惨”，指元军围困襄鄂，国势危难；“霓裳断，广寒宫”指贾不顾国家危难仍然醉生梦死；“青楼杳”至“里湖通”四句，指贾姬妾成群，府邸辉煌，占据西湖大段地区；“大纛高牙去，人不见，港重重”，指贾督战鲁港不战而逃；“斜阳外”至“落花红”三句，指国家大势已去，难以挽回；“抛尽黄金无计”，指贾除黄金媚戎以外，没有任何真本领；“夜半一声铜”指贾鸣锣退兵、仓皇逃跑，把自己永远刻在历史的耻辱柱上；用“何面江东”问句收拍，是说项羽当年兵败刘邦，自觉无颜对江东父老而自刎乌江，你贾似道居然还有脸活在世上，看你如何面对国人！

该词以揭露、批判贾似道专权误国为主题，痛快淋漓地伸张正气，以词纪事，以史为词，仅仅在事后半月就写成该词，反映出词人对国运之关心、对政治之敏锐，足可令人敬佩，具有不可磨灭的时代意义，是一篇现实主义杰作。全词写法明显不同于常规，纯为叙事，几无景色点缀，少有抒情文字，表明了南宋词的赋化倾向。

踏莎行·雨中观海棠[1]

命薄佳人[2]，情钟我辈[3]。海棠开后心如碎。斜风细雨不曾晴，倚阑滴尽胭脂泪。　恨不能开，开时又背[4]。春寒只了房栊闭[5]。待他晴后得君来，无言掩帐羞憔悴[6]。

【注释】

①该词为咏物词，副题点明咏雨中海棠。

②命薄佳人：比风吹雨打下的海棠花。语出苏轼《薄命佳人》：“自古佳人多命薄，闭门春风杨花落。”

③情钟我辈：表雨中海棠自含伤感情绪。

④背：背时，错过时机。

⑤栊：窗户。

⑥掩帐：指叶重下垂。羞：花朵在赏花人面前自感羞愧。

【赏析】

上片开篇直奔主题，写海棠花态花貌花情，主体是海棠花，观花者是客体。起首就说海棠是命薄佳人，开在风吹雨打中，斜风细雨连绵不断，好久不见天晴，而雨水洒落在栏杆外边的海棠花上，沿着胭红花瓣流下来，犹如伤心泪水，使海棠花自带心碎模样。“情钟我辈”，是说期盼赏花人爱它、怜它。

下片用拟人手法。海棠自述，恨不能花开雨前晴天，命运背时，偏在雨天开放；春寒一来，人们都关闭窗户躲在家里，谁还会出门来看自己；待天气放晴君再来时，叶重下垂，花容失色，已经失去刚刚绽放时候的风采，羞愧无言，自感对不起赏花人。

该词不在花容花貌上下功夫，而赋予海棠花以柔美的佳人性情，虽未明言人应也兴会，花要人赏、人要赏花，误君欣赏的羞愧，正是自感命薄的要处。也可读出另外一种情调，将海棠花与赏花人之间比作国家与人民的关系，南宋运命酷似雨中海棠，词人为她叹息、为她伤情，寄托家国之忧：人花共盼晴日方好。

摸鱼儿·酒边留同年徐云屋[①]

怎知他、春归何处，相逢且尽尊酒。少年袅袅天涯恨[②]，长结西湖烟柳。休回首。但/细雨断桥[③]，憔悴人归后[④]。东风似旧。问/前度桃花，刘郎能记，花复认郎否[⑤]。　君且住，草草留君剪韭[⑥]。前宵正恁时候[⑦]。深杯欲共歌声滑，翻湿春衫半袖。空眉皱。看/白发尊前，已似人人有。临分把手⑧。叹/一笑论文⑨，清狂顾曲⑩，此会几时又。

【注释】

①该词书写与徐云屋同时“漂泊临安—应试—初识西湖—西湖分别—漂泊外地—西湖相逢—再次西湖分别—离开西湖漂泊”的全过程，1262年，词人赴临安参加进士考试，二人为同榜进士；他们的相识与分别都是发生在暮春时节的西湖，刘为徐写下三篇同韵饯别词，该词系第一篇。

②少年：举考进士之时。天涯恨：漂泊他乡之恨。

③断桥：西湖一景。

④憔悴人：词人与徐。归后：两人又来到故地。

⑤“前度”三句：化用刘禹锡《再游玄都观》：“种桃道士今何在，前度刘郎今又来。”《元和十年自朗州至京，戏赠看花诸君子》：“玄都观里桃千树，尽是刘郎去后栽。”

⑥“剪韭”句：化用杜甫《赠卫八处士》：“夜雨剪春韭，新炊间黄粱。”草草：随意。

⑦正恁时候：昨晚这个时候。

⑧临分：临别。把手：握手、拉着手。

⑨论文：论诗杜甫《春日忆李白》：“何时一樽酒，重与细论文。”

⑩顾曲：语出《三国志·吴书·周瑜传》：“瑜少精意于音乐，虽三爵之后，其有阙误，瑜必知之，知之必顾，故时人谣曰：‘曲有误，周郎顾。’”后以“顾曲”指欣赏音乐或戏曲。

【赏析】

上片抒情寄于叙事，写出与朋友客中相逢、以客送客的愁思。起首“怎知他、春归何处”，道明是江山送春时，词人送别友人；两人此地别后又此地重逢，重逢后又要分别，自然“且尽尊酒”痛饮一场；词人忆起两人“西湖烟柳”的初识过程：青春少年，漂泊临安求仕，长结兄弟情谊；往事不堪回首，初识后又是两地漂泊，多年后又在细雨中、断桥处再次相逢，虽有沦落憔悴之感，但一定要多看一眼西湖烟柳；“东风似旧”拉近了分别多年的距离感；词人姓刘，自比刘郎，说记得“前度”桃花姿容，不知它如今还认得刘郎吗。该语饱含酸楚，寓指同榜进士中，必有春风得意留朝做官者，我和你（徐）都记得他们，但他们恐怕不认识我们了，衬托出刘徐之间特有的真情实意。

下片专写送别，略抒别时情怀。词人较徐年长，以客为主，把徐留住，“草草”“剪韭”，准备家常便饭，狂饮醉歌，不知多少次把酒杯打翻，弄湿半个衣袖；昨晚话犹未尽，今天继续畅叙，眉头深皱，不胜唏嘘；端杯相视，发现两人几乎已白发满头，年华已失，于是感慨良多；“临分把手”不放，叹息两人如李杜怨“论文”时短，似周郎恣意“清狂顾曲”，品评音乐；以“此会几时又”作结，既表此会尽情舒畅，又感慨这样的相会不知何时才会有。

该词写出二人的志同道合，他们话语万千、友谊长存，似永远都在进行时。三个三字句“休回首”“君且住”“空眉皱”，四个一字逗“但”“问”“看”“叹”适得其用，情调深婉、风格豪放。

周密

周密（1232—1298），山东济南人。字公瑾，号草窗、蘋洲、四水潜夫、弁阳老人。曾任微职，入元不仕。能诗词、善书画，与吴文英并称“二窗”。

高阳台·送陈君衡被召[①]

照野旌旗。朝天车马，平沙万里天低。宝带金章，尊前茸帽风欹[②]。秦关汴水经行地[③]，想登临、都付新诗。纵英游、叠鼓清笳[④]，骏马名姬。　酒酣应对燕山雪[⑤]，正/冰河月冻，晓陇云飞。投老残年[⑥]，江南谁念方回[⑦]？东风渐绿西湖岸[⑧]，雁已还、人未南归。最关情、折尽梅花，难寄相思。

【注释】

①陈君衡：名允平，词人好友，南宋亡后应元朝征召到京城大都做官。词人应陈本人之邀为陈送行，其中感慨可想而知。

②宝带金章：指陈腰系宝带、身佩官印。尊前：送别酒宴。茸帽：皮帽。风欹（qī）：被风吹得歪斜，时称侧帽，胡人风格打扮。欹：倾斜。

③秦关：指函谷关。汴水：北宋都城的汴河。

④叠鼓：轻轻敲鼓。清笳：胡笳。

⑤酒酣：酒喝得畅快。词人设想元朝天子款待召宴陈时，陈会喝得酒酣耳热。

⑥投老：临到老年。王安石《观明州图》：“投老心情非复昔，当

时山水故依然。”

⑦谁念方回：自比贺铸。黄庭坚曾抄贺铸《青玉案》词并题诗“解道江南断肠句，只今唯有贺方回”。

⑧“渐绿”句：化用王安石《泊船瓜洲》：“春风又绿江南岸，明月何时照我还。”

【赏析】

上片开篇即写宏大的郊野送行场景：旌旗猎猎、光照原野，朝天车马、浩浩荡荡，平沙万里、野旷天低，渲染出陈去朝见元朝天子摆出的仪仗气势。陈按胡人风格装扮，他“茸帽”斜戴，衣冠楚楚，深含不屑之意。词人想到，陈一路北上，须经行“秦关汴水”的大宋故地，当会登临凭吊，也希望他能寄来新诗，这是提醒陈莫忘故国旧情，用意极深。“纵英游，叠鼓清笳，骏马名姬”，是说陈喜欢乘骏马、携名姬纵情游乐。最后三句字面上是赞扬陈风流倜傥，实际是担心他会陶醉在胡乐声中而忘却故国。

下片设想陈到达元都以后的情景：他也许会受到朝廷重用，元朝天子可能会设宴款待，他那时一定会喝得酒酣耳热，因此词人忠告他应该头脑清楚，要知道外面的燕山雪景如何，冰河月冻，连月亮似乎都能冻住。这里指北国风光与江南风物、人事环境完全不同。到此时，情已用尽，说多无益，话头一转：“投老残年，江南谁念方回？”我垂老余年，你也离去，还有谁会念及我？寓意陈不要当上元朝官员，走得太远，就把南宋的老朋友忘掉了。当寒冬过去，来年东风渐绿西湖岸，大雁北还时候，不知你可否南归，再次提醒陈，词人心里还挂念着他，不要无情斩断与故国、与亲朋最后的一根情丝。结句“最关情，折尽梅花，难寄相思”，一个“难”字，道出无限心痛心酸。

该词用语用意高明，小序交代他是被陈硬拉去的，碍于情面才为他送行，但绝不越过爱国底线，能够恰当把握友情尺寸。全词无一句衷心祝贺语，无一字盼他日后高升，不愠怒、不焦躁、无媚词、无俗气，从容相对，隐忍有余。此等送行诗词确难拿捏，不可能不涉及离愁别绪，又不能全是离愁；也不可能厉言责备，又不能没有个人态度；不可能虚与委蛇应付了事，又不能全露真实心迹。联想陆游和堂兄、陈亮和王道甫政治殊途而情谊尚存的现象，表明在社会激烈动荡的时代，同路人变成异路人并不奇怪，可贵的是总有陆游、陈亮、周密这样的忠贞之士，不能拉他们回转也绝不跟同他们下水，秉笔直书，为历史留下迹痕。

一萼红·登蓬莱阁有感①

步深幽②。正/云黄天淡，雪意未全休③。鉴曲寒沙④，茂林烟草⑤，俯仰千古悠悠⑥。岁华晚、漂零渐远⑦，谁念我、同载五湖舟？磴古松斜⑧，厓阴苔老，一片清愁。　回首天涯归梦⑨，几/魂飞西浦，泪洒东州⑩。故国山川，故园心眼⑪，还似王粲登楼⑫。最负他、秦鬟妆镜⑬，好江山、何事此时游⑭！为唤狂吟老监，共赋销忧⑮。

【注释】

①蓬莱阁：见秦观《满庭芳》注。1276年元军攻占临安，词人流亡绍兴，登阁而作。

②步：漫步。深幽：深邃幽静，代指山林。

③雪意：隆冬天气景象，似要下雪的样子。未全休：欲雪的气象还没有完全消失。

④鉴曲：镜湖岸边弯处，指贺知章归隐之地。鉴：鉴湖、镜湖。寒沙：沙滩冷落。

⑤茂林：指兰亭王羲之《兰亭集序》：“此地有崇山峻岭、茂林修竹。”兰亭在绍兴。

⑥“俯仰”句：王羲之《兰亭集序》：“向之所欣，俯仰之间，已为陈迹。”

⑦岁华晚：时光已近岁末。漂零：漂泊。

⑧磴（dèng）：石阶、石级。

⑨归梦：回乡之梦。

⑩西浦、东州：皆在绍兴。词人视绍兴为第二故乡。

⑪“故园心眼”句：思乡之心、望乡之目。苏轼《永遇乐·明月如霜》：“天涯倦客，山中归路，望断故园心眼。”

⑫王粲：汉末建安七子之一，避难荆州时作《登楼赋》，开篇之句：“登兹楼以四望兮，聊暇日以销忧。”

⑬最负：最辜负。秦鬟：绍兴秦望山，形似美人发髻。妆镜：指镜湖。

⑭何事：为何。

⑮为唤：唤起。狂吟老监：指贺知章，贺曾任唐秘书监，自号四明狂客。共赋销忧：和贺老一起题咏才能排遣忧愁。

【赏析】

上片以写景为主，景中寓情。隆冬天气，似要下雪的样子，山林盘曲幽深，词人步入其间，登阁远望，但见贺知章故居“寒沙”萧瑟，王羲之兰亭“茂林”草枯，“俯仰千古悠悠”，不胜感慨；孤寂自语“谁念我”，是说西施随范蠡泛舟五湖，自己也想像范蠡那样隐遁避世，却无人作伴；石磴陈破，古松斜立，林木遮荫，崖石上满是陈年苔藓，一丝阳光也透射不进来，徒落“一片清愁”。上片无一字说国土沦亡，但物态无不渗透亡国之恨、无家之忧。

下片直抒胸臆，情中有景。“回首天涯归梦”，一任哀伤倾出，不知有多少次“魂飞西浦，泪洒东州”，在此寻觅故乡的感觉；蓬莱阁上思乡之心、望乡之目，“还似王粲登楼”，引发怀才不遇之叹；可惜来得不是时候，国难当头，有何游兴，以至于辜负“秦鬟妆镜，好江山”；以邀请贺老一起题咏排遣忧愁收拍，与上片结句呼应，达到“欲说还休”的境界。

全词感慨苍凉，沉郁顿挫，被誉为词人的压卷之作。

瑶花慢

后土之花，天下无二本。方其初开，帅臣以金瓶飞骑进之天上，间亦分致贵邸。余客辇下，有以一枝……[①]

朱钿宝玦[②]，天上飞琼[③]，比/人间春别。江南江北，曾未见、谩拟梨云梅雪[④]。淮山春晚[⑤]，问谁识、芳心高洁？消几番、花落花开，老了玉关豪杰[⑥]！　　金壶煎送琼枝[⑦]，看/一骑红尘[⑧]，香度瑶阙。韶华正好，应自喜、初识长安蜂蝶。杜郎老矣[⑨]，想旧事、花须能说[⑩]。记少年、一梦扬州，二十四桥明月[⑪]。

【注释】

①有读本词牌署《瑶华》。小序原文 150 多字，今传本残缺较多。意为：扬州后土祠琼花，天下无有二株，当其初开之时，地方官员将花枝剪下插入金瓶，快马送入宫廷，供皇帝与嫔妃欣赏，有时也会送给达官贵人。我客居京都，有人将一枝……。该词大约写于南宋灭亡前十余年，时值宋度宗朝，贾似道当权，时代背景参见刘辰翁《六州歌头》注。

②朱钿：红色钿饰。宝玦（jué）：晶洁玉器。

③飞琼：传说西王母侍女名许飞琼，朱钿宝玦是她的装饰。

④谩拟：信口开河，乱说。

⑤淮山：指盱眙都梁山，位于南宋与敌占区的界河淮水之旁，原是琼花本来的生地。

⑥玉关豪杰：守边将士。

⑦金壶：金瓶，如小序所言，将琼花送往皇宫。

⑧“一骑”句：化用杜牧《过华清宫绝句》：“一骑红尘妃子笑，无人知是荔枝来。”

⑨杜郎：杜牧。

⑩旧事：指隋炀帝为观赏扬州琼花，特地开凿运河，导致身死国亡的历史悲剧。

⑪一梦：化用杜牧《遣怀》：“十年一觉扬州梦。”二十四桥：化用杜牧《寄扬州韩绰判官》：“二十四桥明月夜。”

【赏析】

上片叙说琼花当今处境。传说西王母侍女名叫许飞琼，朱钿宝玦是她的装饰。词人以飞琼比琼花，飞琼是天上仙葩，而琼花为人间奇葩，非其他春花可比。除扬州外，江南江北皆无第二株琼花，许多人自然未曾见过，便信口开河，将琼花说成是如云梨花、似雪梅花。琼花本来的生长地是淮山，如今那儿胡尘飞扬，毫无春天气息，没有谁能懂得琼花的高洁。琼花年复一年自行开放，自行凋落，她眼见边关将士师老兵疲，盼北伐而不能北伐，于是悲叹英雄壮志难酬，老了边关豪杰，这正是琼花“芳心高洁”之处。

下片抒怀。化用杜牧诗句“一骑红尘”，将南宋飞骑向朝中进贡琼花，比作唐代为杨贵妃飞骑传送荔枝，琼花芳香也因此弥漫南宋皇宫。“韶华正好”，指琼花正值盛开的大好时候，用“蜂蝶”比权贵达人。被都城有脸有面的人物欣赏，琼花似乎应该欣喜才是，未曾想仅仅被当作他们的玩物，而那些“玉关豪杰”却无缘欣赏。这里寄寓了词人的悲怜与同情；当年风流扬州的杜牧已经作古，即使他不能发声，琼花也会像年长智者那样，把一幕幕朝代兴衰史告诉后人。“花须能说”妙不可言，讥诮时事。化用杜牧“十年一觉扬州梦”“二十四桥明月夜”作结，寓意琼花什么时候也不会忘记赐予她生命与魅力的故乡扬州，这种爱比杜牧更为深切。

该词借咏琼花，讽刺南宋统治者玩物丧志、忘却历史，堪为一篇现实主义佳作。

邓剡

邓剡（1232—1303），庐陵（今江西吉安）人。亦名光荐，字中甫、号中斋。1262 年进士，官至礼部侍郎。1276 年元军占领临安，宋恭帝被掳北去，邓参加文天祥领导的抗元斗争，1279 年崖山兵败，投海未死而被俘。与文天祥是同乡、朋友，同被囚禁、同被押往元朝京都。

念奴娇·驿中言别[1]

水天空阔[2]，恨东风、不惜世间英物[3]。蜀鸟吴花残照里[4]，忽见荒城颓壁。铜雀春情[5]，金人秋泪[6]，此恨凭谁雪？堂堂剑气[7]，斗牛空认奇杰[8]。　那信江海余生，南行万里，属/扁舟齐发[9]。正为鸥盟留醉眼[10]，细看涛生云灭。睨柱吞嬴[11]，回旗走懿[12]，千古冲冠发。伴人无寐，秦淮应是孤月。

【注释】

①原作词牌署《酹江月》，有读本作者署名是文天祥。1279 年，词人与文天祥同被元军押往大都，夏末在建康停留二月余；仲秋，因病不能与文同行，步苏轼《念奴娇·赤壁怀古》写下该词与文天祥诀别，文亦和词作答。

②水天空阔：金陵山川形势。

③东风：指上天、天意。世间英物：指文天祥。杜牧《赤壁》：“东风不与周郎便，铜雀春深锁二乔。”

④蜀鸟：指杜鹃。吴花：东吴亡国后吴宫惨淡、花草零落。李白

《登金陵凤凰台》："吴宫花草埋幽径，晋代衣冠成古丘。"

⑤铜雀春情：说曹操建铜雀台是为得到二乔，美梦被周瑜打碎，比南宋谢、全二位皇后，真的被元军掳去。

⑥金人秋泪：汉武帝在建章宫神明台上铸造铜人，接承仙露，魏明帝在公元 237 年下令将铜人拆散，挪到洛阳，铜人因不愿离汉而流下眼泪。李贺《金铜仙人辞汉歌并序》有句"空将汉月出宫门，忆君清泪如铅水"。

⑦堂堂：正大。剑气：才华正气。

⑧斗牛：古天文学二十八宿中的斗宿和牛宿，对应地域是吴越；江西地处吴头楚尾，上应斗牛；斗牛之间常有紫气，被认为是江西丰城地下所埋双剑的剑气。

⑨那信：哪里想到、哪里敢信。余生：在世残剩之年。指 1276 年，文天祥在镇江出使元营被扣，后机智逃脱，从南通出海，四船齐发一路互为照应，经九死一生回到南方，再重整旗鼓，继续抗元。"属 / 扁舟齐发"，有读本作"不放扁舟发"。

⑩鸥盟：人与鸥鸟结盟，友情纯洁。留醉眼：醉生、苟活，此前已经有过一次跳海自杀，现在又生重病。

⑪睨柱吞嬴：典出《史记 · 廉颇蔺相如列传》，赵惠文王得楚和氏璧，秦昭王假称愿以十五城交换，赵国丞相蔺相如持璧入秦，见秦王毫无诚意，怒发冲冠，欲以璧击柱，以无畏气势压倒秦王，终完璧归赵。睨（nì）：斜视。嬴：秦王之姓氏。

⑫回旗：诸葛亮出师北伐，与司马懿隔渭水相持百余日，因积劳成疾病死军中，手下大将姜维决定秘不发丧，率蜀军撤退，司马闻讯追来，姜令回旗鸣鼓，摆出反击之势，司马多疑，以为诸葛用计赚他，乃退兵而去，蜀军得以安全撤还。

【赏析】

上片叙事，从金陵形胜着手，写文天祥领导抗元经历。开篇即言这里“水天空阔”，想起周瑜借东风击败曹操故事，责问上天为什么就不能借东风给文天祥挫败元军，痛惜不得天助；用蜀鸟杜鹃、凋残吴花、残照荒城，渲染亡国悲凉气氛；化用杜牧、李贺诗句，说南宋两位皇后被掳北去，皇宫一洗而空，数百年前“铜雀春情，金人秋泪”在南宋重演，其情其状何其凄惨，“此恨凭谁雪”；文天祥担此重任，率领江西奇杰，“丰城堂堂剑气”上冲云霄，应该所向无敌，却遭到失败，愧言“斗牛空认奇杰”，意谓空有宝剑、奇杰，词人对此深感悲愤和惋惜。

下片抒发对文的倾慕与惜别之情，说自己没有想到文能够虎口脱险，经过九死一生重整旗鼓，回到南方组织起抗元大军；“正为鸥盟留醉眼，细看涛生云灭”，意谓我正是为了看到你再有作为，扭转时局，才有勇气苟活下来；继而用蔺相如气吞秦王、死诸葛吓退活司马的故事，赞扬文具有蔺相如的气魄、诸葛亮的智慧；结句“伴人无寐，秦淮应是孤月”，意谓我能够与你相识相交，一路走来，同生死、共患难，是我的荣耀，我满足了，只是因为疾病缠身不能与你一道北上，你走后，我的每一个夜晚，只能独望秦淮孤月了。词人是官员、是斗士、是文的挚友，也是出色的词人，表达了对文的钦仰与期待，同时也表达了深厚的爱国、爱友之情。

该词熟用典故，以古喻今，对囚徒处境不发凄惶怨愁之语，对来日运命无惧怕萎靡之色，表达对祖国的忠诚、对朋友的信赖，一身正气、悲壮千古；慷慨悲歌中不无孤独凄怆，催人泪下。

文天祥

文天祥（1236—1283），庐陵（今江西吉安）人。字履善、宋瑞，号文山。1256年进士第一，能诗文，官至右丞相。德祐初奉使元营，被扣留，脱逃后由海道南下；益王时以都督出任江西，兵败被执、囚于燕京四年，不屈而死，留下“人生自古谁无死，留取丹心照汗青”的不朽诗句。

满江红·代王夫人作①

试问琵琶②，胡沙外、怎生风色③。最苦是、姚黄一朵④，移根仙阙⑤。王母欢阑琼宴罢⑥，仙人泪满金盘侧⑦。听行宫、半夜雨淋铃⑧，声声歇。　彩云散⑨，香尘灭⑩。铜驼恨⑪，那堪说。想/男儿慷慨，嚼穿龈血⑫。回首昭阳离落日⑬，伤心铜雀迎秋月⑭。算妾身、不愿似天家⑮，金瓯缺⑯。

【注释】

①王夫人：指王清惠，宋度宗昭仪，南宋亡后被俘往元都燕京，于开封夷山驿馆题壁《满江红》一首，流传甚广。文天祥觉得王词末句略欠斟酌，遂以夫人名义代作此篇，约作于1279年秋被押往大都途中。

②琵琶：以王昭君比王夫人。

③胡沙：蒙古沙漠。怎生：怎样。风色：景象。

④姚黄：一种珍贵牡丹，比夫人品格。

⑤移根仙阙：暗用武则天强逐牡丹、移根洛阳典故，指被迫离开宋

宫、驱赶北行。

⑥王母：代指宋理宗朝谢皇后、宋度宗朝全皇后。

⑦仙人泪满：见邓剡《念奴娇》注。

⑧雨淋铃：唐玄宗在马嵬坡，被迫赐杨贵妃缢死，在行宫听到雨声与房檐铃声相应，触及内心伤痛，采其声作《雨霖铃》曲以寄哀思。

⑨“彩云”句：白居易《简简吟》：“大都好物不坚牢，彩云易散琉璃碎。”

⑩“香尘灭”句：张碧《古意》：“銮舆不碾香尘灭，更残三十六宫月。”

⑪铜驼：典出《晋书·索靖传》，索靖预知天下将乱，指着洛阳宫门前铜驼叹曰“会见汝于荆棘中耳”。

⑫“嚼穿龈血”句：唐代张巡守卫睢阳抗击安史叛军，“每战眦裂，嚼齿皆碎”。

⑬昭阳：汉成帝皇后赵飞燕所居宫殿，代指宋宫。

⑭铜雀：代指元宫楼台。

⑮妾身：夫人自称。天家：天子。

⑯金瓯：金盆、金盂，喻国土、江山。

【赏析】

须先行了解王夫人原作，王词如录：“太液芙蓉，浑不似、旧时颜色。曾记得、春风雨露，玉楼金阙。名播兰簪妃后里，晕潮莲脸君王侧。忽一声、鼙鼓揭天来，繁华歇。　龙虎散，风云灭。千古恨，凭谁说。对/山河百二，泪盈襟血。驿馆夜惊尘土梦，宫车晓碾关山月。问嫦娥、于我肯从容，同圆缺”。上片以沉痛之心回忆天堂旧梦，对曾经的皇帝宠爱难以割舍，对国家灭亡十分震惊。下片对朝廷未能抵挡住元军侵掠深为憾恨，对日后命运心有惊惧；末句“问嫦娥、于我肯从容，同圆缺”，向嫦娥表白志节，宁愿随她到月宫去过寂寞清静的日子，也不侍敌。全词情真意切、富有文采，是夫人词、女子词。

文词，亦可视为是对王夫人的和词，或仿作。

上片先写被掳途中的惨境。“试问”，指问谁？问天、问地、问自己、问后妃宫女们，离开故国故宫，一路荒漠胡沙，这是何种景象？“最苦是”名贵牡丹，一朵姚黄，被强行移除宫阙，以名贵牡丹比王夫人；用王母瑶池美宴故事，怅惘昔日光辉已经消散完结，用仙人垂泪典故悲叹国家已经沦亡；夜半听行宫外雨声与房檐风铃声此起彼落，一应一和，如同贵妃将死，其心无处安歇。

下片化用前人诗意，“彩云散，香尘灭”表美好江山已经毁灭，“铜驼恨，那堪说”表心中之恨无以诉说；想张巡死守睢阳、抵抗安禄山叛军，“男儿慷慨，嚼牙龈血”，表南宋将士为挽救国家危亡出生入死，与元军血战到底；以“昭阳宫”比宋宫，回首宋宫惨淡日落，伤心元宫高台却临照秋月；结句是点睛之笔，词人自表志节，立志不会像赵宋皇帝那样甘愿金瓯残缺，自勉宁为玉碎不为瓦全，也反映出词人所以“代”写的真正意图。

该词义正言辞，掷地有声，将王夫人对南宋朝廷的依恋之情升华为高尚的民族大义，不再是弱女子口气的夫人词，而变成屹立于天地之间的大丈夫词，对王夫人寄予期望，向其他嫔妃宫女提出忠告，也是对南宋皇帝屈辱苟活的批判。

念奴娇·和友人驿中言别①

乾坤能大②，算蛟龙③，元不是、池中物④。风雨牢愁无著处⑤，那更寒虫四壁⑥。横槊题诗，登楼作赋⑦，万事空中雪。江流如此，方来还有英杰⑧。　堪笑一叶飘零⑨，重来淮水⑩，正／凉风新发。镜里朱颜都变尽，只有丹心难灭。去去龙沙⑪，江山回首，一线青如发⑫。故人应念⑬，杜鹃枝上残月。

【注释】

①原作词牌署《酹江月》。和邓剡《念奴娇》词。

②能大：恁大，如此之大。

③算：思想。蛟龙：比自己与邓。

④元：通“原”。典出《三国志·吴书·周瑜传》，周瑜论刘备“恐蛟龙得云雨，终非池中物也。”

⑤牢愁：忧愁。

⑥寒虫：蟋蟀。四壁：四面是墙，比囚室。

⑦横槊题诗：壮词，表英勇豪迈气概。登楼作赋：悲语，表难展雄图的苦闷。元稹《唐故工部员外郎杜君墓系铭》：“曹氏父子鞍马间为文，往往横槊赋诗。”苏轼《前赤壁赋》写曹操：“酾酒临江，横槊赋诗，固一世之雄也。”

⑧方来：将来。

⑨堪笑：处囚室自笑，含蔑视敌人之意。一叶：如一片树叶飘零无依。

⑩重来：前次是逃离元营南来此地，此次是被俘北行至此。淮水：指南京秦淮河。

⑪去去：别后北去、越走越远。龙沙：指元朝兴起之地，塞外沙漠。

⑫化用苏轼《澄迈驿通潮阁二首之二》：“杳杳天低鹘（hú）没处，青山一发是中原。”鹘：隼，猛禽。

⑬故人：指邓剡。

【赏析】

上片就景叙事，起句“乾坤能大，算蛟龙，元不是、池中物”，是说天地如此之大，如果一个小小水池也能容下蛟龙，那蛟龙又如何能够施展抱负？表身陷囚笼而心怀天下，壮志不折，立志挣脱牢笼，再干一番事业；风雨使人愁极无处排遣，无奈更得听四壁寒虫哀鸣；用曹操“横槊题诗”表过去意气风发、英勇卓绝的抗元斗争，用王粲“登楼作赋”表思念家国之悲，用“万事空中雪”表事业归于失败，一切努力都像空中雪花那样化为泡影；“江流如此，方来还有英杰”表明词人深晓社会规律，并不悲观失望，而是满怀希望：长江奔流不息，我虽然失败了，人民的抗元斗争不会停止，一定会后继有人。

下片设想二人诀别之后的北去情景，剖明心迹。“堪笑一叶飘零”表对敌人的蔑视和身居囚笼的泰然之态，“凉风新发”表局势变得险恶起来；“镜里朱颜都变尽，只有丹心难灭”，与《过零丁洋》“人生自古谁无死，留取丹心照汗青”一样，肝胆照人，义薄云天；“去去龙沙”，是词人想象，北行中步步回首，见江南依稀，中原邈邈，青山一线、细如毛发；结句与词人同时所写《金陵驿二首之一》“从今别却江南日，化作啼鹃带雪归”同意，写残月在天、夜阑将尽，杜鹃在树梢啼血之时，你或许正在想念我，你会想到、也会相信，那就是我归来之魂。词人被押至大都后，拒绝元朝廷百般利诱与威逼，连敌人对他也十分敬佩：“相顾动色，称为丈夫。”词人最终英勇就义、以身殉国，践行了魂魄南归的誓言。

该词通篇直抒胸臆不假雕饰，是与朋友、与祖国郑重告别的临终之言，是对民族的郑重交代。作为和词，用句、用典、用意与邓词对应性极好，风格更为畅朗，思想升华，闪烁着词文学承载时代使命的耀眼光辉。文天祥不屈的民族精神唱彻千古。该词之后，宋词再未出现如此壮美的爱国主义豪放篇章，成为宋词的绝唱。

彭元逊

彭元逊，生平不详。庐陵（今江西吉安）人。字巽吾，与刘辰翁是同乡、词友，互有唱和。宋亡不仕，隐居林泉。

徵招·和焕甫秋声。君有远游之兴，为道行路难以感之①

人间无欠秋风处，偏到霜痕月杪②。风雨船篷，日夜风波未了。忽/潮生海立③，又天阔、江清欲晓。孤迥幽深④，激扬悲壮，浮沈浩渺。　　行路古来难⑤，貂裘敝、匹马关山人老。锦字未成⑥，寒到君边书到否。倚门回首，儿女灯前娭笑⑦。早斟酌、万里封侯⑧，镜迟霜照。

【注释】

①焕甫：生平不详，“秋声”当为焕甫所写《徵招》或词的标题，全宋词中未见。

②杪（miǎo）：年季月的末尾时段，此处指暮秋九月。

③海立：苏轼《有美堂暴雨》：“天外黑风吹海立，浙东风雨过江来。”

④迥：孤独离群，卓然独立。

⑤行路古来难：指求仕之路。

⑥锦字：指妻子寄给丈夫的家书。

⑦娭（xī）：同“嬉”，嬉戏。

⑧早斟酌：提醒焕甫，应根据情况及早拿定主意。

【赏析】

上片写朋友远行，抱怨秋风为难朋友，如说：秋风啊，人间没欠你什么，难道有谁得罪了你，偏偏在月杪布满霜露；君乘船行于风雨江河，日日夜夜经受波涛的颠簸；途中的浮沉浩渺，潮来浪高时，整个江面似欲直立起来，天将亮时又是另一番景象：天高地阔、风平浪静；君孤身前往，惊险莫测，令人担忧。

下片提醒与诚劝朋友，前三句说“行路古来难”的道理，用苏秦故事，点明他走过多少关山，直到马疲人老，貂裘磨破，才得功名；人在外，秋风欺人，只有妻子真心惦念你，君临严寒之地，不知是否已经收到妻子嘘寒问暖的书信；君当想到，妻子白天倚门盼你归来，夜晚只能看着不甚懂事的小儿女们在灯前嬉笑玩耍；用班超故事作结，说万里封侯不如还家，即便真的能够封侯，那时候也已满鬓白霜，后悔就晚了。

该词用语朴实、情真意切，以大河行舟比求仕路途，以个人想象写途中风险，以妻儿常情劝朋友把握自己，既尊重朋友的志向选择，又理解朋友的难处，提醒朋友量力而行，莫忘妻儿，追求过高往往失落更大，可能会留下无可弥补的终生遗憾。

该词用八萧肴韵，“否”字属十二尤求韵。

杨佥判

杨佥判，生平不详。杨姓佥判，佥判是宋代州府文书一类的幕僚职务。

一剪梅

襄樊四载弄干戈[①]，不见渔歌，不见樵歌[②]。试问如今事若何？金也消磨，谷也消磨[③]。　柘枝不用舞婆娑[④]，丑也能多，恶也能多[⑤]！朱门日日买朱娥[⑥]。军事如何？民事如何[⑦]？

【注释】

①襄樊：襄阳与樊城的总称，1267年元军围困襄阳，1268年攻打襄阳，1273年失守。四载弄干戈：指1268年后的战场态势。

②渔歌、樵歌：用渔民、樵夫代表襄樊百姓。不见：听不到歌声。

③金：泛指钱币。谷：泛指粮食。金、谷指贾似道为乞降向元军所纳之币。

④柘（zhè）枝：斥责贾似道歌舞升平、欺上瞒下。柘枝为唐宋流行舞曲。

⑤丑、恶：指贾似道的丑态与罪恶。

⑥朱门：指贾似道的府邸。朱娥：美女。

⑦军事：指战场。民事：指百姓。

【赏析】

上片写襄樊前线。用听不到渔歌声、听不到樵歌声，表城内弹尽粮绝、民不聊生；用黄金消磨光了、谷稻消磨光了，揭露贾似道用钱粮求和乞降，消磨光了军民斗志，将一座英雄城市变成了死城。

下片转写临安贾府，揭露贾似道及其一帮权贵歌舞婆娑、追逐酒色的荒淫无耻，斥责他们丑行无数、恶行无数；以“军事如何，民事如何”问句作结，为民族呐喊，为襄樊呼啸，令人义愤填膺；倚仗贾似道这种不懂军事、不爱人民的奸贼，南宋焉得不亡。

该词与刘辰翁《六州歌头》书写同一题材，时代背景相近，刘词长篇大论、正面直斥贾似道，该词短小精悍、犀利锐透，无情抨击贾似道祸国殃民的无耻行径，以事论理，对比鲜明，有民歌风，有号召力。

汪元量

汪元量（1241—1317？），钱塘（今浙江杭州）人。字大有，号水云。善词章，宫廷琴师，曾侍谢太后、王清惠。宋亡，随三宫北迁留燕，后南归为道士。汪词情绪低沉、深婉有味，多为记录他所经所历“一旦归为臣虏”的屈辱生活。

水龙吟·淮河舟中夜闻宫人琴声①

鼓鼙惊破霓裳②，海棠亭北多风雨③。歌阑酒罢，玉啼金泣④，此行良苦。驼背模糊，马头匼匝⑤，朝朝暮暮。自/都门宴别⑥，龙艘锦缆⑦，空载得、春归去。　目断东南半壁⑧，怅长淮、已非吾土⑨。受降城下⑩，草如霜白⑪，凄凉酸楚。粉阵红围⑫，夜深人静，谁宾谁主⑬。对/渔灯一点，羁愁一搦⑭，谱琴中语。

【注释】

① 1276年正月，元军攻至临安，谢太后请降；二月，临安陷落；三月，宋帝及后妃、乐官三千余众被押解北上，词人亦在其列，夜渡淮河时闻宫女凄哀琴声，有感而发。

②“鼓鼙”句：化用白居易《长恨歌》：“渔阳鼙鼓动地来，惊破霓裳羽衣曲。”

③海棠亭：唐代宫中的沉香亭，上皇登亭召太真，太真醉而未醒，命人扶掖而至，鬓乱钗横不能行拜，上皇笑曰：“岂是妃子醉，真海棠睡未足也。”

④玉啼：女人涕泪。金泣：金铜仙人落泪。

⑤驼背：骆驼脊背。模糊：轮廓不清。匼匝（kē zā）：周围、环绕。此二句化用杜甫《送蔡希曾还陇右》："马头金匼匝，驼背锦模糊。"

⑥自都门宴别：指离开国都临安之后。

⑦龙艘锦缆：隋炀帝南下所乘之舟，比被掳宋帝北上所乘之舟。

⑧目断：望穿、望断。东南半壁：南宋偷安的江浙地区。

⑨非吾土：王粲《登楼赋》："虽信美而非吾土兮，曾何足以少留。"

⑩受降城：指汉唐两代在西北接受敌人投降的荣光之地；此处指临安，是宋廷向元军投降的耻辱之地。

⑪草如霜白：李益《夜上受降城闻笛》："回乐峰前沙似雪，受降城外月如霜。"

⑫粉阵红围：指船上多为宫内女子。

⑬谁宾谁主：指过去宫内等级森严。

⑭搦（nuò）：握，持，拿着。

【赏析】

上片描写南宋帝王后妃被元军掳掠北上的凄惨情景，起首以"渔阳鼓鼙"唐代天宝之变比南宋亡国之变，以"海棠亭"唐玄宗醉迷杨贵妃比南宋朝廷醉生梦死；元军的战鼓声击碎了朝廷美梦，战争风云骤降深宫内院；"歌阑酒罢"，意谓南宋朝廷的最后一次晚宴结束了，谁能想到而后会有被俘虏北上的苦辛；遭遣人员排成长队，弯弯曲曲，后面望着前面脊背，人头簇动，艰难行走，不知还要走多少日子；回首都门，眼前都是被掳宋帝后妃的北上船队；以隋炀帝南下所乘"龙艘锦缆"作比，叹息它"空载得"已尽的国运、已失的春天，不禁生发出莫名的苦恼与怅惘。

下片写淮河舟中亲历的永难忘记的一幕。化用王粲悲语，言"东南半壁，怅长淮、已非吾土"，写山河变色已易其主，连仅有的这一小片偏安之地也丢失尽净；国都临安成为朝廷向元军投降的耻辱之城，田野荒废，遍处枯草飞蓬，眷恋与哀伤交加，悲愁与恨情齐发，充满了无限酸楚；满船都是宫内女子，夜深人静，混杂不堪；以往宫内等级森严，谁宾谁主清清楚楚，现在俱为囚徒，已经没有主子与奴才的区别；最后托宫女长夜不眠弹琴收拍：一个憔悴纤弱的宫女，独对远处一点渔火，将满腔恨愁弹入琴曲。一句“谱琴中语”，留下不尽沉痛，含蕴幽深久长。

该词引用典故旧事合宜自然，文辞生色；下片结句与小序合题，收束完密；词人虽未明言自己如何，但处处可见不泯的爱国情操。

王沂孙

王沂孙（1240？—1310），会稽（今浙江绍兴）人。字圣与，号碧山。入元后曾任微职。词多以咏物寄托家国之恸，代表南宋末代词人在创作艺术上一种较为隐晦曲折的转变。

高阳台·和周草窗寄越中诸友韵①

残雪庭阴，轻寒帘影，霏霏玉管春葭②。小帖金泥③，不知春在谁家。相思一夜窗前梦④，奈个人、水隔天遮⑤。但凄然、满树幽香，满地横斜。　江南自是离愁苦⑥，况/游骢古道，归雁平沙。怎得银笺⑦，殷勤与说年华。如今处处生芳草，纵凭高、不见天涯。更消他、几度东风，几度飞花。

【注释】

①草窗：即周密。南宋亡后，周寄居杭州，作《高阳台》寄越中诸友，怀念曾经生活过的绍兴旧地；王曾居杭州，现身在绍兴，以和词表对周与杭州旧地的怀念。

②霏霏：葭灰飞动状。玉管：箫管。春葭：芦苇。古代表示季节变化有一种习俗，取十二根箫管，用芦苇灰堵孔，外蒙纱布，到某一季节，某根箫管的葭灰就会飞出。杜甫《小至》："天时人事日相催，冬至阳生春又来。刺绣五纹添弱线，吹葭六琯动浮灰。"

③小帖：宜春帖子。金泥：金粉。宋代习俗，立春日宫中命大臣用金泥写宜春帖子。

④“相思”句：回应周词，化用卢仝《有所思》“相思一夜梅花发，忽到窗前疑是君”诗意。

⑤个人：指周，时居杭州西泠孤山。

⑥“江南”句：化用韦庄《古离别》“更把玉鞭指云外，断肠春色在江南”诗意。

⑦银笺：信纸。

【赏析】

上片写今景今梦。冬末春初，庭院背阴处尚有残雪没有化尽，带有寒意的微风吹动帘栊；玉管葭灰霏霏，报道春到了，按照从前习俗，宫中要命大臣用金泥书写帝后嫔妃所居阁殿的宜春帖子，士大夫也会给自家书写，现已改朝换代，皇宫不复存在，官员与士大夫也作鸟兽散，不知道该找什么人去写，况且现在春已归去，写了也不知往什么地方去贴；暗示自己和周也曾写过“小帖金泥”，感慨良多；化用卢仝诗意，用“相思一夜窗前梦”表自己居越思杭、思周之情；二人心心相连，醒来却不见人影，依然是“水隔天遮”；孤山梅花幽香，满地疏影横斜，两人只能在梦里凄然相对。词笔清绝，发亡国幽恨。

下片细数离怀。“江南自是离愁苦”，是说自己理解周怀念越中旧友的心情，因为江南春色自然会唤起离别之苦，难得你还记得我们曾纵马古道、舟行春沙；一想到你，就觅纸写词，赶快跟你述说如今越中春华；这里已经是处处芳草，遮天蔽地，纵登高远望，也不见天涯，更看不到你在哪里；以“更消他、几度东风，几度飞花”作结，言人之将老好景不常，聚散不由己，谁知道还能消受几度东风、几度花谢。杭州有亡国之前的古道平沙，越中有当下的不见天涯，两个“几度”，既含以往也含而后。离愁别恨纵多，与谁去说。

该词写法，与文天祥的和邓剡词相仿，紧紧扣住周词，谋篇布局、语言风格趋于一致，与周词同读，共作比较，更能体会词人用心，周词如录：“小雨分江，残寒迷浦，春容浅入蒹葭。雪霁空城，燕归何处人家。梦魂欲度苍茫去，怕梦轻、还被愁遮。感流年，夜汐东还。冷照西斜。　　萋萋望极王孙草，认云中烟树，鸥外春沙。白发青山，可怜相对苍华。归鸿自趁潮回去，笑倦游、犹是天涯。问东风，先到垂杨，后到梅花。”

齐天乐 · 蝉[①]

一襟余恨宫魂断[②]，年年翠阴庭树。乍咽凉柯[③]，还移暗叶[④]，重把离愁深诉。西窗过雨。怪 / 瑶珮流空[⑤]，玉筝调柱[⑥]。镜暗妆残[⑦]，为谁娇鬓尚如许[⑧]。　　铜仙铅泪似洗[⑨]。叹 / 携盘去远[⑩]，难贮零露。病翼惊秋[⑪]，枯形阅世，消得斜阳几度。余音更苦。甚 / 独抱清高[⑫]，顿成凄楚。谩想薰风[⑬]，柳丝千万缕。

【注释】

①南宋帝后陵寝惨遭元朝恶僧盗掘，在孟后陵墓，有人拾得后妃遗物，在当时引起一片躁动。传说古代齐国一位王后含怨而死，孤魂幻化为蝉，登庭树长鸣其恨，人称蝉为齐女宫魂；故一时间比较集中地出现了多篇咏蝉词，该词是较优者，用宫魂、娇鬓、铜仙、清高诸语表明了写作的时代背景。

②一襟：满怀、满腔。余恨：遗恨。宫魂：托出齐女典故。

③咽：哽咽。柯：树枝。

④移：移身。暗叶：繁叶浓密。

⑤怪：惊奇、惊异。瑶佩：蝉声如美女腰悬玉佩摇荡相击那样清越。

⑥调柱：拨动宝筝弦柱、弹琴。寒山《城中蛾眉女》：“城中蛾眉

女，珠佩柯珊珊。”

⑦镜暗：铜镜生锈，表美人青春已去，无意梳妆，比秋蝉。

⑧娇鬓：蝉翼娇美。魏文帝宠爱的宫女创新“蝉鬓”发型，缥缈如蝉翼。

⑨铅泪：铅密度大，用其融液之重比感情沉重时落下的眼泪。李贺《金铜仙人辞汉歌》：“空将汉月出宫门，忆君清泪如铅水。”

⑩携盘：有读本作“移盘”。意谓金铜仙人带着承露盘走了。

⑪惊秋：有读本作“经秋”。

⑫甚：为甚、无可奈何。清高：有读本作“清商”。

⑬谩想：回忆。薰风：夏天温暖之风。苏轼《阮郎归》：“绿槐高树咽新蝉，熏风初入弦。”

【赏析】

上片咏蝉。“一襟余恨宫魂断”引出齐女化蝉传说：蝉若美女，因为蝉是齐国一位王后孤魂的幻化，故登庭树长鸣其恨；她抱凉枝哽哽咽咽，时而移住繁叶之间，暗暗深诉离愁；西窗过雨，寒气袭来，直接威胁她的生命，蝉却能迅速改变身姿飞鸣不止；“瑶佩流空，玉筝调柱”，意谓雨后蝉鸣更加清脆悦耳，如击打玉佩之声流过空中，如玉筝调柱拨弦之声传到耳边，其中的“怪”字，表蝉生命的抗争，令人吃惊；“镜暗妆残，为谁娇鬓尚如许”，意谓蝉已经久未梳妆，无心打扮，不知是为什么人，鬓发保持得如此娇美。上片将人蝉物情融为一体，寓意南宋青春已去，纵有美貌才华也不愿取悦于元朝廷。

下片抒怀，从金人辞汉故事荡开。“叹携盘去远”，是说蝉以露为生，金铜仙人把承露盘带走了，蝉依靠什么存活？“病翼惊秋，枯形阅世，消得斜阳几度”，意谓残病之蝉抵不住秋霜而有翼难飞，形骸枯槁存世，又能经得起几度沧桑？“人之将死其言也善，鸟之将亡其鸣也哀”，蝉鸣“余音更苦”；化用前人诗意，问蝉“甚独抱清高，顿成凄楚”，实际是说蝉的高洁是凡人所不能理解的，赞扬她独宿高枝暗叶、风露为餐，如贤人君子；纵天地无情，落得如此凄清也不改其志；以“谩想薰风，柳丝千万缕”作结，是说蝉在生命行将结束之时，想到带给她欢乐的夏天，见过的柳丝飘拂，那是她极其短暂的黄金时代，一去不返了，索性不再想它了，惟抱恨以终。

该词以蝉美人比南宋，以蝉的短暂一生比南宋的亡国运命，以蝉美人的哀鸣余音代表词人的颓丧自叹。全词艺术特点鲜明，描绘出蝉的怨妇形象，隐晦迂曲，错落有致，以“余恨”“凉柯”“暗叶”“过雨”“妆残”“铅泪”“病翼”“枯形”“余音”“凄楚”灰冷色调的词语相连缀，表达境遇变化和情感起伏，不似豪放的雄浑，不似婉约的轻雅，有独特的艺术风格。

水龙吟·落叶

晓霜初著青林，望中故国凄凉早。萧萧渐积[①]，纷纷犹坠[②]，门荒径悄。渭水风生[③]，洞庭波起[④]，几番秋杪。想/重厓半没[⑤]，千峰尽出[⑥]，山中路、无人到。　前度题红杳杳[⑦]。溯宫沟、暗流空绕。啼螀未歇[⑧]，飞鸿欲过，此时怀抱。乱影翻窗，碎声敲砌，愁人多少。望/吾庐甚处，只应今夜，满庭谁扫。

【注释】

①萧萧：落叶声。积：堆积。化用杜甫《登高》：“无边落木萧萧下，不尽长江滚滚来。”

②“纷纷”句：化用范仲淹《御街行 · 秋日怀旧》：“纷纷坠叶飘香砌。”

③“渭水”句：化用贾岛《忆江上吴处士》：“秋风吹渭水，落叶满

长安。”

④“洞庭”句：化用屈原《楚辞·湘夫人》：“嫋嫋兮秋风，洞庭波兮木叶下。”

⑤厓（yá）：通“崖”，山边；此处指厓山，今广东新会，南宋最后溃败之地，陆秀夫背负末帝昺，蹈海自杀。没：被落叶遮没。

⑥出：露出、无遮拦，都是秃山。

⑦前度：指唐，比亡前的南宋。题红：指唐代宫女红叶题诗故事。杳（yǎo）杳：遥远的样子。

⑧螀（jiāng）：寒蝉，蝉的一种。

【赏析】

上片着力写故国秋景兼抒情怀。起句“晓霜初著青林，望中故国凄凉早”，点明词人的愁绪情思所在：青林遇秋霜、绿叶始枯黄，江山易主、故国在心，凄凉竟来得如此之早。接着化用前人诗意，用“落叶”重色描绘“凄凉”：枯叶堆门、盖满野径，好像是多少个残秋一齐拥来。最后笔锋一转，想到南宋最后溃败之地厓山，落叶中半被遮没，只有“千峰”突兀露出，毫无遮拦，都是秃山，山中路野空荡，看不到一点生命的迹象。

下片抒怀。“前度题红杳杳。溯宫沟、暗流空绕”。说以后不会再有唐代那种宫女红叶题诗的佳话了，御沟水只能空绕宫墙。蝉鸣未歇，声声入耳；飞鸿欲过，远影横天，是词人此时此刻的心境写照；在他的眼里、耳边、心间，堆积的都是落叶“乱影”“碎声”与“愁”绪。用问句作结，家在哪里？今夜怎过？满庭黄叶谁给我扫？无人应声，无以解脱、无法扫尽，留下不尽余音。

该词以漫天落叶表南宋亡后惨境，以“吾庐”代指故国，表达对故国的眷恋之情；艺术手法高妙，巧用前人诗意，把落叶写得淋漓尽致、无处不在，衬托出身外心内俱是亡国凄凉。

徐君宝妻

徐君宝妻，生平不详。徐君宝妻，湖北岳阳人。词人被元兵从岳阳掠至杭州，不肯屈从失节，题绝命词于壁上，后投水而死。

满庭芳

汉上繁华①，江南人物②，尚遗宣政风流③。绿窗朱户，十里烂银钩④。一旦刀兵齐举⑤，旌旗拥、百万貔貅⑥。长驱入，歌台舞榭，风卷落花愁⑦。　清平三百载⑧，典章文物⑨，扫地俱休。幸/此身未北⑩，犹客南州⑪。破鉴徐郎何在⑫，空惆怅、相见无由。从今后，断魂千里⑬，夜夜岳阳楼。

【注释】

①汉上：泛指汉水到长江一带襄樊、鄂州等商业发达地区。

②江南：指南宋。

③宣政：指宋徽宗年号宣和、政和，北宋经济繁荣时期。

④烂银钩：与晁端礼《多丽》“烂银盘”同意，明月当空、银光灿烂。

⑤刀兵：指 1274 年元军犯境。

⑥貔貅：猛兽，指凶恶的元军士兵。

⑦风卷：指女词人被掳敌营。

⑧三百载：北宋 960 年建国，南宋 1279 年灭亡，其间三百一十九年，取成数。

⑨典章文物：指宋朝国家制度、民族尊严与文明标志。文物，有读

本作“人物”。

⑩幸：幸而、庆幸。未北：未像汴京陷落时皇帝臣妃及百姓被金兵俘虏北去。

⑪南州：指被押解杭州。

⑫破鉴徐郎：典故，见朱敦儒《临江仙》注。徐郎：指夫君。

⑧断魂：有读本作“梦魂”。

【赏析】

上片述史言变。起句直接追怀北宋盛世，汉上繁华，人物如云，而“尚遗宣政风流”，则营造故国可爱、历史辉煌之境；“绿窗朱户，十里烂银钩”是故乡夜月美景的缩写；“一旦”写出历史转换：1274 年元军如洪水猛兽般自襄阳而下，岳阳次年沦陷；“歌台舞榭，风卷落花愁”，写国破家亡，繁华顿失，自身被掳，开始了梦魇一般的屈辱生活。上片用语清丽、叙事明白，透发出无尽哀婉。

下片抒怀。出人意表，词人首先想到的不是个人悲剧，而是着眼“清平三百载，典章文物，扫地俱休”，站在历史的高度环视现实，将国家命运看得高于个人遭遇，襟怀之大、思想之深、智勇之全，令大丈夫们也会深感汗颜；然后才说自己，未像汴京和临安陷落、两宋帝后臣妃被俘虏北去那样，所幸是被押解杭州，此身还留在祖国的土地上，保全了清白之身；词人决意殉国殉节，呼唤、哀告丈夫徐郎，我们只能空落“惆怅”，虽破镜在身，此生也无机会破镜重圆了；寄语家国，纵死后，魂魄也要飞过千里来路，回到岳州夫君身边；结句“断魂千里，夜夜岳阳楼”，情之真烈，哀之悠长，令人潸然泪下。

该词表现出词人运思凌空超远，意境超越一般忧国伤时之作，体现出一种悲剧美学意义。词人是宋代文化哺育出来的一代才女之一，该词堪为宋词中女子的瑰丽奇绝之作。

蒋捷

蒋捷，生平不详。阳羡（今江苏宜兴）人。字胜欲，号竹山。1274年进士，宋亡不仕。词多追昔伤今，但笔调清新、语言畅丽明媚、流动自然，以情动人、堪称一格。

一剪梅 · 舟过吴江[①]

一片春愁待酒浇。江上舟摇，楼上帘招。秋娘度与泰娘桥[②]。风又飘飘，雨又萧萧。　　何日归家洗客袍？银字笙调，心字香烧[③]。流光容易把人抛，红了樱桃，绿了芭蕉[④]。

【注释】

①吴江：在太湖东岸。

②秋娘度、泰娘桥：秋娘度即秋娘渡。以唐代歌女命名的吴江两处地方，表小舟行程。

③洗客袍、银字笙调、心字香烧：银字笙调，即弹银笙。心字香烧，即烧心字香。应是当地一种习俗，男人外出归来，妻子要为他所做的三件事。

④红了、绿了：表从离家到归家经过了春去夏来的时间段。

【赏析】

上片写归程中舟过吴江之景，托出倦客归心。一片春愁盘旋于词人心中，词人急待以酒化解；小船摇摇荡荡划浪前行，江岸酒楼酒帘飘拂，似向他招手致意，他真想上岸饮几杯美酒；这时，他惊喜地发现，船已驶过熟悉的“秋娘度与泰娘桥”，离家越来越近了；可恨天气恼人，“风又飘飘，雨又萧萧”。上片用语纯净自然，散发着一种天生之美，连桥的名字也尽显江南灵秀，富有诗意。短短行程，只经过一座酒楼、两处小桥，就出现了一愁、一喜、又一愁的心情起伏变化，表现了词人掩饰不住的即将到家的热望与欣喜。

下片想象归家之后可能发生的第一情景。“何日”二字表示归程并非遥遥无期，而是一个可望可即的日子；一进家门，妻子就会忙着给我“洗客袍”“调笙柱”“烧心字香”；“流光容易把人抛”是重温家的感觉，发出已经归家的感慨，离家不过才一春一夏，怎么觉得如此之久；院子里樱桃已经红了，芭蕉叶长得又绿又壮。更知家的可心可爱，更加珍爱家庭的美好生活。

整篇愁情淡，快意浓，节奏和缓，悦耳温馨，读来称心惬意；运用排比句式、对仗写法，句句用韵，组词也富有特色，如“舟摇”“帘招”“风又”“雨又”“红了”“绿了”，有悠扬动心、余音绕梁之美。

江城梅花引·荆溪阻雪①

白鸥问我泊孤舟，是身留，是心留？心若留时，何事锁眉头？风拍小帘灯晕舞②，对闲影，冷清清，忆旧游。　旧游旧游今在否③。花外楼。柳下舟④。梦也梦也⑤，梦不到、寒水空流。漠漠黄云，湿透木绵裘。都道无人愁似我，今夜雪，有梅花，似我愁。

【注释】

①原作词牌署《梅花引》。荆溪：在江苏宜兴流入太湖，词人离家远行时遇大雪受阻。

②风拍小帘：船舱挂帘，写孤舟内景。

③今在否：现在何处。

④花外楼、柳下舟：过去与家乡朋友、伙伴曾经快乐嬉游的地方。

⑤梦也：唤梦，多想做个美梦。

【赏析】

上片写为雪所阻的情景。起句“白鸥问我泊孤舟”一下子就把景激活了：泊船后见江上白鸥，发奇思异想，假托白鸥问他，为什么在此泊下孤舟，孤寒中得到一丝意外的温暖。“是身留”，问你是不是大雪强行把你留住；“是心留”，问你是不是心里不愿离家，刚出家门就故意在此羁留；如果是“心留”，为什么还要离家，有何心事让你深锁眉头？船外白鸥相问，船内冷清孤身，重要的是要会自生情趣，词人回答“是心留”，因为“忆旧游”泊舟，才不怨老天下雪阻拦，耽误行程。上片表现手法新颖、心理转换自然，达到随遇而安、让景从情的理想地步。

下片抒怀。“旧游旧游今在否”，是心的呼唤，意谓他们刚刚把我送上船，不知现在这个时候回到家了吗？我不禁想起与旧游曾经快乐嬉游的花外楼、柳下舟那两个地方；请他们来梦中与我相聚，可惜梦也梦不到，惟见寒水独自空流；望船外，黄云白雪，棉衣湿透，浑身发冷，哪里还能入梦；结句十分缠绵，都说世间没有谁会像我那样多愁，我却发现梅花似乎也禁不住这场大雪的酷寒，面带愁容，有点像我。而今夜有梅花同我作伴，何其优雅，纵然有愁也一扫而光了。

该词通过心里所想与所见舟外之景，释放出对家乡、对朋友的留恋不舍之情；运用超乎常规的想象力，使用近乎白话的短快语言，请白鸥以慰心迹，请梅花给以鼓舞。主人与自然生命互动，把原本令人烦躁的旅途困境写得啧啧有声，有愁无恨，有情无怨，处处闪现人间爱意，使人不能不感动于古人的豁达与明智。

贺新郎·兵后寓吴[①]

深阁帘垂绣[②]。记家人、软语灯边[③]，笑涡红透[④]。万叠城头哀怨角[⑤]，吹落霜花满袖。影厮伴、东奔西走。望断乡关知何处。羡寒鸦、到着黄昏后。一点点，归杨柳。　相看只有山如旧。叹浮云、本是无心，也成苍狗[⑥]。明日枯荷包冷饭[⑦]，又过前头小阜[⑧]。趁未发、且尝村酒[⑨]。醉探枵囊毛椎在[⑩]，问邻翁、要写牛经否[⑪]。翁不应，但摇手。

【注释】

①兵后：兵燹（xiǎn）之后，战火之后。1275 年，元军占领词人家乡宜兴，次年攻占临安。该词写于 1276 年秋，当时词人寄居苏州。苏州古称吴郡。

②帘垂绣：绣帘垂。

③家人：妻子。

④笑涡：酒涡。红：胭脂色。

⑤万叠：城头上的号角之声，一遍又一遍地重复着一个调子。

⑥苍狗：白云变黑狗。化用杜甫《可叹》："天上浮云似白衣，斯须改变如苍狗。"贺铸《题海陵开元寺栖云庵》："浮云本无心。"

⑦枯荷：枯干的荷叶。冷饭：残羹剩饭。

⑧小阜：小山、土岗，表小山村。

⑨未发：过小阜还未离开之前。

⑩醉探：喝醉之后，用手伸进行囊，摸摸里面还有什么钱物。枵囊：随身所带的行囊干瘪，表没有钱物。枵（xiāo），中空的树根，表空虚。毛椎：只剩下一只毛笔，学问用具，表书生身份，以其为求生工具。

⑪邻翁：隔壁老汉。写：代人抄写。牛经：养牛的专业书籍。

【赏析】

上片叙事，间或抒情。词人因战乱辞家、逃亡漂泊。起始两句写以往的家庭温馨与宁静，“软语灯边，笑涡红透”，让他无论如何也不会忘记；元军南侵，城头上号角之声迭起，吹得满袖霜花，家庭没了，故乡没了，两袖空空，词人感到心寒身冷，于是孤身逃亡，“东奔西走”，只有影子相伴；“望断乡关知何处”，意谓走到天黑，辨别不清身在什么地方，故乡又在哪里，词人直羡慕“点点”“寒鸦”归巢，悲叹人不如鸦，连个安身之处也没有。

下片依然以叙事为主。词人重笔描绘逃难谋生的困顿情节，回首乡关，只有青山模样如旧；浮云本无心，此时随势“变成苍狗”，竟然看不起自己；词人颠沛流离，枯荷冷饭，走过一村又一村，过了今天想明天，谋划怎么做才能填饱肚子；昨天去过那个小山村，今又走过，趁着还没离开，想跟老乡们讨点水酒，尝尝是什么滋味；摸摸行囊，看看还有没有东西可以换酒，惟有毛笔一只，别无他物，便问老翁，要不要我帮您抄写牛经？结局却是“翁不应，但摇手”。老翁不语仅作手势，表明老汉和他一样饥贫，心地善良却无力资助，又不忍说出口来；绘形绘色，令人默然。

该词是一篇叙事作品，但写得情满意长。时代造就诗篇，处于宋元王朝的交替时期，作为南宋遗民的文人学士，贫贱不移其节，不肯仕元，被迫走上流浪之路，唱出一曲又一曲痛失家国的悲歌。词人文章如此，品格如此，具有鲜明的时代特征。

虞美人·听雨

少年听雨歌楼上，红烛昏罗帐①。壮年听雨客舟中，江阔云低断雁、叫西风②。

而今听雨僧庐下，鬓已星星也③。悲欢离合总无情，一任阶前点滴、到天明。

【注释】

①少年时期祖国尚在，红烛映照、罗帐低垂，外面下雨、楼内听歌，尽享青春欢乐。然而，这种快乐时光是极其短暂的。

②按其《贺新郎》所写惨景，壮年失去家国，奔波流落江湖，水阔、云低、断雁孤鸣，经常听雨的环境不再是歌楼，而是逃亡路上的孤舟。

③僧庐：寺庙僧舍。星星也：垂垂老矣，白发斑斑。意谓而今已成白发老者，在僧舍苦听夜雨。

【赏析】

词人生于宋元易代之交，1274 年中进士，四年后南宋灭亡，人生有特征分明的三个阶段，用“听雨”一种情节分别表达不同的感受，空间跨度很大，表现手法高明。

上片写少年浪漫挥洒与壮年漂泊两个阶段。下片写晚年孤凄落寞、与和尚为伴的听雨处境，孤寂萧索，国之不存何以有家，“悲欢离合总无情”，人世堪悲；结句感叹自己无能力改变现实，只好忍着性子，任冷雨一点一滴地下到天明。

该词概括性极强，一生三个画面，具有不可转换的空间定位性，同时也具有不可替代的指定暗示性与象征性，写出了从小到老、从盛到衰、家国与个人命运的巨变。该词未用一个“愁”字，与辛弃疾《采桑子·少年不识愁滋味》适可作合，堪称人生苦乐速写的姊妹篇。

张炎

张炎（1248—1320？），秦州成纪（今甘肃天水）人。字叔夏，号玉田、乐笑翁。南宋名将张俊后裔，张俊主和、累升高职，晚年封王；宋亡后家道破落，词人早年北游元都，失意南归；晚年生活在江浙一带，与周密、王沂孙互为词友。作词用字工巧、追求典雅；善音律，有词学理论著作。

八声甘州

辛卯岁，沈尧道同余北归，各处杭越。逾岁，尧道来问寂寞，语笑数日，又复别去。赋此曲，并寄赵学舟[①]。

记玉关踏雪事清游[②]。寒气脆貂裘。傍/枯林古道，长河饮马，此意悠悠。短梦依然江表[③]，老泪洒西州[④]。一字无题处[⑤]，落叶都愁[⑥]。　截取白云归去，问/谁留楚佩，弄影中洲[⑦]？折/芦花赠远[⑧]，零落一身秋。向寻常、野桥流水，待招来、不是旧沙鸥[⑨]。空怀感，有/斜阳处，却/怕登楼。

【注释】

①辛卯岁：指1291年。沈尧道：词人之友；二人1290年同赴元都，为朝廷书写金字《藏经》，次年回归南方，沈居杭州，张居越州（今绍兴）。赵学舟：与张沈写经的同伴。

②玉关：玉门关，泛指北方。清游：无目的的清雅之游。

③短梦：写《藏经》那段屈辱经历犹如一场噩梦。

④西州：古城名，在今南京西。

⑤一字无题处：落叶上没有再写愁字的空间，无处下笔。

⑥落叶：化用唐代宫女红叶题诗故事。

⑦楚佩：湘夫人的玉佩。屈原《楚辞·湘君》“捐余玦兮江中，遗余佩兮澧浦”“君不行兮夷犹，蹇谁留兮中洲”。

⑧折芦花：代折柳送别。

⑨旧沙鸥：指沈，代指隐士。杜甫《旅夜书怀》：“飘飘何所似，天地一沙鸥。”

【赏析】

上片叙事，回忆赴元都写经旧事。三人于冬季同赴元都，一路踏雪冒寒，连柔软的貂皮裘衣都冻得僵硬破裂了；沿“枯林古道”前行，曾“长河饮马”，生“悠悠此意”，词人内心矛盾交加，黍离之悲无以明言；以下转入回归南方以后，说写经一事恍如一场“短梦”，现在依然身在江南，想到故国之地已成元朝乐土，不禁泪洒西州；担心沈会责怪自己，既然回来了，何以无书问候？借用红叶题诗故事，说自己并非不想写，只是觉得落叶上已经写满“亡国”二字，没有容自己再加写一字的地方，隐含自己沦为落叶，伤痕累累。

下片与上片接应。沈来己处聊慰寂寞，笑语数日，然后归返白云深处闭门隐居，沈赠我“楚佩”，却不能伴我中洲弄影，两情依依；按寻常规矩应折柳送行或以梅赠友，词人却折一枝芦花送别，不难想见两人都是“零落一身秋”；寻常山林难见真隐士，史上有人常借“隐士”声名而希图以后进身官场，像今天沈尧道那样的真隐士、老知音太少了；结句表达自己徒有感慨，想登楼望友，但夕阳暗淡，又怕登楼。

该词叙述了为元写经的一段不快经历，这期间词人与沈结下患难友情，然后便是回到江南，再分离、再探望与无尽怀念，打有强烈的时代烙印。

高阳台·西湖春感[1]

接叶巢莺[2]，平波卷絮，断桥斜日归船。能 / 几番游，看花又是明年。东风且伴蔷薇住[3]，到蔷薇、春已堪怜。更凄然[4]。万绿西泠[5]，一抹荒烟。　当年燕子知何处，但 / 苔深韦曲[6]，草暗斜川[7]。见说新愁，如今也到鸥边[8]。无心再续笙歌梦[9]，掩重门、浅醉闲眠。莫开帘、怕见飞花，怕听啼鹃。

【注释】

①南宋灭亡后，词人重游西湖而作。

②"接叶"句：化用杜甫《郑广文游何将军山林十二首之二》："卑枝低结子，接叶暗巢莺。"

③蔷薇：春末花开。

④"更凄然"句：从《钦定词谱》，作韵句。

⑤西泠：在杭州孤山，有苏小小墓。

⑥韦曲：在长安城南，唐代望族韦氏世居之地，借指宋代名门望族集居之地，包括张氏在内。

⑦斜川：在江西星子县，陶渊明把它写成文人雅集之地，借指杭州文人兴会之处。

⑧"鸥边"句：化用辛弃疾《菩萨蛮》"拍手笑沙鸥，一身都是愁"诗意。

⑨笙歌梦：指南宋亡前的贵公子生活以及不可能再实现的未来期望。

【赏析】

上片写春暮西湖。黄莺在密叶丛中筑巢，飞絮在平湖水面飘卷，斜阳映照断桥，桥下归船缓缓划向城里。词人家住杭州，又是贵族公子，不知游过多少次西湖，对西湖太熟悉了，寥寥几字，就勾画出了西湖美景。然而，此次是在南宋灭亡以后再来西湖，于是陡然一转，自问还能有“几番游”，因为好景易逝，再来看花就得等到明年了。“东风且伴蔷薇住”，化用周邦彦诗意，吁请东风陪伴蔷薇住下，让蔷薇花迟开一些时候，因为蔷薇一开花就标志着快到夏天，春意将变得可怜巴巴。用“堪怜”“凄然”“一抹荒烟”表达春去触痛了心灵深处的亡国创伤。

下片合题，写春感，以旧时王谢堂前燕子自比，如今不知飞往谁家；用“苔深韦曲”表自家过去庄严府邸坐落在贵族生活区；用陶渊明“斜川”代表常去活动的杭州文士兴会之地，如今那里已经被荒草掩没、一片黯淡；白鸥本无心，一生自由自在，如今要“说新愁”一定得找白鸥，白鸥已经愁得全身羽毛都白了；“无心再续笙歌梦”，是说元军铁蹄踏碎了往日的笙歌美梦，自己没有办法扳回来，只有把门关紧“浅醉闲眠”的份儿；以“怕见飞花，怕听啼鹃”作结，那颗不甘现实又不敢反抗的哀心，沉陷花落鹃啼的惊恐与哀鸣之中。

该词柔软蕴藉，虚实并举，以实写景，如莺燕草花；以虚写心，如白鸥亦愁；反映出暗伤亡国而又怯于直视的真实心路；身世感突出，反映出没落贵族子弟沦为南宋遗民的隐恨隐痛。

月下笛

孤游万竹山中，闲门落叶，愁思黯然，因动黍离之感。时寓居甬东积翠山舍。①

万里孤云②，清游渐远，故人何处。寒窗梦里，犹记经行旧时路。连昌约略无多柳③，第一是、难听夜雨。谩/惊回凄悄④，相看烛影，拥衾谁语。　　张绪⑤。归何暮。半/零落依依⑥，断桥鸥鹭。天涯倦旅，此时心事良苦。只愁重洒西州泪[7]，问杜曲、人家在否[8]。恐翠袖、正天寒，犹倚梅花那树[9]。

【注释】

①万竹山：在天台县西南。甬东：浙江宁波。1298年，南宋亡国二十年后，词人流寓浙东，游万竹山而作该词。

②孤云：自比。语出陶渊明《咏贫士》："万族各有托，孤云独无依。"

③连昌：唐高宗行宫名，在河南宜阳，宫中多柳。元稹《连昌宫词》记述了安史之乱后行宫的荒凉残破。借指南宋旧时宫苑。约略：大概。

④谩惊回：无端惊醒。

⑤张绪：南齐国子祭酒。有官员献蜀柳数株，齐武帝植于太昌云和殿前，常夸赞"杨柳风流可爱，似张绪当年"。

⑥半零落：杭州断桥的鸥鹭已经散失零落过半，自比断桥零落鸥鹭。

⑦重洒：再洒。

⑧杜曲：唐代长安杜氏世居之地，与韦曲相邻。人家：指词人自家。其祖父张濡防守独松关时曾杀死元军使者，元军占领临安后处斩张濡，籍没其家。

⑨"恐翠袖"二句：化用杜甫《佳人》："天寒翠袖薄，日暮倚修竹。"翠袖：以佳人比故人。梅：代指修竹。

【赏析】

上片叙事写梦，自比孤云。清游万里，离故乡越来越远，完全是没有方向的漂泊，呼唤"故人"你在哪里，"故人"主指家人、前辈；白日之愁无以排解，夜间还形于梦寐，梦里记得旧时行经之路；以元稹笔下荒败不堪的连昌宫比今日南宋皇宫，青少年时期见到的宋宫春风得意、柳丝轻拂，此时梦中所见杨柳已衰残无几，最伤心的“第一”感觉是“难听夜雨”；一梦醒来，独对摇曳烛影，拥被而坐，有话可对谁讲，有谁可以共语。

下片抒怀，回顾自己人生波折。青年词人曾自比张绪，风度翩翩，而今“张绪”亦已衰老，哪里还像南宋时的宫柳那样可爱，只好哀叹迟暮之年不得还乡；自比断桥鸥鹭，而鸥鹭们已经半数零落，所余无几，见了人便显出依恋不舍的样子，不愿离开；词人三十年间漂泊羁旅数千里，故称“天涯倦旅”“心事良苦”；眼见得前朝望门大户均已湮灭，不知“杜曲人家”何去，想敬拜先祖英烈，“重洒西州泪”，都没有可去的地方，何其怅惘；化用杜诗作结，“恐翠袖、正天寒，犹倚梅花那树”，以佳人比故人、以梅代竹，赞扬“故人”洁身自持，凌寒傲雪，与梅花品格相为辉映。

该词讲究艺术，笔法曲折、首尾相应，先问“古人何处”，终答“犹倚梅花那树”；游山动黍离之感，由此及彼、以近见远；用“何处”“谁语”“归何暮”“问杜曲”疑问句式，扩展可以暗示与想象的空间，语势抑扬高低，耐读耐思。

解连环·孤雁①

楚江空晚②。怅/离群万里，恍然惊散③。自顾影、欲下寒塘④，正/沙净草枯，水平天远。写不成书，只寄得相思一点⑤。料/因循误了⑥，残毡拥雪，故人心眼⑦。　谁怜旅愁荏苒⑧。谩/长门夜悄⑨，锦筝弹怨⑩。想伴侣、犹宿芦花，也/曾念春前，去程应转。暮雨相呼，怕蓦地、玉关重见⑪。未羞他、双燕归来，画帘半卷。

【注释】

①孤雁：失群之雁，词人自比，寄寓家国之痛、身世之感。

②楚江：泛指湖南地区，传说大雁至衡阳不再南飞。

③怳然：茫然、失意。

④“顾影”句：化用崔涂《孤雁》：“暮雨相呼失，寒塘欲下迟。”

⑤一点：孤雁单飞排不成“一”或“人”字形雁阵，远望只是空中一个小点。

⑥因循：延误。

⑦故人：应指词人挂于心间的北方朋友，他与苏武一样保持气节。苏武靠吃雪吞毡维系生命而不改节，汉朝廷欲寻苏武下落，匈奴诈称苏已死亡，汉使机智应答，说汉朝天子已经得到苏的雁足系信，苏遂得释归汉。

⑧荏苒（rěn rǎn）：渐进、辗转。

⑨“夜悄”句：杜牧《早雁》：“仙掌月明孤影过，长门灯暗数声来。”

⑩“弹怨”句：钱起《归雁》：“二十五弦弹夜月，不胜清怨却飞来。”

⑪蓦地：忽然，又惊又喜。

【赏析】

上片叙事写景。以“楚江”代指江南，从捎来北地书信判断，孤雁是在南飞途中失群，它顾影自怜，惊恐不安，徘徊欲下寒塘，惟见枯草平沙、水天杳冥；平时，雁群高飞，排成阵势，且自承传书义务；孤雁单飞，远远望去在空中只是小小“一点”，由此演化出“写不成书，只寄得相思一点”佳句，极为高妙；孤雁虽自顾不暇，仍自感惭愧，怕延误传书，辜负捎信人一片心意，以苏武比捎信人，应是词人尚在塞外“残毡拥雪”的朋友；将孤雁人格化，置于具有主流意识的家国大环境中，升华到有情有义、有爱有恨的高度。

下片用典抒怀，用幽闭长门冷宫、弹筝诉怨衬托孤雁的哀怨，表达对凄苦友人的惦念之情。代孤雁言想，那些和我失散的旧时伴侣，以前南来也曾同宿这个芦花丛中，春前它们北归时必定还会经过此地，那时就可以重归大队了，暗示词人盼与友人相会；孤雁当然明白，这只是一个天真幼稚的想法，自己也不可能在此久等；它打算明春独自飞回玉关，想象在“暮雨相呼”中，“蓦地”发现和旧时伴侣意外重逢了；若真的能够那样，我会感到自己和寄身画栋珠帘、未曾经过失群愁苦的双燕一样幸运，有一个美好的结局；“未羞他”是代孤雁明志，不害怕、不担心自己的命运不如双燕，也不害怕、不担心自己回不到塞外故地。

该词咏孤雁，寄托思友怀国之情，以虚写为主，通过一连串的想象，塑造出孤雁的完美形象：它不惧凄苦，勇于北飞，牵挂伴侣、期待重逢，意志坚定而心地善良。词人以困顿惆怅的情怀，与孤雁同起同落、同忧同愁，明写孤雁、实写自身，因此该词是他咏物词的代表作，词人也因而得“张孤雁”雅称。

清平乐

候蛩凄断①，人语西风岸。月落沙平江似练，望尽芦花无雁②。　暗教愁损兰成③。可怜夜夜关情④，只有一枝梧叶⑤，不知多少秋声！

【注释】

①凄断：状蟋蟀鸣唱之声。

②芦花：指芦花丛本是雁栖之地，却不见大雁踪影。

③兰成：庾信小名，因幼时聪颖，为人所赐。此处词人自比寄身北朝、愁思故国江南的兰成。

④关情：指与沈梅娇恋情。

⑤一枝梧叶：景物，借指孤独之状。

【赏析】

该词透露的信息是思念情人，据陆行直言，原为张炎给他的题画赠词，陆有家伎名唤卿卿，原词下片前二句本为“可怜瘦损兰成，多情因为卿卿”，在收入词集时改为现存文本，且未记题画本事。论者根据张在多首其他词中的描写，判断文字改动以后，他思念的情人是沈梅娇，沈原是杭州歌女，两人素有交情，张在大都写经时，沈也在那儿，有异地重逢之缘；张回江南后，常以词表达眷恋之情。

上片写秋景。蟋蟀鸣唱之声，凄凄咽咽、时断时续；“人语西风岸”，是说蛩鸣如人语，寄托心情；月落平沙，江水似练，芦花丛一片灰白，那儿本应是雁栖之地，却不见大雁踪影，暗寓没有得到他希望得到的沈氏消息。

下片抒情。词人自比以赋愁闻名天下的庾信，月夜空望芦花，“可怜夜夜关情”，无雁传书，夜夜在离情中煎熬，迸出“只有一枝梧叶，不知多少秋声”惊世名句，一叶动而发万千秋声，对情人的怀念与故国之思相交汇，意境空阔清旷，动静相宜。

宋·无名氏

眼儿媚

杨柳丝丝弄轻柔[1]。烟缕织成愁。海棠未雨，梨花先雪，一半春休。　　而今往事难重省，归梦绕秦楼[2]。相思只在，丁香枝上[3]，豆蔻梢头[4]。

【注释】

①弄轻柔：春风吹拂柳丝轻摇。

②秦楼：指所钟爱女子居处。

③丁香：纯洁芬芳，花蕾其形如结，比郁结情肠。

④豆蔻：娇美稚嫩，花蕊当心两瓣相并，托兴比目鱼、连理枝。

【赏析】

上片写仲春之景。嫩柳丝丝在春风吹拂下，轻柔飘飘；词人却觉得烟笼柳稍，似有所愁；原来是感伤春天已经过去一半，还没等春雨来到，海棠花朵就急急挂满枝头，梨花如雪争先开放，占尽风光，愁春天来得如此之快，寓意走得也会快。

下片抒情。春锁秦楼、梦绕不去，思妇昼思夜想恋人，恨不能时光倒流，而往事不堪“重省”；四种花花期相近，但丁香花蕾外形如结可比郁结情肠，豆蔻花蕊当心两瓣相并可托兴比目鱼、连理枝，所以轻怨海棠、梨花争春，但并不碍大事，因为相思“只在”“丁香枝上，豆蔻梢头”。

该词词语干净明丽，以愁淡衬情浓，如叙情话，俊美清香。

宋 · 无名氏

水调歌头 · 建炎庚戌题吴江①

平生太湖上，短棹几经过。如今重到，何事愁与水云多？拟把匣中长剑，换取扁舟一叶，归去老渔蓑。银艾非吾事②，丘壑已蹉跎③。　脍新鲈④，斟美酒，起悲歌。太平生长⑤，岂谓今日识兵戈⑥！欲泻三江雪浪⑦，净洗胡尘千里，不用挽天河⑧。回首望霄汉⑨，双泪堕清波。

【注释】

①建炎庚戌年，即1130年。该词题于杭州吴江桥上，批判朝廷的投降妥协政策，表达南渡初期志士仁人抗金救国的心声。后传入宫中，宋高宗及奸相秦桧将其作为政治事件暗查，终未查实作者究系何人。当时认为可能是一位隐士，近人认为可能出自张元幹手笔。

②银：银印。艾：系印的绶带，用艾草染成绿色。

③丘壑：泛指隐士隐居之处。蹉跎：失意、失时。

④脍：细切（鱼、肉）。

⑤太平生长：生于、长于太平盛世。

⑥兵戈：有读本作“干戈”。

⑦三江：指流入太湖的吴淞江、娄江、东江。

⑧胡尘：有读本作“边尘”。不用：有读本作“不为”。此二句化用杜甫《洗兵马》：“安得壮士挽天河，净洗甲兵长不用。”

⑨霄汉：指朝廷。

【赏析】

上片写重到太湖、触景生情。在太湖上短棹轻舟，不记得来来回回行经过多少次了；如今重来，问天何事，其忧其愁竟与满湖水云一样之多；词人感到报国无门，只好以剑换舟，愤言去作渔翁终老江湖；无意做官，却又丘壑归隐不成。写出欲抗金不能、欲归隐不甘的煎熬心理。

下片三个三字句势如奔马、汹涌澎湃。本准备脍鲜鲈饮美酒痛快一场，结果竟是悲从心来、自吟悲歌，刻画出苦极而狂、狂极而悲的精神状态；自己生于、长于太平盛世，万万没有料到会有今日兵戈之苦；改用杜诗“欲挽天河洗甲兵”原意，以“欲泻三江雪浪，净洗胡尘千里”，但“不用挽天河”，而用当地“三江”取代“天河”，用出新样；结句分明是对朝廷妥协投降政策的一种抗议，“回首望霄汉，双泪堕清波”，表现了爱国志士苦闷彷徨，泪流成河，报国之望最终将化为泡影。

该词慷慨悲壮，风格豪放，波涛起伏、激荡人心，近乎张元幹词。

宋·无名氏

青玉案

年年社日停针线[1]。怎忍见、双飞燕。今日江城春已半[2]。一身犹在，乱山深处，寂寞溪桥畔。　春衫著破谁针线[3]。点点行行泪痕满。落日解鞍芳草岸[4]。花无人戴，酒无人劝，醉也无人管。

【注释】

①社日：春社，祭土地神的节日盛会，妇女停做针线，结伴出游。张籍《吴楚歌词》："今朝社日停针线，起向朱樱树下行。"

②江城：指游子故乡。

③著破：离家时的新衣已经穿破，谁能给我缝补。在停针线的社日，却想让妻子缝补又见不到她，即便见了又忌针线，还是缝补不成，雪上加霜、悲苦无奈。

④解鞍：歇马休息。

【赏析】

上片写流寓在外游子在社日这天的所见与感受。燕子双双从南方飞回北方，引起思家之情，盼与妻子团圆；用"江城春已半"表思心之切；别人热热闹闹，自己尚独自漂泊，犹在乱山深处、寂寞桥畔。

下片叙事，兼为抒情。着笔没"谁"给自己针线补衣，拓宽场面。先是男儿有泪点点行行洒满春衫，又是落日悬山，愁得简直过不下去，干脆“解鞍芳草岸”，歇下脚来，由花及酒到醉，采山花胡乱戴在头上，自斟自酌，反正醉了也没人知、没人管。

全词从头到尾叙说游子这一天是怎么过的，话如白水透彻清凉，却寓有深情，一口气说尽对妻子的深爱、不能归家的忧愁和流寓在外的孤凄，游子心情得到完美的表达。该词题材与吕本中《南歌子》相近，情调却更为狂放。

宋·无名氏

御街行

霜风渐紧寒侵被。听孤雁、声嘹唳①。一声声送一声悲，云淡碧天如水。披衣告语，雁儿略住，听我些儿事②。　塔儿南畔城儿里。第三个，桥儿外。濒河西岸小红楼，门外梧桐雕砌。请教且与③，低声飞过，那里有、人人无寐④。

【注释】

①嘹唳（liáo lì）：声音凄清、曼长尖厉。

②些儿事：有话要说。

③请教：请您。

④人人：男性对所爱女性的昵称。

【赏析】

上片叙事，事中含情，写无寐游子听到孤雁嘹唳叫声引起的思想变化。游子居于途中馆舍，时值寒秋，薄被难抵霜冷，雁鸣声声不断，“一声声送一声悲”，哪里还能睡得着觉；披衣坐起，望窗外“云淡碧天如水”，越是寥廓无边，空中雁影越是清晰，自己心胸越觉空荡，无奈之下想起一个奇妙的主意，请求孤雁“略住”，告诉孤雁，我也和你一样，孤身漂泊在外，有好多心思要对人说，请你帮一帮忙。

下片继续叙事，情在言外，游子将悄悄话、隐隐情一举托出，告诉孤雁恋人所住的街区具体方位，央求它飞过那儿上空时要压低嗓门儿，别让她像我一样再听到你那种悲鸣之声。至于孤雁是否能听懂做到，且不管它。

全词犹如一篇童话，游子与孤雁结盟，孤雁同情游子，游子从中得到莫大安慰，具有感染力与亲和力。该词运用白话俚语，浅明易懂；情节生动，叙述流畅；构思新奇，颇有韵味。

编余的话

叶嘉莹教授曾说，“中国的各种文学体式当中，最让人困惑的就是词”，“它师出无名，你找不到它的价值跟意义在哪里”，“不知道什么是好的词，什么是坏的词”(《人间词话七讲》，北京大学出版社 2014 年版，第 12 页)。这也是不少读者思想意识中长久共存的一个话题，编者有责任说明，为什么这般选词，为什么如此赏析，以求共识，找到心赏神会的共同点。

一、词的文学认识观

词最早是一种音乐文学，即流行歌词，自北宋起与音乐渐行剥离。人们常将唐诗宋词相提并论，承认唐诗纪史，是时代文学，对于宋词却不肯如此明确评价。事实上苏轼、辛弃疾等一众名家，往往在正文之前用小序记事，其中一个含义就是表明宋词与社会和人生际遇并无隔绝，也是时代文学。

毋庸讳言，宋词特别是唐五代花间词，超越夫妻观念的异性情爱题材比较抢眼，大概是叶教授欲答未答之处。其实，将宋词置于历史大背景中去看，不难发现它既是历史印记，也是一道文学景观，是那个时代情爱观与社会文明水平的反映，不能用今天的道德法庭去案断古人故事。后世读者喜欢它，是尊史尊时、尊文学艺术、尊古人情感的一种觉悟体现。当然也应该看到，这类作品影响了词文学理论，宋代大半是遵照“诗言志词言情”的文学分工去做的，以至于宋词的文学意义弱于宋诗。词的文学性须青眼相看，不可因直写阶级矛盾、民生疾苦题材较少而白眼相对。人类情爱与生死命运是文学作品永恒的主题，无可避免会交遇风花雪月、艳态妖冶，甚至杂有格调低下的肤浅之作，不值得大惊小怪，不过是词文学发展道路上早期走过的一个短亭而已。

宋王朝结束了自唐代安史之乱起大约两百年间的动荡局面，实行富国、尊士、安民、弱兵政策，出现了经济繁荣、民情和谐、文化活跃的社会局面，但频遭辽、夏、金、元异族入侵，侵略与反抗几乎从未间断。以靖康之变为明显分界，徽钦二帝被掳金朝五国城，北宋王朝自食投降政策苦果，蒙受了中国乃至世界历史上罕见的奇耻大辱。词文学在这种背景下开始了新一轮的酝酿、发酵，逐步进化为真正的时代文学与民族文学。

唐代诗坛承认李白、杜甫的旗手地位，但谁是宋代词坛旗手至今仍无定说，主要症结在于词文学认识观的分歧。从词的文学地位、艺术水平高下衡量，李煜、苏轼、辛弃疾当是三位旗手级人物。李煜从南唐皇帝跌落为北宋囚徒，被羞辱、失自由，愤而后起，发现词文学的本性，写出时代的反思，抒发作家的哀叹，艺术风格则保持令词的旖旎阴柔之美，拚尽生命之力突破词为艳科的藩篱，成为词文学注入时代特征与政治意义的起始点。至北宋，苏轼凭借文学才华，提出“以诗为词”的主张，张扬志节、针砭时事、咏古抒怀，无不可诉诸于词，宣告词文学突破诗词以情志立界、题材分流的理论局限，引领北宋词坛在嘈杂声中走上诗词逐步融合的道路。至南宋，辛弃疾首先是北宋抗金战场上只手擒敌的战将，然后是矢志不移的南宋主战官员，最终是雄霸词坛的一代大家，他以文为词、以词为论的观点与实践，是苏轼文学主张的继续，使词堂堂正正承载起为国家、为民族、为民众服务的文学使命。苏辛具有相似的人生观，在恶劣的政治环境中，皆将词文学视为生命的支点，一身正气、襟怀坦荡，时空无论今古，事由无论宏微，长短无论令慢，情调无论刚柔，豪放婉约、舒卷自如，有纵横天下之势。南宋前期与中期，民族灾难深重，苏辛主张得以弘扬，以南渡词人李清照、张元幹等为桥梁，宋词进入反映时代主题的黄金时期。也有论者以苏辛不谙音律为由，而贬损他们的文学主张甚或艺术水平，理由并不充分，苏辛既坚持词的外在形式，也不改内在的词律性质，有意疏离词与音乐的依存关系，戳破词与诗、与文的隔膜。唐宋词至今常青不衰，而配乐早已杳杳无迹，恰恰表明词的最终体现是文学而不是音乐，这才是词之所以能够雄立于文学之林的根本理由。

还应看到以范仲淹、王安石、李纲、岳飞、文天祥为标志的政治家词人，富有阅历、敢于担当，气势宏伟、目光深远，他们用自己的人格和信念轻触词文学的神经，反映人心民意的真善美，篇章虽少但多为精品，对词文学的发展具有不可忽视的积极意义。

二、词的格律认识观

词是一种讲究格律的旧体诗，理论进化存在三个显明的阶段，晚唐温庭筠、北宋初柳永与北宋周邦彦是三位旗手级人物。温庭筠的贡献是将五七言近体律句入词作为主体，兼用长短句，形成依声填词的创作方法，使文人词脱离文人诗，从而获得了独立地位。柳永的贡献是开发慢词，开拓拗律、韵律，实现格式（词牌）创新，堪比杜甫创新七律之功。周邦彦的贡献是完善词用语言体系，重用四六言句式，减少五七言律句用量，以律句为主、拗句为辅，使词律独立于诗律，促使词用语言从近体诗的纯律句状态回归到比较自然、律拗兼用的社会语言状态，成为中国汉语诗歌语言的总汇，同时大量创制仄（含入）韵体慢词词牌并奠定其牢固地位。至南宋末期，词律已经完全成熟、完备，但因词坛缺乏领军人物而百象乱生：或追求风格流派，或宣扬句式与字声固化倾向，或掉过头来再苛求音乐性，削弱了词文学的生命力，加之北人南迁、元曲入宋，遂走上衰落之路。

词又是韵体文学，用韵往往与意欲表达的情感有关，也是讨人喜爱的理由之一。对于词体的分类方法，一直没有明论。龙榆生先生提出按韵分体的观点，与近体诗就是平韵体诗的道理相类似，概要是将词分为平韵、仄（上去声）韵、平仄共用韵、入声韵四体。词的入声韵特征，是世界上其他任何文学体裁所不具备的，闪耀着中华民族历史文化的光辉，当今须力避使其沦为仅供自我炫耀的文化遗产，而应该继续发扬它的传统文化价值。

三、词坛的流派情结

以欣赏为目的、篇章规模相当的唐宋词或宋词选本，常见的有四种。清末民初词学大家朱祖谋（1857—1931）《宋词三百首》最为流行，1924年初版本收词300篇，第二版283篇，第三版285篇，人民文学出版社将三版并为全本收词313篇。唐圭璋先生以第二版为蓝本作《宋词三百首笺注》，迄今所见的评注本、全译本、导读本多以其为准，间有数家另扩新词若干入书者。龙榆生《唐宋名家词选》1934年初版、1956年修订再版，收宋词555篇，唐五代词153篇。胡云翼《宋词选》1956年出版，收词296篇。刘乃昌《宋词三百首新编》1994年出版，收两宋词300篇。

诸本的共性是撮其精华、撷英集萃，差异是文学观与词律观的认知有别，对作家臧否、思想性与艺术性的置位高下不同，一个突出的影响因素就是流派情结。欣赏者的本愿是我览江山、我得古人威灵，流派情结会障碍读者视线，未必乐见独为某一流派张帜。从统计数字可知，朱本偏尊吴周姜一派，带有晚清词学理论的深痕，有强力驾驭词坛航向的动因，收吴文英25篇、周邦彦22篇、姜夔17篇，占全书的22.6%。胡本与朱本呈对峙之势，偏尊苏辛一派，弘扬战斗精神的时代烙印十分清晰，收辛弃疾40篇、苏轼23篇、刘克庄12篇，计占全书的25.3%。本书以敬畏之心，仰视词人，不分流派，意在反映词文学作家群体的壮观景象，浏览唐宋词无限风光，从所录作品数量可见这一特点，收辛弃疾21篇、苏轼15篇，周邦彦、李清照、姜夔各9篇，柳永、秦观各8篇，贺铸7篇；李煜、晏殊、欧阳修各6篇，冯延巳、张先、晏几道、黄庭坚、张元幹、陆游、刘过、刘克庄、吴文英、刘辰翁、张炎各5篇。

四、词的文本格式表达

词句除情意表达外，兼具律与格的双重意义，它有分句、韵句、领字、领句、被领句之分，给文本格式表达带来了复杂性。词的古本原无标点符号，后来选本使用的叹号、问号、顿号乃至分号、冒号、引号、书名号，都是编者按照个人理解后加上去的，没有统一规范，容易引起歧见。王力先生说，“韵文的要素不在于‘句’，而在于‘韵’”，“应该以有韵脚的地方为一句的终结”（《汉语诗律学》，上海教育出版社，2005年版，第16页），“终结”则用句号，句号是词中韵句的专用符号，逗号则用于分句；出于句读需要，区分一字逗、领句须采用其他标志。谷学彝注《宋词三百首》（中华书局，2006年版），叶嘉莹《周邦彦词新释辑评》（中国书店，2006年版），俞陛云《唐五代两宋词选释》（上海古籍出版社，2011年版），钟振振《唐宋词举要》（安徽师范大学出版社，2015年版），本书部分词作采用上述文本格式。

本书大约从十年前开始构思，积累资料，历时较长，得到诸多师友与亲朋的无私帮助。原河北省文联主席、诗人浪波（潘培铭）先生，是一位博学的忠厚长者，曾抱病施教，亲笔批改书稿，万未料到，潘先生于2018年2月10日离我而去。妻子李淑兰女士，知书达理、倾力支持，2018年2月7日，竟被流感夺去了宝贵生命。惜乎！余惟忍痛含悲，坚持写作，谨以此书表达我对潘先生的崇高敬意，表达对妻子永远的怀念。

《燕赵诗词》杂志副主编马文斐女士，石家庄市诗词协会副会长常学贵先生，北京诗友张绍周先生，山东宋史学者李秋华女士，提出过许多中肯的意见；特别是张先生、李女士，参与过部分文字的起草与修改，实为没有署名的共同作者，一并鸣谢！两位孙辈李琬至、张问之，从当代青年的词文学欣赏角度，提出过难得的见解，假期中协助文稿整理，在此为她们送上良好的祝愿。

李乃珍

2020年6月29日于石家庄

附录一：佳句集锦

爱道、画眉深浅入时无。	欧阳修《南歌子》
哀筝一弄湘江曲，声声写尽湘波绿。	晏几道《菩萨蛮》
把酒送春春不语，黄昏却下潇潇雨。	朱淑真《蝶恋花》
把/吴钩看了，栏干拍遍，无人会、登临意。	辛弃疾《水龙吟》
白发书生神州泪。	刘克庄《贺新郎》
伴人无寐，秦淮应是孤月。	邓剡《念奴娇》
便纵有、千种风情，更与何人说。	柳永《雨霖铃》
别是一番滋味在心头。	李煜《相见欢》
别愁深夜雨，孤影小窗灯。	陈克《临江仙》
鬓云欲度香腮雪。	温庭筠《菩萨蛮》
病翼惊秋，枯形阅世，消得斜阳几度。	王沂孙《齐天乐》
布被秋宵梦觉，眼前万里江山。	辛弃疾《清平乐》
不如桃杏，犹解嫁东风。	张先《一丛花》
不应有恨，何事长向别时圆？	苏轼《水调歌头》
不知高处难掩，终自十分圆。	丘崈《诉衷情》
不见当时杨柳，只是从前烟雨，磨灭几英雄。	方岳《水调歌头》
长沟流月去无声。	陈与义《临江仙》
长条故惹行客。似/牵衣待话，别情无极。	周邦彦《六丑》
尘不到。时时自有春风扫。	王安石《渔家傲》
郴江幸自绕郴山，为谁流下潇湘去。	秦观《踏莎行》
池上碧苔三四点，叶底黄鹂一两声。	晏殊《破阵子》
重过阊门万事非，同来何事不同归。	贺铸《鹧鸪天》
除却天边月，没人知。	韦庄《女冠子》

楚天千里清秋，水随天去秋无际。	辛弃疾《水龙吟》
吹尽残花无人见，惟有垂杨自舞。	叶梦得《贺新郎》
春花秋月何时了，往事知多少。	李煜《虞美人》
春风不解禁杨花，蒙蒙乱扑行人面。	晏殊《踏莎行》
春色三分，二分尘土，一分流水。	苏轼《水龙吟》
春无踪迹谁知？除非问取黄鹂。	黄庭坚《清平乐》
春路雨添花，花动一山春色。	秦观《好事近》
春涨一篙添水面。芳草鹅儿，绿满微风岸。	范成大《蝶恋花》
此恨无人共说。还 / 立尽黄昏，寸心空切。	阮逸女《花心动》
此去何时见也，襟袖上、空惹啼痕。	秦观《满庭芳》
此情无计可消除，才下眉头，却上心头。	李清照《一剪梅》
此身谁料，心在天山，身老沧洲。	陆游《诉衷情》
从今后，断魂千里，夜夜岳阳楼。	徐君宝妻《满庭芳》
簇乐红妆摇画艇，问 / 中流击楫谁人是？	文及翁《贺新郎》
大江东去，浪淘尽，千古风流人物。	苏轼《念奴娇》
大家齐唱大风歌，不日四方来贺。	刘过《西江月》
达则牙旗金甲，穷则蹇驴破帽，莫作两般看。	刘过《水调歌头》
但愿人长久，千里共婵娟。	苏轼《水调歌头》
当时明月在，曾照彩云归。	晏几道《临江仙》
当年不肯嫁春风，无端却被秋风误。	贺铸《踏莎行》
当初不合种相思。	姜夔《鹧鸪天》
当场只手，毕竟还我万夫雄。	陈亮《水调歌头》
东风夜放花千树。更吹落、星如雨。	辛弃疾《青玉案》
东皇笑道，山河原是我底。	陈郁《念奴娇》
杜郎老矣，想旧事、花须能说。	周密《瑶花慢》
独上高楼云渺渺。天涯一点青山小。	王诜《蝶恋花》
都道无人愁似我，今夜雪，有梅花，似我愁。	蒋捷《江城梅花引》
断送一生憔悴，能消几个黄昏。	赵令畤《清平乐》

断无蜂蝶慕幽香，红衣脱尽芳心苦。 贺铸《踏莎行》
断魂分付潮回去。 毛滂《惜分飞》
对/渔灯一点，羁愁一搦，谱琴中语。 汪元量《水龙吟》
多少六朝兴废事，尽入渔樵闲话。 张昪《离亭燕》
多情却被无情恼。 苏轼《蝶恋花》
多情帘燕独徘徊。依旧满身花雨、又归来。 田为《南歌子》
而今听雨僧庐下，鬓已星星也。 蒋捷《虞美人》
芳草年年与恨长。 冯延巳《南乡子》
飞镜无根谁系？嫦娥不嫁谁留？ 辛弃疾《木兰花慢》
分明一觉华胥梦，回首东风泪满衣。 赵鼎《鹧鸪天》
风乍起，吹皱一池春水。 冯延巳《谒金门》
风里落花谁是主，思悠悠。 李璟《摊破浣溪沙》
风前横笛斜吹雨，醉里簪花倒著冠。 黄庭坚《鹧鸪天》
风流总被，雨打风吹去。 辛弃疾《永遇乐》
风流不在谈锋胜，袖手无言味最长。 黄昇《鹧鸪天》
富贵本无心，何事故乡轻别。 胡铨《好事近》
隔墙送过秋千影。 张先《青门引》
更能消、几番风雨？ 辛弃疾《摸鱼儿》
更消他、几度东风，几度飞花。 王沂孙《高阳台》
古今多少事，渔唱起三更。 陈与义《临江仙》
故国不堪回首月明中。 李煜《虞美人》
故人应念，杜鹃枝上残月。 文天祥《念奴娇》
关河梦断何处，尘暗旧貂裘。 陆游《诉衷情》
归去暮烟深处、听疏钟。 吕渭老《南歌子》
过眼溪山，怪都似、旧时相识。 辛弃疾《满江红》
海棠未雨，梨花先雪，一半春休。 宋·无名氏《眼儿媚》
寒窗梦里，犹记经行旧时路。 张炎《月下笛》
菡萏香销翠叶残，西风愁起绿波间。 李璟《摊破浣溪沙》

好梦频惊。何处高楼雁一声。	晏殊《采桑子》
好梦易随流水去，芳心空逐晓云愁。	慕容岩卿妻《浣溪沙》
何不随君弄清浅。	毛滂《夜游宫》
恨如芳草，萋萋刬尽还生。	秦观《八六子》
恨君不似江楼月，暂满还亏。	吕本中《采桑子》
红旗高举，飞出深深杨柳渚。	黄裳《减字木兰花》
红莲相倚浑如醉，白鸟无言定自愁。	辛弃疾《鹧鸪天》
虎踞龙蟠何处是，只有兴亡满目。	辛弃疾《念奴娇》
花褪残红青杏小。	苏轼《蝶恋花》
花自飘零水自流。	李清照《一剪梅》
花无人戴，酒无人劝，醉也无人管。	宋・无名氏《青玉案》
淮山隐隐，千里云峰千里恨。	淮上女《减字木兰花》
会挽雕弓如满月，西北望，射天狼。	苏轼《江城子》
黄花白发相牵挽，付与时人冷眼看。	黄庭坚《鹧鸪天》
记家人、软语灯边，笑涡红透。	蒋捷《贺新郎》
激气已能驱粉黛，举杯便可吞吴越。	史达祖《满江红》
剪不断，理还乱，是离愁。	李煜《相见欢》
江南树树，黄垂密雨，绿涨薰风。	宋齐愈《眼儿媚》
江山如画，一时多少豪杰。	苏轼《念奴娇》
江山自雄丽，风露与高寒。	张孝祥《水调歌头》
借问孤山林处士，但 / 掉头笑指梅花蕊。	文及翁《贺新郎》
今宵酒醒何处，杨柳岸、晓风残月。	柳永《雨霖铃》
今年花胜去年红。可惜明年花更好，知与谁同。	欧阳修《浪淘沙》
景物因人成胜概。	沈蔚《天仙子》
镜里朱颜都变尽，只有丹心难灭。	文天祥《念奴娇》
镜暗妆残，为谁娇鬓尚如许。	王沂孙《齐天乐》
九万里风鹏正举。风休住，蓬舟吹取三山去！	李清照《渔家傲》
酒浓春入梦，窗破月寻人。	毛滂《临江仙》

君莫舞。君不见、玉环飞燕皆尘土！ 辛弃疾《摸鱼儿》
慨念少年，横槊风流，醉胆海涵天阔。 赵鼎《花心动》
可惜一溪风月，莫教踏碎琼瑶。 苏轼《西江月》
可堪孤馆闭春寒，杜鹃声里斜阳暮。 秦观《踏莎行》
客路那知岁序移，忽惊春到小桃枝。 赵鼎《鹧鸪天》
空床卧听南窗雨，谁复挑灯夜补衣。 贺铸《鹧鸪天》
空自倚、清香未减，风流不在人知。 晁冲之《汉宫春》
阑干拍遍，独对中天明月。 胡世将《念奴娇》
老夫聊发少年狂。 苏轼《江城子》
老眼平生空四海，赖有高楼百尺。 刘克庄《贺新郎》
乐游原上清秋节，咸阳古道音尘绝。 李白《忆秦娥》
两情若是久长时，又岂在朝朝暮暮。 秦观《鹊桥仙》
了却君王天下事，赢得生前身后名。 辛弃疾《破阵子》
临断岸、新绿生时，是落红、带愁流处。 史达祖《绮罗香》
零落成泥碾作尘，只有香如故。 陆游《卜算子》
流水落花春去也，天上人间。 李煜《浪淘沙》
流水白云长自在。 沈蔚《天仙子》
流光容易把人抛，红了樱桃，绿了芭蕉。 蒋捷《一剪梅》
柳下桃蹊，乱分春色到人家。 秦观《望海潮》
绿杨堤畔问荷花：记得年时沽酒、那人家。 仲殊《南歌子》
美人不用敛蛾眉。我亦多情无奈、酒阑时。 叶梦得《虞美人》
梦回处，梅梢半笼淡月。 阮逸女《花心动》
梦怕愁时断，春从醉里回。 田为《南歌子》
明月不谙离恨苦。斜光到晓穿朱户。 晏殊《蝶恋花》
明月几时有，把酒问青天。 苏轼《水调歌头》
明月别枝惊鹊，清风半夜鸣蝉。 辛弃疾《西江月》
莫道不销魂，帘卷西风，人比黄花瘦。 李清照《醉花阴》
莫等闲、白了少年头，空悲切。 岳飞《满江红》

莫将一片广长舌，博取封侯。	吴泳《金人捧露盘》
那堪、片片飞花弄晚，蒙蒙残雨笼晴。	秦观《八六子》
那堪独坐青灯。想故国、高台月明。	刘辰翁《柳梢青》
奈 / 心中事，眼中泪，意中人。	张先《行香子》
年年今夜，月华如练，长是人千里。	范仲淹《御街行》
念 / 腰间箭，匣中剑，空埃蠹，竟何成！	张孝祥《六州歌头》
念桥边红药，年年知为谁生？	姜夔《扬州慢》
念着破春衫，当时送别，灯下裁缝。	戴复古《木兰花慢》
凝泪眼、杳杳神京路。断鸿声远长天暮。	柳永《夜半乐》
弄潮儿向涛头立。手把红旗旗不湿。	潘阆《酒泉子》
怕上层楼，十日九风雨。	辛弃疾《祝英台近》
拚则而今已拚了，忘则怎生便忘得。	李甲《帝台春》
平芜尽处是春山，行人更在春山外。	欧阳修《踏莎行》
平生豪气安在？走马为谁雄？	叶梦得《水调歌头》
凭谁问：廉颇老矣，尚能饭否？	辛弃疾《永遇乐》
七八个星天外，两三点雨山前。	辛弃疾《西江月》
千古江山，英雄无觅，孙仲谋处。	辛弃疾《永遇乐》
乾坤能大，算蛟龙，元不是、池中物。	文天祥《念奴娇》
羌管悠悠霜满地，人不寐，将军白发征夫泪。	范仲淹《渔家傲》
羌管弄晴，菱歌泛夜，嬉嬉钓叟莲娃。	柳永《望海潮》
青鸟不传云外信，丁香空结雨中愁。	李璟《摊破浣溪沙》
青山遮不住，毕竟东流去。	辛弃疾《菩萨蛮》
青史几番春梦，黄泉多少奇才。	朱敦儒《西江月》
清平三百载，典章文物，扫地俱休。	徐君宝妻《满庭芳》
情知春去后，管得落花无。	晁冲之《临江仙》
秋娘度与泰娘桥。风又飘飘，雨又萧萧。	蒋捷《一剪梅》
去国十年老尽少年心。	黄庭坚《虞美人》
劝君莫上最高梯。	周邦彦《浣溪沙》

人有悲欢离合，月有阴晴圆缺，此事古难全。 苏轼《水调歌头》
人间别久不成悲。 姜夔《鹧鸪天》
人间无欠秋风处，偏到霜痕月杪。 彭元逊《徵招》
人生万事无缘足，待足是何时。 黄机《眼儿媚》
如何铁石，打作心肺，却为花柔。 卓田《眼儿媚》
若使胡尘吹得去，东风侯万户。 李好古《谒金门》
三杯两盏淡酒，怎敌他、晚来风急。 李清照《声声慢》
三十功名尘与土，八千里路云和月。 岳飞《满江红》
山月不知心里事，水风空落眼前花。 温庭筠《忆江南》
山抹微云，天连衰草，画角声断谯门。 秦观《满庭芳》
伤心事，是/年年冰合，在在风寒。 陈人杰《沁园春》
上党从来天下脊，先生元是古之儒。 苏轼《浣溪沙》
少年不识愁滋味，爱上层楼。 辛弃疾《采桑子》
少年听雨歌楼上，红烛昏罗帐。 蒋捷《虞美人》
生怕离怀别苦，多少事、欲说还休。 李清照《凤凰台上忆吹箫》
生平不如老杜，便如它、飘泊也风流。 李芸子《木兰花慢》
十年生死两茫茫，不思量，自难忘。 苏轼《江城子》
诗万首，酒千觞。几曾着眼看侯王。 朱敦儒《鹧鸪天》
是他春带愁来，春归何处？却不解、带将愁去。
辛弃疾《祝英台近》
使/李将军，遇/高皇帝，万户侯何足道哉。 刘克庄《沁园春》
手种堂前垂柳，别来几度春风。 欧阳修《朝中措》
守着窗儿，独自怎生得黑！ 李清照《声声慢》
书生报国无地，空白九分头。 袁去华《水调歌头》
漱冰濯雪，眇视万里一毫端。 张孝祥《水调歌头》
数点雨声风约住。朦胧淡月云来去。 贺铸《蝶恋花》
双燕归来问我，怎生不上帘钩。 万俟咏《木兰花慢》
水是眼波横，山是眉峰聚。 王观《卜算子》

水面清圆，一一风荷举。 周邦彦《苏幕遮》
水天空阔，恨东风、不惜世间英物。 邓剡《念奴娇》
谁怕？一蓑烟雨任平生。 苏轼《定风波》
说 / 甚东风，怕西风。 刘辰翁《六州歌头》
四十年来家国，三千里地山河。 李煜《破阵子》
素月分辉，明河共影，表里俱澄澈。 张孝祥《念奴娇》
算 / 空有并刀，难翦离愁千缕。 姜夔《长亭怨慢》
岁月无多人易老，乾坤虽大愁难著。 吴潜《满江红》
啼猿何必近孤舟。行客自多愁。 李珣《巫山一段云》
啼鸟还知如许恨，料不啼清泪长啼血。 辛弃疾《贺新郎》
剔尽寒灯梦不成。 朱淑真《减字木兰花》
天教心愿与身违。 冯延巳《浣溪沙》
天接云涛连晓雾，星河欲转千帆舞。 李清照《渔家傲》
天意从来高难问，况人情易老悲难诉！ 张元干《贺新郎》
天下英雄谁敌手？曹刘。生子当如孙仲谋。 辛弃疾《南乡子》
天地一孤啸，匹马又西风。 方岳《水调歌头》
庭户无声，时见疏星渡河汉。 苏轼《洞仙歌》
万里西风吹客鬓，把菱花、自笑人如许。 刘过《贺新郎》
未是秋光奇绝，看 / 十五十六。 杨万里《好事近》
未必古人皆是，未必今人俱错，世事沐猴冠。 刘过《水调歌头》
问君能有几多愁？恰似一江春水向东流。 李煜《虞美人》
问 / 前度桃花，刘郎能记，花复认郎否。 刘辰翁《摸鱼儿》
我为灵芝仙草，不为朱唇丹脸，长啸亦何为。
黄庭坚《水调歌头》
我是清都山水郎，天教分付与疏狂。 朱敦儒《鹧鸪天》
我来吊古，上危楼、赢得闲愁千斛。 辛弃疾《念奴娇》
无奈被些名利缚，无奈被他情担阁。可惜风流总闲却。
王安石《千秋岁引》

无奈归心，暗随流水到天涯。 秦观《望海潮》
无奈轻寒著摸人。 朱淑真《减字木兰花》
无意苦争春，一任群芳妒。 陆游《卜算子》
无可奈何花落去，似曾相识燕归来。 晏殊《浣溪沙》
无穷官柳，无情画舸，无根行客。 晁补之《忆少年》
无寻处，惟有少年心。 章良能《小重山》
物是人非事事休。 李清照《武陵春》
西北望长安，可怜无数山。 辛弃疾《菩萨蛮》
细看来，不是杨花点点，是/离人泪。 苏轼《水龙吟》
夕阳西下几时回。 晏殊《浣溪沙》
衔得锦标第一归。 黄裳《减字木兰花》
纤云弄巧，飞星传恨，银汉迢迢暗渡。 秦观《鹊桥仙》
相思本是无凭语，莫向花笺费泪行。 晏几道《鹧鸪天》
相思只在，丁香枝上，豆蔻梢头。 宋·无名氏《眼儿媚》
箫声咽，秦娥梦断秦楼月。 李白《忆秦娥》
潇洒江梅，向/竹梢稀处，横/两三枝。 晁冲之《汉宫春》
笑问双鸳鸯字怎生书。 欧阳修《南歌子》
斜风细雨不须归。 张志和《渔歌子》
斜阳只与黄昏近。 赵令畤《蝶恋花》
写不成书，只寄得相思一点。 张炎《解连环》
心似双丝网，中有千千结。 张先《千秋岁》
新酒又添残酒困。今春不减前春恨。 赵令畤《蝶恋花》
新来瘦，非干病酒，不是悲秋。 李清照《凤凰台上忆吹箫》
休逞一灵心，争甚闲言语。 向滈《卜算子》
寻寻觅觅，冷冷清清，凄凄惨惨戚戚。 李清照《声声慢》
烟月不知人事改，夜阑还照深宫。 鹿虔扆《临江仙》
雁过也，正/伤心，却是旧时相识。 李清照《声声慢》
夜月一帘幽梦，春风十里柔情。 秦观《八六子》

也应似旧，盈盈秋水，淡淡春山。 阮阅《眼儿媚》
一叶叶，一声声，空阶滴到明。 温庭筠《更漏子》
一带江山如画，风物向秋潇洒。 张昪《离亭燕》
一年春好处，不在浓芳，小艳疏香最娇软。 李元膺《洞仙歌》
一川烟草，满城风絮，梅子黄时雨。 贺铸《青玉案》
一怀愁绪，几年离索。错，错，错。 陆游《钗头凤》
一丘一壑也风流。 辛弃疾《鹧鸪天》
一行归鹭拖秋色，几树鸣蝉饯夕阳。 黄昇《鹧鸪天》
一勺西湖水。渡江来、百年歌舞，百年酣醉。
文及翁《贺新郎》
一字无题处，落叶都愁。 张炎《八声甘州》
倚阑凝望，独立渔翁满江雪。 李纲《六幺令》
衣带渐宽终不悔，为伊消得人憔悴。 柳永《蝶恋花》
遗恨清商易改，多情紫燕难留。 李芸子《木兰花慢》
应念岭表经年，孤光自照，肝胆皆冰雪。 张孝祥《念奴娇》
又不道、流年暗中偷换。 苏轼《洞仙歌》
又却是，风敲竹。 苏轼《贺新郎》
又片片吹尽也，几时见得？ 姜夔《暗香》
又软语、商量不定。飘然快拂花梢，翠尾分开红影。
史达祖《双双燕》
犹自风前飘柳絮，随春且看归何处。 朱淑真《蝶恋花》
悠然心会，妙处难与君说。 张孝祥《念奴娇》
有时独自掀髯笑。 张元幹《蝶恋花》
玉皇开碧落，银界失黄昏。 毛滂《临江仙》
欲黄昏，雨打梨花深闭门。 李重元《忆王孙》
欲挽天河，一洗中原膏血。 张元幹《石州慢》
欲将心事付瑶筝。知音少、弦断有谁听。 岳飞《小重山》
欲说还休，却道“天凉好个秋”！ 辛弃疾《丑奴儿》

欲买桂花同载酒，终不似、少年游。 刘过《唐多令》

欲泻三江雪浪，净洗胡尘千里，不用挽天河。

宋·无名氏《水调歌头》

元知造物心肠别，老却英雄似等闲。 陆游《鹧鸪天》

原没春风情性，如何共、海棠说。 萧泰来《霜天晓角》

云破月来花弄影。 张先《天仙子》

怎得人如天上月，虽暂缺，有时圆。 周紫芝《江城子》

丈夫志，当景盛，耻疏闲。 苏舜钦《水调歌头》

这次第，怎一个愁字了得。 李清照《声声慢》

争渡，争渡，惊起一滩鸥鹭。 李清照《如梦令》

正为鸥盟留醉眼，细看涛生云灭。 邓剡《念奴娇》

整顿乾坤，廓清宇宙，男儿此志会须伸。 张元幹《多丽》

知否，知否？应是绿肥红瘦。 李清照《如梦令》

只有关山今夜月，千里外，素光同。 谢逸《江城子》

只恐双溪舴艋舟，载不动、许多愁。 李清照《武陵春》

只有一枝梧叶，不知多少秋声。 张炎《清平乐》

枝上柳绵吹又少。天涯何处无芳草。 苏轼《蝶恋花》

至今商女，时时犹唱，后庭遗曲。 王安石《桂枝香》

众里寻他千百度。蓦然回首，那人却在，灯火阑珊处。

辛弃疾《青玉案》

朱门日日买朱娥。军事如何？民事如何？ 杨佥判《一剪梅》

壮志饥餐胡虏肉，笑谈渴饮匈奴血。 岳飞《满江红》

自是人生长恨水长东。 李煜《相见欢》

自在飞花轻似梦，无边丝雨细如愁。 秦观《浣溪沙》

自是荷花开较晚，孤负东风。 幼卿《浪淘沙》

最是仓皇辞庙日，教坊犹奏别离歌。 李煜《破阵子》

最喜小儿无赖，溪头卧剥莲蓬。 辛弃疾《清平乐》

醉里秋波，梦中朝雨，都是醒时烦恼。 时彦《青门引》

醉卧古藤阴下，了不知南北。 秦观《好事近》

醉里挑灯看剑，梦回吹角连营。 辛弃疾《破阵子》

醉里偶摇桂树，人间唤作凉风。 刘克庄《清平乐》

昨夜西风凋碧树，独上高楼，望尽天涯路。 晏殊《蝶恋花》

附录二：唐宋词坛要略及主要词人活动年表

唐·五代

690年，武则天称帝改国号为周。701年，李白生。

755年，发生安史之乱。756—761年，唐肃宗时期，张志和为待诏翰林，后隐居江湖。762年，李白卒。772年，唐代宗时期，白居易生。

812年，温庭筠生。836年（？），韦庄生。846年，白居易卒。

866年，温庭筠卒。896年，欧阳炯生，先后仕前蜀、后蜀。903年，南唐冯延巳生。

907年，耶律建辽，称辽太祖，国号契丹。910年，韦庄赴蜀，自此终身仕王建后蜀。朱温称帝，唐朝灭亡，五代十国开始。

937年，李煜生。940年（？），后蜀赵崇祚编《花间集》，欧阳炯作序，收录温庭筠、韦庄、欧阳炯、牛峤、毛熙镇、毛文熙、鹿虔扆、薛昭蕴、阎选等词人之作。

943年，南唐中主李璟即位。954年，王禹偁生。

北宋（960—1127）

960年，赵匡胤陈桥兵变，建立北宋，称太祖。实行中央集权、削弱武将兵权、科举取士、发展经济政策。冯延巳卒。961年，李璟死，李煜即位，史称后主。965年，孟昶降宋，后蜀亡。971年，欧阳炯卒。975年，南唐李后主奉表纳降，被押至宋都汴梁。

976年，太祖辞世，弟赵光义继位，称太宗，年号太平、淳化等，实行重文轻武、守内虚外政策。978年，李煜被宋封为违命侯，开始亡国反思，不为宋所容，遭毒而死。

987 年（？），柳永生。989 年，范仲淹生。990 年，张先生。991 年，晏殊生。

998 年，赵恒继位，称真宗，年号咸平、大中祥符等。1001 年，王禹偁卒。1004 年，发生宋辽战争，宰相寇准力请宋真宗亲征，结澶渊之盟，以岁币换和平。1007 年，欧阳修生。1021 年，王安石生。

1023 年，赵祯继位，称仁宗，年号天圣、庆历、嘉祐等。1025 年，晏殊先后任翰林学士、枢密副使，范仲淹、欧阳修、张先皆出其门下。1030 年（？），晏几道生。张先、欧阳修进士及第。1034 年，柳永赐进士出身，授屯田员外郎。

1037 年，苏轼生。1038 年，李元昊建西夏国，称夏景宗；与宋、辽多年交战。

1040 年，范仲淹、韩琦出任陕西经略安抚副使，威震西夏。1041 年，范仲淹出任参知政事，相当于副宰相。1042 年，王安石进士及第。1043 年，晏殊为宰相，欧阳修任右正言，参与范仲淹、韩琦、富弼推行的“庆历新政”改革。1044 年，范仲淹出任陕西安抚使，西夏向宋称臣。1045 年，欧阳修贬滁州。黄庭坚生。1049 年，秦观生。

1051 年，赵令畤生。1052 年，贺铸生。范仲淹卒。1053 年，晁补之生。柳永卒（？）。1055 年，毛滂生（？）。晏殊卒。1056 年，周邦彦生。1057 年，欧阳修主持进士考试，苏轼、苏辙、曾巩进士及第，苏轼父子三人名震京师。

1064 年，赵曙继位，称英宗，年号治平。1068 年，赵顼继位，称神宗。年号熙宁、元丰。欧阳修辞参知政事，知亳州。1069 年，王安石出任参知政事，推行均田法、青苗法、农田水利法，史称“熙丰变法”“熙宁变法”。

1070 年，苏轼上书论新法不可行。1071 年，苏轼任通判杭州。1072 年，欧阳修卒。1074 年，苏轼任密州太守。王安石罢相，出知江宁；次年复相；三年再罢相，隐居金陵。1077 年，苏轼知徐州。叶梦得生。1078 年，张先卒。1079 年，苏轼移任湖州太守，发生乌台诗案。被捕入御史台。御史台树多乌鸦，俗称乌台。苏轼受尽严刑拷打，几被处死。经宰相吴充与时已罢相的王安石营救得生。贬黄州团练副使。

1080 年，苏轼贬黄州团练副使。黄庭坚知太和。1081 年，苏轼在黄州躬耕废地数亩，筑雪堂，自号东坡居士。朱敦儒生。1082 年，苏轼筑雪堂，作《赤壁赋》《念奴娇 · 大江东去》。周紫芝生。1083 年，李纲生。周邦彦上《汴都赋》，为太学正。1084 年，司马光上《资治通鉴》。苏轼离黄州过金陵拜访王安石，互有唱和。李清照生。吕本中生。1085 年，苏轼任登州太守。1086 年，赵煦继位，称哲宗，年号元祐、绍圣、元符。高太后垂帘听政，召司马光入京主政，罢尽新法。苏轼知登州，不久升任翰林学士。黄庭坚为秘书郎。赵鼎生。向子諲生。司马光卒。王安石卒。1088 年，黄庭坚、晁补之、张耒、秦观受到苏轼赏识，时称苏门四学士。周邦彦出为庐州教授。蔡伸生。1089 年，苏轼再次赴杭州任太守。

1090 年，陈与义生。1091 年，苏轼回京任吏部尚书、翰林学士，后迁颍州太守。张元幹生。1092 年，苏轼任扬州太守。1093 年，高太后卒，哲宗亲政、复新法、打击元祐党人。支持王安石变法的史称元丰党人，反对的称元祐党人。约持续六年，苏轼、苏辙、黄庭坚遭贬，苏轼任定州太守。周邦彦知溧水。1094 年，苏轼贬惠州。1097 年，苏轼贬海南儋州。周邦彦为国子监主簿。

1101 年，赵佶继位，称徽宗，年号政和、宣和等。向太后垂帘听政，重新起用元祐党人，废除变法新政。重用蔡京，始在苏杭采花石纲。苏轼遇赦、经海康与秦观会面。苏轼、秦观、陈师道卒。李清照此年或稍后与赵明诚结婚。1102 年，向太后卒，徽宗亲政，再次崇奉新政，发生“元祐党人碑事件”，将反对过新法的 120 人刻碑立于端礼门，后扩大到 309 人，本人永不录用、子弟遭到禁锢，其中包括司马光、苏轼。胡铨生。1103 年，下诏毁三苏、秦观、黄庭坚等所谓元祐党人文学。周邦彦任校书郎。岳飞生。1105 年，徽宗立大晟府，类乐府机构，专事收集、整理、制作词曲乐工，万俟咏从职其内。周邦彦时任考功员外郎。黄庭坚卒。1106年，赵鼎进士及第、晏几道卒（？）。1107年，赵明诚、李清照夫妇先后居青州、莱州、淄州乡里。1109年，贺铸以承议郎致仕，卜居苏州、常州。曾觌生。

1110年，晁补之卒。1112年，周邦彦知隆德府。1113年，晁端礼卒。1115年，女真族完颜旻建金，称金太祖。1117年，徽宗赐四名入宋太学的高丽进士上舍及第。周邦彦任大晟府乐正。1118年，周邦彦知真定府。韩元吉生。

1120年，方腊起义，解散大晟府，毛滂卒（？），吕渭老在此前后以诗成名。1121年，辽灭亡。周邦彦卒。1122年，陈与义《墨梅》诗得徽宗赏识，任太学博士。1123年，洪迈生，后有《容斋随笔》流传于世。1125年，李纲任太常少卿。张元幹做陈留县丞。陆游生。贺铸卒。1126年，李纲为了号召军民抗金，建议徽宗让位，太子赵桓即位称钦宗，年号靖康。李纲领守开封，因反对钦宗割地求和一度被罢官。范成大生。1127年，徽钦二帝被掳、国库洗劫一空，北宋灭亡，史称“靖康之变”。

南宋（1127—1279）

1127年，钦宗之弟赵构，爵号康王，在南京即位复宋，称高宗，年号建炎、绍兴。李纲拜相，主战，不足三个月被罢官。西夏灭亡。李清照夫妇相继南下。杨万里生。1128年，李纲被贬谪海南。1129年，赵鼎拜御史中丞，其后几度为相，曾荐任岳飞、韩世忠等爱国将领。李清照被诬“颁金”，欲将所藏文物献于朝廷。

1130年，金军大举侵袭维扬，高宗南逃至杭州，改称临安。刘豫受金册封伪齐皇帝。被俘降金的秦桧逃回南宋，受高宗重用，出相18年，权倾朝野。韩世忠抗金、激战黄天荡。岳飞设伏牛头山、收复建康（南京）。宋金战争进入相持阶段。李清照辗转浙江，年底居衢州。1132年，朱敦儒赐进士出身。李清照定居杭州，传说是年改嫁。张孝祥生。1134 年，岳飞北伐，收襄阳、随州。李清照避乱金华。赵令畤卒。1135 年，宋徽宗卒。1138 年，胡铨上书请斩秦桧被贬。赵鼎与秦桧不合，被贬海南。陈与义卒。1139 年，宋金议和，宋称臣纳贡。

1140 年，辛弃疾生。李纲卒。岳飞第二次北伐，郾城大捷、指日渡河北进，在朱仙镇与金兵对垒，秦桧私通金人、欲将淮河以北弃之，一日连下十二道金牌、下诏班师。1141 年，农历除夕，岳飞被秦桧以“莫须有”罪名害死于大理寺狱中。1142 年，岳飞死后一个多月，高宗即派使赴金送《绍兴和议》正本，许岁币银绢，“画淮为界，世世孙孙，永守誓言”。胡铨被秦桧除名编管新州，张元幹写《贺新郎》送行。1143 年，陈亮生。1144 年，陆游与表妹唐婉成婚，后留下《钗头凤》词。1145 年，吕本中卒。1147 年，赵鼎绝食而亡。1148 年，叶梦得卒。

1152 年，向子諲卒。1153 年，张镃生。1154 年，陆游与范成大、杨万里同年应试，陆游在复试中被挤出榜外，范、杨与张孝祥进士及第。刘过生。1155 年，姜夔生。李清照卒（？）。周紫芝卒。1156 年，蔡伸卒。1159 年，朱敦儒卒。

1161 年，金兵南侵，辛弃疾聚众参加耿京领导的起义军，于敌后抗金；力擒杀害耿京的叛徒张安国，带领义军南下，将张安国交朝廷处决；授江阴签判。张孝祥知抚州。1163 年，赵昚继位，称孝宗，年号乾道、淳熙等。起始有志收复中原、务农忧民，有中兴气象。陆游赐进士出身，曾出任枢密院编修。1167 年，戴复古生。1168 年，辛弃疾通判建康府，上《美芹十论》。范成大知处州。1169 年，陈亮上《中兴五论》。张孝祥卒。

1170 年，范成大使金。陆游通判夔州。张元幹卒（？）。1172 年，陆游入蜀王炎幕，投身军旅，临南郑前线。辛弃疾知滁州。1174 年，姜夔参加科考落第，此后十年间再考仍落第。1175 年，范成大镇蜀，陆游任其参议官。1177 年，范成大还朝。辛弃疾知隆兴府，兼江西安抚使。1179 年，辛弃疾知潭州兼湖南安抚使，创建飞虎军。

1180年，胡铨卒。曾觌卒。1181年，辛弃疾受排挤卸职，不久罢官家居上饶。1182年，范成大回归故里。1185年，姜夔结识湖州乌丞县令、诗人萧德藻，得萧青睐，与萧侄女成婚；结识杨万里、范成大。1187年，刘克庄生。高宗崩。韩元吉卒。1188年，陈亮至江西拜访辛弃疾、同游鹅湖。

1190年，光宗继位，年号绍熙。陈亮因鼓动抗金入狱。姜夔卜居苕溪白石洞天，期间曾游历来往于苏杭、合肥、南昌等地。1191年，姜夔赴南京谒见杨万里，赴苏州石湖谒见范成大。1192年，辛弃疾闲居十年后，提点福建刑狱兼福建安抚使。1193年，范成大卒。1194年，陈亮卒。1195年，宁宗当政，年号庆元、嘉定等。韩侂胄弄权。吴潜生。1196年，辛弃疾徙居铅山。姜夔移居杭州，靠张鉴、张镃弟兄资助度日。1197年，姜夔上《圣宋铙歌鼓吹十二章》，朝廷允许其破格参加进士考试，再次落第。

1202年，陆游闲居山阴十数年后，出修国史。吴文英生（？）。1203年，韩侂胄主战，辛弃疾雄心再起，任绍兴知府兼浙东安抚使，并到前线任镇江知府。1204年，岳飞平反昭雪，追封为鄂王。1205年，辛弃疾再遭攻击，回带湖寓所。1206年，蒙古孛儿只斤·铁木真建国。杨万里卒。刘过卒。1207年，辛弃疾卒。史达祖做韩侂胄门客，被其诛杀。1208年，宋金和议成，改叔侄为伯侄之国。

1210年，陆游卒。1211年，张镃卒，张生前曾为史达祖师。1217年，吴潜进士及第。1218年，陈人杰生。

1220年，吴文英此年或稍后入临安府尹袁韶幕，时约十年。1221年，姜夔卒，贫莫能葬，吴潜助之。1225年，赵昀继位，称理宗，年号绍定、淳祐等。1227年，西夏灭亡。

1231年，吴文英此年或稍后入苏州仓台幕，时约十年。1232年，金灭亡。刘辰翁生。周密生。邓剡生。1236年，文天祥生。

1241年，汪元量生（？）。1243年，陈人杰卒。1244年，吴文英入绍兴知府史宅之幕；史卒后，再次客居苏州。1248年，张炎生。

1249 年，吴潜同知枢密院事兼参知政事，吴文英曾入吴潜幕。黄昇编《中兴以来绝妙好辞选》收录吴文英词九首。

1252 年，吴文英入嗣荣王（度宗生父）幕。1256 年，文天祥进士及第。1259 年，吴潜为左相，贾似道为右相。吴贾对立，贾专权误国，元军入侵、纳贡议和。

1261 年，周密为临安府幕僚。1262 年，吴潜被毒死。邓剡进士及第。1265 年，度宗即位，年号咸淳。襄樊被蒙军包围五年，宋军进行保卫战、最终失守。1269 年，刘克庄卒。

1271 年，忽必烈定蒙古国国号为元。1272 年（？），吴文英卒。1274 年，周密任丰储仓检察。蒋捷进士及第。1275 年，赵㬎即位称恭帝，年号德祐。贾似道罢相。文天祥率师北上抗元。周密游会稽，会见王沂孙。1276 年，赵昰即位称端宗，年号景炎。元军屠城常州，临安陷落，丞相文天祥使元被拘；宋太皇太后奉表投降，削除宋帝号、受臣封大元瀛国公，南宋名实不存。王清惠为度宗昭仪，与汪元量同随三宫徙北。1278 年，端宗在惠州向元军奉表请降；赵昺即位称卫王，年号祥兴。文天祥逃归、继续抗元，兵败被俘。张世杰率军与元军在崖山拼死一战、溺死，陆秀夫负小宋主跳海殉难。1279 年，南宋灭亡。

1282 年，文天祥囚于元大都四年后坚贞不屈、慷慨就义。

1290 年（？），王沂孙卒。1297 年，刘辰翁卒。1298 年（？），周密卒。

1303 年，邓剡卒。1317 年（？），汪元量卒。

1320 年，张炎卒。

1368 年，元朝灭亡。